中国社会科学院老学者文库

元曲新裁

李 方◎著

中国社会科学出版社

图书在版编目（CIP）数据

元曲新裁 / 李方著. —北京：中国社会科学出版社，2021.12
（中国社会科学院老学者文库）
ISBN 978-7-5203-5420-2

Ⅰ.①元… Ⅱ.①李… Ⅲ.①元曲—通俗读物 Ⅳ.①I222.9

中国版本图书馆 CIP 数据核字（2019）第 232692 号

出 版 人	赵剑英
责任编辑	顾世宝
责任校对	王佳玉
责任印制	戴　宽

出　　版	中国社会科学出版社
社　　址	北京鼓楼西大街甲 158 号
邮　　编	100720
网　　址	http://www.csspw.cn
发 行 部	010-84083685
门 市 部	010-84029450
经　　销	新华书店及其他书店
印　　刷	北京君升印刷有限公司
装　　订	廊坊市广阳区广增装订厂
版　　次	2021 年 12 月第 1 版
印　　次	2021 年 12 月第 1 次印刷
开　　本	710×1000　1/16
印　　张	44.75
插　　页	2
字　　数	583 千字
定　　价	238.00 元

凡购买中国社会科学出版社图书，如有质量问题请与本社营销中心联系调换
电话：010-84083683
版权所有　侵权必究

目　　录

序言 ··· (1)

前置的"跋" ·· (1)

上编　元曲简论

第一章　元曲的含义和发展源流 ······························ (3)
　第一节　元曲的含义 ·· (3)
　第二节　社会现象的因果关系和元曲的诞生脉络 ········ (5)
　第三节　元曲是宋词的直接派生物 ··························· (6)
　第四节　元曲是北方民歌的格律化 ··························· (8)
　第五节　新社会、新风尚是元曲发展的肥沃土壤 ········· (9)

第二章　元(散)曲的基本特点 ·································· (11)
　第一节　作家情况特殊 ·· (11)
　第二节　作品内容丰富但缺乏唐诗宋词那种名篇巨制 ··· (13)
　第三节　元曲格律上的特点 ··································· (15)
　第四节　元曲的语言特色 ······································ (24)
　第五节　整理元曲的主要困难 ································ (26)

第三章　简论元曲曲谱和谱写方法 (29)
   第一节　简论诗歌与音乐的关系 (29)
   第二节　两种元曲"曲谱" (32)
   第三节　论现有曲谱(词谱)之不足 (34)
   第四节　谱写元曲的基本规则和讲究 (43)

第四章　宫调常识 (55)
   第一节　元曲与宫调的关系 (55)
   第二节　音乐在我国古代的特殊地位 (56)
   第三节　我国古代的音阶 (56)
   第四节　十二律 (57)
   第五节　宫调 (58)

第五章　有关剧曲的基本知识 (59)
   第一节　散曲与剧曲的密切关系 (59)
   第二节　我国戏剧发展的曲折道路 (60)
   第三节　元人杂剧的基本知识 (64)
   第四节　元杂剧的主要内容 (71)
   第五节　元曲的成就、影响和局限 (73)

上编附录　南曲、明清传奇、各种地方戏和民间俗曲 (77)

下编　元曲选注

一　内容与体例 (87)
   选材内容 (87)
   作品分类 (88)
   每类编排方式 (88)

标明作品定(正)格 …………………………………………（89）
　　关于注释的几点说明 ………………………………………（90）

二　作品选注 ………………………………………………………（92）
　第一部　小令 ……………………………………………………（92）
　第二部　带过曲 ………………………………………………（338）
　第三部　散套 …………………………………………………（373）
　第四部　剧套 …………………………………………………（617）

下编附录　元曲曲谱 ……………………………………………（646）

序　言

一　本书宗旨

这是一本通俗读物。编者企图用深入浅出的方式，比较全面系统而又简明扼要地讲述有关元（散）曲的基本知识，介绍谱写散曲的主要方法，并选取具有代表性的作品、标明其定格（字数、句式、韵脚和对仗等有关的规定），详加注释，并将正文与衬字用大小不同的字体排印，以供年轻读者了解、鉴赏与学习谱写散曲之用。全书的重点放在慎重选取作品和尽量多作注释，务使所选作品容易读懂。以上几项应该是普及和研究元曲的最基本的工作。如果没有能够达到预期的目标，那只怪编者学识功底与写作能力有限，恳请读者原谅。

这里只提元散曲，那是因为"剧曲"从其作为一种诗歌的角度来说，其格律规则和写作方法，跟散曲是没有区别的。至于剧曲作为一种戏剧的其他方面的知识，则超过了本书所要研讨的范围，所以我们不准备进行深入的论述。但是由于剧曲，从诗歌的角度说，它只不过是用跟散曲一样的格律诗歌所写成的"歌剧"；因而在谈论散曲时，难免有时会牵涉剧曲；而要了解剧曲也需要有丰富的散曲知识。两者的关系是密不可分的。所以本书在讨论有关散曲的篇章结束之后，特别附上一章，简要地介绍有关剧曲的基本知识。这样做，可以使读者加深对元散曲的理解，并且获得关于元曲的完整印象。

二 元曲不如唐诗宋词流行原因探讨

近、现代以来，略有文化知识的中国人都知道唐诗、宋词、元曲是我国文学中的三大瑰宝，是我国古典诗歌的精品，并且曾经居于当时一代文学的顶峰。但是人们对这三件宝贝的了解，其深度是很不相同的。在这三者之中，一般人对唐诗比较亲切、熟悉，绝大多数在略有文化的家庭长大的人们，小时候都多少背诵过一些唐诗，像"白日依山尽"和"锄禾日当午"等名句，甚至到老来都还能清楚地记得乃至朗朗上口。对于词，特别是宋词，很多人也比较熟悉，李煜、李清照、苏轼、辛弃疾等名家的词作脍炙人口，广为流传。时至今日，许多文化人还多少能够撰写一些诗词以抒所怀。至于元曲，很多人是只闻其名而不见其形、不知其实，对其内容生疏得很。如果元曲指的是元人剧曲（杂剧），很多人只是间接见识过已经融入后世各个剧种之中的《西厢记》《望江亭》《窦娥冤》等剧目而已，远非元人剧曲原汁原味的本来面目。如果指的是作为一种文体、一种古代格律诗的元散曲，则恐怕顶多只知道一两首小令或散套，如马致远的《天净沙·秋思》，杜仁杰的《耍孩儿·庄稼不识勾栏》，或者还有睢景臣的《哨遍·高祖还乡》等极少数篇章，仅此而已。很少有人直接见识过较多的"元曲"（无论散曲还是剧曲）作品，这岂能不令人感到十分遗憾！

那么我国诗歌三大瑰宝之一的元曲，为什么会承受这样大的委屈，遭逢这样大的不公平待遇呢？这有多方面的原因。

首先是由于元人剧曲（杂剧）本身所固有的局限。元人剧曲，在当时虽然成就辉煌，对中国戏曲的发展贡献很大；但是时过境迁之后，那些剧本很难流传和上演，人们是"但闻其声，不见其形"，只能从后世的其他剧种中间接感受到它的影响，而远不是欣赏原汁原味的元人杂剧。

其次是元人散曲所产生的时代背景和散曲本身的某些特点所带来的种种限制。

元人散曲之所以不如唐诗宋词影响深远，其时代背景和政治上的原因是元人入主中原的时间短暂，只有短短的89年。中国培养文人的传统科举制度在元代时兴时废，而且兴的时候也弊端甚多，并没有在人才的培养机制和官员的任用制度上发挥重要作用。更不曾像以往对待诗赋那样，把元曲规定为考试项目。况且元代知识分子的地位远比前朝低下，喜欢吟诗作赋的上层知识分子人数甚为稀少。元曲作家多为失业知识分子和下层人物。因此作品的数量与成就，远不能与唐诗宋词相比。既没有产生过像李杜苏辛那样的大文豪和天才作家，也缺乏像"三吏三别"和"秦中吟""新乐府"之类的名篇巨制。加上尽管朝廷当局对于曲道曾经有所提倡，但朝野有些人士还是对于作曲有所歧视，以为是"壮夫薄而不为"的雕虫小技。直到清朝编纂《四库全书》总目提要时，也仅仅提及一两家，并没有涉及其他元曲作品。以上种种原因，就导致元曲的影响必然不如唐诗宋词深远。

但是以上还不是使元曲显得如此生疏的全部原因，因为元曲中有很多精彩的篇章，是很值得后人吟哦讽诵与学习取法的。元曲之所以没有广泛流传，其主要罪责应该由后人承担，特别是由学术界承担：元曲由于其作品本身的某些特点，是公认的我国古典诗歌中最难以彻底读懂的作品（其详情见本书第二章第三节），而学术界却偏偏没有出版过通俗易懂的选本，使人望"曲"兴叹，从而大大影响了元曲的传播和普及。

元曲直到清末民初，经王国维、胡适等人的提倡，才开始引人注意，并且有人把关汉卿比作司马迁。继起的研究者也不乏其人，但是还远远没有产生足够的影响，使元曲占有它本来应该具有的地位。

可以毫不客气地说，很久以来，很少见到取材适当、注释详尽并且见木见林的元曲选本。书肆中出现过某些选本，但大多是"你抄我、我抄你"，该注的地方不注，不必注的地方倒是不厌其详。因此所选作品，有很多难以完全读懂。也很少有人对元曲的基本知识作通俗易懂的介绍。对于元曲的思想内容和艺术成就，更少见有人作综合而又适当的评价。特别遗憾的是，很少见到把元曲作品的定格加以标明、把正文和衬字加以区别的版本。殊不知元曲的"定格"是元曲作品的基本框架，是了解和欣赏元曲的重要环节，绝不容加以忽视。至于供习作者使用的"曲谱"，不仅难找，且大多神秘而武断，无法使用（本书第三章第三节将对此详加论述）。除此之外，再加上如前所述，元曲本身又是一种比较难懂的古典文学体裁（其理由见第二章第三节）。这样一来就导致读者在鉴赏时碰到许多障碍，很少能够终卷，从而大大地影响了元曲的传播。所以长期以来，元曲一直是一种较少人问津的古董。

改革开放以来，开始出现一些具有新意的选本和词典，给研究者带来很大的帮助，可惜还不见有将元曲知识、写作方法和作品选读集中于一书的平易近人的读物。本书编者的动机之一，就是企图弥补这种缺陷于万一。希望通过志同道合者的共同努力，使元曲能真正成为唐诗宋词的姊妹篇，像她们一样在国人中间普及开来。

笔者早年在讲授中国文学史的时候，对元曲只是浮光掠影，泛泛涉猎，并没有花工夫作具体的研究。晚年撰写《诗词曲格律新释》，写到元曲部分时，深感力不从心。于是便想到要给自己补上这一课。为此我尽力收集有关的书籍，特别着重于对各种选本、曲谱及有关论著的收集。非常感谢1998年出版的《全元曲》，它在以往全元曲的基础上多所补充，使我节省了收集原作资料的许多工夫。只可惜该书还有若干缺点，例如剧曲部分不知何以竟不见李潜夫的名剧《包待制智勘灰阑记》等作品。散曲方面遗漏也不少，例如郑光祖的《醉扶归·王粲登楼》、不忽木的《柳叶儿·身卧糟丘》、王子一的散套《金蕉叶》等作品就没有收录进去。所收作品有时有所重复，也没有加以指出和考校：例如李茂之的《行香子·春满皇都》，与朱庭玉的同名作品完全相同。曹德的《喜春来·和则明韵》，与卢挚的同名作品完全一样。关汉卿附录中的散套《新水令》咏双渐的爱情故事，也与他人同类作品重复甚多。此外对于许多作品，在分析与考证方面，工作做得似嫌不够，注释还嫌不够详尽，有待斟酌的地方不少，也缺乏对作品的综合性评介。但是，总起来说，成绩与贡献是主要的。希望该书再版时能有更多的改进。

三 本书编写上的某些特点

一段时期以来，我反复通读《全元曲》，特别是《全元散曲》，品味其思想内容和艺术技巧，琢磨其写作规律，从而编写出这本包含总体介绍、作法解说和作品选读三大内容的书籍。

编者对本书之所以有些敝帚自珍，在于以为它具有以下几大特点。

（一）理论探讨

首先是在编写时，编者仔细揣摩了元曲从产生到发展成熟的过程，对于其发展源流、基本特点、写作规律乃至宫调和剧曲的普通常识，作了比较系统的介绍。其中有许多地方似乎是编者首先提出、但又是言之有据的观点。

（二）选材适当而且丰富

在选材上，首先注意了材料的广泛性和扼要性。本书几乎包括了元曲的全部曲牌（选取了《全元曲》中的全部小令与带过曲的曲牌，以及《全元曲》散套65个首牌中的63个），并经过仔细筛选，收录了绝大多数著名作家在思想性和艺术性上堪称优秀的作品。共计选录：小令451首，占《全元曲》小令总数的10.6%；带过曲36首，占总数17.7%；散套111套，占总数的

23%。总共达1228支小曲之多，其规模可以说是同类书籍中所少见的。

（三）注释详尽而且谨慎

元曲被公认是最难懂的诗歌，其原因本书将详加论述。本书不仅选录了全元曲的主要作品，而且一经选录，则必反复推敲，详加注释，务必做到使人能够读懂。因此对每曲所作注解，少则十条左右，多者竟至五十条以上，并且还考证了原文的某些错误，都言之有据，不敢妄议。对于实在难解之处，则明确指出存疑，并尽力提供某种可能的解释。此点下文将另作补充。

（四）定格丰富

本书仔细收罗了可能搜索到的最多的、几乎是全部的元曲曲牌定格。其中绝大多数是从能够找到的各种曲谱比对选优得来，少数"诸谱不载"者，则是根据具体作品，精心归纳得出。可以作为当前比较完备的曲谱看待。

（五）正字与衬字分别排印

本书所选全部作品，都将正文与衬字用大小不同的字体排印，以便读者对作品的定格一目了然。

以上第二、第三、第四、第五项，可以说是一项非常艰巨的工程，在同类书籍中似不多见。

书末附录有参考价值的表格多种。

四　余话

文章好作题难命。撰写计划完成后，竟不知全书应该如何命名。本想取名《元曲别裁》，但又觉得与广为人知的《唐诗别裁》《宋诗别裁》等体例很不相同。可是自己又觉得这本书颇不同于一般的选本，应该别有称谓。仔细一想，自己写书时虽然十分尊重前人的学术成果，但也不为前人的论断所束缚，而是大胆而又确有根据地提出了自己许多新的看法。并且从编撰方式、作品选读和注解评论等多个方面，也都有一定的新的成分，所以干脆就叫作"新裁"。特别在作品选方面，完全是自己沙里淘金，从全部元人散曲中一一对比、仔细筛选出来的。所选作品从思想内容、艺术风格到定格模式等方面都具有一定的代表性。这里所谓代表性，指的是既以作品的思想内容和作家的艺术成就为主要标准，但也顾及曲牌体例、内容领域和作者身份的广泛性。因此当某些曲牌只有两三个或甚至一个作者的三两首乃至一首作品，而这个曲牌又比较重要，有仿作的价值时，那就只好退而求其次，把它选入。

这里我想着重强调一下本书在注释方面的四大特点，以求见正于大方之家。

众所周知，由于元曲本身的种种特点，作品中往往有很多地方难以读懂。为使读者减少阅读上的障碍，编者在作注方面花费了许多工夫，值得趁此加以指出，以表献曝之忱和便于专家指正。总的说来，本书的注释有以下四个特点。

1. 释疑

元曲中有很多地方，字面上难以读懂，疑窦甚多，其原因往往是由于字面上有差错，而一般注者常是将错就错，强作解释，以致难以理解。例如：

乔吉的《丰年乐》，主题为主张退隐。其首三句是："世路艰难两鬓斑，占奸退闲。白云归山鸟知还。"其中"占奸"二字颇为费解。一般都解作"占为退之反，言进取必做奸邪之事"。但仔细一想，于理难安，为什么进取就必成奸邪，而且与"退闲"很不对应。经过琢磨，此处应该是用了同音假借字，即"战（占）艰"二字，这种情况在元曲中是极为常见、举不胜举的，虽大作家也每每如此。于此"战"作为"战斗""进取"解，言"战斗"（进取）则艰难，此处用"占"（占据岗位）亦可；而退隐则安闲。这比解作"占必奸邪"更为贴切，而且与"退闲"对应得十分妥帖。

又如张弘范《殿前欢》有"枝剑摇环",一般解"枝"为"摇",无据。"枝"显系"杖"字之误,杖仗通用,杖剑即仗剑。类似情况甚多,兹不赘。

2. 辩误

有些地方是作者有误,一般多未予辨正。例如:

陈草庵《山坡羊》:"天公尚有妨农过:茧怕雨寒苗怕火。""茧"显系"蚕"之误。

无名氏《一枝花》:"王质斧烂腰间柄。"按《述异记》原文为将斧置于树上而不是悬在腰间。

另外有些地方显系传抄错误,例如:

薛昂夫《甘草子》:"金凤发,飒飒秋香,冷落在阑干下。""金凤"显系"金风"即秋风之误。这些本书概予辨正。

3. 补缺

有些地方,前人注释有时欠完备,本书尽量加以弥补。例如:

马致远《天净沙》,特注明"小桥"或作"远山","人在"或作"人去"。

又如:

陈草庵《山坡羊》:"牧笛声里牛羊下",实际上是使用了暗典《诗经·王风·君子于役》:"日之夕矣,牛羊下来",一般多未指出。

汪元亨《朝天子》:"设柴门常自掩",实用暗典陶渊明《归去来兮辞》中的"门虽设而常关"。

无名氏《胡十八》,按定格显然丢失了"烹调的汤伊尹"之类的句子,也酌情试补。

4. 串讲

有时某些词句,即使已作个别解释,但读者理解起来可能仍有困难，这时便略加串讲，以利阅读。例如：

乔吉《水仙子》："异乡丝鬓明朝镜，又多添几星星。"注作：此言明朝镜里将发现我这在异乡漂泊之人，又多添了几星星白色鬓毛。

无名氏《梧叶儿》："云锦高低树。"注作：此言高低树丛有如云锦。

张可久《天净沙》："小舟如画，渔歌唱入芦花。"注作：此言如画小舟中之人，唱着渔歌划入芦花丛中。类似之处极多。

以上注释，相信对于读者理解和鉴赏元曲有不小帮助。

敢于求新和大胆探索虽然值得提倡，但却绝对不应该误导他人。因此在注释与推论中，凡属个人论断，都尽量加上"按"字，以资提醒。

这本书可以说是拙著《诗词曲格律新释》（中国社会科学出版社2009年版，已重印）的姊妹篇或者续集。

写到这里，似乎已经间接说明，本书主要是从"中国古典格律诗"的角度，特别是从文体、格律和语言文字的角度来讨论元曲的，与元曲的音乐无甚关系。实际上，诗歌虽然从来就与音乐有密切的联系，但唐诗的配乐如"清平乐"等早已失传，却并不影响唐人古体和近体诗的继续繁荣和广泛流行。宋词与音乐的关系比唐诗密切，但是许多词人其成就的取得却并不以精通音乐为先决条件。当然这里并不忽视与否定诗人如果有音乐修养，他在创作歌曲时肯定会有很大帮助这一事实。至于元曲与音乐的关系，它远较唐诗宋词密切，几乎所有的作品都是按照一定曲谱的"填词"，或者说几乎所有的元曲歌词都是具有与之相匹配的乐曲的。然而元曲的音乐早已失传，即使在康熙时期，也已经是"即欲考元人遗谱且不可得"。到今天，如果再花精力去研究元曲的音乐和"宫调"问题，恐怕只会白白浪费时间。所以于此再度郑重申明：本书是像研究唐诗宋词一样，把元曲作为继唐诗宋词之后的一种新的古典格律诗歌来进行研究的，并不涉及它的音乐乐谱。

但是，由于此前的元曲版本，几乎全都是依照其音乐上所属宫调分类，注释等方面谈到宫调的地方也很多，本书也不得不花一定的篇幅介绍有关宫调的基本知识，以破除读者在这方面的困惑，并对所选作品标明其所属宫调，以便查考。

此外，前文已指出，凡是与散曲格律有关的问题，也同样适用于剧曲；或者说，凡是与元散曲有关的写作问题，对于剧曲也是完全适用的。尽管现今大约很难找到用元曲去写剧本的人，但还是有指出两者之间这种关系的必要。这是因为所谓剧曲，只不过是用散曲似的诗篇所写成的剧本。或者如某些人所说：散曲是元代新诗，剧曲是用这种新诗所写成的元代歌剧。所不同的只是散曲的某些曲牌，如《山丹花》《鸿蒙凯歌》《初生月儿》等不见于剧曲，而剧曲中的许多曲牌，如《四季花》《醉落魄》《青天歌》等，也从不见于散曲。这大约是由作者的个人爱好和音乐需要所决定的，并不见有约定俗成的有关规则。并且也有人偶然使用"摘调"的方式，把仅用于"套数"中的某些曲牌，如《干荷叶》《金字经》《齐天乐》等，摘出作为单片小令使用，一般人也都把它们当作小令看待。但是尽管如此，却还不足以完全消除曲牌在不同领域的使用与否上的差别。本书在选定某些曲牌时，会尽量指出其在各类作品（小令、带过曲、散套、剧套）中的适用情况。

前置的"跋"

有些书籍，作者在写完之后，往往有某种感受或某些事项需要交代，因而写成"跋"或"编后语"向读者和方家说明或倾诉。可是我在写完此书之后，总觉得有些话在心里憋得慌，非提前向读者及有关人士倾诉不可。所以特把这"跋"提前放在序言之后。

正如我在序言中所说，我之所以要编写此书，最初是因为前此在编写《诗词曲格律新释》的过程中，在撰写元曲部分时，深感自己功力不够，想补上这一课。最初只是想系统地探索一下元曲的写作规律和有关知识，并顺便记录一些心得体会就行了。因而起初觉得为此除须多看一些有关元曲的研究著作、听取各家意见外，最主要的是多读元人的原著，问题本不复杂。没想到一经投入，便发现自己是自找苦吃，陷入了一个不能自拔的无底洞中。

几年来，我反复阅读厚厚的十二本《全元曲》及坊间有关著述与多种选本。新书都已经磨破，才多少摸索出一些写作规律，选出比较有代表性的作品，然后反复批阅，做出尽可能详尽的注解，同时还努力找出各种曲牌的定格，将作品按照定格，把正字和衬字用大小不同的字形区别开来。这期间所需要投入的劳动量，是远远超过我最初的估计的。面对如此众多的困难和艰巨的劳动，我感到有些后悔：不该在年届九旬的高龄，从事这种繁重的工作！

打退堂鼓么？然而我又深感"欲罢不能"。这不仅是因为自己一生从来没有做过知难而退的弱者，更主要的是，自己不应该推却所应该承担的某种"整理国故"的时代责任。

在今天，在这生活节奏日趋紧凑、世风日趋急功近利的今天及此后，恐怕很少会有人啃这种吃力不讨好的硬骨头，做这种远非时髦的傻事情。而考虑到元曲是我国诗歌的瑰宝之一，是亟待整理和传播古典宝贵遗产，而学术界在这个领域又甚为冷落的现状：我，作为一个念私塾出身，而又教过多年古代汉语和中国文学史的老人，肩上应该负有一份知难而上、参与"整理这一国故"的责任。不管能做多少，至少可以使自己在尽力之后，获得学术良心上的安慰。所以便顾不得老眼昏花，还是硬着头皮，花几年工夫，写完了这本《元曲新裁》，希望其中有一些别人所不曾做过的有益的工作。至于是否果真如此，那就只好留待事实去检验。

值得一提的是，在编定作品选的过程中，我在选材取舍上所碰到的困难和所采取的解决办法。

我在浏览全元作家的散曲作品时，发现有些作家的作品，从几十首到几百首的有近二十人之多，其中从张可久到关汉卿，估计每个人的作品都可以编辑成册，张可久个人竟有小令853首，散套九套，一共有896支小曲之多。怎样取舍才能做到既代表了作者从思想内容到艺术技巧上的最高水平，并照顾曲牌形式的广包性，而又从总体上看，不至于与其他作家的作品相重复冲突呢？即令是只有两三首作品的作家，也难以决定选哪些作品才能够保持总体上的均衡性。经过反复思考，我采取了将全部元人散曲按曲牌分类统计，并按韵目排列，然后按曲牌挑选的办法。例如统计结果，知道全元曲中《天净沙》这一曲牌，共有马致远等19位作者107首曲子。然后再从这107首当中挑选出本作品选所能够容纳的若干首，并适当照顾作家与内容上的均衡情况。这样就既不会同一曲牌的作家与作品过多，又不致遗漏作家在这一曲牌上的佳作。经过这样按照全部曲牌所作的筛选之后，整个选本就很自然地包括了从各个方面都有一定代表性的作品。至于是否果真包括了各个作家的优秀作品，又照顾了作家、曲牌与内容上的广泛性、均衡性，并从整体上反映了元曲的真实面貌，这就有待于读者和方家的评判了。

关于我在作注方面的辛酸，已见于序言之中，不赘。

末了，倘使这本书能够对元曲的爱好者和研究者多少有所裨益，则它虽然耗费了我垂暮之年的许多心血，也是十分值得的。

上 编

元曲简论

第一章

元曲的含义和发展源流

第一节 元曲的含义

这是一个少见的提法，其他文学品类很少碰到这样的问题。唐诗就是唐诗，宋词就是宋词，并不需要做什么名词解释，也不曾听说有什么歧义或费解之处，人们也不会把它们跟汉赋或骈文扯在一起。唯独元曲比较特殊，倘不加解释，就不知道你所指的是《西厢记》《窦娥冤》之类的元人"杂剧"，还是指元人"格律诗"如《天净沙》《山坡羊》之类的散曲。而且一般人甚至不知道有这种区别。

通常所谓"元曲"，是兼指元人"散曲"和"剧曲"而言。所谓散曲，指的是兴起并盛行于元代的、可以单独清唱的新体格律诗，它包含单支存在的小曲"小令"、两三支宫调相同小曲组成的"带过曲"、两三支到几十支同宫调小曲组成的"散套"。用于剧曲中者则称"剧套"。两者合称"套曲"或"套数"。以往习惯上把带过曲也称为小令之一种，这就容易引起称谓上的混淆和分类上的紊乱，例如许多选本常常是时而选列一些单片曲子的小令（又称叶儿），时而又选列由两三只小曲组成的"带过曲"若干组，然后又继之以单片的小令，查找起来很不方便。本书索性将散曲分为小令、带过曲和散套三类，这样既醒目又不会造成研究上的麻烦。

散曲一词，作为特定的名称，大约产生于清末民初。从元到清，文人把"剧曲"和独立流行的曲子统称作"词"，如《北词广正谱》；"曲"，如《北曲拾遗》；"乐府"，如《云庄乐府》《新乐府》，乃至"新声""天籁""阳春白雪"等。周德清的"正语作词起例"中的"词"，指的就是元曲。偶然也有使用"散曲"一词的，如乔吉著有《梦符散曲》，但那书名指的是作者（乔梦符）"零星曲子"的集子，而不是像现在那样，把它作为特定的专名使用的。

清末民初，胡适等人早期把元人的这类诗歌，只是统称"元人的曲子"。后来不知何时，人们才逐渐用"散曲"作为元人"小令、带过曲和散套"的总称，并为学术界所普遍接受，以与元人"杂剧"的"剧曲"相并立。

严格说来，元人散曲并不都是"零星松散"或"散见"的，其中"带过曲"和"散套"都有严格的组合规则，其规则将于下文另加详述。人们使用"散曲"一词，指的是它们是独立于剧本之外，并且可以单独清唱的歌曲。

用成套曲子所写成的剧本称"剧曲"，通称"杂剧"。这是当时流行的一种新式歌剧。

元人剧曲通常由四个套曲组成。剧曲并非处处使用套数，剧本中的"楔子"和某些"折子"前类似开场词的地方，则往往只用一两支曲子（或一两个曲牌及其幺篇），例如某些楔子习惯于使用《赏花时》及其幺篇，杨显之《临江驿秋夜梧桐雨》在第二折套数前，使用《醉太平》一曲作为先导，即其实例。

通常所谓一代文学顶峰的"元曲"，应该主要是指剧曲即元杂剧。它对中国戏剧发展的贡献和在文学史上的地位，是远在元散曲之上的。

但是，当人们把唐诗、宋词和元曲摆在一起的时候，人们所想到的往往是作为一种新兴格律诗的元人散曲。这种称谓上的复杂关系，是我国文学史上的一种特殊现象。

本书的宗旨是，从诗歌发展源流的角度，从古典格律诗的范畴来研究元曲、主要是元散曲。至于元人剧曲，如果从诗歌的角度看，其格律、规则、风格特点等，与元散曲几乎是完全相同的，不必另行论述。

至于作为戏剧种类的元人剧曲（元人杂剧），则主要是属于戏剧而非诗歌领域，超出了本书的研究范围。本书只是在牵涉其诗歌特点时，偶然涉及；并在上编正文结束后另附一章，对剧曲的基本知识作简要介绍，以供研究散曲者参考，并使学者对于元曲有一个完整的印象。

第二节 社会现象的因果关系和元曲的诞生脉络

"物类之起，必有所始。"许多社会现象比如某种风俗习惯、文学体裁等的发生，往往并非偶然，而是在原有文化的熏陶与酝酿下，逐渐形成的，有时很难找出、也没有必要找出它产生的准确日期和它与前此有关现象彼此之间的全部具体联系脉络。唐诗、宋词、元曲的产生情况就是如此。它们当然都曾经深受我国诗歌固有传统，特别是《诗经》《楚辞》等的影响，并且从前人诗歌中吸取了丰富的营养。可是具体到某一种文体的发生发展，则自有其特有的具体繁衍脉络，不可附会牵强。奇怪的是，有的人竟然不惜花费许多工夫，从《诗经》的某些长短句篇章之中找寻（宋）词长短句的根源，仿佛追溯得越远就越深刻，就越有科研价值。这就未免失之迂腐，我们只需找出一种文学现象的"嫡亲"源头就可以了，而不是把源头拉扯得越远越好。

元曲的发展，其脉络清晰可见。它是由多种因素造成的，而以宋词、北方民歌和北方民族入主中原后的社会条件为其催生的直接因素，没有必要把它的血缘攀扯得更远。现将这三种因素及其作用分述如下。

第三节　元曲是宋词的直接派生物

从找直接源头的观点出发，可以肯定元曲是宋词的直接派生物，是由宋词发展演变而来的新体格律诗。这可以从以下几个方面加以论证。

首先从结构形式着眼。元曲特别是其中的小令，跟宋词十分相似。这主要表现在有许多曲牌跟词牌彼此相同或者相似，其"定格"及字数、句子结构、押韵方式等也都十分类似甚至完全相同。许多不带或稍带衬字的元曲小令，跟宋词小令乍看起来几乎没有区别。例如下列两组唐宋词小令与不带或稍带衬字的元曲小令放在一起，一般人会觉得它们的形式甚为相近；只有对两者较有研究的人，才能够从语言风格上察觉其间的区别来：

唐宋词：
《菩萨蛮》：平林漠漠烟如织，寒山一带伤心碧。暝色入高楼，有人楼上愁。　玉阶空伫立，宿鸟归飞急。何处是归程？长亭更短亭。（无名氏）
《忆江南》：梳洗罢，独倚望江楼；过尽千帆皆不是，斜晖脉脉水悠悠，肠断白蘋州。（温庭筠）
《生查子》：去年元夜时，花市灯如昼。月上柳梢头，人约黄昏后。　今年元夜时，月与灯依旧。不见去年人，泪湿春衫袖！（欧阳修·元夜）
《卜算子》：我住长江头，君住长江尾。日日思君不见君，共饮长江水。　此水几时休，此恨何时已。只愿君心似我心，（定）不负相思意。（李之仪）

元曲：

《天净沙·秋思》：枯藤老树昏鸦，小桥流水人家，古道西风瘦马，夕阳西下，断肠人在天涯。（马致远）

《寿阳曲》：新秋至，人乍别。顺长江水流残月。悠悠画船东去也，这思量起头儿一夜。（贯云石）

《山坡羊·苦雨》：孤山云树，六桥烟雾，景濛濛不比江潮怒。淡梳妆，浅梳妆，西湖也怕西施妒。天也为他巧应付：晴，也宜画图；阴，也宜画图。（马九皋《西湖杂咏之七》）

《望江南》：音书断，人远路途赊，芳草啼残锦鹧鸪，粉墙飞困玉胡蝶。日暮正愁绝。（选自吴仁卿《青杏子·惜春》套曲）

之所以会有此种现象，是因为宋词发展到后期，有许多作家喜欢使用更多的俚语白话，使得词风逐渐演变为一种新体。这就为元曲的诞生撒下了种子。

以下一些"牌子"，《一剪梅》《八声甘州》《女冠子》《风入松》《后庭花》《迎仙客》《点绛唇》《调笑令》《减字木兰花》《谒金门》《望江南》《满庭芳》《殿前欢》《踏莎行》就是词曲所共有的，这种现象也有助于理解词与曲之间的脉络关系。

此外还可以举出不少。难怪许多诗人把元曲叫作"词余"，正像他们把宋词叫作"诗余"一样。当然，元曲与宋词即使在其最相似的地方，也有各自的特点，例如在用词的口语化方面，元曲做得更大胆、更泼辣、更直白，几乎日常生活中的许多"白话"都可以写入（入曲）。元曲的这些与诗词不同之处，将留待下文讲述元曲的特色和作法时，再作进一步的分析。

第四节　元曲是北方民歌的格律化

如果把元曲仅仅看成是宋词的派生物，显然是不准确的。元曲绝不只是宋词自发而且自然而然地发展演变，而是由于有其他因素的掺入，加上社会环境的推动，才得以迅速成长为新的一代文学硕果的。

从北宋初年的辽宋对立到金元的崛起，中国北方无论从军事到经济，都实力充足，文化娱乐也随之发展，而不是如某些人所想象的那样，以为是穷苦寒冷、落后野蛮的地方。特别是从辽金节节南进，到蒙古人入主中原、建立元朝以后，北方人在经济实力与生活方式等方面，逐渐起主导作用。尽管在文化方面，北方还是相对落后，并在诗文方面尽量学习和模仿南方的。

很早以来，在北方就流行着游牧人民所喜爱的民歌小调。进驻南方之后，这些民歌很自然地成为城乡人民，特别是城市人民文化娱乐中的重要内容。这些原本比较粗放的民歌，在与中原文化接触后，很自然地吸收宋词和诸宫调的优点，并学习宋词在配乐上的许多规则，从而形成了自己"约定俗成"的章法，也就是把原来的北方民歌加以改造和提高，或者说加以"格律化"。特别是在这些曲调所配的音乐方面，不再是各种民间小调，而是很自然地采用了南方流行已久的诸宫调。这就逐渐形成我们所熟知的元人散曲，并且被引进戏剧的写作之中，形成盛极一时的元人剧曲（杂剧）。

元人新体诗歌，无论是小令、带过曲还是套数，都像南方的诸宫调一样，有自己所属的明确的宫调，并且是不可或缺的；绝不能够像看待普通民间小调一样，可以自由写作和歌唱，而不考虑合律与否的问题。

元代新产生的这种歌曲，与原有宋词的主要区别之一，就是它与音乐的关系，远比宋词密切：每一首元人小曲，都是词曲合一，能够歌唱的。并且这曲调往往被定型化，成为新的歌曲"依声填词"时的音乐和文字框架，即通常所说的"曲牌"。同是使用《天净沙》这个曲牌（词语有定格、音乐有固定的乐谱），可以填写各种各样内容的歌词，而不一定是写"秋思"或与此曲牌最初歌词相类似的作品，而且一般也很难找到每一个曲牌最初的原始作品及其歌词内容。当然，可以肯定，不同曲牌的音乐，最初必定有其自己的感情色彩和适用范围。只是曲牌、曲辞与其音乐分开已久，到如今，我们已经很难追寻和考察它们的这种音乐色彩了。

一般地讲，诗歌虽然总与音乐有一定的联系，但是历史上不同体裁的诗歌，在与音乐的关系上，彼此是不尽相同的。唐诗虽然往往配乐，但多数诗人是把它作为一种文体来写作的，并不一定每首都配乐，作者也不一定懂得音乐。两首格律相同、文字不同的律诗，其所配的音乐也不一定相同。宋词与音乐的关系比唐诗密切，大部分宋词都是能够配乐的；许多作者也往往精通音律，并通过演唱来检验用词是否恰当。但也远不是所有宋词都曾配乐并且可以歌唱，作者也不一定都是"精通音律"的。

至于元曲则不然，它是由民歌发展而成的，因此每一首歌（每一支曲）都有与之相配的音乐（曲调、乐谱）。同一曲牌的新歌，也都是"依声填词"而且原曲牌所配的音乐不变。当然如果有人撰写新歌（新曲），即所谓"自度曲"，那也就必然会谱出与之相应的新曲调、新乐谱来。所以，元曲与音乐、与乐谱是密不可分的。

第五节 新社会、新风尚是元曲发展的肥沃土壤

从上文已经可以看出，繁荣的北方，以及蒙古人入主后的中

原，原有的社会风气受到了根本性的冲击。传统的诗词歌赋已不再是文坛的主宰。虽然元朝也曾举行过科举考试，但是举办得并不成功，考试时对不同民族的考生，难易差别很大，弊端百出，政治上影响也不大，并没有像它前后的王朝那样，形成"万般皆下品，唯有读书高"的风气，使科举制成为培养知识分子的推动力和选拔人才的主要方式。元代知识分子的地位大不如前朝。元朝的统治者垂青的不是传统诗文，而是元曲——散曲和杂剧。据说当局还曾经以曲调取士的措施，给予戏曲家以很高地位。

当时的大批知识分子，不再像前朝一样大都能够进入政府部门，也不孜孜于科举场中找出路或靠吟诗作赋写文章以获取名誉地位；而往往是处身在三瓦两舍之中，与艺人一起讨生活。并且有些人能够自己粉墨登场，参加演出，著名戏曲家关汉卿就是显著的例子。

以上情况：即北方游牧民族占主导的新社会，这个社会所带来的新嗜好、新风尚，就是元曲得以迅速成长的社会条件和发展动力，是这朵新品鲜花生长的肥沃土壤。

至于元人剧曲（杂剧）的成长经过，与散曲有所不同，它是通过两条脉络交织而成的：一方面吸收宋人"杂剧"和金"院本""五花爨弄"的成果，发展成为比较完整的戏剧形式；另一方面深受"诸宫调"演唱形式的影响，采用当时流行的元（散）曲，作为演唱的歌词和腔调。也就是说，元人杂剧是在原有戏剧发展的形式下，用元散曲谱写而成的戏曲或歌剧。它的详情将在第五章加以介绍。

第 二 章

元(散)曲的基本特点

元(散)曲是中国古典格律诗的一种,并且是最后的一种。此后虽然也出现过多种流行小曲调,并且有的艺术水平很高,影响甚为深远,例如明代的"俗曲"《俏南枝》《泥捏人》《挂枝儿》《劈破玉》等,评论家甚至拿它们与《国风》相匹配,但都没有发展成为风靡一时的体裁和流派。再往后,就是五四前后的新诗崛起的时代了,此后并没有再产生为学术界所接受的何种新体格律诗歌。

元(散)曲虽然是一种古典格律诗并且是此前古典诗歌的派生物和后起之秀,但它与此前的古典诗歌,特别是古典格律诗有显著的不同之处。具体说来,元(散)曲具有以下一些显著的特点。

第一节 作家情况特殊

作品的思想内容、艺术技巧和各种特色,与作者本身的情况是密不可分的。唐诗宋词虽然作家众多,并且各阶层的人都有,但主要阵容是知识分子,特别是高级知识分子。元曲的情况却与此大不相同:作者成分极为复杂,各个阶层的都有,并且往往是一些名不见经传的小人物,例如刘婆惜、花郎李、红字李二等,而且有很多显然是少数民族,如不忽木、阿鲁威、萨都剌、阿里西瑛、奥敦周卿、大食惟寅、全普安撒里等。并且有些只有绰号、艺名、别号或其他某种称谓，如史骠儿、一分儿、云氅子、史九散人、仇州判、王大学士，乃至真氏、张氏、无名氏等，而且他们也不一定真正做过"州判"，或者曾是什么"大学士"。

许多作者往往身世不详，很难断定"爱山"是"李爱山"还是"王爱山"。这些人的作品，其背景和本事也十分难以查考，这就必然大大影响我们对作品的理解和欣赏。

诚然，文艺作品特别是诗歌，其感染力主要是靠作品自身来体现、来发挥的，有时与作品的作者的本事和时代背景并没有必不可少的联系。例如李商隐的《锦瑟》：

> 锦瑟无端五十弦，一弦一柱思华年。庄生晓梦迷蝴蝶，望帝春心托杜鹃。沧海月明珠有泪，蓝田日暖玉生烟。此情可待成追忆，只是当时已惘然！

这实际上是一首无题诗，不仅它的背景和主题世人争执已久，结论难下，就连各句的具体解释，也多分歧。但是"不管知与不知，都知是好言语"，人们总喜欢反复欣赏和吟诵它。

不过并非所有的作品都是如此。有许多作品读来虽觉美好，但是如果能够掌握其背景材料，那时诵读和鉴赏起来体会就大不一样。例如王维的《桃源行》文情并茂，音韵铿锵，令人手不释卷。但是如果能够事先阅读陶渊明的《桃花源记》和《桃花源诗》，读起来感受就会深刻得多。可惜的是，元曲中许多作品，都找不到这种参考材料！

元曲作家成分的复杂性，给作品带来两种不同的效果。一方面其优点是形成了作品内容的多样性、通俗性和口语化等特点；但另一方面由于许多作者在文化水平方面的欠缺，导致不少作品在文采方面显得有欠典雅甚至难以读懂。

第二节　作品内容丰富但缺乏唐诗宋词那种名篇巨制

跟唐诗宋词相比较，现存元人散曲为数并不算太多。据粗略统计，散曲剧曲作家总共约 220 人，其中 173 人只留有散曲，47 人散曲、剧曲都有。他们总计写有小令 132 个曲牌，作品 3860 支；带过曲 44 个标题，带过曲 213 组，内含小曲 486 支，其中带过曲独用的曲牌 23 个；散套 65 个曲牌（其中散套独用者 58 个），散套 489 套，内含小曲 2786 支，残曲 54 支。以上总共有曲牌 294 个，小曲 7186 支。

剧曲有 162 种，残剧 49 种，佚名剧目 429 种。一共使用 443 个曲牌，8105 支小曲；另加南曲 17 支，总共 460 个曲牌，8122 支曲子。

散曲剧曲加在一起，共有曲牌当在 500 支以上，曲子约 15308 支。从曲子的数量上看，散曲与剧曲的分量相差不是太多，即 7186∶8122，接近 7∶8。但是由于剧曲还有大量的科白，因此剧曲的分量比散曲要重许多。

从内容上看，总起来说，元散曲的内容是很丰富的，反映了当时社会生活的许多层面。但是散曲也许是因为受篇幅的限制，大都是捕捉生活中的某些生动片段，而很少鸿篇巨制。至于元散曲所反映的具体内容，以编者手头所分析的 4277 支小令和带过曲为统计对象，其主题大致可以归纳为下表的"写人状物"等七大类。现列表如下：

元散曲作品主题分类表（以 4277 支小令和带过曲为统计资料）

分类	写景状物	即事抒怀	闺情妇女	隐逸、咏史、叹世	赠答	仙道	其他	合计
数量	1168	1021	966	675	164	127	156	4277
占比	27%	24%	23%	16%	4%	3%	4%	100%

注："其他"是指社会生活、歌颂嘲讽、游戏拟人等内容。

必须说明的是，诗歌主题内容的分类很难十分准确。因为同一首诗，可能是既写景述事而又抒怀叹世的。在这种情况下，一般多以"即事"概括之。

从以上表格可以看出，元曲作者大多从写景抒情或记事着手，以发抒其对时事的不满，对生活的慨叹。首先是这种写景状物与即事抒情的作品共占总体的51%左右。其次是写男女相思的作品，约占22.6%，但可惜多数是写三瓦两舍的男女关系，而很少有写纯正爱情的篇章。再次是写归思、退隐、咏史和愤世的作品，约占16%。复次则是神仙道化、游戏嘲讽和拟人、劝世等杂类，约占7%。其中有许多从特殊角度写社会生活的，如"牛诉冤""借马""皮匠说谎"等，给人以生动具体的印象。另外有些作品如踢球、玩双陆等，有一定的研究和考古价值。

但是，从总体上说，元散曲虽然内容丰富，比较深刻地反映了当时社会的某些层面和当事人的思想实际。但是作家和作品的总量，与唐诗宋词相比，还嫌太少。其作品总量不及唐诗的十分之一，宋词的五分之一。

而更主要的是，其作家除元好问、赵孟頫、萨都剌、张养浩等少数人是上层大知识分子，以及关汉卿、王实甫、马致远、白朴、郑光祖等是天才戏剧作家外，大多为失意的、在三瓦两舍混生活的下层知识分子，而缺少像李白、杜甫、白居易或李清照、苏轼、辛弃疾等那样的大文豪和天才诗人，也缺乏像"三吏""三别"、《长恨歌》、《琵琶行》那样的长篇史诗。所以无论在深度还是广度上，元散曲都远不足以与唐诗宋词相媲美。

不过，元散曲也有许多独到之处，特别是像刘时中的《端正好·上高监司》、杜仁杰《耍孩儿·庄家不识勾栏》、睢景臣《哨遍·高祖还乡》等篇章，都别开生面地反映了当时的社会面貌和人们的思想感情，是脍炙人口的优秀作品。不少写人状物的作品，其思想艺术上的成就也达到了值得赞叹的高度，例如乔吉的《梁州第七·射雁》，就比唐诗韩愈的名篇《雉带箭》要生动壮观得多。

至于元人剧曲，其内容之丰富，是我国此前文学史上所少见的。并且后世许多剧种所上演的有名剧目，几乎都可以从元杂剧中找到其源头。这些剧目，既广泛地展现了我国古代有特殊意义的历史事件或故事，也反映了元朝时代人们对生活的看法，很好地发挥了"鉴古观今"和"借古讽今"的作用。其中许多剧目，如《望江亭》《西厢记》《窦娥冤》《赵氏孤儿》等不仅脍炙人口，为国内许多其他剧种所移植，并且还被译成多种外文，产生国际影响。元曲中的许多剧本或剧目，为后来的《西游记》《三国演义》《水浒传》和"三言二拍"等明清小说开辟了源头、提供了素材或创立了规模，是此后我国戏曲和小说作品的丰富泉源。

当然，由于时代的限制，剧曲中宣扬愚昧的忠君思想、男尊女卑观念和先天宿命与神鬼迷信的地方也很多，需要我们有分析地对待。另外散曲和剧曲都有若干篇章，过于黄色粗俗，不宜在社会上传播。

对于元剧曲的评价，我们还将在有关介绍剧曲的篇章中，作进一步的探讨。

第三节　元曲格律上的特点

一　字数与句数上的灵活性

第一章已经说明，从格律诗的角度着眼，元曲的确凿源头之一是宋词，是宋词的进一步发展演变；也就是说，元曲保留了宋词长短句的基本形式，但在字数、句数、句式、平仄、韵脚乃至语言色彩等方面的限制，却比宋词宽松多了。正因为它与宋词是既相似而又有显著的不同，是对宋词典雅而严格规则的一种反抗，是诗歌走向大众化时所必然发生的现象；所以，正如上章所述，许多学者才把它叫作"词余",意即是词的副产品、衍生物;正如同人们当初把"词"叫作"诗余"一样。

以上诸特点,将于本节有关的条款中,分别加以陈述。这里先就元曲在字、句数量方面的灵活性加以说明:

(一)字数增减的灵活处理

宋词每个词牌的格式都是固定而且严格的,除少数词牌有一定数目的"又一体"而外,填词者绝不能随意增损一词。至于"又一体",其本身的格式也是固定的,绝不能随便独创。

元曲在这方面就灵活多了。它可以通过以下两种方式增加字数。

一种方式是,元曲有些曲牌中,有些句子的字数可灵活处理。例如《牧羊关》起首两个三字句,可以改作两个五字句或七字句。《骂玉郎》第二句本为五字句,也可以作六字"折腰句"(即3+3)。《红芍药》第五句可以是五字句,也可以是六字折腰句。《初问口》第三句和末句为七字句,但也可各自破作两个五字句。类似的例子甚多。还有极少数的曲牌,可以减少字数,例如《金盏儿》第四句本为七字,但也可改为两个三字句。《村里迓鼓》(第五、第六、第七三个四字句,可改为三个三字句)、《上马娇》第五句为一字句,可省去,等等。当然,这里也可以把字少的格式作为基准,看作增字格。所以增与减两者是一回事。总之,只需了解有些曲牌可以按规定增减字数就行了。

但是应该记住,这里所说的字数灵活处理,是指在一定的条件下,按规定变通处理,而不是可以任意增减字数。至于哪些曲牌的什么地方,其字数可以怎样处理,我们将在该曲牌条目下具体说明。

另一种方式是使用衬字。"衬字"的使用极为灵活,但也须遵守某些规则。由于使用衬字是元曲的重大特点之一,故将于下章讨论元曲谱写方法时,另立条款加以详细说明。

(二) 增句

许多曲牌，在其中一定的地方，可以增句。增句的数量、所增句子的字数、押韵方式以及某些地方需要使用对仗等，则每曲自有规定。例如《端正好》在第四句之后，可以增句；且所增句子必为双数，并须两句以上；其增句多为对偶，韵脚须落在偶句上。《青哥儿》第三句以下可增句，多少随意，多为四字句或六字句。个别曲牌增句有多至二十八句者。类似的增句例子还有不少，《康熙曲谱》援引柯丹丘的《论曲》，将可增句的曲牌定为《端正好》《货郎儿》《煞尾》《混江龙》《后庭花》《青哥儿》《草池春》《鹌鹑儿》《黄钟尾》《道和》《新水令》《折桂令》《川拨棹》《梅花酒》等十四章。这是他们比对不周所下的仓促结论，实际上还有《游四门》《醉扶归》《拙鲁速》《落梅风》《拔不断》《斗鹌鹑》等不少曲牌，都是可以增句的。又如《尧民歌》的第五句本为二字句，但可以叠句，也应该算是增句方式的一种。具体情况，将在可以增句的曲牌下，另作说明。

二　句式上的宽容性

句式以及与此密切相关的顿逗问题，是一种非常细致的语言现象，弄清楚其中的规律，对于写作和鉴赏文学作品，很有帮助。

元曲句子上的灵活性，既包括句子的数量、每句字数的灵活处理，也包括句子结构即句式安排上的变通问题。关于句子数量和字数的增减问题，已见上条第二款，不赘。

元曲句子结构或句式安排上的灵活性，也是元曲的语言特点之一。

诗歌的所谓句式问题，是由每句中字数多少及其词或词组间的语法关系所引起的。为了比较顺利地弄清楚这一问题，这里有必要对于我国诗歌句子的字数问题，先作一点广泛的探讨。

(一) 我国诗歌句子中的字数

详考我国古诗作品，其字数虽主要为四言、五言和七言，其

实是所谓杂言:《诗经》以四言为主,古近体诗多为五言、七言,但是从一字到十多字的句子都有:

一二字句:多为叹词、呼语或某种简单句子,如"噫""嘒""上邪""乱曰""断竹"等,为数较少。

三字句:较为常见,如"螽斯羽""麟之趾""请成相""出东门,不顾归"等。

四字句:以《诗经》为主,后世仿作者多。

五字句:在古、近体诗中,为仅次于七字句之次多诗句。

六字句:仅见于王维等之六言诗,如"桃红复含夜雨,柳绿更带朝烟",及长短句之"词""曲"中。六字句的结构多为2+2+2。折腰句即"3+3"式,曲中常见,如"断肠人在天涯"之类,但在词中,多改为两个三字句,如"层楼里,春山叠;家何在,烟波隔"等形式。

七字句:为数极多,例不胜举。七字句的句式即顿逗安排,有两种形式,即4+3(2+2+3)和3+4。后者因为比较反常,也被叫作"折腰句"。下文还将对此作进一步的分析。近体诗中七言误作折腰句,为作法之大忌。

八字、九字、十字句:较少见,且多被视为三字、五字、七字句之延长和组合。一般仅见于古诗。八字句:例如"壮士一去兮不复还""宁不知倾城与倾国"等。

九字句:"奈何卒逢三月养子燕"(《蜨蝶行》),"白鹿乃在上林西苑中"(《乌生八九子》)。

十字句:"无日无夜兮不见我疆土,秉气含生兮莫过我最苦。"(蔡琰)

十字以上的句子极少,偶见者如:"动秋怀西风木叶秋水蒹葭。"(白贲)"只被这一弄儿凄凉断送的愁人登时病了。"(王和卿)

总之在我国古体诗歌中以四言、五言、七言最为常见。至于近体诗产生以后的古近体诗，何以会形成以五、七言占绝对优势的局面，则是一个非常复杂，而且学术界又对此缺乏研究的问题。拙著《诗词曲格律新释》第三章第二节对此曾有所探讨，可参阅。

（二）顿逗问题

语言中不论每个句子的字数是多少，字词之间总会因为语法关系而产生一定的顿逗现象。句内的顿逗是作诗行文都应该注意的重要事项，因为它关系到作品是否朗朗上口的问题。不过顿逗问题，对于不同的文体，其影响是并不相同的。散文中顿逗不当，只涉及文章诵读起来是否朗朗上口，而并没有合格不合格的问题，也就是说只是好坏而并不是对错的问题。

诗歌则不然，在某些体裁中，顿逗失调，可以成为败笔。例如近体诗七言句的顿逗通常是 4＋3 或 2＋2＋3，倘写成 3＋4，则念起来非常别扭，容易受到讥评。以下这类诗句，一般都认为欠妥："谁人得似张公子，千首诗轻万户侯。"（杜牧《登池州九峰楼寄张祜》）"永夜角声悲自语，中庭月色好谁看！"（杜甫《宿府》）。

古体诗由于是杂言，对于其句内的顿逗问题，并无通行规则。

顿逗问题在一至五言句中不曾引人注意，只有在近体诗和词的五至七言以上的句子中，才有影响。因为一、二字句不存在顿逗问题，三字句随便怎样顿逗都可以。四字句通常作 2＋2，一领三（1＋3）如"封狼居胥""会坡仙老"之类的句子极少。作 3＋1 的情况更少，只"凤凰台上""锦官城外"似之。五言句，经查考大量的五言诗，都作 2＋3，或 2＋2＋1，只极个别的情况下才能见到 3＋2 或 1＋4 的例子，如："秋夕兮遥长，哀心兮永伤。""坐磐石之上，弹五弦之琴。""羊肠坡诘屈。""所谓者真人。"至于一领四（1＋4）的情况，如"叹聚会难亲，想恩爱怎舍"则更少。4＋1 的情况几乎没有，仅"细雨微风岸"，"大漠孤烟直"似之，但这实为 2＋3。

顿逗问题在不同体裁的诗词中，其影响是不尽相同的。

六言折腰句在"词"中多作两个三字句。在"词、曲"中，"枯藤老树昏鸦"（2+2+2）与"断肠人在天涯"（3+3），这两种句式在表现方式和给人的感受是并不相同的。同样七言句："云淡风轻近午天"（2+2+3 或 4+3），与"阑干外烟柳弄晴"（3+4），两者的表现方式和给人的感受也是完全两样的。

人们把六言句中的 2+2+2 视为常规，而把 3+3 认为变格，称之为"折腰句"。六字句在五言、七言诗中不存在，在词、曲中则是"定格"，折腰与否，两者都合法但应有区别。不过在词中，六字折腰句往往被改作两个三字句。

同样在七言句中，人们把 4+3 视为正常，而 3+4 则为变格，也称之为"折腰句"。跟六字句一样，折腰句在词、曲中为定格，如"醉沉沉、庭阴转午"（《贺新郎》）；"桃花浪，几番风恶"（《满江红》）；"题红叶清流御沟，赏黄花人醉歌楼"（《沉醉东风》）。折腰句在古体诗中可以自由使用，在近体诗中则为败笔。

问题主要发生在七言诗中。近体诗产生后，在曲中，无论六言或七言折腰句都甚为常见，且多为定格，不能与不折腰句混同。不过由于元曲在格式方面的宽容性，有时甚至同一作家在同一曲牌的不同作品中，也可以偶然出现把这两种句式混用的情况，例如无名氏《耍孩儿·拘刷行院》套中，其第十、第十一煞分别作："待呼小卿不姓苏，待呼月仙不姓周"和"黑鼻凹扫得下粉，歪髻子扭得出油"，即分别作 4+3 和 3+4，即正常句（不折腰）与折腰句任意倒换。又 3+3 与 2+2+2 也常有倒换现象，例如《天净沙》的末句一般为"断肠人在天涯"之类，也有人作"水声淘尽诗愁""看看月上荼蘼"等的。

不过以上所举皆为特例，在正常情况下，折腰与否还是应该有明显区别的。

本书在曲谱定格中，正常句一般不另加说明，七字折腰句则写作"3+4"或7；六字折腰句作"3+3"或6。

(三)元曲句式上的宽容性

从上文可以看出，在诗词中，句式与顿逗问题，有严格的规定，不可随意改变。但是在元曲中，则有很大的灵活性和宽容性。

元曲每个曲牌，其字数、句数、句式，在定格中都有明确规定。但是，与诗词不同的是，出于表情达意的需要，作者可以在句式与顿逗上灵活处理。有时甚至同一作者，在同一曲牌的不同作品中，同一句子的句式与顿逗，可以彼此两样。例如：曲牌《天净沙》的第五句，是公认的有名折腰句，但张可久在其32首《天净沙》中，却折腰与不折腰同时使用，并且作2+2+2，即不折腰者，如"水声淘尽诗愁""看看月上荼蘼"之类竟有29首之多，占91%。又如无名氏《耍孩儿·拘刷行院》套中，其第十、第十一煞分别作4+3和3+4："待呼小卿不姓苏，待呼月仙不姓周"和"黑鼻凹扫得下粉，歪髻子扭得出油"。这说明元曲在句式的使用上，是有很大的宽容性的。

不过以上所举毕竟只能算是特例，不可视为常规。在通常情况下，定格中的句式特别是折腰与不折腰的区别，在作曲时还是应该予以重视的。只是元曲在许多方面，其格律都比近体诗和(宋)词灵活，因而在句式上也有一定的宽容性。

三 平仄问题上的大解放

元曲格律上最大的特点是在平仄问题上的大解放。除了按照周德清《中原音韵》的标准，"平分阴阳，入派三声"外，对于平仄(阴阳上去)的要求十分宽松。例如在韵脚上可以四声通押。韵脚本是诗歌中最关键的地方，尚可四声通押；那么句内其他地方自然更加可以灵活掌握，是无须说明的了。我们只需对许多名作家的作品加以对比分析，就可以看出对于平仄问题灵活处理的现象是很普遍的。下文谈用韵问题时，还将对此作进一步的陈述。

但是，这并不是说元曲并不注意平仄问题，而只是说在表情达意需要时，可以直抒胸臆，不受平仄格律的束缚。我们只须稍加注意，便可看出在通常情况下，元曲还是很注意平仄格律的。这从以下两点可以证实：一方面许多曲牌，规定某些句子应该组成对仗，当然就必须注意平仄相对或相似；另一方面许多作家在造句行文时，力求"律化"，即组成近体诗所使用的那种句式。例如我们曾多次指出，张养浩《山坡羊·潼关怀古》有"山河表里潼关路"一句。此处暗引古文，即借用《左传·僖公二十八年》对潼关一带地势作用的估计："若其不捷，表里山河，必无害也。"作者于此处之所以颠倒过来写成"山河表里"，就是为了组成像近体诗一样的句子：平平仄仄平平仄。

类似的例子极多。像张可久《水仙子·秋思》："镜里青鸾瘦玉人"，本是说"青鸾镜里玉人瘦"，为求平仄入律而倒装。他的《人月圆·秋日湖上》："笙歌苏小楼前路"，说的原是"苏小笙歌楼前路"，也是同样的道理。如此等等。

四　用韵的灵活性

首先应该着重指出，元曲使用"中原音韵"而不再用诗词当时所使用的诗韵。这是诗歌在用韵方面的大变革、大解放，使诗歌用韵时与发展了的当代语音相一致，而不再为死去了的古音和古代韵书所束缚。这也是中国语音史上的一桩大事，值得大书特书。

《中原音韵》最显著的特征是"平分阴阳，入派三声。"即不再承认古入声字，而把它们分别归入"（阴阳）平、上、去"三声之中去。当然这种归并是有语音学上的规律可循，而不是任意指派的。所以元曲的"四声"指的是"阴阳上去"而不再是传统的"平上去入"。

其次是前已指出，元曲可以平仄通押。用韵本是诗歌中最重要的事项。古典诗词有平韵、有仄韵，但一般不可以混用，即不可平仄互押。正式允许平仄通押，是从元曲开始的。

元曲不只可以平仄通押，而且对于韵脚中韵母的要求也是很宽松的。有时 n 与 ng 通押，例如：无名氏《新水令》第三套"揽闲风"中"云、闷、更、筝、信"互押，类似例子甚多。不仅如此，并且可以押近似的韵，如：朱庭玉《点绛唇》套《赚煞》中"煞、鼐、客、侧、戴、来"互押。郑光祖《感皇恩》韵脚作：桃、瑶、鹤、劳、薄（也可能"薄"从口语念 bao 阳，但鹤绝不可念 hao）。类似的例子也不少见。

有时为文意所限，甚至失韵的也有。如：朱庭玉《青杏子·归隐》中之《归塞北》以一麻为韵（涯、艖），但结尾却作"坡"。如果不是传抄错误，就是失韵。这样的情况虽不少见，但还是只能算作特例，不足为法。

又元曲每个曲牌通常都是一韵到底，不许换韵，只有极个别的例外，如刘庭信《新水令》套中之《驻马听》末二句曾换韵，即作：阶、乖、（色）、台、衰、败、划、煞。当然这种情况，有时也可以解释为押韵从宽，或是语音的演变造成的。

但是元曲却可以重韵，如：元好问《小圣乐》前阕有"妖艳喷香罗"，后阕又有"何用苦张罗"。关汉卿《大德歌》："子规啼，不如归。道是春归人未归。"吕止庵《后庭花》："西风黄叶疏，一年音信无。要见除非梦，梦回总是虚。梦虽虚，犹兀自暂时节相聚。近新来和梦无。"无名氏《梧叶儿》："今年早，不见你，泪珠儿，滴满了春衫袖儿。"（按此处"你，儿，儿"均应读 ni 的第二、第三声）

注意，按定格必须重韵（多为叠句）者，不在此例。例如张养浩《山坡羊》结尾："官，君莫想；钱，君莫想。"

元曲的此种重韵，往往有对比、照应的作用。但是在一般情况下，还是以不重韵为宜。

顺便补充一下：元曲在篇章之中，与唐诗宋词不同，是完全不计较是否重字的问题的。就拿马致远的《天净沙·秋思》来说，短短28字的篇幅，就使用了两个"人"字、两个"西"字。然而人们对此种情况已经很是习惯，从来没有人加以指责。

元曲虽然一般都是一韵到底，但很多时候，也偶有"白脚"，即以不押韵的字为句子的末字者。白脚一般都落在奇数句上，但是也偶有像宋词《沁园春》那样，三四句一韵，即连续安置两三个白脚的。如李致远《粉蝶儿》套中的《上小楼》第三、第四、第五和第六、第七、第八句，都是隔两句一韵。又《村里迓鼓》第六、第七、第八句三句一韵，第九、第十、第十一、第十二句四句一韵。不过这都是比较少见的现象，作者并且可以加入韵脚，只是所加韵脚应该尽量落在偶句上。

关于元曲的用韵问题，下文在探讨元曲的写作方法时，还将作进一步的补充。

第四节　元曲的语言特色

一　通俗化和口语化

元曲与宋词的主要区别之一，就在于语言风格上有所不同，即元曲在口语化上更加前进了一步。

众所周知，宋词语言上与唐诗的主要差别之一，就在于宋词语言的口语化倾向。不过宋词的语言，其本身却又存在一种矛盾的现象，那就是一方面大胆使用口语，但另一方面又力求典雅。即使是像李清照、苏东坡那样的大文豪也是如此，例如，李清照："守着窗儿，独自怎生得黑……这次第，怎一个愁字了得！"苏轼："蜗角虚名，蝇头微利，算来着甚干忙？""多谢无功，此事如何着得依!"辛弃疾:"众里寻他千百度,蓦然回首,那人却在灯火阑珊处。"柳永:"便纵有千种风情,更与何人说?"虽则有时追求口语化,然而从总的倾向来说,典雅仍是宋词的主要特色。

可是,元曲在口语化方面,与宋词的口语化却又有很大的差别。宋词是虽然穿插一定的口语,却并不影响其文雅的整体形象。元曲则用词上全凭表情达意的需要,直抒胸臆,能够大胆而且尽量地使用口语、方言乃至大白话和粗俗的调侃而毫无拘束与顾忌,有时就像在日常生活中说话一样,但却一般都安排得很得体,圆润流畅而且合辙。这是因为元曲的另一个源头是北方大众化的民歌,它尽量包含了平民阶层的语言;而且其作者又是广大的市民阶层,而不像唐诗宋词那样,以有教养的文人为主体。正因为如此,所以上章第三节指出,如果把较多的短小宋词和元人小令摆在一起,稍有文学根基的人,一眼就能够从其口语化的程度和色彩,看出哪些是宋词,哪些是元曲来。

通俗化、口语化可以是使诗歌接近群众的一种优点,具有其特定的表现力。但是不能过头。因为诗歌的特点应该是优美、含蓄。过于粗俗会损伤它的美感。另外使用俗语方言也应有一个底线,那就是要让读者可以理解。所以太偏僻、太隐晦的口语俗话,不宜轻易地和太多地使用。元曲在这方面的缺点也是很明显的:有时语言因为过于粗俗和偏僻而难以理解。这可能与元朝存在的时间太短,汉文化有时显得式微,因而有教养的文人参与写作不够有关,但这种缺点却大大影响了作品的感染力。这也是元曲难懂和流传不如唐诗宋词广泛的原因之一。

二 方言和非汉语的混用

元曲语言上的又一特点是穿插有许多的方言土话和北方少数民族语言,如女真语、契丹语、蒙古语、维吾尔语乃至某种中亚语言。此点在剧曲中尤其显著。这是与一般的口语化有所不同的另一特点，也是我国其他文学作品中所不常见的现象。

上条已经论及，通俗化、口语化应该避免使用太偏僻的土话、方言，后者使用得过头就会影响诗歌的感染力。外族语言的掺入尤其如此。

至于北方民族的语言，在不妨碍理解的情况下，偶尔穿插一点，可以传达某种特色。例如一分儿在《沉醉东风》中，有这样的句子："达剌苏（酒）注入礼斯麻（酒杯），不醉啊休扶上马。"读来别有风味。这正如改革开放的今天，人们往往使用一点外文，例如当今口语中时常穿插Hello、OK、Byebye等一样。但是使用过多则会失去宣传效果。

在元代，作品中穿插一些外族语是可以理解的，大约也不太影响其在当时的宣传效果。但是时过境迁，就成为一种语言障碍。这种情况在散曲中比较少见，在剧曲中则大量存在。例如，蒙语："米罕（肉）成斤吞，抹林（马）不会骑"；女真语：溜儿（童仆）；契丹语：曳剌（兵卒）；等等。这种现象导致作品中留下了某些词语，至今无法做出很准确的解释。

无怪有不少学者说，元曲是最通俗、平易的一种文学作品，然而又是最难彻底读懂的一种文学作品。外族语的混用，就是难以彻底读懂元曲的主要障碍之一。这就有待于后人的努力，使晦涩处变得明白易懂，能为更多的人所欣赏。

关于元曲在语言和写作方面的特点，下章在探讨元曲的写作基本规律时，将作进一步的阐述。

第五节　整理元曲的主要困难

作为一个整体，对元曲在整理、研究、笺注和阅读方面，与对待唐诗宋词有很大的不同之处。人们往往面临着许多特殊困难，需要付出更多的艰苦劳动。这是由多方面的原因所造成的，前此也曾有所涉及。

当前在进行以上工作时，所碰到的主要困难有二，那就是：格式不明和注释不详这两座大山。下面将对此加以详述。

一　格式不明

格式不明不是元曲所固有的缺点，而是后人编辑元代作品时功夫下得不够所形成的缺陷。

正格是元曲的基本框架。一首元曲，如果不弄清楚并且标明它的正格，不将正文和衬字用不同的字号或字体明确区分开来，就淹没了原诗的语言美，并且影响读者对作品的充分理解。因为正文和衬字在表达上的作用是不完全相同的。此点在阅读本书下编"作品选读"时，便可以明确感受到，此处姑且从略。

不区分正词和衬字，还将使习作者望而止步，大大影响了元曲的普及和发展。也许这就是后人作诗填词者众多，而谱写元散的人，在明清时远不如作诗填词的众多，而在当代更是极为少见的根本原因。

然而，不管是过去还是新近出版的元曲选本，也仍然是正文衬字混杂，对各个曲牌格式上的特点，甚少说明，这大大影响了读者对作品的理解和妨碍了人们习作的情趣与勇气。

这种缺陷固然主要是后人努力不够所造成的，但也与即使在元朝，许多作者就没有养成突出正格和区分正文与衬字的习惯有关。除极少数曲谱曾对正文和衬字加以区分外，大多数集子或选本都是将正文和衬字两者混淆在一起的。在有关散曲的集子中，突出正格、区分正字与衬字的本子虽然不多，但还偶然能够见到；而剧曲则几乎全都是正文与衬字混淆在一起的。通常只不过是把唱词和科白分别书写而已。

由于以上陈陈相因的缺点，遂使得我们今天虽然通过大力的对比与审慎的选择，也仍然不能保证对每一个曲牌，都能确有把握地找出其定格，并把正文和衬字准确无误地区别开来。

二　注释不详

我国的许多古籍，注解众多而且详尽。像十三经之类的书籍，注释极多，并且后人又对原来的权威注释再加注释。有时正文只寥寥数语，而注释可以多至数千言。真是"引经据典，不厌其烦"。

至于元曲，由于研究者不多，作品大都缺乏注解，对于其仅有的一点注释，也多是互相传抄。许多应该注明的地方，往往没有注释；而本无须注释的地方倒是不厌其详。

此外由于前述元曲在语言上所具有的独有特点：土话俗语太多、非汉族语言夹杂，加上时过境迁，人们已经忘记当时的语言情况，所以有些地方很难读懂，个别地方甚至恐怕永远没有弄清楚的可能了。

一个时期以来，关心元曲的人渐多，优秀的选本相继出现。相信元曲迟早有不难读懂之一日。

本书在选编作品时，除注意在思想性和艺术性方面慎重选择外，对于已入选作品的文字则是反复推敲，尽量多作注释。一般每首的注释，少则将近十条，多者达三四十条，争取做到使人们能够彻底读懂。但是由于前述的种种原因，很难做到处处都能读懂。对于一些实在难解的地方，除了存疑而外，也尽量提出自己的看法，供读者参考，以使疑难不致影响对全篇的理解。其详已见于序言中有关本书注释之"四大特点"的介绍部分，不赘。

第 三 章

简论元曲曲谱和谱写方法

本章内容比较复杂，主要涉及元曲与音乐的关系、两种元曲曲谱、谱写元曲的基本规律等方面的问题，而且这些问题又是彼此密切相关的，所以放在一起讨论。

探讨元曲与音乐的关系，应该先从一般诗歌与音乐的关系谈起。

第一节　简论诗歌与音乐的关系

音乐与诗歌关系密切，前此已经多处提及，而今在讨论元曲的曲谱时，直接关系到元曲与音乐的密切关系，故不得不再系统地重温一遍。

一　配乐诗歌的歌词和乐曲

"诗"与"歌"最初本是由同一种文学现象，即由生活中最早的歌谣分化而来的两大部类。按照现代汉语喜用双音词的习惯，"歌"与"诗"可以分别称之为"歌曲、歌谣"和"诗歌、诗章、诗篇或诗词"。歌曲是可以歌唱的，并且一般可以将其曲调谱写下来。诗歌应该是可以朗诵的，但不一定都配有音乐或可以歌唱。

可以配乐歌唱的诗歌，一般都由两个部分组成，即该诗歌的

"词"和"曲"：

表明其内容的语言文字部分叫作"词"或"歌词"。歌词是诗歌的最根本的部分。迄今我们所记录下来的古代诗歌甚至古乐府，也都主要是歌词，而对其唱法或所配音乐，则很多都没有记载而且也无从查考了。

表明诗歌音乐的部分叫作"曲"，即"乐曲"或"乐谱"。曲的存在也由来已久，从最早的民歌歌谱到后来的"大曲"，都是不同时代和风格的乐章。我国很早就发明了记录乐曲的方法：早在7世纪的隋唐时期就有了"工尺谱"，比意大利的五线谱要早五百多年。但可惜的是它比较繁难而后人又研究改进不够，因而流传不广，只有很专业的人士才能够识别和使用，这就是很多著名的古代乐曲未能系统完整地保存下来的根本原因。

我们在研究元曲时，一定要搞清楚其词与曲的关系。

二 唐诗、宋词、元曲与音乐的级差关系

我们今天所能见到的古乐府、新乐府、唐诗、宋词、元曲，都是古人所写的歌词。歌词与它所配的乐曲（曲调），本不是一回事。也可以说：歌词和曲调（写词和作曲）并不一定出自一人之手。同样的歌词，也可以配上不同的音乐。李白为了赞美皇上欣赏牡丹所撰写的三首"清平调"，其实不过是三首美好的"绝句"，再配上"清平调"音乐而已。其他诗人所写的律、绝乃至古体诗，乐人、歌妓争相谱唱时，肯定所使用的是各自不同的曲调。由此可见，歌词和曲调并没有固定的关系，同一首歌词，可以配上不同的乐曲；同一首乐曲，也可以配置（填写）不同的歌词。

我国的古典诗歌与音乐的关系是：古乐府或者是连词带曲同时采集到的，或者是先采集到歌词，再由乐府工作人员配以音乐的。当然也有可能先收集到某种美好的曲调，然后再配以歌词的。

新乐府则是古乐府的仿作。

至于唐诗、宋词、元曲与音乐的关系，则呈现一种级差的现象。

具体说来，唐诗是在传统诗歌的影响下，作为一种韵文体裁，逐步发展起来的。它与音乐的关系比较疏远，有的配有音乐，如前述的李白三首《清平调》；有的则只是以一种韵文体裁的形式存在，并不一定有与之相配的音乐。也并不曾听说写诗的人，一定要有音乐修养。当然，如果作者有一定的音乐修养，在审音度律时，肯定是会有帮助的。

宋词与音乐的关系，远较唐诗为密切，这可以从许多词牌的名称上看出，如《苍梧谣》《渔歌子》《调笑令》《清平乐》《水调歌头》等，明显带有音乐色彩。

不仅如此，许多人在评论词作的好坏时，也常以是否好唱和"入律"为评判标准，所以李清照就曾经讥讽苏轼的词"皆句读不葺之诗尔"。张炎等认为豪放派是"作豪气之词，非雅词也。文章余暇，弄笔墨为长短句之诗耳"。即使是善于审音度律并且身为"大晟府提举"、号称"词家之冠"的周邦彦，他所作的词也仍然受到张炎等人的非议，认为"于音谱间有未谐"。足见词与音乐的关系，是远比唐诗密切的。

但是，当词发展壮大，成为一代文学顶峰时，也跟唐诗一样，连童仆妇女也有作品传世。他们未必都懂音乐，而是按照已经流行的词牌，"依声填词"写成的，所填的词也未必每首都有配乐。何况各种词牌的音乐散失已久，无从考证。今人填词，不过依照各种词牌的字数、句式、平仄、韵脚等格式填写，即按照特定的格律作"诗"而已，与久已不存在的该词牌的音乐毫无关系。

至于元曲则不然，它与音乐的关系则是彼此融为一体的。因为本书开宗明义，在探讨元曲的起源时，就已说明它主要是来自北方的民歌，然后因受南曲的影响而逐渐律化的。所以每一首曲子都有它所属的"宫调"。当这一宫调的曲子广为流行时,人们便利用其音乐形式而配以新词,也就是像填宋词那样,"依声填词(谱曲)"的。所以,所有元曲都是有与之相配的某种宫调的音乐(曲调、乐谱)的。这也就是为什么所有元曲都注明其所属宫调的缘故。

第二节 两种元曲"曲谱"

一 元曲的乐谱

通常所说的元曲"曲谱",其含义不甚准确,因为客观上有两种"曲谱"存在,一种是指曲子的音乐部分,亦即歌唱时的声音高低与轻重缓急,即其全部旋律的记录,也就是元曲的乐谱,也称"宫谱"或"工尺谱"。另一种则指该曲子的语言格式,即其字数、句子结构、声调韵脚和对仗等方面的规则,也就是元曲的"词谱",也称"格律谱"或"平仄谱"。所以应该把前者叫作"乐谱",后者叫作"词谱"。另有所谓"点板谱",点明演唱时的"板和眼",这种曲谱比较少见,与写作元曲(谱曲)的关系也不密切。

元曲发展起来之后,"日就新巧","操觚之士但填文辞,惟梨园歌师习传腔板耳"。可见元曲的乐谱,即使是元曲的作者,也不一定熟悉。何况时移事易,元曲乐谱早已遗失。即使是早在距我们三百多年、距元朝也仅有三百多年的清康熙年间,已经是"即欲考元人遗谱,且不可得"(以上两段引文见《康熙曲谱·凡例一》),更何况时至今日,我们就更无法了解其真相了。在今天人们仅能从存在于各个剧种的近似曲牌,如《喜迁莺》《水仙子》《调笑令》《忒忒令》《江水儿》等之中,窥探元曲乐谱的某种风韵而已。

二 元曲的词谱

元曲的词谱也就是当前一般人所说的元曲"曲谱"。这种曲谱种类甚多，但正如《康熙曲谱》所说："曲谱从无善本"。它并不像词谱那样，有比较具有权威、为大家所普遍接纳的著作，像《万树词律》《白香词谱》等类，而是由一些彼此见仁见智的作者所编成的缺乏权威的作品。这些词谱彼此出入很大，读者谱曲时往往难以决定取舍。

这类"曲谱"（词谱）中，比较著名的有：

《中原音韵》，元周德清著。该书涉及的面比较广，书中对于作曲提出了许多中肯的意见，除提出《作词十法》外，还录有"定格四十首"和"乐府335章"，可以当曲谱看待。

《曲律》，明王骥德著。该书最先系统地提出有关戏曲写作的各种理论和知识，但不是可以依声谱曲的范本。

《太和正音谱》，明朱权著，有理论、相关知识和曲谱335个，是最早的北曲谱本。标明有平仄。

《北词广正谱》，明徐庆卿原稿，经李玉等多人订正。有北曲曲牌447个。区别正字与衬字。

《钦定曲谱》（即《康熙曲谱》），清汪奕清等奉敕撰，有12调曲牌324个。区分正字与衬字，未注明平仄。

《九宫大成南北词宫谱》，简称《九宫大成谱》，庄辛等奉敕撰，有北曲581支。区别正字与衬字。

《南北词简谱》，近人吴梅编撰，内有北曲十卷332曲。详情待考。

《北曲新谱》，郑骞著，1973年台湾版，详情待考。

此外尚有晚近各种辞书如《中国曲学大辞典》（浙江教育出版社1997年版）、《元曲大辞典》（凤凰出版社2003年版）、《元曲鉴赏辞典》（上海辞书出版社1998年版）等书中所附的曲谱。

晚近出版的这类曲谱，其优点是清楚简洁，缺点是往往没有说明其所根据的版本。

以上所列有关作曲模式即曲谱的著作，除《作词十法》和《曲律》主要是原则性指导外，其他各种曲谱编撰时所根据的基本精神，大都与曲律家黄周星在其《制曲枝语》中的说法相似，即认为"诗律宽而词律严，而曲律则倍严矣"。他们本此精神再选择一定的作品加以归纳，从而编辑成书。

当前各种曲谱，大都标明每个曲牌的字数、句式、平仄（阴阳上去）和韵脚，以及对仗和增字增句等详细规则。格律之严，使人望而生畏，也许这就是元曲不能广为文人所习作的根本原因。实则黄周星此种说法本身就不准确，因为我们试拿诗词格律相比较，词律有比诗律严的一面，如句式有定型而且多变，并不如齐言诗那样好掌握；但也有较近体诗宽松的一面，如格式灵活多变，押韵方式多样化，语言平易接近口语等。并不能断言词律比诗律更严。何况目前那些也许是按照黄周星的说法所编成的曲谱，则是既不符合元曲的发展规律，也不符合大量元曲作品的实际情况，并且各种曲谱又彼此出入很大，因而分明是不可能遵守的烦琐哲学。下文将对其缺点逐一说明，然后另辟条款，为谱写元曲提供简易可行的方法。

第三节 论现有曲谱（词谱）之不足

一 不符合元曲发展的明显趋势

本书上章所论列的元曲特点，即"元曲是宋词的大众化、口语化和自由化"，这既是学术界所公认的文学发展趋势，也是极为明显而无须论证的事实。随便选出若干首宋词的代表作，与元曲的名篇作一对比，情况便一目了然，不可能有争论。而今元曲谱专家竟说曲律较唐诗宋词更严，并且几乎每个字的阴阳上去四声都必须讲求而不只是像唐诗宋词那样仅仅讲求平仄而已。此种说法既没有理论根据，也缺乏实际作品作为例证，但却足以使人望而却步。窃以为这只能算是违反潮流和现实的、故作高深的惊人妄说。

二 不符合公认的元曲作曲规则

元曲的公认规则之一是："韵脚四声通押"，句中的平仄问题可以按照表情达意的需要适当调整。其例子俯拾即是。韵脚本是诗歌中最关键的部分。韵脚尚可四声通押，则其余的部分自然更可四声通用，这是不言而喻的道理。由此可见，当今许多曲谱中四声必究的森严语音格式，显然不符合通则和实际，因而是不可取的。

三 繁难格律断难适用于元曲的创作场合

元曲中很多作品，都是筵前口占，伶人歌妓往往参与其中。在这种场合，作者断难记得起曲谱中有关阴阳上去的繁难规格。而且口语如"屎虼蜋推车"（刘庭信《寨儿令》），"小二哥昔涎剌塔，碌碡上渰着个琵琶"（卢挚《蟾宫曲》）之类，以及象声词"吉丁丁珰画檐前敲玉马"，等等，还有许多骂人的粗话，怎能够在用词时，遵守"阴阳上去"方面的规则？元曲中众多的成语、引文也不能依曲谱改写，至于方言和少数民族语，则更难适合曲谱所规定的阴阳上去规则。

四 各种曲谱彼此出入甚大，令人无所适从

无论词或曲，它们的语言格式都是从现存作品，特别是典范作品中归纳而来的。其中有时便难免发生以偶然现象为必然规则的缺点。例如有名而且颇具权威的万树《词律》，在拟定《沁园春》一曲的词谱时，选定以陆游的"孤鹤归来"为样本。该书编

者偶然发现此词的下阕首句"交亲散落如云"中,"亲"字为所谓"句中韵",并将其定为规则,注明此处应该叶韵。其实这只是误以一时的偶然现象为必然规则的错觉,甚至可以说是"庸人自扰"的节外生枝。因为我们可以举出许多名家的名作来观察,他们在此处的语句是:"当时共客长安"(苏轼),"东岗更葺茅斋"(辛弃疾),"饮酣画鼓如雷"(刘克庄)等,其第二字均不叶韵。足见此处编者系以偶然为必然的主观妄说。但是从万树《词律》的整体上说,这只是白璧微瑕。

笔者一向重视词谱与曲谱,希望从中学习写作规则和得到鉴赏研究上的启发。摸索的结果是:词谱严谨并为广大作家所遵守,除上述偶有的瑕疵外,词谱的绝大多数格式都是可以完全信任和照填的。但曲谱则不然。现存各种曲谱书籍中并无绝对权威,而又彼此差异很大甚至矛盾重重,使人无所适从。这主要表现为字句上差异甚大。笔者曾选取古今几种曲谱,即《康熙曲谱》《中国曲学大词典》《元曲大辞典》《元曲鉴赏辞典》为样本(下文简称"康本、中本、元本、鉴本"),并选定常见曲牌182个,就其字句之见于以上四种曲谱者加以对比。之所以选择以上四种并且古本较少,是因为《康熙曲谱》比较晚近而且较有权威;而晚近出版的书籍,则大多是以古籍为范本,加以对比归纳而成,可以说是吸收了许多古曲谱的优点,只可惜个别书籍没有详记其所根据的版本而已。

遗憾的是,经过详细对比,发现同一曲牌,各个曲谱在字数乃至句数上差别甚大。在182个曲牌中,字句有出入者竟有72个之多,占总数的39.6%。差别在四个字以上者有35个,占总数的19.2%。这结果是十分惊人的。

之所以如此,大概是因为元人散曲,与唐诗宋词相比,数量较少;同一曲牌的作品有时并不很多,难以确定哪些是代表作,因而所依据的范本就不够准确;遂致仁者见仁,智者见智,令人很难把他们所说的作为依据。

　　具体说来，其根源主要在于确认"定格"时，对于何者为"正字"，何者为"衬字"（本书衬字用小号字，以与正字相区别），缺乏标准，各持己见，因而全曲的字数就发生差异。例如越调《金蕉叶》，《康本》以王子一的散套为范文，首句作"爱的是短墙外山环翠峦"，为七字句。《全元曲》张鸣善套作"讲燕赵风流莫比，说秦晋因缘怎及。——"，难以断定为六字或七字折腰句。鉴本无范文，也未说明根据，但直注明为"×仄平平去平"（×表平仄两可）等四个六字句，因而产生差异。由于现存作品无多，难以从对比中断定取舍，因而这可能是一场没有结论的分歧。

　　又如双调《太清歌》，《元本》缺，《康本》作8句48字，《中本》作8句43字，鉴本无范文，直注为9句48字。句数差别的原因之一，在于第五句为2字句，除《鉴本》外，都把它当作衬字了。字数差别还在于对衬字的看法，如《康本》尚仲贤《赵娘背灯》第二句作6字句"讲尽道德阴符"，而《中本》白朴《梧桐雨》第二句则作4字句"都吹落宫花"。末句尚仲贤作6字句"我把这一口气儿长吁"，白朴作5字句"将个尸首卧黄河"。

　　再如般涉调《耍孩儿》，各本各为50、51、54、57字。具体举例，《中本》王实甫《西厢记》《耍孩儿》作9句50字，《元本》曾褐夫套作12句57字，《康本》范文同为曾褐夫套，但作9句54字，《鉴本》作9句51字。其差别的原因之一，在于：第二句王实甫作6字句"比司马青衫更湿"，曾褐夫第二句作7字句"搀造化夺时发生"。第三句王实甫作7字句"伯劳东去燕西飞"，曾褐夫作8字句"也和那治世一般平"。第五句王实甫作7字句"虽然眼底人千里"，曾褐夫作8字句"提防着雨涝开沟洫"。其他类似的例子不胜枚举。

　　其他字数与句数均差别甚大者如双调《川拔棹》，《元本》作8句41字，《鉴本》作6句28字；再如南吕《玉交枝》，《康本》

无名氏小令作 16 句 88 字，而《元本》乔吉小令三首则为 8 句 46 字。按《玉交枝》并不属于可以增句的 16 个（实不止此数）曲牌之列，虽同见于双调，但差别亦不大。此处无名氏与乔吉的差别如此之大，估计乔吉作品的标题应该是《玉交枝带四块玉》的省略。

综上所述，不争的事实说明，现有各种曲谱，其字数、句数乃至四声的规定，彼此差别极其巨大，习作者实在无从取舍，无所适从。

五　许多曲谱不符合元人作品实际

从上文可以推想得出，既然各种曲谱彼此的差异如此之大，它们当然不会与元代许多作家的作品"若合符节"。

词谱、曲谱都是根据前人或时人的名作归纳整理而成，并且曲谱大多编成于元代大作家去世之后。当时的作家并不像后人一样，"依声依谱"填写，而是胸中自有所本的。

翻开元人的散曲、剧曲，即使是名家的作品，同一曲牌的歌词，彼此平仄的出入很大，当然更不会与某些曲谱的规定相符合。足见我们所常见的曲谱，往往是编者根据某些作品所归纳出的有欠周详的产物。

正如上条的众多实例所说明的那样，元人的作品与现在所见的曲谱，差别甚大。我们可择取最常见而简易的《天净沙》和套数中使用得最多的《一枝花》这两个曲牌为例来加以分析。

《天净沙》这一曲牌的格式简明而又容易掌握，因而作者甚多，《全元散曲》中收有 19 个作家的 107 首作品。它的代表作当然是号称"秋思之祖"的马致远的作品：

枯藤老树昏鸦，小桥流水人家，古道西风瘦马。夕阳西下，断肠人在天涯。

其平仄格式，应该是：

平平仄仄平平，平平仄仄平平，仄仄平平仄仄，平平仄仄，平平仄仄平平。

但是由于马作有名，其第四句刚好是"仄平平仄"，于是论者奉它为圭臬，以为此句非"仄平平去"不可。由于"曲重去声"，其第四字尤其不可改易。大部分作品也都是如此。但是张可久却作"宝筝闲枕"（《月夜》）、"梦回仙枕"（《松阳道中》），徐再思作"多情司马"（《秋江夜泊》），白朴作"青山绿水"，汤舜民作"一犁两耙"（《闲居杂兴》）。均不作去声。

再看散套中使用最多的首牌《一枝花》曲。使用此曲作首牌者计43位作者，有套曲133套之多。此曲一般为9句46字，但有人如商衢作8句43字，也有人作9句43、44、48、50字不等的。关键在于某些句子（特别是末二句）衬字与正字如何划分。因此各本曲谱彼此字数相差甚远，甚至连句数也有出入，并与作家的实际作品很不相符。

六　武断妄说乃至迂腐愚昧之处甚多

曲谱与词谱不一样，许多曲牌的名作不多，可供对比的资料贫乏，因之编者更易犯种种主观武断的错误。例如越调《斗鹌鹑》开头两句本为广义对偶句，即彼此对称的两个四字句：仄仄平平，仄仄平平。这本是元曲"逢双必对"的普遍规律。制谱人偏偏于此规定必须是"平上平平，去上平平"，而又没有说明何以必须如此的理由。显然这里也如同上述"交亲散落如云"一样，是以个别曲子作为范本所得出的武断妄说。

元人曲牌据初步统计，散、剧曲共有曲牌480个，但常见而且被使用许多次者不过数十，其中使用百次以上者计有以下23个：折桂令266次，加上同调异牌名的蟾宫曲154次，天香引19次，总共439次，为全元曲中使用次数最多的曲牌。其次为：

滚绣球 278　耍孩儿 262　一枝花 225
倘秀才 224　上小楼 204　混江龙 193
油葫芦 189　点绛唇 188　天下乐 185
新水令 166　寄生草 154　金盏儿 149
赏花时 149　端正好 146　后庭花 138
雁儿落 127　斗鹌鹑 120　牧羊关 120
醉春风 118　粉蝶儿 116　鹊踏枝 116
那吒令 114　得胜令 108

50—99次者，计有以下32个：

醋葫芦 92　川拔棹 81　紫花儿序 75
七兄弟 74　梅花酒 73　醉中天 73
太平令 72　驻马听 70　红绣鞋 69
沽美酒 68　尧民歌 67　迎仙客 67
胜葫芦 66　十二月 65　石榴花 64
小梁州 64　叨叨令 63　快活三 63
水仙子 63　沉醉东风 62　收江南 62
青哥儿 61　梁州第七 60　调笑令 59
白鹤子 55　满庭芳 55　乔牌儿 55
乌夜啼 55　脱布衫 54　采茶歌 53
圣药王 50

以上总共56个。其余同一曲牌的作品，一般不过三五首，有的甚至只有一两首。可以从中归纳出定格的范本资料应该是很稀少的，所以难下结论。然而有些曲谱竟然也能归纳出其严格的阴阳上去格式来。如非主观妄作，定是从明清后世的作品归纳而成，恐更不足以为法。

有时曲谱编者竟然糊涂到了愚蠢的程度，例如无名氏正宫《笑和尚·鸳鸯被》杂剧，每句前都有四个字组成的象声词，前后共六个。如"吉丁丁珰""疏剌剌刷""忒楞楞腾""赤力力尺"

"骨鲁鲁忽""可忒忒扑"，用以形容铃声、风声、鸟飞声、竹声、窗纱声、心跳声。这本是无平仄可言的词组，《康本》《元本》编者竟然按原作字样，把它们按"上平平平"的象声格式照抄下来，而《中本》等则是把这些象声词当衬字看待的。又如费唐臣正宫《滚绣球·贬黄州》，一口气引用了鸱夷子、司马迁、韩退之、孟浩然、李谪仙、杜少陵、闵子、颜渊、仲宣、子建、谢安、李愿等许多前贤的名字，这本是尽情宣泄之作，续作者自不必跟着这些人名字的平仄走的，但《康本》《元本》却按原来名字的平仄照抄，只有《鉴本》独按平仄顺口的规律走。此外，无论诗词曲，在平仄方面一般都是反对连续出现三平或三仄的，更不用说四平或四仄连用了。可是《康本》在关汉卿《碧玉箫》套中，竟把第三句"人生别离"硬规定为"平平平平"，岂不荒唐。其他为范本所误而违反平仄协调规律的例子举不胜举。

七　平仄与配乐关系上的误区

有一个影响很深的误区，是许多人以为，由于元曲与音乐的关系密不可分，曲谱在阴阳上去方面要求甚严，是为了要"配乐"的缘故，并以为非如此便不能"合乐"，不便歌唱。事实上平仄与歌唱两者的关系远非如此。

诚然，如果所用词语的声调适当，铿锵悦耳，当然会有利于歌唱。但是应该明确，平仄协调的功用，在于使书面语念起来朗朗上口，听起来铿锵悦耳。所以散文、骈文、诗歌中都对它很重视。但在音乐、歌唱领域则是另一回事。乐谱所注重的是词的开合齐撮、宏细高低甚至方言中的尖团区别，而不太在乎字的平仄。因为歌唱起来，字的平仄是可以滑动、改变的。例如《国歌》中的三个"起来"，唱到最后一个时，"来"字已经几乎是去声，但这并不影响我们的歌唱和听觉。

另外一个有名的例子，是宋人精通音律的作家张炎之父张枢，在其作品中，觉得"琐窗深"的深字唱来"不协律"，不好听；便反复修改，最后选取的是"琐窗明"。然而"明"与"深"词义刚好相反。这种"以声害义"的做法当然应该受到讥评，但它却说明配乐时起主要作用的并非平仄，因为"深、明"都是平声，而是声音的其他因素。所以懂得音乐的作者，常将自己的作品反复吟唱，或者请来专门的歌唱家进行品味。他们所推敲的并不是字的平仄，而是字音的宏细高低与开合齐撮等方面的问题，看歌唱起来是否顺口和悦耳。所以不必为歌词是否可以配乐而在阴阳上去方面过于苛求。

由此可见，现有元曲曲谱在平仄上的苛求，与歌词的配乐并无必然的联系。

这里顺便再说两点意见。

其一是目前我们所能见到的曲谱，还有一个缺点，那就是所收集的曲牌不够多，并且有时漏掉了日常所习见的散曲曲牌，而把剧曲中的某些不常用的曲牌选入，以致很难找到一种所收内容比较广泛而曲牌又比较齐备的曲谱。

其二是，我们不仅不应该被某些曲谱的粗糙和妄断所拘束，即令是对于某些大家的写作经验也必须有分析地对待，而不可为权威所吓倒，处处奉为圭臬。因为大作家有时也会故作高深，发为警语惊人，而他自己也未见得能够做到。例如南朝梁沈约对于汉语语音的研究，贡献甚大。他首创"四声八病"之说，言之谆谆；但是他自己的诗作就往往不能不犯八病。元周德清盛赞胡祗遹中吕《喜春来》首句"密"字是去声，用得妙，切不可作上声云云；然而他自己的同牌作品，却不能按这一标准行文。他又说双调《庆宣和》"末字应为上去，去平为第二着，不可用上平"，但他自己的作品却非处处如此。可见大作家有时也不过一时兴之所至，故作高深，发为警语惊人而已，不可处处奉为圭臬。

综上所述，可见我们所见各种曲谱，与词谱之严谨迥异，是违背了元曲的发展趋势和写作实际的烦琐哲学，既不符合大量名家作品的实际，而又彼此互相矛盾或出入甚大。这些书的编者如果不是为黄周星的"曲律较词律倍严"的言论所误导，就是所收集的范本太少，比对归纳粗糙，甚至愚妄自用，使人无所适从。要想正确地欣赏元人作品和学习写作，使元曲像唐诗宋词一样广为流传，首先必须摆脱传统曲谱的束缚。

既然现存众多曲谱，难以作为范本，那么谱写元曲就没有规则可循了么？有，下文就将把曲界所公认而又切实可行的规则加以探索整理，以供阅读和谱写元曲的人参考。

第四节　谱写元曲的基本规则和讲究

前已说过，元曲是宋词向通俗化、大众化、口语化的进一步发展，是我国诗歌史上又一个崭新的高峰，但却又不是一种毫无规则的"自由诗"。它跟唐诗宋词一样，有一整套必须遵守的"规则"，以及应该注意的"讲究"。如果破坏了规则，就不成其为元曲；如果忽视了讲究，就不容易使作品走向完美。

一　谱写元曲的基本规则

（一）找出曲牌的定格

元曲不是可以随便打油的大白话，而是每个曲牌都有自己"定格"的格律诗。这种定格指的是每曲有规定的句数、字数和句式。这种定格，各个曲谱一般应该都是相差不太远的。具体言之，找出定格有以下几个步骤。

1. 确定本曲句数

所谓句数是指每个曲牌由规定的若干诗句组成，例如《天净沙》由五个长短句组成，既不可增多，也不可减少。柯丹丘的

《论曲》和《康熙曲谱》的"凡例"中，都认为只有十四个曲牌可以增句。这十四个曲牌是：《端正好》《货郎儿》《煞尾》《混江龙》《后庭花》《青哥儿》《草池春》《鹌鹑儿》《黄钟尾》《道和》《新水令》《折桂令》《川拨棹》《梅花酒》。但是实际上可以增句的曲牌并不止此，上章已经指出，还有《游四门》《斗鹌鹑》《醉扶归》等许多曲牌均可增句。

具体如何增法，在什么地方、可以增加由多少字组成的什么句型的句子若干个，以及韵脚如何安排，是否须要对仗，等等，将在介绍有增句的曲牌时另加说明。

一般地说，每个曲牌的句数是不难确定的，各个曲谱在句数方面也很少有出入。句数不同只是个别现象。

必须特别指出的是，这里所谓的"句"，指的是语音上较大的停顿，而不一定是语法意义上的"句子"。

2. 确定全曲每句字数

比较困难的是确定各句的以及全曲的字数。

各个曲谱字数上常常发生差异。主要原因是同一个诗句，到底哪些是"正字"（正格中规定的字数），哪些是"衬字"（也叫衬词），容易发生分歧。使用衬字是元曲中特有的重要现象，将另辟条款讨论。理论上讲，衬字与正字是不难区别的，但在特定的具体情况下，有时很难下结论。例如上节第四条所举的某些例子。又如，无名氏《袄神急》："恩情如纸叶薄"，按定格应压缩为5字句。这时既可作"恩情如纸叶薄"，也可作"恩情如纸叶薄"。各曲谱对此的处理办法就不尽相同。

解决疑难的最好办法，是选择不同作家的同一曲牌的作品加以比较。如果同一位置的句子，有人作11字、10字、9字、8字、7字，则以最少的字数为准，其余的字应该作为衬字看待。本书所选作品，都将附有说明句数与字数及其他规则的定格，以供参考。

3. 弄清句式

句子有句子内部的结构形式，同是 7 字句，可以是上四下三（4+3），如"山河表里潼关路"，"晓来谁染霜林醉"；也可以是 3+4，如"掺造化夺时发生"，"对芳樽浅酌低唱"；6 字句可以是 2+2+2，如"枯藤老树昏鸦"，"荣枯枕上三更"；也可以是 3+3，如"断肠人在天涯"，"樱桃口芙蓉额"。这种"3+4"和"3+3"的句式通常叫作"折腰句"。在谱写其定格时，对折腰句多用具体平仄字样断开，或用数字"x+y"之类把组成情况标出，并在表句子字数的阿拉伯数字下加横线，以表明其为折腰句。如"仄平平、仄仄平平"，"平平仄、仄仄平"，或7、6 等式样。

5 字句以下的句子，虽然也偶尔有反常情况，但不造成顿逗上的大碍，一般不另作处理，前已论及，不赘。8 字、9 字以上的句子，多作为 7 字以下短句的复合，所以也不在研究之列。不过一般 8 字、9 字以上的句子，多带衬字。除掉衬字之后，仍为 7 字以下的短句或其组合。

这里所举例子，只是为了说明句子的基本结构形式，没有把衬字的问题考虑进去。

需要说明的是，作曲时最好按照曲谱原有句式谱写；但是只要字数不变，句式偶尔改变，似乎是可以允许的。例如，同是 7 字句，时而是 4+3，时而又是 3+4，在名家作品中不难找到其实例。可参阅本书第二章第三节第二款。

(二) 押韵

元曲用《中原音韵》而不用诗词所习用的传统韵书。《中原音韵》的基本特点是"平分阴阳，入派三声"，即不再承认入声字。这是因为在元代，北方话中入声已经基本消灭，并转入其他声调之中。《中原音韵》的"十三辙"与今天的《诗韵新编》基本上是一致的。

元曲的用韵规则，远比诗词宽松。其规则主要是：

四声（阴阳上去）通押。元曲用韵，不分平仄。这给予诗人以很大的自由。但元曲须一韵到底，不能换韵。此点较诗词为严。古体诗可以换韵，宋词可按规定换韵。

可以句句押韵。但有些曲牌的某些部位，可以是两句、三句、甚至四句一韵，即中间可以有几句不押韵（有几个白脚）。一般地说，白脚多落在奇数句上。而且白脚有时也可以入韵，但是应该押韵的地方则不可失韵。

不避重韵。元曲押韵时，可以重韵。如关汉卿《大德歌》："子规啼，不如归。道是春归人未归，几日添憔悴。"吕止庵《后庭花》："梦回总是虚。梦虽虚，犹兀自暂时节相聚。"上章第三节已论及。重韵在诗词中是不可以的，是大忌。

应该注意的是，元曲用韵的规则虽然很宽，但是具体操作起来，还是应尽量使用同一韵部（同一辙）的字，并且用同一声调的字，其音乐效果会更好。

词曲都有所谓"独木桥体"，即句句用同一个字作韵脚。但这只不过是一种文字游戏而已。不必多费工夫。

至于在作品的中间，元曲是从来不考虑重不重字的问题的。例如前举马致远的《天净沙》，短短28字的小诗中，人字、西字就先后两次重复，但从来没有人觉得不妥。

元曲写作时，也有人讲究所谓"句中韵"，并对"一句三韵"，如"忽听一声猛惊"的用法大加赞赏。但这其实也不过是一种偶然的文字游戏，不见得有什么特殊的美好效果，在创作中不值得提倡。

(三) 平仄和对仗

由于通俗化、口语化的趋势，元曲在平仄方面，要求是十分宽松的。在表情达意需要时，几乎可以完全不顾平仄。在剧曲和描写社会生活面貌的散曲中，常常是如此。

但是有些论者却把平仄问题提得很高，规定得很严。如有人说："拈词发调之处，平仄必不可混"，但什么地方是"拈词发调"之处，则缺乏说明。又有许多人强调"曲重去声"，但大量作品的实际，则又说明"去声"并不是那样特别，按规定该用去声时随便改易、不用去声的例子有的是。

但是，我们如果仔细查考，就会发现在许多场合，元曲还是非常注意语音上的平仄协调关系的。作者们大致都曾注意到充分利用从唐诗宋词以来，使用"律化"句子以增加韵味的优良传统。例如前此曾指出，作者为了使句子合律，而把成语"表里山河"写作"山河表里潼关路"，以符合"平平仄仄平平仄"的句型。类似的例子极为众多，前此曾经指出不少。例如张可久《人月圆·秋日湖上》："笙歌苏小楼前"，本是说"苏小笙歌楼前"，但为了写作"平平仄仄平平"而倒装。张养浩《水仙子·秋思》："镜里青鸾瘦玉人"，本是说"青鸾镜里玉人瘦"，也因要律化而倒装。又如任昱《清江引·钱塘怀古》："江流今古愁，山雨兴亡泪。"习惯上都说"古今愁"，此处显然是为对仗而颠倒的。

此外，元曲的常见规则是"逢双必对"。当碰到某些对称的句子，而且一般当曲谱说明"宜对"时，就应该尽量遵守。不过元人所谓的"对"有时是很宽松的，两句结构相似、相对称即可，不一定平仄严格相对。

顺便说一下，元曲在平仄与对仗方面，要求虽然比诗词宽松；但在具体使用对仗方式时，花样反而比诗词多，《康熙曲谱》提出所谓"扇面对"实即"隔句对"，指联内两句并不相对，而是上联与下联相对。如《调笑令》之第四句对第六句，第五句对第七句是。还提出有所谓：

"重叠对"，如《鬼三台》第一句对第二句，第四句对第五句，而第一、第二、第三句又对第四、第五、第六句。

"救尾对"，即曲子末尾之三句互对。如此等等。

对仗方面，诗界还有许多其他讲究。按这只能算是某些作者的一种爱好。对仗上的花样未必能够增加艺术效果，而且名作家的作品也未必都是如此，不必刻意追求。

(四)衬字(词)的使用

元曲的重大特点和写作上的灵活之处，就在于可以通过"增字""增句"和使用"衬字"的方式，适当延长同一曲牌的篇幅，以便作者可以表达更多的内容。增字增句的问题，上文已经说过，这里特着重说明有关衬字的问题，因为它是元曲最显著的特色之一。

衬字又叫"衬词"或"垫词"，意即起"衬托"或"铺垫"作用的字或词，也就是在规定的"正文"之外，加上一定的词语，以显现或衬托出某种新的意思，如加强语气，补充语义，乃至添加某些内容等，而不完全是可有可无的东西。下面就将有关衬字的由来及其使用上的特点，分别加以说明。

1. 衬字的由来和作用

在诗歌中使用衬字，可以说由来已久，并不是从元曲才开始的。

在古典诗歌中，当作者或歌唱者觉得意犹未尽时，常常喜欢在原文之上加进一些东西，其中有些东西很像衬字，例如王维的《渭城曲》，本是一首有名的"七绝"送别诗：

渭城朝雨浥轻尘，客舍青青柳色新。劝君更尽一杯酒，西出阳关无故人。

人们在送别时觉得意犹未尽而喜欢反复歌唱之，形成所谓的"阳关三叠"。估计当时有多种重叠法。现今可以从元散曲中查到无名氏的一种叠的方式是：

渭城朝雨浥轻尘，更洒遍客舍青青。弄柔凝千缕，更洒遍客舍青青。弄柔凝翠色,更洒遍客舍青青。弄柔凝柳色新。

休烦恼,劝君更尽一杯酒,人生会少,富贵功名有定分。休烦恼,劝君更尽一杯酒,旧游如梦,只恐怕西出阳关,眼前无故人。休烦恼,劝君更尽一杯酒,只恐怕西出阳关,眼前无故人。

其中很多地方与我们今天所谓的衬字十分相似。在敦煌曲子词中,某些句子上的附加字,很显然就是我们今天所谓的衬字。如《菩萨蛮》:

枕前发尽千般愿,要休且待青山烂。水面上秤砣浮,直待黄河彻底枯。　白日参辰见,北斗回南面。休即未曾休,且待三更见日头。

其中的小号字"上、直待、且待"显然是附加的衬字。这种做法,到了元曲时代,就正式形成一种可以灵活运用的写作方式。

加入衬字,除了补充未尽之意而外,同时还是诗歌口语化时,艺人的一种演唱习惯,它存在于许多讲唱文学之中。例如唱京剧,有的演员喜欢老老实实,按照原本一丝不苟地演唱,有的演员则喜欢插入一点花样。如京剧《坐宫》,有的人爱唱作:

杨延辉,坐宫院,我是自思自叹,
想起了,当年的事,我是好不惨然!
我好比,笼中鸟,有翅难展,
又好比,浅水龙,就困在沙滩。

可是,另外有的演员,则只是一本正经只唱正字,不唱类似衬字的东西。

又如《武家坡》生唱："将身来在武家坡外。"但有的人却唱作："将身ㄦ来之在武家坡外。"

元曲一开始就是跟音乐、跟演唱结合在一起的一种歌曲，所以作家和歌唱家很自然地形成使用衬字的习惯。这正如《康熙曲谱》所说："曲之有衬字，作者于此见长，唱者于此取巧。"也就是说，使用衬字，是当时元曲作者和唱者共同喜好的习惯。

2. 使用衬字的准则

如何使用衬字，并没有明文规定，不过一般认为衬字可分为"实质性者"和"附加性者"。

附加性者此种衬字应该放在关键词的前面，如"把、也、又"等；或后面，如"着、了、过、来"等。当然还包括许多其他不太重要的修饰性词语，如慢腾腾及象声词等。

由于衬字只起辅助作用，因此它们应该是一些次要的词语，而不是句子的主要成分。也就是说抛开衬字，应该还能成句，而并不影响或者不太影响句子的本意。

使用这类衬字的例子，在元曲中随处可见。例如：

张可久《迎仙客·湖上》："吃刺刺碾香车，慢腾腾骑骏马。"

李直夫《便宜行事虎头牌》："向侄儿行埋怨。"

实质性者此种衬字不可随便取消，否则就会改变原意或甚至使语句变得不可理解。例如：

杜善夫《耍孩儿·庄家不识勾栏》："一个装作张太公，他改作小二哥。"此处衬字用来区别不同的人物。

王实甫《西厢记·石榴花》："太师一一问行藏，小生细细诉衷肠。"前一句的衬字说明发问者是谈话的对方，后句的衬字，说明下文是说话人自己的言语。

衬字不宜太多，否则就会喧宾夺主，淹没正文，甚至显得油腔滑调；并且歌唱起来"使人辣口"，"必不可唱矣"。一般说来，小令、带过曲往往不用或只用较少的衬字，散套和剧曲使用较多。

特别是剧曲，有时为了说明情况和动作而使用许多文字作衬字；但是总以节制使用为宜。

衬字因为是辅助性的，歌唱或朗读时，应该用轻音。

理论上虽是如此，但是散套和剧套中，往往有许多衬字使用得并不规范，有时甚至使人难以把衬字与正字区别开来。这应该算是一种缺陷，习作时应该尽量避免。

3. 区别衬字的方法

按照本款第二项的衬字使用标准，按理衬字与正字是不难区别的。但是我们在阅读元曲作品，特别是把它们加以比对，以区别正字和衬字时，由于我们是"以意逆志"，有时难以准确把握作者的真实意图。例如前述无名氏《祆神急》有"恩情如纸叶薄"，正格为五字句。这时究竟应该作"恩情如纸叶薄"还是"恩情如纸叶薄"，就难下结论。如果依照"律化优先"的原则，似以"平平平仄仄"即"恩情如纸叶薄"为佳。但"元本"曲谱却选择的是"恩情如纸叶薄"。

（五）曲子的组合

元曲大多数曲牌可以单独使用，即所谓"小令"，也可以由几个曲牌联合起来使用，以组成包含两或三个曲牌的"带过曲"，或由两三乃至二三十支曲牌组成的"套数"，最长者如刘时中《端正好·上高监司》后套，有三十四支曲子。由一二十支曲牌组成的套曲很是常见。

用某些人的说法，小令为旧制，因为从来诗歌都是可以一首一首存在的。带过曲与套数则是一种创新，即由几支曲子形成新形式的组合体。按照元人的规则，带过曲与套数都只能由同一宫调的曲牌组成，并且有某些固定的组合习惯，看样子不是可以随便安排的。具体组合情况，还将在作品选中，于每一类作品的前面另加解说。

由于曲牌可以组成带过曲和套数，这就使得作者在行文布局时，有比唐诗宋词更大的灵活性。

除此之外，也可以选取某一曲牌，以"重头"的方式连续出现，以表现更多的内容。例如明人王彦贞以100首《小桃红》讲述崔张的爱情故事（《摘翠百咏小春秋》）。不过这种做法，并非元曲所独有，诗词作家也有将同一格式连续使用，以表达某种复杂内容的做法。

我们在利用组合形式以谱写元曲时，理论上应该可以用同一宫调的小曲自由组合，但是实际上在谱写带过曲时，前已说过，应遵守前人的组合习惯，从未见有人自创新格者。如，《雁儿落》过《得胜令》，《骂玉郎》过《感皇恩》《采茶歌》等，都几乎是固定组合。这其中也许有当时音乐协调上的根据，我们今天则只能是萧规曹随。

至如散套，则灵活性较大，大约可以在同一宫调内的小曲中自由选择与组合，但是其中某些曲牌有连用的习惯，如《滚绣球》与《倘秀才》，前述《骂玉郎》与《感皇恩》《采茶歌》，剧套中之《点绛唇》《混江龙》《油葫芦》《天下乐》等，常常是同时有序地出现的。我们在使用时应该尽量照顾这种习惯。

二 谱写元曲的某些讲究

这里所谓讲究，指的是某些应该注意的事项，并不是一定要遵守的规则。不遵守未必是错误；能遵守或加以注意，则能够使作品更加符合元曲的要求，或至少可以避免引来非议或挑剔。

这些值得注意或讲究之处是前人在谱曲时的一些经验之谈或广为流传的说法。由于其内容不够具体，难以奉为规则，但是我们在选择曲谱和填写曲词时，不妨加以适当的注意。这些意见和说法是：

（一）注意宫调的配合

前此已经一再声明，本书是从一种书面文体、从一种新的古典格律诗的角度研究元曲的，与它们原来所配的音乐无关；而且原来的乐谱早已失传，即使想尊重也无从做起。

但是由于各种曲牌与宫调早有联系，人们已经习惯于使宫调互相配合的作法，即只有相同宫调的曲牌，才能够组合为"带过曲"和"套数"（散套和剧套）。因此我们今天在习作时，最好也遵从这种习惯，以免有些人看来不太顺眼。

（二）其他应该注意事项

前人对于谱曲，有许多经验之谈，但又不够具体，难以遵循，但我们应该知道有此一说，并且注意及之。如：

"曲重务头"：关于什么是务头以及它有无固定位置，一直缺乏准确说法，但是它指的是关键部位的关键词语，则是肯定的。因此，当前人已经明确指出何处为本曲务头时，应该在遣词造句时特别留心。

"诗头曲尾"：诗头之说，此处可以不论；但是曲重结尾，则是很多人都同意的。本来任何文艺作品，特别是诗歌，结尾时都应该给人以悬念、余韵，使人回味无穷，不可以虎头蛇尾。现在既然明确提出"曲重结尾"，习作者当然应该对于结尾部分予以特别注意。

"曲重去声"：按理四声都应该给以同等注意，才能够使辞章念起来铿锵悦耳。不过既然有人提出元曲应该特重去声，在许多作品中似乎也有此倾向，《天净沙》的第四句结尾多用去声字即其一例。我们习作时对于去声的使用，不妨多加注意。

但是，以上这些，只能算是作曲时的"讲究"而不能算是必须遵守的规则，也就是说，能够顾及当然好，不能照顾时也无大碍。

以上意见，愿与海内方家商讨之。

三 自度曲

元曲曲牌众多，而且可以增字、增句和使用衬字，按理说在写作时已经给予作者以足够的选择布局框架和大小规模的余地，自不必另起炉灶，创造新的曲牌。

但是元曲也跟宋词一样，作者往往喜欢在现有曲牌之外，另创新曲，即创为种种自度曲以抒所怀。而且由于元曲的格式灵活，写起自度曲来，较宋词更为方便。所以明清以后，写作自度曲的人很多，因而曲牌也就越来越多。这就使得元曲有些像"五四"以后的新诗一样，可以按照作者的胸怀，尽情挥笔。但是，要"度"得具有元曲韵味，却非易事。初学者还是以慎重从事为宜。

四　谱写元曲基本方法简述

综上所述，可以把谱写元曲的基本方法，简单概括为：选定曲牌，弄清定格，四声通押，行文上可以直抒胸臆，但应注意和尽量遵守该曲牌有关句式、对仗等方面的规定。

元曲曲牌甚多，长短都有，并且可以于需要时，使用衬字或按规定增句，这就给予作者以极大的活动空间。跟唐诗宋词相比，应该是非常解放和运用自如的一种比较便于谱写的古典诗歌。希望爱好元曲的人士，大胆谱写，使元曲像唐诗宋词一样普及开来，则诗界幸甚！个人幸甚！

第 四 章

宫调常识

第一节　元曲与宫调的关系

　　前此已经一再指出，元曲与唐诗宋词的不同之处，就在于它不是一般可以脱离音乐的格律诗，而是社会上流行歌曲的歌词，因此它与音乐有着"不可须臾离"的特殊关系。

　　前此也已同时指出，元曲所配的音乐遗失已久，即使早在康熙年代，都已经是"欲考元人遗谱且不可得"。后人如果偶然能够找出当时歌曲的某种"工尺谱"，那也不过是如考古者发掘所得之石片瓦块，绝不足以体现大批元曲音乐的本色。

　　但是，由于当年元曲音乐所使用的是中国传统的宫调，迄今所有各种版本，在刊载元曲作品时，无不首先标明其所属的音乐宫调；所选作品，也大都是按宫调分类排列。因此，为便于查找古代元曲资料，就必须懂得一些宫调知识。而且元曲在进行组合，组成带过曲或套数时，也都必须注意其所属宫调；只有同一宫调的作品，才能够组合在一起。"移宫换羽"（移宫换调）或"犯调"等情况，即酌情转换宫调的做法是很个别、很偶然的。

　　总之，所谓宫调，是读者经常会碰到，有时还会带来某些困扰的问题。所以尽管在今天，我们将之作为一种古典格律诗去研究元曲问题乃至学习谱写元曲时，已经跟宫调问题不发生关系，但仍然有必要了解一些有关宫调的基本知识。何况宫调问题，是我国古代音乐的重要领域,是一种应该懂得的文史知识。所以这里另辟章节,对此略加陈述。

第二节　音乐在我国古代的特殊地位

音乐在我国古代的历史上具有特别重要的地位。我国古代最重要的经典是所谓的"六经",即《诗》《书》《礼》《易》《乐》《春秋》。只是《乐经》后来失传,或者如某些人所说的,并入《诗》与《礼》中去了。

我国古代重视音乐的另一重要证据是,古时各个朝代,中央都设有"乐正"(相当于国家音乐局局长)之类的官职。据说帝尧就曾任命"夔为乐正以化民"。从此"乐正"之类的中央机构,就担负起管理国家音乐事业的责任。他们负责收集民歌,也创作一些歌词,整理或配上音乐,以供统治者祭祀和享乐之用。当然也有在收集到某些美好曲调后,再配以歌词的。

据说当局还会借收集民歌以了解风土人情,作为"发政施仁"的重要根据。

用音乐化民、以音乐为重要的教育手段,这在西方或世界其他国家,是在近代教育史上才有的事情。

第三节　我国古代的音阶

再美好的音乐,都必须通过由高低不同的声音所组成的美好旋律来体现,古今中外各民族的各种音乐莫不如此。否则即使是再动听的声音,如果总是一个频率地长响下去,那绝对不能算是音乐,而会使人厌倦。组成这种高低不同变化的声音,便是所谓"音阶"。音阶有多种表示方式。

西方音乐界一般使用七声音阶或五声音阶,它们在五线谱上或键盘乐器上都有固定的位置。七音阶的七个基本音的名称是：C、D、E、F、G、A、B，并由此升降，组成高八度或低八度的更广泛的音域。这7个音阶在简谱中的符号是：1、2、3、4、5、6、7。五音阶则指除去七音阶中两个半音所组成的音阶。

我国古代的音阶由"宫、商、角、徵、羽"组成，称为五声或五音，后来又加上两个变音，即变徵、变宫为七声，其高低顺序为：变宫、宫、商、角、变徵、徵、羽。一切音乐调式，都由此五声或七声与"十二律"或"六律六吕"结合推演而成，所以孟子说"师旷之聪，不以六律，不能正五音"。

我国的音阶以及其他音乐理论，与当代西方的音乐理论，基本上是相通的，只不过在名词术语上不尽相同而已。

第四节　十二律

光是七音，还不足以组成众多的曲调。它必须与另外的声音系列相结合，以这个系列的某一个声音为七音中的"宫"，然后组成一定的调式和旋律。在我国，这个声音系列就是有名的"六律六吕"，合称"十二律"。

所谓十二律，其组成或者计算的方法是：在弦上求得一个已知音，然后使用"三分损益法"即"三分加减法"推演出十二个声音系列来。具体做法是：将发出该音的弦长减去三分之一（弦越短则音越高），即可求得该弦的上方五度音；而将该弦加上（即延长）三分之一，则可求得其下方四度的音。这样继续操作，就可以将一个八度的音系，分成十二个不完全相等的半音系列。这十二个音从低到高，依次叫作：黄钟、大吕、太簇、夹钟、姑洗、仲吕、蕤宾、林钟、夷则、南吕、无射、应钟。

以上奇数各律称"律"，偶数各律称"吕"，合称"律吕""六律六吕""十二律"。对于比十二律高八度的各律称"半律"，低八度的各律则称"倍律",相对而言则自称"正律"。

宋人蔡元提出在十二律的六个大半音之间,各增加一个"变律",称十八律。前此东汉京房则曾增加成四十八律。

求十二律的办法,最初用竹(管乐器),后来京房认为"竹声不可以度调",而改用弦(弦乐器)。

第五节　宫调

如上所说,光是七音还不足以谱成曲子,它必须与一定的音系结合,并且以其中的某一个音,作为七音中的"宫"音,才能够组成一定的"调式",并谱写出动人的曲调来。这个与七音相匹配的音系,在我国古代就是上文所说的十二律。七音中凡以宫音为主的调式称"宫"即"宫调式",以其他各音为主者则称"调""调式",统称"宫调"。

从理论上讲,以七音配十二律,应该可得出十二宫、七十二调,总共为八十四宫调。但是并不是每一种组合都美好动听并且为音乐界所乐于采用。例如隋唐燕乐就只用七宫,每宫四调(一说四宫,每宫七调),共得二十八宫调。南宋词曲音乐仅用七宫十一调,共十八宫调。元代北曲则为六宫十一调,共十七宫调。明清以来南曲用五宫八调,合称十三调,而最常用者不过五宫四调,合称九宫。

元人北曲最常见的宫调是:黄钟宫、正宫、大石调、小石调、仙吕宫、南吕宫、中吕宫、双调、越调、商调、商角调、般涉调等十二种,其他宫调并不易见到。

确定宫调之后,便可在这一宫调或者说调式之下,谱出众多的曲子来。例如在黄钟宫下有《醉花阴》《喜迁莺》《出对子》等,在般涉调下有《哨遍》《墙头花》《耍孩儿》等。现存元曲各个曲牌所属宫调,就是这样产生的。

第五章

有关剧曲的基本知识

第一节 散曲与剧曲的密切关系

前几章已经反复说明，本书主要目的是研究作为一种古典格律诗歌新体的元散曲。但是由于散曲与剧曲有着十分密切的关系，因此不能不花一定的工夫介绍有关剧曲的基本知识，以便我们从整体上了解元曲。

元人散曲和剧曲是元代文学中的姊妹花、并蒂莲。所谓元人剧曲，只不过是用散曲的诗歌形式和艺术成就所写成的诗剧（歌剧）；而元人散曲，也只是因为被剧曲所使用，才得以充分发挥它在诗歌领域的重要作用和产生广泛影响。没有散曲的广泛流行，剧曲便没有文体上的依托；没有剧曲的辉煌成就，散曲便只不过是一种民间小调和茶余饭后的消遣品而已。只有两者结合在一起，元曲才构成我国文学史、诗歌史和戏曲史上的一朵奇葩，成为跃居一代文学顶峰的骄子。

关于剧曲全部唱词即剧套和楔子等曲调的写作方法与注意事项，跟散曲完全一样，并不存在"剧套"所特有的写作方法和规则。此点我们在研究散曲时，已经反复提及，毋庸再述。但是，作为我国最早的成熟了的戏曲"元人杂剧"，从它作为"戏剧"这种文学体裁的角度来说，其生长和成熟过程，却是一条非常艰辛的道路。剧曲除开自己作为诗歌的这种身份外，还有许多其他重要方面,值得我们去了解和追述。因为这不仅是热爱散曲的人所应该了解的知识,也是热爱中国文化、珍惜中国文学遗产的人所应该懂得的知识。

第二节　我国戏剧发展的曲折道路

一　诗歌发展顺利,戏剧命途多舛

我国文学史上元散曲和剧曲这对嫡亲姊妹在成长过程中所走过的道路决然不同,并且其所处境遇是彼此完全相反的:诗歌地位崇高,发展顺利;戏剧身份卑微,经历坎坷。一个像是掌上明珠一样的娇小姐,在万般呵护下健康成长;另一个像是在后母虐待下的灰姑娘,在顽强奋斗中勉强求生。这里丝毫没有夸张的成分,而是不争的历史事实。

谁都知道,诗歌在我国文化史上,具有特别重要而且崇高的地位。

我国古代把一切用文字记载的作品归纳为"诗文"两大类,可见诗歌几乎有与其余一切文学现象相对等的分量。远在周朝,诗歌就在社会生活中占有特殊地位。《诗经》是国学"五经"中非常重要的一种。据说远在西周,天子就派人到全国"采诗"以观民风和供祭祀与宫廷享乐之用。《论语》中许多次提到学"诗"的重要性。

几乎从远古开始,中央就设有掌管音乐与诗歌的机构"乐正",相当于国家音乐局。汉代以后历代都保持这种传统,设有"乐府"。《乐府诗》成为继《诗经》之后的主要诗歌,后经魏晋南北朝发展为与唐人格律诗相近的"新体诗",然后又发展成为风靡一时和影响千古的"唐诗",再进一步发展成为"宋词"和我们现在所着重探讨的"元曲"。

诗歌在我国一直为朝野所重视。它是走进"知识分子"这个特殊阶层的入场券：作为知识分子，如果不懂得诗词歌赋，是会贻笑大方的。而更主要的是，诗歌是做官发迹的敲门砖和高升的台阶。从唐代起，诗歌就是科举考试时的重要项目，而那些希望得到权贵赏识和提拔的知识分子，也常常向大人物呈献自己的诗歌作品，作为进身之阶。不仅如此，我国广大的老百姓也都以多少懂得一点诗歌知识为荣。直到今天，稍有文化的家庭，无不让孩子在学前阶段就背诵许多古诗。

可是，作为与诗歌同为文艺领域重要分支的戏剧，它的命运在我国却与诗歌完全相反，从一开始它就不仅不被重视，并且还备受鄙视乃至在某些情况下，作为影响风化的东西而遭到禁止，使得它就像压在大石头底下的幼苗一样，只能够曲曲弯弯顽强地生长。只是到了北方辽金兴起和元朝入主中原，社会发生惊天动地的变化之后，我国的戏剧，才以元杂剧的形式，受到政府和市民的重视，茁壮成长起来。这在世界文化史上，是一种特有的奇怪现象。

二　我国戏剧发展的曲折道路

戏剧本是文学大家庭中的主要角色之一。它在电影产生之前，是社会娱乐和群众教育方面甚为重要和十分有效的手段。

在世界各国的文学史上，诗歌、散文、讲唱文学与小说戏剧等几个大的文学品类，其产生的时代可能略有先后，但大致都是同步发展的。

几乎在许多民族的文学史中，戏剧都发源甚早，并有其辉煌的经历与特殊地位。作为西方文化代表的古希腊，早在公元前5世纪就出现了"戏剧"一词，用以指节日里谢神和庆祝等场合所表演的有故事内容的娱乐活动。人们按照其内容把它分为悲剧和喜剧等类别，并产生了有名的剧作家、有关戏剧的理论和大批不朽的作品。从此戏剧就成为风靡一时的文化娱乐项目，剧本成为重要的文学作品。这种传统为古罗马和后来欧洲诸国所继承。印度的梵剧也很早就得到了重视和发展的机会。

值得探讨的是，唯独在我国，在以重视文化活动称著的古代中国，当诗歌、辞赋、散文等文学品种，很早就受到重视和取得自己应有地位的时候，戏剧却在数千年中竟然不曾丝毫引起社会和文学界的重视，甚至很少有人提及，当然更不会把它放在文学作品之列了。这显然不能够单纯从经济发展程度、政府体制或阶级结构状况等社会现象中去找原因。因为古希腊、古罗马及中古欧洲，其社会的基本面貌是不比唐宋时代的中国发达的。中国戏剧的不被重视乃至受到压抑，应当别有原因。

根据研究，世界各民族的歌舞戏剧大多起源于节日里的"祭神赛社"活动，人们以此"娱神"和取乐。这种活动在中国也不例外，至少在春秋战国时期，社会上便有了"祭神赛社"的风俗，所以《论语·乡党》中有"乡人傩"的说法，《吕氏春秋·季冬》有"命有司大傩"的记载。据考证，"傩"就是在冬季驱逐阴气和疫鬼，以迎接阳气和康乐的祭祀和娱乐活动，并发展为汉代的"傩舞"；至今有的地方特别是少数民族地区还有"傩戏"。

此后历代都有类似原始戏剧的记载，如秦汉时代的"角抵"、"百戏"（摔跤、杂耍），乐府中的"拨头"戏，南北朝或唐代的"踏摇娘"（大约指女演员踏步摇首歌唱）、参军戏，两宋的杂剧、院本、"诸宫调"等。这些记载每每把原始戏剧跟杂技、摔跤和故事说唱等项目混淆在一起，并且也没有很快发展成为正式的戏剧。为什么？这只能从中国人传统的文化观、文学观当中去寻找原因。

中国文化的发展，一向都是由中央的文化政策和行为导向起支配作用的。如上条所述，我国周朝尊重《诗经》，汉魏注重辞赋、乐府，唐宋以来以诗文取士。因此诗歌、辞赋和文章，尤其是诗歌便取得压倒性优势，在时人心目中占有特别重要的地位。

另外，我国古代常把文章和文学两者混为一谈。早在春秋时期，人们就把"立德、立言、立功"当作人生"三不朽"的盛事（《左传·襄公二十四年》）。孔子在言行中多次强调"诗"与"文"的作用。曹丕明确宣称："盖文章经国之大业，不朽之盛事。"（《典论·论文》）如此累世相传，就使得"诗""文"成为文化领域的主体。至于专供娱乐之用的戏曲，虽然在宗教与日常生活中不可缺少，"杂剧"一词早在中唐即已出现，并且至迟在宋代就已经略具规模；但却一向被认为是"不登大雅之堂"和"壮夫不为"的细微末事，不能够与诗文相提并论。这种倾向的形成，与中国的文化传统，特别是儒家的傲慢偏见有关。他们一向看不起"俳优"之类的表演者及其作品。《韩非子·难三》说："俳优侏儒，固人主之所与燕也。"戏剧之类的演员，其名称是常与"倡优""滑稽""弄臣"等联系在一起的。他们身份低微，为士大夫所不齿。他们的作品和"脚本"自然也不会被列入文学作品之林，当然更不会有士大夫等高级知识分子染指其间，去过问、去写作。有时政府甚至还下令禁止"戏文"，以为这是防止伤风败俗的德政。于是戏剧这种文艺，由于没有自上而下的提倡，甚至还不断遭受压抑，长期只能是自生自灭。只是到了元朝，当许多传统观念从根本上发生动摇，城市生活乃至朝堂的爱好，被世俗社会的文化娱乐需要所支配时，被压抑已久的戏剧这才乘虚而入，在辽金"诸宫调""院本"等基础之上，趁元散曲兴起的东风，发展成为社会的主要娱乐项目和文坛主角——元杂剧，并且登上一代文学的顶峰，使中国戏剧成为与古希腊戏剧、古印度梵剧并列的世界三大戏剧文化之一。可惜这好日子是来得太晚了！

但是，即令是这样，戏曲作家在元代仍然没有很高的社会地位，不能与古代的司马相如、陶渊明、李白、杜甫、韩愈、欧阳修、苏轼等大文豪相提并论，不会有人在正史的"文苑""儒林"中为他们立传。元代的钟嗣成在替当时百余名杂剧、散曲作家写小传时，竟把他们与"高尚之士，性理之学"对立起来，并且把书名叫作《录鬼簿》。这恐怕是指所录都是些名不见经传、不为社会所重视的"鬼才"吧。作者当然不会很轻视这些人，否则就不会为他们立传了；但是从《录鬼簿》的命名，便可以看出当时中国戏曲家所受到的不公平待遇。只是到了明代，才有个韩邦奇把关汉卿比作司马迁似的伟大作家。直到2003年，我国终于推荐关汉卿为世界文化名人，并为他举行创作七百年的纪念活动。元代戏剧家才得以彻底翻身，取得应有的地位。

以上可以说是中国戏剧辛酸发展史的掠影。

第三节　元人杂剧的基本知识

上文已经把我国戏剧的命运和元人杂剧的产生经过，作了粗略的说明。为了对元曲有比较深刻的了解，这里再把元人剧曲（杂剧）的具体诞生情况、编写程式、演出规则等知识简述如下。

一　元杂剧产生的具体经过

元人杂剧是通过两条渠道会合发展而成的，或者说它是从这两种艺术领域吸取营养，成长为一种新的表演艺术，成为我国最早的成熟的戏剧形式的。

（一）从宋金杂剧和院本吸取表演程式

我国的戏剧，在宋金时期，有很大的发展。已经由原有讲唱文学的述说与代言混用的方式，发展为使用代言体的宋杂剧和金院本。所谓述说体是指用说话人的身份和口气，以讲唱节目中的故事。所谓代言体，是指讲唱者以节目中人物身份（代表、扮演节目中人）说话行事。当时的代言体有唱词、有"科白"（动作与效果指示和道白），并且由五个演员登台表演，这就是有名的"五花爨弄"。代言体是形成成熟戏剧的基本条件。宋杂剧和金院本的具体情况只在南宋耐得翁《都城纪胜》和元末明初陶宗仪

《南村辍耕录》这两种笔记中有所记述，可惜没有剧本保留下来。但是陶宗仪所抄录下来的689种剧目，大都可以从元杂剧中找到。由此可见元杂剧是深受宋杂剧和金院本影响的。

在吸收宋杂剧、金院本的表演程式和诸宫调、元散曲的诗歌成就之后，元人杂剧便以崭新的形式，活跃于当时的舞台上，成为我国第一批成熟的戏剧，登上一代文学的顶峰，并获得世界三大戏剧之一的美誉。

（二）以新体诗歌元（散）曲为表现手段

元杂剧主要是通过演唱几个"套数"，也就是几个成套的曲子来表现戏剧内容的。这种成套的曲子就是以跟元散曲一样的曲牌为单位组成的；而元人散曲又是由北方民歌和传统诗歌"诸宫调"相结合以后，发展形成新体格律诗歌的。

世界各民族最早的文学形式大都是诗歌，用诗歌表现历史故事或现实生活。这是因为韵文便于记忆。荷马史诗和我国的《萨格尔王》即其例证。

在我国，这种用诗歌表现生活的主要形式就是有名的讲唱文学。这种文学早在秦汉就有了萌芽。讲唱文学由一人或几人操作，以唱曲为主要的表演方式，加上简单的解说和音乐伴奏，以表现种种内容。这就是所谓的词话和鼓子词。讲唱文学的演唱部分，逐渐由不太规范的韵文，发展成为有严格格律的诗歌即"诸宫调"。所谓"诸宫调"就是用我国古代音乐的"多种宫调"写成的歌词，其详已见第四章。"诸宫调"作为一种说唱艺术，指的就是使用多种宫调的唱词来表现特定内容的一种曲艺。

"诸宫调"在音乐和诗歌方面的成果，给予从北方传来的元人小曲以启示。元人小曲经律化成为使用各种宫调的"散曲"。如前所述，当金元时期的表演艺术发展成为成熟的戏剧时，其唱词全部使用的是这种从北方民歌和诸宫调相结合所演变而成的新体格律诗即元"散曲"。

在吸收宋杂剧、金院本的表演程式和诸宫调、元散曲的诗歌成就之后，元人杂剧便以崭新的形式，活跃于当时的舞台上，成为我国第一批成熟的戏剧，登上一代文学的顶峰，并获得世界三大戏剧之一的美誉。

二 元杂剧的主要表演程式

元杂剧在吸收宋杂剧与金院本的成果，并以元散曲为演唱文体，火热上演之后，很快便形成了一整套约定俗成的表演程式。大多数作家对此不约而同地遵守。这种程式主要是以下几项。

（一）由述事体发展为纯粹代言体

此前的说唱文学是述事与代言混用而主要是述事体，元杂剧则完全改用代言体，即由演员扮作剧中角色，以第一人称身份演唱和行事，这是成熟戏剧所必须具备的基本条件。

（二）唱功之外另有科白

作为表演艺术，光靠诗歌唱词有时难以表现各种细节，而需要使用"科白"加以补充。"科"指对演员的动作、表情、效果等的指示。如"哭科"即指示演员须当场哭泣。

"白"指说话，又称"宾白"，因为跟演唱相比，唱是主，白是宾。白又分"道白"与"旁白"。道白是表演时的说话，往往是对话。旁白是"背着说话"，多用以评判对方言行或说明自己的心理活动。白又有所谓"开"与"云"的区别。"开"指开口说话，如自报姓名之类。"云"指说话或对白。

科白的作用在于使唱词（曲子）互相连接起来，应该是只起辅助作用的。有的人不喜欢太多的宾白，觉得宾白太多会干扰对于唱词的欣赏。但是由于唱词都是诗歌，它的表现能力有一定的局限；特别是诗歌虽便于抒情、述事，但却不适于描写太多的动作和生活情节，便不能不借助于科白，以把各种唱词（即各个曲子）连接起来。剧种情节越复杂，所使用的科白便越多，有时多到大大压倒唱词，从而形成喧宾夺主之势。例如郑光祖《虎牢关三战吕布》中，只有30支曲子，共千余字。但科白却异常繁多；仅第一折就有8736字。加上其他各处的科白11154字，共19890字。也就是说，成了话剧加上十分之一的唱词的局面。类似的例子还有很多。

这种现象，也许勉强可以看作歌剧向话剧过渡的一种形式。

（三）每出四折，每折一套

"折"就是段落的意思，一折相当于现代话剧的一幕。元曲一般每出四折。当初限制折数，也许是为了使剧情紧凑。但是有此规定后，就限制了戏剧的篇幅长短，影响了表达能力。因此很多作家往往冲破此限制。例如关汉卿的《刘夫人庆赏五侯宴》、白朴的《董秀英花月东墙记》、纪君祥的《赵氏孤儿大报仇》、刘唐卿的《降桑椹蔡顺奉母》、无名氏的《二郎神醉射锁魔镜》等，就都是5折。可能出自李直夫之手的《宦门子弟错立身》，竟有14折之多；而王实甫的《西厢记》则用了5本21折；杨讷的《西游记》6本24折。他们用长篇以演绎复杂的故事，而把"每出四折"的规定置诸脑后。

每折规定为由同一宫调的曲子组成的一个套曲。套曲的长短视剧情的需要而定。偶有用不同宫调的，如杨讷《西游记》第二十二、第二十四折曾先后使用商调、仙吕调。

在每出之前和中间（一般为第三折）可以加一"楔子"，偶有前后加两个的。如孔文卿《地藏王证东窗事犯》第一折、第三折前均有楔子。楔子一般只用一个小曲或另加幺篇，其曲牌多为《赏花时》《端正好》，偶有用《新水令》《金蕉叶》《忆王孙》的。另外也偶有在每折套数之前，加上一两支小曲，作为该折之开场白的。

（四）每折由一个角色独唱到底

这也是一种苛刻的规则，其最初的目的也许是突出主角，其他角色则只是用科白与之相配合；但却限制了其他角色作用的发挥。

这种规则只在个别杂剧中有所突破，例如《西厢记》第五本第四折曾出现张生、红娘、莺莺三人对唱的局面。

又一折之中，可以偶然插进他人的言语或类似"序曲"的唱词两三支曲子，并且缩行书写，以与剧套相区别。

但是，从总体上看，使用套数来表现剧情，其篇幅究竟是比较有限的。因此很多作者不得不求助于使用衬字和宾白的方式来加以补充。

许多杂剧，宾白使用过多，个别剧本竟演变成宾白压倒唱词的局面，使剧本几乎变成了穿插唱段的话剧。例如前面第二条第二款所引杂剧《虎牢关三战吕布》，第一折就使用了宾白八千七百多字，全局总共竟有宾白将近一万九千字，而唱词反而仅有四套千余字。这不能不算是一大弊端。

此外，元人杂剧还习惯上在每出开始时，有一首开场诗；结尾时，附上"题目正名"诗句2至8句，以总括全书，作为结尾。

"题目"与"正名"语义重复。实际上它的前几句往往是剧情的提要，末句才是真正的题目即"正名"。例如白朴《唐明皇秋夜梧桐雨》的结尾是：

题目　安禄山反叛兵戈举

　　　陈玄礼扯散鸳鸯侣

正名　杨贵妃晓日荔枝香

　　　唐明皇秋夜梧桐雨

又如关汉卿《赵盼儿风月救风尘》

题目　安秀才花柳成花烛

正名　赵盼儿风月救风尘

由此可见，只有把全诗统一起来看，才能够体现剧情。

个别剧本后面没有"题目正名"，想是传抄时遗漏了，否则剧本的题目从何而来？

至于"开场诗"与结尾的"题目正名"，应该如何演唱，或者仅为海报似的广告，并无说明。

以上就是元杂剧表演时的基本程式。这种程式有许多是在发展过程中自然形成的，但往往夹杂有许多缺点。也许这些缺点是人类创新摸索时所难以避免的现象。例如中外有些古典文化活动中往往夹带来若干僵化的东西。就像欧洲戏剧中的古典主义，奉行所谓"三一律"，即每出戏限于是"一个事件，一个整天，一个地点"。这就给创作带来许多不必要的限制，影响了戏剧的发展。

元杂剧表演程式中的上述某些约定俗成的规则，也跟西方的"三一律"一样，是不必遵守的僵化规则，所以曾引起作者的反抗。他们后来学习当时"南戏"的优点，程式逐渐变得比较灵活：折数可多可少，音乐可以同时使用多种宫调，乃至使用南北合套，演唱形式也比较灵活而不限于一人独唱，题材也更接近现实生活。

与此同时，自发生长并流行于南方的"南戏"及其后的"传奇"，也尽量学习杂剧的优点。就这样南北结合，互相学习，使中国的戏剧得以向前发展。

三 行当、台词与曲牌使用等方面的特点

元曲在我国传统戏剧上留下深刻影响的，是它在行当与台词方面的某些特色。现简述如下。

(一) 元曲行当的形成

中外传统戏曲中都有把演员专业分成若干种门类即所谓"行当"的习惯。我国戏剧的行当，早在"参军戏"中就已经开始萌芽。即将演员分成固定的角色。宋杂剧和金院本的所谓"五花爨弄"，就是指把演员分成副净、副末、引戏、末泥、装孤等五种角色进行表演。到了元代杂剧，演员的行当进一步发展为更多的

角色。

元杂剧的行当有多种分法。柯丹丘在《论曲》中，把杂剧的行当分为九色，即：正末、副末、狚、狐（孤）、靓、鸨、猱、捷讥（滑稽）、鬼门道等九种。每一种都有其来历或含义，如"正末"为"当场男子能指事者"。但有时各家的解释也不尽相同。

这种把演员分成不同种类角色的办法，为后来的其他剧种所继承并加以改造。例如京剧就分为"生、旦、净、丑"四大行当，每一行又可进一步划分。如"生"再分为"老生"和"小生"，小生又再分为雉尾生、纱帽生、扇子生、穷生、武小生等。

与此相应，各种行当有各自不同的化妆脸谱。

把演员分成行当，有助于掌握各种不同类型人物的特点和表演方法，缺点是把人物公式化、概念化了。观众一看演员的行当和脸谱，就先入为主地对他产生了成见。所以现代的戏剧、电影等都不再采用此种划分行当的做法，但是其影响却依然存在于现实生活中，成为有某种色彩的词语。例如说某人在某种事务中"唱红脸"，称某女主播为某电台的"当家花旦"之类。

（二）语言的公式化倾向

在行当分类和人物脸谱化的同时，还产生了语言的某种公式化倾向。例如：狱卒、解差的上场诗总是"手执无情棒，怀揣滴泪钱。晓行狼虎路，夜伴死尸眠"之类。此诗在《蝴蝶梦》《勘头巾》《还牢末》等剧中都曾出现。老年人上场总是说些"花有常开日，人无再少年"之类的感叹词。甚至剧中人物的名字也都是定型化了的，如差人的名字总是"张千、李万"，坏大夫多叫"赛卢医"，等等。

这种公式化的语言和命名方式也为此后的许多地方剧种所继承或袭用。这应该算是剧作者偷懒因袭的一种缺点。

（三）曲牌的选择和次序安排

这方面似乎并无规则可循，但从现有剧本看来，一般习惯于使用某些大家喜闻乐见的曲牌。例如据粗略的统计，全元剧曲大约有480个曲牌，15308个曲子。关汉卿、白朴、王实甫、马致远、郑光祖五大家共使用了189个曲牌，2019个曲子。元曲中使用100次以上的曲牌，计有《滚绣球》等22个。使用100次以下、50次以上者，计有《醋葫芦》等32个。其具体曲牌名目已详见第三章第三节第六条。

套数在套内曲子的安排上也有某种习惯，例如点绛唇、混江龙、油葫芦、游四门、胜葫芦、后庭花、柳叶儿、醉花阴、喜迁莺、出对子、滚绣球、倘秀才等，常常是依次相继出现。此种现象在散曲中也大致如此。搞清这种规律，对于阅读、记忆、校雠和学习写作元曲，都很有帮助。可参阅第三章第四节第一条第五款《曲子的组合》。

元剧曲所使用的牌子，一般都可以用于散套、带过曲和小令，只少数不能通用。但是必要时也可以用"摘调"的方式加以使用。具体情况将在本书作品选中每个曲牌下具体说明。

只有个别作家如李直夫，在其两个剧本《便宜行事虎头牌》《宦门子弟错立身》中多用罕见曲牌。

元人杂剧一律使用元曲（即北曲），只贾仲明《吕洞宾桃柳升仙梦》中使用了16支南曲；无名氏《鲁智深喜赏黄花峪》第一折，在剧套《仙吕点绛唇》前，用南曲《驻云飞》做序曲。

第四节　元杂剧的主要内容

元人杂剧曾经盛极一时，内容非常丰富。但是由于多种原因，现在仅存107名作家及佚名作家（题为无名氏）的完整杂剧165种，残剧37种，佚目（有目无书）438种，也就是说佚失的超过现存的两倍有余，这是十分可惜的事。

元人的杂剧，其内容前人有多种分法，涵虚子《论曲》中分作以下十二科：

    1. 神仙道化　2. 林泉丘壑　3. 披袍秉笏　4. 忠臣烈士

    5. 孝义廉洁　6. 叱奸骂谗　7. 逐臣孤子　8. 钹刀赶棒

    9. 风花雪月　10. 悲欢离合　11. 烟花黛粉　12. 神头鬼面

    这种分法不见得很科学。按一般的习惯，似可分为爱情故事、公案官司、战争动乱、历史掌故、神鬼迷信等几大类。

    从现存杂剧作品看，内容很是丰富，大都以救世化人为目的，并且比较生动具体地反映了当时（元代）的社会面貌和人们的思想状况。

    元杂剧承传了前此说唱文学的成果，吸收了它在讲史、说经、小说、公案等方面的题材，编成许多生动的剧本。

    元杂剧以鉴古观今的方式，演绎了我国古代有历史意义的故事。从伊尹、周武王、周公、伍子胥、楚昭王、汉高祖、萧何、唐明皇直到李白、苏轼、秦观，都有所涉及。并且在对历史故事和人物进行描写时，也不是简单地叙说历史，而是用元朝人的眼光来看待历史，也就是说通过对历史事件的评述，也反映了元朝时代人们的历史观和社会观。

    大批杂剧已经佚失，倘使与现存佚目联系起来看，元杂剧的内容可以说是非常丰富的。它对有关历史事件的论述和对社会传说如水浒三国故事的描绘，几乎包含了后世这类题材的绝大部分内容，并为明清长短篇小说如"三言二拍"和"三国、水浒、西游"等著作提供了素材或框架。

    元杂剧中许多名著如《西厢记》《望江亭》《赵氏孤儿》《窦娥冤》《灰阑记》等脍炙人口，经久不衰。其他有关三国、水浒的"折子戏"如《关云长单刀赴会》《李逵负荆请罪》，以及八仙等神仙故事，也都曲折地反映了社会面貌和人们的生活愿望，很受观众欢迎，并为国内许多剧种所移植。一部分名著还先后被翻译到国外，为我国文化增光。其中《西厢记》几乎有世界各种主要语言的翻译本。《赵氏孤儿》早在 1755 年就传到了法国，并被大文豪伏尔泰改写成《中国孤儿》上演。1954 年德国作家布莱希特（B. Brecht）受李潜夫杂剧《包待制智勘灰阑记》的启发，写成《高加索灰阑记》。《窦娥冤》也早已有人译成外文。

不仅如此，元杂剧还有过许多生活片段，反映了元代人们的生活状况、思想面貌乃至社会规范。例如郑仲谊的杂剧《（王娇春）死葬鸳鸯冢》一剧的"本事"中，附有元代宋梅洞的《娇红记》，据《娇红记》称：王通判明知女儿娇娘与表兄申厚卿相爱，但当申正式求婚时，王坚决不答应，说是："朝廷立法，内兄弟不许成婚，似不可违。"以致二人相思成病至死，死后合葬于鸳鸯冢中。

我国古人早在远古时代就懂得近亲结婚的危害性，所以《周礼》禁止同姓结婚。《左传·僖公二十一年》也说"男女同姓，其生不蕃"。这种近亲不婚的伦理和习俗，几乎为全民所知晓；但是把"近亲不婚"的问题，写成法律明文的记载则不多见。杂剧中这一情节，不仅说明了我国在优生方面的成果，也见证了元朝入主中原的时间虽然不长，但是对中国传统文化的接受，其程度是很广泛而且深入的。同时也说明这种法规肯定至少是在元朝之前的宋朝就产生了的。

其他许多有关社会生活的杂剧如秦简夫《东堂老劝破家子弟》、王仲文的《救孝子贤母不认尸》、萧德祥的《杨氏女杀狗劝夫》等，也都对当时的社会面貌，提供了许多生动具体的画面。其中《杀狗记》还演变为南方传奇的四大名著之一。

元杂剧的丰富内容，弥补了散曲内容稍嫌单薄的缺陷，使元曲成为内容上丰富多彩，可以步唐诗宋词后尘的一代文学珍品。

第五节　元曲的成就、影响和局限

一　元曲的成就

这里所谓的元曲，指的是包括散曲和剧曲的元曲整体。

元曲的成就是非常巨大的、辉煌的。它不仅在我国诗歌史上创立了新鲜活泼的新体裁，成为我国古典诗歌赫赫有名的殿军，更重要的是它在我国戏剧史上，冲破传统的顽强阻碍，为我国戏剧的发展，奠定了牢固的基础，为我国多种多样地方剧种树立了楷模，并为它们提供了极为丰富的、可供移植的优秀剧目，因而得以当之无愧地成为一代文学的顶峰，并在世界上取得"三大戏剧文化"之一的美誉。

　　元曲在我国戏剧史上的地位，正如唐诗、宋词在中国古典诗词历史上的地位一样，既是空前的，也是绝后的。这是因为尽管人类的历史是不断进步的，文化生活是不断丰富的。但是，有些历史上的辉煌，是不可能再现和超越的。例如不管中国的诗歌怎样发展，在"古诗和近体诗"方面，再也不可能有唐代那种土壤或者气氛，一时产生那样多的天才诗人和众多的脍炙人口的作品。宋词的情况也是如此。

　　说元曲在戏剧史上的地位是空前的，是说此前并没有成熟的戏剧，更不用说采取严格而典雅的格律诗所写成的歌剧了。所谓绝后的，是说元曲当时之所以迅速兴起和趋于成熟，是因为赶上了天翻地覆、万象更新的新朝代，并且虚怀若谷地接受了宋杂剧和金院本的表演形式，利用了朝野上下所喜欢的、风行一时的元散曲。加上当时有大批怀才不遇、不得不在三瓦两舍讨生活的优秀知识分子。这批知识分子对于散曲的写作非常熟悉，所以能够顺理成章地使用散曲表达复杂的思想感情和故事情节。时过境迁之后，再也碰不上这种天时地利人和等优越条件俱备的良机了。从杂剧后来衰微的明清之际甚至直到民国初年，虽则仍然有人编写杂剧，但更多的知识分子，在南戏优秀成果的激励和启发之下，加上朝廷政治倾向的推动，也纷纷以撰写传奇为时尚。一时传奇作者如云，作品如雨。但是这时已经没有元代杂剧兴盛时的气氛，因而除早期产生过一些较有价值的作品，如《精忠记》《长生殿》

《牡丹亭》之类外，大都是一些冗长至四五十出乃至一二百出的、咬文嚼字、不能演出的"无曲无剧"而且脱离群众、脱离生活的自娱式的文字游戏，再也不能称作是戏剧。不信试看当今的京剧、越剧、评剧和林林总总的其他地方戏，虽然大都可以说是"自由诗式韵文"组成的歌剧，但是却没有一种是按照严格的格律诗谱写的。像《西厢记》那样用优美格律诗歌写成的文情并茂的作品，肯定是无法再现了。

正因为元曲有如此众多而且辉煌的成就，所以我们应该十分珍惜和研究它，这也就是本书编撰的重要目的之一，尽管它是以元散曲为研讨中心的。

二　元曲的影响

元曲的影响是深远的。元杂剧不仅使中国的戏剧进入了成熟阶段，而且还为我国各种地方戏、主要是歌剧奠定了基础，树立了楷模。我国从京剧到各种地方戏，都是像元曲那样以诗歌般的唱词为演唱主体，再辅以科白进行表演的。它们还继承了元曲的大部分剧目，尽管许多人并没有察觉到元曲的这种伟大贡献。

墙里开花墙外香。尽管一个时期以来，我国很多人不了解元曲，但它在国外有很深远的影响。日本、美国、韩国、欧洲都有不少人研究我国的元曲，并且很有成就。

三　元曲的局限

由于时代的局限，元曲也有不少缺陷。这主要是在思想内容方面。尽管很多作者主观上很想济世化人，提倡忠诚，主张正义，鞭笞邪恶；但是在很多地方，宣扬了愚忠愚孝，以及追求个人名利享受和光宗耀祖的思想。元曲特别是剧曲中，也充满着男尊女卑的观念。许多地方宣传了消极避世和神鬼迷信思想。凡此等等，都须我们在研读时加以警惕和批判扬弃。

此外，不少作品言语低俗，有时穿插一些"黄段子"，也是美中不足之处。

上编附录

南曲、明清传奇、各种地方戏和民间俗曲

本书的主旨虽然是研究元人散曲，但在有些场合很自然地会涉及南曲、南戏和民间小曲等有关的问题。为了搞清楚这些文学现象之间的脉络和相互关系，有必要在此对有关的某些问题，作一番简单的说明。

一 什么是南曲？

所谓南曲，本泛指流行于南方的种种民间歌曲。这里所谓南方，特别是指宋室南渡以后的江南地方，也就是以临安（今浙江杭州）为中心的浙江、江苏、安徽和江西一带地方，主要是长江以南的地方。这种流行于南方的歌曲本来是多种多样的，但也有它们的共同点，即语言文字典雅，内容多写男女感情故事，语音上接近吴侬软语，带入声字，并且音乐上清新活泼多变，而不太重视用统一的宫调。

各种民歌都自有其源远流长的历史。不过从华夏中土的历史着眼，则南曲似应早于因北方民族南下而带来的北方民歌，即后来的由辽金元民歌发展而成的元人散曲。不过由于辽金元在政治上占有绝对优势，因之元人入主中原后，散曲及使用此种乐曲为演唱手段的元人杂剧，都乘元朝的政治东风而成为文坛主体，气

势远远压过南曲。

在元人入主中原、散曲得到空前发展后，各种南曲也受到成熟了的北曲的影响，写作方式逐渐规范化和格律化，并先后采用各种宫调而且每曲有自己的定格。研究者还据此编成了多种南曲曲谱，如《旧编南九宫十三调曲谱》《南九宫谱》《乐府统宗》等。南曲的写作规则与北曲基本相同，故不赘述。

南曲也跟散曲一样，为南方的剧种所使用而发展为南戏，其后又演变为传奇而活跃于明清以后的剧坛和文坛之上。此点将在下文有关的地方作进一步的陈述。

二 南北曲的密切关系

元人入主中国以后，南北文化很自然地交互影响。不过元人散曲虽然在文风等方面，后期可能受到南曲的某些影响，但是从整个体制着眼，在写作规范和集曲成套的习惯方面，都看不出受到南曲重大影响的痕迹。只是后期在组套时，出现了南北合套的风气。这就必然要打破北曲严格遵守套内必须是同一宫调的规定，而成为能够协调多种乐曲的组合体。

在组成南北合套时，对于组套方法，不见有明确规定或论述。但是从现有作品来看，可以是一北一南，相间出现；也可以是南北曲此多彼少，并且各自可以连续出现。在碰到固定组合的"带过曲"时，带过曲可以被穿插隔开，只是次序不变而已。例如，"南+骂玉郎+南+感皇恩+南+采茶歌"。

至于曲牌方面，虽然南北曲彼此在名称上类似者多，但实际定格与音乐，则可以相差很远。例如同是一个曲牌的《骂玉郎》，在北曲中为属于"南吕"的小调，28字，且多用于带过曲做首曲。而在南曲中则属于"小石调"，为22句、105字的长调。

由于多种原因，本书并没有研究南曲的问题。在偶尔碰到南北合套的套曲时，对于南曲曲牌的定格，都是略而不论；在区别正字与衬字时，南曲部分也只是大致推定，并没有找出其正式的定格，故无切实的把握，恳请读者原谅！

但是，剧曲方面的情况则与散曲大不相同，元人杂剧受南曲（南戏）的影响很大。后期的杂剧打破了原来的清规戒律，不再受每剧四折的限制，也可以由多个角色同唱、对唱，甚至也不限于同一宫调，并且还可以使用南北合套，等等。这就使得元人杂剧得到了重大的发展。

三　南戏的主要成就及其衰落

南曲与南戏的关系，就跟北曲（散曲）与杂剧的关系一样，也就是南戏使用南曲作为唱词和主要表现手段。所不同的是：南戏除吸收杂剧的优点外，自己作了许多有意义的改进，如打破杂剧的许多僵化规则，每出不限四折，不限于同一宫调，可以多人合唱，以及使用南北合套，等等。这就使得南戏在表现剧情方面，活泼清新，因而颇受群众欢迎。

南戏活跃在南方，主要是在温州、临安一代。它与北曲即元人杂剧本是同时存在的。只是它不如北曲那样为当时的统治者所重视、所提倡，因而在金末和元朝统治时代，其声势远不能跟以北曲（散曲）为唱词的元杂剧相比，远不如杂剧之作家如云，优秀作品层出不穷。

南戏剧目多为群众创作或从杂剧中移植而来，内容与杂剧基本相似，而以谱写婚姻爱情、社会矛盾和历史故事为主体，其中有不少优秀剧目，如"四大南戏"（《荆钗记》《刘知远》《拜月亭》《杀狗记》）和《琵琶记》等，影响深远。明王骥德谓其"传之几二三百年，至今不废"。不过南戏既不如元杂剧那样深得统治者的支持，也缺乏像杂剧的"关白马郑"那样的大批优秀作家。加以剧本后来也越写越长，并且脱离了现实生活，因而便为多种地方戏，如使用海盐、余姚、昆山、弋阳等腔调的地方戏所代替。

至于原来的元杂剧，后来也渐渐深染文人气息、贵族色彩乃至迎合宫廷口味，因而脱离群众，逐渐衰落，远离舞台，为南戏所代替。可是，仍然有一些文人还是在那里撰写元杂剧式的剧本。例如明清乃至民国初年，还有不少文人用编写杂剧的方式以自娱，但这只不过是一种文人用以抒情自况的文学作品或文字游戏而已，与真正的戏剧没有什么关系。

四　独步"戏剧文坛"的"明清传奇"

所谓"传奇"，也跟"杂剧"一样，曾经有多种含义。它最初指的是唐宋人的文言小说。这些作品，其内容以新奇为特征，并因此得以广泛流传，所以谓之"唐宋传奇"。

当小说发展为剧本时，因为"追求新奇"，"非奇不传"，也曾被称为传奇，后来就发展为特指某种南戏的专门用语，也就是说，明清文人所写的那种模仿或者代替南戏的作品，称为"明清传奇"。

南戏虽然后来衰落并让位于各种地方戏。但是它的一些成功作品如前述的"四大南戏"、《琵琶记》等影响深远，曾经引起当局和文人的注意。于是有些作家便大量从事这方面的写作。这些"明清传奇"的作者注意吸收南戏的优点，并形成自己的模式与风格。其特点是：越来越长的剧本，一本两卷，长达四五十出甚至一二百出，有许多根本无法献演。他们在技巧上一味追求新奇，主张作品必须事奇、人奇、文奇、情奇，并且在人物、情节、文武、冷热、大小等方面，要求有固定的写作模式。文风上舍弃了民间朴素的语言，而一味追求典雅和修饰。所以从明初至清乾道年间，从事南曲写作的，真是作者如云，作品如雨。先后有作家五百余人，作品两千五百多部。这批作品虽然号称剧本宝库，然而除嘉靖至乾隆年间，汤显祖、李玉、李渔、洪昇、孔尚任等曾写出一些有活力、有生气、可以献演的精品外，佳作实在不多，到后来竟变成"无戏无曲"的局面。

由此可见，南戏衰落之后，中国戏剧的真正舞台是为南戏所分化出的各种地方戏所占领的。这些地方戏有的自生自灭，但积累了丰富的编剧和表演经验，给予广大群众以休闲娱乐和精神享受。至于"明清传奇"，它所占住的只不过是戏剧方面的"冷落文坛"而已。

五　继承并发扬原有优秀传统的各地方剧种

我国有品种极为众多、内容无比丰富的地方剧种。从余姚、昆山、弋阳、海盐四大声腔到黄梅、楚腔、皮黄、汉调乃至越剧、京剧等，难以枚举。在现代话剧、电影、歌舞等出现之前，这些剧种的演出一直是我国上下各阶层的主要娱乐项目，它们为广大群众提供丰富的精神食粮。而在现代文娱项目出现之后，它们也仍然占领着特别是中小城市的大部舞台，其中京剧、越剧已经不是什么地方剧种，而是具有全民性的剧种了。

各种地方戏是继杂剧、南戏和传奇之后，中国戏剧舞台的真正主宰。而它们之所以能够几十年、几百年献演不衰，是因为吸收了元杂剧以来的各种戏剧的优点，继承了传统的优秀剧目并加以改进和创新。我国各种地方戏的共同特点，是它们学习杂剧和南戏等歌剧的形式，编写出使用各种曲调的自由式诗歌唱词，从而成为群众喜闻乐见的优秀节目，成为在今天能够与电影、话剧和歌舞节目并驾齐驱的文娱项目。世界各国，地方剧种品类繁多而又精彩纷呈者，恐怕莫过于中国。

我们应该保持与发扬这种优秀传统，使之成为美化生活和教育群众的利器，充分发挥它的积极作用！

六　明清俗曲

元散曲虽于元代风行一时，成为一代文坛上的骄子，但是在元朝之后，它并没有完全式微，而是一如唐诗、宋词那样，经常活跃于文坛之上，活跃于文士的笔端。明清两代的文化人乐于继续使用散曲这种文体，并且产生过不少优秀作家和作品。

不过在歌曲方面，除了散曲这种正规的格律诗之外，民间还广泛地流行着一些小曲，而且有的很有名气。它们立意新颖，感情真挚，语言天真直白感人，常常为人们所乐道和传唱。这类小曲比较常见的有：

《锁南枝》《泥捏人》《山坡羊》《耍孩儿》《闹五更》《寄生草》《干荷叶》《挂枝儿》《醉太平》《驻云飞》《鞋打挂》《银铰丝》《打枣杆》《傍妆台》《哭皇天》《罗江怨》《桐城歌》《熬狄髻》《过边关》《呀呀优（夜夜游）》《倒扳桨》《靛花开》《露水珠》《粉红莲》《劈破玉》《鼓儿天》《马头调》《黄莺调》《陈垂调》《跌落金钱》《吴歌》等。

其中有一些可能是异名同调，例如《挂枝儿》《打枣杆》《劈破玉》等曲，便有人认为是同调。现摘录若干首，以资鉴赏：

锁南枝·傻俊角（南双调）

傻俊角，我的哥，和块黄泥捏咱两个。捏一个儿你，捏一个儿我。捏的来一似活托，捏的来同床上歇卧。将泥人儿摔碎，着水儿重和过，再捏一个你，再捏一个我。哥哥身上也有妹妹，妹妹身上也有哥哥。

挂枝儿·荷珠

露水荷叶珠儿现，是奴家痴心肠把线来穿。谁知你水性儿多更变：这边分散了，又向那边圆。没真性的冤家也，随着风儿转。

挂枝儿·喷嚏

对妆台忽然打个喷嚏，想是有情哥哥思量我寄个信儿。难道他思量我刚刚一次？自从别了你，白日珠泪垂。似我这等把你思量也，想你的喷嚏儿常似雨。

挂枝儿·门子（南南吕）

壁虎儿得病在墙头上坐，叫一声"蜘蛛我的哥，这几日并不见苍蝇过。蜻蜓身又大，胡蜂刺又多。寻一个蚊子也，搭救搭救我！"

山坡羊（南商调）

熨斗儿熨不展眉间摺皱，竹绷儿绷不开面皮黄瘦，顺水船儿撑不过相思黑海，千里马儿也撞不出四下里牢笼扣。俺如今吞了倒须钩，吐不的，咽不的，何时罢休！奴为你梦魂里抓破了被角，醒来不见空迤逗。泪道也有千行哟，恰便是长江不断流。休，休！阎罗王派俺是风月场行头。羞，羞！夜叉婆道你是花柳营对手。

驻云飞（南中吕）

富贵荣华，奴奴身躯错配他。有色金银价，惹的傍人骂。嗏，红粉牡丹花，绿叶青枝，又被严霜打。便作僧妮不嫁他！

罗江怨（南南吕）

纱窗外月正高，忽听得谁家吹玉箫。箫中吹的相思相思调，诉出他离愁知多少，反添我许多烦恼。待将心事从头从头告，告苍天不肯从人，阻隔着水远山遥。忽听天外孤鸿孤鸿叫，叫得我好心焦。进绣房泪点双抛，凄凉诉与谁知谁知道！

劈破玉（调名待考）

俏冤家，我咬你个牙厮对。平空里撞见你，引得我魂飞。无颠无倒，如痴如醉。往常时心如铁，到而今着了迷，舍生忘死只为你！

以上诸首，仅《劈破玉》（调名待考）为文人（赵南星）仿作。

明清俗曲作品甚多，曾被收入多种集子，如《时尚南北雅调万花小曲》《霓裳续谱》《白雪遗音》《徽池雅调》等书所收集者，少则百余首，多者达七百余首。到民国时，刘复、李家瑞所编《中国俗曲总目》收集有6000余种，郑振铎则收集各地单刊小曲达一万二千余种之多，可谓洋洋大观矣。

这些俗曲多是纯粹自然地生长于广大人民生活之中，"自然繁衍"，"不与诗文争名"，但却深为群众所喜爱，并且广为流传。它们与元曲的主要区别在于，每曲虽然有大致固定的结构与唱法，但是灵活性很大，有些作品甚至没有曲牌或曲名，而只使用其主体或某些语句作标题，如《我为情人》《从南来了一行雁》等。它们并不如元曲那样有严格的定式与写作规则和音乐搭配，而是一种比较自由的民间小调。其质量虽有高有低，但其佳作乃民间以无意得之的珍品。有些小曲真可谓妙入神品，"可以上接《国风》"，"非诗人墨客苦摩所能及者"，故被时人赞为"乃我明之一绝"。

这种民间俗曲，生命力极强。它不只存在于明清时代，而是各个时代所在多有；值得有志者加以收集和整理，以免其湮没于地下。

下 编

元曲选注

一

内容与体例

选材内容

　　本书序言中已经说明，编撰此书的目的，在于从古典格律诗的角度，研究作为元代新体制格律诗元曲的发展源流和写作规则，并精选典型作品以供选读和鉴赏。希望通过这一途径，能够使元曲步唐诗宋词的后尘，为社会上广大人群所知晓、所欣赏，并且引起人们学习写作元曲的兴趣。这里所选注的主要是元散曲的"代表作"，也捎带选择一些剧曲中的典型折子，以供欣赏，并使读者能够了解一些剧曲的风貌。

　　这里所谓典型代表作，指的是从所选篇章的总体看，它能够包含主要作家的主要作品，也就是说从思想内容到艺术成就两方面都堪称上乘或具有代表性的作品；但是也要照顾曲牌的广包性和内容的多样性，使各种重要曲牌和生活各个领域都有代表作入选。既然如此，就难免有某些作品，思想艺术上并非上乘，却因照顾曲牌格式和作品内容的广泛性而得以入选。简言之，本书的选材包括：

　　1. 优秀作家的优秀作品，
　　2. 重要曲牌的代表作品，
　　3. 反映社会生活重要方面具体情况的某些作品。

　　作品选注是本书的主要内容，是普及元曲工作的重中之重，是编辑本书时最耗费心血的部分。希望它能够产生预期的效果。

本书选注的所有作品，都是编者从《全元曲》中以沙里淘金的方式精选出来的，并不曾以坊间现有的任何元曲选集为范本。倘有不合读者口味之处，尚希批评指正，以便改进。

作品分类

本书将所选作品，分为小令、带过曲和套曲三类，而不是像传统做法那样分作小令和套曲两类。传统做法将单片小令和带过曲混在一起，统称小令。他们在所编辑的作品中：时而是单片的小令（又称叶子），时而是带过曲，紧接着又是单片；杂乱无章，难以安排也不便查找。所以本书干脆将散曲分作小令、带过曲和散套三类，料能为读者所接受。

散曲之后，另附从剧曲中选出的四个典型折子，以便读者能够窥见元曲作品的全貌。

每类编排方式

由于"宫调"在今天已经没有现实意义，本选集不采取按"宫调"分类编排的传统办法，而是按照曲牌末字的韵目和拼音音系排列；但在曲牌之后，用括号注明其所属宫调，以便查考。

每类作品按照曲牌末字韵部排列时，以《新诗韵》的韵目为序，即一麻、二波、三歌……十八东。末字相同时，按首字的韵目与音系排列；首字也相同时，按次字韵目与音系排列。曲牌一般为三字，断无次字又相同之理。

每首作品之前均加以一个拉丁字母和五位数字的编号。拉丁字母仅 A、B、C 三个，表明其所属类别：A 为小令，B 为带过曲，C 为套数。其后五位数字，前两位表明曲牌所属韵部次序，即一麻到十八东，等等；其后三位数为该作品在本类中出现的顺序。如 A01001 马致远《天净沙》，意即小令一麻和本曲为小令之第一首。C01006 奥敦周卿《一枝花》，意即套数一麻和本曲为套数中之第六首，作者奥敦周卿。余类推。但是表曲牌韵部的前两位数字，有时会因为同曲异名之曲牌被归并后的原因而发生错乱，例如张养浩《朝天曲》本属 A11＋，但因其为《朝天子》之别名被归并于王元亨 A05083《朝天子》之后，而作 A11084；汤舜民的《谒金门》本为 A15＋，也因其为《朝天曲》之别名被归并于薛昂夫 A11087《朝天曲》之后，而作 A15088。因此只有拉丁字母和最后三位数字，才能准确反映该曲在本作品选中的具体位置。此点务请特别留意。

某些曲牌有多种异名，例如《折桂令》又名《蟾宫曲》《蟾宫引》《步蟾宫》《广寒秋》《天香引》《秋风第一枝》等。在此种情况下，不能列为多种曲牌，而只能选定其常用者为代表，并将其他异名附后。比如上面所举例子，以《折桂令》为代表，而将《蟾宫曲》《天香引》等附于其后。这时在表示类别之拉丁字母"A"不变，而表示曲名韵部之二位数字以异名所属韵部为主，后三位则表示本作品在本部类中出现的顺序。例如赵善庆之《折桂令·湖山堂》编号为 A17391，紧接其后刘秉忠之《蟾宫曲·四时游赏联珠四曲其四》之编号则为 A11392。余类推。

标明作品定（正）格

1. 定格：本书所附定格，系参照多种曲谱和名家作品，反复比对得出，并注明本曲字数、句数、句式和典型平仄格式。前已说明，由于元曲不甚重视平仄，故所附典型平仄格式，仅供造句时参考，不能视为规则。

2. 衬字（词）：用小一号字体排印，因此不再注明何者为正字，何者为衬字。

3. 韵脚：用三角形符号△表明，白脚（即不须押韵之处）作○，两可一般曲谱作▲。由于元曲中白脚可以入韵，韵脚则不能失韵成为白脚；因此所有白脚均可以"两可"视之，符号▲实为多余，本书对此一般不加标明。

4. 句式：篇中的句子符号只表示语音停顿，并不是语法意义上的句子，人们对各家作品，在语法上的断句方式也并不一致，因此在定格中并不列出语法标点。

对于6、7字的两种折腰句，当用阿拉伯数字时，在其下附横线，如6、7。用平仄或数字表示时则作："3、3"（或"平平仄、仄仄平"之类）、"3、4"（或"平平仄、平平仄仄"之类）。

4. 其他：对仗、增字、增句等情况，于每个曲牌定格项内加以说明。

关于注释的几点说明

1. 本书注释大多以各种词典和所收集到的元曲选本为依据，不一一说明其来历。

2. 元曲难解之处甚多，凡找不到依据，属编者个人判断之处，均于注前酌加"按"字。

3. 实在难以解释之处，只得存疑，以待来日破解之。有时略附解读的参考意见。

4. 每首作品之后，一般均附：作者生平、定格说明、词语注释、作品赏析等项。但须视情况而定，不一定每项俱备。

5. 为节省篇幅计，有时不得不使用某些注释套语，如：意即、此指、此言、犹言等。文白夹杂，请读者原谅！

6. 四声符号不易看清，特直接用"阴阳上去"表明，如：蕊（rui 上）。

7. 较常用词语和典故，不难查考者，一经注释，重见时即不再注，以省篇幅。

关于本书在注释方面的某些特点，已见于前言，可参阅。

每类作品的某些特点将于所选作品卷首另作说明。

二

作品选注

第一部　小令

"小令"又叫"叶子",是元散曲中能够独立成篇的曲子,是元散曲的最小单位。元曲中还有由两三支曲子所组成的"带过曲",以及由多个曲子组成的"套曲",也称"套数"(内分"散套"和"剧套")。带过曲和套曲都是由这种小曲子组成的,只是对于其中有些不能独立成篇的曲子,习惯上不把它们叫作小令而已。可是,从研究元曲格律的角度看,可以把用各种曲牌所谱写的全部曲子同等看待,至于能否独立成篇,并不重要。

元人小令一般比较短小。最短小者如《小络丝娘》只14字,比一首五言绝句还短。但是一般都在20—40字。据本书前所举《中》《监》《元》《康》四本所列394个比较常见的曲牌统计,14—20字者计43个,占11%。20—30字者134个,占34%;31—40字者120个,占30%,两者共约占65%,即占曲牌的绝大多数。41—50字者72个,占18%;60以上者24个,占6%。最长者为《双凤翘》,计34句109字;《转调货郎儿》其三,计29句161字。

由于小令一般篇幅短小,因此作者多是抓住生活与思想中最关键、最感人的片段加以把握和渲染,以引起共鸣。为弥补篇幅短小之不足,元人及以后的作者,曾采用同一曲牌以"幺篇"形式反复出现，以表述比较复杂的问题。如关汉卿以十六首《普天乐》写"崔张十六事"。也有人用"组曲"形式述说小卿和双渐故事的。明代汴梁雪舟老人王彦贞曾用一百首《小桃红》写西厢记故事，即《摘翠百咏小春秋》。此外也有用"转调"方式组成较长篇的小令以讲述较复杂主题的，如清洪昇《长生殿·弹词》用《九转货郎儿》610字叙述唐明皇与杨贵妃的悲剧，颇为简练生动。但转调由于组合方式复杂，使用者不多。还有利用下文将分别介绍的使用"带过曲"与"套数"的方式，以弥补篇幅短小的缺陷。

元人小令据河北教育出版社2003年出版的《全元曲》统计，有作者124人，曲牌132个，作品3860支。

曲牌中使用100次以上者，计有：

折桂令266次，加异名之蟾宫曲154次，天香引19次，总共439次，为曲牌中使用次数之最多者。

水仙子240次，加异名之湘妃怨34次、凌波仙21次、湘妃曲1次，总共295次。

寨儿令93次，加异名之柳营曲97次，总共190次。

寿阳曲95次，加异名之落梅风75次，总共170次。

喜春来98次，加异名之阳春曲61次，总共159次。

普天乐153次。

清江引147次。

梧叶儿137次。

沉醉东风136次。

红绣鞋124次。

满庭芳122次。

殿前欢120次。

金字经109次。

天净沙107次。

小桃红 105 次。

朝天子 100 次。

曲牌中使用 50—99 次者，计有：

山坡羊 97 次。

四块玉 80 次。

凭阑人 64 次。

醉太平 63 次。

迎仙客 57 次。

庆东原 53 次。

现挑选小令 451 首并笺注如下。

一麻《全元曲》收 5 曲牌 22 作者 143 支曲子。今选 8 作者，作品 11 首。

《天净沙》越调，仅见于小令。《全元曲》收 19 作者 107 支曲子。今选 5 作者，作品 5 首。

A01001 马致远《天净沙·秋思》

枯藤老树昏鸦，小桥流水人家$_1$，古道西风瘦马，夕阳西下，断肠人在天涯$_2$。

作者生平： 马致远，生卒年有多种估计，约为 1251—1321 年。号东篱，或说字千里。剧曲兼散曲作家。大都（今北京）人，曾任江浙行省官吏，仕途并不顺利。晚年归隐故乡，曾为"书会"会员。著有杂剧及散曲甚多，现存《破幽梦孤雁汉宫秋》《邯郸道省悟黄粱梦》等 7 种，残剧 1 种，佚目有《孟浩然》《戚夫人》等 7 种。或以为南戏《牧羊记》系他所作。《全元曲》收其小令 115 首，散套 22 套。以散曲小令《天净沙》最为有名。

马致远在作品中主张正义，抨击不合理现象，但往往有向往仙道以逃避现实的消极思想。文词豪放飘逸，典雅清新。明人朱权在其涵虚子《论曲》中把他比作"朝阳鸣凤"，《录鬼簿》说他被公认为"曲状元"。为元曲四大家之一。

本篇早期未标明作者，明代蒋一葵在其《尧山堂外纪》中始将其归于马致远名下。

定格说明：全曲5句28字，句式与韵脚安排为：6△6△6△4△6△。典型平仄格式为：平平仄仄平平△平平仄仄平平△仄仄平平仄仄△平平仄仄▲仄平平、仄平平△。全曲一韵到底，第四句可以不入韵，通作"仄平平仄"。末句一般作折腰句，但也有不折腰者，如张可久《月夜》作"可怜少个知音"。

词语注释：　　1."小桥"或作"远山"。2."人在"或作"人去"。

作品赏析：　　这是一首写游子于萧瑟苍凉的秋末傍晚、深感寂寞情怀的诗篇，各家对其评价极高。周德清誉之为"秋思之祖"。王国维评曰："寥寥数语深得唐人绝句妙境。有元一代词家皆不能为也。"吴梅认为"直空今古"。

按文学作品中情与景的关系一向是"见景生情"或"寄情于景"以达"情景交融"的境界，其中人物的心情是起主导作用的。各种景物都因观察者心情的不同而效果迥异。四季都有美景可赏。秋高气爽是登高野游的良好时节。

可是在我国，也许是因为战乱与磨折太多，自古就有"悲秋"的传统。乐府诗说："常恐秋节至，焜黄花叶摧。"人们总觉得秋声是凄凉的，所以欧阳修写有名篇《秋声赋》。杜甫是"万里悲秋常作客"，因而深感"风急天高猿啸哀"。有人说："元好问题诗老悲秋。"其他类似的悲秋人物与作品不胜枚举。甚至国家刑法一般也规定在一片肃杀之气中"秋后问斩"。

正是因为有这种传统，所以本篇才引起广泛的回响。

本篇作者用秋天苍凉的景色，以衬托在异乡漂流游子的愁怀。"小桥流水人家"本来可以是美好的农村风貌，在此却成了荒凉景色的一个组成部分。至于这位游子是因何断肠，则给人以悬念，任凭读者去体会、遐想。

由于这简洁而且生动的 28 个字，深深地体现了中国人感物悲秋的传统，适应了文人多愁善感的情怀，因而就深得有"忧愁忧思"者的爱好，成为元曲中最脍炙人口的名篇。

本篇在语言运用上的另一大特点是，通篇仅仅使用了十几个简洁的词组，不用动词述语，便表达了许多深刻的内容。这和温庭筠的"鸡声茅店月，人迹板桥霜"（《商山早行》），以及陆游的"楼船夜雪瓜州渡，铁马秋风大散关"（《书愤》）一样，形成中国诗歌语言中的一大特色。

按照本书编排规则，本应以小令《胡十八》作为开篇。但由于此篇是元曲小令当之无愧的代表作，所以破例把它置于卷首。

A01002 商衟《天净沙》四首录一，咏梅

雪飞柳絮梨花₁，梅开玉蕊琼葩₂，云淡帘筛月华₃，玲珑堪画，一枝瘦影窗纱₄。

作者生平：　商衟（1190—?），字正（一作政）叔，曹州济阴（今山东菏泽）人。出身于官宦世家。先祖原姓殷，因避宋帝赵弘殷讳改姓商。兄商横（平叔）仕金为显宦。道客居秦陇，与元好问过从甚密。元说他"好词曲，善绘画"；"滑稽豪侠，有古人风"。曾改编南宋张五牛之《双渐小卿诸宫调》，颇为流行。明朱权谓其文辞如"朝霞散采"。《全元曲》收其小令 4，散套 8，残套 1。

定格说明：　同前。

词语注释：　1. 柳絮、梨花都是常用的对于飞雪的修饰语。2. 蕊

(rui 上)，花蕊，花朵中的生殖器官，分雌蕊和雄蕊。葩（pa 阴）：花。玉蕊琼葩，均指美丽花朵。此言梅花似白玉，如琼花。3. 此句比喻甚妙，言天空云淡似稀疏帘栊，将月光筛落地下。这是描写当时月明的夜景，以衬托梅花的艳丽。4. 此言一枝梅花的瘦影印在窗纱之上，玲珑堪画。

作品赏析：　　本篇辞藻清丽，比喻贴切生动，场景美丽如画。

A01003 白朴《天净沙·秋》四季篇，八首录一

孤村落日残霞，轻烟老树寒鸦，一点飞鸿影下$_1$。青山绿水，白草红叶黄花。

作者生平：　　白朴，字太素，号兰谷先生。原名恒，字仁甫。祖籍隩州（今山西河曲）人，生于汴京。父白华为金高官，金破降宋，后归蒙古。朴从小依元好问长大，受其熏陶，对文学有深切爱好。元时谢不入朝，纵情山水，漫游大江南北，广交文士、曲家，长于杂剧，为元代四大戏剧家之一。所作杂剧十六种，仅《唐明皇秋夜梧桐雨》《裴少俊墙头马上》《董秀英花月东墙记》三种传世。有词105首，《全元曲》收其小令37首，散套4套。

定格说明：　　同前。

词语注释：　　1. 此3句借用王勃名句"落霞与孤鹜齐飞"意境。

作品赏析：　　同是秋色。选此以与马致远作品对比，欣赏另一种秋景写法。

A01004 张可久《天净沙·江上》

嗈嗈雁落平沙$_1$，依依孤鹜残霞$_2$，隔水疏林几家$_3$，小舟如画，渔歌唱入芦花$_4$。

作者生平：　　张可久（约1270—约1348），名号说法不一，字可九，一字伯远，号小山。庆元（今浙江宁波）人。曾任路吏，桐庐典史（相当于县警察局长）、幕僚等职务。一

生位居下僚，郁郁不得志。晚年隐居杭州。毕生从事散曲写作，曾编成《苏堤渔唱》等多种集子。今传小令855（一说895）首，散套9套。是散曲作品最多的作者，与乔吉并称为散曲两大家。所写多为吟咏自然风光、瓦舍冶游、闺情幽怨和朋友应酬之类的作品。风格典雅清新，注重声律与辞藻。获得广泛称誉，被比作"荆山玉，合浦珠，压倒群芳"。世人以乔张比作唐之李杜。也能写诗。《全元曲》收其小令853首，散套9套。作品之多，在元曲作家中居第一。

定格说明：　　同前。

词语注释：　　1. 嗈（yong 阴）嗈，同噰噰，雁鸣声。《诗·邶·匏》"噰噰鸣雁，旭日始旦。"平沙落雁是诗词中典型景象。2. 依依，隐约可见貌。鹜（wu 去），水鸟，野鸭。孤鹜残霞，暗用王勃名句："落霞与孤鹜齐飞。" 3. 犹言对岸疏林中有几户人家。4. 此言舟中人唱着渔歌划入芦花之中。

作品赏析：　　景物优美，语言清新。

A01005 无名氏《天净沙》

瘦皆因凤只鸾单₁，病非干暑湿风寒。空服了千丸万散₂。恹恹情绪₃，立斜阳目断巫山₄。

作者生平：　　元人剧曲与散曲中，都有许多作品失去了作者姓名，统称之曰"无名氏"作。其中不乏优秀作品。有些作品显然出自同一人之手，例如《梧叶儿》12首写十二月，11首写名寺，5首写天边月；《迎仙客》12首写十二月；《挂金索》5首写五更；《寄生草》4首写四季；《金字经》9首写炼丹求仙；《水仙子》8首写八仙；等等。本书在进行统计时，无名氏作品皆以一人计算。

定格说明：　　同前。本曲牌一般不用衬字，选此作为用衬一例。从中可以看出衬字的位置并不固定，而且也不易与正字区分开来，如前两句以"瘦"与"病"作衬字亦无不可。

词语注释： 1. 凤、鸾，此指相恋男女。2. 中药习惯分作"膏丹丸散"，丸指丸药，散指药粉、粉末。3. 恹（yan 阴）恹，精神萎靡不振的样子。4. 目断，极目远望直到看不见为止，或一直看到想象的地方为止。巫山，此指云雨巫山、男女相会之处。

作品赏析： 短短31字，极言相思之苦。

《胡十八》双调，小令套曲兼用，《全元曲》收小令2作者，5首作品，8支曲子。今选2作者2首。

A01006 张养浩《胡十八·叹世》

正妙年，不觉的老来到。思往事，似昨朝。好光阴流水不相饶₁。都不如醉了，睡着。任金乌搬废兴₂，我只推不知道。

作者生平： 张养浩（1270—1329），字希孟，号云庄。自称白云先生。济南人。据称"年少而志厉，积学而善文"。十九岁时写《白云楼赋》，名噪济南。从此仕途顺利：二十岁被荐为"东平学正"，二十三岁被荐为礼部令史，三十六岁任堂邑（今山东聊城西北）县尹。三十九岁拜监察御史。后因上《时政书》被罢官。仁宗时复任翰林直学士，礼部尚书，参议中书省事。英宗时复因谏言得罪，乃以"归养"为由退隐八载，屡召不复出。天历初，关中大旱，乃出任陕西行台中丞，积劳成疾，卒于任所，年六十。后追封滨国公，谥文忠。著有《归田类稿》等多种。《全元曲》收其小令153首，附录8首，散套2套。数量之多，在元代作家中，位居第四。其散曲多为归隐时乐享林泉、不满时政之作。"言直理到，和而不流，依腔按歌，使人名利之心都尽。"朱权谓其词如"玉树临风"。

定格说明： 全曲9句29字，一韵到底。句式与韵脚安排为：3▲

3△3▲3△7△2△2△3▲3△。其中第一、第三、第八句为白脚，亦可入韵。又所有 3 字句可增为 5 字句或 6 字折腰句。典型平仄格式为：仄仄平▲仄平平△仄仄平▲仄平平△平平仄仄仄平平△平平△平平△平平仄▲平平仄△。此处 7 字句如押仄韵，则应改作"平平仄仄平平仄"。以下仿此。

本曲仅收录张养浩 7 首，无名氏 1 首。其平仄格式各首出入甚大。

词语注释： 1. 不相饶，不肯饶人；此言光阴如流水不待人。2. 金乌，太阳；搬废兴，支配国家废兴事件。此言让废兴事件在时间长河中过去。

作品赏析： 作者忠心国事，屡屡得罪，抚今思昔，觉得不如吃吃睡睡，万事不关心的好。

A01007 无名氏《胡十八》

吹箫的楚伍员[1]，乞食的汉韩信[2]，待客的孟尝君[3]，苏秦还是旧苏秦[4]，买臣也曾负薪[5]。负薪的是买臣。你道我穷到老，我也有富时分。

作者生平： 见 A01005。

定格说明： 前第 006 首已说明本曲应为 9 句 29 字。孟尝君句后当有脱误，似应补入"烹调的商伊尹"之类的句子。由于元曲中本调仅 8 首，故录此以备一格。

词语注释： 1. 伍员（yun 芸），即伍子胥。流落吴国时曾吹箫乞食。2. 韩信未发迹时曾乞食于漂母（洗衣妇）。3. 战国时齐孟尝君养客三千。4. 苏秦未发迹时，"黑貂之裘敝，黄金百斤尽"；"嫂不以为叔，妻不以为夫"。后来身佩六国相印，家人匍匐（趴在地下）相见。所以说"苏秦还是旧苏秦"，但家人的态度却迥然不同了。5. 朱买臣，西汉名臣，穷困时曾负薪（卖柴为生）。

作品赏析： 历举前人由困穷到发迹的事例勉励自己，并且"人穷志不穷"，深信自己终有翻身之日。

《后庭花》仙吕，亦入商调。小令与套曲兼用。《全元曲》收 4 作者，26 支曲子。今选 2 作者 2 首。

A01008 赵孟頫《后庭花》

清溪一叶舟，芙蓉两岸秋₁。采菱谁家女？歌声起暮鸥₂。乱云愁，满头风雨，戴荷叶归去休₃。

作者生平：　赵孟頫（1254—1322），字子昂，晚年曾作孟俯，号松雪道人、水精宫道人。宋太祖后裔，因赐第湖州，遂为湖州人氏。曾任真州司户参军。宋亡后被推荐入朝，授兵部郎中、儒学提举、翰林学士承旨等要职，并参与编修《世祖实录》。但为宋朝遗民所轻视，也不得元朝贵族信任。深感"一生事事总堪惭"，苦闷求归隐。卒后追封魏国公，谥文敏。

　　赵孟頫文采优异，长于诗文、书法、绘画。其行楷秀丽而且遒劲，世称赵体。有文集多种。《全元曲》收其小令二首。

定格说明：　全曲 7 句 33 字，第三、第六句为白脚。句式与韵脚安排为 5△5△5 ○5△3△4 ○6△，典型平仄格式为：平平仄仄平△平平仄仄平△仄仄平平仄○平平仄仄平△平平△平平仄仄○平平仄、仄仄平△。

词语注释：　1. 此言秋日清溪两岸开满水芙蓉（荷花）。2. 歌声惊起傍晚的鸥鸟。3. 乱云使人发愁，紧接着是劈头风雨，只好用荷叶做伞赶回家去。

作品赏析：明白如画，活泼清新。

A01009 吕止庵《后庭花》

西风黄叶疏，一年音信无。要见除非梦，梦回总是虚₁。梦虽虚，犹兀自暂时节相聚₂。近新来和梦无₃。

作者生平：　　吕止庵，不知与吕子轩是否同一人。生卒年、经历不详。所写多感时、悲秋及落魄伤怀的作品。《全元曲》收其小令33首，散套4套。

定格说明：　　同前。

词语注释：　　1. 梦回，梦醒。2. 兀（wu 去）自，犹、还，犹兀自，还那样。3. 近新来，新近来。

作品赏析：　　明知梦为虚幻，但总觉得比没有梦好，无奈近来连梦也做不成。极言相思之苦。

《山丹花》双调，仅用于小令。《全元曲》收1作者，1曲子。

A01010 无名氏《山丹花》

昨朝满树花正开，蝴蝶来，蝴蝶来。今朝花落委苍苔[1]，不见蝴蝶来，蝴蝶来。

作者生平：　　见 A01005。

定格说明：　　仅此一曲，归纳为：全曲6句26字，句式与韵脚安排：7△3△3△7△3△3△。典型平仄格式为：平平仄仄平平△仄仄平△仄仄平△平平仄仄平平△仄仄平△仄仄平△。第二、第三，第五、第六句似应为叠句。

词语注释：　　1. 委，被抛弃。

作品赏析：　　无非光阴容易逝，晚景凄凉之意，哲理不多。因只一曲，选之以备一格。

《四季花》仙吕，亦入商调。小令、套曲兼用。《全元曲》小令收1作者，1曲子。剧曲有结尾稍异之幺篇。

A01011 无名氏《四季花》

一年三百六十日，花酒不曾离。醉醺醺酒淹衫袖湿，花压帽檐低[1]。帽檐低，吃了穿了是便宜。

作者生平： 见 A01005。

定格说明： 只此一曲，归纳为：6 句 34 字，句式与韵脚安排为：7○5△7○5△3△7△，典型平仄格式为：平平仄仄平平仄○仄仄平平仄△仄仄平平平仄仄○仄仄仄平平△仄平平△平平仄仄仄平平△。

词语注释： 1. 花压帽檐低，似为从妓院妆新郎后回家时情景，一般情况下男人头上不会戴花。

作品赏析： 宣扬享乐主义之作，本调只此一曲，选之以备一格。

二波《全元曲》收 1 曲牌，2 作者，15 支曲子。今选 2 作者 2 首。

《挂金索》索也作锁，商调，亦入黄钟。小令套曲兼用。《全元曲》小令收 2 作者，15 支曲子。今选 2 首。

A02012 王玠《挂金索》其二

二更清净，心要常虚守₁。默默回光₂，照见无中有₃。赶退群魔，振地金狮吼₄。顷刻功成，便与天齐寿。

作者生平： 王玠，字道渊，号混然子。南昌修水人。生卒年不详。道士，著有《还真集》。

定格说明： 全曲 8 句 36 字。句式与韵脚安排为：4○5△4○5△4○5△4○5△。典型平仄格式为：平平仄仄○仄仄平平仄△仄仄平平○仄仄平平仄△仄仄平平○仄仄平平仄△仄仄平平○仄仄平平仄△。

词语注释： 1. 常虚守：经常保持心地空虚无杂念。2. 此指道家想象中的回光返照。3. 此言回光可以照见平时以为无物的地方所隐藏的东西。4. 此言修炼结果，有声可振（震）地的金狮吼叫，赶退群魔。

作品赏析： 此为一组写道家修炼情况的曲子。选一以见道家活动之一般，不可信以为真。

A02013 无名氏《挂金索》

我爱闲居，心镜常皎洁$_1$。境灭情忘，自然无分别$_2$。云散长空，露出清霄月$_3$。此个家风$_4$，有口难分说。

作者生平：　　见 A01005。

定格说明：　　同前。

词语注释：　　1. 心镜，清净明亮如镜的心地。2. 把周围环境和脑中情愫完全抛开，只剩下一片混沌，无物我可区别。3. 天空云散，清霄露出明月。4. 犹言此种生活。

作品赏析：　　本曲与前选王玠作品如出一辙，都写道家生活。可能为同一人作品，所写夜景甚为幽静美好。

三歌《全元曲》收 15 曲牌，31 作者，278 支曲子。今选 20 作者，作品 32 首。

《大德歌》双调，亦入商调。小令套曲兼用。《全元曲》小令收 1 作者 10 曲子。今选 1 首。

A03014 关汉卿《大德歌·春》

子规啼："不如归"$_1$。道是春归人未归$_2$，几日添憔悴。虚飘飘柳絮飞$_3$，一春鱼雁无消息$_4$，则见双燕斗衔泥$_5$。

作者生平：　　关汉卿，生卒年不详，应生于金末，卒于元成宗大德年间（1297—1307）以后。入元不仕，《录鬼簿》称其曾为"太医院尹"，当为金亡（1234）以前事。假定其为官时已年届二十，则关应出生于 1214 年之前。号一斋（乙斋、已斋），字汉卿。有人考证其名为关灿。大都祁州（今河北安国）人，当地现有关汉卿墓。金亡后嘲风弄月，风流潇洒以度日。毕生从事杂剧创作，著有杂剧 67 种，现存 18 种，残剧 3 种，佚目 46 种。主要描写公案、风情、传奇和历史，以《望江亭》《窦娥冤》《单刀会》等剧最为有名，为元曲四大家之首。其作品多为其他剧种所移植，至今献演不衰。并且他"身践排场，面傅粉墨，——偶倡优而不辞"。与当时戏、曲名家高文秀、费君祥、杨显之、沈和甫、王和卿等为友，与名演员朱（珠）帘秀也过从甚密。关还擅长散曲。《全元曲》收其小令57首，散套14，残套2，附录（有疑问者）5。人谓其文笔如"琼筵醉客"，不愧为剧曲、散曲兼长的大家。

他"生而倜傥，博学能文，滑稽多智，蕴藉风流"，"为一时之冠"。用他在《一枝花·不伏老》中对自己的描写是：我是"浪子风流——折柳攀花手——通五音六律滑熟——曾玩府游州——是个蒸不烂、煮不熟、捶不扁、炒不爆、响当当一粒铜豌豆——我也会围棋，会蹴鞠，会打围，会插科，会歌舞，会吹弹，会咽作（唱歌），会吟诗，会双陆"，并且至死不休。

定格说明： 本曲只有关汉卿作品十首，各谱有不同的归纳方法，经折中为全曲7句36字。句式与韵脚安排为：3△3△5△5△6△7△7△。典型平仄格式为：仄平平△仄平平△（仄仄）平平仄仄平△仄仄仄平平△平平仄、仄仄平△（平平）仄仄平平仄△（平平）仄仄仄平平△。第三句、第六、第七句加括号处，表示有人认为可作七字句和5字句。第五句为6字折腰句。

词语注释： 1. 子规，即杜鹃，又名杜宇、怨鸟。传说此鸟鸣声为"不如归去"，须啼至流血才停止。诗人多以它的啼声与相思之苦相联系。2. 此句似回答子规，"而今春归人却未归"。3. 此句似有比拟所思之人，在外飘泊意。4. 鱼雁，传说中代人传信的动物，此即指书信。言一春未收到书信，不知对方消息。5. 斗，此指比赛；斗衔泥，忙着衔泥，好似在比赛。双燕，衬托自己的独处。

作品赏析： 触景生情，文笔清新。

《鸿门凯歌》双调，仅汤舜民作品一首，因残缺过甚，无从找寻其定格，故从汤之散套摘补。

A03015 汤舜民《鸿门凯歌·春日闺思》摘散套《新水令》中之第四曲。

冷淡了珠帘翡翠冠，离披了合彩鸳鸯段₁，零落了回文龟背锦₂，空闲了通宝青鸦幔₃。巫山庙云鬟、翠巑岏₄，桃源洞烟水、黑弥漫，望夫台景物、年年在，相思海风波、日日满₅。眉攒₆，屈纤指把归期算；心酸，染霜毫将离恨纂₇。

作者生平：　　汤舜民，名式，号菊庄。浙江象山人，生卒年不详。曾补本县吏，非其志也。流落江湖间，从词作上看，为人潇洒放浪。与杨景贤、贾仲民等相交游。入明后，永乐年间曾受恩赏。剧曲散曲兼长。著有杂剧二种，今佚。《全元曲》收其小令170首，散套68，残套1。散曲数量在元曲作家中居第三。

定格说明：　　本曲牌小令中只存汤舜民一首，残缺莫能辨其格式。由于本曲牌格式长短有致，弃之可惜，故从后人所补缀之汤舜民《新水令》散套中，摘其第四曲《鸿门凯歌》以补足之。全曲12句，70字（或68字）。句式与韵脚安排归纳为：7△7△7 ○ 7△6△6△6 ○6△2△7△2△7△。典型平仄格式为：仄仄平平平仄仄△平平仄仄平平仄△仄仄平平仄仄平○平平仄仄平平仄△平平仄仄△平平仄仄△平平仄仄○平平仄仄△仄仄△平仄仄、平平仄△平平△仄平平、平平仄仄△。曲末两个6字句亦可作7字句。

词语注释：　　1. 离披，衰败；合彩，多彩；段，同缎。2. 回文句，此言上有相思回文、龟背图案的锦被。3. 绣有通宝（钱币？）图案的鸦青色帐幔。4. 巑岏（cuan 阳 wan 阳），险峻。5. 相思海，如海之相思情绪，此海中风波日满。6. 眉攒，皱眉。7. 霜毫，白羊毫毛笔。

作品赏析：　　词语生动而带感情色彩，虽然情深，但"怨诽而不乱"。

《醉高歌》又名《最高楼》。中吕，亦入正宫。小令、带过曲和套曲兼用。《全元曲》小令收 2 作者，5 首。今选 2 作者 3 首。

A03016 姚燧《醉高歌·感怀》四首,其一

十年燕月歌声₁，几点吴霜鬓影₂。西风吹起鲈鱼兴₃，已在桑榆晚景₄。

作者生平： 姚燧（1238—1313），字端甫，三岁而孤，靠伯父抚养。38 岁时被荐为秦王府学士，以后官运亨通，由汉中道提刑按察使逐渐升为大司农丞，江西行省参知政事，太子少傅，翰林学士承旨，知制诰兼修《世祖实录》《国史》。至大四年（1311）告归，于潜江筑白鹤楼，读书、著述于其中。卒谥文。为当时著名古文家。黄宗羲比之为"唐代韩柳，宋代欧曾，金元之元好问"。散曲与卢挚齐名，多写个人情怀，男女恩爱。朱权誉之为"词林英杰"。著有《牧庵文集》，清人辑有《牧庵集》。《全元曲》收其小令 29 首，散套 1 套。语言平易清丽，富有情致。

定格说明： 本曲 4 句 25 字，句式与韵脚安排为：6△6△7△6△。典型平仄格式为：平平仄仄平平△仄仄平平仄平△平平仄仄平平仄△仄仄平平仄仄△。

词语注释： 1. 此言十年经历的燕地风月与歌声。2. 吴霜鬓影，在吴地（江南）弄得鬓影如霜。3. 此用晋代张翰故事。他在长安官场失意，于西风起时，思念起故乡的"菰菜、莼羹、鲈鱼脍"，遂辞官回乡。4. 桑榆晚景：夕阳在桑榆间，乃日暮时景象，比喻人的晚年。此言当厌弃官场生活时，可惜已是晚年。

作品赏析： 略。

A03017 姚燧《醉高歌·感怀》其二

荣枯枕上三更[1]，傀儡场头四并[2]。人生幻化如泡影，哪个临危自省？

作者生平：　　见前。

定格说明：　　同前。

词语注释：　　1. 此言人生荣枯有如三更枕上幻梦。2. 傀儡场头，本指戏剧舞台，引申指生活舞台。四并，四美（良辰、美景、赏心、乐事）俱全。

作品赏析：　　略。

A03018 吴仁卿《醉高歌·叹世》

风尘天外飞沙[1]，日月窗间过马[2]。风俗扫地伤王化，谁正人伦大雅[3]！

作者生平：　　吴仁卿，字弘道，号克斋。金台蒲阴（今河北安国）人，生卒年不详，活动于元大德年间（1297—1307），曾做江西省检校掾史，以府判致仕。与当时戏曲作家关系密切。剧曲兼散曲作家。编有《曲海丛珠》（佚）及《中州启札》四卷。作有杂剧五种，俱佚。《全元曲》收其小令34，套数4。朱权将其列为"词林之英杰"，评其词如"山间明月"。

定格说明：　　同前。

词语注释：　　1. 此言世上满是风尘有如漫天飞沙。2. 此言日月如白驹过隙，不断流走。3. 人伦大雅，指中华美好伦常。

作品赏析：　　略。

《庆宣和》双调，小令套曲兼用。《全元曲》小令收3作者，23支曲子。今选2作者各1首。

A03019 张养浩《庆宣和》_二首录一_

大小清河诸锦波₁，华鹊山坡₂，牧童齐唱采莲歌。倒大来₃快活，倒大来快活！

作者生平：　　见 A01006。

定格说明：　　本曲5句22字，句式与韵脚安排为：7△4△7△2▲2△。典型平仄格式为：仄仄平平仄仄平△仄仄平平△平平仄仄平平△仄仄▲仄仄△。

词语注释：　　1. 大清河，指山东北清河，古济水；小清河，趵突泉所出，古称泺水。诸锦波，满是如锦的波浪。2. 华鹊，华不注山与鹊山的合称。3. 倒大来，元曲习用词语，意即非常、十分。

作品赏析：　　略。

A03020 张可久《庆宣和·毛氏池亭》

云影天光乍有无，老树扶疏₁。万柄₂高荷小西湖，听雨，听雨！

作者生平：　　见 A01004。

定格说明：　　同前。

词语注释：　　1. 扶疏，稀稀疏疏。2. 柄，把、枝，此字用得甚妙，言莲茎如伞柄。

作品赏析：　　寥寥数语，写景如画。

《迎仙客》中吕，小令套曲兼用，《全元曲》小令收6作者，57曲子。今选3作者，各1首。

A03021 张可久《迎仙客·感旧》

鹦鹉洲，凤凰楼₁，十年故人怀旧游₂。杜陵花₃，陶令酒₄。酒病花愁，不觉的今春瘦。

作者生平： 见 A01004。

定格说明： 全曲 7 句 28 字，句式安排为：3▲3△7△3▲3△4▲5△。平仄格式与韵脚为：仄仄平▲仄平平△仄仄平平仄仄平△仄平平▲仄仄平△仄平平▲仄仄平平仄△。

词语注释： 1. 鹦鹉洲，在武汉市江中；凤凰台，在南京。二处皆为文人优游吟咏之处。2. 此言二处为十年来曾与故人为吊古怀旧而遨游之地。3. 杜陵花，杜甫咏花之诗甚多，故云。有人引用韩翃"春衣夜宿杜陵花"诗句，以为指妓女。按此说与下文"陶令酒"及全曲格调不符，不可取。4. 陶令酒：陶渊明辞县令后，以诗酒自娱。

作品赏析： 略。

A03022 云龛子《迎仙客》

水深清，山色好，天下是非全不到。竹窗幽，茅屋小，个中[1]真乐注，莫向人间道。

作者生平： 云龛子，道士。生平不详。

定格说明： 同前。

词语注释： 1. 个中，其中。

作品赏析： 释、道家作品多言神仙道化之类的事情，此曲独无迷信色彩，而其清高出世思想，颇有闲雅情致，选此以备一格。

A03023 无名氏《迎仙客·五月》

结艾人[1]，赏蕤宾[2]，菖蒲酒香开玉樽[3]。彩丝缠，角粽新[4]，楚些招魂[5]，细写怀沙恨。

作者生平： 见 A01005。

定格说明： 同前。

词语注释： 1. 结艾人，艾叶为传统吉祥物，人们于端午节挂艾叶（此处言结艾叶为人形）以避邪。2. 此处可能用十二律与十二月相对，并且从"大簇"开始数起。蕤宾为十二律中之第七，相当于五月，此指赏五月的音乐。3. 菖蒲与艾叶同为有香气植物，民俗于端午节用它们避邪和驱赶蚊虫。也有人于端午节饮雄黄酒、菖蒲酒。开玉樽，用高档酒杯斟酒。4. 用彩丝缠多角形粽子。5. 些，兮，叹词；楚些，指惯用兮字的楚辞。招魂、怀沙，楚辞九歌中有《招魂》《怀沙》篇。此言诵读楚辞以招屈原之魂，泄《怀沙》之恨。端阳吃粽子以吊屈原，为我国悠久传统习俗。

作品赏析：　　无名氏这一组十三篇是写民俗的曲子，肯定出自同一佚名作家之手。除首篇为序曲外，其余每首写一月的特征或主要习俗。选此以见一斑。

《得胜乐》双调，仅用于小令。《全元曲》收 1 作者，8 曲子。今选 2 首。

A03024 白朴《得胜乐·夏》

酷暑天，葵榴发₁，喷鼻香十里荷花。兰舟斜缆垂杨下₂，只宜铺枕簟、向凉亭披襟散发₃。

作者生平：　　见 A01003。

定格说明：　　全曲 5 句 25 字，句式与韵脚安排为：3 ○ 3 △ 7 △ 5 △ 6 △。典型平仄格式为：仄仄平 ○ 平平仄 △ 仄仄平、仄仄平平 △ 仄仄平平仄 △ 仄仄平、仄平平 △。

词语注释：　　1. 葵花和石榴。发，开花。2. 兰舟，兰木舟，实指漂亮的船只。3. 披襟散发，此指随便轻松的穿着。

作品赏析：　　写夏天景物及消夏情况，甚为真切。

A03025 白朴《得胜乐》 这是一组四首写相思的无题诗，录其第四

红日晚，残霞在，秋水共长天一色₁。寒雁儿呀呀的天外，怎生不捎、带个字儿来₂？

作者生平： 见 A01003。

定格说明： 同前。

词语注释： 1. 秋水句，此借用王勃名句："落霞与孤鹜齐飞，秋水共长天一色。" 2. 怎生不，为什么不。

作品赏析： 略。

《丰年乐》失调，仅用于小令。《全元曲》收1作者，1曲子。

A03026 乔吉《丰年乐》

世路艰难两鬓斑，占奸退闲₁。白云归山鸟知还₂。想起来连云栈₃，不如磻溪垂钓竿₄。

作者生平： 乔吉（1280—1345），一作吉甫，字梦（孟）符，号笙鹤翁、惺惺道人。太原人，长期居杭州。无意仕途，寄情诗酒。正如他在《绿幺遍·自述》中所说："不占龙头选，不入名贤传；时时酒圣，处处诗禅；烟霞状元，江湖醉仙。笑谈便是编修院。留连，披风抹月四十年。"剧曲、散曲俱精，著有杂剧11种，今存《杜牧之诗酒扬州梦》《李太白匹配金钱记》《玉箫女两世姻缘》三种。有词一首。《全元曲》收其小令209首，散套11。作品之多，在元曲作家中居第二位。其作品曾收入多种集子中。

乔吉的作品，充满愤世嫉俗和以声色自娱的情怀，并与同是沦落人的歌妓伶女有一定的真情。曾提出作曲应该"凤头、猪肚、豹尾"的理论。其作品很受推崇，朱权认为其词"如神鳌鼓浪"。

定格说明： 因只此一首，除掉衬字，本曲应为5句29字，其句式与韵脚安排应为：7△4△7△5△6△。典型平仄格式为：仄仄平平仄仄平△平平仄仄△平平仄仄平平△仄仄平平仄△平平仄仄平平△。

词语注释： 1. 占，与下文退相对应，应作进取解。奸，邪恶，言进身做官则必染邪恶。窃以"进取则奸"，于理不当。

占奸当为战艰之误，元曲中此类同音错别字并不少见。艰与下文闲对应，言仕进（战斗）则艰险，退处则安闲。若以"占"为占据官位，亦可通。2. 此言白云与飞鸟尚知进退，岂可人而不如物乎？3. 连云栈，高山栈道，此当指刘邦、韩信奔走于蜀地栈道故事。4. 磻溪，传说姜尚隐居时钓鱼的地方。

作品赏析：　　仕途险恶，退处安闲，正是作者自身生活写照。

《归来乐》小石调，仅用于小令。《全元曲》收无名氏5首，今选其一。

A03027 无名氏《归来乐》

身不关陶唐禹夏₁，梦不想谋王定霸。容膝₂的是竹椽茅檐，点景的是琴棋书画，忘机的是鸥鱼凫鸭₃。更有那橘柚园遮周匝，兰地平坡凸凹₄。俺可也不痴又不呆，不聋又不哑。谁肯把韶光来虚那₅。哈哈，俺归去也呀！

作者生平：　　见 A01005。

定格说明：　　《全元曲》此一曲牌仅有五首，其句式又不够规范。五首均极言现实生活之虚幻，不如归隐。曲牌意即述说归隐之乐，显系自度曲并出于一人之手。现以今所选之第四首为准，假定全曲为十一句，61字。初步归纳其句式与韵脚安排为：7△7△6 ○ 6△6△5△4△5 ○ 5△6△4△。典型平仄格式为：平仄仄、平平仄仄△平仄仄、平平仄仄△仄仄平平仄仄○仄仄平平仄仄△仄仄平平仄△仄仄仄平平△仄仄平平△平平仄仄平○平平平仄仄△仄仄平平仄仄△平平仄仄△。

词语注释：　　1. 陶唐，古部落名，此指唐尧帝时代。禹夏，禹王的夏朝。全句言不关心此身处在什么朝代。2. 容膝，容身的谦辞。3. 忘机，泯除机心，忘却一切利害思想的宁静无为状态。此言鱼鸟使我忘记人世纷争。凫（fu 扶），野鸭。一说此指鸥鱼等俱已忘机，与人亲近，不再提防。4. 周匝，四周。此言四周都是橘柚园和高高低低的兰草坡地。5. 韶光，美好光阴；虚那，虚度了。那，一般解作语气词，等于了。按"那"训"耐"，忍耐，引申有消磨意，虚那即虚耗。

作品赏析：　　淡泊名利可取，但对于人世间一切都抱虚无主义、光图个人享受，则又走向不利于社会发展的另一极端。

《凉亭乐》商调，仅用于小令。《全元曲》收1作者，1曲子。

A03028 阿里西瑛《凉亭乐·叹世》

金乌玉兔走如梭₁，看看的老了人呵！有那等不识事的痴呆待怎么？急回头迟了些儿个。你试看凌烟阁上₂，功名不在我。则不如对酒当歌，对酒当歌且快活。无忧愁、安乐窝₃。

作者生平：　　阿里西瑛，又名木八剌，字西瑛，省称里西瑛。元曲作家阿里耀卿之子。西域人，生卒年不详。延祐到至正年间（1314—1368）在世。身体魁梧，人称"长西瑛"。久居吴城（今苏州），名其住所为"懒云窝"。长于音律，广交名士。超然脱俗，慵懒疏狂，寄情诗酒。作品朴实潇洒，诙谐有趣。朱权将其列入"词林英杰"。《全元曲》收其小令四首。

定格说明：　　《全元曲》只收此一首，参考个别曲谱，本曲应为8句44字，句式与韵脚安排为：7△4△7△5△4 ○ 4△7△6△。典型平仄格式为：仄仄平平仄平平△仄仄平平△平平仄仄仄平平△仄仄平平仄△平平仄仄○平平仄仄△仄仄平平仄仄平△平平仄、仄仄平△。第6句后应有一个4字增句。

词语注释：　　1. 即日月如梭。2. 凌烟阁，唐太宗图画功臣的楼阁，通指功劳簿。3. 此言在自己家（安乐窝）中，对酒当歌，无忧无愁快活。

作品赏析：　　一派及时行乐的消极思想，但语言别具一格，大胆使用虚字（语气词）作韵脚。

《平湖乐》越调，仅用于小令。《全元曲》收 1 作者，23 曲子。今选 3 首。

A03029 王恽《平湖乐》其一

平湖云锦碧莲秋$_1$，香浥兰舟透$_2$。一曲菱歌满樽酒$_3$。暂消忧，人生安得长如旧？醉时记得，花枝仍好，却羞上老人头$_4$。

作者生平：　　王恽（1227—1304），字仲谋，号秋涧。卫州汲县（今河南卫辉）人。元好问弟子。1260 年辟为详议官。仕途顺利，升翰林修撰，同知制诰，国史院编修官，后拜监察御史、中奉大夫。卒赠翰林学士承旨、资善大夫，追封太原郡公。《元史》有传。著有《相鉴》《汲郡志》《秋涧先生大全集》等。《全元曲》收其小令 41 首。

定格说明：　　诸谱不载，全曲 8 句 42 字。句式与韵脚安排为：7△5△7△3△7△4○4○5△。典型平仄格式为：平平仄仄仄平平△仄仄平平仄△仄仄平平仄仄△仄平平△平仄仄平平仄△平仄仄○平平仄仄○仄仄仄平平△。

词语注释：　　1. 平湖，在今绍兴，一名鉴湖、镜湖。作者此调似专为写游览平湖之乐而作。23 首中，有 12 首写游湖之乐，但似乎并不只在平湖一地。此句言平湖秋天景色，云霞似锦，莲荷碧绿。2. 浥（yi 邑），润湿，此指沾染。言莲藕香气浸透美好的游船。3. 此言斟满美酒听唱菱歌。4. 此言不能永远像过去一样年轻。

作品赏析：　　景色美好，但总不免因时光流逝而引起淡淡忧愁。

A03030 王恽《平湖乐·尧庙秋社$_1$》

社坛烟淡散林鸦$_2$，把酒观多稼$_3$。霹雳弦声斗高下$_4$。笑喧哗，壤歌亭外山如画₅。朝来致有，西山爽气₆，不羡日夕佳₇。

  作者生平： 见前。

  定格说明： 同前。

  词语注释： 1. 尧庙，祭祀帝尧的庙。秋社，秋天祭祀土谷之神的赛社活动。2. 社坛，祭祀用的神坛，多为土台。烟淡，祭祀完毕，香烟已淡。林鸦也因活动已过，无食物可找而散去。3. 多稼，丰收的多种庄稼。4. 此言农民演奏的弦声在亭外高响，好似在互相比声音的高低。5. 壤歌，尧时农民击壤（一种投击土块的游戏）而歌唱；壤歌亭，即农民歌唱之亭。6. 此引《世说新语·简傲》："朝来西山，致有爽气。"7. 此用陶渊明诗："山气日夕佳，飞鸟相与还。"全句言不亚于陶渊明所赏玩的景致。

  作品赏析： 写古时农民祭神赛社活动，鲜明如画。

A03031 王恽《平湖乐·寿李夫人₁》

小园不惜买花钱，妆点蟠桃宴₂。传语风光莫流转₃，百年来，人生几度春风面₄？细思谁似、君家阿妈，康健地行仙₅。

  作者生平： 见前。

  定格说明： 同前。

  词语注释： 1. 这是一首为人祝寿的曲子。2. 传说王母曾举行庆寿的蟠桃宴会，此指李夫人家寿宴。3. 此言请告诉大家好风光莫错过。4. 此言人的一生（百年）能有几度春风得意、面带笑容。5. 地行仙，地上活神仙。

  作品赏析： 情真意切，而不阿谀。选此以备一格。

《普天乐》中吕，亦入正宫。小令、套曲兼用。《全元曲》小令共收 19 作者，133 曲子。今选 7 作者，作品 10 首。

A03032 滕斌《普天乐·财》

一瓢贫[1]，千钟富[2]，是天生分定，何必枉图[3]？锦步障[4]，黄金坞[5]，狗苟蝇营贪不足[6]，为妻儿口体区区[7]。君家饱暖，他人冻馁，于汝安乎[8]！

作者生平：滕斌，一作滕宾、滕霄，字玉霄。黄冈（今属湖北）人，一说睢阳（今河南商丘市南）人。生卒年不详。主要活动于元武宗至大到英宗至治年间（1308—1323）。曾任翰林学士，江西儒学提举。后弃家入天台为道士。为人风流倜傥而好酒，其谈笑之作，很为人赞赏。《录鬼簿》称其为高才名重之前辈名公。朱权评其词"如碧汉闲云"。著有《玉宵集》。《全元曲》收其小令15首。

定格说明：全曲十一句，46字。句式与韵脚安排为：3○3△4○4△3○3○7○7△4○4○4△。典型平仄格式为：仄仄平○平平仄△平平仄仄○仄仄平平△平平仄○仄仄平△仄仄平平仄仄平▲仄平平、仄仄平平△平平仄仄○平平仄仄○仄仄平平△

词语注释：1. 此借用颜回贫居陋巷，一箪食，一瓢饮的困境，以指贫困。2. 钟，古量词，"六斛四斗"为一钟。千钟指极高的俸禄或收入。3. 此言何必枉费心机去追求。4. 步障，道路上为遮蔽风尘所设的屏障；锦步障，极言其阔绰。晋石崇与王恺斗富，设锦障五十里。5. 坞，船坞或村外土墙；黄金坞，极言其奢侈。出处待查。6. 此言像苍蝇一样到处钻营，像狗一样苟且偷生，极言无耻钻营。7. 为妻儿口体之养的区区小事而蝇营狗苟。8. 于汝安乎？你对此感到心安么？此暗用《论语》孔子责备宰予的话。

作品赏析：作者有论"酒色财气"曲四首，此首言其对财富的看法。安贫乐道可取，但不宜求助于宿命论。末句有仁者之心。

A03033 滕斌《普天乐·归去来兮四时词₁》

柳丝柔，莎茵细₂。数枝红杏，闹出墙围₃。院宇深，秋千系₄。好雨初晴东郊媚，看儿孙月下扶犁。黄尘意外₅，青山眼里，归去来兮！

作者生平：　　见前。

定格说明：　　同前。

词语注释：　　1. 作者有一组写归隐后春夏秋冬四时生活的诗，此首写春时。2. 莎，此指杂草；茵，毯子之类。此言青草像毯子一样柔细。3. 此处暗用叶绍翁诗句："春色满园关不住，一枝红杏出墙来。"言春色美好。4. 院宇，庭院和屋宇；系，拴挂，此言深院内悬挂有秋千。5. 黄尘，犹言红尘、尘世，此言把尘世事情放在意外。与下文眼里对照甚妙。

作品赏析：　　清净优雅，令人向往。

A03034 张养浩《普天乐·辞参议还家》

昨日尚书，今朝参议。荣华休恋，归去来兮₁！远是非，绝名利，盖座团茅松阴内₂，更稳似新筑沙堤₃。有青山劝酒，白云伴睡，明月催诗₄。

作者生平：　　见A01006。

定格说明：　　同前。

词语注释：　　1. 这是写作者前此亲身经历。英宗时，作者于元夕上书劝阻浪费，惹帝大怒。便以归养老父为由，弃官归去。2. 团茅：圆顶小茅屋。此言在松阴深处盖一座小茅屋。3. 此言小茅屋像新筑沙堤一样安稳。4. 此言明月激起诗兴。

作品赏析：　　语言朴实，道出作者真心归隐，与借隐逸以沽名钓誉者异趣。末三句尤其优雅有致。

A03035 张养浩《普天乐·大明湖泛舟₁》

画船开，红尘外，人从天上，载得春来₂。烟水闲，乾坤大，四面云山无遮碍。影摇动城郭楼台。杯樽的金波滟滟₃，诗吟的青霄惨惨₄，人惊的白鸟皑皑₅。

- 作者生平： 见 A01006。
- 定格说明： 同前。
- 词语注释： 1. 大明湖，在济南城北，周围名胜古迹甚多。2. 此句似乎是说，水天一色，仿佛这景色是从天外载得春光来。3. 此言樽中酒与湖光滟滟波色相映。4. 惨惨，本指暗淡无光，此似指空旷无云雾，意同湛湛、清澈。5. 皑皑（ai，捱），洁白貌。此言鸟羽洁白，使人惊叹。
- 作品赏析： 写景生动真切。特别是"放眼四周云山，无遮无碍；城郭楼台，倒影摇动"，真乃游湖时美丽景色。

A03036 张可久《普天乐·湖上废圃》

古苔苍₁，题痕旧₂。疏花照水，老叶沉沟。蜂黄点绣屏，蝶粉沾罗袖₃。困倚东风垂杨瘦₄，翠眉攒似带春愁₅。寻村问酒，无人倚楼，有树维舟₆。

- 作者生平： 见 A03004。
- 定格说明： 同前。
- 词语注释： 1. 古苔。此指旧建筑上的苔藓。2. 此言残留的昔日题字显得破旧。3. 此言绣屏上点缀着黄蜂，被抛弃的罗袖上沾满蝶粉。4. 此言斜倚着的垂杨在东风吹拂下显得瘦弱。5. 翠眉，此指柳叶。白居易："芙蓉如面柳如眉。"柳叶似带春愁而攒（皱）眉。6. 此言景色荒凉，无倚楼之人（回答我的问题），但见可维舟之老树而已。
- 作品赏析： 满篇园圃衰败后的凄凉景色，使人有不胜今昔之叹。

A03037 张可久《普天乐·秋怀》

为谁忙？莫非命！西风驿马[1]，落月书灯[2]。青天蜀道难[3]，红叶吴江冷[4]。两字功名频看镜：不饶人白发星星[5]。钓鱼子陵，思莼季鹰，笑我飘零[6]。

作者生平：　　见前。

定格说明：　　同前。

词语注释：　　1. 驿马，当指驿站官马，此句与马致远"古道西风瘦马"韵味同。2. 此言傍晚月落时在书案旁对着孤灯。3. 此用李白诗句："蜀道难，难于上青天。"4. 此用崔信明诗句："枫落吴江冷。"落枫为红色。二句言在外艰难奔走，受尽凄凉。5. 此言为功名奔走，频看镜里白发星星。6. 严子陵、张季鹰（翰），都是古代清高有识之士，注已屡见。此言愧对严、张之辈（让他们怜笑我飘零）。

作品赏析：　　作者一生仕途不顺，这首诗充分表露了他矛盾痛苦的心情。

A03038 任昱《普天乐·花园改道院》

锦江滨[1]，红尘外，王孙去后，仙子归来[2]。寒梅不改香，舞榭今何在？富贵浮云流光快[3]。得清闲便是蓬莱。门迎野客，茶香石鼎，鹤守茅斋[4]。

作者生平：　　任昱，字则明，四明（今浙江宁波）人，生卒年不详，与张可久、曹明善等同时。风流倜傥，多游宴、怀古之作。情真而语言清新流丽。晚年励志读书并致力于七言诗的创作。《全元曲》收其小令59首，散套1。朱权将其列于词林英杰150人之中。

定格说明：　　同前。

词语注释：　　1. 锦江，此指成都南之锦江。2. 此处王孙指当年占有此花园之贵人，仙子指后来入居之道士。并无用事典故。3. 此言富贵有如浮云之迅速流转。4. 石鼎烹茶，言其古朴；鹤守茅斋，言其优雅。

作品赏析： 用对比方式阐明富贵之短暂，清闲之可贵。使人一洗尘心。

A03039 鲜于必仁《普天乐·平沙落雁》

稻粱收，菰蒲秀$_1$。山光凝暮，江影涵秋$_2$。潮平远水宽，天阔孤帆瘦$_3$。雁阵惊寒埋云岫，下长空飞满沧洲$_4$。西风渡头，斜阳岸口，不尽诗愁$_5$。

作者生平： 鲜于必仁，字去矜，号苦斋，渔阳（今天津蓟县）人。生卒年不详。元英宗至治年间（1321—1323）在世。其父鲜于枢为有名诗人、书法家。幼受家学熏陶，又受妹夫家西域音乐影响，作品音律和谐。朱权谓其词"如奎璧腾辉"。《全元曲》收其小令29首。多写景之作。其潇湘八景文情并茂，此选其一。

定格说明： 同前。

词语注释： 1. 菰蒲，茭白和蒲草，都是水生可食植物。2. 此言山光凝聚呈现暮霭，江影一片秋色。3. 此言潮水平（退）后，极目可见远水宽阔，因天空宽阔而孤帆显得瘦小。4. 此用王勃名句："雁阵惊寒，声断衡阳之浦。"这里说雁阵隐没于山巅云里，其鸣声使人惊觉寒冬将至。这雁阵忽而从长空飞下，布满沧洲。5. 此言面对斜阳渡口之瑟瑟西风（秋风），满眼秋色，使人有写不尽的诗愁。

作品赏析： 平沙落雁，为我国诗人最经常描写的秋冬景色。此处再衬以满目秋天萧瑟景物，于是我国文人悲秋传统，油然而生，自有书写不尽的感慨。

A03040 顾鉴中《普天乐·答沈甥书》

天阔雁还疏$_1$，人远心犹近。贤甥有义，我岂无亲？泪从眼角流，情向书中尽$_2$。自愧残年多愚钝，丁宁话不叙闲文$_3$：勤攻书史$_4$，常亲笔砚$_5$，承维先人$_6$。

作者生平：　　顾鉴中，生平不详。《全元曲》收其小令5首。

定格说明：　　同前。

词语注释：　　1. 鱼、雁为传说中替人传书的动物，即指书信。此言天涯远隔而且书信稀少。2. 此言将在书信中尽量倾诉我胸中感情。3. 丁宁，同叮咛。4. 书史，此处"书"不必专指《书经》，泛指各种书籍。5. 要经常亲自使用笔砚，多练字和写文章。6. 承维先人，继承和维护先人传统。

作品赏析：　　用诗词代替书信的作品不多见。本篇感情真挚，语言亲切，宛如散文书信。选此以备一格。

A03041 王仲元《普天乐·赠美人》

柳眉新，桃腮嫩，酥凝琼腻$_1$，花艳芳温$_2$。歌声消天下愁，舞袖散人间闷，举止温柔娇风韵$_3$。司空见也索销魂$_4$。兰姿蕙魄，瑶花玉蕊$_5$，误染风尘。

作者生平：　　王仲元，杭州人，生平不详。与钟嗣成相交好。元曲后期作家，有杂剧三种，用历史题材鞭笞时弊。俱佚。《全元曲》收其小令21首，散套4，多以景物及有关传说为题材。其中有两个散套，用曲牌名连缀成篇以写情状物，为元人"集专名"体的代表作。擅长绘画工笔花鸟。朱权将其列入150名"词林英杰"之中。

定格说明：　　同前。

词语注释：　　1. 酥凝，言其肤如凝脂；琼腻，皮肤像玉石一样润滑。2. 此句与上句对仗，言如花一般鲜艳，如芳草一样温柔。3. 此言风韵姣好。4. 索，应该。此引刘禹锡诗句"司空见惯浑闲事"，并反其意而用之，言即使见惯世面的司空，此时见了也应销魂。5. 兰花一样的风姿，蕙草（香草）一般的气魄。像瑶（美玉）花玉蕊一样美好。

作品赏析：　　元人写歌妓的辞章，大多语存轻佻。此篇盛赞佳人之美好，无狎邪之意而有怜惜之心。惜乎作者不曾想到或无力为此女赎身。

《时新乐》失调，仅见于小令。《全元曲》收1作者，5曲子。

A03042 周文质《时新乐》

迓鼓童童笆篷下[1]，数个神翁[2]年高大，糍糕[3]着手拿，磁瓯瓦带滓滓[4]。铺下，板踏[5]，萝卜两把，盐酱蘸梢瓜[6]，盐酱蘸梢瓜。

作者生平： 周文质，字仲彬。生年不详，与钟嗣成相交二十余年，中年而殁（1334）。祖籍建德（今属浙江），后移居杭州。"体貌清癯，学问盖博，资性工巧，文笔新奇。一善丹青，能歌舞，明曲调，谐音律。性尚豪侠，好事敬客。"所作有杂剧四种，仅《持汉节苏武还乡》有残篇，余均佚。《全元曲》收其小令43首，套数4。多咏闺情别绪，文笔流丽典雅。朱权评其词"如平原孤隼"。

定格说明： 因仅此一作者5曲，归纳为：全曲9句42字，其句式与韵脚安排为：7△7△5△5△2△2△4△5△5△。典型平仄格式为：仄仄平平平仄仄△仄仄平平仄仄平△平平仄仄平△平平仄仄平△仄仄△仄仄△平平仄仄△仄仄仄平平△仄仄仄平平△。

词语注释： 1. 迓鼓，元时民间乐器，为模仿官府衙鼓之讹称。曲牌有《村里迓鼓》。童童，鼓声。笆篷，用细竹或树枝所扎的凉棚。2. 神翁，泛指村里年高有德之人。3. 糍糕，糍粑，糯米做的年糕之类食品。4. 磁瓯瓦，此似指陶碗；带滓滓，浊酒喝完后，碗底剩有渣滓。滓滓，从押韵角度看，当为渣渣之误。5. 板踏，踏板，供席地而坐的木板。6. 盐酱，咸酱。梢瓜，可以生吃的瓜类，也许是菜瓜的别名。

作品赏析： 一派农村节日气氛跃然纸上，读此可以窥见当时农民生活的一个片段。

《小圣乐》双调,仅见于小令。《全元曲》收元好问一首。

A03043 元好问《小圣乐·骤雨打新荷》

绿叶阴浓,遍池塘水阁,偏趁凉多$_1$。海榴初绽,妖艳喷香罗$_2$。老燕携雏弄语$_3$,有高柳鸣蝉相和。骤雨过,珍珠乱糁,打遍新荷$_4$。　　人生几何,念良辰美景,一梦初过$_5$。穷通前定,何用苦张罗$_6$。命友邀宾玩赏,对芳樽浅酌低歌$_7$。且酩酊$_8$,任他两轮日月,来往如梭。

作者生平：　　元好问(1190—1257),字裕之,号遗山,太原秀容(今山西忻州)人。杰出学者,一代文宗。七岁能诗,号神童。后从郝天挺学习。学成出仕,名震京师。金宣宗兴定五年(1221)登进士第,历任县令,尚书省掾,翰林知制诰。金亡不仕。晚年以著述为务。元世祖对他很尊重,未见用而卒。生平致力于收集史料,其资料多为《元史》所用。有《遗山集》《中州集》等多种传世。《全元曲》收其小令9首,残套1。

定格说明：　　本曲牌只此一曲,诸谱不载,但本曲结构错落有致,文字与景物均优异,故选。此曲应为10句46字,并带幺篇,同始调。句式与韵脚安排为：4○ 5○ 4△ 4○ 5△ 6○ 7△ 3△ 4○ 4△。典型平仄格式为：仄仄平平○平平平仄仄○仄仄平平△仄仄平平○仄仄仄平平△仄仄平平仄○平仄仄、平平仄仄△仄仄平△平平仄仄○仄仄平平△幺篇同前。

词语注释：　　1. 此言遍池塘水阁,趁凉之处或趁凉之人甚多。2. 海榴,海石榴,即山茶花。3. 此言花瓣妖艳,有如喷撒香罗帕。3. 老燕携雏弄语,有老燕教雏燕学语意。4. 糁(san 三上),跳动。打遍,跳满。5. 初过,犹言刚过。6. 穷通,仕途倒霉或顺利。6. 张罗,本指张网捕鱼、鸟,引申指费力追求。7. 命友,招呼朋友。芳樽,美好酒杯。浅酌低歌,与柳永"浅斟低唱"同趣,指随意消遣。8. 酩酊，大醉。

作品赏析： 本曲文字优美，景物生动。写老燕携雏、高柳鸣蝉和骤雨中荷叶上水珠乱跳，均极为鲜明美好。作者触景生情，开怀游赏，置尘世纷争于物外。格调高雅，可惜略带宿命色彩。

《昼夜乐》黄钟，仅见于小令。《全元曲》收赵显宏4首，今选其一。

A03044 赵显宏《昼夜乐·春》

游赏园林酒半酣，停骖₁，停骖看山市晴岚₂。飞白雪杨花乱糁₃，爱东君绕地将诗探₄。听花间紫燕呢喃。景物堪₅，当了春衫，当了春衫，醉倒也应无憾。　【幺】名利、名利誓不去贪。听咱，曾参，曾参他暮四朝三₆。不饮呵莺花笑俺₇。想从前枉将风月担₈。空赢得鬓发篮鬖₉。江北江南，江北江南，再不被多情赚₁₀。

作者生平： 赵显宏，生平不详，1320年前后在世，与孙周卿同时。从其作品中可窥知为一落魄文人。所写多描写田园生活，厌弃功名的作品。语言朴实清新，通俗流畅。朱权将其列为150名"词林英杰"之一。

定格说明： 本曲牌仅有赵作四首，由于字数多、衬字计算方法不一，因之各谱定格颇有出入。《元本》归纳为前篇10句52字，其句式与韵脚安排为：7274873446；幺篇换头11句51字，其句式与韵脚安排为：25227487446。《鉴本》为：前篇10句54字，其句式安排为：72 777 7344 6；幺篇换头并减一3字句，计53字。其句式安排为：722 777 744 6。按《鉴本》句式安排较为合理。今从《鉴本》，略加改变。其句式与韵脚安排为：72 777 73445，加幺篇：722 7773445 一韵到底，典型平仄格式为：仄仄平平仄仄平△平平△平平仄、仄仄平平△平平仄、平平仄仄△平仄仄平平△仄平平、仄仄平平△仄仄平△仄仄平平△仄平平仄△仄仄平平仄△

幺篇换头仄仄平平仄仄平△平平△平平△平平仄、仄仄
平平△仄仄平平、平平仄仄△平平仄仄平平△仄平平△
仄仄平平△仄仄平平△仄仄平平平△。

词语注释： 1. 骖，本指旁马，此即指驾车之马。2. 山市，疑为山石之误。3. 糁（san 伞），散落；此言杨花乱飞有似白雪。4. 此句似说，欣赏春神东君，令杨花绕地寻找诗句。5. 堪，一般谓指美好堪赏。按窃以为堪字应连下句，言此景物值得"当了春衫。"此用杜甫诗句："朝回日日典春衣"，言每天回家时都把春衣典卖，以还酒债。6. 此处用典不当，故事原指因人言再三，说曾参杀了人。他母亲起初并不相信，但说的人多了，她也被吓得逃跑。即"三人成虎"之意，与"朝三暮四"无干。7. 莺花，花卉与鸣禽，此处或指烟花女子。8. 担风月，指作寻花问柳之事。9. 篮鬖，本指鬓发下垂，此应指因烦恼而斑白。10. 赚，束缚、牵累。

作品赏析： 作者一连四首《昼夜乐》，写春夏秋冬季节的相思之情。但此首专写"意倦思还"，不再潇洒享乐的心情。境界一般。因只此四首，故选。

《乔捉蛇》中吕，小令套曲兼用。《全元曲》小令收无名氏一首。

A03045 无名氏《乔捉蛇·别恨》

毒似两头蛇，狠如双尾蝎。闪的我无情无绪无归着[1]。几时几时捱得彻[2]？愁一会、闷一会，柔肠千万结。将耳朵儿搣了把金莲跌[3]。

作者生平： 见 A03005。

定格说明： 全曲 8 句 42 字，其句式与韵脚安排为：5▲5△7△7△3○3○5△7△，典型平仄格式为：仄仄仄平平▲平平平仄仄△平平仄仄平仄△仄仄平平仄仄△仄仄平○仄仄平○平平仄仄△平平仄仄平平仄△。

词语注释： 1. 闪，跌跤，摔倒，此言受打击、损害，被抛弃。

无归着，无处可归。2. 捱得彻，忍受到尽头。3. 撧（jue 撅），折断，此指堵塞。跌，顿脚。此言塞耳不闻外事，顿足泄恨。

作品赏析： 这是一首写妇女受欺骗后懊恼悔恨心情的曲子。虽未说明具体情节，但愤恨之情，跃然纸上。

四皆《全元曲》收 4 曲牌，18 作者，134 曲子。今选 18 首。

《阳关三叠》大石调。小令专用。《全元曲》仅收此一首。

A04046 无名氏《阳关三叠》

渭城朝雨浥轻尘₁，更洒遍客舍青青。弄柔凝千缕₂，更洒遍客舍青青。弄柔凝翠色，更洒遍客舍青青。弄柔凝柳色新。休烦恼，劝君更尽一杯酒；人生会少₃，富贵功名有定分。休烦恼，劝君更尽一杯酒；旧游如梦，只恐怕西出阳关，眼前无故人。休烦恼，劝君更尽一杯酒，只恐怕西出阳关，眼前无故人。

作者生平： 见 A01005。

定格说明： 王维《渭城曲》是我国古代最有名的送别曲，想必王维当时就曾反复咏唱以尽送别之情。此后"阳关三叠"的说法流传广远，估计有多种不同的叠法。《全元曲》所收集的当为比较通俗流行的一种，被送者应是"走西口"一类谋生之人。也有人从古琴谱中抄得类似的版本。此曲诸谱不载，当为两段 20 句，44 + 69 = 113 字。句式与韵脚安排为：7△7△5 ○7△5 ○7△6△ +3 ○7 ○4 ○7 △3 ○7 ○4 ○7 ○5△3 ○7 ○7 ○5△。典型平仄格式因系以著名唐诗为范本，故多律句，应为：仄仄平平仄平平△平仄仄、仄仄平平△仄仄平平○平平仄仄、仄仄平平△平平仄仄○平仄仄、仄仄平平△平平平、仄仄平△。下段：平平仄○平平仄仄平平仄○平仄仄○仄平平仄仄平△平平仄○平仄仄平平仄○平平仄仄○

平平仄、仄仄平平〇平平仄仄平△平平仄〇平平仄仄平平仄〇平仄仄、仄仄平平〇平平仄仄平△。

词语注释：　1. 浥（yi 邑），浸润。2. 此言聚集千缕柔软柳条随风摆弄。凝当指集结。3. 会少，相聚的时间少。

作品赏析：　王诗经过反复咏叹，增加了惜别情分，可惜格调不够高雅豪迈。

《红绣鞋》又名《朱履曲》。中吕，亦入正宫。小令、套曲兼用。《全元曲》小令收 17 作者，124 曲子。今选 8 作者 15 首。

A04047 冯子振《红绣鞋》题小山《苏堤渔唱》[1]

东里先生酒兴[2]，南州高士文声[3]，玉龙嘶断彩鸾鸣[4]。水空秋月冷，山小暮天青：苏公堤上景[5]。

作者生平：　冯子振（1257—1348），字海粟，号瀛洲客，又号怪怪道人。湘乡（今属湖南）人，一说攸州（今湖南攸县）人。曾任承事郎，集贤待制。因得罪权贵，被谴归家，落魄以终。为人博学强记，才华横溢。著有《海粟集》，即《梅花百咏》。《元史》有传。宋濂称其词"横厉奋发"，"真一世之雄"。朱权将其列为"词林之英杰"。《全元曲》收其小令 44 首。

定格说明：　全曲 6 句 34 字，句式与韵脚安排为：6▲6△7△5▲5△5△。典型平仄格式为：仄仄平平仄仄▲平平仄仄平平△平平仄仄仄平平△平平平仄仄▲仄仄仄平平△平平平仄仄△

词语注释：　1. 此为作者替"小山"（张可久）曲集《苏堤渔唱》所作的题词。2. 东里，地名；列子："东里多才。"此言《苏堤渔唱》作者多才而且酒兴甚浓。3. 南州高士，原指后汉名士徐稚，此言作者如南州高士之文声卓著。4. 玉龙，指笛；彩鸾，指笙。嘶断，唱罢。此言作品如玉笛鸾笙之交相鸣唱。5. 水空，水底清澈如晴空。此二句为

《苏堤渔唱》中所描写之苏公堤上典型美景。

作品赏析：　　对作者人品、才华、声望作了得体的赞扬，对所题书中特色，作了扼要概括。誉而不谀，是书籍题词佳作。

A04048 周德清《红绣鞋·郊行》

茅店小斜挑草稕₁，竹篱疏半掩柴门，一犬汪汪吠行人。题诗桃叶渡₂，问酒杏花村₃，醉归来驴背稳。

作者生平：　　周德清（1277—1365），字日湛，号挺斋。高安暇堂（今江西高安）人。宋代词人周邦彦之后，著名音韵学家、散曲家。一生未仕。著有《中原音韵》，提出"平分阴阳，入派三声"，对我国北方官话之推广，起了巨大的推动作用。又提出作词（曲）十法，为谱写元曲之圭臬。人称其词，独步天下。朱权称其词"如玉笛横秋"。《全元曲》收其小令31首，套曲3，残曲6。

定格说明：　　同前。

词语注释：　　1. 稕（zhun 准），捆束的禾秆，草稕，用以作酒招子的草捆。2. 桃叶渡，今江苏秦淮河渡口，晋王献之曾在此送别爱妾桃叶，后通指送别情人处。3. 杏花村，因杜牧诗句"借问酒家何处有？牧童遥指杏花村"，遂成为酒家代称。

作品赏析：　　一派逼真的郊区农村景象。

A04049 张可久《红绣鞋·洞庭道中》其一

白鹭荒堤老葑₁，黄云远水长空，百尺蒲帆饱西风₂。酒旗花影里，钓艇树阴中，好山千万重₃。

作者生平：　　见 A01004。

定格说明：　　同前。

词语注释：　　1. 葑，芜菁，又名蔓菁，一种叶和根茎均可食的蔬菜。2. 蒲帆，用蒲席所做的风帆，按蒲帆少见，此或指破旧的风帆。此言在强劲的西风中满帆航行。3. 花影中现酒旗，树阴下系钓艇，远处是千万重好山，此为洞庭湖边佳景。

作品赏析：　　沿湖边近岸顺风航行，目睹一片美好水光山色。

A04050 张可久《红绣鞋·西湖雨》

删抹了东坡诗句₁，糊涂了西子妆梳₂，山色空濛水模糊₃。行云神女梦₄，泼墨范宽图₅，挂黑龙天外雨₆。

作者生平：　　见 A01004。

定格说明：　　同前。

词语注释：　　1. 此指苏东坡赞美西湖的诗篇《饮湖上初晴后雨》二首，并暗用其中名句。言苏诗中情景此刻都被大雨抹去。2. 西子妆梳，此暗用"欲把西湖比西子，浓妆淡抹总相宜"诗句，言此刻美如西子妆梳之景物，均显得模糊了。3. 此处同样暗用东坡诗句"山色空濛雨亦奇"。4. 此言行云使人想到楚王与巫山神女梦中相见的故事。5. 范宽，即范中立，北宋有名画家，晚年以大自然为师，成就突出。泼墨，画法的一种，此言雨中西湖宛如范宽之泼墨画。6. 此言天外乌云如挂黑龙，大雨倾盆。

作品赏析：　　摹写大雨天气，能抓住特征，使人如在雨中。

A04051 张可久《红绣鞋·开玄堂上》

花有信春来春去，客无心云卷云舒₁。开玄堂上《辋川图》₂：冰梅栖翠羽，水藻漾金鱼，雪松摇玉麈₃。

作者生平：　　见 A01004。

定格说明：　　同前。

词语注释：　　1. 舒，舒展；此言客人如无心行云一样，随意来来去去。2. 开玄堂，不明，或系作者常游处之地。辋川，在陕西蓝田，唐王维曾在此置有别业，并画有名作《辋川图》。按此处非指堂上挂有《辋川图》，而是说从此堂望去，景色犹如一幅《辋川图》。下文即对此景色加以描绘。3. 冰梅，雪天梅上有冰。麈，拂尘，去灰尘、赶蚊蝇用的工具。此言冰梅上有翠色禽鸟栖息，水藻中金鱼荡漾，雪中松树如玉麈一样在风中摇曳。

作品赏析：　　开玄堂优雅如画。

A04052 张可久《红绣鞋·秋望》

一两字天边白雁₁，百千重楼外青山。别君容易寄书难。柳依依花可可₂，云淡淡月弯弯，长空迷望眼₃。

作者生平：　　见 A01004。

定格说明：　　同前。

词语注释：　　1. 大雁飞行时常作一字或人字形，称雁字。一两字即一两行雁字。白雁似应作灰雁，白天鹅结队飞行者甚少见。2. 依依，轻柔貌，《诗经·小雅·采薇》："昔我往矣，杨柳依依。"可可，十分可人、喜人。3. 迷望眼，长时间企望远方，至眼力模糊。

作品赏析：　　景物使人忆旧，唤起想念故人深情。

A04053 张可久《红绣鞋·题惠山寺₁》

舌底朝朝茶味，眼前处处诗题₂，旧刻漫漶看新碑₃。林莺传梵语，岩翠点禅衣，石龙喷净水₄。

作者生平：　　见 A01004。

定格说明：　　同前。

词语注释：　　1. 惠山，在江苏无锡市，为有名风景区。2. 此言山寺茶美，环境处处有诗意。3. 漫漶，模糊。此言寺内碑刻甚多，旧刻已难辨认，但有新碑可看。4. 此言林中莺啼似传佛家言语，山岩点翠似蝉衣上的花纹图案。石龙头喷出干净泉水。

作品赏析：　　环境清幽可爱。

A04054 任昱《红绣鞋·重到吴门》

槐市歌阑酒散₁，枫桥雨霁秋残₂，旧题犹在画楼间₃。泛湖赊看月₄，寻寺强登山，比陶朱心更懒₅。

作者生平：　　见 A01038。
定格说明：　　同前。
词语注释：　　1. 槐市，汉代长安城南闹市，此借指吴门（今苏州市）闹市。2. 枫桥，苏州著名景点，唐张继有名篇《枫桥夜泊》。霁，雨止。3. 此言作者往日画楼题词犹在。这里可能有人情冷暖的暗典：唐王播孤贫时曾寄食木兰院，诸僧嫌弃之。二十余年后，播以高官出镇此邦，访旧时，发现自己当日题词已被碧纱笼罩，保护起来。4. 赊看，此指遥看。按解作尽情欣赏亦可。5. 陶朱，范蠡弃官归隐经商后，自号陶朱公。此言比范蠡更厌弃官场。
作品赏析：　　典型苏州风景，潇洒游子心情。

A04055 贯云石《红绣鞋·痛饮》

东村醉西村依旧，今日醒来日扶头₁，直吃得海枯石烂恁时休₂。将屠龙剑、钓鳌钩₃，遇知音都去当酒₄！

作者生平：　　贯云石（1286—1324），畏兀人，原名小云石海涯。因父名贯只哥，遂以贯为氏。字浮岑，号酸斋。曾先后用成斋、疏仙、石屏、芦花道人等别号。祖籍西域北庭（今新疆吉木萨尔县），祖父、父亲都因建国有功而身任高官。承荫出镇湖广永州。后解虎符与其弟而求学于姚燧门下。于皇庆二年（1313）拜翰林侍读学士、知制诰、同修国史，并参与议行科举事宜。曾上万言书议事，不被采纳。次年称疾回江南。遍游南北，卒于钱塘，追封京兆郡公，谥文靖。作品多咏男女恋情、慨叹世道、歌颂祖国壮丽河山。风格豪放清丽，被誉为一代大家。诗词、文章、书法均有成就。朱权称其词"如天马脱羁"。《全元曲》收其小令 79 首，散套 9 套。另有贯石屏散套 1，石屏可能亦为贯云石之别号。

定格说明： 同前。但此曲第四、五句出格，按定格似应改作："将屠龙宝剑，把钓鳌金钩。"

词语注释： 1. 来日，明日。扶头，酒后醉态，也是烈性酒名。2. 海枯石烂，此言烂醉如泥。恁时休，到那时方休。3. 此指身边极贵重物品。4. 去当酒，去当押了买酒。

作品赏析： 此曲与李白《将进酒》格调相同，极尽文人以酒解愁之狂放心态。

A04056 贯云石《红绣鞋·欢情》

挨着靠着云窗同坐，偎着抱着月枕双歌$_1$，听着数着愁着怕着早四更过$_2$。四更过情未足，情未足夜如梭。天哪，更闰一更儿妨什么$_3$！

作者生平： 见前。

定格说明： 同前。

词语注释： 1. 云窗，与下文月枕相对，其义待考，或指幽静小窗？月枕，半月状凹形枕头。此言双双共枕而歌。2. 听更声、数更声，既担心又害怕时间过得太快。3. 天真地希望像闰年、闰月那样，可以有闰更就好了。极写情侣恨时间过得太快的心情。

作品赏析： 写男女恋情，热烈而不过分，真切而使人同情。确有独到之处。

A04057 王举之《红绣鞋·秋日湖上》

红叶荒林酒兴，黄花老圃诗情$_1$，柳塘新雁两三声$_2$。湖光扶不定，山色画难成$_3$，六桥风露冷$_4$。

作者生平： 王举之，生平不详。其散曲中有"赠胡存善"《折桂令》一首，得知其为元代后期作家，且活动于杭州一带，应是杭州人，元时似曾往大都求职。《全元曲》收其小令23首。朱权将其列为"词林之英杰"150人之一。

定格说明：　　同前。

词语注释：　　1. 黄花，此指菊花。二句言荒林红叶引发酒兴，老圃菊花充满诗情。2. 新雁，秋天刚从北方南来的大雁。3. 扶，扶疏之省，婆娑、浮动貌。此言湖光浮动不已，山色美丽得画不出来。4. 六桥，西湖著名景点，即映波、锁澜、望山、压堤、东浦、跨虹六桥。

作品赏析：　　能抓住西湖风景特色。

A04058 李致远《红绣鞋·春闺情》

红日嫩风摇翠柳，绿窗深烟暖香篝$_1$，怪来朝雨妒风流$_2$：二分春色去，一半杏花休，归期何太久$_3$？

作者生平：　　李致远，生平未详，或以为溧阳（今属江苏）人。仕途不顺，但能困穷忘忧，清高狂放。朱权评其词"如玉匣昆吾"。《全元曲》收其小令26首，套数4套。

定格说明：　　同前。

词语注释：　　1. 嫩风，和风；烟，此指熏香所生之烟；香篝，装薰香的竹笼。2. 怪来，奇怪，可怪。妒风流，指朝雨摧残春景。3. 此言春光将尽，红颜日老，伊人归期何其太晚，久不回来。

作品赏析：　　略。

A04059 李致远《红绣鞋·晚秋》

梦断陈王罗袜$_1$，情伤学士琵琶$_2$，又见西风换年华。数杯添泪酒$_3$，几点送秋花，行人天一涯。

作者生平：　　见前。

定格说明：　　同前。

词语注释：　　1. 陈王曹植曾描写洛神"罗袜生尘"，此言如陈王一样的美梦已破，大约指作者情场失意。2. 学士琵琶，指白居易写《琵琶行》时的落魄情怀。此言自己满怀居易学士的落魄情怀。3. 添泪酒，言饮此酒将化作新增加的眼泪。

作品赏析：　　满怀失意与悲愤，但却写得委婉含蓄。

A04060 宋方壶《红绣鞋·阅世》

短命的偏逢薄幸[1]，老成的偏遇真诚，无情的休想遇多情。懵懂的怜瞌睡，鹘伶的惜惺惺[2]。若要轻别人还自轻[3]。

作者生平：　　宋方壶，名子正，华亭（今上海松江）人。生卒年不详，大约生活在由元入明时期。至正年间（1341—1368）建豪宅，有如"方壶"仙境，因以"方壶"名之，并演成自己的名号。作品多写隐居、叹世和怀古内容，也间写歌妓生涯。有散套《一枝花》写蚊虫，较别致。《全元曲》收其小令13首，套数5套。朱权将其列入150名"词林英杰"之中。

定格说明：　　同前。

词语注释：　　1. 薄幸，本指薄情，此指不幸之人。2. 鹘伶，原指眼睛明亮灵活，此指机灵、聪明伶俐。惺惺，聪明机警，此处犹言惺惺惜惺惺。3. 此言轻视别人，等于先就轻视了自己。

作品赏析：　　总结人生经验为"同气相求"，"出乎尔者，反乎尔者也"。

A04061 杨景贤《红绣鞋·咏虼蚤》

小则小偏能走跳[1]，咬一口一似针挑[2]，领儿上走到裤儿腰。眼睁睁拿不住，身材儿怎生捞[3]？翻个筋斗不见了。

作者生平：　　杨景贤，名暹，又名讷，字景贤，亦字景言，号汝斋。生卒年不详。蒙古人。从姐夫姓。上辈已移居钱塘。"善琵琶，乐府出人头地。善戏谑"，出入"锦阵花营，悠悠乐志"。著有杂剧 20 种，仅《西游记》《刘行首》2 种存世。其中《西游记》凡 6 本 24 出，已具吴承恩小说《西游记》之雏形。另残剧 2 种。《全元曲》收其小令 2 首，套数 1 套。

定格说明：　同前。
词语注释：　1. 则，此作虽讲。2. 一似，好似，完全像。3. 此言如此小的身材怎能抓住。
作品赏析：　写得真切有趣，别具一格。

《干荷叶》又名《翠盘秋》。南吕，亦入中吕。小令、套曲兼用。《全元曲》小令收 1 作者，8 曲子。今选 1 首。

A04062 刘秉忠《干荷叶》

干荷叶，色苍苍$_1$。老柄风摇荡。减了清香，越添黄$_2$。都因昨夜一场霜，寂寞在秋江上。

作者生平：　刘秉忠（1216—1274），初名侃，出家后名子聪，入仕后更名秉忠，字仲晦，号藏春散人。邢州（今河北邢台）人。少有大志。曾仕金，寻弃官为僧，后为元世祖所重用，建国有功，拜光禄大夫、太保、参领中书省事。对创建开国制度、建上都、大都两城及建国号等大事，都有贡献。卒赠太傅，封赵国公，后追封常山王。文章及诗词曲著作甚多。《元史》有传。《全元曲》收其小令 12 首。

定格说明：　本曲只此 1 作者、8 曲子，归纳应为 7 句 29 字，句式与韵脚安排为：3○3△5△3△3△7△5△。典型平仄格式为：平平仄○仄平平△仄仄仄平平△仄平平△仄平平△平平仄仄仄平平△仄仄平平仄△。

词语注释：　1. 苍苍，此指苍白憔悴之状。2. 越，反而、更加。
作品赏析：　作者写有 5 首《干荷叶》，均为感叹衰老之作。《词品》评其《干荷叶》为："凄恻感慨，千古寡和"。

《秦楼月》 商调。小令、套曲兼用。《全元曲》小令收 1 作者，1 曲子。

A04063 张可久《秦楼月》

寻芳屦₁，出门便是西湖路。西湖路，傍花行到，旧题诗处。瑞芝峰下杨梅坞₂，看松未了催归去。催归去，吴山云暗，又商量雨₃。

作者生平：　　见 A01004。

定格说明：　　诸谱不载，按本曲应为 5 句 21 字，加幺篇换头 5 句 25 字。第三句三字应为第二句末三字之叠句，幺篇换头。句式与韵脚安排为：3△7△3△4○4△＋7△7△3△4○4△，典型平仄格式为：平平仄△平平仄仄平平仄△平平仄△平平仄仄○平平仄仄△＋平平仄仄平平仄△平平仄仄平平仄△平平仄△平平仄仄○平平仄仄△。

词语注释：　　1. 屦，草底鞋。芳屦，此指美人足迹。2. 瑞芝峰、杨梅坞，均为西湖景点。3. 吴山，西湖东南名山，实即西湖远景点。又商量雨，此言酝酿着似乎又要下雨的样子。

作品赏析：　　抓住了西湖风景时晴时雨的特点。

五支《全元曲》收 8 曲牌，35 作者，358 曲子。今选 65 首。

《玉交枝》 南吕，一作《玉娇枝》。用于小令及带过曲。《全元曲》小令收 1 作者，4 曲子。

A05064 乔吉《玉交枝·失题》

溪山一派，接松径寒云绿苔。萧萧五柳疏篱寨₁，撒金钱菊正开₂，先生拂袖归去来₃，将军战马今何在？急跳出风波大海₄，作个烟霞逸客₅。翠竹斋，薜荔阶₆，强似五侯宅₇。这一条青穗绦傲煞你黄金带₈。再不着父母忧，再不还儿孙债₉。险也啊拜将台！

作者生平： 见 A03026。

定格说明： 按遍查各谱，《玉交枝》曲均为 8 句 49 字或 50 字。此曲第 8 句以后当为带过之《四块玉》或其他某种曲牌。归纳乔吉之四首，其句式与韵脚安排应为：4▲7△7△6△7△7△6△6（5）＋3▲3△5△7△3▲3△3△。典型平仄格式为：平平仄仄▲平仄仄、平平仄仄△平平仄仄平平仄△仄平平、仄仄平△平平仄仄平平仄△平平仄仄平仄△仄仄平平仄平仄△仄平平仄平平△＋仄仄平▲仄平平△仄仄平平仄△平平仄、平平仄△平平仄▲平平仄△仄仄平△。其中第 8 句或作 5 字句。

词语注释： 1. 此言疏篱寨子近旁种有五柳，暗喻像陶渊明的住宅一样。2. 此言正开之菊如撒金钱。3. 陶渊明写有《归去来兮辞》，弃官而去。拂袖，甩袖子就走，表示坚决。4. 此泛指古代将军都被人忘记了或没有好结果。5. 烟霞逸客，在轻烟云霞中逍遥的隐逸之人。6. 薜荔，常绿藤本植物，此泛指野草。7. 五侯，汉成帝母舅五人同日封侯。后遂以五侯指权贵。8. 穗，同繐；绦（tao 滔），丝带，此句意为平民青繐丝带胜过（傲煞）官员的黄金带。9. 儿孙债，为使儿孙享福而奔走如还债务。

作品赏析： 官场虽险恶，但倘人人归隐，当道者更肆无忌惮矣。此为人类进入大同前之不解矛盾。

《白鹤子》正宫，亦入中吕。小令套曲兼用。《全元曲》小令收 1 作者，4 曲子。今选 1 首。

A05065 关汉卿《白鹤子》四首录一

四时春富贵₁，万物酒风流₂。澄澄水如蓝，灼灼花如绣₃。

作者生平： 见 A03014。

定格说明： 本曲 4 句 20 字，句式与韵脚安排为：5 ○ 5 △ 5 ○ 5 △，平仄与韵脚格式为：平平平仄仄○仄仄仄平平△仄仄仄平平○仄仄仄平平△。

词语注释： 1. 此言一年四时只有春天最为富丽宝贵。2. 万物中只有酒是最风流、最有品位的东西。3. 澄澄，清澈而且平静。灼灼（zhuo 卓），鲜艳明媚貌，《诗经·周南·桃夭》："桃之夭夭，灼灼其华。"

作品赏析： 略。

《朝天子》又名《朝天曲》《谒金门》。中吕。小令、套曲兼用。《全元曲》小令收 19 作者，142 曲子。今选 18 + 异名 5 首，共 23 首。

A05066 刘时中《朝天子·邸万户[1] 席上》

柳营[2]，月明，听传过将军令。高楼鼓角戒严更[3]，卧护得边声静[4]。横槊吟情[5]，投壶歌兴[6]，有前人旧典型。战争，惯经，草木也知名姓[7]。

作者生平： 刘时中，名致，号逋斋。石州宁乡（今山西离石）人。生卒年不详。宁乡属太原管辖，故被称为"太原寓士"。其父刘彦文曾任广州怀集令，卒于长沙。大德二年（1298）翰林学士姚燧游长沙，见而器重之，先后荐为湖南廉访使司幕僚、河南行省掾。后任太常博士、翰林待制、浙江行省都事。为官清廉，死后无以为葬，由杭州道士王眉叟葬之。《全元曲》收其小令 74 首，套数 4 套。但有人考证散套应为稍晚洪都（今江西南昌）刘时中所作，也有人认为洪都刘时中与石州刘时中实系一人。今作一人看待。小令多写景、叹世之词，语言清新明丽。散套则写社会黑暗与不平，风格直率豪放。

定格说明： 全曲 11 句，45 字。句式与韵脚安排为 2 △ 2 △ 5 △ 7

△5△4○4△6△2△2△6△。典型平仄格式为：仄平△仄平△仄仄平平仄△平平仄仄仄平平△仄仄平仄平△仄仄平平○平平仄仄△仄平平、仄仄平△仄平△仄平△仄仄平平仄仄△。第8、第11句也可作5字句。

词语注释： 1. 邸万户，此指元开国将领邸泽之子邸元谦。邸泽因军功封为蒙古汉军万户，其子邸元谦袭爵。2. 汉文帝时名将周亚夫驻兵细柳营，后因以柳营指兵营。3. 鼓角，战鼓与号角。此言高楼上鼓角声与戒严更声。4. 此言不需费力，静卧就能使得边境安宁，无警报与战声。5. 此指如魏武帝当年横槊赋诗的豪情。6. 投壶，饮宴中用小矢投入壶口、计胜负以罚酒的一种游戏。歌兴与吟情对照，此言一面投壶一面歌唱的兴致。7. 草木也知名姓，极言声名广播。

作品赏析： 元曲写军营生活者不多，选此以备一格。盛赞军威，恭维得体。

A05067 刘时中《朝天子·泛洞庭湖》

月明，浪平，看远岸秋沙净。轻舟漾漾水澄澄，天水明如镜$_1$。范蠡归舟，张骞游兴，在渔歌两三声$_2$。耳清，体轻，漫不省乾坤剩$_3$。

作者生平： 见前。
定格说明： 同前。
词语注释： 1. 漾漾，荡漾。天水，有天空倒影的水面。2. 范蠡辅勾践灭吴后弃官游湖。汉张骞曾泛舟穷河源，后人遂附会说他曾泛舟天河。此言洞庭渔歌可引起如范蠡、张骞一般的游兴；或范蠡、张骞泛舟于渔歌声中。3. 此言乐游时一身轻松，漫不经心，忘记一切，不知身边还有乾坤存在。

作品赏析： 秋夜月明风静，水天一色，令人忘机。

A05068 周德清《朝天子·秋夜客怀》

月光，桂香，趁着风飘荡。砧声催动一天霜₁，过雁声嘹亮。叫起离情，敲残愁况，梦家山身异乡₂。夜凉，枕凉，不许愁人强₃。

作者生平：　　见 A04048。

定格说明：　　同前。

词语注释：　　1. 砧（zhen 真），捣衣石。旧时妇女多用木棒在石上捣衣，以进行洗涤。砧声是当时城市典型的夜声。砧声与秋霜本无联系，但秋夜砧声使人觉得它催动了漫天寒霜。2. 此言离别心情被雁声叫起，忧愁心态被砧声敲残。使人虽身在异乡，却梦想家乡山水。3. 此言愁人无法逞强，勉强忘掉一切。

作品赏析：　　使人想起唐人诗句："长安一片月，万户捣衣声"，异乡游子，怎能不凄然？

A05069 张可久《朝天子·山中杂书》三首选一

罢手，去休₁，已落在渊明后。百年心事付沙鸥，更谁是忘机友₂？洞口渔舟，桥边村酒，这清闲何处有？树头，锦鸠，花外啼春昼₃。

作者生平：　　见前。

定格说明：　　同前。

词语注释：　　1. 去休，归去算了吧。2. 百年心事，此生打算。付沙鸥，放在与鸥鸟交游上面，意即寄情于隐逸生活，与鸟兽为伍。忘机，天真纯朴，没有心机。此暗用《列子》海上之人至诚与鸥（沤）鸟游，后因有捕鸟心机，鸟不再下。作者于此叹世上忘机之人太少。3. 此言树头美丽鸠鸟在花外春天白昼啼鸣，是清闲景象。

作品赏析：　　欣赏退隐乐趣，悔恨隐退太晚。

A05070 张可久《朝天子·闺情》

"与谁,画眉?"猜破风流谜:铜驼巷里玉骢嘶$_1$,夜半归来迟。小意收拾,怪胆禁持$_2$,"不识羞谁似你!"自知,理亏。灯下和衣睡。

作者生平: 见前。

定格说明: 同前。

词语注释: 1. 铜驼巷,古代洛阳名街,此泛指闹市,特指三瓦两舍、红灯区。玉骢,骏马。此言已猜破丈夫风流诡计,是在铜驼巷与人画眉去了。2. 小意,小心;怪胆,此指斗胆、装胆;禁持,通解作(向女方)纠缠。按疑是矜持之误,即装作端庄、没有做错事的样子。

作品赏析: 写浪子冶游回家,小两口斗嘴的情形,鲜明生动如彩色电影。

A05071 张可久《朝天子·冷泉亭$_1$ 上》

寺前,洞天$_2$。粉翠围屏面$_3$。隔溪疑是武陵源$_4$:树影参差见。石屋金仙$_5$,岩阿碧藓$_6$,湿云飞砚边$_7$。冷泉,看猿,摇落梅花片$_8$。

作者生平: 见前。

定格说明: 同前。

词语注释: 1. 冷泉亭,西湖景点。2. 洞天,道家谓神仙所居之地(洞穴),言洞中别有天地。3. 粉翠,淡绿色。此言围屏面为淡绿色,或解作翠绿花卉宛若围屏亦可。4. 指桃源仙境。5. 此言石屋(石洞)中住有神仙般的道人。6. 岩阿,岩石凹处、缝隙中。7. 湿云,湿气很重的云。8. 猿摇落梅花,或梅花自然摇落均可。

作品赏析: 宛如仙境,湿云飞砚边,足见山高雾重。

A05072 张可久《朝天子·访九皋使君₁》

槿篱₂，傍水，楼与青山对。一庭香雪槮荼䕷₃，松下溪童睡₄。净地留题₅，柴门还闭，笼开鹤自飞₆。看梅，未回，多管西湖醉₇。

作者生平：　　见前。

定格说明：　　同前。

词语注释：　　1. 九皋，指马九皋，回鹘（今维吾尔族）人，曾任行省令使等职，参考 A05086。2. 槿（jin 仅），木槿，落叶灌木，常用以作篱笆。3. 槮（san 伞），散落；此言一庭荼䕷花像香雪一样散落。4. 溪童，在溪边游玩或看守庭院的孩童。5. 此言空白处有留言题字。6. 此或即景并暗用典故：宋代孤山隐士林逋有开笼放鹤，使迎接客人的故事。7. 多管，多半。此言被访者外出看梅，也许醉留在西湖那边了。

作品赏析：　　访友不遇，但却刻画出主人住处优雅，行为豪放。

A05073 任昱《朝天子·村居》

杜门₁，守贫，知有归田分。春风渐入小洼樽₂。勤饮姜芽嫩₃。乡党朱陈₄，讴歌尧舜₅，向东皋植杖芸₆。子孙，更淳₇，闲把诗书训。

作者生平：　　见 A03038。

定格说明：　　同前。

词语注释：　　1. 杜门，闭门不出，不与外界联系。2. 小洼樽，小而深的酒杯，此言在和煦春风之下饮酒。3. 此言常饮酒并用嫩姜芽下酒。4. 朱陈，白居易诗，徐州丰县古有朱陈村，两姓世代交好，互为婚姻。此用以指所居乡里和睦。5. 尧时太平无事，黎民击壤而歌。此言居民讴歌像尧舜时代一样美好的生活。6. 植杖，把手杖放在一边竖起来；芸，除草。此暗用《论语》典故，子路遇丈人，丈人不愿与他多谈,"植其杖而芸"。7. 淳,纯朴。

作品赏析:　　幽居闲雅,乡里和睦,教训儿孙有方,是美好的隐居生活。

A05074 徐再思《朝天子·常山江行》

远山,近山,一片青无间。逆流溯上乱石滩$_1$,险似连云栈$_2$。落日昏鸦,西风归雁,叹崎岖途路险。得闲,且闲,何处无鱼羹饭$_3$?

作者生平:　　徐再思,字德可,浙江嘉兴人。生卒年不详,大约是元末明初人。"好食甘饴,故号甜斋"。曾任嘉兴路吏。很有才名。仕途不顺,寄居江湖,十年不归。词曲多为写江南风景及怀古之作,立意新颖。《全元曲》收其小令 103 首。朱权评其词"如桂林秋月"。

定格说明:　　同前。

词语注释:　　1. 溯,逆流而上。2. 栈道,又名阁道,在悬崖上凿孔建桥连缀而成的交通道。连云栈,高接云端的栈道。3. 鱼羹饭,此暗用张翰因思故乡莼菜、鲈鱼脍而归隐的典故,言无处不可归隐。

作品赏析:　　江流、山路,险要而又优美,足可退隐栖身。

A05075 李致远《朝天子·秋夜吟》

梵宫$_1$,晚钟,落日蝉声送$_2$。半规凉月半帘风$_3$,骚客情尤重$_4$。何处楼台,笛声悲动$_5$?二毛斑$_6$,秋夜永。楚峰,几重,遮不断相思梦。

作者生平:　　见 A03058。

定格说明:　　同前。

词语注释:　　1. 梵宫,佛殿。2. 此言日落时蝉声高唱,似相送别。3. 规,画圆器;半规月即半圆月。半帘风,珠帘半卷时从帘下吹入之风。4. 骚客,骚人墨客,尤指多愁善感的文人。情尤重，心情尤其沉重。5. 悲动，悲声动人。按动可能为恸之误，悲恸，极其哀痛。6. 二毛斑，黑白相间的白发斑斑。

作品赏析：　　一派晚秋景色，引起游子思乡之情。

A05076 无名氏《朝天子》

尽了，便了₁。彼各休相笑。正沙堤稳稳马头高，又贬上潮阳道₂。休喜休欢，休烦休恼，只争个迟共早。比甘罗不小，比太公未老₃，须有日应心道₄。

作者生平：　　见 A01005。

定格说明：　　同前。

词语注释：　　1. 此言各种方法都已使尽，可以休了。2. 此言韩愈正得意时，却因一封《谏迎佛骨表》而被贬为潮州刺史。3. 战国秦甘罗十二岁便为上卿，太公八十三岁才遇文王而发迹。此言跟成功最早和最晚的人相比，自己还算当龄有为。4. 此言应该有朝一日实现自己的心愿。

作品赏析：　　无名氏有两首类似的《朝天子》，想系出自同源。今取其明白易懂者合而为一。通篇言胜勿骄，败勿馁，只要有信心，终有成功的一天。虽哲理无多，可以一读。

A05077 无名氏《朝天子》

紫袍，战袍₁，送了些活神道₂，不比农夫有下梢₃：不识长安道₄，耕种锄刨，无烦无恼，卧东窗日影高₅。芭棚下饭饱₆，麦场上醉倒，快活煞村田乐₆。

作者生平：　　见前。

定格说明：　　同前。

词语注释：　　1. 此指文武官服。2. 活神道，活神祇，此指大人物，但有轻慢意。3. 下梢，结果。4. 此言农夫不识官场。5. 此言日上三竿还在床上睡觉。6. 芭棚，瓜棚之类。6. 乐念"yao 要"以叶韵。《论语》："仁者乐山。"

作品赏析：　　用对比方式说明达官贵人不比小民幸福，但各有各的烦恼，此诗把农民生活过于理想化了。

A05078 无名氏《朝天子·嘲妓家匾食₁》

白生生面皮，软溶溶肚皮，抄手儿得人意₂。当初只说假虚皮，就里多葱脍₃。水面上鸳鸯，行行来对对₄，空团圆不到底₅。生时节手儿上捏你，熟时节口儿里嚼你，美甘甘肚儿内知滋味。

作者生平：　　见前。

定格说明：　　同前。

词语注释：　　1. 嘲，此指用开玩笑口吻说。匾食，扁食，饺子的别名。2. 抄手，拱手，或以为此指饺子两头翘起如拱手，甚可人意。按今四川等地称馄饨之类为抄手，此或即指饺子（抄手）看来很令人满意。3. 葱脍，葱拌肉馅。脍古或念 hui、烩以协韵。4. 此言饺子煮熟后成对成双漂在水面上。来，语气词。5. 此言漂浮的饺子虽成对团圆，却不到（沉）底。词语双关意明显，言狎妓总无结果。

作品赏析：　　元曲中有不少写人状物篇章，生动别致。这首和下面"嘲人穿破鞋"即其例证。本篇因系写妓家匾食，语义双关之处甚多，需加留意。

A05079 无名氏《朝天子·嘲人穿破鞋》

两腮₁，绽开。底破帮儿坏。几番修补费钱财，还不彻王皮债₂。不敢大步阔行，只得徐行短迈₃，怕的是狼牙石龟背阶₄。上台基左歪右歪，又不敢着楦排₅，只好倒吊起朝阳晒₄。

作者生平：　　见前。

定格说明：　　同前。

词语注释：　　1. 两腮，指鞋的两边帮子。2 王皮，王皮匠。随便假设的人名。3. 迈，迈步。4. 此泛指不平坦的地方。

5. 楦,楦头,鞋匠用以撑鞋造型的工具。排,此指撑起。此言破鞋洗后不敢用楦头撑起,只得倒吊起来晒干。

作品赏析：　　虽有挖苦穷人意,但却写得真切。

A05080 无名氏《朝天子·志惑》二首选一

不读书有权,不识字有钱。不晓事倒有人夸荐。老天只恁特心偏₁,贤和愚无分辨。折挫英雄,消磨良善,越聪明越运蹇₂。志高如鲁连₃,德过如闵骞₄,依本分只落的人轻贱。

作者生平：　　见前。

定格说明：　　按定格此处第3、第4句应颠倒过来,其余同前。

词语注释：　　1. 恁,如此。2. 蹇(jian简),跛足,此指不顺利。
　　　　　　　3. 鲁连,鲁仲连,战国高士。4. 德过,品德超过一般。
　　　　　　　闵骞,闵子骞,孔子弟子,以至孝称著。

作品赏析：　　世事不平,指天痛骂。

A05081 赵善庆《朝天子·送春》

剑蒲,翠芜,雨过添新绿₁。药栏春事已结局₂,无计留春住。堤上芳尘,桥边飞絮₃,树头红一片无₄。布谷,杜宇,犹斗唤春归去₅。

作者生平：　　赵善庆,字文宝。其名字《录鬼簿》等各本颇有出入,如谓其字文贤,名孟庆等,难以定论。饶州乐平(今属江西)人,生卒年不详。怀才不遇,一生漂泊,游历之处甚广。曾以卜术为业,任阴阳教授。所作有杂剧八种,均佚。《全元曲》收其小令29首,多咏物与写乡愁之作,清新之中寓悲凉,明丽之中多感叹。有些作品很是雄壮、酣畅。

定格说明：　　同前。

词语注释：　　1. 蒲叶已长高似剑,地上绿草丛生。自是晚春景象。
　　　　　　　2. 药栏,种芍药的围栏,此言药栏春花已谢。3. 飞絮也是晚春景象。4. 树头已无一片红花。5. 斗唤，争着叫唤。布谷与杜宇，都是晚春时叫得欢的鸟。

作品赏析：　惋惜春归，但并不伤感。

A05082 汪元亨《朝天子·归隐》二十首录二，此其二

长歌咏楚辞$_1$，细赓和杜诗$_2$，闲临写羲之字。乱云堆里结茅茨$_3$，无意居朝市。珠履三千$_4$，金钗十二$_5$，朝承恩暮赐死。采商山紫芝$_6$，理桐江钓丝$_7$，毕罢了功名事。

作者生平：　汪元亨，字协贞，号云林，又号临川佚老。饶州（今江西波阳）人。为元代后期作家。大约活跃于至正年间（1341—1368）。曾任浙江省掾。时当朝代更换，世情险恶，故多警世叹时、赞美归田隐逸之作。艺术上风格豪爽，语言朴质，善用排比，情味浓郁。著有杂剧三种，南戏一种，均失传。集子有《归田录》100 篇及《小隐余音》《云林清赏》等。《全元曲》收其小令 100 首，散套 1。

定格说明：　同前。

词语注释：　1. 此处歌、咏分开读，言长歌时喜咏《楚辞》。2. 赓，继续，此言仔细续作与杜诗相合的诗篇。3. 乱云堆，指高山云深处。茨（ci 词），屋顶。茅茨即茅屋。4. 珠履三千，指战国楚春申君。他门下可以穿"珠履"的高级门客有三千之多。5. 唐牛僧孺姬妾众多，号称金钗十二行。6. 紫芝，传说中的灵草，可以益寿疗饥。此指学秦汉之际商山四皓采芝养身。7. 桐江，富春江上游，东汉严子陵归隐后曾垂钓于此。此言学严子陵理钓丝。

作品赏析：　是看透世情后的真实想法。

A05083 汪元亨《朝天子·归隐》其十七

白茅葺短檐$_1$，黄芦编细帘$_2$，红槿插疏篱堑$_3$。诗成一笑写霜缣$_4$。

诲不厌学不倦₅。伴侣猿鹤，生涯琴剑₆，设柴门常自掩₇。沽村醪价廉₈，挑野菜味甜，断绝了功名念。

作者生平：　　见前。

定格说明：　　同前。

词语注释：　　1. 葺（qi 气），修理，制作。2. 芦，芦苇。3. 堑，篱笆脚下的小沟壕。此言疏篱堑上插红槿。4. 霜缣，洁白的缣，此泛指良好的纸张。5. 此用《孟子·公孙丑上》："子曰：我学不厌而诲不倦也。" 6. 此言以猿鹤为伴侣，琴剑为生涯。7. 此用陶渊明《归去来兮辞》"门虽设而常关"意，言绝少与人交往。8. 村醪，农村自酿的酒。

作品赏析：　　真是自给自足、远离官场的美好田园生涯。

A11084 张养浩《朝天曲·退隐》三首选一

柳堤，竹溪，日影筛金翠₁。仗藜徐步近钓矶₂，看鸥鹭闲游戏。农父渔翁，贪营活计₃，不知他在图画里₄。对着这般景致，坐的，便无酒也令人醉。

作者生平：　　见 A01006。

定格说明：　　为《朝天子》别名，定格同前。

词语注释：　　1. 此言日影自树梢射在地面和绿草上，有如筛下金光与翠色。2. 仗藜，拄着藜（藤条）手杖。钓矶，垂钓多在矶上，此不一定有典。3. 活计，生路，衣食打算；与今口语"活计"稍异。4. 此语说明隐士们与劳动者看问题有不同角度。

作品赏析：　　真是好乡村景色，但只有不"贪营活计"的人，才有心情欣赏。

A05085 张养浩《朝天曲·村乐》

牧笛，酒旗，社鼓喧天擂。田翁对客喜可知₁，醉舞头巾坠。

老子年来，逢场作戏，趁欢娱饮数杯。醉归，月黑，尽踏得云烟碎₂。

作者生平：　　见前。

定格说明：　　同前。

词语注释：　　1. 此言可以想见田翁好客的高兴情况。2. 此言在黑夜烟雾中高一脚低一脚地走回家。

作品赏析：　　古代农村村社集会的热闹情景，如在目前。

A05086 薛昂夫《朝天曲》

叔孙₁，讨论，早定君臣分₂。礼成文武两班分，舞蹈扬尘顺₃。拔剑争功，垂绅消忿₄，方知天子尊₅。武臣，勇人，也被书生困₆。

作者生平：　　薛昂夫，回鹘（今维吾尔族）人，名字非常复杂。曾先后名薛超兀儿、薛超吾，汉姓马，字昂夫，又名九皋；或作马昂夫。先世内迁怀庆路（治今河南沁阳）。祖、父俱封覃国公。曾师事刘辰翁，可推知生年当在元初至元年间。历任江西行中书省令史、太平路总管等职。善篆书，有诗名。人称其诗词"新严飘逸，如龙驹奋进，有并驱八骏、一日千里之想"。散曲以叹世、傲物、怀古为主，风格疏宕豪放。朱权误将薛昂夫、马昂夫、马九皋视为三人，谓其词如"雪窗翠竹""秋兰独茂""松阴鹤鸣"云云。《全元曲》收其小令 65 首，散套 3，残曲 1。

定格说明：　　同前。

词语注释：　　1. 指叔孙通，汉初大儒，曾为初创的汉帝国设置朝廷礼仪制度，使君威显赫，群臣镇服。刘邦对此大发感慨，说是"今日始知为皇帝之贵！" 2. 分（fen 份），名分，身份地位。3. 舞蹈扬尘，当时臣子见君的规定拜舞动作。舞蹈而且扬尘，想必是很繁复的。可惜后世不传。此言两班文武，舞蹈扬尘，非常驯顺。4. 此言在"定君臣分"之前，一个个拔剑争功，非常跋扈；而今都规规矩矩地站着（垂绅），消除了怨气。5. 才体会到天子的尊严。6. 此言武臣本是勇敢之人，而今也被叔孙通的主意所困扰、所折服。

作品赏析：　　作者写有评论历史和传说故事的曲子二十首，此其第七。短短 43 字生动地述说了我国政治史上一桩重大改革和建树，但这是形势使然，而不是书生制服了武将。

A05087 薛昂夫《朝天曲》

老矣，倦矣，消减尽风云气₁。世情嚼蜡烂如泥₂，不见真滋味。蜗角虚名，蝇头微利₃，便得来真做的₄？布衣，袖里，试屈指英雄辈₅。

作者生平：　　见前。

定格说明：　　同前。

词语注释：　　1. 此言老倦之后，已经没有了当年叱咤风云的英雄气概。2. 人们说食而无味为"味同嚼蜡"。3. 此用庄子蜗左右角两国为争地而战故事，及苏轼词《满庭芳》中名句。4. 此处"来"与"的"均为语助词，意即"便得真做么？"5. 此总结作者前二十首咏史作品而言，"试屈指数数，英雄们都有些甚么好结果"。

作品赏析：　　是阅够世情后所容易产生的感慨，但不可因此陷入虚无主义。

A05088 汤舜民《谒金门·落花》二首选一

落花，落花，红雨似纷纷下。东风吹傍小窗纱，撒满秋千架₁。忙唤梅香₂，休教践踏，步苍苔选瓣儿拿。爱他，爱他，擎托在鲛绡帕₃。

作者生平：　　见 A03015。

定格说明：　　为《朝天子》别名，定格同前。

词语注释：　　1. 此言花瓣吹落在窗纱旁和秋千架上。2. 梅香，随意设定的丫鬟使女的名字。3. 鲛绡帕，此指高质量手帕。

作品赏析：　　对少女爱花之心，写得细致，有黛玉葬花意而无悲观情绪。

《出对子》黄钟，小令、套曲兼用。《全元曲》小令收 1 作者，4 曲子。今选 2 首。

A05089 汤舜民《出对子·酒色财气四首》酒

麹生堪爱₁，晕桃花上脸腮。百篇一斗恣开怀₂，谁承望捉月骑鲸不再来₃。酒，则被你断送了文章李太白。

作者生平：　　见 A03015。

定格说明：　　全曲 5 句 31 字（或作 30 字），幺篇换头，改首句为七字句，用否均可。句式与韵脚安排为：4 △6（5）△7 △7 7△，幺篇 7 △6（5）△7 △7 7△。典型平仄格式为：平平仄仄△仄平平、仄仄平△平平仄仄仄平平△仄仄平平仄仄平△仄仄平平仄仄平△，幺篇为：平平仄仄平平仄△，下同。

词语注释：　　1. 麹（qu 区），酿酒用的发酵物；麹生，麹之所生，指酒。2. 李白"斗酒诗百篇"。恣，放肆，任意；恣开怀，极其开怀。3. 捉月骑鲸，均指李白因酒醉后的死况。有传说他因酒醉后入江捉月而死，又说他自称骑鲸客，醉后骑鲸鱼溺死浔阳江中。

作品赏析：　　略。

A05090 汤舜民《出对子·色》

怜香惜玉，醉临春欢未足₁。开皇戈甲出江都₂，惊散金钗玉树曲₃。色，则被你断送了聪明陈后主。

作者生平：　　同前。

定格说明：　　同前。

词语注释：　　1. 临春，陈后主楼名。此言酒醉临春楼。2. 开皇，隋文帝开皇年间遣大将韩擒虎灭陈。此时陈后主还在醉生梦死，与后妃取乐。真正是"城外韩擒虎，楼头张丽华"的一番奇怪景象。江都，今扬州。3. 金钗，指张丽华；玉树曲，陈后主名曲《玉树后庭花》。

作品赏析：　　晋文公见南之威，曰："后世必有以色亡其国者。"果真如此！

《甘草子》正宫，小令、套曲兼用。《全元曲》小令收 1 作者，2 曲子，其中一残。

A05091 薛昂夫《甘草子》

金凤发₁，飒飒秋香₂，冷落在阑干下₃。万柳稀，重阳暇₄，看红叶赏黄花。促织儿啾啾添潇洒₅，陶渊明欢乐煞。耐冷迎霜鼎内插₆，看雁落平沙。

作者生平：　　见 A05086。

定格说明：　　本曲样板不多，归纳为 10 句 50（或 49）字，句式与韵脚安排为：3 △4 ○6（或 5）△3 ○3 △6△7△6△7△5△。典型平仄格式为：平平仄△仄仄平平○平平仄、平平仄△仄仄平○平平仄△平平仄、仄平仄△仄仄平平平仄仄△仄平平、平仄仄△仄仄平平平仄△仄仄仄平平△。

词语注释：　　1. 金凤，疑是金风之误，秋风。2. 飒飒，风声，此言飒飒秋风送来菊花香气。3. 此指菊花冷落在阑干下。4. 此言重阳日正好有闲暇。5. 促织，蟋蟀。啾（jiu 揪）啾，虫鸣声。6. 耐冷迎霜，此指菊花。鼎，花瓶之类。

作品赏析：　　一派文人的闲情逸致。

《河西六娘子》双调，小令、套曲兼用。《全元曲》小令收 1 作者，1 曲子。

A05092 柴野愚《河西六娘子》

骏马双翻碧玉蹄₁，青丝鞚黄金羁₂。入秦楼将在垂杨下系。花压帽檐低₃，风透绣罗衣，袅吟鞭月下归₄。

作者生平：　　柴野愚，生平不详。

定格说明：　　样板不多，归纳为全曲6句36字，句式与韵脚安排为：7△6△7△5△5△6△。典型平仄格式为：仄仄平平仄仄平△平平仄、仄平平△平平仄仄平平仄△仄仄仄平平△仄仄仄平平△仄平平、仄仄平△。

词语注释：　　1. 碧玉蹄，极言马蹄漂亮。2. 鞚（kong 控），有嚼口的马笼头。羁，马络头。3. 此言秦楼女子拿他当新郎看待，替他头上戴花甚多。4. 袅，摇晃；吟鞭，边歌唱边挥鞭。

作品赏析：　　此写冶游公子生活。本曲牌只此一曲，并无他曲可选。

《后庭花破子》仙吕，小令、套曲兼用。《全元曲》小令收3作者，4曲子。今选1首。

A05093 孙梁《后庭花破子》

柳叶黛眉愁₁，菱花妆镜羞₂。夜夜长门月₃，天寒独倚楼。水东流，新诗谁寄？相思红叶秋₄！

作者生平：　　孙梁，字正卿，中山（今河北定州）人，与元好问同时，其余不详。

定格说明：　　样板不多，归纳为7句32字。句式与韵脚安排为：5△5△5○5△3△4○5△。典型平仄格式为：仄仄仄平平△平平仄仄平△仄仄平平仄○平平仄仄平△仄平平△平仄仄○平平仄仄平△。

词语注释：　　1. 此言如柳叶之黛眉颦皱。2. 此言面对化妆用之菱花镜，感到容颜衰老而含羞。3. 长门，汉武帝陈皇后被贬居长门宫，此可泛指被遗弃者的居所。4. 此言面对流水与秋天红叶而动相思之情。

作品赏析： 此曲写陈皇后或有类似遭遇女子的忧伤心情。

《水仙子》又名凌波仙、凌波曲、湘妃怨、冯夷曲。双调。小令、套曲兼用。可带《折桂令》组成带过曲。《全元曲》小令收24作者，240曲子。今选35首（包括异名曲子）。

A05094 张养浩《水仙子·隐逸》其三

中年才过便休官，合共神仙一样看。出门来山水相留恋。倒大来耳根清眼界宽$_1$。细寻思这的是真欢。黄金带缠着忧患，紫罗襕裹着祸端$_2$，怎如俺藜杖藤冠$_3$。

作者生平： 见 A01006。

定格说明： 全曲 8 句，43 字。句式与韵脚安排为：7△7△7△5△7△3○3△4△。典型平仄格式为：平平仄仄仄平平△仄仄平平仄平平△平平仄仄平平仄△平平仄仄平△仄平、仄仄平平△平平仄○仄仄平△仄仄平平△。其中第 5 句或作 6 字句。

词语注释： 1. 倒大，非常，十分。来，语气词。2. 襕，上衣下裳相连的衣服，黄金带、紫罗襕，这里泛指高官服饰。3. 藜杖，藜茎做的手杖。全句指百姓服装。

作品赏析： 作者中年曾因避祸弃官，晚年因拯救天灾才复出。此曲所写为真实心情，与借归隐钓誉者异趣。

A05095 张养浩《水仙子·咏江南》

一江烟水照晴岚$_1$，两岸人家接画檐$_2$。芰荷丛一段秋光淡$_3$。看沙鸥舞再三，卷香风十里珠帘$_4$。画船儿天边至$_5$，酒旗儿风外飐$_6$。爱杀江南！

作者生平：　　见前。

定格说明：　　同前。

词语注释：　　1. 照，此指掩映，映衬。此言烟水与远处阳光下山岚相映衬。2. 画檐相接，言人烟稠密、兴旺。3. 芰，菱。4. 此言珠帘卷起，有十里香风吹来。5. 天边至，远处水光接天，故画船如从天边来。6. 颭（zhan 展），在风中飘动。风外，即指风中。

作品赏析：　　善于抓住南方风景特征。

A05096 张雨《水仙子》

归来重整旧生涯₁：潇洒柴桑处士家₂。草庵儿不用高和大，会清标岂在繁华₃！纸糊窗，柏木榻，挂一幅单条画，供一枝得意花，自烧香童子烹茶。

作者生平：　　张雨（1277—1350），原名泽之，字天雨，或作天羽、天宇，后名雨，字伯雨。法名嗣真，号贞居子，别号句曲外史。吴郡海昌（今浙江海宁）人，久居钱塘。宋崇国公张九成后裔。洁身自好，蔑视流俗。年二十，游名山并入道教，拜开元宫王真人为师，颇知名。但不仕，以著书作诗为务。晚年葬冠剑，辞宫事，但饮酒赋诗，焚香终日。诗章格调清丽，语言新奇，与当时名儒赵孟頫、杨维桢等相唱和。兼工书画，能散曲。有文集多种。《全元曲》收其小令 5 首。

定格说明：　　同前。

词语注释：　　1. 生涯，此指日常生活。2. 柴桑处士，指陶渊明，此言重过陶渊明一样的家居生活。3. 会清标，接待清静高标的朋友。

作品赏析：　　好一派简朴而安逸的生活。

A05097 张可久《水仙子·西湖秋夜》

今宵争奈月明何？此地那堪秋意多₁！移舟万顷冰田破₂。白鸥还笑我：拚余生诗酒消磨₃。云子舟中饭，雪儿湖上歌₄，老子婆娑₅。

作者生平： 见 A01004。

定格说明： 同前。

词语注释： 1. 此言今夜月明，使人不能不欣赏，更何况此地秋意颇多。2. 此言移船于万顷湖中，把冰田似的水面弄破了。3. 此言拚老命纵情诗酒。4. 云子，传说中神仙食物。雪儿，隋末善歌舞女子。此言舟中吃云子般美饭，湖上听雪儿般女子唱歌。5. 婆娑，舞蹈。

作品赏析： 此为作者晚年纵情诗酒生活的写照。

A05098 张可久《水仙子·秋思》二首选一

天边白雁写寒云₁，镜里青鸾瘦玉人₂。秋风昨夜愁成阵：思君不见君，缓歌独自开樽。灯挑尽₃，酒半醺，如此黄昏！

作者生平： 见前。

定格说明： 同前。

词语注释： 1. 此言天边雁阵如在寒云中写字。2. 此语倒装，意即青鸾镜里玉人影瘦。3. 挑灯，古用油灯，须不断上挑灯捻以保持明亮。白居易诗："孤灯挑尽未成眠。"

作品赏析： 思君句以下，不言愁而愁自成阵。

A05099 张可久《水仙子·西湖废圃》

夕阳芳草废歌台，老树寒鸦静御街₁。神仙环佩今何在₂？荒基生暮霭₃，叹英雄白骨苍苔₄。花已飘零去，山曾富贵来。俯仰伤怀₅。

作者生平： 见前。

定格说明：　　　同前。

词语注释：　　　1. 御街，本指京城街道，此泛指昔时繁华街道，但今日已寂静，只见老树寒鸦。2. 此指如天仙般姬妾歌女已不知去向。3. 暮霭，晚间烟雾。4. 此言白骨散布在苍苔间。5. 此言俯仰之间，满目皆使人伤怀。

作品赏析：　　　残迹虽在，满目荒凉，能不伤怀！此曲可与作者《普天乐·湖上废圃》相对照。

A05100 张可久《水仙子·红指甲》

玉纤弹泪血痕封$_1$，丹髓调酥鹤顶浓$_2$。金炉拨火香云动$_3$。风流千万种。捻胭脂娇晕重重$_4$。拂海棠梢头露$_5$，按桃花扇底风$_6$。托香腮数点残红$_7$。

作者生平：　　　见前。

定格说明：　　　同前。

词语注释：　　　1. 此言纤纤玉手似乎刚弹过血泪，指尖被血痕所封（所染）。2. 此言用鹤顶红似的红髓与酥油调和成浓液，涂在指甲之上。3. 本曲理应句句与红指甲相关，但此处看不出红指甲踪影，疑香字应作红字。4. 捻胭脂，红指甲挥动。娇晕，美好的色彩。按晕可能为韵之误，指美好风韵。5. 此言拂海棠时仿佛是海棠花从枝梢头露出来了。6. 此言手指摇扇时，红指甲使扇如画桃花，那风好似从桃花扇底吹出。7. 言此女托香腮时，显现出数点红来。

作品赏析：　　　元人用曲状物时，常具特色。此曲形容生动，颇受赞赏。

A05101 张可久《水仙子·天宝补遗》

宝筝珠殿荔枝香，玉佩琼琚窈窕娘$_1$，云屏月枕芙蓉帐$_2$，夜如何乐未央$_3$。碎霓裳鼙鼓渔阳$_4$。蛾眉栈晴山翠$_5$，马嵬坡落日黄，憔悴三郎₆。

  作者生平： 见前。
  定格说明： 同前。
  词语注释： 1. 玉佩琼琚，此言所用玉佩为琼琚。两句写杨妃服饰、乐器与爱吃的荔枝。2. 云屏月枕，言屏风与枕头非常华丽。一说，月枕，中间凹低的枕头。芙蓉帐，芙蓉花似的床帐。3. 央，尽，止。此言"夜深到了什么时候？"有通宵作乐意。这里暗用《诗经·小雅》："夜如何其？夜未央。"4. 此言渔阳鼙鼓（军鼓）惊破杨妃之霓裳羽衣舞。白居易《长恨歌》："渔阳鼙鼓动地来，惊破霓裳羽衣曲。"5. 蛾眉应作峨眉，此言峨眉山栈道上之晴山青翠。按马嵬坡事件发生时，离栈道尚远。此或指玄宗于马嵬坡事件后的途中所见。6. 三郎，指李隆基，排行第三，昵称三郎。
  作品赏析： 善于抓住天宝之乱的主要环节。

A05102 张可久《水仙子》

石崇犹自恨无钱₁，彭祖焚香愿万年₂。唐明皇犹道无家眷，刘伶道天生酒量浅₃，陈抟昼夜无眠₄，秦始皇（不）₅招人怨，遭王巢道何曾有罪愆₆？都瞒不了惨惨₇青天。

  作者生平： 见前。
  定格说明： 同前。
  词语注释： 1. 石崇，西晋人，作刺史时搜刮致巨富，与人斗富时曾作锦帐五十里，八王之乱时被杀。2. 彭祖，传说中长寿人物，据说殷末时已活八百余岁。3. 刘伶，西晋人，号酒仙。4. 陈抟，五代、宋初道士，据说能一睡数十、数百年。此言陈抟犹自抱怨睡眠太少。5. 此处疑脱落一字，括号内系依文意试补。6. 遭，遇到，也可能是糟字之误，骂人贬义词。王巢，不详，可能为黄巢之误，唐末起义领袖，传说他杀人甚多，有恶名。6. 惨惨，暗淡无光，与文义不符，疑是璨璨或湛湛之误。

  作品赏析： 假设生活中各方面代表人物的想法，以发掘人们贪得无厌、无自知之明而又自欺欺人的劣根性，归结为一切皆为徒劳以警诫之。

A05103 马谦斋《水仙子·别情》

紫鸾箫吹彻凤凰鸣₁，金缕词歌水调声₂，饯行诗诉不尽临岐兴₃，唱阳关忍泪听₄。笑谈间席上风生₅。杨柳堤边怨₆，河梁别后情₇，再和谁步月闲行？

  作者生平： 马谦斋，生平不详，与张可久同时。从作品上看，曾经在北方官场过富贵生活，然后引退寓居杭州。作品题材多样，风格洒脱而近乎典雅。《全元曲》收其小令17首。

  定格说明： 同前。

  词语注释： 1. 此言箫声如凤凰鸣声吹彻席间。2. 金缕词，指词牌《金缕曲》；水调声，大曲水调的音乐。此言用水调音乐与金缕曲相配合。3. 岐，同歧，歧路，此指分别道口。4. 阳关，此指阳关三叠。5. 此句与上下文气氛不够协调。6. 人们习惯于折杨柳送行，故言折杨柳堤边的别离怨恨。7. 河梁，河道桥梁之上，多为告别的地方。

  作品赏析： 略。

A05104 贯云石《水仙子·田家》

绿阴茅屋两三间，院后溪流门外山，山桃野杏开无限。怕春光虚过眼。得浮生半日清闲。邀邻翁为伴，使家僮过盏₁，直吃得老瓦盆干₂。

  作者生平： 见A04056。

  定格说明： 同前。

  词语注释： 1. 过盏，把盏，进酒。2. 老瓦盆，指农家陶制酒碗。

作品赏析：　　是田家风光，但未必是真正田家人心态。

A05105 徐再思《水仙子·夜雨》

一声梧叶一声秋，一点芭蕉一点愁₁，三更归梦三更后₂。落灯花棋未收₃，叹新丰孤馆人留₄。枕上十年事₅，江南二老忧，都到心头。

作者生平：　　见 A05074。

定格说明：　　同前。

词语注释：　　1. 此言一点雨打芭蕉给人一点愁思。2. 三更时进入归梦，一直做到三更以后。3. 此暗用宋赵师秀诗《有约》："有约不来过夜半，闲敲棋子落灯花。"4. 汉高祖为使太上皇免思乡之苦而建新丰，后遂以新丰代表思乡之地。又唐人马周在长安求官时，宿新丰，曾被店主冷落。此兼有怀乡与被冷落意。5. 枕上事，指枕上想起十年往事，似有指人生如黄粱美梦之意。

作品赏析：　　梧桐芭蕉夜雨，孤馆残灯更深，着实令人忧思难忘。

A05106 徐再思《水仙子·红指甲》

落花飞上笋牙尖₁，宫叶犹将冰箸粘₂，抵牙关越显樱唇艳。怕伤春不卷帘₃，捧菱花香印妆奁₄。雪藕丝霞十缕₅，镂枣斑血半点₆，掐刘郎春在纤纤₇。

作者生平：　　见前。

定格说明：　　同前。

词语注释：　　1. 笋牙尖，此指女人指尖，落花上指尖，喻红指甲。2. 宫叶，用御沟流红叶典，即指红叶；冰箸，美人手指。此言红指甲好似红叶粘冰箸。3. 此句与红指甲的联系不明显，可能是说卷帘时生怕伤害春花一般的红指甲。4. 菱花，镜；妆奁，镜匣。按此处改作"红"印妆奁，当更贴切。5. 十缕雪藕丝霞，指白嫩十指，但带有红霞光彩夺目。6. 班当作斑，此言指甲好似镂刻红枣所得的小斑点，其红似血斑。7. 刘郎，此泛指情侣，此言掐情侣之纤纤红指甲富有春意。

作品赏析： 状物有方，第 1、3、7 句尤其微妙。选此以与 A05100 张可久《水仙子·红指甲》相对照。

A05107 杨朝英《水仙子·自足》

杏花村里旧生涯，瘦竹疏梅处士家。深耕浅种收成罢₁，酒新篘鱼旋打₂，有鸡豚竹笋藤花₃。客到家常饭，僧来谷雨茶₄。闲时节自炼丹砂。

作者生平： 杨朝英，字英甫，号澹斋，青城（今四川都江堰东南）人，做过郡守、郎中，后归隐。编有散曲集《阳春白雪》和《太平乐府》两种，保存了大量资料。关于他的作品，有人评价很高，也有人说不合音律。朱权谓其词"如碧海珊瑚"。《全元曲》收其小令 27 首。

定格说明： 同前。

词语注释： 1. 此言耕耘得体、收获已毕。2. 篘（chou 抽），竹制滤酒器，此指滤酒。旋，随后，马上。3. 藤花，可供食用的藤类植物花朵，如南瓜花之类。4. 谷雨茶，谷雨节所采早茶。谷雨、明前，都是有名早茶。

作品赏析： 好一派清闲朴素、自给自足的隐逸生涯，只可惜自炼丹砂，费力又伤身体，倘改作"闲时弄琴棋书画"之类也许更好些。

A05108 吴西逸《水仙子·思情》

海棠露冷湿胭脂₁，杨柳风寒袅绿丝。寄来书刚写个鸳鸯字₂，墨痕湮透纸₃，吟不成几句新诗。心间事，口内词，多少寻思₄！

作者生平： 吴西逸，生平不详，延祐年间（1314—1320）在世，与阿里西瑛、贯云石等有往来。从其作品看，可能到过杭州，也可能去大都谋过官职。但总体说来，为人淡泊名利，纵情山水。朱权谓其词"如空谷流泉"。《全元曲》收其小令 47 首。

定格说明： 同前。

词语注释： 1. 此言露冷中的海棠如弄湿了的胭脂。2. 此处明显为作者（女）给意中人写信，故来字应为语气词，或应作"寄书来"。3. 墨痕洇纸，说明写得很慢，并且写不下去了。4. 此言反复寻思，无从下笔。。

作品赏析： 写相思之情，真实深切，而又十分含蓄。

A05109 刘庭信《水仙子·相思》

恨重叠，重叠恨，恨绵绵、恨满晚妆楼；愁积聚，积聚愁，愁切切、愁斟碧玉瓯；懒梳妆，梳妆懒，懒设设₁、懒爇黄金兽₂。泪珠弹，弹珠泪，泪汪汪，汪汪不住流。病身躯，身躯病，病恹恹、病在我心头。花见我，我见花，花应憔瘦；月对咱，咱对月，月更害羞。与天说，说与天，天也还愁。

作者生平： 刘庭信，原名廷玉，一作廷信。约生卒于 1300—1370 年。彭城（今江苏徐州）人，居武昌。元末南台御史刘廷幹族弟，排行第五，身高而黑，俗呼黑刘五、黑刘五舍。放浪不羁，混迹江湖。工于填词作曲，多有为人传诵之佳句。与兰楚芳相唱和，时人比之"元白"。作品多写男欢女爱；柔媚多情，但欠含蓄。《全元曲》收其小令 39 首，套数 7。

定格说明： 同前。

词语注释： 1. 懒设设，犹言懒洋洋。2. 爇（ruo 若，或 re 热），燃烧。黄金兽，金色兽形香炉。

作品赏析： 通篇并未说明忧愁的内容：为何愁苦，因而有似无病呻吟；但叠词及其颠倒运用，灵巧自然，颇具特色，故选以备一格。

A05110 倪瓒《水仙子》因观《花间集》[1]作

香腮玉腻鬓蝉轻[2]，翡翠钗梁碧燕横[3]，新妆懒步红芳径。小重山空画屏[4]，绣帘风暖春醒：烟草粘飞絮，蛛丝罥落英[5]，无限伤情。

作者生平： 倪瓒（1301—1374），幼名明七。初名珽，字元镇，号云林子、荆蛮民、风月主人、沧浪漫士、净名庵主等。又尝变姓名为奚元朗，字玄瑛。无锡人。自幼聪明，诗曲俱佳。通音律，善绘画，为元代四大画家之一。一生淡泊名利，元末尽弃家业，泛舟江湖间；自称懒瓒、倪迂。其画作偶流于市，人争购之。著有《清闷阁集》。《元史》有传。《全元曲》收其小令12首。

定格说明： 同前。

词语注释： 1.《花间集》，我国最早的词集，五代赵崇祚选编。收晚唐、五代名家词五百首。2. 蝉鬓，像蝉翼一样的鬓角。3. 钗梁，钗身。此言翡翠玉钗横插，有如碧燕。4. 小山重，化用书中名句"小山重叠金明灭"，原指画屏上景物。5. 罥（juan 倦），缠绕，牵挂。

作品赏析： 这是一篇很特殊的读后感。通篇并无评介之词，而是选取书中最典型的事物与词句，仿佛原书的摘要。

A05111 夏庭芝《水仙子·赠李奴婢[1]》

丽春院先使棘针屯，烟月牌将烈焰焚[2]，实心儿辞却莺花阵[3]。谁想香车不甚稳[4]，柳花亭进退无门[5]。夫人是夫人分，奴婢是奴婢身，怎做夫人[6]？

作者生平： 夏庭芝（约1300—约1375），字伯和，一作百和；号雪蓑，别作雪蓑钓隐、雪蓑渔隐。华亭（今上海松江）人。原本当地巨富，家中藏书极富，先后名其书屋为"自怡悦斋""疑梦轩"。庭芝富文采，好冶游，能词曲。与张鸣善、钟嗣成等是友好。所著《青楼集》记录元代大都市百余戏曲女演员生活片断，为难得的专著，与

《录鬼簿》齐名。《全元曲》收其小令2首。

定格说明： 同前。

词语注释： 1. 李奴婢，元代有名艺妓，演旦角。慷慨好义，立志从良。嫁与杰里哥儿金事（中高级官员）。为伯家上章检举，被休还。名士大夫多写有辞章，咏叹此事。本篇即其一例。2. 丽春院，故事中名妓苏卿所居妓院，此即借指妓院。屯，不解，也许指手段、技巧。此言在妓院时像刺儿头，不好好接客。烟月牌，妓女的招牌；荒，同慌。此言慌忙将自己的妓女牌烧掉。3. 莺花阵，指妓女群体。4. 此指从良后地位不稳，被人告发。5. 柳花亭，指妓院。6. 末句似自怨自责，实为大声控诉。

作品赏析： 这是一首难得的真正同情被压迫妇女的好诗。黑社会把人变成鬼，却万万不许鬼变成人，于此可见。

A05112 孙周卿《水仙子·舟中》

孤舟夜泊洞庭边，灯火青荧对客船$_1$，朔风吹老梅花片$_2$。推开篷雪满天，诗豪与风雪争先$_3$。雪片与风鏖战，诗和雪缴缠$_4$，一笑琅然$_5$。

作者生平： 孙周卿，古邠（今陕西旬邑东北）人。或谓邠乃汴之误，而系开封人。生卒年及生平不详。从作品看，似曾游历川湘等地。朱权将其列入"词林英杰"150人之中。《全元曲》收其小令23首。

定格说明： 同前。

词语注释： 1. 青荧，暗淡微弱的灯光。2. 朔风，北风。3. 诗豪，作诗的豪气。4. 缴缠，纠缠。5. 琅，清朗的笑声。

作品赏析： 略。

A05113 王爱山《水仙子·怨别离》$_1$ 其九

凤凰台上月儿沉$_2$，一样相思两处心。今宵愁恨更比昨宵甚：

对孤灯无意寝，泪和愁付与瑶琴。离恨向弦中诉，凄凉在指下吟，少一个知音！

作者生平：　　王爱山，字敬甫，长安人。生卒年及生平不详。朱权将其列入"词林英杰"150人之中。《全元曲》收其小令14首。

定格说明：　　同前。

词语注释：　　1. 作者写有怨别离曲十首，叙说各种情况下相思之苦，而以幻想团圆作结。此为第九首。2. 凤凰台，在南京市南，为登临游览胜地，此或指当初同游与诀别之处。

作品赏析：　　末三句写得形象生动。

A05114 宋方壶《水仙子》居庸关中秋对月

一天蟾影映婆娑$_1$，万古谁将此镜磨$_2$？年年到今宵不缺些儿个$_3$。广寒宫好快活$_4$？碧天遥难问姮娥$_5$。我独对清光坐，闲将《白雪》歌$_6$。月儿你团圆我却如何$_7$？

作者生平：　　见 A04060。

定格说明：　　同前。

词语注释：　　1. 蟾影，月影；传说月中有蟾蜍（癞蛤蟆），后遂用以代月。婆娑，此指枝叶扶梳、摇荡；映婆娑，照映月中桂树，光影摇动。2. 镜，指月；此赞叹月明如镜，是谁磨亮至此！3. 此言年年中秋，月圆不误。4. 广寒宫，传说中的月宫。5. 姮娥，即嫦娥。6. 白雪，阳春白雪，高雅歌曲。7. 此借问月表达自己的孤独寂寞。

作品赏析：　　在中秋满月的夜晚，诗人借问月表达"月圆人缺"的寂寞心情。

A05115 无名氏《水仙子》

退毛鸾凤不如鸡，虎离岩前被兔欺，龙居浅水虾蟆戏。一时间遭困危$_1$，有一日起一阵风雷。虎一扑十硕力$_2$，凤凰展翅飞，那其间别辨高低₃!

  作者生平： 见 A01005。

  定格说明： 同前。

  词语注释： 1. 一时间，暂时。2. 硕，不解，或以为系古重量单位"石"（dan 旦）之误。总之言其力大。3. 那其间，那时节。

  作品赏析： 人不应被暂时困难所压倒，要有东山再起的雄心。读本曲可以见识一些与今近似的谚语。

A05116 无名氏《水仙子·喻纸鸢₁》

丝纶长线寄天涯₂，纵放由咱手内把。纸糊披就里没牵挂₃，被狂风一阵刮，线断在海角天涯。收又收不下₄，见又不见他，知他流落在谁家？

  作者生平： 见前。

  定格说明： 同前。

  词语注释： 1. 喻，说明，譬喻。纸鸢，风筝。喻风筝：既有叙说风筝特点，又有譬喻某种生活现象的意思。2. 丝纶，丝线、丝绳。3. 披，外表；就里，里面。此言外面由纸张糊成，里面什么东西也没有。4. 收不下，此指收不回。

  作品赏析： 是风筝特点，也类似某种生活遭遇。

A05117 乔吉《水仙子·钉鞵儿₁》

底儿钻钉紫丁香₂，帮侧微粘蜜蜡黄₃。宜行云行雨阳台上₄，步苍苔砖甃儿响₅，衬凌波罗袜生凉₆。惊回衔泥乳燕₇，溅湿穿花凤凰，羞煞戏水鸳鸯₈。

  作者生平： 见 A03026。

  定格说明： 同前。

  词语注释： 1. 鞵，同鞋。钉鞋儿，鞋底安钉子以防滑的雨鞋，曲中特指女用钉鞋。2. 此言鞋底钻钉，钉子颗粒如紫丁香。3. 鞋帮上涂黄色蜜蜡以防水。4. 此言即使有云雨也可在阳台上自由行走。按此处不一定隐含巫山云雨意。5. 甃（zhou昼），井壁砖，此处砖甃即指砖地。言走在苍苔砖地上发出声响。6. 此暗用《洛神赋》典："凌波微步，罗袜生尘。"借指美袜。7. 乳燕，此指哺育幼鸟之燕子。8. 三句言穿钉鞋在雨中自由行走，使飞禽惊羡。

作品赏析：　　选此以窥见古人服饰的一些情况。

A05118 乔吉《水仙子》楚仪赠香囊，赋以报之[1]

玉丝寒皱雪纱囊[2]，金剪裁成冰笋凉[3]。梅魂不许春摇荡，和清愁一样装[4]。芳心偷付檀郎[5]。怀儿里放，枕袋里藏，梦绕龙香[6]。

作者生平：　　见前。

定格说明：　　同前。

词语注释：　　1. 楚仪，李楚仪，扬州著名女艺人，与当时文人过从甚密。2. 此言用有皱纹的凉爽白丝料做成雪白纱香囊。3. 此言纱囊手感如冰笋般凉爽。4. 此言将梅花与清愁同时装入囊内，不许其魂魄像春心一样摇荡，此处语义双关。5. 檀郎，情郎。6. 龙香，指囊中名香。

作品赏析：　　拟人化、双关语用得贴切。爱意表达细腻而不粗俗，是托物寄情的好文字。

A05119 乔吉《水仙子》赋李仁仲懒慢斋[1]

闹排场经过乐回闲[2]，勤政堂辞别撒会懒[3]，急喉咙倒换学些慢[4]。掇梯儿休上竿[5]。梦魂中识破邯郸[6]。昨日强如今日，这番险似那番[7]，君不见鸟倦知还。

作者生平：　　见前。

定格说明：　　同前。

词语注释：　　1. 李仁仲，待考，显然是与作者交好的辞官朋友。2. 此言讲排场的日子已经有过，而今喜欢回归到过清闲日子。3. 撒会懒，偷一会儿懒，此言辞官后想偷懒、放松。4. 急喉咙，言当官办事时性急说话快，而今不当官了，学会放慢性子。5. 掇，攫取，双手捧着。此言即使手捧梯子，也别往竿上爬。6. 邯郸，指邯郸梦、黄粱梦。7. 语意欠明，按理应说"今日强如昨日"，也许作者是说昨天比今天严峻、艰难，或者说今天比昨天更坏。这番句言处处艰难。

作品赏析：　　想是过来人的真切体会。

A05120 乔吉《水仙子·若川秋夕闻砧₁》

谁家练杵动秋庭₂？那岸窗纱闪夜灯。异乡丝鬓明朝镜，又多添几处星₃。露华零梧叶无声₄。金谷园中梦₅，玉门关外情₆，凉月三更。

作者生平：　　见前。

定格说明：　　同前。

词语注释：　　1. 若川，待查；从用砧捣衣习惯看，当在南方。2. 练杵，捣练之杵，洗衣时捶打衣服的木棒。此言捣衣声惊动秋天的庭院。3. 此言明天镜里将发现我这异乡漂泊之人又多添了几丝白发。4. 此言露珠无声地零落在梧叶上。5. 金谷园，繁华所在，此或指作者曾有过的繁华梦。6. 此指作者在回忆玉门关外的某种经历或思念关外友人。

作品赏析：　　略。

A05121 赵善庆《水仙子·仲春湖上》

雨痕着物润如酥，草色和烟近似无₁，岚光罩日浓如雾。正春风啼鹧鸪，斗娇羞粉女琼奴₂。六桥锦绣，十里画图₃，二月西湖。

作者生平：　　见 A05081。

定格说明：　　同前。

词语注释：　　1. 二句借用韩愈诗句："天街小雨润如酥，草色遥看近却无。"2. 此指湖上卖色相女子。3. 此言著名景点六桥有如锦绣，十里风光美似画图。

作品赏析：　　景物鲜明，善于活用前人诗句。

A05122 张鸣善《水仙子·讥时》

铺眉苫眼早三公[1]，裸袖揎拳享万钟[2]，胡言乱语成时用[3]。大纲来都是烘[4]。说英雄谁是英雄？五眼鸡岐山鸣凤[5]，两头蛇南阳卧龙[6]，三脚猫渭水非熊[7]。

作者生平：　　张鸣善，名择，自号顽老子。祖籍平阳（今山西临汾），先人于北宋末年南渡，家于湖南。鸣善久寓江浙，所以人们说他是北方人、扬州人、湖南人。曾任淮东道宣慰司令史。后入张士诚弟之幕府。入明，擢江浙提学，后谢病辞官，隐居吴江。曾著有《英华集》。所著杂剧三种，今均佚。《全元曲》收其小令13首，套曲2。朱权称其词"如彩凤刷羽"。

定格说明：　　同前。

词语注释：　　1. 苫（shan 善），盖住；全句说会挤眉弄眼、装腔作势的人，早做了三公。2. 揎（xuan 宣），挥舞；卷起袖子、挥舞拳头，犹言张牙舞爪、指手画脚。钟，古量词，万钟，古时极高的俸禄。3. 时用，当时受重用的人才。4. 大纲来，元时俗语：总起来说，总而言之。烘，当为哄之误，指欺骗。5. 五眼鸡，即乌眼鸡，好斗的公鸡。岐山鸣凤，指杰出人才。此言所谓岐山鸣凤，不过是普通的好斗公鸡而已。6. 此言号称南阳卧龙的人，也不过是一条两头蛇。7. 三脚猫，无用之物。非，一作飞；传说周文王梦飞熊而遇姜太公于渭水。此言所谓渭水飞熊，也不过是三脚猫而已。三句言时人自大，妄称英雄。

作品赏析：　　藐视当朝权贵，气势可嘉。

A14123 钟嗣成《凌波仙》

菊栽栗里晋渊明[1]，瓜种青门汉邵平[2]，爱月香水影林和靖[3]，忆莼鲈张季鹰[4]：占清高总是虚名。光禄酒扶头醉，大官羊带尾撑，他也过生平[5]！

作者生平： 钟嗣成（约1279—约1360），字继先，号丑斋。古汴（今开封市）人，后居杭州。"以明经累试于有司，数与心违，因杜门养浩然之志。"或考其曾任江浙行省掾史。最大成就为撰写了《录鬼簿》一书，记载金元曲家152人，著录杂剧名目452种，占现存可考元人剧目的百分之八十以上。所写吊宫大用等19位曲家的小令，保存了重要史料。他本人所著杂剧七种，均佚。《全元曲》收其小令59首，套数1。

定格说明： 此为《水仙子》异名，定格同前。

词语注释： 1. 栗里，陶渊明归隐后住处。2. 秦东陵侯邵平入汉后，隐居青门种瓜。3. 月香水影，乃林和靖名句的概括："疏影横斜水清浅，暗香浮动月黄昏。"4. 张季鹰因思莼鲈而归隐。5. 末句写官家奢侈生活。撑，猛吃。此言清高总是虚名，官僚们穷奢极欲，不也照样生活得好好的！

作品赏析： 此曲表面上说清高乃虚名，贪腐者照样生活得好。似赞叹而实为怒骂。

A14124 卢挚《湘妃怨·西湖[1]》四首选一

湖山佳处那些儿[2]，恰到轻寒微雨时。东风懒倦催春事，嗔垂杨袅绿丝[3]。海棠花偷抹胭脂。任吴岫眉间恨，厌钱塘江上词[4]，是个妒色的西施[5]。

作者生平： 卢挚（约1242—1315以后），字处道，一字莘老，号疏斋、嵩翁，涿州（今属河北）人。二十岁左右为元世祖忽必烈侍臣。累迁河南路总管，江东道廉访使，翰林学士承旨等要职。晚年客寓宣城。文学负盛名，擅长古文及古今体诗，散曲与姚燧齐名，世称"姚卢"。常与马致远、珠帘秀等相唱和。《全元曲》收其小令 120 首，残曲 1。内容多寄情山林诗酒与怀古之作，风格与其古奥诗文不同。曲辞活泼自然，蕴藉典雅，对散曲发展有较大影响。朱权将其列入"词林英杰"150 人之中。《新元史》补入《文苑传》。

定格说明：　定格同前。

词语注释：　1. 作者有四首用拟人化手法描写西湖春夏秋冬景色的曲子，此选第一首，写春景。下文并选马致远和作一首，以资对照。2. 儿，为协韵古音念倪。那些儿，那些地方。3. 懒倦，犹言懒洋洋；嗔，此指命令。4. 吴岫，西湖名山吴山的山峰。此言让吴山含愁景色，盖压住钱塘如诗风韵。5. 此言被人们比作西施的西湖喜好与人争艳，于早春极力打扮自己，盖过他人。

作品赏析：　作者用拟人化手法描写西湖春色，鲜美动人。

A14125 马致远《湘妃怨》和卢疏斋《西湖》[1]

春风骄马武陵儿[2]，暖日西湖三月时。管弦触水莺花市[3]。不知音不到此[4]。宜歌宜酒宜诗。山过雨颦眉黛，柳拖烟堆鬓丝[5]。可喜杀睡足的西施[6]。

作者生平：　见 A01001。

定格说明：　同前。

词语注释：　1. 疏斋，卢挚的号。卢挚情况，见前篇。2. 武陵儿，古诗中多用以指贵族子弟。3. 此言在繁华的有莺有花的市集里，管弦之声响彻水面。4. 此言到此者均为懂音乐的人。5. 此言雨过之后，山色有如妇女颦皱眉黛。柳带烟时有如浓厚而且如丝的鬓角。颦，本指皱眉，此有撒娇的意味。6. 此言春宵睡足后醒来的西施见此美景，无比高兴。

作品赏析：　选此与卢挚原作对照，以欣赏同一景物的不同写法及元曲唱和的一般情况。

A14126 张可久《湘妃怨·怀古₁》

秋风远塞皂雕旗₂，明月高台金凤杯₃。红妆肯为苍生计，女妖娆能有几₄？两蛾眉千古光辉。汉和番昭君去，越吞吴西子归，战马空肥₅。

作者生平：　　见 A01004。

定格说明：　　同前。

词语注释：　　1. 作者著有《水仙子》52 首，此又作同曲异名之《湘妃怨》23 首，不省何故。也许二者在音乐上有某种差别。待考。2. 皂雕旗，当时匈奴人的旗帜。此句指昭君和亲的地方。3. 明月高台，指西施与吴王欢乐的地方。金凤杯，言用品之华贵，是否有典，待考。4. 妖娆，美好；此言妖娆美女像她俩这样肯为苍生计的能有几人？5. 此言将军战马空肥，其作用反不如两蛾眉女子。

作品赏析：　　是对爱国妇女的衷心赞美。

A14127 阿鲁威《湘妃怨》

夜来雨横与风狂，断送西园满地香。晓来蜂蝶空游荡，苦难寻红锦妆₁。问东君归计何忙₂？尽叫得鹃声碎₃，却教人空断肠，漫劳动送客垂杨₄。

作者生平：　　阿鲁威（1280？—1350？），字叔重，一作叔仲，字东泉，也称鲁东泉，蒙古人。汉译名又作阿鲁灰（或翚），曾任南剑太守、泉州路总管、翰林侍读学士等职。在职时译《资治通鉴》等书为泰定帝讲说。后挂冠南游，但仍曾卷入冤案，不久冤明，终于杭州。为人能诗善曲，《全元曲》收其小令 19 首。作品朴质豪迈，朱权谓其词"如鹤唳青霄"。

定格说明：　　同前。

词语注释：　　1. 此指如锦绣的花丛。2. 东君，司春之神。3. 此言

174　下编　元曲选注

杜鹃叫得声音破碎、嘶哑。4. 漫，枉自，平白。此言徒徒使得用以送客的垂杨飘荡不已。

作品赏析：　　这是一首典型的惜春词。

A11128 邵元长《湘妃曲·赠钟继先₁》

高山流水少人知₂，几拟黄金铸子期₃。继先贤既解其中意₄，恨相逢何太迟！示佳编古怪新奇₅。想达士无他事₆，录名公半是鬼。叹人生不死何归！

作者生平：　　邵元长，字德善，慈溪（今属浙江）人。与钟嗣成同时且相知，曾为钟之《录鬼簿》作后序。《全元曲》收其小令一首，即此篇。

定格说明：　　此曲句式及牌名均与《湘妃怨》极相似，当即《湘妃怨》之别名，可惜多本均未指出。今将其列于《湘妃怨》之后，并定其为《水仙子》之别名，定格见前。

词语注释：　　1. 继先，钟嗣成的字。2. 此用伯牙和钟子期的故事，言钟嗣成的作品如高山流水，俗人不理解。3. 几拟，几番打算；子期，钟子期，用以代指钟嗣成。此言欲为钟嗣成铸金像。4. 此句一语双关：嗣成字继先，即有继先贤之意。此言钟氏深解继先贤之意。5. 佳编，当指钟的著作《录鬼簿》。6. 达士，贤达之士，此处是对钟的尊称。

作品赏析：　　全是知己间的言语，其中寓多少不平之气！

六儿《全元曲》收9曲牌，23作者，205曲子。今选35首。

《初生月儿》大石调，小令、套曲兼用。《全元曲》小令收1作者，4曲子。今选1首。

A06129 无名氏《初生月儿》凡四首,此选其二

初生月儿一半弯，那一半团圆直恁难₁！雕鞍去后何日还？捱

更阑₂，淹泪眼₃，虚檐外凭损阑干₄。

作者生平：　　见 A01005。

定格说明：　　此曲牌仅四首，归纳为全曲 6 句 34 字，句式与韵脚安排为：7△7△7△3△3△7△。典型平仄格式为：仄仄平平仄仄平△仄仄平平仄仄平△平平仄仄平平△仄平平△平仄仄△平平仄、仄仄平平△。

词语注释：　　1. 恁（ren 任），那样，如此。2. 阑，尽，晚；此言捱到更深夜静时。3. 此言泪水淹没两眼。4. 此言在空荡荡的屋檐外把阑干都凭坏了。

作品赏析：　　直白的思妇之情。

此处应有《江水儿》，但因其为《清江引》之别名，已附于《清江引》之后，故此处从略。

《酒旗儿》越调。小令、套曲兼用。《全元曲》小令收 1 作者，1 曲子。

A06130 乔吉《酒旗儿》陪雅斋万户游仙都洞天₁

千古藏真洞₂，一柱立晴空，石笋参差似太华峰₃，醉入天台梦₄。绿树溪边晚风，碧云不动，粉香吹下芙蓉₅。

作者生平：　　见 A03026。

定格说明：　　各本定格相差甚远，今依乔吉作品归纳为：7 句 38 字，句与韵脚式安排为：5△5△7△5△6△4△6△。典型平仄格式为：仄仄仄平平△仄仄仄平平△平仄仄平平仄△仄仄平平仄△仄仄平平仄△平仄仄△平平仄仄平平△。

词语注释：　　1. 万户，官名，元代世袭军职。雅斋万户，其人待考。2. 此言这是一个从古就隐藏真人的洞穴。3. 太华峰，即华山。4. 天台梦，传说汉代刘、阮二人入天台山采药遇仙。此言带醉进入了有如刘阮当年入天台山时一般的梦境。4. 此言晚风从芙蓉花处吹来粉香。

作品赏析：　　仅说山势险峻优美，只字未提山洞情况，但仙洞显然在此"晴空一柱"的山中，其奇险可知。

《青哥儿》仙吕。亦入商调、双调。小令、套曲兼用。《全元曲》小令收 1 作者，12 曲子。今选 1 曲。

A06131 马致远《青哥儿·正月》

春城春宵无价₁，照星桥火树银花₂。妙舞清歌最是他：翡翠坡前那人家，鳌山下₃。

作者生平：　　见 A01001。

定格说明：　　作者写有 12 首《青哥儿》以咏十二月，归纳为全曲 5 句 29 字，句式与韵脚安排为：6△6△7 7△3△。典型平仄格式为：仄仄平平仄仄△平平仄仄平平△仄仄平平仄仄平△仄仄平平仄仄平△平平仄△。第三句后可有四字增句若干。

词语注释：　　1. 春城，此泛指春天的热闹城市，尤指京城。2. 此暗用苏味道诗："火树银花合，星桥铁锁开。"星桥当为唐时京城禁地，故平时用铁锁锁住，春节、元宵才开放。火树银花，指繁华夜景、耀眼灯光。3. 鳌山，灯节时将众多精彩华灯集中以供欣赏之处，谓之鳌山。此言翡翠坡前那人家里的他（她），最会在鳌山下轻歌曼舞。

作品赏析：　　略。

《青杏儿》又名《青杏子》。小石调。小令、套曲兼用。《全元曲》小令收 1 作者 1 曲子。

A06132 赵秉文《青杏儿》

风雨替花愁，风雨过花也应休。劝君莫惜花前醉₁，今朝花谢,明朝花谢,白了人头。【幺】乘兴两三瓯,拣西山好处追游₂。但教有酒身无事,有花也好,无花也好,选甚春秋!

作者生平： 赵秉文(1159—1232),字周臣,号闲闲老人。滏阳(今河南宝丰县南)人。金大定年间进士,曾事五帝。性好学,工书画诗文。著有《滏水文集》。其《青杏儿》被誉为北曲典范之作。《全元曲》收其小令1首。

定格说明： 全曲5句27字,带31字幺篇,共58字。句式与韵脚安排为：5△7△7○4○4△ + 幺5△7△7○4○4△。典型平仄格式为：仄仄仄平平△平仄仄、仄仄平平△平平仄仄平仄○平平仄仄○仄仄平平△幺篇于篇末另加仄仄平平四字。

词语注释： 1. 莫惜,不惜,即应该。2. 追游,赶紧游览。

作品赏析： 语言明白流畅,但怎得人人有酒无事,尽日追游?

《梧叶儿》又名《知秋令》《碧梧秋》。商调,亦入仙吕。小令套曲兼用。《全元曲》小令收14作者,134曲子。今选17首。

A06133 卢挚《梧叶儿》

平安过,无事居,金紫待何如₁？低檐屋₂,粗布裾₃,黍禾熟,是我平生愿足。

作者生平： 见 A14124。

定格说明： 全曲7句26字,句式与韵脚安排为：3○3△5△3○3▲3△6△。典型平仄格式为：平平仄○仄仄平△仄仄仄平平△平平仄○仄仄平▲平平仄△仄仄平平仄仄△末句多作上三下四之7字句：平仄仄、仄仄平平。

词语注释： 1. 金紫,金印紫袍,均高官器物与服饰；待何如,又怎样。有不屑意。2. 低檐屋,小屋。3. 裾,衣襟或衣袖,此泛指衣服。

作品赏析： 无非是官场不可去,隐逸最安全之意。

A06134 张雨《梧叶儿》赠龟溪医隐唐茂之,二首录一

移家去，市隐闲$_1$，幽事颇相关$_2$。刘商观弈罢，韩康卖药还$_3$。点检绿云鬟$_4$，数不尽龟溪好山。

作者生平：　　见 A05096。

定格说明：　　同前。

词语注释：　　1. 市隐，隐居闹市。然此与曲中情节不合，因唐茂之并非隐于市，而实隐于龟溪群山之间。故此处可能作者用词有误，或市乃逝之同音而误。逝隐且可与移家对称。2. 幽事，隐秘遥远的小事，此言很关心的是隐逸之事。3. 宋《树萱录》记刘商游湘中曾遇仙女。又《述异记》王质入山观童子下棋，归时斧柯已烂。作者将两者混为一事。又汉韩康卖药于长安市，后遁入霸陵山中。此引前人故事以比喻唐茂之的生活。4. 鬟，发髻；点检绿云鬟，指欣赏如发髻一样的青山。

作品赏析：　　自食其力的潇洒隐逸生活。

A06135 张可久《梧叶儿·春日郊行》

长空雁，老树鸦，离思满烟沙$_1$。墨淡淡王维画$_2$，柳疏疏陶令家，春脉脉武陵花$_3$。何处游人驻马？

作者生平：　　见 A01004。

定格说明：　　同前。

词语注释：　　1. 烟沙，可解作轻烟笼罩的沙滩，或如烟绿柳与沙滩。按"雁落平沙"与"老树含烟"为著名景点，故此当解作离思满雁落鸦栖之处。2. 王维，盛唐著名画家，尤擅人物山水。3. 脉脉，此指荏苒，温柔明媚。武陵花，像武陵桃花源一样的桃花。

作品赏析：　　满目美好春光，随处皆可驻马，反而不知马停何处是好。

A06136 张可久《梧叶儿·山阴道中》

丹井长松树₁，青山小洞庭₂，吟啸寄幽情。花外神仙路₃，天边处士星₄，月下醉翁亭₅，听一曲何人玉筝₆？

  作者生平： 见前。
  定格说明： 同前。
  词语注释： 1. 丹井，丹砂井，传说中其水可使人长寿，此即指美好之地。长，应念长短之长，以与下句"小"相对应。2. 洞庭，指太湖之洞庭山，美好风景区。此言青山美如洞庭山。3. 神仙路，指优美道路。4. 处士星，古以某些星辰代表士大夫、处士；此泛指天空明星。5. 醉翁亭，在安徽滁州，因欧阳修《醉翁亭记》而著名。此言月下有美亭。6. 玉筝，指美好筝声。

A06137 张可久《梧叶儿·湖山夜景》

猿啸黄昏后，人行画卷中，萧寺罢疏钟₁。湿翠横千峰₂，清风响万松，寒玉奏孤桐₃，身在秋香月宫。

  作者生平： 见 A01004。
  定格说明： 同前。
  词语注释： 1. 萧寺，萧瑟寂静的寺庙。或云南方寺庙多为梁武帝萧衍时所建，故云。疏钟，稀疏的钟声。2. 此言湿翠的千峰横列于前。3. 此言孤桐在寒风中发出玉石般声音。4. 此言好似处身于充满秋天（桂花）香味的月宫之中。

A06138 张可久《梧叶儿·雪中》

乘兴诗人棹₁，新烹学士茶₂，风味属谁家？瓦甃悬冰箸₃，天风起玉沙₄，海树放银花，愁压拥蓝关去马₅。

  作者生平： 见前。
  定格说明： 同前。
  词语注释： 1. 此言诗人乘兴于雪中划船远游。此暗用晋王子猷雪夜泛舟访戴故事。2. 学士茶，此用党太尉用雪水烹茶故事。二句言乘雪出游、烹茶，是谁家风味？意即有大家风味。3. 甃（zhou 昼），原指井壁，此指瓦槽。4. 此指天风吹起飞雪。5. 此言风雪使在外奔走之人发愁，暗用韩愈遭贬途中诗句："雪拥蓝关马不前。"

作品赏析：　　风流潇洒，景色优美。

A06139 张可久《梧叶儿·有所思》

人何处？草自春，弦索已生尘$_1$。柳线萦离思$_2$，荷衣拭泪痕$_3$，梅屋锁吟魂$_4$，目断吴山暮云$_5$。

作者生平：　　见前。

定格说明：　　同前。

词语注释：　　1. 此言春日伊人不知在何处，琴弦因久废生尘。2. 此言见柳丝而使离思缭绕，柳线似缠绕着离思。盖折柳送行乃我国古人习惯，故见柳便想起别离时境况。3. 荷衣，当指荷花色衣服。4. 梅屋，屋外植有或屋内放置有梅花均可，此泛指闺房。吟魂，吟诗之人，曲中人自指。5. 目断，望断；吴山，当为所思之人去处。

作品赏析：　　因有别离之苦，故无心写诗弹琴，但似无怨恨之心。

A06140 徐再思《梧叶儿·即景》

鸳鸯浦$_1$，鹦鹉洲$_2$，竹叶小渔舟。烟中树，山外楼，水边鸥，扇面儿潇湘暮秋$_3$。

作者生平：　　见 A05074。

定格说明：　　同前。

词语注释：　　1. 鸳鸯浦，有鸳鸯等鸟类的水边。2. 鹦鹉洲，本武汉江中名胜，此泛指有鹦鹉等鸟类之美丽沙洲。3. 此言风景美好似扇面所绘潇湘晚秋景色。

作品赏析：　　的确风景美好如画。

A06141 杨朝英《梧叶儿·客中闻雨》

檐头溜₁，窗外声，直响到天明。滴得人心碎，聒得人梦怎成₁？夜雨好无情，不道我愁人怕听₂。

作者生平：　　见 A05107。

定格说明：　　同前。

词语注释：　　1. 溜，檐前流水。2. 聒（guo 锅），吵闹，聒噪。3. 不道，不知道，不管。

作品赏析：　　虽是大白话，却说出了心有忧愁时夜雨烦人的真切心情。此可与温庭筠《更漏子》之警句对照："梧桐树，三更雨，不道离情正苦。一叶叶，一声声，空阶滴到明！"一典雅，一通俗，倒也相得益彰。

A06142 无名氏《梧叶儿》

观白鹭，看乌鸦，水底摸鱼虾。莺穿柳，蝶恋花，景幽雅，若非云门莫夸₁。

作者生平：　　见 A01005。

定格说明：　　同前。

词语注释：　　1. 云门，山名，在浙江绍兴市南。此言只有云门山才有条件夸耀这般光景。

作品赏析：　　纯用口语，但文从字顺而不粗鲁，第 4、5 句对得工整。

A06143 无名氏《梧叶儿·庐山寺》

瀑布倒银汉₁，诸山捧墨池₂，九江郡一盘棋₃。金额元章字₄，白莲陶令（诗）₅。珠玉谪仙题₆，信天下庐山第一₇。

作者生平：　　见前。

定格说明：　　同前。

词语注释：　　1. 此言瀑布如银河倒挂或倒泻。李白诗句："飞流直下三千尺，疑是银河落九天。" 2. 今湖口县南三十里，相传有陶渊明所凿墨池。按此处应是说诸山环绕庐山寺，如捧墨池，而不一定实指捧陶渊明湖口之墨池。3. 此言下望九江，房舍星罗棋布。4. 元章字，宋书法家米芾（字元章）所题金额字迹。5. 释慧远所结白莲社曾想得陶渊4诗而未果。此处原稿缺一字，酌补"诗"字。6. 此句即指李白诗《望庐山瀑布》。7. 信，的确。

作品赏析： 略。

A06144 无名氏《梧叶儿·虎丘寺》

塔影佛留像$_1$，山形虎踞威$_2$，云锦树高低$_3$。幽鸟鸣僧舍，寒藤锁剑池$_4$，游客看山回。花上雨菩提净水$_5$。

作者生平： 见前。

定格说明： 同前。

词语注释： 1. 此言从塔影中可以窥见佛像，或从塔影想起佛像。2. 踞，蹲下、坐着。3. 此言高低树丛有如云锦。4. 寒藤，经冬不死的老藤。5. 此言花上雨水显得很宝贵。不知是否有人因迷信采虎丘雨水为圣水。

作品赏析： 写出了虎丘风景特色。

A06145 关汉卿《梧叶儿·别情》

别离易，相见难$_1$，何处锁雕鞍？春去也，人未还。这其间，殃及杀愁眉泪眼$_2$。

作者生平： 见 A03014。

定格说明： 同前。

词语注释： 1. 此暗用李商隐无题诗："相见时难别亦难"，略反其意。2. 此言最遭殃的，要算愁眉泪眼了。说眼即是说人。

作品赏析： 略。

A06146 乔吉《梧叶儿·出金陵₁》

尘暗埋金地₂，云寒树玉宫₃，归去也老仙翁₄。东北朝宗水₅，西南解愠风₆，船急似飞龙。到铁瓮城边喜落篷₇。

作者生平：　　见 A03026。

定格说明：　　同前。

词语注释：　　1. 此为作者离开南京、赴镇江时所作。2. 埋金地，指金陵；含义待考。也许是从字面上解释金陵：黄金之陵，故称埋金地。3. 此言寒云下树立着美好宫殿。4. 老仙翁，作者自谓。5. 朝宗水，朝海流的水。我国河水多向东流。6. 解愠，解除烦恼。《南风歌》："南风之薰兮，可以解吾民之愠兮。" 7. 铁瓮城，在镇江，相传为孙权所建。

作品赏析：　　略。

A06147 吴仁卿《梧叶儿》

花前约，月下期，欢笑忽分离。相思害₁，憔悴死，诉与谁？只有天知地知。

作者生平：　　见 A03018。

定格说明：　　同前。

词语注释：　　1. 害，病；或倒过来讲，害相思。

作品赏析：　　略。

A06148 吴仁卿《梧叶儿·湖上》

舟中句₁，湖上景，芳酒泛金橙₂。云初退，月正明，雪初晴，几树梅花弄影₃。

作者生平：　　见前。

定格说明：　　同前。

词语注释：　　1. 此指在舟中吟诗。2. 金橙，用鲜橙皮作的酒杯，当时文人的一种作乐方式。3. 弄影，花影随风摆动。张先《天仙子》:"云破月来花弄影。"

作品赏析：　　湖上美妙夜景，有闲文人雅兴。

A06149 赵善庆《梧叶儿·隐居》

绝荣辱，无是非₁，忘世亦忘机₂。藏鸳渚₃，浮雁溪，钓鱼矶，稳当似麒麟画里₄。

作者生平：　　见 A05081。

定格说明：　　同前。

词语注释：　　1. 无是非，此言无心计较是非。2. 忘机，不用心机。3. 应读作"藏鸳之渚"，下三句均为归隐处之种种场所。4. 此言隐居生活，跟立功使图像挂在麒麟阁的生涯一样稳妥，此当有更加稳妥意。

作品赏析：　　略。

《一半儿》与《忆王孙》《画娥眉》《柳外楼》定格基本相同，仙吕。小令、套曲兼用。《全元曲》小令收 10 作者，41 曲子。今选 11 首。

A06150 王和卿《一半儿·题情₁》

书来和泪怕开缄₂，又不归来空再三₃，这样病儿谁惯耽₄？越恁瘦岩岩，一半儿增添一半儿减₅。

作者生平：　　王和卿，大名（今属河北）人，生卒年不详。为人滑稽多智，甚为知名。与关汉卿等有往来，常互相戏谑并屡获胜。世祖中统初（约当1262年前后）燕市有一特大蝴蝶，和卿因赋大蝴蝶而声名更加显著。朱权将其列为"词林英杰"150人之一。《全元曲》收其小令21，套曲2，残曲1。

定格说明：　　全曲5句33字，句式与韵脚安排为：7△7△7△3△9△。典型平仄格式为：平平仄仄仄平平△仄仄平平仄仄

平△仄仄平平仄仄平△仄平平△一半儿平平一半儿仄△。本曲牌特点为末句九字必须为两个"一半儿"其后加两个有某种对应关系的事务，如所选作品的样式。

词语注释：　　1. 元曲多有以"题情"为标题者，字意即抒发某种感情。2. 缄，封口。此言含泪害怕把书信拆开。3. 此言来信再三说空话。4. 耽，承受。5. 此言疾病时增时减。

作品赏析：　　描写男子爽约，女子相思之苦，甚为真切。

A06151 王和卿《一半儿·题情》

别来宽褪缕金衣₁，粉悴烟憔减玉肌₂，泪点儿只除衫袖知：盼佳期，一半儿才干一半儿湿。

作者生平：　　见前。

定格说明：　　同前。

词语注释：　　1. 褪（tun 吞去），卸下；此言因宽松而卸下。缕金衣，饰有金线的华丽衣服。2. 犹言憔悴。细言之，粉指脂粉，烟似指眉黛。

作品赏析：　　略。

A06152 胡祗遹《一半儿·四景》秋

荷盘减翠菊花黄，枫叶飘红梧干苍，鸳被不禁昨夜凉₁。酿秋光₂，一半儿西风一半儿霜。

作者生平：　　胡祗遹（1227—1293），字绍开，号紫山。磁州武安（今属河北）人，曾辟为员外郎，后授应奉翰林文字，兼太常博士，河东山西道提刑按察副使、荆湖北道宣慰副使等职，治绩显著。以疾辞归，卒赠礼部尚书，谥文靖，《元史》有传。著有《紫山大全集》，今存 26 卷本。《全元曲》收其小令 10 首。朱权谓其词"如秋潭孤月"。

定格说明：　　同前。

词语注释：　　1. 鸳被，鸳鸯被，双人被。不禁，受不了。2. 酿，此指形成。此言风霜形成秋天色彩。

作者赏析： 略。

A06153 张可久《一半儿·秋日宫词》

花边娇月静妆楼₁，叶底沧波冷翠沟₂，池上好风闲御舟₃。可怜秋，一半儿芙蓉一半儿柳。

作者生平： 见 A01004。

定格说明： 同前。

词语注释： 1. 据考证此曲以金章宗李妃之妆楼为背景。此言花边明月使妆楼显得寂静。2. 沧波，苍凉的水波。3. 闲御舟，有暗示此宫人失宠意。

作品赏析： 失宠宫人觉得秋色分外凄凉。

A06154 张可久《一半儿·情》

数层秋树隔雕檐，万朵暗云拥玉蟾₁，几缕夜香穿绣帘。等潜潜₂，一半儿开门一半儿掩。

作者生平： 见前。

定格说明： 同前。

词语注释： 1. 玉蟾，月亮（传说月中有蟾蜍）。2. 即潜潜等，悄悄等。

作品赏析： 生动地把握住了约会人的心理。

A06155 张可久《一半儿》苍崖禅师退隐

柳梢香露点荷衣₁，树杪斜阳明翠微₂，竹外浅沙涵钓矶₃。乐忘归，一半儿青山一半儿水。

作者生平： 见前。

定格说明： 同前。

词语注释： 1. 此言树梢香露滴在荷叶上，也可以理解为滴在隐者的衣上，因为隐者是"芰服荷衣"。2. 杪（miao 秒），树梢。翠微，青翠的山腰。3. 涵，包围，环绕。钓矶，垂钓的矶石。

作品赏析：　的确是大好归隐处。

A06156 徐再思《一半儿·病酒》

昨宵中酒懒扶头₁，今日看花惟袖手₂，害酒愁花人问羞。病根由：一半儿因花一半儿酒₃。

作者生平：　见 A05074。
定格说明：　同前。
词语注释：　1. 此言连头都懒得抬起。2. 袖手，表示无精打采，懒洋洋地，无心攀摘。3. 曲中花字一语双关。
作品赏析：　略。

A06157 查德卿《一半儿·春困》

琐窗人静日初曛₁，宝鼎香消火尚温₂，斜倚绣床深闭门。眼昏昏，一半儿微开一半儿盹₃。

作者生平：　查德卿，生平不详，明李开先评元人散曲时，曾将其列于张可久、乔吉等之后，可见其有相当名气。作品风格典雅，多吊古、抒情、伤别、咏美之类。《全元曲》收其小令22首。
定格说明：　同前。
词语注释：　1. 琐窗，有连锁图案的窗子。曛，黄昏。2. 宝鼎，香炉。3. 微开，眼微睁；盹（dun 敦上），打盹儿，打瞌睡。
作品赏析：　倚床盼望，人虽困而又难以入睡。

A06158 宋方壶《一半儿·无题》

别时容易见时难₁，玉减香消衣带宽₂。夜深绣户犹未拴₃，待他还，一半儿微开一半儿关。

作者生平：　　见 A04060。
定格说明：　　同前。
词语注释：　　1. 此借用李商隐名句。2. 玉，此指肌肤。3. 拴，闩门，用门闩把门关上。
作品赏析：　　相思心切。

A06159 无名氏《一半儿》

南楼昨夜雁声悲，良夜迢迢玉漏迟₁，苍梧树底叶成堆：被风吹，一半儿沾泥一半儿飞。

作者生平：　　见 A01005。
定格说明：　　同前。
词语注释：　　1. 迢迢，本指遥远，此指漫长。良夜，深夜。又良恐为凉之误，盖悲秋难熬之夜，不宜称良宵。玉漏，玉制滴漏计时器。
作品赏析：　　一派凄凉秋色。

A06160 周文质《一半儿》

写愁词赋自伤悲₁，传恨琵琶人共知₂。司马哭痛如商妇泣₃，泪沾衣，一半儿才干一半儿湿。

作者生平：　　见 A03042。
定格说明：　　同前。
词语注释：　　1. 全曲咏白居易写《琵琶行》的故事。此言白居易用诗写愁实质上是为自己伤悲。2. 此言此妇用琵琶、白居易用《琵琶行》传恨，乃人所共知。3. 司马，指白居易，时被贬为江都司马；商妇，指此"老大嫁作商人妇"之琵琶女。如，当作"而"讲。
作品赏析：　　概括得十分得体。

《皂旗儿》又名《酒旗儿》，亦入商调，与越调《酒旗儿》异。双调，小令、套曲兼用。《全元曲》小令收 1 曲牌，1 作者，1 曲子。

A06161 无名氏《皂旗儿》

炕暖窗明草舍低₁，谁及₂？周公枕上梦初回₃。呀，直睡到上三竿红日₄！

作者生平：　见 A01005。

定格说明：　只此一曲，归纳为：4 句 23 字，句式与韵脚安排为：7△2△7△7△。典型平仄格式为：仄仄平平仄仄平△平仄△平平仄仄仄平平△平仄仄、平平仄仄△。一字句"呀"多不计算在内。

词语注释：　1. 炕，火炕，北方人用的暖床。2. 此言美极了无人可比。3.《论语·述而》孔子说："久矣，吾不复梦见周公！"后因说做梦为会周公。此言枕上做梦刚醒。4. 日上三竿，表示红日已高高升起。

作品赏析：　归隐不等于饱食暖衣，无所作为。

《枳郎儿》双调，小令、套曲兼用。《全元曲》小令收 1 曲牌，1 作者，1 曲子。

A06162 柴野愚《枳郎儿》

访仙家，访仙家远远入烟霞，汲水新烹阳羡茶₁。瑶琴弹罢，看满园金粉落松花₂。

作者生平：　见 A05092。

定格说明：　只此一曲，归纳为：全曲 5 句 28 字，句式与韵脚安排为：3△7△7△4△7△，典型平仄格式为：仄平平△平平仄仄仄平平△仄仄平平仄仄平△平平仄仄△平平仄仄仄平平△。

词语注释：　1. 汲水，取水，特指从井中取水。阳羡，古县名，在今江苏宜兴南,产名茶。2. 指满园金粉似的松花,或金色花粉有如落下的松花,待考。

作品赏析:　　略。

七齐《全元曲》收1曲牌,1作者,1曲子。

《袄神急》双调,小令、套曲兼用。《全元曲》小令收1曲牌,1作者,1曲子。

A07163 无名氏《袄神急》

珠帘闲玉钩[1],宝篆冷金兽[2]。银筝锦瑟,生疏了弦上手[3]。恩情如纸叶薄,人比花枝瘦[4]。雕鞍去,眉黛愁。数归期三月三,不觉的又过了中秋。

作者生平:　　见 A01005。

定格说明:　　只此一曲,归纳为10句43字,句式与韵脚安排为:5△5△405△505△303△504△。典型平仄格式为:平平仄仄平△仄仄仄平平△平平仄仄○平平平仄仄△平平仄仄○仄仄平平仄△平平仄○仄仄平△平平仄仄平○仄仄平平△。

词语注释:　　1. 此言无心卷帘,以致玉钩闲挂。2. 宝篆,名贵的盘香。金兽,金属兽形香炉。冷金兽,炉中香熄。3. 此言情人离去后,久已无心弹筝鼓琴,指法生疏。4. 参阅李清照词《醉花阴》:"人比黄花瘦"。

作品赏析:　　语言错落有致,虽情怀哀怨而又不忍疾恨与诅咒。

八微《全元曲》收3曲牌,6作者,13曲子。今选5首。

《醉扶归》仙吕,亦入越调、双调。小令、套曲兼用。《全元曲》小令收5作者,10曲子,今选4首。

A08164 吕止庵《醉扶归·讪意₁》

有意同成就，无意大家休。几度相思几度愁，风月虚遥授₂。你若肯时肯不肯时罢手，休把人空拖逗₃。

作者生平：　见 A01009。

定格说明：　全曲6句33字，句式与韵脚安排为：5▲5△7△5△6△5△。典型平仄格式为：仄仄平平仄▲仄仄仄平平△仄仄平平仄仄平△仄仄平平仄△仄仄平平仄仄△仄仄平平仄△。第5句或折腰。

词语注释：　1. 讪意，抱怨的意思。2. 此言从远方空许一些风月之情。3. 拖逗，拖延并逗引。

作品赏析：　语言干脆，不肯再上当。

A08165 无名氏《醉扶归》

一点芳心碎，两叶翠眉低₁，薄幸檀郎尚未归₂，应是平康醉₃。不来也奴更候些，直等烛灭香消睡₄。

作者生平：　见 A01005。

定格说明：　同前。

词语注释：　1. 翠眉，青绿色眉毛。眉低，因失望而双目下垂。2. 薄幸，亦作薄倖，指薄情，多用于男女感情方面。檀郎，美男子，多指情人。3. 平康，唐长安有平康里，妓女聚居处；此泛指红灯区。4. 此言等到烛灭香消然后睡去。

作品赏析：　略。

A08166 无名氏《醉扶归》

锦瑟香尘昧₁，朱户绣帘垂，宝鉴从他落燕泥₂，陡恁慵梳洗₃。欲觅个团圆好梦，欹枕也难成寐₄。

作者生平：　见 A01005。

定格说明：　同前。

词语注释：　　1. 此言锦瑟被香闺灰尘所弄脏。2. 宝鉴，珍贵的青铜镜。从他，任它；燕泥，燕子在室内营巢所落下的泥土。3. 陡恁，突然如此；慵，懒得。4. 敧（yi 衣），倚，靠着。寐，入睡。

作品赏析：　　深为相思所苦，然并无抱怨之声。

A08167 关汉卿《醉扶归·秃指甲₁》

十指如枯笋，和袖捧金樽，搊杀银筝字不真₂，揉痒天生钝₃。纵有相思泪痕，索把拳头揾₄。

作者生平：　　见 A03014。

定格说明：　　同前。

词语注释：　　1. 秃指甲，病情不详，可能是"灰指甲"。2. 搊（chou 抽），用手指弹拨弦乐器。搊杀银筝，把银筝都弹坏了。3. 揉痒，搔痒；钝，笨拙，不利索。4. 索，索性，干脆。揾，揩拭。

作品赏析：　　元曲中有不少嘲笑他人生理缺陷如秃头、矮子、黑痣等的作品，既没有趣味，也显得缺乏同情心，并无可取之处，选此以示一例。

《锦橙梅》仙吕。小令、套曲兼用。《全元曲》小令收 2 作者，2 曲子。今选 1 首。

A08168 张可久《锦橙梅》

红馥馥的脸衬霞₁，黑髭髭的鬓堆鸦₂，料应他，必是个中人₃，打扮的堪描画。颤巍巍的插着翠花，宽绰绰的穿着轻纱，兀的不风韵煞人也嗏₄。是谁家？我不住了偷眼儿抹₅。

作者生平：　　见 A01004。

定格说明：　　仅两首，归纳为：全曲句 9 句 52 字，句式与韵脚安排为：6△6△3△5▲6̲△6̲△6̲△3△6̲△。典型平仄格式为：

平平仄仄仄平△平仄仄仄平平△仄平平△仄仄仄平平▲平仄仄、仄平平△仄平平、仄平平△平仄仄、仄平平△仄平平△平仄仄、平平仄△。

词语注释：　　1. 红馥馥句，犹言红彤彤的脸像霞光一样美，或与霞光相映衬。2. 髭（zī资）髭，本指胡须很多，此指黑发很多。鬓堆鸦，两边鬓毛像乌鸦一样黑。3. 料应他，料想他应该是个中人，某种圈子里的人，此指艺妓之类。4. 兀的不，这样好不；喋，语助词，犹言"吗"。5. 偷眼抹，口语，指偷眼瞧。

作品赏析：　　见美人便丧魂失魄，失之轻佻。但本曲牌只有两首作品，另首更次，故选以备一格。

《鱼游春水》双调。小令、套曲兼用。《全元曲》小令收1作者，1曲子。

A08169 无名氏《鱼游春水·闺怨》

角门儿关$_1$，夜香残，空着人直等到更阑。他今夜不来呵咱身上慢$_2$，闪的我孤单。孤单不曾惯，鲛绡泪不干$_4$。

作者生平：　　见A01005。

定格说明：　　散曲只此一首，归纳为：7句35字，句式与韵脚安排为：3△3△7△7△5△5△5△。典型平仄格式为：仄平平△仄平平△平平仄仄仄平平△仄仄平平平仄仄△仄仄仄平平△平平平仄仄△平平仄仄平△。

词语注释：　　1. 角门，侧门，角落上的旁门。2. 慢，费解，大约指慢症，不舒服。3. 闪，震动、抛弃。4. 鲛绡，传说中鲛人（人鱼）的丝织品，诗词中泛指手绢。

作品赏析：　　略。

九开《全元曲》收3曲牌，16作者，104曲子。今选22首。

《春从天上来》仙吕，小令、套曲兼用。《全元曲》小令收1作者，1曲子。

A09170 王伯成《春从天上来·闺怨》

巡官算我₁，道我命运乖，教奴镇日无精彩₂。为想佳期不敢傍妆台，又恐怕爹娘做猜：把容颜只恁改₃。漏永更长，不由人泪满腮。他情是歹，咱心且捱，终须也要还满了相思债₄。

作者生平：　王伯成，涿州（今属河北）人，生卒年不详。世祖至元前后在世。有才华，与马致远、张仁卿等相友善。著有杂剧三种，仅存《李太白贬夜郎》，另有《天宝遗事》诸宫调，今有残稿。《全元曲》收其小令2首，散套3。朱权评其词"如红鸳戏波"。

定格说明：　只此一曲，归纳为：全曲11句，61字，句式与韵脚安排为：4○5△7△7△7△6△4○6△4△4△7△。典型平仄格式为：平平仄仄○仄仄仄平平△平平仄仄平平仄△仄仄平平仄平平△仄仄平、平平仄仄△平平仄、平平仄仄△仄仄平平○仄平平、仄仄平△平平仄仄△平平仄仄△平仄仄平平仄。

词语注释：　1. 巡官，此指到处巡行卖占卜的人。2. 镇日，整日。无精彩，无精打采，无精神。3. 此言怕梳妆后引起爹娘猜疑：为什么容颜会有这样的改变？4. 此言如果他安了坏心，我还是要等待，要还满相思债。

作品赏析：　少女天真纯情，虽遇疑难，痴心不改。

《喜春来》又名《喜春风》《春风儿》《阳春曲》。中吕，亦入正宫。小令、套曲兼用。《全元曲》小令收14作者，99曲子。今选21首。

A09171 元好问《喜春来·春宴》

梅残玉靥香犹在₁，柳破金梢眼未开₂，东风和气满楼台。桃杏折[3]，宜唱《喜春来》。

作者生平：　见 A03043。

定格说明：　全曲 5 句 29 字，句式与韵脚安排为：7▲7△7△3△5△，典型平仄格式为：平平仄仄平平仄▲仄仄平平仄仄平△平平仄仄仄平平△仄仄平△仄仄仄平平△。人们在使用此一曲牌时，多用以咏春景，并以《喜春来》作结尾。

词语注释：　1. 靥（ye 叶），脸上酒窝，此指梅花花瓣。此言梅花白玉似的花瓣虽残但香气还在。2. 春天柳枝嫩芽呈金黄色。眼未开，柳芽还未张开。此初春景象。3. 桃杏折，折疑作拆，花苞裂开之意。正是唱《喜春来》的好时候。

作品赏析：　春意盎然，不歌何待。

A09172 伯颜《喜春来》

金鱼玉带罗襕扣[1]，皂盖朱幡列五侯[2]，山河判断在俺笔尖头[3]。得意秋，分破帝王忧[4]。

作者生平：　伯颜（1237—1295），蒙古族人，姓八邻氏。长于西域，世祖至元初奉使入朝，受赏识。拜中书左丞相，升同知枢密院事。统兵伐宋，曾出镇和林，数平诸王叛乱。成宗朝加太傅、录军国重事。卒赠太师、开府仪同三司。追封淮安王，谥忠武。《元史》有传。有文才，能诗曲。《全元曲》收其小令一首。

定格说明：　同前。

词语注释：　1. 襕（lan 阑），上衣下裳相连的衣服。全句均指高官服饰。2. 幡，旗帜。全句指乘高官车辆，有权势的诸侯。3. 此言国家大事由自己笔下决断。4. 分破，分开，分解，即分担之意。

作品赏析：　好一派军国重臣口吻。或以为此曲乃姚燧所作，然此与姚身份经历不符。

A09173 卢挚《喜春来》陵阳客舍偶书

梅擎残雪芳心耐，柳倚东风望眼开₁，温柔樽俎小楼台₂。红袖客₃，低唱《喜春来》。

作者生平：　见 A14124。

定格说明：　同前。

词语注释：　1. 这两句巧妙地使用了拟人化手法：梅擎残雪时，花心似在耐心地忍受，柳芽眼望东风等待开放。2. 樽俎，酒杯和菜肴。3. 此指作者自己。

作品赏析：　拟人化手段用得好，初春景象跃然纸上，自然有浅斟低唱情怀。

A09174 卢挚《喜春来》

春云巧似山翁帽₁，古柳横为独木桥，风微尘软落红飘。沙岸好，草色上罗袍。

作者生平：　见前。

定格说明：　同前。

词语注释：　1. 山翁，山的拟人化，此言春云好似给山戴上帽子。

作品赏析：　山水花草都有特色。

A09175 张养浩《喜春来·赠廉能₁》

路逢饿殍₂须亲问，道遇流民必细询，满城都道好官人。还自哂，只落的白发满头新。

作者生平：　见 A01006。

定格说明：　同前。

词语注释：　1. 廉能，待考，可能为作者当时同事。2. 殍（piao 漂上），死人，尤指饿死者。

作品赏析：　当时关中大旱，作者奉命救灾。忠君爱民之心可嘉。

A09176 张养浩《喜春来》

乡村良善全生命₁，廛市凶顽破胆心₂。满城都道好官人。还自哂，未戮乱朝臣。

  作者生平： 见前。

  定格说明： 同前。

  词语注释： 1. 此言官府保全了乡村善良人民的生命。2. 廛（chan 缠），市民住房。廛市即城市、市镇。破胆心，胆破心惊。

  作品赏析： 作者乃少见的真正忧国忧民之良臣。

A09177 张可久《喜春来·永康驿中》

荷盘敲雨珠千颗₁，山背披云玉一蓑₂，半篇诗景费吟哦₃。芳草坡，松外采茶歌。

  作者生平： 见 A01004。

  定格说明： 同前。

  词语注释： 1. 雨敲荷叶水点如珍珠。2. 此言山背披云，好似一件玉蓑衣。3. 此言想写一点诗篇，却为捕捉意境而吟哦（哼哼）了很久。

  作品赏析： 真是一片美好景致，颇难用诗篇描写。

A09178 无名氏《喜春来·秋夜》

笔头风月时时过₁，眼底儿曹渐渐多₂。有人问我事如何？人海阔，无日不风波。

  作者生平： 见 A01005。

  定格说明： 同前。

  词语注释： 1. 此言自己笔头不断书写过往风月。2. 儿曹，后辈。此言后辈兴起，风波不断。

  作品赏析： 说明某种必然世态。以下几首都是写某种生活态度的诗。

A09179 无名氏《喜春来·秋夜》

江山不老天如醉$_1$，桃李无言春又归，人生七十古来稀$_2$。图甚的？樽有酒且舒眉。

  作者生平： 见前。
  定格说明： 同前。
  词语注释： 1. 此言老天昏昏然不管人事。2. 此杜甫名句，已成俗语。
  作品赏析： 尽情享受生活合理，但不可无所作为。

A09180 无名氏《喜春来》

推回尘世光阴磨$_1$，织老愁机日月梭$_2$，得婆娑处且婆娑$_3$。休笑我，樽有酒且高歌。

  作者生平： 见前。
  定格说明： 同前。
  词语注释： 1. 推回，推转；此言尘世光阴流失，如磨之不断推转。2. 此言日月像两把梭子在使人发愁的织机上把人织老。二句比喻很形象。3. 婆娑，舞动貌。
  作品赏析： 比喻生动。

A09181 无名氏《喜春来·遣怀》

芝兰满种功难就，荆棘都除力未周$_1$。百年心事两眉头$_2$。除是酒，消尽古今愁。

  作者生平： 见前。
  定格说明： 同前。
  词语注释： 1. 芝兰，指君子；荆棘，指小人。这是我国诗词歌特有传统。2. 百年心事，指满种芝兰与尽除荆棘。两眉头，即为此紧锁双眉之意。

作品赏析：　　好一片仁者之心，此千古哲人嗜酒根源。

A09182 无名氏《喜春来·田家》

水光山色堪图画，野鸭河豚味正佳，竹篱茅舍两三家。新酒压₁，客至捕鱼虾。

作者生平：　　见前。
定格说明：　　同前。
词语注释：　　1. 压，积攒下来，以便待客。
作品赏析：　　难得的美好田园生活。

A09183 曾瑞《喜春来·秋夜闺思》

凄惶泪湿鸳鸯枕₁，惨淡香消翡翠衾，恼人休自怅蛩吟₂。惊夜寝，邻院寒砧声₃。

作者生平：　　曾瑞，字瑞卿，家世平州（今河北卢龙）人，一说大兴（今属北京）人。因喜浙江人才景物之盛，徙居钱塘（今杭州）。不愿出仕。神采卓异，优游市井，潇洒如神仙中人。因号"褐夫"，斋名"孤竹"。江淮之达者，岁时馈送不绝，得以善终。卒后吊者以千数。善丹青。著有杂剧《才子佳人误元宵》及散曲集《诗酒余音》，均佚。《全元曲》收其小令95首，散套17套。朱权将其列为"词林英杰"150人之一，但误将曾褐夫视为另一人。
定格说明：　　同前。
词语注释：　　1. 凄惶，凄凉惶恐。2. 此言本来已够烦恼，不必因为听见蟋蟀鸣叫而惆怅。3. 此言邻院寒夜的捣衣砧声，把人从夜寝中惊醒。
作品赏析：　　本来已十分愁苦，虽想不去理睬蛩声、砧声，却又不能做到。

A09184 曾瑞《喜春来·江村即事》

女儿收网临江哆₁，稚子垂钓靠岸沙，笛声惊雁出蒹葭₂，清淡煞！衰柳缆鱼槎₃。

作者生平：　　见前。

定格说明：　　同前。

词语注释：　　1. 哆（chi 侈），张口貌，此作名词，指江口。哆口语或念 cha，也有可能是首句不入韵。2. 蒹葭，芦苇之类。3. 缆，用缆绳系住。鱼槎（cha 查），同楂，捕鱼的筏子。此言用缆绳把鱼槎系在衰柳上。

作品赏析：　　真个清淡极了。

A11185 王和卿《阳春曲·题情》

情粘骨髓难揩洗，病在膏肓怎疗治₁？相思何日会佳期？我共你，相见一般医₂。

作者生平：　　见 A06150。

定格说明：　　即《喜春来》之异名，定格同前。

词语注释：　　1. 膏肓，人体心与鬲之间的部位，古医学认为是药力所不能及的地方。事见《左传·成公十年》，后世因以"病入膏肓"指极难治的疾病。2. 共，和、与；此言我和你，只要能相见，彼此的病就同样都医治好了。

作品赏析：　　极写男女相思之切。

A11186 胡祗遹《阳春曲·春思》二首录一

残花酝酿蜂儿蜜₁，细雨调和燕子泥，绿窗春睡觉来迟。谁唤起？窗外晓莺啼₂。

作者生平：　　见 A06143。

定格说明：　　同前。

词语注释：　　1. 残花，有示晚春意。2. 此处暗用唐金昌绪诗：

"打起黄莺儿，莫教枝上啼。啼时惊妾梦，不得到辽西。"

作品赏析：　　确是一幅引发春困的景色。

A11187 姚燧《阳春曲》

墨磨北海乌龙角₁，笔蘸南山紫兔毫₂，花笺铺展砚台高₃。诗气豪，凭换紫罗袍₄！

作者生平：　　见 A03016。

定格说明：　　同前。

词语注释：　　1. 乌龙角，当时名墨。2. 蘸（zhan 沾），意近沾。紫兔毫，名笔。3. 花笺，精美纸张；砚台高，此指砚台很有气魄、价值。4. 凭换，靠诗文换得。紫罗袍，此指很高的名誉地位。

作品赏析：　　好一派以胸中学问换取身价的豪气，且与作者在学术上的成就相符；但终于难逃"书中自有黄金屋"之讥。

A11188 薛昂夫《阳春曲·隐居漫兴》

坐听西掖钟声动，睡起东窗日影红₁，山林朝市两无穷₂。一梦中，樽有酒且从容₃。

作者生平：　　见 A05086。

定格说明：　　同前。

词语注释：　　1. 掖，掖庭，此指皇宫、官府。两句分别代表不同的生活方式：前句指端坐办理公事，后句指退隐后优闲高卧。2. 朝市，此指官场。此言两种生活都给予自己无穷的思虑。3. 此言一切如梦，且趁樽中有酒，从容过活吧。

作品赏析：　　作者进退生活都很顺利，所以才能抛开一切，安度晚年。但愿人人皆能如此。

A11189 周德清《阳春曲·秋思》

千山落叶岩岩瘦₁，百结柔肠寸寸愁₂，有人独倚晚妆楼。楼外柳，眉叶不禁秋₃。

作者生平： 见 A04048。

定格说明： 同前。

词语注释： 1. 岩岩瘦，即瘦岩岩，此言叶落后的千山，宛如瘦骨嶙峋的人体。2. 古人常以"肠结""肠转"表示忧愁；百结犹言忧愁至极。3. 眉叶，指柳叶，中国诗人一向以为"芙蓉如面柳如眉"。此指柳叶而实指倚楼人。不禁，不能自持，不能忍受。

作品赏析： 用词贴切、优美，感情含蓄。

A11190 李德载《阳春曲·赠茶肆》十首录一

黄金碾畔香尘细₁，碧玉瓯中白雪飞₂，扫腥破闷和脾胃₃。风韵美，唤醒睡希夷₄。

作者生平： 李德载，生平不详。《全元曲》收其"赠茶肆"小令10首，较系统地记述了我国古代制茶、烹茶和饮茶的情况以及饮茶的功用。朱权将其列入"词林英杰"150人之中。

定格说明： 同前。

词语注释： 1. 黄金碾，金属制成的碾碎茶叶的工具。香尘，指茶叶粉末。用茶粉冲饮，是当时饮茶方式之一。2. 白雪，指茶叶粉冲泡后的白色泡沫。3. 此句说饮茶的功用、好处。4. 希夷，陈抟的号。陈抟为传说中最嗜睡的人。此言茶能把他唤醒。

作品赏析： 具体地介绍了古人饮茶的情况，如实地陈说了饮茶的功用。

A11191 白朴《阳春曲·知几₁》四首录一

不因酒困因诗困，常被吟魂恼醉魂₂，四时风月一闲身。无用人，诗酒乐天真₃。

作者生平： 见 A01003。

定格说明： 同前。

词语注释： 1. 几，机；知机，有远见卓识，能看清事物的先机。2. 二句是说作者既爱酒，更爱诗。3. 此言自己所有者只是四时风月和闲散自由的身躯。4. 此是反语，实际上是说自己是与世无争的无为之人，但凭诗酒以享受天真的乐趣。

作品赏析： 作者有知几曲四首，都是说怎样看透事理与人情，以便远害全身。读后使人有浮游尘埃之外的感受。

《香罗带》南吕。小令、套曲兼用。《全元曲》小令收 1 作者，4 曲子。今选 1 首。

A09192 景元启《香罗带·四季题情》冬

朔风太凛冽₁，银河冻结₂。红炉暖阁欢宴也，翻来覆去睡不着也。便有锦帐重重，绣被叠叠，则是睡不着也没话说。那更睡不着₃，把好梦成吴越₄。

作者生平： 景元启，景一作杲、栗，疑因形近而误。生平事迹无可考。散曲多写男女情事及隐居生活。《全元曲》收其小令 15 首，套曲 1。朱权将其列为"词林英杰"150 人之一。

定格说明： 本曲牌仅此四首，归纳为 9 句 48 字，句式与韵脚安排为：5△4△7△6△4△4△7△5○6△。典型平仄格式为：平平平仄仄△平平仄仄△平平仄仄平平仄△平平仄仄平平△仄仄平平○仄仄平平△仄仄平平仄仄△平平平仄○平仄仄、仄平平△。

词语注释： 1. 朔风，北风；凛冽，刺骨寒冷。2. 银河，此泛指冻结的白色河流。3. 那更二字费解，连上文当有"岂止"意。改作"深更"也许较顺畅。4. 吴越，指对立状态，用在此地，欠妥。可勉强解释为：想做好梦，结果却适得其反。

作品赏析： 没有说明睡不着原因，类似无病呻吟。

十模《全元曲》收 5 曲牌，11 作者，71 曲子。今选 16 首。

《玉抱肚》商调，亦入双调。仅用于小令。《全元曲》小令收 1 作者，1 曲子。

A10193 无名氏《玉抱肚》

休来这里闲嗑₁，俺奶奶知道骂我₂，逞什么娄罗₃？当初有个郑元和，早收心休恋我₄！

作者生平： 见 A01005。

定格说明： 只此一曲，归纳为：5 句 29 字，句式与韵脚安排为：4△ 7 5△ 7 6△。典型平仄格式为：平平平仄△平仄仄、平平仄仄△仄仄仄平平△平仄仄仄平平△仄平平、平仄仄△。《元曲鉴赏辞典》作"幺篇换头"14 句：476676＋33344444。不知何所本。

词语注释： 1. 嗑（ke 科），说话；闲嗑，闲聊天。2. 奶奶，此指老鸨。3. 此言逞什么豪强。4. 郑元和，小说、杂剧中人物，因爱妓女李娃，吃尽苦头，终得团圆。此处有省略或苟简，言昔日郑元和因迷恋妓女，吃尽苦头，你早收心吧，免得受苦。

作品赏析： 此曲叙说妓女劝穷酸小伙收心，免吃苦头。势利眼中略带真情。

《十棒鼓》双调。小令、套曲兼用。《全元曲》小令收 1 作者，1 曲子。其前加《清江引》合为带过曲时名为《三棒鼓声频》，然后者今谱多出结尾五句：7△5△5△3△7△。其详待考。

A10194 无名氏《十棒鼓》

将家私弃了₁，向山间林下，竹篱茅舍，看红叶黄花。待学那邵平、邵平多种瓜₂。闷采茶芽，闲看青松猿戏耍，麋鹿衔花。舟横在古渡、古渡整钓槎₃。夕阳西下，把《黄庭》《道德》都看罢₄，别是生涯。

作者生平：　见 A01005。

定格说明：　作品不多，归纳为 12 句，60 字，句式与韵脚安排为：4○4△4○4△7△4△7△4△7△4△7△4△。典型平仄格式为：平平仄仄○平平仄仄△平平仄仄○仄仄平平△仄仄平平仄仄平△仄仄平平△仄仄平平仄仄平△平平△平仄仄仄平△平仄仄△平仄平平仄仄△仄仄平平△。

词语注释：　1. 家私，家产。2. 邵平，西汉隐者，以善种瓜得名。3. 钓槎，钓鱼用的筏子。4. 黄庭，即《黄庭经》，道教经典。道德，即《道德经》，道家主要著作。

作品赏析：　赞美隐逸生活，趁机宣传道教和道家思想。

《阿拉忽》双调，小令、套曲兼用。《全元曲》小令收 1 作者，5 曲子。今选 2 首。

A10195 无名氏《阿拉忽》其一

花正开风筛₁，月正圆云埋。花开月圆人在，宜唱那"阿拉忽"修来₂！

作者生平：　同前。

定格说明：　仅有 5 首，归纳为：4 句 21 字，句式与韵脚安排为：4△4△6△7（5）△。典型平仄格式为：仄仄平平△仄仄

平平△仄仄平平仄仄△仄仄平平仄平平△。

词语注释：　　1. 风筛，被风摇动。2. "阿拉忽"，又作《阿那忽》《阿纳忽》《阿忽令》，其含义待考。此曲牌似有外族语色彩，可能为某种宗教活动中的欢呼声，故以"修来"即前世修来的善果作结。此言难逢花好、月圆、人在的美好场合，值得欢呼歌唱。

作品赏析：　　略。

A102196 无名氏《阿拉忽》其二

越范蠡功成名遂，驾一叶扁舟回归₁，去弄五湖云水，倒大来快活便宜。

作者生平：　　见前。

定格说明：　　同前。

词语注释：　　1. 扁（应念 pian 偏），小。此处亦可断作："驾一叶扁舟回，归去弄五湖云水。"2. 倒大来，一作倒大、到大，元人习用口语，意即十分、非常。

作品赏析：　　略。

《黑漆弩》正宫，小令、套曲兼用，《黑漆弩》为北宋名曲，已失传。元人卢挚有和作。白贲续作中因有"侬家鹦鹉洲边住"之句，故又名《鹦鹉曲》《学士吟》。《全元曲》小令收 8 作者，53 曲子。今选 10 首。

A10197 王恽《黑漆弩·游金山寺》并序（序略）

苍波万顷孤岑矗，是一片水上天竺₁。金鳌头满咽三杯，吸尽江山浓绿₂。　【幺】蛟龙虑恐下燃犀₃，风起浪翻如屋。任夕阳归棹纵横，待偿我平生不足₄。

作者生平：　　见 A03029。

定格说明：　　归纳为全曲 4 句 26 字，幺篇换头在换句法（句式），字数不变。句式与韵脚安排为：7○6△7○6△+7○6△7○6△，典型平仄格式为：平平仄仄平平仄○仄仄平平仄△仄平平、仄仄平平○仄仄平平仄仄△+平平仄、仄平平○仄仄平平仄仄△仄仄平、仄平平○仄仄平平仄仄△。

词语注释： 1. 天竺，印度的古称，后即指佛地。2. 金鳌头，指金山上金鳌峰。此言金鳌峰居高临下，好似饮酒一般吸尽了江山浓绿。3. 此用《晋书·温峤传》故事：峤至牛渚矶，水深不可测，世云其下多怪物。峤遂燃犀角照之。须臾见水族覆火，奇形怪状。此言金山下蛟龙的顾虑在于恐怕有人下燃犀照见自己。4. 此言为补偿自己平生没有充分欣赏此地美景，所以任凭归家的游船在夕阳下纵横划行，游览个够。

作品赏析： 作品准确把握住了金山寺风物特征，特别是第三、第四句比喻生动，下笔很有气魄，是难得的佳作。

A10198 刘敏中《黑漆弩·村居遣兴》其二

吾庐却近江鸥住₁，更几个好事农夫₂。对青山枕上诗成₃，一阵沙头风雨₄。【幺】酒旗只隔横塘，自过小桥沽去。尽疏狂不怕人嫌，是我生平喜处₅。

作者生平： 刘敏中（1243—1318），字端甫，济南章丘（今属山东）人，至元中擢兵部主事，拜监察御史，因弹劾权臣，得罪还家。不久被起用为翰林直学士兼国子祭酒。大德年间，宣抚灾民，后召为集贤学士参议中书省事、翰林学士承旨，以疾还乡，卒赠光禄大夫、柱国，追封齐国公，谥文简。著有《中庵集》《平宋录》等。《全元曲》收其小令2首。

定格说明： 同前。

词语注释： 1. 此言吾庐住在附近有江鸥的地方。2. 好事，此指热情、爱管闲事。3. 此言在枕上对青山作诗刚成。4. 沙头，待考，也许应作煞头，指劈头、迎头。5. 疏狂，随便而且狂傲。此言我生平喜欢的就是这种做人方式。幺篇首句按定格似少一字。

作品赏析：　　略。

A10199 张可久《黑漆弩》_{为乐府焦元美赋，用冯海粟韵₁}

画船来向高沙驻₂，便上蹑探梅吟屦₃。对金山有玉娉婷，两点愁峰眉聚₄。　【幺】倚西风目断行云，懒唱大江东去。借中郎爨尾冰弦₅，记老杜曾游此处₆。

作者生平：　　见 A01004。

定格说明：　　同前。

词语注释：　　1. 乐府，朝廷掌管音乐的机构。焦元美，待考。冯海粟，即冯子振，生平已见前 A04047。此指用冯子振和白贲 42 首所用之韵，但并不如"和诗"韵脚之严格。2. 高沙，地址不详，从另首看，可能为"秦邮"（今江苏高邮）一带。3. 蹑（nie 聂），踩踏，追踪。屦（ju 据），麻鞋，此指足迹。全句言便攀登探梅吟诗的山路。4. 娉婷，女子美好姿态；玉娉婷，此指下句所说如愁眉相聚之两座山峰。5. 中郎指中郎将蔡邕；爨尾，蔡中郎用灶中烧焦过的桐木所制焦尾琴，音色特美好；此指高级的琴与弦。6. 此言借用美好琴弦，咏诗记述当年杜甫曾来游的盛事。杜游事待考。

作品赏析：　　读此以见元曲和作的一般情况。

A11200 白贲《鹦鹉曲》

侬家鹦鹉洲边住₁，是个不识字的渔父。浪花中一叶扁舟₂，睡煞江南烟雨₃。　【幺】觉来时满眼青山，抖擞绿蓑归去₄。算从前错怨天公，甚也有安排我处₅！

作者生平：　　白贲，原名征，字于易；后名贲，字无咎，号素轩。

生卒年不详。先世太原文水（今山西太原西）人，后移居钱塘。贲曾为中书省郎官、忻州太守、温州路平阳州教授、安南路总管府经历等。约卒于天历年间（1328—1330）。长于书画，所作小令《鹦鹉曲》极负盛名。《全元曲》收其小令两首。朱权谓其词"若孤峰之插晴昊"。又此曲各家均认为系白贲所作，冯子振并在其所作 2 首《鹦鹉曲》之序言中，明确指出系白贲名曲之续作；但有人以为系无名氏作品，恐不足信。

定格说明：　　此为《黑漆弩》之异名，定格同前。有作者强调"父"字不宜改变，"甚"字处必须去声，"我"字处必须上声，姑妄听之。

词语注释：　　1. 鹦鹉洲，在武汉西长江中，为文人吟咏胜地。2. 扁（pian 偏）舟，小船。3. 睡煞，犹言睡够。4. 抖擞，此指抖动、整理。5. 甚，当真，竟然，居然。此有终于意。

作品赏析：　　江边捕鱼为生，初时习以为常，甚至以漂流为苦而怨天尤人；及至与动乱时事相比较，始知此乃安排我的最佳场所，而深感当初之错怨天公也。是真正醒悟后的真心话。所以和作者多。

A11201 冯子振《鹦鹉曲·山亭逸兴》

嵯峨峰顶移家住₁，是个不唧溜₂的樵父。烂柯时树老无花，叶叶枝枝风雨₃。【幺】故人曾唤我归来，却道不如休去。指门前万叠云山，是不费青蚨买处₄。

作者生平：　　见 A04047。

定格说明：　　同前。

词语注释：　　1. 嵯峨，山势险峻貌，此言移家去住在嵯峨顶峰。2. 唧溜，口语机灵的另一种写法。3. 烂柯树，借用《述异记》故事：王质入山采樵，放下斧子观仙童下棋。棋终回顾斧柄已腐烂，人告他离家已百年。此言周围都是已经烂柯年月的老树，早已无花，但枝叶久经风雨而已。4. 此言故人曾劝他归来，别去顶峰，并指门前万叠云山，是无须花钱购买的好地方。青蚨，钱的代称。

作品赏析：　　处处风景优美，移家与否都令人向往。

A11202 冯子振《鹦鹉曲·农夫渴雨》

年年牛背扶犁住₁，近日最懊恼杀农父。稻苗肥恰待抽花，渴煞青天雷雨。　【幺】恨残霞不近人情，截断玉虹南去₂。望人间三尺甘霖₃，看一片闲云起处₄。

作者生平：　　见前。

定格说明：　　同前。

词语注释：　　1. 住，此指过活，此言以牛背扶犁为生。2. 此言晚霞截断玉虹，也就是说天气转晴而彩虹消失。3. 甘霖，此指及时雨。4. 此言注视闲云起处，希望下雨。

作品赏析：　　略。

A11203 冯子振《鹦鹉曲·赤壁怀古》

茅庐诸葛亲曾住，早赚出抱膝梁父₁。笑谈间汉鼎三分，不记得南阳耕雨₂。　【幺】叹西风卷尽豪华，往事大江东去₃。彻如今话说渔樵，算也是英雄了处₄。

作者生平：　　见前。

定格说明：　　同前。

词语注释：　　1. 赚出，指骗出。抱膝梁父，抱膝咏唱《梁父吟》者，此指好为《梁父吟》的诸葛亮。按"三顾茅庐"本为人们所赞叹的"君臣相得"的美事，此处作者却认为是孔明受骗，丢掉了美好的隐逸生活。2. 此言诸葛亮热心政治，忘却了耕读生涯。3. 西风指光阴，此言光阴扫尽一切，往事如流水东去。此处暗用苏轼词《念奴娇》中名句："大江东去，浪淘尽千古风流人物。" 4. 彻，直到，此言到如今变成了渔樵闲话，这便是英雄们的最后结果。

作品赏析：　　此曲对三国往事，归纳得很简要，引用前人诗句也很得体，但以西风卷尽豪华作为评价生活的标准则不尽妥当，因为无论英雄或隐者，他们的一切，也终归都要被西风卷尽的。

A10204 冯子振《鹦鹉曲·兰亭手卷》

兰亭不肯昭陵住₁，老逸少是献之父₂。过江来定武残碑₃，剥落刓烟剜雨₄。【幺】纵新新茧纸临摩，乐事赏心俱去₅。永和年小草斜行₆，到野鹜家鸡窨处₇。

作者生平：　　见前。

定格说明：　　同前。

词语注释：　　1. 兰亭，此指王羲之著名书法作品《兰亭集序》，是最有名的法帖。昭陵，唐太宗李世民墓。传说太宗酷爱此帖，死后以此帖殉葬，埋于昭陵。此言《兰亭集序》不愿被埋（住）于昭陵。2. 逸少，王羲之字逸少；献之，羲之子；父子均为我国著名书法家。3. 定武残碑：相传唐太宗曾令人临摹《兰亭集序》帖，刻于学士院。后遗失。北宋时发现，置于定州治所；宋亡，再度遗失。4. 刓（wan 完）、剜（wan 湾），均指挖刻，此言残碑被烟雨所挖刻而显得剥落难辨。或本解释刓烟剜雨为书法艺术，恐无据。5. 茧纸，丝制纸张；此言即使用最新的上好纸张去临摹，也已经失去了当时赏心乐事的韵味。6. 此即指《兰亭集序》帖，因该帖写于永和九年，用的是斜行小草。7. 野鹜，野鸭。此言兰亭集序已被弃置于野鸭家鸡的栖息之处，即被丢失埋没了。

作品赏析：　　通篇寄托了作者对古文物、对书法宝帖的珍惜深情，对统治者暴殄天物的谴责，对宋室衰落的哀悼。读来使人感叹不已。

A10205 冯子振《鹦鹉曲》

青衫司马江州住$_1$，月夜笛厌听村父$_2$。甚有传旧谱琵琶，切切嘈嘈檐雨$_3$。【幺】薄情郎又泛茶船，近日又浮梁去$_4$。说相逢总是天涯，诉不尽柔肠苦处$_5$。

作者生平： 见前。

定格说明： 同前。

词语注释： 1. 此指白居易，当时被贬为江州（今江西九江）司马。2. 白居易《琵琶行》中曾说："岂无山歌与村笛，呕哑嘲哳难为听。"此言厌听村父月夜笛声。3. 甚，居然；有传，传有。切切嘈嘈，琵琶声，原诗有："大弦嘈嘈如急雨，小弦切切如私语。"4. 原诗说琵琶女所嫁"商人重利轻别离，前月浮梁买茶去"。5. 此借用原诗"同是天涯沦落人，相逢何必曾相识"，言彼此天涯相逢，诉苦难尽。

作品赏析： 善于使用"檃栝"手法，短短54字，几乎写出了白居易全诗的基本内容。可称为大手笔。

A10206 吕济民《鹦鹉曲·寄故人》和韵

心猿意马羁难住$_1$，举酒处记送别那《梁父》$_2$。想人生碌碌纷纷，几度落红飞雨$_3$。【幺】瞬息间地北天南，又是便鸿书去$_4$。问多娇芳信何期？笑指到玉梅吐处$_5$。

作者生平： 吕济民，生平不详。《全元曲》收其小令4首。朱权将其列于"词林之英杰"150人之中。

定格说明： 同前。

词语注释： 1. 此言心思非常动荡不安。2. 此言记得当时举酒送别，歌唱《梁父》的悲凉情景。3. 此言多少次遭受风吹雨打，或生活如飞雨中之落红（或落红如飞雨）。4. 便鸿，顺便寄信的人。5. 笑指，此当为回信中笑答；因标题及曲文,都是说的书信往来。

作品赏析:　　　略。

《燕引雏》双调。小令、套曲兼用。《全元曲》小令收 2 作者,8 曲子。今各选 1 首。

A10207 张可久《燕引雏·分水道中₁》

树槎牙₂,清溪九曲路三叉。相逢野老无别话,劝早还家。山翁两鬓花₃,题诗罢,看一幅天然画:炊烟茅舍,晴雪芦花。

作者生平:　　　见 A01004。

定格说明:　　　诸谱不载,归纳为全曲 9 句 40 字,似可分前后段,其句式与韵脚安排为:3△7△7△4△+5△3△3△4○4△,典型平仄格式为:仄平平△平平仄仄仄平平△平平仄仄平平仄△仄仄平平△+平平仄仄平△平平仄△平平仄△平平仄仄○仄仄平平△。第 5、6、7 三句,有作 5 字对称句者。

词语注释:　　　1. 分水,地名,今属浙江桐庐。2. 槎牙,树枝参差高耸貌。2. 两鬓花,两鬓花白。

作品赏析:　　　果真山水如画。

A10208 大食惟寅《燕引雏·奉寄小山先辈₁》

气横秋,心驰八表快神游₂。词林谁出先生右₃! 独占鳌头。诗成神鬼愁₄,笔落龙蛇走,才展山川秀₅。声传南国,名播中州。

作者生平:　　　大食惟寅,元代后期诗人,生平不详。大食应是他的出生地域名,可能是指阿拉伯;惟寅是他的名字。从其作品看,可能与张可久等词曲家有往来。《全元曲》仅收此小令 1 首。

定格说明:　　　同前。

词语注释:　　　1. 小山,著名散曲作家张可久的号。2. 八表,八方之外；快神游，飞快地或痛快地神游均可。3. 右，上。古时楚人尚左，华夏尚右。4. 鬼神愁、龙蛇走，均指作品使人特别惊讶。5. 此言其才华能展示出山川的秀丽。

作品赏析： 张可久虽才名远播，但并无权势。惟寅此作，显系发自内心的倾服，故能备极推崇而又不显阿谀。

十一鱼《全元曲》收 9 曲牌，49 作者，527 曲子。今选 33 首。

《潘妃曲》又名《步步娇》。双调，小令、套曲兼用。《全元曲》小令收 2 作者，24 曲子。今选 3 首。

A11209 商挺《潘妃曲》

败柳残荷金风荡$_1$，寒雁声嘹亮。闲盼望，红叶皆因昨夜霜。菊金黄，堪画在帏屏上$_2$。

作者生平： 商挺（1209—1288），字孟卿，晚年自号左山老人，曹州济阴（今山东菏泽）人，曲家商正叔之侄。与元好问、杨奂等有交往。曾在金末任职，入元拜参知政事，迁枢密副使，安西王相，卒于官。加封太师、上柱国、鲁国公，谥文定。《元史》有传。工诗善画，兼长书法。《全元曲》收其小令 19 首，朱权将其列为"词林英杰"150 人之一。

定格说名： 全曲 6 句 30 字，句与韵脚式安排为：7△5△3△7△3△5△。典型平仄格式为：仄仄平平平仄仄△仄仄平平仄△平仄仄△仄仄平平仄仄平△仄平平△仄仄平平仄△。

词语注释： 1. 金风，秋风。2. 帏屏，围屏、屏风。

作品赏析： 作者写有咏春夏秋冬曲子四首，此首写秋景而无传统悲秋色彩。

A11210 商挺《潘妃曲》

带月披星担惊怕₁，久立纱窗下，等候他。蓦听得门外地皮儿踏，则道是冤家₃，原来风动荼蘼架。

作者生平：　见前。

定格说明：　同前。

词语注释：　1. 带月，通作戴月。2. 蓦，忽然间；此言忽听地皮上有踏步声。3. 则道，只道；冤家，对情人的爱称。

作品赏析：　对幽会中青年男女的紧张而焦急的心情，描写得细致真切。

A13211 无名氏《步步娇》

杨柳枝头黄昏月，一半儿梨花谢。长叹嗟，恰似情人两离别₁。密云遮，须有个团圆夜₂。

作者生平：　见 A01005。

定格说明：　此为潘妃曲之异名，定格同前。

词语注释：　1. 此句与上文联系不明，似应指：月昏黄、花凋谢，情景悲凉，与情人离别后的情景和心态相似。2. 此言总有一天会是月亮团圆之夜。说月实是指人。

作品赏析：　略。

《寿阳曲》又名《落梅风》，双调。小令、套曲兼用。《全元曲》小令收 20 作者，170 曲子。

A11212 姚燧《寿阳曲·随缘》三首录一

红颜褪，绿鬓凋₁，酒席上渐疏了欢笑₂。风流近来都忘了，谁信道也曾年少₃！

作者生平：　见 A03016。

定格说明：　全曲 5 句 27 字，句式与韵脚安排为：3〇3△7△7△7

△。典型平仄格式为：平平仄〇仄仄平△平仄仄、平平仄仄△仄仄平平平仄仄△平仄仄、平平仄仄△。

词语注释：　　1. 绿鬓凋，青色的鬓角变灰白了。2. 疏了，少了。3. 信道，信得、相信。

作品赏析：　　人到老时，触景生情，难免淡淡忧愁。

A11213 卢挚《寿阳曲》

银台烛，金兽烟$_1$，夜方阑画堂开宴$_2$。管弦停玉杯斟较浅$_3$，听春风遏云歌遍$_4$。

作者生平：　　见 A14124。

定格说明：　　同前。

词语注释：　　1. 金兽，金属兽形香炉。2. 夜阑，夜深。3. 此言管弦乐器停奏，酒浅斟，以便听歌。4. 春风遏云，听像春风一样美妙，能让飞云停止的歌声。《梦溪笔谈》言古有善歌者声振林木，响遏行云。歌遍，唱完。

作品赏析：　　略。

A11214 卢挚《寿阳曲·别珠帘秀$_1$》

才欢悦，早间别$_2$，痛煞煞好难割舍。画船儿载将春去也$_3$，空留下半江明月！

作者生平：　　见前。

定格说明：　　同前。

词语注释：　　1. 珠帘秀，姓朱，所以也作朱帘秀，当时著名女演员，一说系官妓。能作曲，与当时名作家有往来。2. 间别，离别。3. 春，指珠帘秀。

作品赏析：　　略。

A11215 珠帘秀《寿阳曲·答卢疏斋₁》

山无数，烟万缕，憔悴煞玉堂人物₂。倚篷窗一身儿活受苦，恨不得随大江东去₃。

作者生平：　　朱帘秀，排行第四，生卒年不详，著名女演员。"姿容姝丽"，杂剧独步一时，名公文士颇推重之，与元曲大家如关汉卿、卢挚等过往甚密。后辈称之为"朱娘娘"。后嫁与某道士。《全元曲》收其小令1首，套曲1套。

定格说明：　　同前。

词语注释：　　1. 注已见前A11214。2. 玉堂人物，作者自指。3. 表示几乎有投江轻身意。

作品赏析：　　选此使唱和作品，互相呼应。

A11216 贯云石《寿阳曲》

新秋至，人乍别，顺长江水流残月。悠悠画船东去也，这思量起头儿一夜。

作者生平：　　见A04056。

定格说明：　　同前。

词语注释：　　略。

作品赏析：　　明白如话，能引起相思。

A11217 吴西逸《寿阳曲·四时》秋

萦心事，惹恨词，更那堪动人秋思₁！画楼边几声新雁儿，不传书摆成个愁字₂。

作者生平：　　见A05108。

定格说明：　　同前。

词语注释：　　1. 萦心，在心中萦回，犹言揪心。此言逢秋节更加使人愁苦。2. 儿，念倪。有雁无书，故觉此时雁字宛如愁字。

作品赏析：　　略。

A11218 李爱山《寿阳曲·怀古》

项羽争雄霸₁，刘邦起战伐，白夺成四百年汉朝天下₂。世衰也汉家属了晋家，则落的渔樵人一场闲话₃。

作者生平：　　李爱山，生平不详，约仁宗延祐年间（1314—1320）在世。从其作品看可能当过官，但却不得意而归隐。朱权将其列为"词林英杰"150人之一。《全元曲》收其小令4首，散套1。

定格说明：　　同前。

词语注释：　　1. 争雄霸，争雄争霸的省略。2. 白夺成，有空手夺得之意。3. 则落的，只落得。

作品赏析：　　世事本来如此，何必大惊小怪。

A11219 无名氏《寿阳曲·咏花嘱妓》

闲花草，临路开，娇滴滴可人怜爱。几番要移来庭院栽，恐出墙₁性儿不改。

作者生平：　　见 A01005。

定格说明：　　同前。

词语注释：　　1. 出墙，宋叶绍翁诗："春色满园关不住，一枝红杏出墙来。"本为写景，后因以指男女出轨情事。

作品赏析：　　此言作者对某烟花女子有怜惜之心，而又不敢信任。

A11220 马致远《寿阳曲·远浦帆归》

夕阳下，酒旆闲₁，两三航未曾着岸₂。落花水香茅舍晚，断桥头卖鱼人散₃。

作者生平：　　见 A01001。

定格说明：　　同前。

词语注释：　　1. 旆（pei 佩），旗帜。2. 航，船。与温庭筠《梦江南》词句"过尽千帆皆不是"意同。3. 此曲《梨园乐府》作:"垂杨岸,红蓼滩,一帆风送船着岸。孤村满林鸦噪晚,断桥头卖鱼人散。"可对照参考。

作品赏析:　　略。

A11221 马致远《寿阳曲》

云笼月,风弄铁₁,两般儿助人凄切₂。剔银灯欲将心事写,长吁气一声欲灭₃。

作者生平:　　见前。
定格说明:　　同前。
词语注释:　　1. 风弄铁,风吹动屋檐铁铃之类。2. 助,增加;凄切,凄惨。3. 此言一声长叹几乎将灯吹灭。按"欲"恐为"吹"字因形近而误。吹灭,表示难写,干脆不写了。
作品赏析:　　略。

A11222 马致远《寿阳曲》

心间事,说与他,动不动早言两罢₁。罢字儿碜可可你道是耍₂。我心里怕、那不怕₃!

作者生平:　　见前。
定格说明:　　同前。
词语注释:　　1. 此言两人意见不合时,男方动不动就说两人分手。2. 碜(chen 趁上),难堪、丢脸;碜可可,难听极了。3. 读作"怕,哪不怕!"
作品赏析:　　男人心不专、女子却痴情的场面如在目前。可参阅《诗经·卫风·氓》:"女也不爽,士贰其行。"

A11223 马致远《寿阳曲》

实心儿待,休做谎话儿猜,不信道为伊曾害₁。害时节有谁曾见来?瞒不过主腰胸带₂。

作者生平：　　见前。
定格说明：　　同前。
词语注释：　　1. 不信道，不相信；曾害，曾害相思病。2. 主胸腰带，约束胸间衣服的腰带，意即身子瘦了，只有腰带知道。
作品赏析：　　略。

A11224 张可久《落梅风·湖上》

羽扇尘埃外，杖藜图画间₁，野人来海鸥惊散₂。四十年绕湖赊看山₃，买山钱更教谁办？

作者生平：　　见 A01004。
定格说明：　　此为《寿阳曲》别名，定格同前。
词语注释：　　1. 此言于红尘之外摇羽扇，在风景如画的山水间拄杖散步。2. 野人，生人。3. 赊看，纵情观看；一说远看。
作品赏析：　　略。

A11225 张可久《落梅风·书所见》

柳叶微风闹，荷花落日酣₁，拂晴空远山云淡₂。红妆女儿十二三，采莲归小舟轻缆₃。

作者生平：　　见前。
定格说明：　　同前。
词语注释：　　1. 酣，浓盛。此言微风吹动柳叶作响，荷花在日落时更显得红艳美好。2. 此言远山上淡云飘拂晴空。3. 轻缆，用缆绳将小舟轻轻系住。
作品赏析：　　景物优美如画。

A11226 张可久《落梅风·秋望》

干荷叶，脆柳枝，老西风满襟秋思₁。盼来书玉人憔悴死，界青天雁飞一字₂。

作者生平：	见前。
定格说明：	同前。
词语注释：	1. 老西风，老是不断刮的西风。满襟，满怀。2. 界青天，在青天上划出；凝望雁字，有盼得来书意。
作品赏析：	因心情不好，触目都是衰败和惹人心烦之物。

A11227 陈德和《落梅风·孙康映雪》

无灯蜡，雪正积，想孙康向学勤力$_1$。映清光展书读较毕$_2$，待天明困来恰睡$_3$。

作者生平：	陈德和，生平不详，朱权将其列入"词林英杰"150人之中。
定格说明：	同前。
词语注释：	1. 孙康，晋人，据说因家贫买不起灯火，尝映雪读书，为我国历代标榜的勤学苦读楷模。2. 读较，阅读而且考较推敲完毕。3. 此言等天明困了，恰好睡他一觉。
作品赏析：	作者指出孙康晚上映雪读书（未必可能），白天睡觉，是一种沽名钓誉的行为。陈氏所写《雪中十事》都是用不同于一般观点的思维看问题，颇为有趣且给人以启发。

A11228 陈德和《落梅风·寒江钓叟》

寒江暮，独钓归，玉蓑披满身祥瑞$_1$。他道纵如图画里，则不如销金帐暖烘烘地$_2$。

作者生平：	见前。
定格说明：	同前。
词语注释：	1. 祥瑞，指雪；农业经验是"瑞雪兆丰年"，因此把雪看成祥瑞而多赞美之词。2. 销金帐，用金丝装饰的床帐。总之，指阔人卧室。
作品赏析：	闲人以"孤舟蓑笠翁，独钓寒江雪"为美好画图，

却不知钓者苦处。

A11229 张鸣善《落梅风·咏雪》

漫天坠，扑地飞，白占（了）许多田地₁。冻杀吴民都是你₂！难道是国家祥瑞？

作者生平：　　见 A05122。

定格说明：　　同前。

词语注释：　　1. 据明人蒋一葵考证，当时张士诚据苏州，其弟强占民田，故张明善作此以讥之。愚按以白雪占地讽刺军阀占地，有些牵强。又按定格此处应为七字折腰句，疑夺一"了"字，故用括号酌补。2. 吴民，吴地人民。又吴民可能是"吾民"之误。

作品赏析：　　见大雪思冻馁之人，无心作祥瑞欣赏。

《朱履曲》中吕，小令、套曲兼用。《全元曲》小令收 3 作者，29 曲子。

A11230 卢挚《朱履曲》雪中黎正卿招饮，赋词五章，命杨氏歌之（选其三）

虽不至挦绵扯絮₁，是谁教剪玉跳珠？是谁把溪山粉妆梳？且图待添些酒兴₂，管甚冻了吟须，看乘风滕六舞₃。

作者生平：　　见 A14124。

定格说明：　　本曲作品不多，经归纳，全曲 6 句，34 字。句式与韵脚安排为：6△6△7△5△5△5△。典型平仄格式为：仄仄平平仄仄△平平仄仄平平△仄仄平仄仄平平△仄仄平平仄△仄仄仄平平△平平平仄仄△。

词语注释：　　1. 挦，拔、扯。2. 图待，存心等待。3. 滕六，雪神。此言且看雪神乘风飘舞。

作品赏析：　　由来写雪景诗词甚多，此曲不用典故，平铺直叙，略有新意。

A11231 张养浩《朱履曲·警世》其三

那的是为官荣贵₁，止不过多吃些筵席₂，更不呵安插些旧相知₃。家中添些盖作₄，囊箧里儹些东西₅，教好人每看做甚的₆？

作者生平： 见 A01006。

定格说明： 同前。

词语注释： 1. 那的是，哪里是，此言做官哪里是为了光荣高贵。2. 止，同只。3. 更不呵句，此言再不嘛就是安插亲故。4. 盖作，亦作盖造，指修建、营造。5. 儹（zan 咱），积累，聚集。6. 此言教好人们把这做官的看作什么人、什么东西。

作品赏析： 道出了当时（也是从古以来）官场本色。

A11232 张养浩《朱履曲·警世》其六

弄世界机关识破₁，叩天门意气消磨₂。人潦倒青山慢嵯峨₃。前面有千古远，后头有万年多，量半炊时成得什么₄？

作者生平： 见前。

定格说明： 同前。

词语注释： 1. 弄世界，在世界上活动，犹今言"混世界"。此言在世界上摔打，把各种机关都识破了。2. 叩天门，指想接近皇上，累累碰壁，把意气都消磨光了。3. 慢，同漫；此言自己一生潦倒，青山枉自巍峨却没有工夫去赏玩。按嵯峨疑是蹉跎之误，作者以青山比人，言枉自蹉跎岁月，浪费了青春，当与主题更贴切。4. 半炊，做半顿饭的时间，用以比喻短暂的人生，能在历史长河中起什么作用？

作品赏析： "生年不满百，常怀千载忧"，此乃人类的不治之症，奈何？

A11233 张可久《朱履曲》湖上有感

玉雪亭前老树，翠烟桥外平芜₁，物是人非谩嗟吁。海榴曾结子，江燕几将雏，名园三换主₂。

作者生平：　　见 A01004。

定格说明：　　同前。

词语注释：　　1. 玉雪亭、翠烟桥，均此湖上景点。此言老树、平芜依然存在。2. 此言在海榴结子、江燕几度抚育雏燕这段时间内，此名园已经三度更换主人。

作品赏析：　　物是人非，兴替无已，能不慨然。

《四块玉》南吕，小令、散套兼用。《全元曲》小令收 9 作者，80 曲子。今选 8 首。

A11234 刘时中《四块玉·隐居》其一

看野花，携村酒，烦恼如何到心头₁？红缨白马难消受₂。二顷田，两只牛，饱时候。

作者生平：　　见 A05066。

定格说明：　　全曲 7 句 29 字，句式与韵脚安排为：3▲3△7△7△3▲3△3△。典型平仄格式为：仄仄平▲平平仄△仄仄平平仄仄平△平平仄仄平平仄△仄仄平▲仄仄平△平平仄△。

词语注释：　　1. 此言不会有烦恼来到心头。2. 此言自己消受不了官宦生活。

作品赏析：　　略。

A11235 刘时中《四块玉·隐居》其五

官况甜，公途险，虎豹重关整威严₁，愁多恩少皆堪叹。业贯盈，横祸满，无处闪₂。

作者生平：　　见前。
定格说明：　　同前。
词语注释：　　1. 此言官场如虎豹般的重重关卡，严整而且威严。按整亦可做修饰语，指完整、非常。2. 业，同孽；此言罪孽、横祸满盈时，无处躲闪。
作品赏析：　　略。

A11236 张可久《四块玉》怀古疏翁索题₁

舞袖云₂，妆台粉，翠被浓香一时恩，黄沙妖血千年恨₃。虞美人，孔贵嫔，杨太真₄。

作者生平：　　见 A01004。
定格说明：　　同前。
词语注释：　　1. 疏斋，卢挚的号。卢写有怀古散曲甚多，也许曾因此要求张可久就其怀古之作题词。2. 舞袖云：此指如杨妃等之霓裳羽衣舞，其长袖当美如彩云飞舞。3. 妖血，污血。此言宠妃们恩爱不过一时，而惨死则遗恨千年。4. 此指楚霸王之虞姬，陈后主之孔贵嫔，唐明皇之杨贵妃。
作品赏析：　　略。

A11237 张可久《四块玉·客中九日₁》

落帽风₂，登高酒，人远天涯碧云秋₃，雨荒篱下黄花瘦₄。愁又愁，楼上楼，九月九。

作者生平：　　见前。
定格说明：　　同前。
词语注释：　　1. 客中，旅居在外的时候；九日，指重九日，旧时登高节日。2. 落帽风，晋名士孟嘉登高时曾被风吹帽落，后因以指重九日的高风。3. 此言碧云秋日，人在天涯。4. 雨荒，荒凉的雨后。

作品赏析： 客中九日独自登高，念旧之情，自然倍增。

A11238 爱山《四块玉·知足》

两鬓秋，今年后$_1$。着甚么干忙苦追求？人间宠辱还参透。种春风郑子田$_2$，牧青山宁戚牛$_3$，倒大来得自由$_4$。

作者生平： 爱山，生平不详。元曲作者有李爱山、王爱山，此爱山可能为二人中之一。《全元曲》收其小令4首。

定格说明： 同前。

词语注释： 1. 此言从今以后两鬓显得衰老矣。2. 郑子，即郑朴，字子真，汉成帝时高士，不应征聘，归隐耕田于谷口。3. 宁戚，齐桓公时高士，喂牛为生，后击牛角高歌以"干"（求职）齐桓公，卒为桓公所用。按宁戚非真正隐者，此处用典不当。4. 此言得到了非常的自由。

作品赏析： 略。

A11239 兰楚芳《四块玉》

意思儿真，心肠儿顺，只争个口角头不囫囵$_1$，怕人知羞人说嗔人问$_2$。不见后又嗔，得见后又忖$_3$，多敢死后肯$_4$。

作者生平： 兰楚芳，一作蓝楚芳，西域人，曾任江西元帅。为人"丰神秀英，才思敏捷"，常与刘庭信相唱和，时人比之为元白。入明后皈依佛门。《全元曲》收其小令9首，套数3。朱权称其词"如秋风桂子"。

定格说明： 同前。

词语注释： 1. 口角儿不囫囵，口头上不含混其词。此言内心本已很满意，只想得到个口头上不再含混。2. 嗔，生气。此言既怕人知，又羞被人说道，当人问及时又很生气。3. 忖，思忖，此指装作犹豫不决的样子。4. 多敢，一作多管，准是，肯定。此言保准要等死后才肯爽快答应。

作品赏析： 对于封建社会女子在恋爱时的羞怯与矛盾心情意态，

描写得细致真切。

A11240 关汉卿《四块玉·闲适》其一

适意行[1]，安心坐，渴时饮饥时餐醉时歌，困来时就向莎茵卧[2]。日月长，天地阔，闲快活！

  作者生平： 见 A03014。
  定格说明： 同前。
  词语注释： 1. 适意行，按照自己的自由意志任意行走。2. 莎茵，像毯子一样的草地。
  作品赏析： 略。

A11241 马致远《四块玉·恬退》其四

酒旋沽[1]，鱼新买，满眼云山画图开[2]，清风明月还诗债[3]。本是个懒散人，又无甚经济才[4]，归去来。

  作者生平： 见 A01001。
  词语注释： 1. 旋，随后，马上。2. 此言满眼云山如展画图。3. 清风明月给人灵感，正好写诗以偿还诗债。4 经济才，经国济民之才。注意与现代汉语中经济一词的区别。
  作品赏析： 略。

十二侯《全元曲》收 4 曲牌，15 作者，110 曲子。

《上小楼》中吕，亦入正宫。小令、套曲兼用。《全元曲》小令收 6 作者，38 曲子。今选 4 作者，5 首。

A12242 张可久《上小楼·九日山中》

白云与俱[1]，青山无数。笑脱纱巾，卧品琼箫，醉解金鱼[2]。尽一壶，酒再沽，不知归路，惜黄花翠微深处[3]。

  作者生平： 见 A01004。

定格说明：　　全曲 9 句，37 字。句式与韵脚安排为：4△4△4○4△4△3▲3△4△7△。典型平仄格式为：平平仄仄△平平仄仄△仄仄平平○仄仄平平△仄仄平平△仄仄平▲仄仄平△平平仄仄△仄平平、平平仄仄△。幺篇换头，即将首二句换为三字句，用否均可。

词语注释：　　1. 此言身在白云里。2. 第四句箫字失韵。金鱼，表示官阶的鱼形佩饰。3. 此言因怜惜开满黄花的翠微深处而忘记了归路。

作品赏析：　　略。

A12243 张可久《上小楼·春晚》

春光未归，佳人沉醉。庭院深深，杨柳依依，燕子飞飞。玉漏迟，翠管吹，绿情红意₁，月儿高海棠深睡₂。

作者生平：　　见前。

定格说明：　　同前。

词语注释：　　1. 此言在佳人眼里，庭院内树木花草似乎都富有深情厚谊。2. 这里有用海棠比佳人意，言月儿高时，佳人与海棠都已深深睡去。

作品赏析：　　语言优美，景物灿然。

A12244 景元启《上小楼·客情》

欲黄昏梅梢月明₁，动离愁酒阑人静₂。则被他檐铁声寒₃，翠被难温，致令得倦客伤情。听山城，又起更，角声幽韵₄，想他绣帏中和我一般孤另₅。

作者生平：　　见 A09192。

定格说明：　　同前。

词语注释：　　1. 欲黄昏，将要到黄昏时。2. 酒阑，酒残，酒兴将尽时。3. 檐铁，檐前所悬铁马之类。4. 此指深沉而有节奏的号角声。5. 孤另，孤单。

作品赏析：　　旅店凄凉，易起相思。

A12245 王爱山《上小楼·自适》其四

开的眼便是山$_1$，那动脚便是水$_2$。绿水青山，翠壁丹崖，可作屏帏$_3$。乐心神，净耳目，抽身隐逸，养平生浩然之气$_4$。

作者生平：　　见 A05113。
定格说明：　　同前。
词语注释：　　1. 的，同得；开的眼，睁开眼。2. 那，同挪。3. 帏，同帷，帐幕。4. 浩然之气，无比宏伟的气魄。《孟子·公孙丑上》："我善养吾浩然之气。"按此曲用韵别致，第一、三、四、六、七句均不入韵。崖或可叶韵念嶷（yi 阳）。

作品赏析：　　略。

A12246 吴仁卿《上小楼·钱塘感旧》

虚名仕途，微官苟禄$_1$。愁里南闽，客里东吴，梦里西湖$_2$。到寓居，问士夫，都为鬼录$_3$，消磨尽旧时人物。

作者生平：　　见 A03018。
定格说明：　　同前。
词语注释：　　1. 苟禄，小官能苟且偷生的俸禄。2. 此言在南闽愁苦度日，在东吴作客奔走，只有在梦中才得以游览西湖。3. 士夫，士大夫之省。3. 都为鬼录，都已亡故，都到了死亡人口登记簿上。

作品赏析：　　做官仅能混饭，访旧尽为死鬼，真是无聊之至，不如归去。

《塞鸿秋》正宫。小令、套曲兼用。亦入仙吕、中吕。《全元曲》小令收 9 作者，25 曲子。今选 6 作者，各 1 首。

A12247 薛昂夫《塞鸿秋》

功名万里忙如燕₁，斯文一脉微如线₂，光阴寸隙流如电₃，风霜两鬓白如练₄。尽道便休官，林下何曾见₅？至今寂寞彭泽县₆。

作者生平：　　见 A05086。

定格说明：　　全曲 7 句 45 字，句式与韵脚安排为：7△7△7△7△5○5△7△。典型平仄格式为：平平仄仄平平仄△平平仄仄平平仄△平平仄仄平平仄△平平仄仄平平仄△仄仄仄平平○仄仄平平仄△平平仄仄平平仄△。

词语注释：　　1. 此言为功名万里奔走，忙如飞燕。2. 此言斯文无人讲求。3. 古人每以尺寸为计时单位，如言"禹惜寸阴""一寸光阴"等。又《庄子·智北游》："人生天地间，若白驹之过隙。"此句言光阴一寸寸如闪电流过缝隙一样飞去。4. 练，练过的白布帛或丝绸。5. 便，马上；此句言许多人尽说马上休官，可在退隐地何曾见到他们。6. 彭泽县，指曾为彭泽县令的陶渊明。

作品赏析：　　刻画出众多为官者的假清高面目。

A12248 周德清《塞鸿秋·浔阳即景》其一

长江万里白如练，淮山数点青如淀₁，江帆几片疾如箭，山泉千尺飞如电。晚云都变露，新月初学扇₂，塞鸿一字来如线₃。

作者生平：　　见 A04048。

定格说明：　　同前。

词语注释：　　1. 淮山，淮水一带的山；淀，一作靛，蓝色染料。2. 此言新月渐圆，开始变成扇子一般的形状。3. 鸿雁如线排成一字飞来。

作品赏析：　　好一片秋天景色。

A12249 张可久《塞鸿秋·湖上即事》

断桥流水西林渡₁，暗香疏影梅花路，蹇驴破帽登山去₂，夕阳古寺题诗处。树头啼翠禽，水面飞白鹭，伤心和靖先生墓₃。

作者生平：　　见 A01004。

定格说明：　　同前。

词语注释：　　1. 林当作陵，西陵渡，即指西陵桥（西泠桥），句中两处均西湖景点。2. 骞（jian 简）驴，跛足的驴，引申指劣等的坐骑。3. 此言在隐者林和靖先生墓前产生伤感。

作品赏析：　　略。

A12250 贯云石《塞鸿秋·代人作》

战西风几点宾鸿至₁，感起我南朝千古伤心事，展花笺欲写几句知心事，空教我停霜毫半晌无才思₂。往常得兴时₃，一扫无瑕玼₄，今日个病厌厌刚写下两个相思字₅。

作者生平：　　见 A04056。

定格说明：　　同前。

词语注释：　　1. 战西风，指顶着西风；宾鸿，每年来回迁徙如过客的鸿雁。2. 半晌，好一会儿，老半天。3. 得兴时，高兴时，有灵感时。4. 瑕玼，同瑕疵，此指无阻碍，无缺点。5. 厌厌，同恹恹，精神不振、多病的样子。

作品赏析：　　心事繁多，反而无从下笔。

A12251 无名氏《塞鸿秋·村夫饮》

宾也醉主也醉仆也醉，唱一会舞一会笑一会。管什么三十岁五十岁八十岁，你也跪他也跪恁也跪。无甚繁弦急管催，吃到红轮日西坠，打的那盘也碎碟也碎碗也碎。

作者生平：　　见 A01005。

定格说明：　　同前。

词语注释：　　1. 跪，宋元时北方饮宴时，互相跪而劝酒。至今蒙古等地仍有此习惯。恁，同您，此指长者。2. 繁弦急管，此指热闹的音乐伴奏。

作品赏析： 好一派粗犷的农村饮宴佳会，只是既云"仆也醉"，当然是以富户为主体的集会。

A12252 郑光祖《塞鸿秋》

雨余梨雪开香玉$_1$，风和柳线摇新绿，日融桃锦堆红树$_2$，烟迷苔色铺青褥。王维难画图，杜甫新诗句$_3$。怎相逢不饮空归去！

作者生平： 郑光祖，字德辉，平阳襄陵（今山西临汾市西南）人，著名元曲作家。生卒年不可考。人称郑老先生，估计年寿较高，并于1324年之前去世。曾补杭州路吏。长期生活于杭州一带，病卒后火葬于西湖灵芝寺。为人方直，不妄与人交。一生写有18个杂剧，现存《迷青琐倩女离魂》等8种。残本一种。作品多根据历史或传说，以宣泄不平之气。结构完美，语言清新流丽。"名香天下，声振闺阁"，受到曲论家高度评价。《全元曲》收其小令5首，套数2。朱权评其词"如九天珠玉"。

定格说明： 同前。

词语注释： 1. 此言雨后雪白的梨花如香玉般开放。2. 桃锦，锦绣似的桃花。3. 此言杜甫见此美景可写出新的诗句，或者说此美景有如杜甫的新诗句。

作品赏析： 文字优美，景色迷人，的确不能不饮空归。

《四换头》中吕，小令、套曲兼用。《快活三》、过《朝天子》、《四换头》组成带过曲。《全元曲》小令收1作者，13曲子。今选1首。

A12253 无名氏《四换头·一年景》秋

江湖豪迈$_1$，为惜黄花归去来$_2$。名无言责$_3$，身无俗债。任家私匾窄，但醉里乾坤大$_4$。

作者生平： 见A01005。

定格说明： 全曲 6 句，30 字，句式与韵脚安排为：4△7△4△4△5△6△。第 4 句或作 3 字。典型平仄格式为：平平仄仄△仄仄平平仄仄平△平平仄仄△平平仄仄△平平平仄仄△平仄仄、平平仄△。

词语注释： 1. 此指有放眼江湖或闯荡江湖的豪迈之气。2. 此言为怜惜菊花而辞官归去。来，语气词。3. 此言从名义上说，自己没有官职、没有进言的责任。4. 此言尽管家产甚少，但醉里乾坤却很大。大，应念（dai 代）。

作品赏析： 略。

《小凉州》又名《小梁州》，正宫，亦入中吕、商调。小令、套曲兼用。《全元曲》小令收 5 作者，34 曲子。今选 4 作者，各 1 首。

A12254 张可久《小凉州·春游晚归》

玉壶春水浸晴霞₁，景物奢华。彩船歌管间琵琶₂，青旗挂，沽酒是谁家？【幺】夕阳一带山如画₃，数投林万点寒鸦。曲水边，孤山下，游人归去，明月管梅花₄。

作者生平： 见 A01004。

定格说明： 全曲 5 句，26 字；幺篇与始调不同，须连用，6 句，29 字。句式与韵脚安排为：7△4△7△3△5△【幺】7△7△3○3△4△5△。典型平仄格式为：平平仄仄仄平平仄仄平平△平平仄仄仄平平△平平仄△仄仄仄平平△【幺】平平仄仄平平仄△仄平平、仄仄平△仄仄平○平平仄△平平仄仄○平平仄仄平△。

词语注释： 1. 古人常以"玉壶冰""玉壶水"比喻最纯洁之物。此言一湖纯洁的春水映衬着晴霞。或以为"玉壶春"乃酒名，则首句成上三下四之折腰句。供参考。2. 此言有歌声、管乐及弦乐琵琶，欢乐非常。3. 此言夕阳下一带青山如画。4. 管，照管，此指照耀，拟人化为"明月代替游人照管梅花"。

作品赏析：　　　　景物优美，游人潇洒。

A12255 任昱《小凉州》湖上分韵得玉字[1]

波涵玉镜浸晴晖[2]，鸣玉船移[3]。玉箫吹过画桥西，玉泉内，玉树锦云迷[4]。【幺】玉楼帘幕香风细[5]，玉阑干杨柳依依。飞玉觞，留玉佩；玉人沉醉，花外玉骢嘶。

作者生平：　　　　见 A03038。

定格说明：　　　　同前。

词语注释：　　　　1. 分韵是我国文人常用的一种文字游戏。一般规定为将个人所分得的韵字用于韵脚。此处的规则是将所分得的韵字，用于每句的主要句子成分上。2. 此言水波下面有如一面玉镜浸沉（反映）着晴空的光辉。3. 此言船移动时玉佩鸣响。4. 此言玉泉内，玉树锦云使人眼花缭乱。5. 香风细，香风柔和。

作品赏析：　　　　选此以见文人分韵的方式之一种。

A12257 贯云石《小凉州·冬》

彤云密布锁高峰[1]，凛冽寒风[2]，银河片片洒长空[3]。梅梢冻，雪压路难通。【幺】六桥顷刻如银洞，粉妆成九里寒松[4]。酒满斝，笙歌送，玉船银棹[5]，人在水晶宫。

作者生平：　　　　见 A03038。

定格说明：　　　　同前。

词语注释：　　　　1. 彤云，本意为红云，实指昏沉沉的云彩。2. 凛冽，刺骨严寒。3. 此言银河雪片洒满长空。按银河当作银花之类。4. 此言九里寒松着了粉妆。5. 此言船身、船桨都被雪盖成白色。

作品赏析：　　　　写雪景的诗词甚多，此篇不落俗套，有自己的特色，可以一读。

A12257 汤舜民《小梁州·别情》代人作,其人姓刘

晚妆楼上醉离觞₁,月色苍苍。来时何暮去何忙?空惆怅,无计锁鸳鸯。【幺】残云剩雨阳台上,空赢得两袖余香。则恐怕春夜长,东风壮₂,桃花飘荡,何处觅刘郎₃。

作者生平:　　见 A03015。

定格说明:　　同前。

词语注释:　　1. 离觞,告别酒。2. 壮,强劲。3. 刘郎,通指情人,此代指行将别去之刘姓情人,不必与某种典故牵扯在一起。

作品赏析:　　略。

十三豪《全元曲》收 7 曲牌,9 作者,59 曲子。今选 8 作者,11 首。

《水仙操》双调、小令、套曲兼用。《全元曲》小令收 1 作者,11 曲子。今选 2 首。

A13258 刘时中《水仙操₁》

西风逗入耍窗儿₂,一扇新凉暑退时,白蘋红蓼多情思₃。写秋光无限诗,占平湖一抹胭脂₄。荷缺翠青摇柄₅,桂飘香金缀枝₆,快活煞玩月的西施。

作者生平:　　见 A05066。

定格说明:　　《全元曲》仅收 1 作者、11 曲子,经归纳为:全曲 8 句、47 字,句式与韵脚安排为:7△7△7△5△7△5○5△4△。典型平仄格式为:平平仄仄仄平平△仄仄平平仄仄平△平平仄仄仄平平△平平仄仄平△仄仄平平、仄仄平平△仄仄平平仄○平平仄仄平△仄仄平平△。按此曲与《水仙子》格式极为相近,仅末三句《水仙子》为"334"而已。故此曲应该是《水仙子》的别名。

词语注释： 1. 作者在此组曲前有一百三十一字序言，谓此曲因玩味东坡有关西湖比西子诗句演绎而成，作者因嫌其语言鄙俗而改作，并约定第一、二句须以"儿、时"两字结尾，末句用"西施"二字作结。但此不过为一种文字游戏，作者本人的续作即不再守此约。2. 此言西风逗人似地吹入在窗间玩耍。3. 蘋叶白，蓼叶红，此言二者于秋天显得富有诗意。4. 平湖一抹胭脂，指红蓼。5. 此言荷叶失去翠色，只剩青柄在摇晃。6. 金缀枝，金黄色桂花点缀枝上。

作品赏析： 略。

A13259 刘时中《水仙操》寓意武昌元贞[1]

楚天空阔楚山长，一度怀人一断肠，此心不在肩舆上[2]。倩东风过武昌[3]，助离愁烟水茫茫[4]。竹上雨湘妃泪，树间禽蜀帝王[5]，无限思量。

作者生平： 见前。

定格说明： 同前。

词语注释： 1. 副标题意即：元贞年间（1295—1297）过武昌时的感想。2. 肩舆，轿子。3. 倩，借助。4. 此言烟水茫茫，助长离愁。5. 二句言因目睹湘妃竹上雨点、耳听树间蜀主所化杜鹃啼声，想起许多往事。

作品赏析： 略。

《寄生草》仙吕，亦入商调。小令、套曲兼用。《全元曲》小令收 5 作者，23 曲子。

A13260 查德清《寄生草·感叹》

姜太公贱卖了磻溪岸[1]，韩元帅命博得拜将坛[2]。羡傅说守定岩前版[3]，叹灵辄吃了桑间饭[4]，劝豫让吐出喉中炭[5]。如今凌烟阁一层一个鬼门关$_6$，长安道—步—个连云栈$_7$。

作者生平：	见 A06157。
定格说明：	全曲 7 句、41 字。句式与韵脚安排为：3○3△7△7△△7△7▲7△。典型平仄格式为：平平仄○仄仄平△平平仄仄平平仄△平平仄仄仄平平△平平仄仄平平仄△平平仄仄仄平平▲平平仄仄平平仄△。首末二句应对，中间三句应作鼎足对。又首二句多变作 5 字句或 6 字折腰句。
词语注释：	1. 磻溪，相传为姜太公钓鱼处。此言姜太公廉价出卖了隐居生活。2. 此言韩信用生命换得登台拜将的待遇。3. 傅说未出仕前"隐于版筑之间"（修筑堤防、城墙）。按此例欠妥，因为傅说后来还是出来做商朝宰相，并未守定岩前版。4. 春秋时灵辄因饿于桑下，吃了晋赵盾的饭，后舍命相报。5. 晋豫让为报智伯之恩，"吞炭变形"替智伯报仇。6. 凌烟阁，唐太宗图画功臣的地方，此泛指功臣榜之类的建筑。7. 长安道，指官场；连云栈，汉中最险的山道，高可连云。末二句言官场生活艰险。
作品赏析：	略。

A13261 无名氏《寄生草·夏》

闲庭院，靠绿波$_1$。榴花烂熳如吐火$_2$，绿杨影里蝉声和$_3$，碧纱幮里佳人卧$_4$。薰风楼阁夕阳斜，采莲谁驾兰舟过$_5$！

作者生平：	见 A01005。
定格说明：	同前。
词语注释：	1. 靠，靠近；绿波，指水体。2. 烂熳，茂盛。3. 蝉声和，蝉声互相唱和。4. 幮（chu 除），床帐。3. 此言谁驾兰舟采莲，从此处经过。
作品赏析：	十分舒畅的夏日景色，毫无夏日可畏的感觉。

A13262 白朴《寄生草·饮》

长醉后方何碍₁？不醒时有甚思₂？糟腌两个功名字₃，醅渰千古兴亡事₄，曲埋万丈虹霓志₅。不达时皆笑屈原非₆，但知音尽说陶潜是。

作者生平：　　见 A01003。

定格说明：　　同前。

词语注释：　　1. 方何，将有什么；此言毫无妨碍。2. 此言不醒时有什么思虑烦恼。3. 此言用酒糟腌渍、浸泡。意即用酒将功名两字忘掉。4. 醅（pei 陪音），未滤的酒，此指酒；渰，同淹；此言用酒淹埋对史事的关切。5. 曲，同麹，酿酒的酒药，此即指酒。6. 达，通达，官运亨通。此言还没做大官、正想向上爬的人，皆笑屈原不该特立独行。

作品赏析：　　此篇与范康同牌作品全同。范作为写"酒色财气"四首，故当以归于范康名下为宜。

《贺圣朝》黄钟，小令、套曲兼用。《全元曲》小令收 1 作者，1 曲子。

A13263 无名氏《贺圣朝》

春夏间，遍郊原₁，桃杏繁，用尽丹青图画难。道童将驴鞴上鞍₂，忍不住只恁般顽₃，将一个酒葫芦杨柳上拴。

作者生平：　　见 A01005。

定格说明：　　《全元曲》只收此一曲，参考他谱归纳为：全曲 7 句，35 字。句式与韵脚安排为：3 △3 △3 △7 △7 △6 △6 △。典型平仄格式为：仄仄平 △仄平平 △仄仄平 △仄仄平平仄仄平 △仄仄平平仄仄平 △平平仄、仄平平 △仄平平、仄仄平 △。

词语注释：　　1. 郊原，郊外原野。2. 鞴（bei 备），装备。3. 只只得，作语助词解亦可。顽，同玩。

作品赏析：　　　略。

《节节高》　黄钟，小令、套数兼用。《全元曲》小令收 1 作者、1 曲子。

A13264 卢挚《节节高》题洞庭鹿角庙壁

雨晴云散，满江明月。风微浪息，扁舟一叶。半夜心，三生梦[1]，万里别，闷倚篷窗睡些[2]。

作者生平：　　见 A14124。

定格说明：　　全曲 8 句，31 字。句式与韵脚安排为：4○4△4○4△3○3○3△6△。典型平仄格式为：平平仄仄○平平仄仄△平平仄仄○平平仄仄△仄仄平○平平仄仄○平平仄仄△仄仄平平仄仄△。

词语注释：　　1. 三生梦，指有关前生、今生、后生的种种梦想。
2. 篷窗，船上篷间的小窗户。与上文"扁（pian 偏）舟一叶"相对应。

作品赏析：　　　略。

《霜角》　越调。小令、套数兼用。《全元曲》小令收 1 作者、8 曲子。

A13265 张可久《霜角·新安八景》紫阳书声[1]

楼观飞惊，好山环翠屏[2]。谁向山中讲授？朱夫子，鲁先生[3]。短檠，雪屋灯，琅琅终夜声[4]。传得先儒道妙[5]，百世下，以文鸣。

作者生平：　　见 A01004。

定格说明：　　全曲 11 句，43 字。句式与韵脚安排为：4△5△6○3○3△2△3△5△6○3○3△。典型平仄格式为：仄仄平平△平平仄仄平△仄仄平平仄仄○平平仄○仄仄平△平平△仄仄平△平平仄仄平△仄仄平平仄仄○平仄仄○仄平平△。

词语注释： 1. 作者写有"新安八景"的组曲，描述新安江一带景色。紫阳，山名，在安徽歙县南，宋朱熹的父亲朱松曾在此读书。后其子朱熹居福建时，曾题其书斋曰"紫阳书室"。2. 此言楼观（guàn 贯）檐牙如飞，十分惊险。好山如翠屏一样环绕。3. 朱夫子，指朱松；鲁先生，待考，或泛指儒生。4. 檠，此指灯架。琅琅，读书声。此言雪屋灯放在短短的灯架上，终夜可闻朗朗的读书声。5. 道妙，道之妙理。

作品赏析： 略。

《红锦袍》黄钟。小令、套曲兼用。《全元曲》小令收 2 作者，5 曲子。今选 1 首。

A13266 徐再思《红锦袍》

那老子见高皇斩了蛇₁，助萧何立大节，荐韩侯劳汗血₂。渔樵做话说，千古汉三杰₃。想着云外青山，纳了腰间金印₄，伴赤松子归去也₅。

作者生平： 见 A05074。

定格说明： 全曲 8 句、42 字，句式与韵脚安排为：6△6△6△5△5△4△4△6△。典型平仄格式为：仄平平、仄仄平△仄平平、平仄仄△仄平平、平仄仄△平平仄仄△仄平平仄△平平仄仄平平○仄平平○平仄仄△。

词语注释： 1. 那老子，从下文看，指张良。史书及传说，汉高祖刘邦斩白蛇起义。2. 韩侯，韩信，失宠后曾降作淮阴侯。此言韩信劳苦，为刘邦贡献汗血。3. 汉三杰：张良、萧何、韩信。4. 纳，交还。5. 赤松子，传说中的仙人。按张良辞官归隐见《史记》，伴赤松子游为传说。

作品赏析： 略。

《碧玉箫》双调，小令、套曲兼用。《全元曲》小令收 1 作者，10 曲

二 作品选注 241

子。今选 2 首。

A13267 关汉卿《碧玉箫》

膝上琴横，哀愁动离情₁。指下风生，潇洒弄清声。锁窗前月色明₂，雕阑外夜气清。指法轻，助起骚人兴。听，正漏断人初静。

作者生平： 见 A03014。

定格说明： 全曲 10 句 45 字，句式与韵脚安排为：4 △5 △4 △5 △6 △6 △3 △5 △1 △6 △。典型平仄格式为：仄仄平平△仄仄仄平平△仄仄平平△仄仄仄平平△仄平平、仄仄平△平平仄、仄仄平△仄仄平△仄仄平平△平△平平仄、平平仄△。首四句作排偶，第九句一字句偶有省去者。

词语注释： 1. 此言因琴声哀愁而动离情。2. 锁窗，通作琐窗，有连环花纹装饰的窗子。

作品赏析： 略。

A13268 关汉卿《碧玉箫》

红袖轻揎₁，玉笋挽秋千。画板高悬，仙子坠云轩₂。额残了翡翠钿₃，髻松了荷叶偏₄。花径边，笑捻春罗扇₅。搧，玉腕鸣黄金钏₆。

作者生平： 见前。

定格说明； 同前。

词语注释： 1. 揎，卷起。2. 此言坐在高悬画板上的女子，好似仙女从云轩（天宫）坠下。3. 此言额上的翡翠钿装饰给弄残了。4. 此言荷叶似的发髻也弄松而且偏了。5. 捻，拿起。6. 此言因摇扇而手腕上的金钏作响。

作品赏析： 人物动作写得生动美好而不轻薄。

十四寒《全元曲》收 13 曲牌，51 作者，318 曲子。

《青玉案》 双调，小令、套曲兼用。《全元曲》小令收 1 作者，1 曲子。

A14269 无名氏《青玉案》

插宫花饮御酒同欢乐₁，功劳簿上写上也么哥₂，万载标名麒麟阁。封妻荫子，进禄加官，想人生一世了₃。

作者生平：　见 A01005。

定格说明：　全曲 6 句、36 字（不算"也么哥"）。句式与韵脚安排为：7△6○7△4○4○6△。典型平仄格式为：平平仄仄平平仄△平平仄仄平平○仄仄平平平仄仄△平平仄仄○仄仄平平○仄平平、平仄仄△

词语注释：　1. 此乃科举时代殿试考中后的光荣待遇。2. 也么哥，衬字，句中为独立成分，元曲中常用的语词。3. 此言人生一世的大事俱已了结。

作品赏析：　由来讲求仕进的作品，大多以忠君爱国、经世济民为主调或遮羞布。此篇独赤裸裸以"封妻荫子、进禄加官"为人生唯一目标，为风格低下之尤者。然本曲牌只此一篇，录之以备一格。

《绿幺遍》 一作《六幺遍》，又名《柳梢月》《柳梢青》《梅梢月》。正宫。小令、套曲兼用。《全元曲》小令收 1 作者，1 曲子。

A14270 乔吉《绿幺遍·自述》

不占龙头选₁，不入名贤传。时时酒圣₂，处处诗禅₃。烟霞状元₄，江湖醉仙，笑谈便是编修院₅。留连，批风抹月四十年₆。

作者生平：　见 A03026。

定格说明：　全曲 9 句、42 字。句式与韵脚安排为：5△5△4○4

△4△4△7△2△7△。典型平仄格式为：仄仄平平仄△仄仄平平仄△平平仄仄○仄仄平平△平平仄仄△平平仄仄△平平仄仄平平仄△平平△平平仄仄仄平平△。有的本子将此曲与套曲中之《六幺序》相混而发生紊乱。又某曲谱作3△3△4○4△4△7△2△7△。原因待考。

词语注释：　　1. 此指科举考试之头名。2. 酒圣，或以为代指酒之醇者。按亦可理解为饮者中之杰出人物如刘伶等人。3. 诗禅，诗中禅理，或以诗谈禅。此言自己是诗界禅师。4. 此言为探访与欣赏烟霞者之魁首，此或指寻花问柳之能手。5. 此言笑谈今古，即是民间编修院，意即比在编修院写遵命文学更有意义。6. 批通作披。犹言披风戴月。

作品赏析：　　是看透世情后的醒悟，也是作者生活的真实写照。

《拔不断》又名《续断弦》。双调。小令、套曲兼用。《全元曲》小令收7作者，36曲子。今选4首。

A14271 王和卿《拔不断·自叹》

恰春朝₁，又秋宵，春花秋月何时了₂？花到三春颜色消₃，月过十五光明少，月残花落₄。

作者生平：　　见 A06150。

定格说明：　　全曲6句、31字。句式与韵脚安排为：3△3△7△7△7△4△。典型平仄格式为：仄平平△仄平平△平平仄仄平平仄△仄仄平平仄仄平△平平仄仄平平仄△平平仄△。

词语注释：　　1. 恰，刚才。2. 此借用李煜词《虞美人》中名句。3. 三春，阳春三月。4. 此感叹自己老了。落从口语念烙。

作品赏析：　　略。

A14272 姚燧《拔不断·四景》春

草萋萋，日迟迟₁，王孙士女春游戏。宫殿风微燕雀飞，池塘沙暖鸳鸯睡，正值着养花天气。

作者生平：　　见 A03016。

定格说明：　　同前。

词语注释：　　1. 迟迟，此有舒缓平和意，《诗经·豳风·七月》："春日迟迟，采蘩祁祁。"

作品赏析：　　语言明白如话，景物明媚宜人。

A14273 张可久《拔不断·琵琶姬王氏₁》

坐离筵₂，促哀弦，红妆新画昭君面₃，玉手轻弹《秋水篇》₄，青衫老泪溢江怨₅。几时重见？

作者生平：　　见 A01004。

定格说明：　　同前。

词语注释：　　1. 琵琶姬，琵琶女。2. 离筵，告别筵席；促弦，调紧琴弦。据曲情此当指王氏与作者告别的筵席，故促弹哀弦。3. 此言新化红妆，面美若昭君。4. 按胡琴谱中有《小山秋水篇》，当系作者（张可久字小山）诗歌篇名，而非指《庄子·秋水篇》。5. 此言听王氏弹罢，有如白居易在浔江口满腹哀怨而老泪滴湿春衫。参阅白居易《琵琶行》并序。

作品赏析：　　感情真实，语言得体，虽与艺妓惜别而不轻佻。

A14274 马致远《拔不断》

子房鞋，买臣柴，屠沽、乞食为僚宰，版筑、躬耕有将才₁。古人尚自把天时待，且不如酩子里胡捱₂。

作者生平：　　见 A01001。

定格说明：　　同前。

词语注释：　　1. 此处所引六位古人由微贱发迹的故事，前已屡见，故不详注。子房鞋，指张良为圯上老人穿鞋。朱买臣曾砍柴为生。屠沽，屠夫卖酒之徒，指樊哙少时的卑贱职业。韩信曾乞食于漂母,又伍子胥也曾乞食于吴市。殷相傅说曾从事版筑(修筑堤防等)。诸葛亮曾躬耕于南阳。僚宰,大官,臣僚与宰辅。2. 酩子里,元时口语,即暗地里。胡捱,糊里糊涂地等待。

作品赏析: 为人应该能坐以待时,但先得有真实本领,而不是妄想一步登天。

《殿前欢》又名《凤将雏》《凤引雏》《小妇孩儿》。双调。小令、套曲兼用。《全元曲》小令收24作者,124曲子。今选10首。

A14275 张弘范《殿前欢·襄阳战》[1]

鬼门关,朝中宰相五更寒[2]。锦衣绣袄兵十万,枝剑摇环[3],定输赢此阵间。无辞惮[4],舍性命争功汗[5]。将军战敌,宰相清闲。

作者生平: 张弘范(1238—1280),字仲畴,人称张九元帅。河北定县人。曾任御用局总管、顺天路管民总管,移守大名,后升益都淄莱等路行军万户,以攻宋陷襄阳、下建康有军功,封亳州万户,后授镇国上将军、江东道宣慰使。至元十五年(1278)任蒙古汉军都元帅,攻宋有大功。至元十七年(1280)病死,追封淮阳王,谥献武,《元史》有传。能为诗歌,著有《淮阳集》《淮阳乐府》。朱权将其列为"词林英杰"150人之一。《全元曲》收其小令4首。

定格说明: 全曲9句、42字(或44字,因第6句可作5字句)。句式与韵脚安排为:3△7△7△4△5△3△5△4○4△。典型平仄格式为:仄平平△平平仄仄仄平平△平平仄仄平平仄○仄仄平平△平平仄仄平△平仄△仄仄平平仄△平平仄仄○仄仄平平△。第6句或作5字句。

词语注释: 1. 此曲大约写的是作者为蒙古攻宋襄阳之役,作者因此役及下建康之功,被封为亳州万户。2. 朝中高官必须于五更在朝门等候上朝。此言朝门如鬼门关，决定国人命运。3. 枝剑，或云：挥舞、比画；按以枝为比画，无据。窃以为枝乃杖之误，杖、仗同，杖剑即执剑、舞剑。摇环，摇动刀枪上的金属环。此言盛服武装的士兵耀武扬威，准备战斗。4. 无辞惮，不推辞、不害怕。5. 争功汗，争着流汗立功。

作品赏析：　　武人特别是将领写战争的作品不多，选此以见一斑。此篇作者沉着坚定，但未免有重武轻文倾向，战时宰相未必清闲。

A14276 卢挚《殿前欢》

作闲人，向沧波濯尽利名尘₁。回头不睹长安近₂，守分清贫。足不袜发不巾，谁嗔问₃？无事萦方寸₄，烟霞伴侣，风月比邻₅。

作者生平：　　见 A14124。

定格说明：　　同前。

词语注释：　　1. 濯（zhuo 捉），洗涤。2. 此言回头看时长安很遥远，即已远离官场。3. 此言衣帽不再修饰，也无人责怪。4. 方寸，心；此言心中不再关怀官场事。5. 此言以烟霞风月为比邻朋友。

作品赏析：　　闲人自有闲人乐处，但如尘心未真正濯尽，恐怕难以享受。

A14277 张养浩《殿前欢·对菊自叹》

可怜秋，一帘疏雨暗西楼₁，黄花零落重阳后，减尽风流₂。对黄花人自羞：花依旧，人比黄花瘦₃。问花不语，花替人愁。

作者生平：　　见 A01006。

定格说明：　　同前。

词语注释：　　1. 一帘疏雨，一阵像珠帘似的小雨。2. 减尽风流，不再美好。3. 参阅李清照词《醉花阴》。

作品赏析：　　语言流畅，写出秋日淡淡忧愁。

A14278 张养浩《殿前欢·村居》

会寻思₁，过中年便赋去来词₂。为甚等闲间不肯来城市₃？只怕俗却新诗。对着这落花村、流水堤₄，柴门闭，柳外山横翠。便有些斜风细雨，也进不得这蒲笠蓑衣₅。

作者生平：　　见前。

定格说明：　　同前。

词语注释：　　1. 此指善于思考、会打算。2. 此指中年便学习陶渊明归隐。3. 等闲，无端，或指有空闲的时候，均可。4. 落花流水本有春残、破败义，此借指种种自然景观。5. 末二句语意双关，言即使偶然有些细小风波也不碍事。

作品赏析：　　农村生活的确悠闲，只恐在现代化潮流下难以寻觅。

A14279 薛昂夫《殿前欢·夏₁》

柳扶疏₂，玻璃万顷浸冰壶₃，流莺声里笙歌度₄，士女相呼。有丹青画不如₅。迷归路，又撑入荷深处。知他是西湖恋我，我恋西湖₆？

作者生平：　　见 A05086。

定格说明：　　同前。

词语注释：　　1. 作者写有咏春夏秋冬之《殿前欢》四首，今选夏。2. 扶疏，树木枝叶繁茂纷披。3. 此言被玻璃般的万顷西湖环绕着，使人觉得如浸润在冰壶里。4. 此言在婉转流莺啼声与笙歌中度日，或解作：飞过的黄莺其鸣声好像飘过的笙歌。5. 丹青，泛指作画颜料，此指颜料和画家。6. 末二句极言西湖使人流连忘返的心情。

作品赏析：　　略。

A14280 张可久《殿前欢·西溪道中》

笑掀髯，西溪风景近新添₁：出门便是三家店，绿柳青帘₂。旋挑来野菜甜₃，杜酝浊醪酽₄。整扮村姑婑₅。谁将草书，题向茅檐₆？

作者生平：　　见 A01004。

定格说明：　　同前。

词语注释：　　1. 此言含笑摸着胡须，高兴西溪最近增添了新风景。2. 此言绿柳像青帘一样下垂，或店子在绿柳丛中垂下青帘。3. 旋挑，新采摘；甜，鲜美。4. 杜酝，通解作用杜康老法酿造。此说欠妥，乡村未必有杜康老法，且杜法所酿应不是浊醪。按杜应为社之误。社酝，用村社土法酿造。酽（yan 宴），味浓。5. 整扮，梳饰打扮。婑，同倩，美好。6. 此用唐崔护向城南村姑讨水喝，次年再访不遇而题诗的典故，说而今有谁会在茅檐下为此村姑题诗呢？三句盛赞村姑之美。

作品赏析：　　好一派农村新景：物美人妍。

A14281 徐再思《殿前欢·观音山眠松₁》

老苍龙₂，避乖高卧此山中₃。岁寒心不肯为梁栋₄，翠蜿蜒俯仰相从₅。秦皇旧日封？靖节何年种？丁固当时梦₆？半溪明月，一枕清风₇。

作者生平：　　见 A05074。

定格说明：　　同前。

词语注释：　　1. 眠松，倒伏地面而生长、如睡眠状之松树，即俗所谓卧龙松。2. 老苍龙，指卧龙松。3. 乖，乖戾，此指灾害。4. 岁寒心，耐寒性格。此用《论语·子罕》：子曰："岁寒，然后知松柏之后凋也。"言此有岁寒心之老松，因不肯为栋梁，所以卧着长，不成栋梁材。5. 蜿蜒，曲折爬行。此言苍松在地面蜿蜒生长；俯仰相从，或高或低随地面而行。6. 三句用历史上名松来赞美此"眠松"：是秦始皇当年在泰山封"五大夫松"时封过你？（见《史记》）是陶渊明说"松菊犹存"的年月种的你？或者是当年三国时丁固梦见松生腹上时，所梦见的是否就是你？7. 此写眠松所处环境，枕清风是眠松姿态。

作品赏析：　　写得生动有骨气，写松实即写人。

A14282 杨朝英《殿前欢》和阿里西瑛韵，其一₁

白云窝₂，樵童斟酒牧童歌，醉时林下和衣卧，半世磨陀₃。富和贫争什么₄？自有闲功课：共野叟闲吟和₅。呵呵笑我，我笑呵呵₆。

作者生平：　　见 A05107。

定格说明：　　同前。

词语注释：　　1. 阿里西瑛，著名散曲作家，其详见 A03028。他名其苏州住所为"懒云窝"，曾作有《懒云窝》曲三首，时人纷纷和之。2. 白云窝即懒云窝。3. 磨陀，消磨、蹉跎。4. 此言争什么贫富。5. 此言自有闲功课可作，即与野叟吟和。6. 此曲末二句常用互相颠倒形式。

作品赏析：　　甚是潇洒。

A14283 李伯瞻《殿前欢·省悟》其四

到闲中₁，闲中何必问穷通₂？杜鹃啼破南柯梦₃，往事成空。对青山酒一钟，琴三弄，此乐谁与共？清风伴我，我伴清风。

作者生平：　　李伯瞻，蒙古名彻彻千，又名薛彻千。汉名李屺，字伯瞻，号熙怡。其先姓于弥氏，世为西夏国主。唐末赐姓李。后居于龙兴（今江西南昌）。泰定间（1324—1328）官翰林直学士、兵部侍郎。为人情怀淡泊，善散曲与书画。《全元曲》收其小令 6 首，残曲 1。朱权将其列为"词林英杰"150 人之一。

定格说明：　　　　同前。

词语注释：　　　　1. 此言已经过上了清闲生活。2. 穷通，倒霉和官运亨通。3. 南柯梦，唐李公佐《南柯太守传》说人生如梦的故事。

作品赏析：　　　　略。

A14284 无名氏《殿前欢》

夜如何₁？正梨花枝上月明多。谁家见月明多₂？谁家见月能闲坐？我正婆娑₃，对清光发浩歌，无人和，和影都三个。姮娥共我，我共姮娥₄。

作者生平：　　　　见 A01005。

定格说明：　　　　同前。

词语注释：　　　　1.《诗经·小雅·庭燎》："夜其如何？夜未央。" 2. 按谱此句为多余，可作衬字看。3. 婆娑，舞貌；浩歌，高歌。三个指月（姮娥）、影与我。此暗用李白诗《月下独酌》："举杯邀明月，对影成三人。" 4. 姮娥，即嫦娥，此指月。

作品赏析：　　　　明月之下常多思，浩歌似为排遣寂寞而发。

《对玉环》双调，小令、套曲兼用。《全元曲》小令收 1 作者，1 曲子。

A14285 无名氏《对玉环₁》

歌舞婵娟₂，风流胜玉仙₃。拆散姻缘，柳青忒爱钱₄。佳人蓦上船₅，书生缘分浅。几句诗，金山古寺边₆。一曲琵琶，长江秋月圆₇。

作者生平：　　　　见 A01006。

定格说明：　　　　全曲 10 句、46 字，句式与韵脚安排为：4 ○5 △4 ○5 △5 △5 △3 ○5 △4 ○5 △。典型平仄格式为：仄仄平平 ○ 平平仄仄平△仄仄平平○平平仄仄平△平平仄仄平△平平平仄仄△仄仄平○平平仄仄平△仄仄平平○平平仄仄平△。本曲带《清江引》组成带过曲。

词语注释： 1. 按此曲写书生双渐与妓女苏卿间的爱情故事。元人咏此事的词曲甚多，情节大同小异。2. 婵娟，美好。3. 玉仙，漂亮的仙女。是否另有所指，待考。4. 柳青，此为曲牌《柳青娘》的歇后语，即"娘"，指老鸨、虔婆。此言老鸨因爱钱而拆散姻缘，强将苏卿嫁与有钱的茶商。5. 此言将苏卿赶快弄上茶商的货船。6. 此言苏卿因怀念双渐，而于路过金山寺时题诗墙上。双渐此时已考场胜利，身为县令。见诗后追赶并夺回苏卿。7. 此写二人团圆后，于秋夜月圆之江上演奏琵琶。

作品赏析： 略。

《快活年》双调。小令、套曲兼用。《沽美酒》加本曲组成带过曲。《全元曲》小令收 2 作者、10 曲子。

A14286 无名氏《快活年》

贪饕贿赂显荣华₁，似镜中看花₂。浮名浮利不贪他，万事无牵挂₃。一笔都勾罢，散诞煞₄。

作者生平： 见 A01005。

定格说明： 全曲 6 句、32 字。句式与韵脚安排为：7△5△7△5△5△3△。典型平仄格式为：仄仄平平仄平平△仄仄仄平平△平平仄仄仄平平△仄仄平平仄△仄仄平平仄△平仄仄△。《沽美酒》加本曲组成带过曲。

词语注释： 1. 饕（tao 掏），贪吃；此处与贪字结合，即指贪婪。2. 此言既贪污又要光荣，绝不可能得到。3. 此特指不担惊受怕。4. 同散淡，潇洒。

作品赏析： 略。

《汉东山》正宫，小令、套曲兼用。《全元曲》小令收1作者，10曲子。今选1首。

A14287 张可久《汉东山》

骑鲸沧海波，高枕白云窝[1]。人生梦南柯。睡觉来也么哥，积玉堆金待如何[2]？田地阔，儿女多，惹争夺！

作者生平：　　见 A01004。

定格说明：　　全曲 7 句、34 字。句式与韵脚安排为：5△5△5△3○7△3△3△3△。典型平仄格式为：平平仄仄平△仄仄仄平平△平平仄仄平△仄仄平○也么哥，仄仄平平仄平平△平平仄△仄仄平△平平仄△。

词语注释：　　1. 前句言在官场飞黄腾达，后句言退隐林泉。白云窝，隐者的住处，参阅前 A03028"懒云窝"。2. 待如何，又将怎么样？意即有什么好处？

作品赏析：　　说的是亘古不变的大实话，可世人很少能看透这点，而依然是"人为财死"或"甘为儿女作马牛"，终身地奔忙不已。

《醉中天》仙吕，小令、套曲兼用，亦入越调、双调。《全元曲》小令收 7 作者，20 曲子。今选 3 作者各 1 首。

A14288 王和卿《醉中天·咏大蝴蝶》

弹破庄周梦[1]，两翅架东风[2]。三百座名园一采一个空。难道风流种[3]，諕杀寻芳的蜜蜂[4]！轻轻的飞动，把卖花人搧过桥东。

作者生平：　　见 A06150。

定格说明：　　全曲 7 句、38 字，句式与韵脚安排为：5△5△7△5△6△4△6△。典型平仄格式为：仄仄平平仄△仄仄仄平平△仄仄平平仄仄平△仄仄平平仄△仄仄平平仄平△平仄仄△平平仄平平△。

词语注释： 1. 弹破，犹言（蝶翅）扇破。《庄子·齐物论》有庄周梦变为蝶的记载。2. 架，同驾。3. 难道，难得，此有夸奖意。4. 諕，同唬，吓唬。

作品赏析： 此以大蝴蝶比奇才，用形象而夸张手法，寓抟扶摇而上之大志。作者因此篇声名大噪。

A14289 杜遵礼《醉中天·佳人脸上黑痣》

好似杨妃在，逃脱马嵬灾。曾向宫中捧砚台，堪伴诗书客[1]。叵耐无情的李白[2]，醉拈斑管[3]，洒松烟点破桃腮[4]。

作者生平： 杜遵礼，生平不详。朱权将其列为"词林英杰"150人之一。《全元曲》收其小令2首。

定格说明： 同前。

词语注释： 1.《杨太真外传》载，李太白替朝廷草吓蛮书时，曾要求杨贵妃捧砚，高力士脱靴，后李并因此遭排斥。2. 叵耐，无奈。3. 斑管，用斑竹竿制作的毛笔。4. 松烟，墨。中国的墨多用松烟作为原料。

作品赏析： 元曲中有不少作品写人的生理缺陷，但多有嘲弄意。此篇虽例外，但作者明显怀有惋惜之心；殊不知今天竟以"美人痣"为衬托洁白美好皮肤之生理优点。又《全元曲》载有白朴同样标题之作品，与此篇大同小异，且用词立意各有优劣。想系编辑者未深究之结果。现附录于此以供参考。白朴《醉中天·佳人脸上黑痣》：疑是杨妃在，怎脱马嵬灾？曾与明皇捧砚来。美脸风流杀。叵奈挥毫李白，觑着娇态，洒松烟点破桃腮。

A14290 无名氏《醉中天》

老树悬藤挂[1]，落日映彩霞，隐隐平林噪晚鸦[2]，一带山如画。懒设设鞭催瘦马[3]，夕阳西下，竹篱茅舍人家。

作者生平： 见 A01005。

定格说明：　　　同前。
词语注释：　　　1. 藤挂，挂着的藤萝。2. 隐隐，隐约、暗淡。3. 懒设设，犹言懒洋洋。
作品赏析：　　　作者使用改写与櫽栝手法，很好地再现了马致远的《天净沙·秋思》，除"夕阳西下"四字外，全系再创造。

《钱丝泫》双调。小令、套曲兼用。《全元曲》小令收1作者，1曲子。

A14291 乔吉《钱丝泫》

避豪杰，隐岩穴，煮茶香扫梅梢雪₁，中酒酣迷纸帐蝶₂。枕书睡足松窗月₃，一灯蜗舍₄。

作者生平：　　　见 A03026。
定格说明：　　　全曲6句、30字，句式与韵脚安排为：3△3△7△7△7△4△。典型平仄格式为：仄平平△平平仄△平平仄仄平平仄△仄仄平平平仄仄△平平仄仄平平仄△平平仄仄△。
词语注释：　　　1. 香扫，在香风中收集。此言扫梅梢香雪当水煮茶，这是古代中国文人的一种情调，可参阅《党家妓不识雪景》故事。2. 此言中酒之后酣睡帐中，为纸帐装饰所迷。3. 松窗月，窗外有松，月自松上筛下。4. 蜗舍，小舍。
作品赏析：　　　十分清静闲适的隐者生活。

《庆东原》又名《郓城春》。双调。小令、套曲兼用。《全元曲》小令收16作者，54曲子。

A14292 张养浩《庆东原》

海来阔风波内，山般高尘土中，整做了三个十年梦。被黄花数丛₁，白云几峰₂，惊觉周公梦₃。辞却凤凰池₄，跳出醯鸡瓮₅。

作者生平：　　见 A01006。

定格说明：　　全曲 8 句，首二句须对，可作五字句。其句式安排为：3○3△7△4△4△4△5△5△。平仄与韵脚格式为：平平仄○仄仄平△平平仄仄平平仄△平平仄仄△仄仄平平△仄仄平平△仄仄仄平平△仄仄平平仄△。

词语注释：　　1. 黄花，菊花，最能引起退隐思想的花。2. 几峰，犹言几朵。3. 周公梦，此指治国救民的理想。孔子云："甚矣，吾衰矣！久矣，吾不复梦见周公。"意即自己因衰老而不再有兴周大志。4. 凤凰池，指中央机构。作者归隐前为中书省参知政事。5. 醯（xī西）鸡，酸菜瓮中的小飞虫。此用《庄子·田子方》中典，言醯鸡飞出瓮外，得见世面。

作品赏析：　　略。

A14293 张可久《庆东原》次马致远先辈韵九篇（其五）[1]

诗情放[2]，剑气豪，英雄不把穷通较。江中斩蛟，云间射雕，席上挥毫[3]。他得志笑闲人[4]，他失脚闲人笑[5]。

作者生平：　　见 A01004。

定格说明：　　见前。

词语注释：　　1. 马致远原作今已不传。2. 放，发、狂放。3. 此言自己武能像晋代周处一样于江中斩蛟，北齐斛律光一样云中射雕，文能于席上挥毫成章。4. 闲人，旁人。5. 失脚，失足，不得志、逢厄运。

作品赏析：　　略。

A14294 张可久《庆东原·春日》

莺啼昼，人倚楼，酒痕淹透香罗袖[1]。蔷薇水蘸手，荔枝浆爽口，琼花露扶头[2]。有意送春归，无奈伤春瘦[3]。

作者生平：　　见前。

定格说明：　　同前。

词语注释：　　1. 此有以酒消愁意。2. 扶头，敷头，洒在头上。
3. 此言人因伤春而瘦，无可奈何。

作品赏析：　　选此以见古代妇女化妆品的一斑。

A14295 丘士元《庆东原·秋暮感怀》

山连地，水映天，盼宾鸿过尽空嗟怨₁。朱帘半卷，西风槛边，月照庭轩。堪叹此时情，独倚阑干遍₂。

作者生平：　　丘士元，生平不详，朱权将其列为"词林英杰"150
人之一。《全元曲》收其小令8首。

定格说明：　　同前。

词语注释：　　1. 宾鸿，迁徙的鸿鸟。盼宾鸿是希望能收到来信，
鸿过信无，所以嗟怨。2. 此言独自倚遍阑干。

作品赏析：　　秋夜凭栏遥望，音信全无，情何以堪。

A14296 白朴《庆东原》

《黄金缕》₁，碧玉箫，温柔乡里寻常到₂。青春过了，朱颜渐老，白发凋骚₃。则待强簪花₄，又恐傍人笑₅。

作者生平：　　见 A01003。

定格说明：　　同前。

词语注释：　　1. 黄金缕，曲调名。2. 温柔乡，女色迷人之境，此
指妓院等场所。三句言常来温柔乡吹箫唱曲。3. 凋骚，
凋谢、衰败。4. 簪花，戴花，泛指作年轻人打扮。
5. 傍，同旁。

作品赏析：　　青春不在，能无淡淡微愁？

A14297 乔吉《庆东原·青田九楼山舟中作》

渺渺山头路，鳞鳞山上田₁，绕篷窗六曲屏风面₂，似丹青辋川，是神仙洞天。隔云树人烟，试看玉溪边，恐有桃花片₃。

二 作品选注 257

作者生平： 见 A03026。

定格说明： 同前。

词语注释： 1. 此指山上如鳞片一般的梯田。2. 此言从船上篷窗望去，是曲曲弯弯像屏风一样的山色。3. 此言使人真疑是仙境，所以试看美丽的溪边，是否像《桃花源记》中所说，有桃花片流出来。

作品赏析： 写得使人以为作者真到了桃源仙境。

A14298 汤舜民《庆东原·田家乐》其一

黍稷秋收厚[1]，桑麻春事好，妇随夫唱儿孙孝。骟鸡长膘[2]，绵羊下羔，丝茧成缫[3]。人说仕途荣，我爱田家乐[4]。

作者生平： 见 A03015。

定格说明： 同前。

词语注释： 1. 稷，粟的别称。黍稷此泛指谷类作物。2. 骟鸡，阉过的公鸡。3. 缫（sao 搔），抽出茧丝，此作量词，一束束的蚕丝。4. 乐，似应念"yao 要"。

作品赏析： 丰衣足食而又家庭和睦，是广大中国人的理想生活。

《人月圆》 黄钟。小令、套曲兼用。《全元曲》小令收 12 作者，30 曲子。

A14299 元好问《人月圆·卜居外家东园》其一

重冈已隔红尘断[1]，村落更年丰。移居就要：窗中远岫[2]，舍后长松。【幺】十年种木，一年种谷，都付儿童[3]。老夫惟有：醒来明月，醉后清风。

作者生平： 见 A03043。

定格说明： 全曲首曲加换头幺篇（将原 7、5 字句改为三个 4 字句），计 5 句 24 字，加幺篇 6 句 24 字，两共 48 字，句式与韵脚安排为：7○5△4○4○4△【幺】4○4○4△4○

○4△。典型平仄格式为：平平仄仄平平仄○仄仄仄平平△平平仄仄○平平仄仄○仄仄平平△【幺】平平仄仄○平平仄仄○仄仄平平△平平仄仄○平平仄仄○仄仄平△。

词语注释： 1. 此言住处有重山隔断城市红尘喧嚷。2. 此言从窗中应能看到远处山峰。3. 此言把田园活计交给后代。

作品赏析： 好清闲的养老生活。城市与现代化的今天恐难寻觅。

A14300 魏初《人月圆·为细君寿₁》

冷云冻雪褒斜路₂，泥滑似登天。年来又到，吴头楚尾₃，风雨江船。【幺】但教康健，心头过得₄，莫论无钱。从今只望：儿婚女嫁，鸡犬山田₅。

作者生平： 魏初（1226—1286），字太初，号青崖，弘州顺圣（今河北阳原）人。从祖为金代进士，父金甄官署令。幼好读书，曾师事元好问，后任中书省掾史兼掌书记、国史院编修、监察御史、江西按察使等职。《元史》有传，著有《青崖集》。《全元曲》收其小令1首。

定格说明： 同前。

词语注释： 1. 细君，对妻子的客气称呼。2. 褒斜路，在今陕西南部，古时险要道路。3. 指古时吴楚交界处，此泛指东南一带。五句说自己长年在外奔走，有惋惜不能团聚意。4. 过得，过得去，过得舒适。5. 此有省略，言希望庄稼畜禽都兴旺。倘将前面改为"而今只管"，则可救此弊。

作品赏析： 细说家常，十分亲切。此类作品不多。

A14301 蒲道源《人月圆》赵君锡再得雄₁

君家阴德多多种，重得读书郎。掌中惊看：隆颅犀角，黛抹朱妆₂。【幺】最堪欢处：灵椿未老，丹桂先芳₃。他年须记：于门高大，车马煌煌₄。

作者生平： 蒲道源（1260—1336），字得之，号顺斋。世居眉州（今属四川），后徙居兴元南郑（今属陕西）。初为学正，后迁翰林编修、国子博士。著有《闲居丛稿》。《全元曲》收其小令 1 首。

定格说明： 同前。

词语注释： 1. 赵君锡，曲作家。再得雄，又生了个男孩。2. 隆颅犀角，额骨高高如犀角，俗以为乃贵相。黛抹朱妆：眉黑唇红。3. 椿，指父亲；丹桂，指儿子。此言君锡未老，孩子就成长起来了。或指赵君锡的父母未老，而其子孙就早早成长起来了。须看具体情况而定。4. 汉书于定国之父修整门户时，叫人把闾门修得高大些，使可通车马。说自己积有阴德，子孙必贵。后果然。这里是恭维话，言他年修筑闾门时要像于定国那样，使闾门高大能走车马。

作品赏析： 贺喜之词，录之以备一格。

《春闺怨》双调，亦入商调。小令、套曲兼用。《全元曲》小令收 2 作者，5 曲子。

A14302 乔吉《春闺怨》

不系雕鞍门前柳₁，玉容寂寞见花羞₂。冷风儿吹雨黄昏后，帘控钩₃，掩上球楼₄，风雨替花愁。

作者生平： 见 A03026。

定格说明： 此曲牌作品少，字、句数彼此有出入。一般作全曲 6 句、29 字。其句式安排为：5○5△7△3△4△5△。平仄与韵脚格式为：仄仄平平仄○平平仄仄平△平平仄仄平平仄△仄仄平△仄仄平平△仄仄仄平平△。有的曲谱第 3 句后再有一个 7 字句。

词语注释： 1. 此言门前柳不系雕鞍，有门前冷落车马稀之意，故下文言身感寂寞、羞愧。2. 见花羞，因自己寂寞，面带愁容,所以见花便产生羞愧感。3. 帘控钩,帘钩废置不用,此言无心卷帘。4. 掩,关闭。此言关上球楼的门。球楼,待考,或指如俗所谓"彩楼抛球"式的楼房。

作品赏析:　　　略。

十五痕《全元曲》收 11 曲牌,25 作者,275 曲子。今选 17 作者 29 首。

《游四门》仙吕,亦入商调。小令、套曲兼用。《全元曲》小令收 1 作者,6 曲子。今选 1 首。

A15303 无名氏《游四门》

柳绵飞尽绿丝垂,则管送别离₁。年年折尽依然翠,行客几时回?伊₂!快活了是便宜₃。

作者生平:　　　见 A01005。

定格说明:　　　全曲 6 句,30 字。其句式安排为:7 △5 △7 △5 △1 △5 △。平仄与韵脚格式为:平平仄仄平平仄 △仄仄仄平平 △平平仄仄平平仄 △仄仄仄平平 △平 △仄仄仄平平 △。其中一字句可省。

词语注释:　　　1. 则管句,言只管专用于送别。2. 伊,语气词,感叹词,与噫同。3. 此言最便宜的事情莫过于快快活活过日子。

作品赏析:　　　略。

《三棒鼓声频》失宫调。小令、套曲兼用。《全元曲》小令收 1 作者,1 曲子。

A15304 曹德《三棒鼓声频₁》

先生醉也，童子扶着。有诗便写，无酒重赊。山声野调欲唱些，俗事休说。问青天借得松间月，陪伴今夜。长安此时春梦热，多少豪杰！明朝镜中头似雪，乌帽难遮₂。星般大县儿难弃舍₃，晚入庐山社₄。比及眉未攒₅，腰曾折，迟了也去官陶靖节。

作者生平： 曹德，字明善。衢州（今属浙江）人，曾任衢州路吏、山东宪吏。至元五年（1339）在都下作《清江引》讽刺权贵伯颜擅权事，并大书揭于五门之上，以此声名大噪。因逃缉捕，遁入吴中僧舍。后伯颜事败，才再入京。与任昱、薛昂夫等有交往。《全元曲》收其小令18首。朱权将其列入"词林英杰" 150人之中。

定格说明： 《全元曲》只此一曲，各谱均不载。全曲17句，约87字。句式与韵脚安排应为：4△4△4△4△4△7△4△7△4△7△4△7△4△7△5△5△3△7△。典型平仄格式略。

词语注释： 1. 或谓其乃《十棒鼓》之别名，当为双调。然此曲结尾较《十棒鼓》多出5句并空格，似为另加之尾声。其详待考。2. 乌帽，乌纱帽，官帽。3. 星般大，言其微小。4. 庐山社，即白莲社，晋高僧慧远在庐山所组佛学团体。慧远曾以书招陶渊明。5. 比及，等到；攒眉，紧蹙双眉。此言不早弃官，等到不蹙眉、曾折腰之后才归去，太晚了！按眉未攒于理不合，攒当为展字之误，展眉指心情舒畅。此言身为小县令，眉未展（心情不舒畅），腰已折，然后去官，太迟了。

作品赏析： 首段写陶渊明的隐居自在生活，有赞美意。次段写长安官场闹剧，枉自操心白头，以与渊明对比。末段微责其去官太晚。实则陶渊明自己亦有此种想法，所以在其《归去来兮辞》中说："既自以心为形役，奚惆怅而独悲！"官场与隐逸生活对比，优劣自明，能不拂袖归去！

《凭阑人》越调。小令、套曲兼用。《全元曲》小令收 11 作者，64 曲子。今选 4 作者，6 首。

A15305 姚燧《凭阑人》

两处相思无计留₁，君上孤舟妾倚楼。这些兰叶舟，怎装如许愁₂！

作者生平：　　见 A03016。

定格说明：　　全曲 4 句，24 字。句式与韵脚安排为：7△7△5△5△，典型平仄格式为：仄仄平平仄仄平△仄仄平平仄仄平△平平仄仄平△平平仄仄平△。

词语注释：　　1. 无计留，没有办法可挽留。2. 兰叶舟，如兰叶之小舟。二句化用李清照词《武陵春》："只恐双溪蚱蜢舟，载不动许多愁。"

作品赏析：　　简洁生动。

A15306 姚燧《凭阑人·寄征衣》

欲寄君衣君不还，不寄君衣君又寒。寄与不寄间，妾身千万难！

作者生平：　　见前。

定格说明：　　同前。

词语注释：　　略。

作品赏析：　　明白如话，忧思难解。

A15307 张可久《凭阑人·湖上》 二首录一

远水晴天明落霞₁，古岸渔村横钓槎₂。翠帘沽酒家，画桥吹柳花₃。

作者生平：　　见 A01004。

定格说明：　　同前。

词语注释：　　1. 明，此作动词，言晴天远水使落霞格外明朗。

2. 槎,筏子。3. 柳花,即杨花。
作品赏析：　　略。

A15308 张可久《凭阑人·江夜》

江水澄澄江月明,江上何人搊玉筝$_1$？隔江和泪听,满江长叹声。

作者生平：　　见前。
定格说明：　　同前。
词语注释：　　1. 搊（chou 抽）,用手指弹奏。
作品赏析：　　对动人筝声作了高度评价。

A15309 徐再思《凭阑人·江行》

鸥鹭江皋$_1$千万湾,鸡犬人家三四间。逆流滩上滩,乱云山外山。

作者生平：　　见 A05074。
定格说明：　　同前。
词语注释：　　1. 皋,水边高地。
作品赏析：　　好一派江景。

A15310 乔吉《凭阑人·小姬$_1$》

手捻红牙花满头$_2$,爱唱春词不解愁$_3$。一声出画楼,晓莺无奈羞$_4$。

作者生平：　　见 A03026。
定格说明：　　同前。
词语注释：　　1. 小姬,年幼歌女。从本曲内容看,此女尚未成年。2. 红牙,染红的象牙简板。3. 不解愁,此指歌女年幼,尚不理解歌词中的春愁。4. 无奈羞,羞得无法忍受。此极言歌声美好。

《三番玉楼人》仙吕。小令、套曲兼用。《全元曲》小令收 1 作者，1 曲子。

A15311 无名氏《三番玉楼人·闺情》

风摆檐间马，雨打响碧窗纱。枕剩衾寒没乱煞[1]。不着我题名儿骂[2]？暗想他，忒情杂[3]。等来家，好生的歹斗咱[4]。我将那厮脸儿上不抓[5]，耳轮儿揪罢，我问你昨夜宿谁家？

作者生平：　　见 A01005。

定格说名：　　全曲 11 句，49 字。句式与韵脚安排为：5△5△7△5△3△3△3△5△4△4△5△。典型平仄格式为：仄仄平平仄△仄仄平平仄△仄平平仄仄平△仄仄平平仄△仄平平△仄平平△仄平平△平平仄仄平△平平仄仄△平平仄仄△仄仄仄平平△。第四句也有作 3 字者。

词语注释：　　1. 枕剩，指另一枕头空着。没乱煞，混乱极了。2. 不着我，犹言怎不教我。题名，指名。3. 情杂，感情不专一。4. 歹斗，狠斗。咱，语助词，与着意近。5. 那厮，那家伙，指所思念之人。此"不"字疑是衍文。有人认为是语气词，可参考。

作品赏析：　　写闺中纠纷，倒也生动。因只此一首，选以备考。

《忆王孙》又名《画娥眉》《柳外楼》。仙吕。小令、套曲兼用。《全元曲》小令收 1 作者，2 曲子。

A15312 赵善庆《忆王孙·寻梅》

寻香曾到葛仙台[1]，踏雪今临和靖宅[2]，横斜数枝僧寺侧。动吟杯[3]，一半衔春一半开[4]。

作者生平：　　见 A05081。

定格说明：　　全曲 5 句，31 字，句式与韵脚安排为：7△7△7△3△7△。典型平仄格式为：平平仄仄仄平平△仄仄平平仄仄平△仄仄平平仄仄平△仄平平△仄仄平平平仄仄△。

词语注释：　　1. 葛仙台，即杭州西湖北岸葛岭初阳台，相传葛洪曾在此炼丹。2. 和靖，林和靖，宋代著名隐士。3. 动吟杯：一面饮酒一面吟诗。4. 此指梅花一半含苞待放，一半已开。

作品赏析：　　略。

《一锭银》双调。小令、套曲兼用。本曲带《大德乐》组成带过曲。《全元曲》小令收 1 作者，13 曲子。今选 1 首。

A15313 无名氏《一锭银》

昨日东周今日秦，旧冢新坟。转头三年一闰₁，抱官囚痴人₂。

作者生平：　　见 A01005。

定格说明：　　全曲 4 句，22 字。句式与韵脚安排为：7△4△7△4△。典型平仄格式为：仄仄平平仄仄平△仄仄平平△仄仄平、平平仄仄△仄仄平平△。第三句可作 6 字句。

词语注释：　　1. 我国旧历历法，其闰周为"三年一闰"，即每三年中有一个闰年。此指世道循环。2. 此言如囚徒一样抱着官位不放的是痴人。

《落梅引》双调。小令、套曲兼用。《全元曲》小令收 1 作者，6 曲子。今选 1 首。

A15314 张养浩《落梅引》

野水明于月₁，沙鸥闲似云₂，喜村深地偏人静。带烟霞半山斜照影₃，都变做满川诗兴₄。

作者生平：　　见 A01006。

定格说明：　　诸谱不载，经归纳为全曲 5 句，31 字。句式与韵脚安排为：5○5△7△7△7△。典型平仄格式为：仄仄平平

仄〇平平仄仄平△仄平平、平平仄仄△仄仄平平平仄仄
△平仄仄、平平仄仄△。

词语注： 1. 明于月，比月亮还明亮。2. 此言沙鸥像闲云似的随意飞翔。3. 此言水中现出带烟霞的半山斜照影子。4. 此言水中倒影使满川都富有诗兴。

作品赏析： 的确是富有诗意的好山村。

《清江引》又名《江水儿》。双调。小令、套曲兼用。《全元曲》小令收 21 作者，153 曲子。今选 12 作者，13 首。

A15315 张养浩《清江引》咏秋日海棠（其四）

宋玉每逢秋叹嗟$_1$，见此应欢悦。恰被风吹开$_2$，莫遣霜摧谢。有他那惜花人来到也！

作者生平： 见 A01006。

定格说明： 全曲 5 句，29 字。句式与韵脚安排为：7▲5△5〇5△7△。典型平仄格式为：仄仄平平平仄仄▲仄仄平平仄△仄仄仄平平〇仄仄平平仄△仄仄平平平仄仄△。

词语注释： 1. 此指宋玉《九辨》："悲哉秋之为气也！" 2. 恰被，刚好被。

作品赏析： 略。

A15316 刘时中《清江引》

春光荏苒如梦蝶$_1$，春去繁花歇。风雨两无情，庭院三更夜$_2$。明日落红多去也。

作者生平： 见 A05066。

定格说明： 同前。

词语注释： 1. 荏苒（ren ran 忍冉），光阴渐渐地逝去。如梦蝶，此暗引《庄子》，言人生如梦。2. 此言三更夜庭院风雨交加。

作品赏析：　　略。

A15317 张可久《清江引·秋怀》

西风信来家万里₁，问我归期未₂？雁啼红叶天，人醉黄花地₃，芭蕉雨声秋梦里₄。

作者生平：　　见 A01004。

定格说明：　　同前。

词语注释：　　1. 此言刮西风时从万里外接到家信。2. 问我句，此言信中问有没有归期。3. 黄花，指秋菊。4. 此言在芭蕉秋雨声中梦想家人。

A15318 任昱《清江引·题情》二首选一

南山豆苗荒数亩₁，拂袖先归去。高官鼎内鱼，小吏罝中兔₂，怎似闭门闲看书。

作者生平：　　见 A03038。

定格说明：　　同前。

词语注释：　　1. 此借用陶渊明诗："种豆南山下，草盛豆苗稀。" 2. 罝（ju居），捕兔的网。

作品赏析：　　略。

A15319 贯云石《清江引》

竞功名有如车下坡，惊险谁参破₁？昨日玉堂臣₂，今日遭残祸₃。怎如我避风波走在安乐窝₄。

作者生平：　　见 A04056。

定格说明：　　同前。

词语注释：　　1. 参破，识破。2. 玉堂，宫殿、官府。3. 残祸，惨祸。4. 走与窝不协调，应作躲、住或其他字样。

作品赏析：　　略。

A15320 贯云石《清江引·咏梅》四首选一

南枝夜来先破蕊，泄露春消息。偏宜雪月交₁，不惹蜂蝶戏。有时节暗香来梦里。

  作者生平： 见 A04056。

  定格说明： 同前。

  词语注释： 1. 此言最宜于雪月交加时开放。

  作品赏析： 略。

A15321 徐再思《清江引·春夜》

云间玉箫三四声，人倚阑干听。风生翡翠棂₁，露滴梧桐井，明月半帘花弄影₂。

  作者生平： 见 A05074。

  定格说明： 同前。

  词语注释： 1. 棂，窗户棂子。2. 此暗用宋张先词《天仙子》中名句："云破月来花弄影。"

  作品赏析： 是清净而有韵味的良好春宵。

A15322 刘婆惜《清江引》

青青子儿枝上结，引惹人攀折。其中全子仁₁，就里滋味别₂。只为你酸留意儿难弃舍₃。

  作者生平： 刘婆惜，江右（今江西）人，著名歌妓，兼通文墨。因与人私奔被杖责，将去广海定居。道经赣州，谒州监郡全普庵撒里（全子仁）。全子仁帽插青梅一枝行酒，并口占《清江引》首句"青青子儿枝上结"，令宾朋续之。刘乃应声续完曲词，遂被收为侧室。

  定格说明： 同前。

  词语注释： 1. 自此以下一语双关。此处字面上说："青梅之中有颗完全的子仁"，又暗指席上的全子仁。2. 就里，里面。3. 酸留，酸溜溜的。

作品赏析：　　此女诗才敏捷。即席口占而能用含蓄贴切的双关语，表达自己的爱慕之意，颇为难得。

A15323 宋方壶《清江引·托咏₁》

剔透㘝一轮天外月₂，拜了低低说：是必常团圆，修着些儿缺₃。愿天下有情的都似你者！

作者生平：　　见 A04060。
定格说明：　　同前。
词语注释：　　1. 托咏，受托代人作此曲。2. 剔透，口语，玲珑美好极了。㘝，圆。3. 休着句：别让它有一些儿缺损。
作品赏析：　　写相恋者衷心的祝愿，天真而恳切。

A15324 无名氏《清江引·讥士人》

皂罗辫儿紧扎梢₁，头戴方檐帽。穿领阔袖衫₂，坐个四人轿，又是张吴王米虫儿来了₃！

作者生平：　　见 A01005。
定格说明：　　同前。
词语注释：　　1. 皂罗辫句，用黑罗纱紧紧梳扎的辫子。扎梢，口语，捆扎。2. 穿领，穿一领。3. 张吴王，字面上犹言"张三李四"，实暗指当时自立为吴王的张士诚。米虫儿，米蛀虫，寄生虫。
作品赏析：　　用双关语骂得痛快。

A15325 马致远《清江引·野兴》其十

东篱本是风月主₁，晚节园林趣₂。一枕葫芦架₃，几行垂杨树，是搭儿快活闲住处₄。

作者生平：　　见 A01001。
定格说明：　　同前。
词语注释：　　1. 东篱，作者的号。风月主，喜欢吟风弄月之人，

270　下编　元曲选注

与下文对照，则此当指乃风月场中的主角。2. 此言晚年志趣为喜爱园林。3. 此言在葫芦架下安睡。4. 是搭儿，口语，"是一个"，或"这地方"。

作品赏析：　　略。

A15326 乔吉《清江引·笑靥儿》四首录一

破花颜粉窝儿深更小，助喜洽添容貌$_2$。生成脸上娇，点出腮边俏。休着翠钿遮罩了$_3$。

作者生平：　　见 A03026。

定格说明：　　同前。

词语注释：　　1. 笑靥（ye 夜），酒窝。曲中当特指妇女脸上酒窝。2. 喜洽，欢洽，此言有助于使容貌更加美好，令人高兴。3. 休着，别让。翠钿，女人脸上的妆饰物。

作品赏析：　　略。

A15327 钟嗣成《清江引》

五湖去来越范蠡$_1$，甘作烟波计$_2$。功成心自闲，名遂身先退，早寻个稳便处闲坐地$_3$。

作者生平：　　见 A05123。

定格说明：　　同前。

词语注释：　　1. 来，语助词，此言五湖归去，去来作来来往往解亦无不可。2. 甘心作过烟波生活的打算。3. 坐地，坐着。

作品赏析：　　略。

《江水儿》双调。小令、套曲兼用。《全元曲》小令收 1 作者，10 曲子。今选 1 首。

A06328 王仲元《江水儿·叹世》凡十首,此其九

五柳绕庄菊满篱$_1$，自谓羲皇世$_2$。三径可怡颜，一榻堪容膝$_3$，

寻一个稳便处闲坐地₄。

  作者生平： 王仲元，元后期北曲作家，杭州人。生卒年不详。与钟嗣成有较长交往。擅长工笔花鸟、小景。著有杂剧三种，俱佚。散曲以写景为主，另有"集专名"体的套曲，用专名述事写景，别具风味。《全元期》收其小令21首，套曲4。

  定格说明： 同前。

  词语注释： 1. 此用陶渊明《五柳先生传》内容：先生宅旁有五柳。又爱种菊。2. 羲皇，上古帝王伏羲氏，据称其时为太平盛世。陶曾"自谓是羲皇上人"，即羲皇时代古人。3. 二句暗用陶诗文："三径就荒"，"审容膝之易安"。后句略有语病。陶谓室小可容膝，今改为榻可容膝，即榻可容身，似欠妥。4. 闲坐地，犹言闲坐下；地，语助词。

  作品赏析： 环境优雅，心情淡泊，能活用前人诗文而不露痕迹。

《太常引》仙吕。小令、套曲兼用。《全元曲》小令收1作者，1曲子。

A15329 张可久《太常引·姑苏台赏雪₁》

断塘流水洗凝脂₂，早起索吟诗₃。何处觅西施？垂杨柳萧萧鬓丝₄。【幺】银匙藻井₅，粉香梅圃，万瓦玉参差₆。一曲乐天词，富贵似吴王在此₇。

  作者生平： 见 A01004。

  定格说明： 全曲4句，24字，幺篇换头（首句改作两个四字句）25字，且须连用。两共49字。句式与韵脚安排为：7△5△5△7△【幺】4△4△5△5△7△。典型平仄格式为：平平仄仄仄平平△仄仄仄平平△仄仄仄平平△平平仄、平平仄仄△。

  词语注释： 1. 姑苏台，在战国吴都，今苏州。吴王夫差败越后，于台上建春宵宫，与西施为长夜饮。2。断塘，此指台边池塘；凝脂，此指女人美好的肌肤。3. 索，应该，适合。4. 此言下垂的柳丝好似西施的萧萧鬓丝。萧萧，稀疏。5. 此言如银匙一样豪华的藻井。6. 玉参差，此与标题雪景相呼应。7. 此当泛指欢快歌词，吴王在时与后世白乐天无关。吴王，指夫差。

作品赏析：　　略。

《湘妃引》双调。小令、套曲兼用。《全元曲》小令收 1 曲牌，1 作者，19 曲子。按此牌全曲 8 句，句式、韵脚与《水仙子》（别名《湘妃怨》《凌波仙》等）完全相同，只是字数多寡不一，完全可以视为《水仙子》之别名或变体，仅衬字的计算方法不同而已。然诸谱均未论及此点，故暂以独立曲牌视之。

A15330 汤式《湘妃引·赠别》

碧茸茸芳草展青毡，白点点残梅撒玉钿，黄绀绀弱柳拖金线₁。雨声干风力软₂，去匆匆无计留连₃。唱《阳关》一声声哀怨₄，醉歧亭一杯杯缱绻₅，上河梁一步步俄延₆。

作者生平：　　见 A03015。

定格说明：　　关于此曲牌疑即《水仙子》之别名一节，已见上文有关《湘妃引》曲牌之说明部分，于此不赘。由于《全元曲》只收汤舜民 28 首，故只得以汤作为准，归纳句式与韵脚安排为：7△7△7△5△<u>7</u>△5○5△4△。（"水仙子"为 777573○34）。典型平仄格式为：平平仄仄仄平平△仄仄平平仄平平△平仄平仄平仄△平平仄平仄△仄平平、仄 3 仄平平△平平仄○仄仄平△仄仄平平△。其中第 5 句或作 6 字句。

词语注释：　　1. 绀绀（gàn 干），深青带红的颜色，此即指非常之黄。2. 雨声干，此指雨声稀稀疏疏。3. 留连，迟延，挽留。4. 唱《阳关》，唱送别的《阳关三叠》。5. 歧亭，交叉路口的送别亭，即所谓长亭。缱绻，难解难分。6. 俄延，拖延。

作品赏析：　　对于送别时依依不舍的心情，刻画得很细致。

A15331 汤式《湘妃引·送友归家乡》

绯榴喷火照离筵₁，紫楝吹花扑画船₂，绿莎带雨迷荒甸₃。望乡关归路远，恼人怀休怨啼鹃₄。南陌笙歌地₅，西湖锦绣天，都不如松菊田园₆。

作者生平：　　见前。

定格说明：　　同前。

词语注释：　　1. 绯榴，绯红的石榴花。2. 紫楝，苦楝，花如紫丁香。3. 荒甸，荒郊。4. 此言不要抱怨杜鹃的啼声恼人，意即是自己心情不好。5. 南陌，南方。据曲词，此友可能家在北方，故谓其家乡胜过南陌、西湖。6. 田园而专指松菊，有借指陶渊明归隐地之意。

作品赏析：　　此友可能是仕途不顺而北归。送人者词情恳切，有竭力安慰对方意。

十六唐《全元曲》收 3 曲牌，21 作者，219 曲子。今选 12 作者，作曲 20 首。

《满庭芳》又名《满庭霜》。中吕，亦入正宫、仙吕。小令、套曲兼用。《全元曲》小令收 14 作者，107 曲子。今选 6 作者，作品 8 首。

A16332 姚燧《满庭芳》

帆收钓浦₁，烟笼浅沙，水满平湖。晚来尽（兴）滩头住₂，笑语相呼。鱼有剩和烟旋煮₃，酒无多带月须沽₄。盘中物：山肴野蔌[5]，且尽葫芦[6]。

作者生平： 见A03016。

定格说明： 全曲10句，49字（第十句亦可作4字，而为48字）。句式与韵脚安排为：4△4 4△4△7 4△<u>7</u> <u>7</u>△3 4△5△。典型平仄格式为：平平仄仄△平平仄仄△仄仄平平△平平仄仄平平仄△仄仄平平△平平仄仄、平平仄仄△仄平平、仄仄平平△平平仄仄△平平仄仄△仄仄平平△。第六、七句或作6字句，须对。

词语注释： 1. 此言于钓浦收帆。2. 此处按律应为七字句，且"尽滩头住"不通顺，现酌补一"兴"字。3. 和烟煮，此当指在带烟的炉灶中烹煮。4. 带月，通作戴月，趁月夜。5. 此言荤素菜都来自山野。6. 把葫芦中酒喝光。

作品赏析： 真是十分潇洒的隐逸生活。

A16333 周德清《满庭芳·看岳王传[1]》

披文握武[2]，建中兴庙宇[3]，载青史图书。功成却被权臣妒，正落奸谋。闪杀人望旌节中原士夫[4]，误杀人弃丘陵南渡銮舆[5]！钱塘路，愁风怨雨，长是洒西湖！

作者生平： 见A04048。

定格说明： 同前。

词语注释： 1. 岳王，岳飞，宁宗时追封为鄂王。2. 身披文、手握武，意即文武全才。3. 庙宇：宗庙社稷，江山政权。4. 闪杀人，失望得要命；望旌节，盼望王师的旌旗；士夫，士大夫。5. 丘陵，江山。此言皇帝弃江山于不顾而南渡，是误杀人的错误。

作品赏析： 满怀义愤，读来令人叹息不止。

A16334 周德清《满庭芳·误国贼秦桧》

官居极品，欺天误主，贱土轻民[1]。把一场和议为公论[2]，妒害功臣。通贼房怀奸诳君，那些而立朝堂仗义依仁₃？英雄恨！使飞云幸存₄，那里有南北二朝分？

  作者生平： 见前。
  定格说明： 同前。
  词语注释： 1. 贱土，指向金人割让国土。2. 此指把丧权辱国的和议说成是公论。3. 那，同哪，下同；此言哪里有一些儿。4. 飞云，岳飞及其子岳云。
  作品赏析： 秦桧罪不止此。

A163435 张可久《满庭芳·次韵》二首录一

寻思几般₁，围腰玉瘦，约腕金宽₂。怕春归又是春将半，信杳青鸾₃。赋离恨花笺短短₄，散清愁柳絮漫漫₅。阑干畔，芳枝绿满，梅子替心酸₆。

  作者生平： 见 A01004。
  定格说明： 同前。
  词语注释： 1. 几般，几番。2. 围腰玉瘦，玉腰带尺寸缩短，金钏显得宽松，均指人瘦。3. 杳（yao窈），渺茫；青鸾，青鸟，传说中的传书使者。此言青鸾音信杳然。4. 此言恨多纸短，难以写完。5. 清愁句，闲愁多如柳絮。6. 梅子，酸物。托物寄情，言心酸似梅子。
  作品赏析： 春愁写得含蓄、细致，值得玩味。

A16336 张可久《满庭芳》感兴简王公实₁

光阴有几？休寻富贵，便省别离₂。相逢几个人百岁？归去来兮！羊祜空存断碑₃，牛山何必沾衣₄？渔翁醉，红尘是非，吹不到钓鱼矶。

  作者生平： 见前。
  定格说明： 同前。
  词语注释： 1. 此言感兴之作，寄与王公实。王某情况待考。

2. 此言不寻富贵，便可以减少别离之苦。3. 晋羊祜都督荆州诸军事，有政绩。死后百姓为其立庙建碑。行人往往望碑堕泪，因名堕泪碑。4.《晏子春秋》载：齐景公游牛山，北临其国城而流涕，曰："若何滂滂去此而死乎！"此言不必为怕死而堕泪。

作品赏析：　　略。

A16337 无名氏《满庭芳》

乾坤草庐，些儿名利，如许头颅₁。为其中自有千钟禄，误赚得读书₂。龙泉剑结末了子胥₃，犊鼻裤蹭蹬杀相如₄。瓜田暮，不如老圃，醉后赋闲居₅。

作者生平：　　见前。

定格说明：　　同前。

词语注释：　　1. 此言乾坤不过草庐一样大小，但世人却为些许名利断送如此多的头颅。2. 此暗用宋英宗《劝学诗》"书中自有千钟粟……书中自有黄金屋……书中有女颜如玉"的说辞。此言以为书中自有千钟禄而被骗去读书。3. 春秋伍子胥因触怒吴王，被赐剑自刎，但并非龙泉剑。4. 汉司马相如未得志时，着犊鼻裤卖酒。裤（kun 坤），裤的一种。蹭蹬，潦倒。5. 此处倒装，言不如老圃（老菜农），于瓜田暮醉后赋闲居。

作品赏析：　　略。

A16338 乔吉《满庭芳·渔父词₁》其四

江湖隐居，既学范蠡，问甚三闾₂！终身休惹闲题目₃，装个葫芦₄。行雨罢龙归远浦₅，送秋来雁落平湖。摇船去，浊醪换取，一串柳穿鱼₆。

作者生平：　　见 A03026。

定格说明：　　同前。

词语注释： 1. 作者写有渔父词20首，此其第四。2. 三闾，指三闾大夫屈原。此言既已决心隐居世外，就不要再关心国事。3. 此指终身休管与隐居无关的闲事。4. 装一葫芦酒自乐。此处也许是一语双关，指装个糊涂。5. 俗以为龙能兴雨，雨过后龙归远浦去，留下安宁清净。此言雨过后风平浪静。6. 此言用柳条所穿的一串鱼去换取浊酒．

作品赏析： 是渔民清闲优雅生活，但愿无"收渔税银子"的师爷干扰。

A16339 式《满庭芳》代人寄书

端肃奉柬$_1$，拜违咫尺，似隔关山$_2$。少成欢会多离间$_3$，直恁艰难！又不是平地里情疏意懒，只不过暂时间书费琴闲$_4$。休凝盼，归期早晚，先此报平安$_5$。

作者生平： 见 A03015。

定格说明： 同前。

词语注释： 1. 端肃，恭恭敬敬。奉柬，呈上书信。2. 拜，客套语。违，离开；咫尺，古八寸曰咫；咫尺，言其很近。此言相隔虽然很近，但却如远隔关山，不能前来拜望。3. 此言生活是如此艰难，欢会少，离别多。4. 此言暂时不能在一起读书抚琴。5. 此言早晚会有归期。

作品赏析： 使用规范格律语言，具备通常书信款式；缓缓道来，如写信，如说话，很是难得。

《双鸳鸯》又名《合欢曲》，正宫，亦入中吕。小令、套曲兼用。《全元曲》小令收1作者，15曲子。今选1首。

A16340 王恽《双鸳鸯·乐府合欢曲》其五

忆开元$_1$，掌中仙$_2$，入侍深宫二十年。长记承天门上宴，百官楼下拾金钱$_3$。

作者生平：　　　见 A03029。

定格说明：　　　全曲 5 句，27 字。句式与韵脚安排为：3 △3 △7 △7 △7 △。典型平仄格式为：仄平平 △仄平平 △仄仄平平仄仄平 △仄仄平平平仄仄 △平平仄仄仄平平 △。

词语注释：　　　1. 开元，唐玄宗年号：713—741 年，唐朝盛世。2. 指杨贵妃。此用以美杨妃。按此处系"如掌上明珠"一样的句式，言视杨妃如掌上仙子。一说此用赵飞燕故事以美杨妃：汉赵飞燕身轻，可作掌上舞。然杨妃肥胖，比作赵飞燕，不伦不类。3. 承天门，唐宫门，传说明皇与贵妃于楼上宴饮，贵妃向楼下撒钱，看百官拾钱为乐。

作品赏析：　　　侈而无礼，宜乎渔阳鼙鼓不久即来。

《山坡羊》又名《山坡里羊》《苏武持节》。中吕，亦入黄钟、商调。小令、套曲兼用。《全元曲》小令收 10 作者，97 曲子。今选 8 作者，11 首。

A16341 陈草庵《山坡羊·叹世[1]》其一

伏低伏弱[2]，装呆装落[3]，是非犹自来着莫[4]。任从他，待如何[5]？天公尚有妨农过[6]：茧怕雨寒苗怕火[7]。阴，也是错；晴，也是错。

作者生平：　　　陈草庵，生平不详，或以为名英，字彦卿，号草庵。析津（今北京）人。曾任宣抚、河南省左丞。《全元曲》收其小令《叹世》26 首。

定格说明：　　　全曲 11 句，43 字。句式与韵脚安排为：4 △4 △7 △3 △3 △7 △7 △1 △3 ▲1 △3 △。典型平仄格式为：平平仄仄 △平平仄仄 △平平仄仄平平仄 △仄平平 △仄平平 △平平仄仄平平仄 △仄仄平平仄仄平 △平 ▲仄仄平 ▲平 ▲仄仄平 △。其中第 8、第 10 两个一字句及第 9 句，平仄不拘，可叶可不叶。

词语注释：　　　1. 作者写有叹世小令 26 首，此其第一首。2. 此言甘心居于低下弱小的地位。3. 装落，待考，应是口语装傻意，也可能是"诺"之讹，即"唯唯诺诺"。4. 着莫，口语，纠缠，可能是"折磨"的另一写法。5. 此言无可奈何，只好由他去罢。6. 妨农过，妨害农事的过错。下文对此作进一步解释。7. 茧，当作蚕。

作品赏析：　　略。

A16342 陈草庵《山坡羊·叹世》其二十四

尧民堪讶₁：朱陈婚嫁₂，柴门斜搭葫芦架。沸池蛙₃，噪林鸦，牧笛声里牛羊下₄，茅舍竹篱三两家。民，田种多；官，差税寡。

作者生平：　　见前。

定格说明：　　同前。

词语注释：　　1. 尧民，此言太平时代的人民；讶，惊奇、赞叹。此下写尧民生活。2. 白居易诗："徐州古丰县，有村曰朱陈……一村唯两姓，世世为婚姻。"此言乡里和睦。3. 此言蛙声鼎沸。4. 牛羊下山回家。《诗经·王风·君子于役》："日之夕矣，牛羊下来。"

作品赏析：　　这就是古代中国农民的理想生活。

A16343 张养浩《山坡羊·述怀》

人生于世，休行非义。谩过人也谩不过天公意₁。便儹些东西₂，得些衣食，他时终作儿孙累₃。本分世间为第一。休、使见识，干、图甚的₄？

作者生平：　　见 A01006。

定格说明：　　同前。

词语注释：　　1. 谩，欺瞒。2. 儹，同攒，积聚。3. 此言钱财多了，反而贻害儿孙。也可解作为了替儿孙挣财产而受累。4. 干，追求。

作品赏析：　　用大白话说出了做人道理。

A16344 张养浩《山坡羊·渑池怀古》其二

秦王强暴，赵王懦弱，相如何以为怀抱₁？不度量，剩粗豪₂，酒席间便欲伐无道。倘若祖龙心内恼₃，君，干送了₄；民，干送了！

作者生平：　　见前。
定格说明：　　同前。
词语注释：　　1. 为怀抱，抱的什么主意。2. 剩粗豪，此言只剩下使用粗豪这点本事。3. 祖龙，秦始皇。见《史记》。4. 干送，白白断送。
作品赏析：　　一般都夸相如有胆量，此别有一番见识。

A16345 张养浩《山坡羊·潼关怀古₁》

峰峦如聚₂，波涛如怒，山河表里潼关路₃。望西都，意踌躇：伤心秦汉经行处₄，宫阙万间都作了土。兴，百姓苦；亡，百姓苦！

作者生平：　　见前。
定格说明：　　同前。
词语注释：　　1. 潼关，位于晋、陕、豫三省交通要冲，地势险要，自古为兵家必争之地。2. 如聚，从各方走向潼关。3. 以高山与黄河为表里，即依山傍河。《左传·僖公二十八年》："战而不捷，表里山河，必无害也。" 4. 此指秦汉所经营过的地方。
作品赏析：　　说到了历史的关键所在。史上豪杰无不打着为百姓的旗号，但吃亏的总是百姓。

A16346 薛昂夫《山坡羊·苦雨》

孤山云树，六桥烟雾₁，景濛濛不比江潮怒₂。淡妆梳，浅妆梳，西湖也怕西施妒₃。天也为他巧对付₄：晴，也宜画图；阴，也宜画图。

  作者生平： 见 A05066。

  定格说明： 同前。

  词语注释： 1. 孤山、六桥，均为西湖景点。2. 不比，不似。此言但见细雨濛濛而无江潮怒吼的场面。一说，不比，不亚于。言犹如江潮怒吼一样的气势。3. 此言西湖比西施更美。4. 巧对付，巧安排。

  作品赏析： 略。

A16347 张可久《山坡羊·感旧》

凭高凝眺₁，临风舒啸₂，一番春事蝴蝶闹。越山高₃，楚天遥，东风依旧桃花笑₄。金鞍少年何处了？牢，粗布袍₅；熬，白鬓毛₆。

  作者生平： 见 A01004。

  定格说明： 同前。

  词语注释： 1. 凝眺，注目眺望。2. 舒啸，开怀高啸。3. 越山，吴越一带的山。4. 此言东风依旧吹，桃花依旧笑。以上言风物与过去一样，启下文：只是人老了。5. 此言穿的是很牢的粗布袍。6. 此言鬓毛已白，苦熬岁月。

  作品赏析： 略。

A16348 宋方壶《山坡羊·道情₁》其一

青山相待₂，白云相爱，梦不到紫罗袍共黄金带₃。一茅斋，野花开，管甚谁家兴废谁成败₄。陋巷箪瓢亦乐哉₅！贫，气不改；达，气不改₆！

  作者生平： 见 A04060。

  定格说明： 同前。

  词语注释： 1. 道情是由"黄冠体"演变成的一种散曲体裁，其内容本为宣传道家"超脱凡尘、警醒顽俗"的思想，后来发展为指一切警世疾俗和闲适乐道的作品。2. 相待，互相款待；此用偏义，即青山款待作者。下句言与白云互爱。3. 共，与；此袍带指官服。4. 此指天下，政权。5. 此指颜回似的清贫生活。《论语·雍也》："贤哉回也！一箪食，一瓢饮，在陋巷；人不堪其忧，回也不改其乐。"6. 气，豪气、志气。达，仕途顺利，做大官。

作品赏析：　　有操守，有志气！

A16349 乔吉《山坡羊·冬日写怀》

离家一月，闲居客舍，孟尝君不费黄齑社₁。世情别₂，故交绝，床头金尽谁行借₃？今日又逢冬至节。酒，何处赊？梅，何处折？

作者生平：　　见 A03026。

定格说明：　　同前。

词语注释：　　1. 战国齐孟尝君养客三千，待遇分三等。最下等者"食以草具"。黄齑，切碎的黄色咸菜；社，本指小块土地。此处黄齑社似指"食以草具"的招待地点。此言想找一个肯提供黄齑的地方也没有。2. 别，改变了。3. 谁行借，向谁行借？按："行"可作词尾；谁行，即谁们。

作品赏析：　　略。

A16350 赵善庆《山坡羊·燕子》

来时春社，去时秋社₁，年年来去搬寒热₂。语喃喃，忙劫劫₃。春风堂上寻王谢，巷陌乌衣夕阳斜₄。兴，多见些₅；亡，都尽说。

作者生平：　　见 A05081。

定格说明：　　同前。

词语注释：　　1. 春社、秋社，旧时祭祀土神求丰收的节日。春社在立春后第五个戊日，秋社在立秋后第五个戊日。我国南方燕子春来秋去，大致在前述两个社日前后。2. 此言年年寒热好像是由燕子搬来搬去似的。3. 燕语呢喃；劫劫，忙碌的样子。4. 此暗用刘禹锡《乌衣巷》诗："朱雀桥边野草花，乌衣巷口夕阳斜。旧时王谢堂前燕，飞入寻常百姓家。"5. 多见些，见得多些，见了许多。

作品赏析：　　　写物生动，寓意深远。

A16351 汤舜民《山坡羊·书怀示友人》其三

长江东注，夕阳西没，流光容易抛人去$_1$。莫嗟吁，任揶揄$_2$，老天还有安排处$_3$。踽踽客窗无伴侣$_4$。酒，花外沽；琴，灯下抚。

作者生平：　　　见 A03015。

定格说明：　　　同前。

词语注释：　　　1. 抛人去，抛开人而自己离去。2. 揶揄，嘲笑、侮弄。3. 参考白贲《鹦鹉曲》。此言"天无绝人之路"，出路总归会有的。4 踽踽，孤独貌、独行貌。

作品赏析：　　　穷得潇洒。

十七庚《全元曲》收 18 曲牌，49 作者，623 曲子。今选 34 作者，72 首。

《解三酲》仙吕。小令、套曲兼用。《全元曲》小令收 1 作者，1 曲子。

A17352 真氏《解三酲》

奴本是明珠擎掌$_1$，怎生的流落平康$_2$？对人前乔做作娇模样$_3$，背地里泪千行。三春南国怜飘荡$_4$，一事东风没主张$_5$，添悲怆$_6$。那里有珍珠十斛，来赎云娘$_7$！

作者生平：　　　真氏，元代前期女艺人，名真真。建宁（今属福建）人。宋著名理学家真德秀的后代。其父做官时因挪用库金无力偿还，将其卖与娼家，后流落大都。时姚燧为承旨，于翰林院宴会上闻真氏带福建口音的歌声，问明其身世，便告知丞相，准其与翰林属官王棣结为夫妻，一时京师传为盛事佳话，名士争相歌咏其事。今尚存贝琼《真真曲》等多首。

定格说明： 散曲只此一首，似可推敲为：全曲全曲9句、52字，句式与韵脚安排为：6△6△7△5△7△7△3△7○4△。典型平仄格式为：仄仄平平仄仄△平平仄仄平平△平平仄仄平平仄△仄仄仄平平△平平仄仄仄平平△仄仄平平仄仄平△平平仄△平仄仄、平平仄仄○仄仄平平△。

词语注释： 1. 奴，古时女子"自己"的谦称。明珠句，说自己本是父母掌上明珠。2. 怎生，怎么；平康，古时长安妓女聚居地，此指妓院、红灯区。3. 乔，假作。4. 三春，春季；按此应指在南国飘荡了三年。5. 一事，应是"一似"之讹，即好似东风漫无目的地吹去。6. 悲怆，悲伤。7. 云娘，唐时妓女崔云娘，"形貌瘦瘠"，真真用以自比。

作品赏析： 是切身体会，所以哀婉动人。

《金字经》又名《西番经》《阅金经》。南吕，亦入双调。小令、套曲兼用。《全元曲》小令收13作者，109曲子。今选3作者，6首。

A17353 张可久《金字经·秋望》其一

杨柳沙头树，琵琶江上秋₁，雁去衡阳水自流₂。愁，玉人休倚楼。黄花瘦₃，晓霜红叶秋。

作者生平： 见 A01004。

定格说明： 全曲7句、31字。其句式安排为：5▲5△7△1△5△3△5△。平仄与韵脚格式为：仄仄平平仄▲平平仄仄平△仄仄平平仄仄平△平△平平仄仄平△平平仄△平平仄仄平△。其中第四句（一字句）有作三字句者。

词语注释： 1. 意即面对沙头杨柳树，于秋江上弹琵琶。后句借用白居易《琵琶行》意境。2. 传说北雁南来，最远至湖南衡阳"回雁峰"即北返，故云。3. 此或借用李清照《醉花阴》"人比黄花瘦"意境。

A17354 张可久《金字经·春思》

象管鸳鸯字₁，锦筝鸾凤丝₂。何处风流马上儿₃？思，那回春暮时。别离事，带花折柳枝₄。

作者生平：　　见前。
定格说明：　　同前。
词语注释：　　1. 象管，用象牙作管的毛笔。鸳鸯字，言所写都是有关男欢女爱的文字。2. 此言锦筝丝弦所弹奏的都是鸾凤和鸣的曲子。3. 此言何处风流马上儿在此写信、弹筝？4. 用鲜花和柳枝送别。带或为戴字之讹，言为女方戴花。
作品赏析：　　闺中回忆那回春暮的偶然相会与赠别情景，引起淡淡忧愁。

A17355 张可久《金字经·环绿亭上》

水冷溪鱼贵，酒香霜蟹肥，环绿亭深掩翠微₁。梅，落花浮玉杯₂。山翁醉，笑随明月归。

作者生平：　　见前。
定格说明：　　同前。
词语注释：　　1. 掩翠微，与翠微（山腰绿荫深处）相掩映。2. 此言梅花落在水上，如浮玉杯。按霜季似无梅花。
作品赏析：　　景物宜人，不饮自醉。

A17356 张可久《金字经·王国用胡琴》

雨漱窗前竹，涧流冰上泉₁。一线清风动二弦₂。联₃，小山《秋水篇》《昭君怨》，塞云黄暮天₄。

作者生平：　　见前。

定格说明：　　同前。

词语注释：　　1. 二句形容胡琴声音，如雨洗窗前竹，如涧水在冰上流淌。此用白居易《琵琶行》形容琵琶声如"幽咽泉流冰下难"。2. 此言操琴动作如一缕清风，鼓动胡琴之二弦。3. 联，此指演奏发挥。4. 元曲家张小山（张可久）之《秋水篇》。其内容待考。《昭君怨》，胡琴曲名。此言演奏使人想起塞上黄云密布的晚景。

作品赏析：　　略。

A17357 张养浩《西番经·乐隐》其二

屈指归来后，山中八九年，七见征书下日边$_1$。私自怜，又为尘事缠。鹤休怨，行当还绰然$_2$。

作者生平：　　见 A01006。

定格说明：　　即《金字经》别名，定格同前。

词语注释：　　1. 征书，征聘文书；下日边，从皇帝处发下来。2. 行当，不久就将会；还绰然，回到隐居地绰然亭（又名翠阴亭）来。

作品赏析：　　作者避祸弃官，真不愿再出。后因救灾事大才出山，并鞠躬尽瘁，死于任上。可敬可叹！

A17358 徐再思《阅金经·春》

紫燕寻旧垒$_1$，翠鸳栖暖沙，一处处绿杨堪系马。他，问前村沽酒家。秋千下，粉墙边红杏花$_2$。

作者生平：　　见 A05074。

定格说明：　　即《金字经》，定格同前。

词语注释：　　1. 旧垒，旧巢。燕巢系衔泥垒成，故名。2. 此述沽酒时之所见。可参阅苏轼词《蝶恋花》：墙里秋千墙外道……墙里佳人笑。

作品赏析：　　略。

《百字知秋令》 商调。小令、套曲兼用。《全元曲》小令收 1 作者，1 曲子。

A17359 王和卿《百字知秋令》

绛蜡残、半明不灭、寒灰看时看节落₁，沉烟烬、细里末里、微分间即里渐里消₂，碧纱窗外风弄雨、昔留昔零、打芭蕉₃，恼碎芳心、近砌下、啾啾唧唧、寒蛩闹₄，惊回幽梦、丁丁当当、檐间铁马敲、半欹单枕、乞留乞良、捱彻今宵₅，只被这一弄儿凄凉断送的愁人登时间病了₆。

作者生平：　见 A06141。

定格说明：　全曲 7 个长句，100 字。句式与韵脚安排为：14△15△14△14△13△12△18△。典型平仄格式，略。按曲牌《知秋令》的句式与韵脚安派为：3△3△5△3△3△3△6△，或是 3△3△3△3△3△6△。此曲不过在此基础上，加入口语衬字，凑足 100 字而已。为便于阅读，特在句中词组后用顿号。

词语注释：　1. 看时看节，即"看时节"，此言眼看着坠落。2. 沉烟烬，沉香生烟后的灰烬。细里末里，细细地。微分间，在很短时间。即里渐里，一作积渐里，渐渐地。3. 昔留昔零，细雨声。4. 啾啾唧唧，虫叫声。5. 乞留乞良，凄凉孤独。6. 一弄儿，一股儿、一缕儿。

作品赏析：　文字游戏，无多价值，故仿作者少。

《百字折桂令》 双调。小令、套曲兼用。《全元曲》小令收 1 作者，1 曲子。

A17360 白贲《百字折桂令》

弊裘尘土压征鞍、鞭倦袅芦花₁，弓剑萧萧₂，一径入烟霞。

动羁怀、西风木叶秋水兼葭₃，千点万点老树昏鸦，三行两行写长空、哑哑雁落平沙。曲岸西边近水湾、鱼网纶竿钓槎₄，断桥东壁傍溪山、竹篱茅舍人家。满山满谷，红叶黄花，正是伤感凄凉时候，离人又在天涯。

作者生平： 见 A10200。

定格说明： 全曲 12 句，101 字。句式与韵脚安排为：12△4○5△11△8△13△13△13△4△4△8△6△。典型平仄格式，略。按本曲牌句数、句式、韵脚格式均与《折桂令》相似，只不过字数差异甚大，可以认为是大量使用衬字的结果。此点与《百字知秋令》的情况相似。可参阅 A17382。

词语注释： 1. 鞭倦句，此言马鞭懒洋洋地挥动芦花。2. 萧萧，弓与剑相摩擦、撞击的声音。3. 羁怀，旅居在外者的情怀。兼葭，芦苇。四者均呈秋色，动羁怀。4. 纶竿，钓线和钓竿。槎，竹木筏子。

作品赏析： 虽有为凑足百字而尽量使用衬字之嫌，但用词准确贴切，景色优美，可以一读。

《叨叨令》正宫。小令、套曲兼用。《全元曲》小令收 4 作者，18 曲子。今选 2 作者各 1 首。

A17361 邓玉宾《叨叨令·道情》其一

天堂地狱由人造，古人不肯分明道。到头来善恶终须报。只争个早到和迟到。你省的也么哥₁？你省的也么哥？休向轮回路上随他闹₂。

作者生平： 邓玉宾（？—1298），名錡。早年曾任峄州（今山东峄县）同知，后入道家，道号玉宾子。著有关于道家的书籍两本。所作曲格调雅致。朱权评其词"如幽谷芳兰"。《全元曲》收其小令 7 首，套曲 5。

二　作品选注　289

定格说明： 全曲7句，41字（不含"也么哥"）。句式与韵脚安排为：7△7△7△7△3○3○7△。典型平仄格式为：平平仄仄平平仄△平平仄仄平平仄△平平仄仄平平仄△平平仄仄平平仄△平仄仄○平仄仄○平平仄仄平平仄△。其中前四句多作对句，五、六句须叠。

词语注释： 1. 的同得，"你省得？"你懂了么？2. 随他闹，跟着他人胡闹。

作品赏析： 略。

A17362 周文质《叨叨令·自叹》

筑墙的曾入高宗梦₁，钓鱼的也应飞熊梦₂。受贫的是个凄凉梦，做官的是个荣华梦。笑煞人也么哥，笑煞人也么哥！梦中又说人间梦₃。

作者生平： 见A03042。

定格说明： 同前。

词语注释： 1. 筑墙句：商高宗武丁曾因梦起用筑墙人傅说。2. 传说周文王因梦飞熊而遇姜尚。3. 此言人生本如在梦中，却仍在那里说（做）人间梦。

作品赏析： 如果一切皆梦，足下将欲何往？

《得胜令》又名《阵阵赢》《凯歌回》。双调，亦入商调。小令、套曲兼用。此曲前加《雁儿落》组成带过曲。《全元曲》小令收5作者，14曲子。今选2作者各1首。

A17363 杨朝英《得胜令》

庭院正无聊，单枕拥鲛绡₁。细雨和愁种₂，孤灯带梦烧₃。难熬，促织儿窗前叫₄。焦焦，焦得来不待焦₅。

作者生平： 见A05107。

定格说明：　　　全曲 8 句，34 字。句式与韵脚安排为：5△5△5○5△2△5△2△5△。典型平仄格式为：仄仄仄平平△仄仄仄平平△仄仄平平仄○平平仄仄平△平平△仄仄平平仄△平平△平平仄仄平△。

词语注释：　　　1. 鲛绡，高级衣料所制衣服或手帕。2. 此言细雨与愁同时在增长。3. 此言孤灯伴着梦境在燃烧。4. 促织，蟋蟀。5. 口语，意即焦急得没法再焦急了。

作品赏析：　　　第三、四句用字和联想均奇妙。

A17364 景元启《得胜令》

明月转回廊₁，花影上纱窗。暗约湖山侧，低低问粉郎₂：端详，怕有人瞧望！荒荒，荒得来不待慌。

作者生平：　　　见 A09192。

定格说明：　　　同前。

词语注释：　　　1. 转回廊，指月影移到回廊了。2. 粉郎，白面郎；三国时何晏"面如傅粉"。此即指心爱的美男子。3. 荒，同慌。此言"慌得不能再慌了"，即慌张之极。

作品赏析：　　　写旧时恋人约会时心情，细致真切。

《甜水令》双调。小令、套曲兼用。《全元曲》小令收 1 作者，1 曲子。

A17365 无名氏《甜水令》

麻绦草履风袍袖₁，名利不刚求₂。蓑笠纶竿钓鱼钩，绿水东流。

作者生平：　　　见 A01005。

定格说明：　　　全曲 4 句，22 或 23 字。句式与韵脚安排为：7△4（或 5）△7△4△。典型平仄格式为：平平仄仄平平仄△仄仄仄平平△仄仄平平仄平△仄仄平平△。

词语注释：　　1. 麻绦（tao 掏），用麻作的带子。风袍袖，待考，大意是说低质量的（仅能挡风的）袍袖。2. 刚求，强求。

作品赏析：　　略。

《新时令》双调。小令、套曲兼用。《全元曲》小令收 1 作者，1 曲子。

A17366 无名氏《新时令》

郑元和[1]，当初有家缘[2]。骑骏马，来过粉墙边。一段风流，佳人二八年。四目相窥，才郎三坠鞭[3]。心坚石也穿，如鱼似水效鹣鹣[4]。郎君梦撒毡[5]，鸨儿苦爱钱。瓦罐爻槌[6]，凄凉受了千万：夜宿卑田[7]，则为李亚仙。

作者生平：　　见 A01005。

定格说明：　　全曲 16 句，74 字。句式与韵脚安排为：3○5△3○5△4○5△4○5△5△7△5△5△4○5△4△5△。典型平仄格式为：仄平平○平平仄仄平△平仄仄○仄仄仄平平△仄平平○平平仄仄平△仄仄平平○平平仄仄平△平平仄平△平平仄仄平平△平平仄仄平△平平仄仄平△仄平平○平平仄仄仄△仄仄平平△平平仄仄平△。

词语注释：　　1. 郑元和，唐白行简《李娃传》中男主人公。郑元和上京应考时与妓女李亚仙相恋，钱花光后为鸨母所逐，遭尽磨折，后由李亚仙营救。郑于考场一举成名，二人终成眷属。2. 有家缘，有家有缘。家缘，疑为"家园"之误。总之此言郑当初家境很好。3. 言郑因一见倾心而失态。4. 鹣鹣，传说中的比翼鸟。5. 撒毡，口语，含义待考，此言郎君的美梦正欢，或正梦想亲密无间。6. 瓦罐，讨饭钵；爻槌，一作摇槌，唱莲花落时所用的小槌。此言郑备受流浪乞讨之苦。7. 卑田，即"悲田院"，古时的收容所。

作品赏析：　　略。

《寨儿令》又名《柳营曲》。越调。小令、套曲兼用，与《脱布衫》组成带过曲。《全元曲》小令收17作者，147曲子。今选9作者，15首。

A17367 张养浩《寨儿令·夏》

爱绰然₁，靠林泉，正当门满池千叶莲₂。一带山川，万顷风烟，都在几席边₃。压枝低金杏如拳₄。客来时樽酒留连₅。按新声歌乐府₆，分险韵赋诗篇₇。见胎仙₈，飞下九重天。

作者生平： 见A01006。

定格说明： 全曲12句56（或54）字，句式与韵脚安排为：3△3△7△4△4△5△7△7△（或66）5○5△1△5△。典型平仄格式为：仄仄平△仄平平△仄仄平平仄仄平△仄仄平平△仄仄平平△仄仄仄平平△仄平平、仄仄平平△仄平平、仄仄平△平平仄仄○仄仄仄平平△平△仄仄仄平平△。

词语注释： 1. 绰然，绰然亭，作者退隐后所修云庄内的亭阁之一。2. 此言满池莲叶数以千计，或以为千叶莲系莲花之一品种。3. 几（ji 机），椅旁的矮小桌子如茶几之类。4. 此言如拳金杏把果树枝都压低了。5. 留连，此指留下消遣，或使客人饮宴，流连忘返。6. 按新声，演奏新曲调。歌乐府，此泛指演唱诗歌。7. 分韵，文人间的一种以诗会友的文字游戏，按韵书分给个人以押韵的字。险韵，韵脚很窄难押的字。8. 胎仙，指仙鹤。

作品赏析： 此文人雅士的消夏生活，非一般生活于林泉中的农民和渔樵所能享受。

A17368 张养浩《寨儿令》赴詹事丞₁,召至通州感疾还家

干送行，漫长亭₂，被恩书挽回云水情₃。才到燕京，便要回程。你好自在也老先生！带行人所望无成，管伴使饮气吞声₄。水和

山应也恨，来与去不曾停。几曾经，不睹是的晋渊明₅。

作者生平：　　见前。

定格说明：　　同前。

词语注释：　　1. 詹事丞，太子属官，管家事。《元史·张养浩传》："泰定元年以太子詹事丞兼经筵说书召，又辞。" 2. 此言白白送行一番，并在长亭称病以欺骗使者。3. 此言接到召书，只好挽回想归隐于云水之间的心情。4. 二句指带路的和做伴的人员均感失望。5. 此言这些人何曾知道（竟没有看清）我是的的确确的陶渊明。

作品赏析：　　朝廷故作求贤若渴姿态，先生决意归隐林泉，表演得甚是有趣。从末句看，显然是装病推迟。

A17369 张可久《寨儿令》题昭君出塞图

辞凤阁，盼滦河₁，别离此情将奈何₂？羽盖峨峨，虎皮驮驮₃。雁远暮云阔。建旌旗五百沙陀₄，送琵琶三两宫娥，翠车前白橐驼₅，雕笼内锦鹦哥。他，强似马嵬坡₆。

作者生平：　　见 A01004。

定格说明：　　同前。

词语注释：　　1. 滦河，在河北东北，穿过燕山，在当时近塞北。此言辞别宫廷，奔向边塞。2. 这里"此情"指情景。3. 驮，牲口所负重量。此指一驮一驮的，言其重而且多。4. 沙陀，本指古西突厥之一部，此借指迎接昭君的匈奴人。5. 橐驼即骆驼。6. 此言比丧身马嵬坡的杨贵妃活得有价值。

作品赏析：　　与一般悲吊王昭君者不同，作者认为是盛大喜事，并对和番之举大加赞扬，而贬低身为妃妾女宠的杨玉环。

A17370 张可久《寨儿令·湖上避暑》

新雨晴，晚凉生，照芙蓉玉壶秋水冷₁。瀽酒余醒₂，题扇才情，避暑小红亭。雁云低银甲弹筝₃，蔗浆寒素手调冰₄。鸳鸯情未减，蝴蝶梦初醒₅。惊₆，何处棹歌声！

作者生平：　　见前。

定格说明：　　同前。

词语注释：　　1. 此言如玉壶冰水一样清洁凉爽的湖水掩映着荷花。或以为玉壶指月亮，恐无据。2. 嚏（ti 替）酒，为酒所困，即酒醉；余酲，残留的醉意。3. 雁云，待考，当指如飞雁之云片，或有飞雁之云层。银甲，弹筝女涂银色的指甲。此言弹筝时正有雁云低垂，此或有"响遏行云"之意。4. 素手，此指侍女的手；调冰，掺和以冰屑，所以蔗浆（甘蔗水）寒。按我国至少周初就知道冬日储冰以供夏日消暑。5. 此言鸳鸯依然活跃，蝴蝶欢快。蝶梦初醒，此暗示自己如梦初醒，并借用庄子蝴蝶梦意。6. 惊指惊讶、称奇。

作品赏析：　　选此以见古人消夏生活。当时已能夏日饮冰，很是先进。

A17371 张可久《寨儿令·收心》二首录一

面皮儿黄绀绀₁，身子儿瘦岩岩，相识每陡然轻视俺₂。鬓发耽珊₃，身子薄蓝₄，无语似痴憨。姨夫每坐守行监₅，妻儿又面北眉南₆。家私儿零落了，名分儿被人㧓₇。再休将，风月担儿担₈。

作者生平：　　见前。

定格说明：　　同前。

词语注释：　　1. 绀绀（gan 干），天青色，此言黄里带黑色。2. 每，宋元时"们"的另一写法，下同。3. 耽珊，口语，当指零乱。4. 此身子指身上衣衫；薄蓝，单薄而且褴褛。5. 姨夫，同玩一个妓女的嫖客互称姨夫。坐守行监，指受到严密监视，想是拖欠有风流债。6. 面北眉南，意指没有好脸色。7. 名分，此指职位；㧓，抢夺。8. 风月担，指嫖娼行为。前后两担字前一作名词：担

（去声）子；后一作动词：担（阴平）起，即挑起。

作品赏析：　　睹此嫖客遭遇，当能使浪子有所醒悟。

A17372 张可久《寨儿令·秋千》

住管弦，打秋千$_1$。花开美人图画展$_2$。翠髻微偏，锦袖轻揎$_3$，罗带起翩翩。钏玲珑响亚红绵$_4$，汗模糊湿褪花钿$_5$。绿烟浓春树底，彩云散夕阳边$_6$。天，吹下肉飞仙$_7$！

作者生平：　　见前。

定格说明：　　同前。

词语注释：　　1. 此言停止演奏乐器去打秋千。2. 此言打秋千的美人和园内开的鲜花好像展开了一幅图画。3. 轻揎，轻轻卷起。4. 此句费解，也许字有错误，也许红绵指红色衣服的飘荡声。5. 湿褪花钿，汗水使脸上妆饰物都褪色了。6. 绿烟浓、春树低，此言高高飘在烟柳中，觉春树低矮；又如夕阳下之彩云飘舞。7. 肉飞仙，犹言活神仙。

作品赏析：　　描写十分生动。

A17373 张可久《寨儿令》观张氏玉卿双陆$_1$

间锦笙，罢瑶筝$_2$，花阴半帘春昼永$_3$。斗草无情，睡又不成。佳偶两相停$_4$。手初交弄玉拈冰$_5$，步轻挪望月瞻星。双敲象齿鸣$_6$，单走马蹄轻。赢，夜宴锦香亭$_7$！

作者生平：　　见前。

定格说明：　　同前。

词语注释：　　1. 张氏、玉卿，当为夫妇二人称呼，因副标题明说是观双陆而不是作者自己作战。或以张氏玉卿为一妓女名。此曲写其与人下双陆（古代一种棋弈）情节，可参考。2. 间，同闲。此言停止演奏乐器。3. 此言因春困而觉日长，所以有下两句。4. 相停，指对坐。5. 弄玉拈冰，指挪动冰凉的玉石棋子。双陆棋子为黑白子各十五枚。自此以下四句，均为双陆博弈时的动作手法。6. 象齿鸣，象牙棋子被敲响。次句说单独很轻快地走马前进。7. 末句言，谁赢了，晚上在锦香亭请客。

作品赏析：　　我国古代有些游戏项目如双陆、蹴鞠等，多已失传。选此以略窥古人博戏的端倪。

A17374 鲜于必仁《寨儿令》

汉子陵，晋渊明，二人到今香汗青$_1$。钓叟谁称？农夫谁名？去就一般轻$_2$。五柳庄月朗风清，七里滩浪稳潮平。折腰时心已愧，伸脚处梦先惊$_3$。听！千万古圣贤评$_4$。

作者生平：　　见 A03039。

定格说明：　　同前。

词语注释：　　1. 香汗青，史册留美名。曲中所称二人事迹读者已熟知，不赘。2. 三句言：一般钓叟、农夫，有谁称道、提他们的名字？他们的去就，人们一般不把它当一回事。3. 四句说二人重要经历：陶渊明向乡里小人折腰时早已愧恨不应当官；严子陵与光武帝同榻卧并"加足于帝腹"时，梦中早已心惊胆战（伴君如伴虎）。加足一事，显系时人附会。4. 此言听千古圣人是怎样评价的吧。

A17375 赵善庆《寨儿令·早春游湖》

景物新，艳晨昏$_1$，山气张天成绿云$_2$。画舫红裙，紫陌游人，香软马蹄轻$_3$。棹涟漪水波罗纹$_4$，破韶华桃露朱唇$_5$。湖风肥柳线$_6$，堤雨厚莎茵$_7$。春，又早二三分$_8$。

作者生平：　　见 A05081。

定格说明：　　同前。

词语注释：　　1. 艳晨昏：早上晚上都艳丽。2. 此言山气满天成绿云。3. 画船上有游女，紫陌（红尘路）上是游人。路面花香沙软，马蹄轻快。4. 棹涟漪，用船桨划破有细小水纹的湖面。5. 破韶华，显露春光。桃露朱唇，拟人化，言红色桃花初放，如露朱唇。6. 柳线，柳丝。7. 厚，使生长得肥厚。8. 此言早已有二三分春意。二三分，言当二三月春光正好时。

作品赏析：　　有早春特色。

A11376 周德清《柳营曲·别友》

一叶身，二毛人$_1$，功名壮怀犹未伸$_2$。夜雨论文，明月伤神$_3$，秋色淡离樽$_4$。离东君桃李侯门，过西风杨柳渔村$_5$。酒船同棹月，诗担自挑云$_6$。君，孤雁不堪听$_7$。

作者生平：　　见 A04048。

定格说明：　　即《寨儿令》之别名，定格同前。

词语注释：　　1. 二毛，须发黑白相间。《左传·僖公二十二年》："不擒二毛。"此言人已二毛，犹是只身飘零，事业无成。2. 未伸，未实现。3. 此言二人曾在月下伤神，感叹世事。4. 此言告别时一片秋色，致使饮告别酒（离樽）时感到暗淡伤怀。5. 离，经过；东君桃李句，指春季桃李盛开之富豪人家，与下句同为描写别时景况。6. 此言二人同船饮酒，并一同在月光下划行。挑云与棹月对称，也许是说自己挑着彩云般的诗担。此处恐系为押韵而打油。7. 君为呼语。末句有哀叹从此孤单难受意。

作品赏析：　　与友人分别，依依难舍，然又哀而不伤。

A11377 张可久《柳营曲·包山书事$_1$》

倚翠微$_2$，俯清溪$_3$，青山万里猿夜啼，怪我来迟$_4$。拂雪而归，月冷翠罗衣。啸白猿如醉如痴$_5$，远红尘无是无非。吟几篇绝句诗，看一局柯烂棋$_6$。饥，不采首阳薇$_7$。

作者生平：　　见 A01004。

定格说明： 同前。

词语注释： 1. 包山，当为作者隐居之地。书事，写隐居包山情况。2. 此言居处靠近青山，尤指山腰。3. 俯，俯瞰。4. 此言猿啼似怪我来迟，实系作者后悔来迟。5. 此言自己对白猿长啸，如痴如醉。6. 柯烂棋，此借用《述异记》王质看棋忘返的故事，表示看得专注。7. 首阳薇：伯夷、叔齐耻食周粟，采首阳山之蕨薇充饥，终至饿死。此言自己虽忿世疾俗而退隐，却不干伯夷、叔齐那种蠢事。

作品赏析： 远离红尘，洁身自好而不迂腐自困。作者已有同调之《寨儿令》55首，此又写同调异名之《柳营曲》11首，是否因为此二曲牌音乐上有某种差别？

A11378 马谦斋《柳营曲·太平即事》

亲凤塔，住龙沙$_1$。天下太平无事也，辞却公裾，别了京华，甘分老农家$_2$。傲河阳潘岳栽花$_3$，效东门邵平种瓜$_4$。庄前栽果木，山下种桑麻。度岁华，活计老生涯$_5$。

作者生平： 见 A05103。

定格说明： 同前。

词语注释： 1. 凤塔，指京城；龙沙，塞外沙漠之地，此泛指边防要地。此言在京城与边疆都任过职。2. 甘分，甘心守分，此指心甘情愿回老农家。3. 河阳，指西晋潘岳，出为河阳太守时，有政绩。使犯罪者种桃赎罪，结果河阳遍地桃花。此言自己凭政绩傲视潘岳。4. 邵平，秦东陵侯，秦亡后在长安种瓜得名，成为退隐务农的典型。5. 岁华，年华；活计，此作动词用，言为老年作好生活计划。

作品赏析： 与一般因忿世或避祸而归隐者不同，作者所抱是一种"功成身退"的安闲心态。

A11379 查德卿《柳营曲·金陵故址》

临故国，认残碑，伤心六朝如逝水$_1$。物换星移$_2$，城是人非，古今一枰棋。南柯梦一觉初回$_3$，北邙坟三尺荒堆$_4$。四围山护绕，几处树高低。谁？曾赋黍离离$_5$！

作者生平：　　见 A06157。

定格说明：　　同前。

词语注释：　　1. 六朝，指三国之吴、东晋、南朝的宋、齐、梁、陈共六朝，均都南京。2. 星移，指时间的改变。此用王勃《滕王阁诗》中词语。3. 南柯梦，事见《南柯太守传》，通指幻梦、人生如梦。觉（jiao 教），此作名词，言睡一觉之后初醒。4. 北邙，洛阳北贵族坟地，此通指墓地。5. 黍离离，指《诗经·王风·黍离》，有名的怀念故国的诗篇。此言有哪些人曾到此并赋《黍离》诗篇以进行凭吊呢？

作品赏析：　　吊古伤今，但未免人生如梦，万事皆空的消极情绪。

A11380 无名氏《柳营曲》题章宗出猎

白海青$_1$，皂笼鹰$_2$，鸦鹘兔鹘相间行$_3$。细犬金铃$_4$，白马红缨，前后御林兵。喊嘶嘶飞战马蹄轻$_5$，雄赳赳御驾亲征。厮琅琅环辔响，吉丁铛镫敲鸣，呀剌剌，齐和凯歌行$_6$。

作者生平：　　见 A01005。

定格说明：　　同前。

词语注释：　　1. 此大约为给《章宗出猎图》所作题词。2. 海青，即海东青：一种猛鹘。2. 皂笼鹰，黑色的驯鹰。3. 鹘（hu 胡），隼科猛禽，此处鸦鹘、兔鹘当指可捕捉鸦、兔之类的猛禽。或以为指青色与白色宝石，于文气不顺，恐无据。相间行，互相挨着前进。4. 细犬，此指机灵、聪敏的猎犬挂着金铃。下句结构同。5. 喊嘶嘶，嘶嘶喊叫。6. 厮琅琅、吉丁铛、呀刺刺，均为拟声词。镫，马镫，马鞍两旁的铁脚踏。齐和凯歌行，大队人马一齐合唱着凯歌前进。

作品赏析：　　好一支威武的打猎队伍，读此可见当时帝王狩猎的一般情况。

A11381 汤舜民《柳营曲·听筝》

酒乍醒，月初明，谁家小楼调玉筝：指拨轻清，音律和平，一字字诉衷情。恰流莺花底叮咛$_1$，又孤鸿云外悲鸣；滴碎金砌雨$_2$，敲碎玉壶冰$_3$。听！尽是断肠声。

作者生平：　　见 A03015。

定格说明：　　同前。

词语注释：　　1. 流莺句，诗人多用花底流莺啼声形容弦类乐器声音。白居易《琵琶行》："间关莺语花底滑。"叮咛，啼声似在叮咛。2. 金砌，金属切碎的颗粒。此言筝声如金属颗粒的雨珠，滴落欲碎。3. 玉壶冰，诗人常用玉壶冰表示纯洁，如唐诗："一片冰心在玉壶。"此言筝声似敲碎玉壶冰声。

作品赏析：　　文字通顺流畅，对筝声作了生动的描写。

《折桂令》此曲别名甚多，计有：《蟾宫曲》《蟾宫引》《步蟾宫》《广寒秋》《天香引》《秋风第一枝》等。双调。小令、套曲兼用，并放在《水仙子》后，组成带过曲。《全元曲》收 54 作者，440 曲子。今选 17 作者，28 首。

A17382 张养浩《折桂令·归田谩述$_1$》其一

想为官枉了贪图$_2$。正直清廉，自有亨衢$_3$。暗室亏心，纵然致富，天意何如？白图甚身心受苦$_4$？急回头暮景桑榆$_5$。婢妾妻孥$_6$，玉帛珍珠，都是过眼的风光，总是空虚。

作者生平：　　　见 A01006。

定格说明：　　　本曲牌因作品众多，为元曲之最，故其格式亦稍有出入。全曲 12 句，差别主要是首句为 7 字或 6 字，及第 10 句后的 4 字句增加多少。小令一般增加一句，增句平仄同前。此外第 4、5 或 5、6 两个四字句有合并为一个长句者。据此，句式与韵脚安排为 12 句 53 字：7（或 6）△4○4△4○4△7△7（或 66）△4△4△4△4△。典型平仄格式为：（平）仄仄平平仄仄△仄仄平平○仄仄平平△仄仄平平○平平仄仄○仄仄平平△平仄仄、平平仄仄△仄平平、仄仄平平△仄仄平平△仄仄平平△仄仄平平△。

词语注释：　　　1. 谩述，随便谈谈。作者写有归田谩述 4 首，此首论为官之道，其余 3 首说为官的害处。2. 此言贪图不是正路。3. 亨衢，通路，大道。4. 此言白白使身心受苦，为了什么。5. 亦作晚景桑榆，指人的晚年；此言等你趁急回头时，已是桑榆晚景赶急回头。6. 孥，儿女。

作品赏析：　　　是良心话，但既已做官，就很难回头。

A17383 张养浩《折桂令·归田谩述》其三

功名百尺竿头[1]，自古及今，有几个干休[2]？一个悬首城门[3]，一个和衣东市[4]，一个抱恨湘流[5]。一个十大功亲戚不留[6]，一个万言策贬窜忠州[7]，一个无罪监收[8]，一个自抹咽喉[9]。仔细想，都不如一叶扁舟。

作者生平：　　　见前。

定格说明：　　　同前。

词语注释：　　　1. 百尺竿头，言其处境危险。2. 干休，应作甘休，即甘心作罢。3. 指伍子胥被吴王夫差悬首于都城东门。4. 西汉晁错为政敌暗算，朝衣斩首东市。5. 指屈原抱恨投汨罗江而死，按：今汨罗江已非湘江支流。6. 此指韩信功高，终遭族诛。十大功大约是世俗说法。7. 指唐陆贽因上万言策贬为忠州（今重庆忠县）别驾。8. 指汉萧何。9. 指汉李广因伐匈奴失道被谴，"到身绝域之表"。

作品赏析：　　当官的危险远不止此，但这世界又不能无政府。好人都逃避官场，官场将更糟。矛盾如何解决，全赖读者高见。

A17384 张养浩《折桂令·咏胡琴》

八音中最妙惟弦$_1$，塞上新声$_2$，字字清圆。锦树啼莺，朝阳鸣凤，空谷流泉$_3$。引玉枝轻笼慢捻$_4$，赛歌喉倾倒宾筵。常记当年，香案之前$_5$，一曲春生，四海名传。

作者生平：　　见前。

定格说明：　　同前。

词语注释：　　1. 八音，古代乐器分类，即：匏、土、革、木、石、金、丝、竹八种。如鼓属革，铃属金，琴属丝等。最妙为弦，乃夸张之词。2. 塞上，因胡琴来自塞外（胡方）。3. 三句形容其声音之美妙。4. 引玉枝，指拉动琴弓。轻笼慢捻，指各种指法。《琵琶行》："轻拢慢捻抹复挑。" 5. 香案之前，大约某种演奏会上，设香案以示慎重。具体何所指，待考。

作品赏析：　　诗词中写乐器者不多，此曲不愧称为佳作。

A17385 张可久《折桂令·西陵送别》

画船儿载不起离愁，人到西陵，恨满东州$_1$。懒上归鞍$_2$，慵开泪眼，怕倚层楼。春去春来，管送别依依岸柳$_3$。潮生潮落，会忘机泛泛沙鸥$_4$。烟水悠悠，有句相酬，无计相留$_5$。

作者生平：　　见 A01004。

定格说明：　　同前。此曲 4 字增句的地方与常规有异。

词语注释：　　1. 画船句参阅李清照词《武陵春》："只恐双溪舴艋舟，载不动，许多愁。"西陵、东州，具体地点待考，依曲文内容，当在南方水乡。此言到西陵时心中充满有关东州的遗恨。2. 此当是主人乘马送行,客人乘舟离去。3. 此言岸边是年年折以送别的杨柳。4. 此言潮水上是漂浮的沙鸥。忘机,用《列子·黄帝》典,言鸥鸟并无防人的机巧之心。5. 此言面对悠悠烟水,只有诗句相送,但苦于无法挽留。

作品赏析：　　感情真挚,情景交融。

A17386 张可久《折桂令·游太乙宫₁》

华山高与云齐,远却尘埃₂,睡煞希夷₃。踏藕童闲₄,携琴客至,跨鹤人归₅。鸣玉珮松溪活水₆,点冰绡竹院枯梅₇。短策徘徊,醉墨淋漓,老树崔嵬₈。

作者生平：　　见前。

定格说明：　　同前。

词语注释：　　1. 太乙宫,道观,在华山上。2. 远却,远离。3. 希夷,陈抟的赐号,以能久睡著称。4. 踏藕,收获藕的一种方式：用脚踩踏泥土以寻藕枝。5. 指主人道士,跨鹤,言其潇洒。6. 此言松溪活水声如玉佩。7. 枯梅,枯枝梅,又名干枝梅,梅花的一种,冬季先开花后生叶。故谓其花如点冰绡,点缀冰天的红绸。8. 策,此指手杖。醉墨,酒后所写诗文。崔嵬,高峻。

作品赏析：　　寥寥数语写出优美清幽的山间道观,令人神往。

A17387 张可久《折桂令·湖上饮别》

傍垂杨画舫徜徉₁,一片秋怀,万顷晴光。细草闲鸥,长云小雁,乱苇寒螀。难兄难弟俱白发相逢异乡₂,无风无雨未黄花不似重阳₃。歌罢沧浪,更引壶觞,送别河梁₄。

作者生平：　　见前。

定格说明：　　同前。

词语注释：　　1. 徜徉（changyang 常羊）,徘徊,此指自由自在地荡漾。2. 难兄难弟，原指才德难分高下的兄弟，通指和睦的好兄弟或曾共患难的好朋友。3. 未黄花，无菊花，菊未开放。4. 歌沧浪，应有勉以为人之道的意思。引壶觞，互相劝饮。河梁，送别之地。

作品赏析：　　略。

A17388 张可久《折桂令·钱塘即事》

倚苍云拱北城高₁，地胜东吴，树老南朝₂。翠袖联歌，金鞭争道，画舫平桥₃。楼上楼直浸九霄₄，人拥人长似元宵₅，灯火笙箫。春月游湖，秋日观潮。

作者生平：　　见前。

定格说明：　　同前。

词语注释：　　1. 拱北，如众星朝北斗似的城墙甚高，直插云霄。2. 地胜东吴，钱塘地势在东吴为最佳。柳永《望海潮》："东南形胜，三吴都会，钱塘自古繁华。"树老南朝，此言地多南朝老树。3. 此言画舫挤满桥头。4. 浸，同侵，插入。5. 长似元宵，人挤人的情况，经常是像元宵节一样。

作品赏析：　　读此可以想见当时钱塘盛况。

A17389 任昱《折桂令·咏西域吉诚甫₁》

毳袍宽两袖风烟₂，来自西州，游遍中原。锦句诗余₃，彩云花下，璧月樽前₄。今乐府知音状元₅，古词林饱记神仙₆。名不虚传：三峡飞泉，万籁号天₇。

作者生平：　　见 A03038。

定格说明：　　同前。

词语注释：　　1. 吉诚甫，元末著名散曲家，西域人。当时词曲家多称赞之。可惜其作品失传。2. 毳（cuì脆），细毛；毳袍即毡袍，北方民族常用服装。两袖风烟，意近两袖清风。3. 锦句诗余，其词曲作品优秀（皆为锦句）。4. 此言他常于彩云花下璧月光中饮酒，即他是彩云花下、璧月樽前的风流人物。5. 今乐府，指元曲。6. 此言对于古代文学作品记诵得很多。7. 此言其作品气势如三峡飞泉，声响如万籁（各种乐器）对天狂奏。

作品赏析：　　选此以见元代中原文化对西域人的深远影响。

A17390 鲜于必仁《折桂令·棋₁》

烂樵柯石室忘归₂。足智神谋，妙理仙机。险似隋唐，胜如楚汉，败若梁齐₃。消日月闲中是非₄，傲乾坤忙里轻肥₅。不曳旌旗，寸纸关河，万里安危₆。

作者生平：　　见 A03039。

定格说明：　　同前。

词语注释：　　1. 作者写有关于琴棋书画的小令各一，此选"棋"。2. 晋王质上山砍柴时，观童子下棋，置斧子于树杈。观毕回家时砍樵的斧子把（樵柯）已腐烂，始知已历时百余年。此用以譬喻观棋之忘神。3. 此言如隋唐之恶斗，楚汉之奋争，衰败时则如南朝齐梁之积弱。至今象棋盘中间河道上常写"汉界楚河"字样。4. 此言集中精力下棋，可消除日常生活中之是是非非。5. 此言一心下棋，把乾坤世上忙于争取荣华富贵事情，都不计较了。6. 此言虽不张旌旗，但寸纸之大的棋盘有如关河江山，系万里之安危。

作品赏析：　　写得传神。

A17391 梁寅《折桂令·留京城作》

龙楼凤阁重重，海上蓬莱，天上瑶宫₁。锦绣人才，风云奇士₂，衮衮相逢₃。几人侍黄金殿上，几人在紫陌尘中₄。运有穷通，宽着心胸：一任君王，一任天公₅。

作者生平： 　　梁寅（1303—1389），字孟敬，新喻（今江西新余）人，一作临江（今江西樟树市临江镇）人。元末累举不第，后征召为集庆路儒学训导。明初将授以官，以老病辞归。晚年结庐石门山以讲学授徒，人称"梁五经""石门先生"。著有《石门词》。《明史》有传。《全元曲》收其小令 2 首。

定格说明： 　　同前。

词语注释： 　　1. 此言京城美好如仙境。2. 风云奇士，有奇才大志的人物。3. 衮衮，络绎不绝。4. 此言有的得官，有的沦落。5. 宽着，放宽；此言只好把心胸放宽，等待君王的选择和上天的命运。

作品赏析： 　　写出了在京城谋出路之士人的复杂心情。

A17392 曾瑞《折桂令·闺怨》

秋宵淡淡轻阴$_1$，暮景萧条，疏雨霏霖$_2$。林外鸟啼，天边雁叫，砌下蛩吟$_3$。更漏永声来绣枕，篆烟消寒透衣衾$_4$。恨杀邻砧$_5$，惊散离魂$_6$，捣碎人心！

作者生平： 　　见 A09183。

定格说明： 　　同前。

词语注释： 　　1. 此言秋天晚上淡淡阴凉。2. 疏雨，小雨；霏霖，久雨不停。3. 砌下，阶下。4. 更漏，古代计时的滴漏。永，长；因失眠觉夜长；篆香，成圈的线香。5. 砧，捣衣石，此指捣衣声。6. 离魂，离人之魂。

作品赏析： 　　不言怨恨，但所见所闻，俱是引起怨恨的事物。

A17393 乔吉《折桂令·自述》

华阳巾鹤氅蹁跹$_1$，铁笛吹云，竹杖撑天$_2$。伴柳怪花妖，麟祥凤瑞，酒圣诗禅$_3$。不应举江湖状元，不思凡风月神仙$_4$。断简残篇，翰墨云烟，香满山川$_5$。

作者生平：　　　见 A03026。
定格说明：　　　同前。
词语注释：　　　1. 鹤氅，鸟羽所制裘衣；与华阳巾均为隐士衣服。翩跹，飘逸貌。2. 吹云，朱熹《铁笛亭诗序》："刘君兼……善吹铁笛，有穿云裂石之声。"撑天，言竹杖极长。二句夸张说自己行为不受拘束。3. 酒圣，酒中之清者。诗禅，富有哲理之诗篇。也可解作：饮者中俊杰，诗人中富有禅意者。三句极写自己无拘无束的生活方式。4. 此言自己是不参加科举考试的、流浪江湖的状元，是风月场中不思凡的神仙。5. 此言自己在编撰断简残篇时，所用云烟翰墨，香满山川。
作品赏析：　　　略。

A17394 乔吉《折桂令·丙子游越怀古》

蓬莱老树苍云₁，禾黍高低，狐兔纷纭₂。半折残碑，空余故址₃，总是黄尘。东晋亡也再难寻个右军₄，西施去也绝不见甚佳人₅。海气长昏，啼鹃声干₆，天地无春。

作者生平：　　　见前。
定格说明：　　　同前。
词语注释：　　　1。此言如蓬莱仙山之老树与苍云。2. 禾黍句，《诗经·王风·黍离》，写行人因见故国离黍而产生亡国之痛。狐兔纷纭，极言其荒凉破败。3. 空余，与"半折"成对，残留下的空旷旧址。4. 右军，书圣王羲之。5. 此言再也难见到如西施的佳人。6. 鹃（jue 决），杜鹃；声干，声嘶力竭。
作品赏析：　　　略。

A11395 赵善庆《折桂令·湖山堂₁》

八窗开水月交光₂，诗酒坛台，莺燕排场₃。歌扇摇风₄，梨云飘雪₅，粉黛生香。红袖台已更旧邦，白头民犹说新堂₆。花妒幽芳，人换宫妆₇。惟有河山，不管兴亡。

  作者生平： 见 A05081。

  定格说明： 同前。

  词语注释： 1. 湖山堂，原在苏堤边，南宋临安府尹所建，甚为华丽。今已不存。2. 交光，交映。3. 莺燕排场，歌女们表演的场所。4. 歌扇句，形容歌声动听。晏几道词《鹧鸪天》："歌尽桃花扇底风。"5. 如白云一样的梨花有如飘雪。按此实用以形容当时的舞姿。6. 二句言红袖台已经换主，不属旧邦（南宋）了，可老年百姓还谈论当年湖山堂新修时的情景。7. 此言新种花卉，其幽香胜过以往，舞女们已经更换服装，按照元代宫妆打扮。

  作品赏析： 景物依旧繁华，风尚已今非昔比，令人有黍离之悲、亡国之恨。

A11396 刘秉忠《蟾宫曲·四时游赏联珠四曲》其四

朔风瑞雪飘飘，暖阁红炉，酒泛羊羔₁。如飞柳絮，似舞蝴蝶，乱剪鹅毛。银砌就楼台殿阁，粉妆成野外荒郊₂。冬景寂寞，浩然踏雪₃，散诞逍遥₄。

  作者生平： 见 A04062。

  定格说明： 即《折桂令》之别名，定格同前。

  词语注释： 1. 泛，此指充足。羊羔，美酒名。按二、三句为对称句，此处句末应为两个名词词组，其前应作"阁暖红炉"，或将后句改为"醇酒羊羔"之类，想系写作或传抄有误。2. 五句形容雪景。3. 浩然踏雪，传说唐诗人孟浩然曾踏雪寻梅。4. 散诞，通作散淡，无拘无束。

  作品赏析： 不用华丽辞藻与典故，全凭白描，写出美好冬雪景色。

A11397 卢挚《蟾宫曲·乐隐》

碧波中范蠡乘舟₁，嚃酒簪花₂，乐以忘忧₃。荡荡悠悠，点秋江白鹭沙鸥₄。急棹不过黄芦岸白蘋渡口₅，且湾在绿杨堤红蓼滩头。醉时方休，醒时扶头₆。傲煞人间，伯子公侯₇。

作者生平：	见 A14124。
定格说明：	同前。
词语注释：	1. 此言像范蠡那样乘舟。2. 嚃（ti 替）酒，病酒。此指豪饮。3. 乐以忘忧，此引《论语·述而》孔子的话。4. 此处按格律应为两个四字句，但不少作家有将其合并为七字乃至六字句者。5. 急棹不过句，急划着船但不要划过渡口。6. 扶头，酒醒后依然因饮酒过量而头痛，而抱头。7. 公侯伯子男为封建时期的五种爵位，此因格律关系只举其四，且因押韵颠倒，用以泛指达官贵人。
作品赏析：	略。

A11398 卢挚《蟾宫曲·橙杯₁》

摘将来犹带吴酸₂，绣縠轻纹₃，颜色深黄。纤手佳人，用卞刀削出甘穰₄。波潋滟宜斟玉浆₅，样团圞雅称金觞₆。酒入诗肠，醉梦醒来，齿颊犹香。

作者生平：	见前。
定格说明：	同前。
词语注释：	1. 橙杯，用新橙挖空作酒杯，当时的一种时髦的生活情调。2. 吴酸，待考，或指微酸。首句失韵。3. 縠（gou 购），取牛羊奶，于此不合；当为縠（hu 胡）之误，绉纱之类。此言橙皮如轻纹绣縠。4. 卞刀，卞京所产名刀。穰，此同瓤（rang 嚷上），果肉。5. 此言宜斟潋滟之玉浆（美酒）。6. 团圞，圆圆的。
作品赏析：	选此以见当时文人贵族生活之一斑。

A11399 卢挚《蟾宫曲·丽华₁》

叹南朝六代倾危，结绮临春₂，今已成灰。惟有台城挂残阳、水绕山围。胭脂井金陵草凄₃，后庭空玉树花飞₄。燕舞莺啼，王谢堂前，待得春归₅。

作者生平：　　见前。

定格说明：　　同前。

词语注释：　　1. 指陈后主爱妃张丽华。2. 结绮、临春，陈后主所建楼名。3. 胭脂井，在南京城内，围城时，陈后主与张、孔二妃逃入井中。此言金陵胭脂井旁野草萋萋。4. 陈后主曾有艳诗《玉树后庭花》，此暗用该典，言后庭已无当年歌声。5. 此借用刘禹锡《乌衣巷》意境："旧时王谢堂前燕，飞入寻常百姓家。"待得春归，直到春残花落。

作品赏析：　　作者有凭吊历史人物与古迹的曲子多首，均感慨良多，可对比阅读。

A17400 卢挚《蟾宫曲》阳翟道中田家即事

颍川南望襄城₁，邂逅田家₂，春满柴荆₃。翁媪真淳，杯盘罗列，尽意将迎₄。似鸡犬樵渔武陵₅，被东君画出升平₆。桃李欣荣，兰蕙芳馨，林野高情₇。

作者生平：　　见前。

定格说明：　　同前。

词语注释：　　1. 阳翟，今河南禹州；颍川，今河南许昌市；襄城，县名，今属河南。自颍川赴襄城，须道经阳翟。2. 邂逅（xiehou 谢后），偶遇。3. 柴荆，此指农村茅屋与院落。4. 将，语助词；将迎，迎接。5. 此言好似《桃花源记》中景色。记中有"鸡犬之声相闻"，王维诗中有"薄暮渔樵趁水入"。6. 东君，司春之神；此言春光衬出升平景象。7. 高情，多情；按高情疑是高清之误。

作品赏析：　　景物清雅，农民纯朴好客。

A11401 薛昂夫《蟾宫曲·叹世》

鸡羊鹅鸭休争，偶尔相逢，堪炙堪烹[1]。天地中间，生老病死，物理常情。有一日符到奉行[2]。只图个月朗风清[3]。笑杀刘伶，荷锄埋尸，犹未忘形[4]。

作者生平：　　见 A05086。

定格说明：　　同前。

词语注释：　　1. 此言鸡羊等不必争高低，结果同是被宰杀烹吃。作者以此喻人们不必逞强，终将同归于尽。2. 此言一日（天帝、阎罗）符命到了，总得奉行（死掉）。3. 此言活着时应充分享受月朗风清的好时光。4. 刘伶外出必带锄，说是醉死在哪里，便就地埋葬。本曲作者笑他还不够豁达、开朗，因为他还没有做到"忘形"，还惦记着自己的尸体。

作品赏析：　　把生命看得真够透彻。

A11402 周浩《蟾宫曲》题《录鬼簿》[1]

想贞元朝士无多[2]，满目江山，日月如梭。上苑繁华，西湖富贵，总付高歌[3]。麒麟冢衣冠坎坷，凤凰城人物蹉跎[4]。生待如何？死待如何？纸上清名，万古难磨[5]。

作者生平：　　周浩，或作周诰，生卒年不详，估计与钟嗣成同时，且有往来。《全元曲》仅收此 1 首。

定格说明：　　同前。

词语注释：　　1.《录鬼簿》，钟嗣成的主要著作，收与作者同时及已故元代散曲、剧曲作家五十余人，并列出其主要作品名称。有元明之际的人士续作一卷。此书为研究元曲作家的重要史料。2. 此借唐贞元时代以影射元朝。3. 此言当时富贵之人，终究成为后人咏叹的材料。4. 此言能安葬于麒麟冢的人生平也坎坷，生活在凤凰城的人物生活也蹉跎。5. 此言生死又有什么了不起的呢？唯独学者作家的纸上清名，万古难以磨灭。

作品赏析：　　盛赞文人纸上清名远比荣华富贵有意义。

A11403 贯云石《蟾宫曲·送春》

问东君何处天涯$_1$？落日啼鹃，流水桃花。淡淡遥山，萋萋芳草，隐隐残霞$_2$。随柳絮吹归那答，趁游丝惹在谁家$_3$？倦理琵琶，人倚秋千，月照窗纱。

作者生平：　　见 A04056。

定格说明：　　同前。

词语注释：　　1. 此言请问春神已去到天涯何处。2. 以上五句皆晚春景象。3. 那答，口语，一作"那答儿"，哪里。惹，沾。此言任柳絮随风吹向哪里，不知它会趁天空飞荡的游丝落在谁家。

作品赏析：　　是一派佳人独守闺房的春困情景。

A11404 徐再思《蟾宫曲》钱子云赴都$_1$

赋河梁渺渺予怀$_2$。今日阳关，明日秦淮。鹏翼风云，龙门波浪，马足埃尘$_3$。宽洗汕胸中四海，便蜚腾天上三台$_4$。休等书斋，梅子花开；人在江南，先寄诗来$_5$！

作者生平：　　见 A05074。

定格说明：　　同前。

词语注释：　　1. 钱子云，元代散曲家，曾一度弃俗为道士。晚居嘉兴。与杨维桢等相唱和。赴都，指赴都求仕进，具体地点不详。从"人在江南"一语看，当为南京。2. 河梁，河桥，李陵与苏武送别诗，有"携手上河梁"之句，此借以指送别处。渺渺予怀，此指胸中若有所失的样子。苏轼《前赤壁赋》："渺渺兮余怀，望美人兮天一方。" 3. 三句写钱子云今后将面临的场面。4. 洗汕，洗涤。按汕字无洗意，此或系口语。蜚，同飞。二句劝其胸怀开朗，定能飞升。5. 末四句劝其保持联系。

作品赏析：　　分别时有淡淡微愁而无夸张的悲哀，为对方前景设想而无过度恭维，并盼保持密切联系。是真实质朴的饯别词。

A11405 徐再思《蟾宫曲·竹夫人$_1$》

湘妃应是前身$_2$，不记何年，封虢封秦$_3$。万古虚心，百年贞节，一世故人$_4$。剖苍璧寒凝泪痕$_5$，挽潜蛟巧结香纹$_6$。侍枕知恩，入梦无春，两腋清风，满枕行云$_7$。

作者生平：　　见前。

定格说明：　　同前。

词语注释：　　1. 竹夫人，一种消暑竹器，夏日抱之睡眠，可以解暑。2. 湘妃指湘妃竹，据说舜死后，二妃泪滴竹上，留下斑痕，遂成湘妃竹。3. 此言不知何年开始，备受重视宠爱，像受封的虢国夫人、秦国夫人（均为杨贵妃之姊）一样受宠。4. 此言竹子永远"虚心"，终身有"节"，并且竹夫人是终身朋友。5. 剖苍璧，剖下竹子有斑痕的青皮（苍璧）。6. 此言竹夫人编织得细致，用如鲛绡一样的篾片巧织出香纹。7. 此言竹夫人虽知恩，但并无春情；唯有两腋清风，满枕上但有飘忽之行云感而已。

作品赏析：　　写物准确得体，选此以见古人消暑方式之一种。

A11406 无名氏《蟾宫曲·酒》

酒能消闷海愁山，酒到心头，春满人间。这酒痛饮忘形，微饮忘忧，好饮忘餐$_1$。一个烦恼人乞惆似阿难$_2$，才吃了两三杯可戏如潘安$_3$。止渴消烦，透节通关，注血和颜$_4$，解暑温寒。这酒是汉钟离的葫芦、葫芦里救命的灵丹$_5$。

作者生平：　　见 A01005。

定格说明：　　同前。

词语注释：　1. 好饮，此当指介乎痛饮与微饮之间的恰到好处的饮用。2. 乞惆，惆怅；或说同"扢皱"，指蹙眉苦脸。阿难，如来十大弟子之一，常面带愁苦。3. 可戏，口语，可喜，貌美可爱。4. 注血，增加血液，应是指血液流动。5. 汉钟离，传说中的八仙之一。

作品赏析：　酒徒说酒话，虽难免荒唐，如说酒可解暑之类；但也说出了嗜酒者的特殊体会，录之以备一格。

A11407 无名氏《蟾宫曲·归隐》

问天公许我闲身₁，结草为标₂，编竹为门。鹿豕成群，鱼虾作伴，鹅鸭比邻。不远游堂上有亲₃，莫居官朝里无人。黜陟休云，进退休论₄。买断青山₅，隔断红尘。

作者生平：　见前。

定格说明：　同前。

词语注释：　1. 问，此有请求、要求意。2. 标，团标，圆顶茅屋。3.《论语·里仁》：子曰："父母在，不远游，游必有方。" 4. 黜陟，升降。论，应读阳平。5. 买断，意即买下。

作品赏析：　文字流畅，环境优雅，说的是老实话。

A11408 庾吉甫《蟾宫曲》

环滁秀列诸峰₁，山有名泉，泻出其中。泉上危亭，僧仙好事，缔构成功₂。四景朝暮不同，宴酣之乐无穷，酒饮千钟。能醉能文，太守欧翁。

作者生平：　庾吉甫，大都（今北京）人，生卒年不详，《录鬼簿》称其为"前辈已死名公才人，有所编传奇行于世者"。大约元宪宗元年前后在世，为元曲发展初期作家，曾被誉为元曲四大家之一。著有杂剧 15 种，今皆不存。其散曲也很受人称赞，朱权谓其词"如奇峰散绮"。《全元曲》收其小令 7 首，散套 4。

定格说明：　　同前。

词语注释：　　1. 滁，今安徽滁州。2. 此据原文："作亭者谁，山之僧智仙也。"

作品赏析：　　我国古典诗词，都有"檃栝"一格，即将他人的诗、文，摘要隐含于自己的作品中。本曲作者有使用檃栝手段的曲子两首。此篇檃栝欧阳修的《醉翁亭记》，颇能表达原文精髓，选之以备一格。

A15409 汤式《天香引·西湖感旧₁》

问西湖旧日如何？朝也笙歌，暮也笙歌。问西湖今日如何？朝也干戈，暮也干戈。昔日也二十里沽酒楼香风绮罗₂，今日个两三个打鱼船落日沧波₃。光景蹉跎₄，人物消磨。昔日西湖，今日南柯。

作者生平：　　见 A03015。

定格说明：　　即《折桂令》之别名，定格同前。

词语注释：　　1. 从文字上看，此曲当成于战乱之后。2. 绮罗，此指穿高级衣料的妇女。3. 今日个，即今日。个，语助词。4. 蹉跎，此指沦落。

作品赏析：　　略。

《知秋令》商调。小令、套曲兼用。《全元曲》小令收 2 作者，6 曲子。今选 1 作者，1 首。

A17410 吕止庵《知秋令·为董针姑作₁》其三

情如醉，闷似痴，春瘦怯春衣₂。添憔悴，废寝食，减腰肢。怎脱厌厌病体₃？

作者生平：　　见 A01009。

定格说明：　　全曲 7 句，26 字，句式与韵脚安排为：3○3△5△○3△3△6△。典型平仄格式为：平平仄○仄仄平△仄仄仄平平△平平仄○平平仄△仄平平△仄仄平平仄仄△。

词语注释：　　1. 本事不详，董针姑大约为失意的绣花女。2. 怯春衣，恐穿时因衣服肥大，更显身体瘦弱。3. 厌厌，衰弱难支的样子。

作品赏析：　　本曲牌只5首，选此以备一格。

《转调淘金令》双调。小令、套曲兼用。《全元曲》小令收1作者，4曲子。

A17411 李邦祐《转调淘金令·思情》其一

花衢柳陌[1]，恨他去胡沾惹。秦楼谢馆[2]，怪他去闲游冶[3]。独立在窗儿下，眼巴巴则见风透窗纱[4]，月上葡萄架。朝朝等待他，夜夜盼望他，盼不见如何价[5]？

作者生平：　　李邦祐，生平不详。《全元曲》收其小令4首。

定格说明：　　全曲10句，约为50字。句式与韵脚安排为：4○5△4○5△5△6△5△5△5△6△。典型平仄格式为：平平仄仄○仄仄平平仄△平平仄仄○仄仄平平仄△仄仄平平仄△平平仄仄平平△仄仄平平仄△平平仄仄平△仄仄仄平平△平仄仄、平平仄△。

词语注释：　　1. 衢（qu渠），街道，全句指勾栏瓦舍。2. 此指繁华娱乐场所，通作楚馆。3. 冶，同野；游冶、冶游，本指在郊野任意游玩。二句均暗指意中人在外寻花问柳。4. 巴巴，表示某种状貌的词尾。眼巴巴，即亲眼明白地看见。5. 价，语尾助词，如啦、呀之类。

作品赏析：　　略。

《醉太平》又名《凌波曲》，按此名称与《水仙子》之别名重复，但两曲句式相差甚远。正宫。小令、套曲兼用。《全元曲》小令收14作者，63曲子。今选7首。

A17412 阿里耀卿《醉太平》

寒生玉壶₁，香烬金炉₂，晚来庭院景消疏₃，闲愁万缕。胡蝶归梦迷溪路₄，子规叫月啼芳树₅，玉人垂泪滴珍珠，似梨花暮雨₆。

作者生平： 阿里耀卿，也叫里耀卿，西域散曲家，散曲家阿里西瑛之父。生卒年不详。曾入翰林院为学士。所写散曲仅存《醉太平》一首。朱权将其列为"词林英杰"150人之一。

定格说明： 全曲8句，44字。其句式安排为：4△4△7△4△7△7△7△4△。平仄与韵脚格式为：平平仄仄△仄仄平平△平平仄仄仄平平△仄仄平平△仄仄平平仄仄平平△平平仄仄仄平平△仄仄平平仄仄平平△平平仄仄△。

词语注释： 1. 玉壶，此指计时的漏壶。2. 此言金属香炉中的香料已烧成灰烬。3. 消疏，同萧疏，此指零落。4. 此言似从梦觉归来的蝴蝶，在溪路上迷失了方向，实指溪路上有蝶飞舞。5. 此言子规（杜鹃）于月下在芳树上啼叫。6. 此言玉人垂泪，有如珍珠下滴，如暮雨中的梨花。暗用白居易《长恨歌》："玉容寂寞泪阑干，梨花一枝春带雨。"

作品赏析： 子规啼叫"行不得也哥哥"，"不如归去"，蝴蝶使人觉得浮生若梦，凡此种种，自然使得满怀忧愁忧思的玉人泪下。

A17413 王元鼎《醉太平》

珠帘外燕飞，乔木上莺啼。莺莺燕燕正寒食₁，想人生有几？有花无酒难成配，无花有酒难成对₂。今日有花有酒有相识，不吃阿图甚的？

作者生平： 王元鼎，约至治、天历年间（1321—1330）在世。曾为翰林学士。所写散曲，词语优美，用韵响亮。另著有《古今历代启蒙序》。或以为应作"玉元鼎",为家于金陵之西域人,功臣玉速阿剌之后。《全元曲》收其小令7首,套数2。朱权将其列为"词林英杰"150人之一。

定格说明：　　同前。

词语注释：　　1. 寒食节,在清明前一日。为纪念春秋介子推被焚而死,当日禁用烟火,吃日前所备食物,故称寒食。2. 二句言花与酒缺一即不完美。

作品赏析：　　略。

A17414 张可久《醉太平·登卧龙山[1]》

黄庭小楷[2],白苎新裁,一篇闲赋写秋怀,上越王古台[3]。半天虹雨残云载,几家渔网斜阳晒,孤村酒市野花开,长吟去来[4]。

作者生平：　　见 A01004。

定格说明：　　同前。

词语注释：　　1. 卧龙山,又名种山,在今绍兴市。越大夫文种葬于此。2. 指晋王羲之所写《黄庭经》。3. 白苎,夏布。此言穿着新裁的夏布衣衫,用黄庭经写完怀秋赋后,上越王台去赏玩。4. 去来,去吧。此言放声吟诵陶渊明《归去来兮辞》。

作品赏析：　　略。

A17415 无名氏《醉太平》

堂堂大元,奸佞专权,开河变钞祸根源[1],惹红巾千万[2]。官法滥刑法重黎民怨,人吃人钞买钞何曾见[3]？贼做官官做贼混愚贤,哀哉可怜！

作者生平：　　见 A01005。

定格说明：　　同前。

词语注释：　　1. 开河,至正十一年（1351）发民夫十余万,戍军二万,修治黄河。变钞,变更钞法,用新钞换旧钞。贪官趁机大肆贪污掠夺。2. 当时韩山童、刘福通等农民起义，以红巾裹头，号红巾军。3. 钞买钞，指用新钞换旧钞。

作品赏析：　　这是敲响元朝即将灭亡的丧钟。曲中大胆指斥乃至高声叫骂时弊，很好地反映了当时情况，是难得的疾世作品。

A17416 无名氏《醉太平·讥贪小利者》

夺泥燕口，削铁针头，刮金佛面细搜求$_1$，无中觅有。鹌鹑嗉里寻豌豆$_2$，鹭鸶腿上劈精肉$_3$，蚊子腹内刳脂油$_4$，亏老先生下手。

作者生平：　　见前。

定格说明：　　同前。

词语注释：　　1. 此言从燕口夺泥，从佛面上刮金。2. 嗉，禽类食道后面储藏食物的囊。3. 鹭鸶腿细长而瘦。精肉，瘦肉。4. 刳（ku 枯），挖、刮。

作品赏析：　　对贪小利者极尽挖苦之能事。

A17417 汪元亨《醉太平·警世》其二

憎苍蝇竞血，恶黑蚁争穴。急流中勇退是豪杰。不因循苟且。叹乌衣一旦非王谢$_1$，怕青山两岸成吴越$_2$，厌红尘万丈混龙蛇$_3$。老先生去也。

作者生平：　　见 A05082。

定格说明：　　同前。

词语注释：　　1. 此暗用刘禹锡《乌衣巷》诗，言世家盛衰无常。2. 此言恐相邻地区因门户之见成仇。3. 此言恐尘世混浊、贤愚不分。

作品赏析：　　略。

A17418 汤舜民《醉太平》约游春,友不至,效张鸣善句里用韵₁

芳尘滚滚，香雾氲氲₂，东风何地不精神₃？流莺也唤人。柳屯云护城闉两岸黄金嫩₄，杏酣春映山村万树胭脂喷₅，草铺茵绕湖滨一片绿绒新，不闲游是蠢。

作者生平：　　见 A03015。

定格说明：　　同前。

词语注释：　　1. 句里用韵，即句内关键词亦入韵，如首句"芳尘△滚滚△"。但是否句句如此，并无规定。2. 氲氲，香气荡漾。3. 此言处处东风，使人爽快。4. 屯云，聚集如云；城闉（yin 因），瓮城的门。此为押韵用生僻字，实指城门。黄金，指柳芽。5. 酣春，在春天盛开。

作品赏析：　　笔墨酣畅，景物烂然。使人觉得春不出游，未免太蠢。

《卖花声》 又名《升平乐》。中吕，亦入双调。小令、套曲兼用。《全元曲》小令收 4 作者，20 曲子。今选 3 作者，作品各 1 首。

A17419 张可久《卖花声·夏₁》

澄澄碧照添波浪₂，青杏园林煮酒香，浮瓜沉李雪冰凉₃。纱幮藤簟₄，旋笃新酿₅，乐陶陶浅斟低唱₆。

作者生平：　　见 A01004。

定格说明：　　全曲 6 句，36 字，句式与韵脚安排为：7△7△7△4○4△7△。典型平仄格式为：平平仄仄平平仄△仄仄平平仄仄平△平仄仄仄平平△平平仄仄○仄仄平平△仄平平、平平仄仄△。

词语注释：　　1. 作者写有咏春夏秋冬小令四首，今选夏。2. 碧照，绿色倒影。此言碧浪中倒影使波浪更加耀眼（如有所增添）。3. 浮瓜、沉李，将（西）瓜浸泡于井水中、将李子沉于井水中使凉。此为当时最常用的解暑方式。

4. 纱幮，轻纱蚊帐。5. 旋篘（chou 抽）句，临时过滤新酿造的酒。6. 醄醄，同陶陶，快乐的样子。浅斟低唱，借用柳永词《鹤冲天》中名句。

作品赏析：　　见识一下古人消夏情况：古无电扇、空调，最高享受大致如此。

A17420 徐再思《卖花声·念远》

云深不见南来羽，水远难寻北去鱼，两年不寄半行书$_1$。危楼目断$_2$，云山无数，望天涯故人何处？

作者生平：　　见 A05074。

定格说明：　　同前。

词语注释：　　1. 羽，此指雁。古以鱼雁代表书信或致书人。首三句言两年"鱼雁无消息"。2. 危楼，高楼；目断，尽力远望。

作品赏析：　　略。

A17421 李致远《卖花声·月夜》

云消皎月筛帘影$_1$，梦破惊乌绕树声$_2$，挑灯起诵《太玄经》$_3$。竹轩风定，桂窗人静，快诗人一襟清兴$_4$。

作者生平：　　见 A04058。

定格说明：　　同前。

词语注释：　　1. 此言云散后明月光芒透过如筛的帘子，把光影洒在地上。2. 此言受惊的乌鸦绕树啼叫，使我梦破。3. 挑亮油灯，起来诵读扬雄的名著《太玄经》（解释宇宙法则的书）。4. 一襟，犹言满腹；清兴，清新的诗兴。

作品赏析：　　略。

《驻马听》双调。小令、套曲兼用。《全元曲》小令收 1 作者，4 曲子。今选 1 首。

A17422 白朴《驻马听·弹₁》

雪调冰弦₂,十指纤纤温更柔。林莺山溜₃,夜深风雨落弦头₄。芦花岸上对兰舟,哀弦恰似愁人消瘦₅。泪盈眸,江州司马别离后₆。

作者生平: 见 A01003。

定格说明: 全曲 8 句,46 字。句式与韵脚安排为:4 07△4 07△7△7△3 7△。典型平仄格式为:仄仄平平○仄仄平平仄仄平△平平仄仄○平平仄仄仄平平△平平仄仄仄平平△平平仄仄仄平平△仄平平△平平仄仄平平仄△。可用幺篇(与始调同)。

词语注释: 1. 作者写有咏"吹弹歌舞"的曲子四首,此其二,咏弹。2. 雪调,指阳春白雪等高雅的曲调。3. 此言弦声如林中莺声在山上传播。4. 此言弦中有夜深风雨声。5. 此借用白居易《琵琶行》中情景:芦花岸对兰舟,舟中有消瘦之人正弹奏哀弦。6. 此言与江州司马别后,琵琶女泪盈双眸。

《望远行》商调。小令、套曲兼用。《全元曲》小令收 3 作者,6 曲子。今选 1 首。

A17423 李唐宾《望远行》

闷拂银筝,暂也那消停₁。响瑶阶风韵清₂,忽惊起、潇湘外、寒雁儿叫破沙汀。支楞的泪湿弦初定₃。弦初定,银河淡月明。相思调再整,蓦感起花阴外那个人听。高力士诉与实情:金鎞儿唬的人孤另₄。

作者生平: 李唐宾,号玉壶道人。广陵(今江苏扬州)人。至正末(1341—1368)前后在世。曾任淮南省宣使。"衣冠济楚,人物风流,文章乐府俊丽。"有杂剧二种,今存

《李云英风送梧桐叶》。《全元曲》收其小令 1 首,套曲 1,残套 1。朱权评其词"如孤鹤鸣皋"。

定格说明: 本曲牌只有作品 6 首,文字差别甚大,姑依本曲并参考个别曲谱,拟定为:全曲 13 句,63 字。句式与韵脚安排为:3△3 6△3○3○6△5△3△5△5△7△7△7△。典型平仄格式为:仄平平△仄平平△仄平平仄仄仄平△仄平平○平平仄○平平仄仄平平△仄仄仄平平△平仄仄△平仄平平△平平平仄△平平仄仄平平△平仄仄、仄平平△平平仄仄平平仄△。

词语注释: 1. 也那,语助词,即暂时安宁。此言于暂时消停之际,弹起银筝。2. 此言瑶阶筝声传来新的风韵。3. 支楞的,象声词,此指弦声。此言弦声初定,已两眼泪湿。4. 金錍(bi 阴平)儿,印度医生手术刀。此用以指使人觉悟的法器。意即经过开导,玄宗感到孤独,想念贵妃,不再生她的气了。

作品赏析: 这是一首写明皇与杨妃故事的小曲,言贵妃因妒悍忤旨被疏远,后玄宗被筝声和金錍儿所感悟,重归于好。本曲牌作品少,找不到好的范本,选此以备一格。

十八东 《全元曲》收 7 曲牌,33 作者,272 曲子。今选 28 首。

《沉醉东风》 双调。小令、套曲兼用。《全元曲》小令收 23 作者,138 曲子。今选 13 作者作品各 1 首。

A18424 徐琰《沉醉东风》

御食饱清茶漱口[1],锦衣穿翠袖梳头[2]。有几个省部交、朝廷友[3],樽席上玉盏金瓯,封却公男伯子侯[4],也强如不识字烟波钓叟[5]。

作者生平: 徐琰(约 1220—1301),字子方(一作子芳),号容斋、养斋,又自号汶叟。东平(今属山东)人。少有文才,世祖至元初受荐入朝,曾任职太常寺,出为陕西行省郎中、江南浙西肃政廉访使、翰林学士承旨。文名显于当时,与侯克中、姚燧等有交往。著有《爱兰轩诗集》。《全元曲》收其小令12,套数1。朱权将其列为"词林英杰"150人之一。

定格说明: 全曲7句,39字。句式与韵脚安排为:6△6△3○3△7△7△7△。典型平仄格式为:仄仄平平仄仄△平平仄仄平平△平仄仄○平仄仄△仄仄平、平仄仄平△仄仄平平仄仄平△平仄仄、平平仄仄△。首二句宜对,也有作7字句者。第三、四句可并作一个六字句。又三、四句亦可各作五字对句。末句有作六字者。

词语注释: 1. 御食,皇家食物,按此当作"玉食"。2. 古时男人也留长发。翠袖梳头,由侍女梳头。3. 此言在中央要害部门有知交。4. 公侯伯子男为帝制时期五等封爵,此因叶韵而颠倒。5. 此言比作隐者强。

作品赏析: 攀龙附凤,怡然自得。仕途顺利的大官,其心态俗不可耐,与隐者自大不相同。选此以资对照。

A18425 卢挚《沉醉东风·避暑》

避炎君频移竹榻$_1$,趁新凉懒裹乌纱$_2$。柳影中,槐阴下,旋敲冰沉李浮瓜。会受用文章处士家,午梦醒披襟散发$_3$。

作者生平: 见A14124。

定格说明: 同前。

词语注释: 1. 炎君,火帝,司夏之神。此句即指避暑。2. 此指不戴头饰。3. 披襟,披上衣襟,即没把衣服穿好。披襟散发,常用以形容狼狈或放浪形态。

作品赏析: 选此以见达官贵人的避暑生活与狂放姿态。

A18426 冯子振《沉醉东风》

缘结来生净果$_1$,从他半世蹉跎$_2$。冷淡交,唯三个$_3$。除此外更谁插破$_4$?减着呵少、添着呵便觉多,明月清风共我$_5$。

作者生平：　　见 A04047。
定格说明：　　同前。
词语注释：　　1. 净果，圆满清净的结果。此言结下善缘能于来生得到好的结果。2. 此言我跟着他们蹉跎了半生。3. 此言仅仅我们三个人结成了冷淡的君子之交（君子之交淡如水）。4. 此言除我们三人外，谁都不能参与进来。5. 此言明月、清风和我，我们三个减一个嫌少，加一个嫌多。
作品赏析：　　写出自己愤世嫉俗的傲骨。

A18427 张养浩《沉醉东风·隐居叹$_1$》其一

蔬圃莲池药阑$_2$，石田茅屋柴关$_3$。俺这里花发的疾$_4$，溪流的慢，绰然亭别是人间$_5$。对着这万顷风烟四面山，因此上功名意懒。

作者生平：　　见 A05006。
定格说明：　　同前。
词语注释：　　1. 作者写有隐居叹小令 7 首，此其第一首。2. 蔬圃，菜园。药阑，保护药苗的栏杆。3. 石田，此指薄田。柴关，柴门。4. 疾，同急。5. 绰然亭，作者隐居时所建住处。
作品赏析：　　略。

A18428 张可久《沉醉东风·静香堂看雨$_1$》

乘落日村翁捕鱼，感西风倦客思鲈$_2$。倒翠壶，歌金缕$_3$。静香来隔水芙蕖$_4$。绿柳红桥入画图$_5$。人正在溪亭看雨。

作者生平：　　见 A01004。
定格说明：　　同前。
词语注释：　　1. 静香堂，待考，可能为作者退隐时所建。2. 感西风句，晋张翰在京不得志，因西风感念故乡莼羹鲈脍而归去。3. 金缕，《金缕曲》。此言一面饮酒，一面唱歌。4. 此言隔水芙蕖送来静香。此或即本堂命名由来。5. 此言绿柳红桥美丽如画。

作品赏析：　　略。

A18429 马谦斋《沉醉东风·嘲妓好睡》

摇不醒鸾交凤友，搬不回燕侣莺俦$_1$。莫不是宰予妻、陈抟友$_2$？百忙里蝶梦庄周$_3$？衲被蒙头万事休$_4$，真乃是眠花卧柳$_5$。

作者生平：　　见 A05103。

定格说明：　　同前。

词语注释：　　1. 首二句鸾交等，都是对此好睡女子的客气称呼。搬不回，意同摇不醒。2. 宰予，孔子弟子，因白天睡觉，曾遭孔子严厉责骂。陈抟，北宋隐者，以嗜睡著称。3. 庄子《齐物论》："不知周之梦为胡蝶与？胡蝶之梦为庄周与？"此言虽在百忙中，却只管做庄周蝴蝶梦。4. 衲字本义为缝补，于此不合。当为"纳"之误。纳被，拉来被子。5. 眠花卧柳，语义双关，此特指"花眠柳卧"。

作品赏析：　　元曲中有不少写人的生理缺陷的作品，但多嘲讽挖苦而缺少同情心。此篇微带揶揄而无恶意，用事准确，语言美好，选之以备一格。

A18430 徐再思《沉醉东风·春情》

一自多才间阔$_1$，几时盼得成合$_2$。今日个猛见他门前过，待唤着怕人瞧科$_3$。我这里高唱当时《水调歌》，要识得声音是我$_4$。

作者生平：　　见 A05074。

定格说明：　　同前。

词语注释：　　1. 多才，才郎，恋人。间阔，久别。2. 成合，重逢会合。3. 科，元曲中的舞台动作。此为叶韵借用，即怕人瞧见。4. 此言高唱当初二人在一起时唱过的《水调歌》，要让对方识得是我的声音。

作品赏析：　　对少女遇恋人时殷切想见而又腼腆羞怯的心情，描写得真切细致。

A18431 一分儿《沉醉东风》

红叶落火龙退甲，青松枯怪蟒张牙$_1$。可咏题，堪描画。喜觥筹席上交加$_2$。答剌苏频斟入礼厮麻$_3$，不醉呵休扶上马$_4$。

作者生平： 一分儿，姓王，大都角伎（艺伎），歌舞绝伦，聪慧无比。据《青楼记》：一日，丁指挥……于江乡园小饮，王氏佐樽。有小姬歌……云："红叶落……"丁曰："此《沉醉东风》首句也，王氏可足成之。"王应声而成，一座赏叹，由是声价愈隆。

定格说明： 同前。

词语注释： 1. 首二句言：红叶落时好似火龙退掉鳞甲，青松枯后如同怪蟒张牙。2. 觥（gong 公），酒杯。筹，筹码，赌酒行令时的计算工具。3. 答剌苏，蒙语酒的音译。礼厮麻，蒙语酒杯。4. 意即不醉不让离开。

作品赏析： 此女才思敏捷。选此以见元曲中多种语言混用情况。

A18432 无名氏《沉醉东风·咏相棋$_1$》

两下里排开阵角$_2$，小军卒守定沟壕。他那里战马攻，俺架起襄阳炮$_3$。有士相来往虚嚣$_4$。定策安机紧守着$_5$，生把个将军困倒。

作者生平： 见 A01005。

定格说明： 同前。

词语注释： 1. 相，通作象。象棋是我国传统棋弈的一种，迄今犹广泛流行。2. 阵角，即指阵势。3. 襄阳炮，元军进攻襄阳时所用大炮，在当时甚有名。此即指棋中之炮。4. 虚嚣，虚张声势喧嚷。士和相不能离开固定位置进行攻击，故云。5. 安机，设好机谋。

作品赏析： 此篇可与 A17390 鲜于必仁《折桂令·棋》对照。

A18433 乔吉《沉醉东风·题扇头檃括古诗₁》

万树枯林冻折，千山高鸟飞绝。兔径迷，人踪灭，载梨云小舟一叶₂。蓑笠渔翁耐冷的别₃，独钓寒江暮雪。

  作者生平： 见 A03026。

  定格说明： 同前。

  词语注释： 1. 檃括，同檃栝，指用一种文体改写另一种文体的作品。此处系用元曲改写柳宗元的《江雪》：千山鸟飞绝，万径人踪灭。孤舟蓑笠翁，独钓寒江雪。2. 梨云，指雪景。此言小舟乘载（漂浮）于雪景之中。3. 耐冷的别，特别耐冷。

  作品赏析： 略。

A18434 赵善庆《沉醉东风》秋日湘阴道中

山对面蓝堆翠岫₁，草齐腰绿染沙洲。傲霜橘柚青，濯雨蒹葭秀₂，隔沧波隐隐红楼。点破潇湘万顷秋，是几叶儿傅黄败柳₃。

  作者生平： 见 A05081。

  定格说明： 同前。

  词语注释： 1. 山对面，即面对山。此言面对蓝色山丘、绿色山峰。2. 蒹葭，芦苇。3. 傅黄，染上黄色。

  作品赏析： 寥寥数语，画出鲜明秋色，细细品味，遣词与描写有独到之处。

A18435 汪元亨《沉醉东风·归田》其十八

知己酒千钟快饮，会家诗百首常吟₁。守一座安乐窝，横三尺逍遥枕，卧青青半亩松阴。雪月风花不系心₂，打捱过愁潘病沈₃。

  作者生平： 见 A05082。

  定格说明： 同前。

  词语注释： 1. 会家诗，会写诗之人所写的诗，即美好诗篇。俗话说："酒逢知己千杯少"，"诗向会人吟"。2. 风花雪月

(为律化而颠倒)，指男女私情或泛指一切人事。3. 即潘岳之愁，沈约之病。实指熬过一切忧愁和疾病。

作品赏析：　　略。

A18436 汤式《沉醉东风·与友叙旧》

三十年间故人，一千里外闲身。悠悠江海心，点点星霜鬓，对青灯片言难尽。君若攀龙上紫宸，容老夫丹山旧隐$_1$。

作者生平：　　见 A03015。

定格说明：　　同前。

词语注释：　　1. 丹山，传说中的仙山。此言容我处身于旧时隐居之处，不想高攀。

作品赏析：　　略。

《刮地风》黄钟，小令、套曲兼用。《全元曲》小令收1作者，6曲子。今选1首。

A18437 赵显宏《刮地风·别思》其二

春日凝妆上翠楼，满目离愁。悔教夫婿觅封侯，蹙损眉头$_1$。园林春到$_2$，物华依旧，并枕双歌，几时能够？团圆日是有，相思病怎休？都道我减了风流$_3$。

作者生平：　　见 A03044。

定格说明：　　全曲 11 句，52 字。句式与韵脚安排为：7△4△7△4△4○4△4○4△5 5△4△。典型平仄格式为：仄仄平平仄仄平△仄仄平平△平平仄仄仄平平△仄仄平平△平平仄仄○平平仄仄△仄仄平平○平平仄仄△平平平仄仄△平平仄仄平△仄仄平平△。此曲牌在剧套中变化较大：通作47444334334，第四句下可增四字句一二句，亦可省去掉第三、四句。《刮地风》与《四门子》须连用。

词语注释：　　1. 此曲首四句近于唐王昌龄《闺怨》诗之改写。王诗："闺中少妇不知愁，春日凝妆上翠楼。忽见陌头杨柳绿，悔教夫婿觅王侯。" 2. 此言春天到了园林的时候。 3. 此地风流犹言风韵。

作品赏罚析： 略。

《湘妃游月宫》 双调。小令、套曲兼用。《全元曲》小令收 1 作者，5 曲子。今选 1 首。

A18438 汤式《湘妃游月宫·春闺情》

海棠过雨锦狼藉，杨柳团烟青旖旎$_1$，梨花滴露珠零碎。春深也人未归，对东风满目伤悲。近绿窗蜂喧蝶闹，临宝镜鸾愁凤泣$_2$，隔珠帘燕语莺啼。　　隔珠帘燕语莺啼，莺呖呖如诉凄凉，燕喃喃似说别离。香魂随飞絮悠扬，薄命逐游丝飘荡，芳心随落日昏迷。三分病积渐里消磨了玉肌$_3$，一春愁积儹下压损了蛾眉$_4$。愁和病最苦禁持$_5$，靠银床倦眼乜斜$_6$，湿金衣清泪淋漓。

作者生平： 见 A03015。

定格说明： 诸谱不载，《全元曲》只收 5 曲子，初步归纳为：全曲 19 句，131 字。似分前后两段，前段 8 句，54 字，后段 11 句，77 字，两共 131 字。两段交接处用叠句。句式与韵脚安排为 7△7△7△5△7△7○7△7△ +7△7○7△7○7△7△7△7△7○7△。典型平仄格式为：平平仄仄平平仄△仄仄平平平仄仄△平平仄仄平平仄△平平仄△仄平平、仄仄平平△仄仄平、平平仄仄○平平仄、平平仄仄△仄平平、仄仄平平△ +仄平平、仄仄平平△仄平平、平平仄仄○仄平平、仄仄平平△仄平平、仄仄平平○平平仄仄、平平仄仄○仄平平、仄仄平平△平平仄、平平仄仄△平平仄、仄仄平平△仄平平、仄仄平平○仄平平、仄仄平平△。

词语注释： 1. 旖旎（yǐnǐ 倚拟），美好貌。2. 此指佳人对镜堕泪。3. 积渐里，渐渐地。4. 儹，同攒。5. 禁持，坚持，忍受。此言愁和病最难以忍受。6. 乜斜，眯着眼睛。

作品赏析：　　语言流畅，词汇丰富。

《小桃红》又名《武陵春》《绛桃春》《采莲曲》《平湖乐》。越调。小令套曲兼用。《全元曲》小令收 20 作者，110 曲子。今选 6 作者，8 首。

A18439 杨果《小桃红》

满城烟水月微茫₁，人倚兰舟唱。常记相逢若耶上₂，隔三湘，碧云望断空惆怅₃。美人笑道：莲花相似：情短藕丝长₄。

作者生平：　　杨果（1197—1269），字正卿，号西庵。祁州蒲阴（今河北安国）人。早年流寓河南等地，教书为生。金正大元年（1224）进士，做过多处县令，有政绩。金亡后，曾任河南参议、北京巡抚使。1261 年拜参知政事。出为怀孟路总管。以老致仕，卒谥文献。《元史》有传。长于文章词曲，著有《西庵集》。《全元曲》收其小令 11 首，套曲 5。朱权评其词"如花柳芳妍"。

定格说明：　　全曲 8 句，42 字。句式与韵脚安排为：7△5△7△3△7△4○4○5△。典型平仄格式为：平平仄仄仄平平△仄仄平平仄△仄仄平平仄仄平△仄仄平△平平仄仄平平仄△平平仄仄○平平仄仄○仄仄仄平平△。

词语注释：　　1. 微茫，微弱的光芒。2. 若耶，若耶溪，相传为西子浣纱的地方。3. 三湘：潇湘、沅湘、资湘。还有其他说法。二句言相识之后即彼此远隔。4. 莲花，此指莲藕，言彼此两情相处时间虽短，但情丝（思）甚长。

作品赏析：　　略。

A18440 盍西村《小桃红·临川八景》₁ 东城早春

暮云楼阁画桥东₂，渐觉花心动₃，兰麝香中看鸾凤₄。笑融融，半醒不醉向陪奉₅。佳宾兴隆，主人情重，和合《小桃红》₆。

作者生平： 盍西村，盱眙（今属江苏）人，生平不详。《录鬼簿》中只有盍志学，也许是同一人。《全元曲》收盍西村小令17首，套曲1。朱权评其词"如清风爽籁"。

定格说明： 同前。

词语注释： 1. 临川，在江西。作者写有《临川八景》，此其一。2. 此言画桥东的楼阁正在晚霞照耀中。3. 花心，此指游兴。4. 香中鸾凤，指美女。5. 半醒不醉，实即半醒半醉。陪奉，通作奉陪，陪伴的客气说法。6. 和合，很高兴地合唱。

作品赏析： 略。

A18441 盍西村《小桃红·杂咏》其六

绿杨堤畔蓼花州，可爱溪山秀。烟水茫茫晚凉后，捕鱼舟，冲开万顷玻璃皱₁。乱云不收，残霞妆就，一片洞庭秋₂。

作者生平： 见前。

定格说明： 同前。

词语注释： 1. 万顷玻璃皱，在万顷如玻璃的湖面上冲起波浪。2. 此言乱云众多，晚霞妆出一片洞庭秋色。

A18442 张可久《小桃红·淮安道中》

一篙新水绿于蓝₁，柳岸渔灯暗。桥畔寻诗驻时暂₂。散晴岚₃，依微半幅云烟淡₄。杨花乱糁₅，扁舟初缆₆，风景似江南。

作者生平： 见 A01004。

定格说明： 同前。

词语注释： 1. 一篙，言水约一篙深。绿于蓝，比"蓝"色更绿。2. 此言为寻诗，在桥畔暂停。3. 晴岚，早晨山林中的雾气，日出后逐渐散去。4. 依微，依稀、仿佛。此言好似半幅淡淡的云烟画。5. 糁（san 伞），纷纷散落。6. 初缆，刚才用缆绳系上。

A18443 张可久《小桃红·春思》

燕南雁北几相思₁？无限相思事，两袖啼痕粉香渍₂。牡丹时₃，日长不见音书至。东墙柳丝，知人独自、憔悴舞腰枝₄。

作者生平：　见前。

定格说明：　同前。

词语注释：　1. 燕子自南方春来秋去，雁类从北方秋来春去。此言春去秋来，几多相思。2. 粉香渍，带粉香的迹印。3. 牡丹时，牡丹开花时候。4. 此言东墙柳丝很理解人，独自在那里舞动憔悴的腰肢。

作品赏析：　善于托物寄情。

A18444 任昱《小桃红·春情》眉尖

深沉院落牡丹残，懒揭珠帘看。青杏园林管弦散。翠阴间，数声黄鸟伤春叹。离怀未安，相思不惯，独倚小阑干。

作者生平：　见 A03038。

定格说明：　同前。

词语注释：　略。

作品赏析：　明白畅达，情景融洽。

A18445 乔吉《小桃红》效联珠格₁

落花飞絮隔珠帘，帘静重门掩。掩镜羞看脸儿嬿₂，嬿眉尖。尖尖指屈将归期念。念他抛闪，闪咱少欠₃，欠你病厌厌。

作者生平：　见 A03026。

词语注释：　1. 联珠体，一称顶针或顶针续麻体，即用诗篇上句的末字（或词）为下句的首字（或词），如本曲所示。2. 掩镜，把镜子合上、收起。嬿（jian 渐），美好。3. 少欠，不舒服。下句作想念解。

作品赏析：　　略。

A18446 汤式《小桃红·吴兴晚眺₁》

夕阳楼阁蘸平湖₂，影浸粼粼绿₃。人在雕阑最高处。指城隅，浅山一簇浮寒玉₄。黄梅酿雨₅，白云笼树，一幅范宽图₆。

　　作者生平：　　见 A03015。

　　定格说明：　　同前。

　　词语注释：　　1. 吴兴，郡县名，即今浙江湖州市。2. 此言在夕阳中楼阁倒影印于平湖之中。3. 粼粼，清澈，尤指水波。4. 浮寒玉，此指一带浅山如漂浮着的寒玉。5. 南方夏初梅雨季节，正值梅黄时候，故又称梅雨或黄梅雨。此更活用为：说梅雨乃黄梅所酿。6. 范宽，宋初著名山水画家。

《风入松》　双调。小令、套曲兼用。《全元曲》小令收 3 作者，10 曲子。今 3 作者各选 1 首。

A18447 张可久《风入松·九日》其二

琅琅新雨洗湖天₁，小景六桥边。西风泼眼山如画₂，有黄花休恨无钱₃。细看茱萸一笑₄，诗翁健似常年。

　　作者生平：　　见 A01004。

　　定格说明：　　全曲 6 句，38 字。可带幺篇，格式不变。句式与韵脚安排为：7△5△7○7△6○6△。典型平仄格式为：平平仄仄仄平平△仄仄平平仄△平平仄仄平平仄△仄平平、仄仄平平△仄仄平平仄仄○平平仄仄平平△。

　　词语注释：　　1. 琅琅，雨声。2. 泼眼，扑眼，迎面吹来。3. 此言有菊赏，可以忘贫。4. 茱萸，一种有浓香的植物，可入药。古代习俗，于重九登高时，头插茱萸，谓可以避灾。

　　作品赏析：　　略。

A18448 赵天锡《风入松·忆旧》其一

怨东风不到小窗纱₁，枉辜负荏苒年华₂。泪痕浥透香罗帕₃，凭阑干望夕阳西下。恼人情愁闻杜宇，凝眸处数归鸦。

作者生平： 赵天锡，据考证为河南人，名禹珪，又名祐，字天锡。至顺年间（1330—1332）尚在世。做过镇江府判、江浙财赋总管、承直郎。至顺元年（1330）致仕。著有杂剧二种，已失传。《全元曲》收其小令7首。朱权评其词"如秋水芙蕖"。

定格说明： 同前。

词语注释： 1. 东风，此指意中人。2. 荏苒（renran 忍冉），渐渐过去。3. 浥（yin 因），浸。

作品赏析： 略。

A18449 汤式《风入松》题货郎担儿

杏花天气日融融，香雾蔼帘栊₁。数声何处蛇皮鼓？琅琅过金水桥东。闺阁唤回幽梦，街衢忙杀儿童₂。【幺】矍然一叟半龙钟₃，知是甚家风₄。担头无限（琳琅）物₅，希奇样簇簇丛丛。不见木公久矣₆，可怜多少形容₇。

作者生平： 见 A03015。

定格说明： 同前。

词语注释： 1. 蔼，此指弥漫、熏染。2. 街衢，街道。3. 矍（jue 决）然，健康、精力旺盛的样子。龙钟，老态。4. 俗话：知是什么风把你吹来的。5. 括号内二字残缺，系编者酌情补上的。6. 木公，传说中的神仙。7. 此言可叹这位老先生是多么有精神。

作品赏析： 生动地描述了古时货郎担的活跃情况。

《秋江送》双调，亦入商调。小令、套曲兼用。《全元曲》小令收1作者，1曲子。

A18450 无名氏《秋江送》

财和气，酒共色，四般儿狠利害。成与败，兴又衰，断送得利名人两鬓白。将名缰自解，利锁顿开，不索置田宅[1]，何须趱金帛[2]？则不如打稽首疾忙归去来[3]。人老了也。少不的北邙山下丘土里埋[4]。

作者生平：　见 A01005。

定格说明：　《全元曲》散曲只收此 1 曲子，有的曲谱归纳为 12 或 13 句，原因在结尾时，将末两句合一还是分开。约 60 字。句式与韵脚安排为：3▲3△5△3▲3△7△4△4△5▲5△7△4▲7△，或末了 47 并做 7。典型平仄格式为：平平仄▲仄仄平△平平仄仄平△平平仄▲仄仄平△仄仄平平仄仄平△平平仄仄△平平仄仄△仄仄平平▲平平仄仄平△仄仄平平仄仄平△（平平仄仄▲）平平仄仄仄平平△。

词语注释：　1. 不索，不需、不求。2. 趱，同攒，聚集。3. 稽（qi 起）首，叩头至地。打稽首，有表示谢绝意。4. 北邙山，在洛阳市北，作为首都时王侯多葬于此。此指墓地。

作品赏析：　略。

《金络索挂梧桐》商调。小令、套曲兼用。《全元曲》小令收 1 作者，2 曲子。今选 1 首。

A18451 高明《金络索挂梧桐·咏别》其一

羞看镜里花，憔悴难禁架[1]，耽阁眉儿淡了教谁画[2]？最苦魂梦飞绕天涯。须信流年鬓有华[3]。红颜自古多薄命，莫怨东风当自嗟[4]。无人处，盈盈珠泪偷弹洒琵琶[5]。恨那时，错认冤家，说尽了痴心话！

作者生平：　高明（1305—1380?），字则诚，号菜根道人。温州瑞安（今属浙江）人。人称东嘉先生（东嘉即永嘉，瑞安属永嘉）。至正进士，授处州录事、辟丞相椽。晚年集中力量写南戏，著《琵琶记》，被称为南戏之祖。另著《柔克斋集》二十卷。《全元曲》收其小令2首，散套1。

定格说明： 全曲12句67字，句式与韵脚安排为：5△5△7△7△7△7○7△3○7△3○4△5△。典型平仄格式为：平平仄仄平△仄仄平平仄△平平仄仄平平仄△平平仄仄平平△仄仄平平仄仄平△仄仄平平仄仄平○仄仄平平仄平△平平仄○平平仄仄平平△仄仄平平○仄仄平平△仄平平仄△。

词语注释： 1. 禁架，忍受。2. 旧以为妻画眉系风流韵事。此言耽搁许久，眉淡了谁来画？3. 鬓有华，鬓生白发。4. 东风，此借指情人。5. 此言泪多，弹下时洒于琵琶之上。

作品赏析： 叹情人一去无消息，对当初无保留以身相许感到后悔。

第二部　带过曲

(一) 有关带过曲的几点说明

1. 元曲曲牌的使用方式

元曲除个别曲牌外，一般都比较短小。为了表现复杂的内容，作家们采取了不同的补救方式。一种是将同一曲牌重复使用。例如关汉卿用十六首《普天乐》写"崔张十六事"，以述《西厢记》的主要情节。又如明代汴梁雪舟老人用100首《小桃红》比较详细地描述《西厢记》的故事，并取名为《摘翠百咏小春秋》。"小春秋"即"西厢记"。

另一种是使用同一宫调的两支或三支小令，组成"带过曲"，其详见下文。

还有一种也是最重要的一种，是使用几支乃至多至数十支曲子组成套曲（又称套数，即散套和剧套），以表达复杂的内容。散套是散曲中重要的组成部分，很多精彩而复杂的内容，都是用散套来表现的。剧套则是元人戏剧所赖以生存的基本形式。没有剧套就没有杂剧的"血肉"，就不成其为戏剧。关于套数详情，将在有关散套的卷首加以详述。

除以上三种方式外，尚有使用"转调"方法以扩充篇幅的。所谓"转调"，就是以一个曲牌为基础，中间插入一个或几个能够协调的其他曲牌的全部或部分词句，然后再由基础曲牌的末句或末数句结尾。这很像唱流行歌曲时由一首歌串入其他歌曲，最后又再串回本曲的那种游戏。常见的"转调"有《转调货郎儿》和《九转货郎儿》。现在分别予以说明如下。

《转调货郎儿》是一种"集曲"，即在《货郎儿》首五句（也有只用首两句或三句者）与末句之间，加入《醉太平》（或省去其末句），也可以是加入《脱布衫》《醉太平》二曲，或《脱布衫》《小梁州》《幺篇》《醉太平》四曲，或其他同一宫调曲牌之全曲或数句，再由《货郎儿》收尾。

《九转货郎儿》则为"集套曲"，即不只使用上述集曲手段，而且须转九次，中间不可增减移动，从而组成一个大的套曲。每转均用《货郎儿》为主体，中间夹入其他曲牌。如：一转为《货郎儿》（下文简称《货》）本格。二转为《货》首三句，加《卖花声》二至四句，加《货》末句。三转为《货》首五句，加《斗鹌鹑》首四句，加《货》末句。四转为《货》首三句，加《山坡羊》首至九句，加《货》末句。五转为《货》首三句，加《迎仙客》全曲及《红绣鞋》首五句，加《货》末句。六转为《货》首三句，加《叨叨令》首句、《上小楼》三至末句、《幺篇》首至八句，加《货》末句。七转为《货》首三句加《殿前欢》三至七句，加《货》末句。八转为《货》首二句加《快活年》首二句及其叠字，加《尧民歌》五至末句、《倘秀才》末句、《快活年》首二句及其叠字、《尧民歌》五至末句、《叨叨令》五六句，最后边加《货》末句。九转为《货》首三句，加《脱布衫》全曲、《醉太平》首至七句，最后加《货》末句。此曲总共 615 字，名作有清洪昇《长生殿》弹词，带衬字 921 字，述说天宝遗事，颇为细致动人。但是由于转调方式并无简明法则可循，故仿作者甚少。

2. 带过曲的基本特点

前已说明，带过曲是元曲的三种体式之一，也是元曲扩充篇幅的重要手段之一。

习惯上人们把带过曲也叫作小令。这就造成称呼上的混乱和作品编排上的不便。例如有的作家在自己的集子中，往往是先安排一些"单片"的小令，然后又插入一些带过曲，然后又再继之以单片的小令，很难弄清其编排规则，也造成查找上的困难。所以本书干脆把元曲分为三种体式，即小令、带过曲和套曲（散套和剧套）。并分类加以研究和编定。料不致引起非议。

带过曲是元人独创的曲子组合形式之一，它一般具有以下几种特点。

（1）带过曲由两或三支同宫调的小令组成

带过出由两或三支属于同一宫调的小令组成，用以弥补单支小令篇幅太短的缺陷。本书以"组"称呼之，以别于小令的"支"和套曲的"套"。带过曲的组合成分必须属于同一宫调。还没有发现由不同宫调的小令结合成带过曲的例子。除了要求属于同一宫调而外，是否还有其他条件和要求，也似乎还没有人提及过。

按理说，作者可以按写作时的需要，任意选取长短合适，结构恰当的两三支同宫调小令组合成带过曲，特别是在元曲与其原有音乐久已分离的今天，理论上是可以如此自由组合的。

不过，从组合形式的使用频率看来，估计元人当时定有某种"约定俗成"的规则或习惯，或者看组合起来后，由中听不中听的效果来决定取舍，所以便形成了若干流行的组合形式。试观大多数作家及其作品，都是在某些固定组合中转来转去，而没有随便或自由组合的痕迹。至于后人写作带过曲，一般都是选定一个前人用过的模式，像填词一样谱写，更不见有自由组合的案例。

所以，我们今天如果有人想写带过曲，那么就自以尊重元人已有的习惯，在元人现有种种带过曲中选取样板为宜。

（2）带过曲的书写形式

带过曲标题的写法是在第一支曲子后面写一"带""过""兼"或"带过"字样，然后写上所带曲子的牌名。但是如果后面带有两支小令，则第二、第三曲牌之间，不须写入任何字样。例如：《对玉环带清江引》《醉高歌兼喜春来》《快活三过朝天子四边静》《骂玉郎过感皇恩采茶歌》。带过曲也偶然见于套曲之中。混于套曲中的带过曲也有不用"带、过、兼"等字样者。如《雁儿落得胜令》（见无名氏《新水令》套）。

在正文中，则每两小曲之间用空二格表示，但不写出各自的曲牌名。

在本选注中，作品先后编排次序同小令，即依首曲韵部排列，同一韵部按字母顺序排列。首曲韵部相同时，按次曲韵部排列。

带过曲的组成部分多为能独立之小令，但也有并不独立使用者。现见于《全元曲》中之带过曲，有23个曲牌为并不见独立使用，但可以见于套曲中之小令，其余则为可单独使用之小令。

《全元曲》中，现收有31个作者的213组带过曲，共使用44个曲牌，内含小曲486支。带过曲中以《雁儿落过得胜令》和《骂玉郎过感皇恩采茶歌》使用的次数最多，分别为68次和49次。

此外还有不少带过曲掺杂在套曲之中，如《伴读书带过笑和尚》《播海令带大喜人心》《殿前欢带大喜人心》《沽美酒带醉太平》《农乐歌摊破雁儿落》《沙子儿摊破清江引》等。

现选取比较有代表性的带过曲35组笺注如下。

一麻(缺)。

二波《全元曲》收17位作者，71组带过曲，144支小曲。今选5组。

《雁儿落兼得胜令》 双调。《全元曲》收15位作者，68组带过曲，136支曲子。今选3组。

B02001 张养浩《雁儿落过得胜令·知机》

往常时为功名惹是非$_1$，如今对山水忘名利。往常时趁鸡声赶早朝，如今近晌午犹然睡。　　往常时秉笏立丹墀$_2$，如今把菊向东篱。往常时俯仰承权贵$_3$，如今逍遥谒故知$_4$。往常时狂痴，险犯着笞杖徒流罪$_5$；如今便宜，课会风花雪月题$_6$。

作者生平： 见 A01006。

定格说明： 全曲12句，54字。其中：《雁儿落》双调，仅见于带过曲与套曲。4句，20字，句式与韵脚安排为：5△5△5○5△。典型平仄格式为：平平仄仄平△仄仄平平仄△平平仄仄平○仄仄平平仄△。

《得胜令》定格见 A17363，其句式与韵脚安排为：5△5△5○5△2△5△2△5△。

词语注释： 1. 往常，往日通常。2. 笏（hu 护），朝笏，古时大臣朝会时所执手板。丹墀（chi 池），红色台阶，此指朝堂。3. 俯仰，与上下级周旋应对；承权贵，依从、奉承权贵的意志。4. 谒故知，会见老朋友、老知己。5. 笞，鞭挞；杖，杖击。徒，古时五刑之一，使罪人从事劳动的刑罚。流，流放。张养浩于武宗至大三年（1310）上《时政书》亦称《万言书》，几遭杀身之祸，易姓名遁去得免。英宗至治元年（1321）上《谏灯山疏》，又几乎丧命。乃于是年六月辞归。6. 课会，犹言当作功课学会写作风花雪月之类的诗文（意即不再写疏奏本章）。

作品赏析： 是写切身体会的真心话。

B02002 刘时中《雁儿落过得胜令·题和靖墓₁》

西湖避世乖₂，东阁偿诗债₃。遨游天地间，放浪江湖外₄。读《易》坐书斋，策杖步苍苔。酒饮方拚醉，诗成且放怀。渐渐梅开，独立黄昏待；暗暗香来，清闲处士宅。

作者生平： 见 A05066。

定格说明： 同前。

词语注释： 1. 和靖，即林和靖，北宋诗人，名逋，字君复，钱塘人。著名隐者，结庐西湖之孤山，终身不仕，亦未婚娶。好植梅养鹤，人称"梅妻鹤子"。《宋史》有传。2. 世乖，世上纷争。3. 东阁，指书房。偿诗债，意即努力写诗。4. 放浪，无拘无束。

作品赏析：　　和靖一身特点，几乎全包括在此五十四字内。

B02003 吴西逸《雁儿落过得胜令·题情》

春闲芍药瓶₁，尘淡菱花镜₂。香消翡翠炉，扇冷犀红柄₃。终日倚山屏₄，无意理银筝。独坐愁偏甚，孤眠睡不成。长更，月冷鸳衾剩₅；愁凝，最无情窗下灯₆。

作者生平：　　见 A05108。

定格说明：　　同前。

词语注释：　　1. 此当指绘有芍药的花瓶，或准备插芍药的花瓶，曲中人无心插花而闲置。2. 尘淡，因灰尘而镜中影相模糊，即尘暗菱花镜。3. 犀角制红扇柄，因无心使用而冷落。4. 山屏，画有山水的屏风。5. 鸳衾剩，双人大被而今一人睡用，另一半剩下（空着）。6. 灯光只知照人而不理解灯旁人胸中的愁恨正在凝聚。

作品赏析：　　不须多说，眼前景物无不展现一个愁字。

《雁儿落兼清江引》双调，《全元曲》收 1 作者，1 带过曲，2 小曲。

B02004 张养浩《雁儿落兼清江引·野兴》

喜山林眼界高₁，嫌市井人烟闹。过中年便退官₂，再不想长安道₃。绰然一亭尘世表₄，不许俗人到。四面桑麻深，一带云山妙。这一塔儿快活直到老₅。

作者生平：　　见 A01006。

定格说明：　　《雁儿落》见前。

　　　　　　　《清江引》：全曲 5 句，29 字。其定格见 A15316；句式与韵脚安排为：7△5△5○5△7△。

词语注释：　　1. 此言山林地势高，故视野高而远。2. 张养浩 52 岁时便辞官归隐。3. 长安道，指官场。4. 绰然亭，亦名翠阴亭，作者归隐云庄后，在别墅内所建。作者在《翠阴亭记》中说："余爱其胜，临墅起亭，曰翠阴。以余退闲，无官守言责，故又名绰然。"尘世表，尘世之外。

5. 这一塔（答、搭）儿，这一个地方。

作品赏析： 是修身养性、颐养天年的好地方。可以与作者小令《水仙子·隐逸》《殿前欢·村居》等篇对照。

《雁儿落过清江引碧玉箫》双调。《全元曲》收 1 作者，2 带过曲，6 支曲子。今选 1 组。

B02005 赵天锡《雁儿落过清江引碧玉箫》羡河南王₁

_厌市朝车马多，_羡凌烟_阁功劳大₂。_盖村居绿野堂，_赛兰省红帘幕₃。　浊酒一壶天地阔，世态都参阅。闷携藜杖行，醉向花阴卧，_老官人闲快活。　北镇沙陀，千里暮云合₄。南接黄河，一线衮金波。赛渊明五柳庄，胜尧夫安乐窝₅。红粉歌₆，笙箫齐和。他，访谢安_在东山卧₇。

作者生平： 见 A18448。

定格说明： 《雁儿落》《清江引》已见前。

《碧玉箫》见 A13267。全曲 10 句 45 字，句式与韵脚安排为：4△5△4△5△6△6△3△5△1△5△。

词语注释： 1. 河南王，此指元朝猛将王保保。蒙古人，先世维吾尔族人，蒙名扩廓帖木儿。有军功，1365 年封河南王，后封齐王。与朱元璋有某种联系。后拥兵退入沙漠，卒。2. 凌烟阁，指历代图画功臣的建筑，始于唐贞观年间。3. 兰省，未详，或为兰台、宫省之简称，总之指高雅的省、部机关。4. 沙陀，古代西北部落名，西突厥别部。此当泛指北方部落。千里句，形容沙陀地貌。下两句用法同此。5. 尧夫，宋邵雍，字尧夫，曾置仅供衣食之田园，号安乐窝，自号安乐先生。6. 红粉，指歌女。其下按定格应为 5 字句。7. 谢安不愿做官，常高卧金陵之东山（仿会稽东山）。

作品赏析：　　一派恭维之词，选此聊备曲牌之一格。

三歌《全元曲》收 10 作者，22 带过曲，44 小曲。今选 4 组。

《醉高歌过红绣鞋》中吕。《全元曲》收 4 作者，6 带过曲，12 曲子。今选 1 组。

B03006 贯云石《醉高歌过红绣鞋》

看别人_鞍马上胡颜₁，叹自己_如尘世污眼₂。英雄谁识男儿汉，岂肯向人_行诉难₃？　　阳气_盛冰消北岸，暮云_遮日落西山，四时天气尚轮还。秦甘罗疾发禄₄，姜吕望晚登坛₅，迟和疾时运里趱₆。

作者生平：　　见 A04055。

定格说明：　　《醉高歌》见 A03016，全曲 4 句 25 字，句式与韵脚安排为：6△6△7△6△。

《红绣鞋》见 A04047。句式与韵脚安排为：6▲6△7△5▲5△5△。

词语注释：　　1. 胡颜，据上下文当指厚着脸皮、自鸣得意，以与下文"尘世污眼"相对比。尘世污眼当指在尘世愁眉不展，双目无精神。3. 人行，人们；诉难，讲述自己困难，诉苦。4. 甘罗，战国秦人，十二岁出使赵国，回国后被封为上卿。疾发禄，很快（很早）就发迹得高禄。5. 姜吕望即姜尚，晚年遇文王，被命为主帅；登台，俗以为主将必须"登台拜帅"。6. 趱（zan 攒），赶上；此言看命里赶上发迹应该是迟还是早。

作品赏析：　　穷通志不移是优点，但不可一切归因于时运。

《最高歌过摊破喜春来》中吕。《全元曲》收 1 作者，1 带过曲，2 曲子。

B03007 顾德润《最高歌过摊破喜春来·旅中》

长江远映青山，回首难穷望眼₁。扁舟来往蒹葭岸，人憔悴云林又晚。　篱边黄菊经霜暗，囊底青蚨逐日悭₂。破清思晚砧鸣，断愁肠檐马韵，惊客梦晓钟寒₃，归去难。修一缄，回两字，寄平安₄。

作者生平： 　顾德润，字君泽，一作均泽，号九山。松江（今属上海）人。曾任杭州、平江路吏。家居云间，与钱惟善等相交好。人称其"作吏擅时名……歌章大雅声"，"寂寥便野兴，恬然抱冲襟……酒热呼邻饮，诗成据稿吟。翻怜营利客，底事费追寻？"曾自刊《九山乐府》《诗隐》二集。《全元曲》收其带过曲8首，散套2。朱权评其词"如雪中乔木"。

定格说明： 　《最高歌》定格见前篇。
　《摊破喜春来》全曲7句40字。句式与韵脚安排为：7△7△6○6○6△3△5△。典型平仄格式为：平平仄仄平平仄△仄仄平平仄仄平△平仄仄、仄平平○平平仄、仄平平○平仄仄、仄平平△平仄仄△仄仄仄平平△。

词语注释： 　1. 此言回首远望，看不到边。2. 青蚨，指钱贝。语出《搜神记》：以青蚨母子之血分涂于钱贝上，每购物，用母钱或子钱，用后必飞回母子团聚，循环无已。悭（qiān 千），短少、欠缺。3. 此言晚砧声破坏（干扰）清思，三句结构相同。檐马韵，檐前铁马被风摇响的叮当声音。4. 此言不仅难以回归，家中修来一函，但无好消息回报，仅回两字以报平安而已。

作品赏析： 　时届深秋，孤身在外，且囊内钱空，无可告诉，确实难熬。仅能用"平安"二字以塞家人悬念。

《醉高歌兼喜春来》 中吕，《全元曲》收3作者，4带过曲，8小曲。今选1组。

B03008 张养浩《最高歌兼喜春来·咏玉簪[1]》

想人间是有花开，谁似他幽闲洁白？亭亭玉立幽轩外，别是个清凉境界。　裁冰剪雪应难赛，一段香云压绿苔[2]。空惹得暮云生，越显得秋容淡。常引得月华来[3]。和露摘，端的压尽凤头钗[4]。

作者生平：　　见 A01006。

定格说明：　　《最高歌》已见前。

《喜春来》见 A09172。全曲 5 句 29 字。句式与韵脚安排为：7○7△7△3△5△。但此曲中为 7 句 42 字。句式与韵脚安排为：7△7△6○6○6△3△5△。实为《摊破喜春来》，想系作者或编者有误。

词语注释：　　1. 此指玉簪花，色白味香。2. 一段香云，犹言一股香气。3. 此三句夸张说玉簪花的香气可引来月华、淡化秋容、惹起暮云。4. 此言摘来插在头上，把凤头钗完全盖住了。

作品赏析：　　尽情赞赏玉簪花朵颜色、香味与品格，直欲多多栽种。

《齐天乐过红衫儿》中吕，《全元曲》收 2 作者，11 带过曲，22 小曲。今选 1 组。

B03009 无名氏《齐天乐过红衫儿·题情》

孤眠怎睡今宵[1]，更那堪孤灯儿照。心焦。焦，宝鼎内香烧。画檐间铁马儿轻敲。风梢[2]。一弄儿清凉[3]，都来的吵闹。促织儿纱窗、絮絮叨叨。想起来，添烦恼，不觉的斜月上花梢。天外宾鸿叫，有梦还惊觉。好心焦！好心焦，盛添十年老[4]，畅难熬！畅难熬，断人肠金鸡报晓。

作者生平：　　见 A01005。

定格说明：　　《齐天乐》中吕，亦入正宫。仅见于带过曲与套曲。14 句，53 字，句式与韵脚安排为：6△5△2△1△4△<u>7</u>△2

△4 0 4 △4 0 4 △3 0 3 △4 △。典型平仄格式为：平平仄仄平平△仄仄平平仄△平平△平△仄仄平平△仄平平、仄仄平平△平△仄平平△仄仄平平○平平仄仄△仄仄平平○仄仄平平△仄仄平○仄平平△仄仄平平△。

《红衫儿》中吕，仅见于带过曲与套曲。句式与韵脚安排为：5△5△3△3△5△3△3△6△。典型平仄格式为：仄仄平平仄△仄仄平平仄△仄平平△仄平平△仄仄平平△仄△仄平平△仄平平△仄仄平平仄仄△。

词语注释： 1. 睚（ya牙），瞪眼，于此不合，当为"捱"字之误。2. 风梢，疑为"风捎""风潇"或"风啸"之误。捎，拂掠。3. 一弄儿，犹言一股儿。4. 盛添，足足增加。

作品赏析： 写因怀念人而失眠的心情很细致，可惜语言不够典雅。

四皆《全元曲》收3作者，8带过曲，16小曲。今选2组。

《十二月兼尧民歌》中吕，《全元曲》收3作者，8带过曲，16小曲。今选2组。

B04010 王实甫《十二月兼尧民歌·别情》

自别后遥山隐隐，更那堪远水粼粼。见杨柳飞绵滚滚，对桃花醉脸醺醺$_1$。透内阁香风阵阵$_2$，掩重门暮雨纷纷。　　怕黄昏忽地又黄昏，不消魂怎地不消魂！新啼痕压旧啼痕，断肠人忆断肠人。今春，香肌瘦几分，搂带宽三寸$_3$。

作者生平： 王实甫，名德信，字实甫。河北定县（元时属大都路）人。曾出仕蒙元，为县令及陕西行台监察御史。后因与台臣议不合，即弃官不复仕，集中力量从事杂剧创作，终老于故乡。著有杂剧十四种，九种已佚，现存完本三种，残本二种，而以《崔莺莺待月西厢记》最为脍炙人口，有多种外文译本。贾仲明在《凌波仙》中赞美他说："作词章，风韵美。士林中等辈伏低。新杂剧，旧传奇，《西厢记》天下夺魁。"另有带过曲一组，套数二，残套一。均收入《全元曲》中。朱权评其词"如花间美人"。

定格说明：　《十二月》，中吕，亦入正宫。仅用于带过曲与套曲。全曲 6 句 24 字，句式与韵脚安排为：4△4△4△4△4△。典型平仄格式为：平平仄仄△仄仄平平△平平仄仄△仄仄平平△平平仄仄△仄仄平平△。

　《尧民歌》中吕，亦入正宫。仅见于带过曲与套曲。全曲 7 句 40 字，句式与韵脚安排为 7△7△7△7△2△5△（此二句或作一 7 字句）5△。典型平仄格式为：仄平平、仄仄平平△仄平平、仄仄平平△仄平平、仄仄平平△平平△平平仄仄平△仄仄平平仄△。7 字句亦有不折腰者。

词语注释：　1. 此指桃花如醉时脸色。2. 透内阁，吹入阁内。3. 搂带，捆扎衣服的带子，即衣带。

作品赏析：　词汇丰富，用词准确，景物鲜明。

B04011 张养浩《十二月兼尧民歌·寒食道中》

清明禁烟[1]，雨过郊原，三四株溪边杏桃，一两处墙里秋千。隐隐的如闻管弦，却原来是流水溅溅[2]。　人家浑似武陵源[3]，烟霭蒙蒙淡春天[4]。游人马上袅金鞭，野老田间话丰年。山川，都来杖屦遍[5]，早子称了闲居愿[6]。

作者生平：　见 A01006。

定格说明：　同前。

词语注释：　1. 我国习俗，为纪念自焚而死的晋臣介之推，约定是日禁烟火，吃事先备好的冷食品（寒食），一般为清明前一日。故此处系说清明节前禁烟。2. 溅溅（jian 兼），流水声。3. 人家，此指居民情况；武陵源，陶渊明所述桃源仙境。4. 淡春天，淡荡、恬静的春天。5. 都来，算来；杖屦，拐杖和鞋子，此作动词用。此言算来这些山川，已被我杖屦行遍。6. 早子，早则、早就。此言身边一切早已满足了自己追求闲居的夙愿。

作品赏析： 环境优雅，最适闲居。

五支《全元曲》收2作者，5带过曲，10小曲。今选2组。
《玉娇枝过四块玉》南吕，《全元曲》收1作者，1带过曲，2小曲。

B05012 无名氏《玉娇枝过四块玉》

休争闲气，都只是南柯梦里。想功名到底成何济$_1$？总虚华几人知！百般乖不如一就痴$_2$，十分醒争似三分醉$_3$。则这的是人生落得$_4$，不受用图个甚的？　赤紧的乌紧飞，兔紧追$_5$，看看的老来催。人无百岁人，枉作千年计。将眉间闷锁开，休把心上愁绳系，则这的是延年益寿的理。

作者生平：　见 A01005。

定格说明：　《玉娇枝》见 A05064。全曲 8 句 49 字或 50 字。句式与韵脚安排为：4▲7△7△6△7△7△6△6△。

《四块玉》见 A11234。全曲 7 句 29 字，句式与韵脚安排为：3▲3△7△7△3▲3△3△。此处《四块玉》不够规范。

词语注释：　1. 济，成就；成何济，犹言有什么用处。2. 一就，一味。3. 争，同怎。4. 则这的是，那么这的确是；人生落得，人生归宿、真谛。5. 赤紧的，急速的；乌，金乌、太阳；兔，玉兔、月亮。此后三句按定格应作两 7 字句。

作品赏析：　略。

《水仙子过折桂令》双调。《全元曲》收1作者，4带过曲，8小曲。今选1组。

B05013 无名氏《水仙子过折桂令》

老先生空恋锦堂娇₁，滑弹子难粘凤嘴胶₂，劣厥丁使不透鸦青钞₃。把一片惜花心空费了，引的人梦断魂劳。迷魂阵折了一阵，琉璃井擦了几交₄，莺花寨串到有千遭₅。　莺花寨串到有千遭，怎能够热气儿相呵，只落的冷眼儿偷瞧₆。他如今翠绕珠围，别就了莺俦燕侣，凤友鸾交。你根前黑洞洞云迷了楚山，白茫茫水淹了蓝桥₇。恨满归桡，泪满征袍₈。看了他有分相逢，无福难消₉。

作者生平：　　见 A01005。

定格说明：　　《水仙子》见 A05094。全曲 8 句，63 字。其句式与韵脚安排为：7△7△7△5△7△3△3△4△。其中第 5 句或作 6 字句。

《折桂令》作品众多，为元曲之最，故其格式亦稍有出入。其详已见 A17382。句式与韵脚安排为：7（或 6）△4△4○4△7△7（或 66）△4△4△4△。本带过曲格式特点为两曲之间（前曲末句与后曲首句）用顶针叠句。

词语注释：　　1. 锦堂娇，华屋美女。从下文看，应指当红之妓女。2. 凤嘴胶，粘力极强的续弦胶。此言即使粘力极强的胶，也难粘住滑弹子，预示此老先生得不到此美女。3. 劣厥丁，妓院顽劣的主人、鸨儿。鸦青钞，待考，当指上等钱钞。使不透，买不通；此言即使用钱财也难以买通顽劣的鸨儿。4. 此言被女方的迷魂阵挫败（玩弄）了一阵，在琉璃井（指对方的陷阱）旁摔了几跤。5. 莺花寨，指此妓院。串到，跑来跑去。6. 二句言对方冷淡，无法接触，只能偷瞧。7. 迷了楚山，失去了方向；楚山，或指巫山。淹，同淹，蓝桥，疑指《庄子》韦生抱柱而死之桥：韦生与女约会于桥下，女爽约，水涨，韦不离开，竟抱桥柱而淹死。但原作无桥名，后人多与另一蓝桥故事相混。8. 桡（rao 饶），船桨之类。此犹言恨满归舟。征袍，奔走在外所穿之袍。9. 此言与此女有分相见，却无福得到。

作品赏析： 　　此曲述说老而并不富裕之嫖客，为妓女、鸨儿欺骗作弄后的痛苦心情，有某种劝世意义。

六儿(缺)。

七齐《全元曲》收3作者，5带过曲，11小曲。今选1组。

《殿前喜过播海令大喜人心》　双调。《全元曲》收1作者，1带过曲，3小曲。

B07014 无名氏《殿前喜过播海令大喜人心》

　　谪仙醉眼何曾开$_1$，春眠花市侧。伯伦笑口寻常开，荷锸埋，妨何碍！糟丘高垒葬残骸$_2$，先生也快哉！　　乌帽歪，醉眼开，心快哉$_3$！想贤愚今何在？云遮了庾亮搂，尘生埋故国台$_4$。幸有金樽解愁怀，高歌归去来。　　诗书、诗书润几斋，任落魄、任落魄无妨碍$_5$。脱利名浮云外，俺窝中好避乖$_6$。

作者生平： 　　见前。

定格说明： 　　《殿前喜》双调，仅见于带过曲与套曲。全曲7句37字。句式与韵脚安排为：7△5△7△3△3△7△5△。典型平仄格式为：平平仄仄仄平平△平平平仄仄△平平仄仄仄平平△仄仄平△平平仄△平平仄仄仄平平△平平仄仄平△。

　　《播海令》双调，仅见于带过曲与套曲。全曲8句39字。句式与韵脚安排为：3△3△3△6△6△6△7△5△。典型平仄格式为：仄仄平△仄仄平△仄仄平△仄平平平、平平仄△平平仄、仄仄平△平平仄、仄仄平△平平仄仄平△。

　　《大喜人心》双调，仅见于带过曲与套曲。全曲4句

26字。句式与韵脚安排为：7△7△6△6△，典型平仄格式为：平平仄仄仄平平△平平仄仄平平仄△仄平平、平平仄△仄平平、仄仄平△。

词语注释： 1.谪仙，对李白的尊称。2.伯伦，刘伶字。外出常带锸，曰："醉后何妨死便埋。"此言埋葬于酒糟下。3.三句作者自指。4.庾亮楼，在湖北鄂州，庾亮常与友人于此饮酒赏月。故国台，当即指庾亮楼台或其附近古迹。此言昔时贤愚，今皆不在。楼台成墟。5.此言诗书可使书斋几案生色，落魄并无妨碍。6.避乖，避开尘世是非。

作品赏析： 略。

八微《全元曲》收2作者，4带过曲，8小曲。今选2组。

《黄蔷薇过庆元贞》 越调，仅见于带过曲与套曲。《全元曲》收2作者，4带过曲，8小曲。今选2组。

B08015 顾德润《黄蔷薇过庆元贞·御水流红叶$_1$》

步秋香径晚$_2$，怨翠阁衾寒。笑把霜枫叶拣，写罢衷情兴懒$_3$。几年月冷倚阑干，半生花落盼天颜。九重云锁隔巫山$_4$。休看作等闲，好去到人间$_5$。

作者生平： 见B03007。

定格说明： 《黄蔷薇》越调，仅见于带过曲与套曲。全曲4句，22字。句式与韵脚安排为：5△5△6△6△，典型平仄格式为：平平平仄仄△仄仄仄平平△仄仄平平仄仄△平平仄仄△。

《庆元真》越调，仅见于带过曲与套曲。全曲5句，31字。句式与韵脚安排为：7△7△7△5△5△，典型平仄格式为：平平仄仄仄平平△平平仄仄平平△平平仄仄仄平平△平平仄仄平△仄仄仄平平△。

词语注释：　　1. 孟棨《本事诗》等多种著作均有"御沟题叶"故事，言宫女闷处禁中，题诗红叶置诸水中，漂流宫外，为士人所得，后竟成婚配。仅宫女与士人姓名有异。作者就同一主题，写有带过曲两首，其一以宫女为主体，即本曲；其二为从旁人眼光落笔。2. 此言于秋香晚径散步。3. 此言拣起经霜红枫叶，写罢衷心感情后懒洋洋的。4. 此言半生盼见皇帝，红颜已老。身锁九重门内，如乌云隔断了巫山，不能与皇上云雨。5. 此言莫把题叶看作等闲小事，自己好托他去到宫外，过人间生活。

作品赏析：　　既说明了故事，也反映宫中不人道的生活。

B08016 高克礼《黄蔷薇过庆元贞》

燕燕别无甚孝顺$_1$，哥哥行在意殷勤$_2$：三纳子藤箱儿问肯$_3$，便待要锦帐罗帏就亲$_4$。諕得我惊急列蓦出卧房外$_5$。他措支剌扯住我皂腰裙$_6$，我软兀剌好话儿倒温存$_7$："一来怕夫人、情性哏$_8$，二来怕误妾百年身。"

作者生平：　　高克礼，字敬臣，号秋泉，河间（今属河北）人。一作山东济南人。生卒年不详。曾任县尹，至正八年（1348）任庆元理官。有政绩。与乔吉、萨都剌、杨维桢等有交往。工小曲乐府，名噪一时。朱权将其列为"词林英杰"150人之一。《全元曲》收其带过曲4组。

定格说明：　　同前。

词语注释：　　1. 此曲可能是根据关汉卿《诈妮子调风月》情节写成。燕燕，曲中人自称。无甚孝顺，犹言没有什么奉献。2. 哥哥行，哥哥那方面。在意，特意、认真。3. 三纳子，据考证疑为"玉纳子"之讹。玉纳子（装玉器的盒子?）、藤箱儿，均为男子求亲时的礼品。问肯，求亲的礼节（意即请求答应）。4. 男方马上要求上床。5. 諕，同唬，唬得，吓唬得。惊急列，口语，惊慌之极；蓦出，突然跑出。6. 措支剌，刹那间，迅速。7. 软兀剌，软软地；倒温存，倾吐温存情意。8. 哏，同狠；怕夫人，足见此女为婢仆身份。

作品赏析：　　此写青年男女虽在谈婚论嫁之际，女子犹能克制，免受欺骗，值得嘉许。

九开　《全元曲》收1作者，1带过曲，2小曲。

《喜春来过普天乐》中吕。《全元曲》收1作者，1带过曲，2小曲。

B09017 赵岩《喜春来过普天乐》

琉璃殿暖香浮细₁，翡翠帘深卷燕迟₂，夕阳芳草小亭西。间纳履₃，见十二个粉蝶儿飞。　　一个恋花心，一个搀春意₃，一个翩翩粉翅，一个乱点罗衣₄，一个掠草飞，一个穿帘戏；一个赶过杨花西园里睡，一个与游人步步相随；一个拍散晚烟，一个贪欢嫩蕊。那一个与祝英台梦里为期₅。

作者生平：　　赵岩，字鲁瞻，号秋巘，长沙人，寓居溧阳（今江苏常州西南）。生卒年不详。宋丞相赵葵之后。长于诗。在大长公主宫中应旨时，受赞赏。离去时将所得赏赐，尽分与宫中从者及寒士。好酒，醉后诗兴奔放。后遭谤隐居，潦倒以终。仅存此带过曲一组，构思新颖，笔调活泼。

定格说明：　　《喜春来》见A09171。全曲5句29字，其句式与韵脚安排为：7△7△7△3△5△。

　　《普天乐》见A03032。全曲11句46字。其句式与韵脚安排为：3○3△4○4△3△3△7△<u>7</u>△4○4○4△。

词语注释：　　1. 香浮细，飘浮的香烟很微细。2. 卷燕迟，待考。按燕当同晏，晚也。此言翡翠帘迟迟卷起。3. 间同闲，纳履，穿鞋，此指散步。3. 搀，抢夺、攫取。4. 乱点罗衣，在罗衣上时飞时停。5. 祝英台，传说中与梁山伯殉情化蝶的女子。《普天乐》只十一句，今欲写十二蝶，故第十一句引出已化蝶之祝英台，凑成十二蝶。构思甚妙。

作品赏析： 景物欢快，结构新巧。

十姑 缺，散套《端正好》内有《伴读书带过笑和尚》。

十一鱼 缺。

十二侯 《全元曲》收 2 作者，8 带过曲，16 只小曲。今选 3 组。

《沽美酒过快活年》双调。《全元曲》收 1 作者，2 带过曲，4 小曲。今选 1 组。

B12018 无名氏《沽美酒过快活年₁》

黄超厮恋缠₂，冯魁又倚着家缘，俺软弱双郎又无甚钱₃。苏卿这里频频地祝愿，三件事告神天：只愿的霹雳火烧了丽春院，天索告圣贤、圣贤₄。浪滚处冲翻了贩茶船，休惊着双知县。称了平生愿，深谢天。

作者生平： 见 A01005。

定格说明： 《沽美酒》又名《琼林宴》，仅见于带过曲与套曲。全曲 5 句，27 字，句式与韵脚安排为：5 △5 △7 △4 △6 △。典型平仄格式为：平平仄仄平 △仄仄仄平平 △仄仄平平仄仄平 △平平仄仄 △仄仄平、仄平平 △。

《快活年》全曲见 A14284。全曲 6 句，32 字。句式与韵脚安排为：7 △5 △7 △5 △5 △3 △。

词语注释： 1. 本曲叙述苏小卿与双渐爱情故事的部分情节。2. 黄超一作黄肇、黄召，曾在丽春园设酒向小卿示好。3. 家缘，此指家财，冯魁为有钱茶商。双郎即双渐，下文双知县同此。4. 此仍为祈祷之词。天索告句，似说应该向苍天和圣贤告知。

作品赏析： 略。

《沽美酒过太平令》 双调。《全元曲》收 2 作者，6 带过曲，12 小曲。今选 2 组。

B12019 张养浩《沽美酒兼太平令·叹世》

在官时只说闲₁，得闲也又思官，直到叫人做样看₂。从前的试观，那一个不遇灾难？　楚大夫行吟泽畔，伍将军血污衣冠，乌江岸消磨了好汉，咸阳市干休了丞相₃。这几个百般要安、不安，怎如俺五柳庄逍遥散诞₄。

作者生平： 见 A01006。

定格说明： 《沽美酒》，见前。

《太平令》，双调，亦入正宫。仅见于带过曲与套曲。全曲 8 句，41 字。其句式与韵脚安排为：7△7△7△7△2△2△2△7△。典型平仄格式为：仄仄平、平平仄仄△仄平平、仄仄平平△平平仄、平平仄仄△平平仄、平平仄△平平△平平△平平△仄仄平、平平仄仄△。本曲第五、六、七三句谓之"短柱体"，可增至四句或减为两句，文义独立或连贯均可。

词语注释： 1. 意即只说身闲的好。2. 此句较费解。做或为怎字之误，犹言心态反复，直到叫人不知怎样看你。或解作"叫人拿你当作反复无常的典型看"，亦可通。3. 四句分别指楚屈原、吴伍子胥、楚项羽、秦李斯，其遭遇已多次出现，不赘。干休，白白送死，此句失韵。4. 散诞，通作散淡。

作品赏析： 真实地写出了官场中人的患得患失心情，退隐不过为了避祸，对做官实"心向往之"。

B12020 无名氏《沽美酒过太平令》[1]

休、休、休，说甚的，罢、罢、罢，再休提！心坎上如同刀刃刺。寻思起就里[2]，泪珠儿似爬推[3]。　　管是俺前缘前世[4]，好看待一年一日[5]。陪了铁板儿般缠般费[6]，坏了铜斗儿家缘家计[7]。我怎知，那逆贼，划地恁地下的[8]，倒骂我柳陌花街娼妓。

作者生平：　　见 A01005。

定格说明：　　同前。

词语注释：　　1. 这是一首写妓女倾全力救济某男人，不意男人阔后忽然翻脸，忘恩负义，反骂对方娼妓。其情节与"义责王魁"故事相类似。2. 就里，内部情况，往事。3. 爬，一作扒、杷。爬推，口语，言眼泪（如耙齿一样）一行一行往下流。4. 管，多管，准是。5. 好好看待他，一年如一日般从不怠慢。6. 陪，同赔；铁板儿，犹言实实在在的；般缠般费，盘费，此指开销。7. 铜斗儿，犹言响当当的，殷实富裕的；家缘家计，家产。8. 划地，平白无故地，忽然地；恁地，如此忍心。

作品赏析：　　"痴情女子负心汉"，此种故事古今反复献演，女士于此应多加留心。

十三豪《全元曲》收 1 作者，3 带过曲，6 小曲。今选 1 组。

《楚天遥过清江引》 双调。《全元曲》收 1 作者，3 带过曲，6 小曲。今选 1 组。

B13021 薛昂夫《楚天遥过清江引[1]》

花开人正欢，花落春如醉[2]。春醉有时醒，人老欢难会[3]。一江春水流，万点杨花坠。谁道是杨花？点点离人泪[4]。　　回首有情风万里，渺渺天无际。愁共海潮来，潮去愁难退[5]。更那堪晚来风又急！

作者生平：　　见 A05086。

定格说明：　　《楚天遥》双调，仅见于带过曲与套曲。全曲 8 句，40 字。句式与韵脚安排为：5 ○5 △5 ○5 △5 ○5 △5 ○5 △。典型平仄格式为：平平仄仄平○仄仄平平仄△仄仄平平仄○仄仄平平仄△平平仄仄平○仄仄平平仄△仄仄仄平平○仄仄平平仄△。

《清江引》见 A15315，全曲 5 句，29 字。句式安排为：7▲5△5△5△7△。

词语注释：　　1. 作者有同一曲牌之带过曲凡 3 首，均写惜春情怀，此选其一。2. 春如醉，言春天已失去活泼朝气。3. 欢难会，言难以回复昔日欢快心情。4. 第五句有暗用李煜词《虞美人》末二句意，第六、七、八句用苏轼《水龙吟》末二句意："细看来不是杨花，点点是离人泪。" 5. 此用苏轼词《八声甘州》句："有情风万里卷潮来。"

作品赏析：　　词句优美，但不知作者愁来何处，是伤时还是惜别？耐人寻味。

十四寒《全元曲》收 10 作者，34 带过曲，75 小曲。今选 6 组。

《对玉环过清江引》双调，《全元曲》收 1 作者，8 带过曲，16 小曲。今选 1 组。

B14022 汤式《对玉环带清江引·四时题景[1]》

郎上孤舟，片帆无计留。妾倚危楼，寸心无限愁[2]。红雨打船头，苍烟迷渡口。眼底阳关[3]，今宵何处宿？梦里阳台[4]，此情何日休？　　这番相思直恁陡[5]，名利相拖逗[6]。未够两宵别，又早三分瘦。五花诰几时得到手[7]！

作者生平：　　见 A03015。

定格说明：　　《对玉环》见 A14285，全曲 10 句、46 字，句式与韵脚安排为：4○5△4○5△5△5△4○5△4○5△。

《清江引》见前。

词语注释： 1. 作者有"四景题诗"带过曲四组写四时闺情，此其一。2. 寸心，谦言自己区区之心。3. 阳关，此借指告别场所。4. 阳台，楚襄王与神女相会之处，此言梦见彼此相会之处。5. 陡，急切。6. 拖逗，牵累。7. 五花诰，丈夫得官后，皇上给其妻子的诰命封赏；五花为等级，大约相当于太守级别（太守之马，五花骢）。

作品赏析： 相思情切，温柔含蓄。

《快活三过朝天子》中吕，《全元曲》收 4 作者，13 带过曲，26 小曲。今选 2 作者，2 组。

B14023 胡祗遹《快活三过朝天子·赏春》

梨花白雪飘，杏艳紫霞消₁，柳丝舞困小蛮腰，显得东风恶₂。野桥，路迢，一弄儿春光闹₃。夜来微雨洒芳郊，绿遍江南草。蹇骒山翁₄，轻衫乌帽，醉模糊归去好。杖藜头酒挑₅，花梢上月高，任拍手儿童笑。

作者生平： 见 A06152。

定格说明： 《快活三》，仅见于带过曲与套曲，诸谱不载。全曲 4 句，22 字。句式安排与韵脚格式为：5△5△7△5△。平仄标准格式为：平平仄仄平△仄仄仄平平△平平仄仄仄平平△仄仄平平仄△。

《朝天子》见 A05066，全曲 11 句，45 字。句式安排为 2△2△5△7△5△4○4△5△2△2△5△。第八、十一句或作 6 字句。

词语注释： 1. 二句言梨花似白雪飘舞，杏花红艳使紫霞显得无颜色。2. 白居易侍妾小蛮，腰细善舞，此处拟人化，谓杨柳因风舞困了腰肢。末句失韵。3. 一弄儿，一派

4. 蹇骩（wei 谓），蹇驴，跛脚驴子，蹩脚驴。5. 此言用杖藜头挑着酒。

作品赏析：　　春景优美，人物潇洒。

B14024 曾瑞《快活三过朝天子·自误₁》

肉肥ఌ酒韵美，多一口便伤食。家传一瓮淡黄虀₂，吃过后须回味。　　恁地，老实，尚不可渔樵意₃。时乎命也我自知，无半点闲萦系₄。枕石眠云，蘧庐天地₅，正蝴蝶魂梦里₆。晓鸡，乱啼，又惊觉陈抟睡₇。

作者生平：　　见 A09183。

定格说明：　　见前。

词语注释：　　1. 通篇无悔恨自误之意，而只有从尘世醒悟后的满足。故此处标题"自误"疑是"自悟"的笔误。2. 虀，切碎的腌菜。3. 此言尽管有如此朴实的生活方式，归隐渔樵的朋友们仍不满意。4. 此言我深知时命，已无半点闲事使我萦怀牵挂。5. 蘧（qu 渠）庐，传舍，此指屋宇。此言以石头为枕，以云为被（或睡在云中），以天地为屋宇。6. 此用庄子梦蝶典故。7. 陈抟嗜睡，此指自己如陈抟般的睡眠被惊醒。

作品赏析：　　略。

《快活三过朝天子四边静》中吕，《全元曲》收 1 作者，4 带过曲，12 小曲。今选 1 组。

B14025. 马谦斋《快活三过朝天子四边静·夏₁》

恰帘前社燕忙₂，正枝头楚梅黄。当空畏日炽炎光₃。杨柳阴迷深巷。　　北堂、草堂₄，人在羲皇上₅。亭台潇洒近池塘，睡足思新酿。竹影横斜，荷香飘荡，一襟满意凉₆。醉乡，艳妆，《水调》谁家唱₇？　　红尘千丈，岂羡功名纸半张₈！渔樵闲访，先生豪放，诗狂酒狂，志不在凌烟上。

  作者生平： 见 A05103。

  定格说明： 《快活三》《朝天子》，已见上。

        《四边静》小令、套曲兼用。全曲 6 句，28 字。句式与韵脚安排为：4△7△4△4△4△5△。典型平仄格式为：平平仄仄△仄仄平平仄仄平△平平仄仄△平平仄仄△平仄仄△仄仄平平仄△。

  词语注释： 1. 作者用此牌写有咏春夏秋冬带过曲四首，此篇写夏日。2. 社燕，燕子一般于春社南来，秋社北去，故称社燕。3. 词句顿逗应为：当空畏、日炽、炎光。4. 北堂，内舍，此泛指隐居房舍。5. 羲皇，伏羲氏；羲皇上人，生活古朴、无忧无虑之人。6. 此言凉意满衣襟。7. 此言在醉乡，闻谁家艳妆女子在唱《水调》。8. 此言视功名如纸半张，毫不羡慕。

  作品赏析： 写景生动，意气豪迈。

《快活三过朝天子换四头》中吕。《全元曲》收 1 作者，3 带过曲，9 小曲。今选 1 组。

B14026 无名氏《快活三过朝天子换四头·忆别》

人去后敛翠颦，春归也掩朱门。日长庭静怕黄昏，又是愁时分。　　新痕，旧痕，泪滴尽愁难尽。今宵鸳帐睡怎稳？口儿念心儿印。独上妆楼，无人存问。见花梢月半轮，望频，断魂，正人远天涯近$_1$。　　长空成阵，雁字行行点暮云。早是多离多恨，多愁多闷。叮咛地嘱君$_2$：若见俺那人，早寄取个平安信$_3$！

  作者生平： 见 A01005。

  定格说明： 《快活三》《朝天子》，已见前。

        《换四头》见 A12253。全曲 6 句，29 字。句式与韵脚安排为：4△7△4△4△4△6△。第四句或作 3 字，第五句或作 5 字。

词语注释：　　1. 天涯近，近天涯，极言其远。2. 此系向飞雁说话，言我叮咛地嘱托您。按谱这里应是三个四字句，作者也许有增句，或应将"多离"下二句合并。3. 取，语助词，即"早寄平安信"。

作品赏析：　　对闺中离愁别恨写得真切细致，文字生动流畅。

《脱布衫过小梁州》正宫。《全元曲》收 3 作者，6 带过曲，12 小曲。今选 1 组。

B14027 张鸣善《脱布衫过小梁州》正宫

草堂中夏日偏宜₁，正流金烁石天气₂。素馨花一枝玉质，白莲藕样弯琼臂₃。　门外红尘衮衮飞₄，飞不到鱼鸟清溪。绿阴高柳听黄鹂，幽栖意，料俗客几人知₅。【幺】山林本是终焉计₆，用之行舍之藏兮₇。悼后世，追前辈，对五月五日，楚歌些吊湘累₈。

作者生平：　　见 A05122。

定格说明：　　《脱布衫》正宫，仅见于带过曲与套曲。全曲 4 句，28 字。其句式与韵脚安排为：7△7△7△7△。典型平仄格式为：仄平平、仄仄平平△仄平平、仄仄平平△仄平平、平平仄仄△仄平平、平平仄仄△。

《小梁州》见 A12254。全曲 5 句，26 字；幺篇与始调不同，6 句，29 字，须连用。其句式与韵脚安排为：7△4△7△3△5△【幺】7△7△3○3△4△5△。

词语注释：　　1. 此言草堂虽在中夏，日子却也好过。2. 流金烁石，形容天气极热，可熔化金属，烧坏石头。烁，通作铄。3. 二句说夏天室内陈设。素馨花像白玉一样，莲藕弯弯像琼瑶臂膊。4. 衮衮，同滚滚。5. 此言黄鹂鸣声有赞美幽栖之意，或黄鹂声体现幽栖韵味，但俗客不知。6. 终焉计，作养老考虑的地方。7. 此用《论语·述而》孔子说自己，如果被国家任用则行其道，不用则退隐。

8. 对,当、逢;楚歌些,指宋玉吊屈原作品《招魂》之类,因宋作句尾多用"些"字,故称"楚些",此作"楚歌些"。湘累(湘水之屈死者),指屈原。此言于端午节日悼念屈原,歌楚辞以表悼后世、追前辈之心。

作品赏析: 十分安逸的隐者生活。

十五痕《全元曲》收1作者,3带过曲,6小曲。今选1组。

《一锭银过大德乐》双调。《全元曲》收1作者,3带过曲,6小曲。今选1组。

B15028 无名氏《一定银过大德乐·咏时贵》

吉登登金鞍玉勒马₁,宝镫斜踏₂,急彪彪三檐伞下₃,摆列着两行价头踏₄。 使婢驱奴坐罢衙,闲逐东风,纷飞看落花₅。明明的立赏罚,暗暗的体察。居民百姓夸,私心无半掐₆。策马还家,银灯射绛纱。象板琵琶,开怀飞玉斝₇。

定格说明: 《一定银》见 A15313。全曲 4 句,22 字。其句式与韵脚安排为:7△4△7△4△。第三句可作 6 字句。

《大德乐》双调。仅见于带过曲与套曲。全曲 11 句,54 字。其句式与韵脚安排为:7△4○5△5○5△5○5△4△5△4△5△。典型平仄格式为:仄仄平平仄仄平△仄仄平平○平平仄仄平△平平平仄仄○平平仄仄平△平平仄仄○平平平仄仄△仄仄平平△平平仄仄平△仄仄平平△平平仄仄平△。

词语注释: 1. 金鞍玉勒,形容马的装备阔绰;吉登登,象声词:马蹄声。2. 镫(deng 邓),马鞍旁踏脚的铁镫;此言官人斜踏宝镫上马。3. 三檐伞,高官所用有三层边的凉伞;彪(diu 丢),抛掷;彪彪,形容快速。此言官人在伞下迅速前进。4. 价,助词,犹言两行的;头踏,仪仗队(在前头行走)。5. 此言坐罢衙(下班后),驱使奴婢兜风飞驰看落花，或看落花纷飞亦可。6. 掐，拇指和另一指尖所能握着的数量；半掐，言其细小，微少。7. 斝（jiǎ 假），圆口三足酒杯。此言官人回家后灯火辉煌，听歌饮酒。

作品赏析：　　一片对高官的颂扬声。因此曲牌无他佳作，选此以备一格。

十六　唐《全元曲》收 9 作者，51 带过曲，153 小曲。今选 6 组。

《骂玉郎过感皇恩采茶歌》南吕。《全元曲》收 8 作者，49 带过曲，147 小曲。今选 4 组。

B16029 张可久《骂玉郎过感皇恩采茶歌·杨驹儿墓园₁》
莓苔生满苍云径₂，人去小红亭₃。题情犹是酸斋赠₄。我把那诗韵赓₅，书画评，阑干凭。　　茶灶尘凝，墨水冰生₆。掩幽扃，悬瘦影，伴孤灯₇。琴已亡伯牙，酒不到刘伶₈。策短藤，乘暮景，放吟情₉。　　写新声，寄春莺₁₀。明年来此赏清明。窗掩梨花庭院静₁₁，小楼风雨共谁听？

作者生平：　　见 A01004。

定格说明：　　《骂玉郎》又名《瑶华令》。南吕，仅见于带过曲与套曲。全曲 6 句，28 字。其句式与韵脚安排为：7△5△7△3○3○3△。典型平仄格式为：平平仄仄平平仄△平曲、仄平平△平平仄仄平平仄△平仄仄○仄平平○平平仄△。

《感皇恩》南吕，仅见于带过曲与套曲。全曲 10 句，34 字。其句式与韵脚安排为：4△4△3○3○3△4○4△3○3○3△。典型平仄格式为：仄仄平平△仄仄平平△仄平平○平仄仄○仄平平△平平仄仄○仄仄平平△仄平平○平仄仄○仄平平△。

《采茶歌》，又名《楚江秋》，南吕，仅见于带过曲与套曲。全曲5句，27字，其句式与韵脚安排为：3△3△7△7▲7△。典型平仄格式为：仄平平△仄平平△平平仄仄仄平平△仄仄平平平仄仄○平平仄仄仄平平△。

词语注释： 1. 杨驹儿，元代早期名优，似为男性。2. 莓，草盛貌；莓苔，茂密的苍苔。苍云径，此径应在有云雾之山上。3. 此指墓园内之小红亭，此言人去亭空。4. 题情，题咏友情之诗词；酸斋，贯云石的号。此言亭内有酸斋所题词曲。5. 赓，续，和作。6. 砚内墨汁已经结冰。7. 扃（jiōng 炯），门窗。室内悬挂有瘦影，此瘦影当为死者杨驹儿画像，而非作者灯影。8. 伯牙因知音已死而摔琴，此言因知音驹儿已死而不再弹琴，也不再像刘伶那样狂饮（酒逢知己饮）。意即而今已无伯牙之琴，刘伶之酒。9. 策，此作动词，拄着，此言拄着用短藤做的拐杖，乘暮景，纵情吟诗。10. 春莺，待考，指杨驹儿或彼此共同认识之女艺人。11. 窗掩梨花，犹言窗外是梨花。

作品赏析： 可能驹儿去世已久，此曲虽有深深怀念而不甚悲痛。

B16030 无名氏《骂玉郎过感皇恩采茶歌·鏖兵₁》

牛羊犹恐他惊散₂，我子索手不住紧遮拦₃。恰才见枪刀军马无边岸，諕的我无人处走₄。走到浅草里听，听罢也向高阜处偷睛看。吸力力振动地户天关₅，唬的我扑扑的胆战心寒₆。那枪忽地早刺中彪躯₇，那刀亨地掘倒战马₈，那汉扑地抢下征鞍₉。俺牛羊失散，您可甚人马平安₁₀？把一座介秋县₁₁，生纽做枉死城，却翻做鬼门关₁₂。败残军受魔障₁₃，德胜将马顽奔₁₄。子见他歪剌剌赶过饮牛湾₁₅。荡的那卒律律红尘遮望眼₁₆，振的这滴溜溜红叶落空山₁₇。

作者生平： 见 A01005。

定格说明： 见前。

词语注释： 1. 从曲中"介秋县"字样，此可能讲述《介休县敬德降唐》故事。关汉卿曾著有此剧,惜已佚失。2. 他,今作它,复指,此言恐牛羊惊散。3. 子索,只好。此言不住轰赶牛羊。4. 犹言向无人的地方逃走。5. 吸力力,什物破坏时的响声,此言振动天地。6. 扑扑的,心跳貌。7. 彪躯,大汉身躯。8. 亨的,象声词,此指马倒地声。掘倒,砍倒。9. 扑地,迅速地。10. 此地有省略,犹言还问什么。11. 介秋县,无此地名,疑是介休县(今属山西)之误。12. 枉死城,迷信谓因冤枉而死的鬼魂聚居处;翻做,变作。13. 魔障,磨折。14. 德胜,应是得胜之误;顽奔,狂奔。15. 子见,只见;歪刺刺,象声词,哗啦啦。16. 荡的,振荡起;卒律律,尘土飞扬貌。17. 滴溜溜,树叶纷纷落下貌。末曲韵脚紊乱。

作品赏析: 读此可以窥见冷兵器时代战争的一般情况。

B16031 曾瑞《骂玉郎过感皇恩采茶歌·闺情》

才郎远送秋江岸₁,斟别酒唱阳关₂,临岐无语空长叹₃。酒已阑,曲未残,人初散₄。 月残花缺,枕剩衾寒₅。脸消香,眉蹙黛,鬓松鬟₆。心长怀去后,信不寄平安。拆鸾凤,分莺燕,杳鱼雁₇。 对遥山,倚栏干。当时无计锁雕鞍,去后思量悔应晚。别时容易见时难₈!

作者生平: 见 A09183。

定格说明: 同前。

词语注释: 1. 此言远送才郎,因平仄而颠倒。2. 阳关,阳关三叠曲,此泛指别离歌。3. 岐,同歧,交叉路口,此指分别路口。4. 此言饮酒已近尾声,别离曲尚未奏完,送行与被送者开始离散了。5. 月缺句,可以是象征兼写实。枕剩,双人枕剩下一半无人使用。6. 此言脸上无心使用香水,眉不展,发鬓松散。7. 此言常念及伊人去后,不见或缺少报平安书信。8. 此言当初无法锁住雕鞍,不放郎走,而今想来后悔也晚了。末句暗引多种古诗,如曹植"别易会难"，李煜词"无限江山，别时容易见时难"等。

作品赏析： 感情细致，文字优美。

B16032 钟嗣成《骂玉郎过感皇恩采茶歌·叙别[1]》

从来别恨曾经惯，都不似这今番，汪洋闷海无边岸。痛感伤，谩哽咽[2]，空嗟叹。　倦听《阳关》[3]，懒上征鞍。口慵开，心似醉，泪难干。千般懊恼，万种愁烦。这番别，明日去，几时还？

晚风闲[4]，暮云残，鸾笺欲寄雁惊寒[5]。坐处忧愁行处懒，别时容易见时难[6]！

作者生平：　见 A05123。

定格说明：　同前。

词语注释：　1. 叙别，指追述别来情况，与通常送别异。2. 谩，徒然。3. 《阳关》，此指别离曲。4. 晚风闲，晚风懒洋洋地吹着。5. 鸾笺，美好的信纸。雁惊寒，雁声使人惊觉寒天已至。王勃《滕王阁序》：雁阵惊寒。6. 此用李煜词《浪淘沙》："无限江山，别时容易见时难。"

作品赏析：　语言美好，眷念情深。惜未说明何以"从来别恨，不似今番"。

《山坡羊过青哥儿》　中吕。《全元曲》收 1 作者，2 带过曲，4 小曲。今选 1 组。

B16033 曾瑞《山坡羊过青哥儿·过分水关[1]》

云山叠翠，枫林如醉，潇潇景物添秋意[2]。过山围[3]，渡山溪，扬鞭举棹非容易[4]。区区只因名利逼[5]。思，家万里；愁，何日归！

飘零飘零客寄[6]，困长途尘满征衣，泣露秋虫助客悲[7]。泪眼昏迷，病体尪羸[8]。无甚亲戚，谁肯扶持？行不动哥哥鹧鸪啼[9]，人心碎。

作者生平：　　见 A09183。

定格说明：　　《山坡羊》见 A16341，全曲 11 句，43 字。其句式与韵脚安排为：4△4△7△3△3△7△7△1▲3▲1▲3△。其中第 8、第 10 两个一字句及第 9 句，平仄不拘，可叶可不叶。

　　　　　　　《青哥儿》见 A06131，全曲 5 句 29 字，句式与韵脚安排为：6△6△7△7△3△。第三句后有增句。

词语注释：　　1. 分水关，在分水县（今浙江桐庐县），因桐庐水至此中分而得名。2. 潇潇，落叶风雨等秋声。3. 山围，环绕着的山脊。4. 扬鞭句，言骑马乘船行走都不容易。5. 区区，作者对自己的谦称。6. 客寄，客居在外。7. 泣露秋虫，因天寒露重而悲鸣的秋虫；助，增加。8. 尪（wang 汪）羸（lei 雷），瘦弱多病。9. 俗谓鹧鸪啼声为"行不得也哥哥"。

作品赏析：　　飘零在外，贫病交加，着实可怜。

十七庚《全元曲》收 2 作者，2 带过曲，5 只小曲。今皆选。

《叨叨令过折桂令》正宫。《全元曲》收 1 作者，1 带过曲，2 小曲。

B17034 无名氏《叨叨令过折桂令·驮背妓[1]》

虾儿腰、龟儿背、玉连环系不起香罗带[2]，脊儿高、绞儿细、绿茸毛生就的王八盖[3]，眼儿眍、鼻儿凸、驱处走了猢狲怪[4]，嘴儿尖、舌儿快、洛伽山怎受的菩萨戒[5]？兀的不丑杀人也么哥[6]，兀的不丑杀人也么哥，钩儿形、绦儿样、烂茄瓜辱没杀莺花寨[7]。　莺花寨命里活该，一背儿残疾，一世儿裁划[8]。便道是倒凤颠鸾，莺俦燕侣，弯不刺怎么安排[9]！风月债休将人定害[10]，俺则怕、云雨浓、厌杀乔才[11]。你这形骸，其实歪揣[12]。调稍弓、着不的扯拽[13]，窊头船、趁早儿撑开[14]。

作者生平：　　见 A01005。

定格说明： 《叨叨令》见 A17361。全曲 7 句，41 字（不含"也么哥"）。其句式与韵脚安排为：7△7△7△7△3○3○7△。其中前四句多作对句，五、六句须叠。

《折桂令》见 A17382，本曲牌因作品众多，为元曲之最，故其格式亦稍有出入。其句式与韵脚安排一般作：7（或 6）△4○4△4○4△7△7△（或 66）4△4△4△。

词语注释： 1. 驮，当作驼。此言驼背妓女。原标题指出此女名观音奴。2. 此言虽有玉连环也无法系罗裙带。3. 绞儿细，待考，或以为指脖颈细。按此或为"脚"因音近而讹。绿茸毛亦费解，疑指此妓所穿衣服，或指如绿毛龟之王八背。4. 眍（ou 欧），眼窝深。驱处，当作驱除，驱赶。此言像赶出了个怪猢狲，此或暗指孙悟空。5. 舌快，指话多。洛伽山，即珞珈山，佛教圣地。此言如此猢狲当初怎会受戒的。此暗指女名观音奴。6. 兀的，似这样。也么哥，有感叹意的衬字。7. 此言形如钩，样如绳条。莺花寨，指妓院。8. 一背儿，一辈子；裁划，规划，打算；此言以做妓女为终身打算。9. 弯不刺，口语，犹言弯不溜纠，弯弯的。此言无法交合，语近下流。10. 定害，定将人坑害。11. 厥，磕碰；厥杀，亦作厥撒、决撒，败坏，坑煞。乔才，浪荡子。12. 歪揣，歪斜。13. 稍，当作弰，弓末端系弦处；调稍弓，掉了弰头的弓，已不能使用。着不的，经不得。14. 窍，同翘；驼背之人，头常翘起，被讽刺为翘头船。

作品赏析： 作者对他人的生理缺陷，不仅毫不同情，且极尽挖苦之能事，加之语出下流。实为劣等作品。然《全元曲》本曲牌只此一首，故不得不选之以备一格，也让读者见识一下劣等作品的典型。

《那吒令过鹊踏枝寄生草》仙吕。《全元曲》收 1 作者，1 带过曲，

3 小曲。

B17035 无名氏《那吒令过鹊踏枝寄生草》

青芽芽柳条1，接绿茸茸芳草。绿茸茸芳草，间碧森森竹梢2。碧森森竹梢，接红馥馥小桃。娇滴滴景物新，笑吟吟闲行乐，一步步扇面儿堪描3。　　声沥沥巧莺调4，舞翩翩粉蝶飘。忙劫劫蜂翅穿花，闹炒炒燕子寻巢5。喜孜孜寻芳斗草，笑吟吟南陌西郊。　　曲弯弯穿出芳径，慢腾腾行过画桥。急飐飐酒旗儿斜刺在茅檐外挑6，虚飘飘彩绳儿闲控在垂杨袅7，韵悠悠管弦声齐和在花阴下闹。骨刺刺坐车儿碾破绿莎茵，吉蹬蹬马蹄儿踏遍红尘道。

作者生平：　见 A01005。

定格说明：　《那吒令》，仙吕。仅见于带过曲与套曲。全曲 9 句，31 字。句式与韵脚安排为：2▲4△2▲4△2▲4△3○3△7△。典型平仄格式为：仄平▲平平仄仄△仄平▲平平仄仄△仄平▲平平仄仄△仄仄平○平平仄△平仄仄、仄仄平平△。

《鹊踏枝》，仙吕，仅见于带过曲与套曲。全曲 6 句，28 字。句式与韵脚安排为：3△3△4○4△7△7△。典型平仄格式为：仄平平△仄平平△仄仄平平○仄仄平平△平仄仄、平平仄仄△仄平平、仄仄平平△。

《寄生草》见 A13259。全曲 7 句，41 字。句式与韵脚安排为：3○3△7△7△7△7○7△。首末二句应对，中间三句应作鼎足对。又首二句多变作 5 字句或 6 字折腰句。

词语注释：　1. 青芽芽，表示非常之青、如嫩芽之青。本曲多使用叠韵词语以加强语气，有些地方用得很好。下文一般不再注明。2. 间，穿插着。3. 此言一步步都是可以描画成扇面的美景。4. 此言巧莺呖呖啼出美好声调。5. 炒炒，应作吵吵。6. 飐飐（zhan 展），本指风吹物动，此做"急"的补助形容语，犹言非常之急。7. 此言彩绳系在垂杨上飘舞，此当为某种幌子。

作品赏析： 本篇写游赏春景情况，词语丰富，但内容略嫌贫乏。

十八东 （缺）。

第三部 散套

(一) 有关套曲的几点说明

1. 名词解释

元曲最重要的组合形式是套数又名套曲。它与带过曲同为元人所创造的曲调组合新体制。此前仅乐府诗中有成套的组合演唱形式，但不如元曲套数之广为流行。

套数可分为散套和剧套两种。两者只是使用场合不同，在结构与写作规则上，并无多大区别，只是剧套的个别篇章在定格上与散套小有差异。

一般来说，套曲是比带过曲规模更大的曲子组合体，而且结构灵活、篇幅可长可短。最短的套数有时仅仅由两支小曲组成，如阙志学的《赏花时》只有首牌与煞尾。但是最长的可以包含几十支小曲：刘时中的《端正好·上高监司》前套15支小曲，后套有34支小曲之多。

散套从篇目上看，它远不如广义的小令（小令加带过曲）众多。其具体情况是：《全元曲》计有小令与带过曲作者144人。小令有116个曲牌，3860首曲子；带过曲有215组，44个曲牌，其中带过曲所特有（或与套数共有）的曲牌23个，小曲490首。两共计有：139个曲牌，4075篇章，4350首曲子。而《全元曲》所收散套，则仅有126名作者，65个首牌，476个套曲，2786支小曲。因此，如果光从篇目上看，则散套与广义小令之比为476：4075，即12：100，几近1.2：10。但是如果从小曲数量或者文字数量上看，则为2786：4350，即接近6：10。这是因为散套在每一个标题下，可以包含许多个小曲的缘故。

不仅如此，而且散套由于篇幅较长，便于表现复杂的内容：对于从国家历史、社会面貌到个人遭遇与情怀，可以作比较详细的述说。而小令与带过曲，则因篇幅相对短小，仅能抓住生活中的某一个特殊画面或片段，作重点突出的勾画。所以元曲中许多有影响的篇章，大都属于散套。由此可见，散套是元散曲极为重要的组成部分。遗漏了散套，就等于遗漏了元散曲的占主导地位的最可宝贵的内容。

至于元人剧曲（杂剧），它是通常所谓"元曲"的最主要的组成部分，也可以说，剧曲（杂剧）是通常所谓元曲的主体。而所谓剧曲，除偶尔有"引子"和"楔子"外，全都由众多的剧套组成。没有剧套，就不成其为元人杂剧。

由此可见，套曲是散曲的重要部分和剧曲的主体，是整个元曲的核心，是元曲研究对象的重中之重，应该给予特别的注意，以及尽可能多的篇幅。

2. 组成情况

套数也跟带过曲一样，是由宫调相同的曲子组成。这些曲子有的是可以单独使用的小令，有些则仅用于套数和带过曲之中，还有些只能够用于套数之中。

散套的第一首曲子称为"首牌"并以此名篇。正文开始时，不再写首牌的曲牌名。套数中间各个曲牌的安排次序并不见有专门规定，但从大多数套数的组合情况看来，似乎有某些习惯的排列次序或方法，即某些曲牌总是依次安排在一起，仿佛像是带过曲一样的固定组合，很少改变。例如《混江龙》《滚绣球》《秃厮儿》《紫花儿序》等曲子，总是连接在一起并依次出现的。

散套组合形式中有多次重复某一曲牌的习惯。这些被重复使用的曲牌名不再写出，而是用"幺篇""前调"等字样来表示。其使用情况比较复杂，似无一定之规。详情将在具体作品选的笺注中加以说明。

比较复杂的是结尾。现存多种曲谱，常常把各种结尾作为一个独立的曲牌看待，其称谓大都彼此近似或相同，几乎多种宫调的套曲，都有"收尾"或"尾声"，也有叫"煞、小煞、赚煞、赚煞尾、随煞、随调煞、本调煞、歇指煞、鸳鸯煞、离亭宴（燕）煞、离亭宴带歇指煞"等的。名目众多，并且其格式也大多相似甚至完全相同，然而要把它们看作不同的曲牌，这就比较难以理解。

套曲结尾除以上种种名称外，尚有称作"余文、余音、结音"者。并且即使是同一作者同一首牌的不同套曲，也可以使用不同名称的结尾。这就给人以某种启示：即从"余文、余音、结尾"等字样看来，结尾处本是指作者在使用多种曲牌进行表述之后，觉得还"意犹未尽"，所以便在结尾时，用同一宫调，补写若干诗句，以作总结。这种作为总结的文字因情况的不同而有长有短，自不必是使用的某种曲牌。此外有许多套曲，直接用某种曲牌作结尾，写作"某某曲煞"，或者仅写曲牌，不用"煞、尾"等字样的。由此可以看出"结尾、随煞"等名称并非曲牌，而是在结束时的某种补充文字。

但是许多曲谱的编者，对什么是结尾看法不同，并且久已把各种结尾都看作固定格式、看作一种曲牌而定型化了。我个人则确信这只是作者作为"余音"而撰写的比较自由的一种简短诗章。是否如此，当然尚待研究。本书在统计曲牌时，概不把种种结尾包括在内。

值得注意的是，还有所谓"膈尾"，指的是在与结尾有一定距离的地方增加像结尾式的诗句。至于"歇指"应该指的是某种指法或音乐节奏，应与曲牌无关。

此外，还有所谓《煞》的曲子，从《一煞》到《十几煞》（n煞）都有。次序可以是从小到大，也可以是从大到小，并且有时并不完整（如缺《一煞》）。各煞之间文字格式有全同的，也有大同小异的。不同首牌中的《煞》则似乎彼此并无联系。这究竟是一种什么体制，尚待研究。希望专家给予指示。

现从元人散曲中选取散套 111 套，并笺注如下。

散套选注 111 套

一麻　《全元曲》收 51 作者，7 个首牌，141 个套曲，486 支小曲。今选 18 套。

《乔木查》双调。《全元曲》收 1 作者，1 套曲，6 小曲。所用曲牌（含首牌，下同）计有：《乔木查》《挂搭沽序》。

C01001 白朴《乔木查·对景》

海棠初雨歇，杨柳轻烟惹[1]，碧草茸茸铺四野。俄然回首处，乱红堆雪[2]。

《幺》恰春光也，梅子黄时节。映日榴花红似血，胡葵开满院，碎剪宫缬[3]。

《挂搭沽序》倏忽早庭梧坠，荷盖缺[4]。院宇砧韵切，蝉声咽，露白霜结[5]。水冷风高，长天雁字斜，秋香次第开彻[6]。

《幺》不觉的冰澌结[7]，彤云布，朔风凛冽。乱扑吟窗，谢女堪题，柳絮飞玉砌[8]。长郊万里，粉污遥山千叠[9]。去路赊，渔叟散，披蓑去，江上清绝。幽悄闲庭，舞榭歌楼酒力怯，人在水晶宫阙[10]。

《幺》岁华如流水，消磨尽，自古豪杰。盖世功名总是空，方信花开易谢，始知人生易别。忆故园，漫叹嗟。旧游池馆，翻做了狐踪兔穴。休痴休呆，蜗角蝇头[11]，名亲共利切[12]。富贵似花上蝶，春宵梦说[13]。

《尾声》少年枕上欢，杯中酒，好天良夜，休辜负了锦堂风月。

作者生平：　　见 A01003。

定格说明：　　《乔木查》，又名《银汉浮槎》，查同楂（槎），木筏。双调，仅见于套曲。本曲可作首牌及套中曲。全曲5句，26字。句式与韵脚安排为：5△5△7△5○4△。典型平仄格式为：平平平仄仄△仄仄平平仄△仄仄平平平仄仄△平平平仄仄○平平仄仄△。首句有作4字者。

　　　　　　　《挂搭沽序》，其定格诸谱不载，归纳为全曲8句35字。句式与韵脚安排应为：5△3△5△3△4△4△5△6△。典型平仄格式为：仄仄平平仄△平仄仄△仄仄平平仄△平平仄△平仄仄△仄仄平平△平平仄平△平平仄仄平平△。问题在其后所带两个幺篇，各作15句，与本曲牌很不相同。疑是本曲加幺篇换头所致，但在句式上，此二幺篇与元曲中之典型幺篇仍相差甚远。只得存疑。并按现有文字，将两幺篇句式及韵脚安排，暂拟为：5△3○4△4○4○5△3○3△4△3○3○4△4○6△4△。

词语注释：　　1. 二句言雨初歇后海棠（甚为娇艳），杨柳惹起（发出）轻烟。2. 俄然，忽然。乱红，指雨后落地之海棠花。堆雪（诸本皆如此），难解，勉强说是：海棠花"如冬天扫雪、乱堆道旁"一样堆在那里。按此或为笔误，应是"乱红堆叠"或"堆砌"。3. 缬（xie 谐），此指彩色丝绸。此言满院胡葵花似彩绸。4. 荷盖缺，荷叶缺损。5. 此言"白露为霜"。6. 此言秋天的香花已经开过。本小曲言忽然就到了秋天。7. 冰澌（si 斯），流冰，此句言开始结冰。8. 吟窗，书房的窗子。此以雪花比作柳絮。晋代才女谢道韫曾把飞雪比作"柳絮因风起"。9. 粉污，粉涂、粉染；此言远山千重都被雪盖，如同涂了白粉。10. 酒力怯，不胜酒力，不能再饮。遍地皆雪，所以人如身在水晶宫里。11. 蜗角，庄子寓言蜗牛两角各有一国，征战不已。蜗角蝇头，此指小利。12. 共，与；此言对名与利最亲切、关切。13. 此言富贵如花上蝶，如春宵梦话，极不可靠。

作品赏析：　　作者着重描写春夏秋冬的景物特色，以说明岁月如流,人生易老,功名如梦,因而劝人及时行乐。虽写景有致,然立意未免消极。

《蝶恋花》双调,《全元曲》收3作者,3套曲,19小曲。所用曲牌计有:《蝶恋花》《乔牌儿》《金娥神曲》《离亭宴带歇指煞》。今选1套。

C01002 杜仁杰《蝶恋花》

鸥鹭同盟曾自许,怕见山英[1],怪我来何暮。风度翛然林下去[2],书琴共作烟霞侣。

《乔牌儿》去绝心上苦,参透静中趣。春潮竟日舟横渡,风波无赖阻[3]。

《金娥神曲》世俗,看取[4],花样巧番机杼[5]。乾坤腐儒,天地逆旅,自叹难合时务[6]。

《二》仕途,文物[7],冠盖拥青云得路,恩诏宠金门平步[8]。出入里雕轮绣毂[9],坐卧处银屏金屋。

《三》是非,荣辱。功名运前生天注。风云会一时相遇,雷霆震一朝天怒。荣华似风中秉烛,品秩似花梢滴露[10]。

《四》至如,有些官绿,辨什么贤共愚!更那,有些金玉,识什么亲共疏!命福,有些乘除,问什么有共无[11]!

《离亭宴带歇指煞》天公教富须还富,人心待足何时足?叮咛寄语玉堂臣:休作抱官囚[12]。金谷民谩作贪财奴[13],铜山客枉教看钱奴[14]。脱尘缘隐华山,远市朝归盘谷[15]。云林杜曲[16],种青门数亩邵平瓜,酿白酒五斗刘伶醁,赏黄花三径渊明菊。诵漆园《秋水》篇,读屈原《离骚》赋[17]。一任翻云覆雨,看乌兔走东西[18],听渔樵话今古。

作者生平: 杜仁杰(约1197—1282),名之元,字仲梁(一作仲良),一字善夫(善甫),号止轩,晚号散人。济南长清(今属山东)人。父金朝进士。金末,仁杰与张澄等随元好问隐居内乡山中，寄兴诗歌。金亡后返故里，流连山水之间。后入东平严实幕。仁杰工诗能文，善作散曲。有文名，与胡祗遹、王恽等有交往。子元素仕元居高位。仁杰至元十九年（1282）卒于家，谥文穆。著有《逃空丝竹集》《河洛遗稿》等，均佚。作品见于后人所编诗文选中。《全元曲》收其带过曲1，散套4。朱权谓其词如"凤池春色"。

定格说明：　《蝶恋花》双调，仅见于套曲。全曲5句，30字。句式与韵脚安排为：7△4○5△7△7△。典型平仄格式为：仄仄平平仄仄平△仄仄平平○仄仄平平仄仄平平平仄△平平仄仄平平仄△。

　　《乔牌儿》双调，仅见于套曲。全曲4句，22字。可作首牌。句式与韵脚安排为：5△5△7△5△。典型平仄格式为：平仄仄△仄仄平平仄△平平仄仄平平仄△平平平仄仄△。

　　《金娥神曲》又名《神曲缠》。双调，仅见于套曲。全曲6句，25字。句式与韵脚安排为：2△2△6△4△4△6△。典型平仄格式为：仄仄△仄仄△仄仄平平仄仄△平平仄仄△平平仄仄△平平仄、仄仄平△。末句有作7字者。

　　《离亭宴带歇指煞》双调，仅见于套曲。全曲17句，88字。句式与韵脚安排为：7△7△4△5○5○5△5○4△5○5○5△5○5△6△5○5△。典型平仄格式为：平平仄仄平平仄△平平仄仄平平仄△平平仄仄△仄仄仄平平○平平平仄仄○仄仄平平仄△平仄仄平平○仄仄平平仄△平平仄仄△仄仄平平仄○平平平仄○仄仄平平仄△平仄仄平△仄仄平平仄△仄仄平平仄△仄仄平平仄○平平仄仄平△。

词语注释：　1. 山英，山中英杰，此当指鸥鹭。此言作者曾自许与鸥鹭订有盟约，今我来迟，恐其见怪。按鸥鹭水居，此处用"水英"当更贴切。2. 翛（xiao消）然，自由自在貌。3. 此言竟日来春潮，船为风波所阻，横在渡口。此有唐韦应物诗句"野渡无人舟自横"意境。4. 看取，取，语助词，此即看吧。5. 番，同翻。此言社会现象花样翻新，如同织机上来往穿梭一样。6. 逆旅，迎接过客的旅馆；此言自己是生活在这世界上（逆旅中）一个腐儒，不合时务。7. 此言在仕途做官之人，拥有文物（排场）。8. 青云得路，在仕途上有青云直上的道路。平步金门，很轻易就接近了皇家。9. 里，乡里、地方，与下文"处"对应。毂。车轮中心圆孔，此四字指豪华车辆。10. 品，官位；秩，官俸。花梢滴露，言其短暂。11. 此段言：至于在官位俸禄方面分什么贤和愚，金玉财宝上论什么亲疏；人在命运福分上总会有些区别变化，别问他有和无。乘除，此指差别、变化。12. 玉堂臣，高官；抱官囚，为官位所困之人，死抱官位不放的人。13. 金谷民，指晋石崇；才同财；谩作，枉作。此言石崇因贪财而死。14. 铜山客，汉邓通，文帝赐他铜山铸钱，邓钱遍天下，终被抄家，穷困而死。教，此当指使变作、使成为。15. 隐华山句，指学陈抟归隐华山；归盘谷，指学李愿因不满现实而归隐盘谷。16. 杜曲本指唐时贵族聚居之地。此处与云林连用，指安闲地方。17. 种瓜以下五句典故屡见，不赘。醁（lu 露），美酒。三径，陶渊明《归去来兮辞》：三径就荒。漆园，庄周曾为漆园吏。18. 乌兔，太阳和月亮。

作品赏析：　通篇言富贵不足恃，贫富莫计较，及早归隐是上策。

《古调石榴花》　中吕，《全元曲》收1作者，1套曲，7小曲。所用曲牌计有：《古调石榴花》《酸枣儿》《鲍老儿》（凡二次）《鲍老三台滚》《墙头花》《卖花声煞》。

C01003 关汉卿《古调石榴花·闺思》

癫狂柳絮扑帘飞，绿暗红稀₁。垂杨影里杜鹃啼，一弄儿断送了春归₂。牡丹亭畔人寂静，恼芳心似醉如痴。恹恹为他成病也，松金钏，褪罗衣。拆散燕莺期，总是伤情别离。则这鱼书雁信，冷清清杳无踪迹。更有谁知，到何时共我成连理₃。乍离别玉减香消，俊庞儿亦憔悴。

《酸枣儿》一自相逢，将人来萦系₄。樽前席上，眼约心期。比及道是配合了，受了些闲是闲非。咱各办一个坚心₅，要博个终缘活计。想佳期梦断魂劳，衾寒枕冷，寂寞罗帏，瘦损香肌。闷恹恹鬼病谁知₆！同欢会，不提防半路里簪折瓶坠₇，两下相抛弃。把腰肢瘦损，废寝忘食。

《鲍老儿》当初指望成家计₈，谁想琼簪碎；当初指望无抛弃，谁想银瓶坠。烦烦恼恼，哀哀怨怨，哭哭啼啼，悲悲切切，长吁短叹，自跌自摧₉。

《鲍老儿》故人何处？冷清清染病疾。相思证转添₁₀，受凄凉捱朝夕。细濛濛雨儿渐渐，飒飒晚风窗儿外吹。扑冬冬的鼓声、点点滴滴玉漏不住催。添愁闷，独自知，子这心自悔₁₁。再团圆，几时一处共相随？

《鲍老三台滚》俺也自知，鸾台懒傍尘土迷₁₂；俺也自知，金钗款弹云鬓堆₁₃；俺也自知，绝鳞翼₁₄，断信息，几时回！乍别来肌如削，早是我多病多愁，正值着困人天气。

《墙头花》守香闺，镇日情如醉。闷懊恼离愁空教我诉与谁？愁闻的是紫燕关关，倦听的是黄莺呖呖。

《卖花声煞》愁山闷海却怎当敌？好教我无一个刬划₁₅，奈心儿多垂下些凄惶泪₁₆。呼侍婢将绣帘低放，把重门深闭，怕莺花笑人憔悴。

作者生平：　见 A03014。

定格说明：　《古调石榴花》中吕，仅见于套曲。诸谱不载，归纳为：全曲17句，95字。句式与韵脚安排为：7△4△7△4

△7△7△7○3○3△5△6△4○7△4△7△7△5△。典型平仄格式略，下同此。

《酸枣儿》中吕。仅见于套曲。诸谱不载，归纳为：全曲18句，92字。其句式与韵脚安排为：4△5△4△4△7○7△6○6△7○4○4△4△7△3○7△5△4△4△。典型平仄格式略。

《鲍老儿》中吕。诸谱不载，仅见于套曲。全曲10句，48字。其句式与韵脚安排为：7△5△7△5△4○4○4△4○4○4△。典型平仄格式为：平平仄仄平平仄△仄仄平平仄△平平仄仄平平仄△仄仄平平仄△平平仄仄○平平仄仄○仄仄平平△平平仄仄○平平仄仄○仄仄平平△。

《鲍老儿》按常理曲牌重见时，应写作"幺篇""前调"等字样。此处牌名重出，且格式彼此迥异，其原因待考。现谨将重见之格式拟定如次：全曲13句，66字。句式与韵脚安排为：4○6△5○6△7○7△4○7△3○3△4△3○7△。典型平仄格式略。

《鲍老三台滚》中吕。仅见于套曲。诸谱不载，拟定为：全曲11句，45字。其句式与韵脚安排为：3○7△3○7△3○3△3△3△5○4○4△。

《墙头花》中吕。仅见于套曲。诸谱不载，拟定为全曲5句，27字。句式与韵脚格式为：3△5△7△6△6△。

《卖花声煞》中吕。拟定为：全曲6句，36字。其句式与韵脚安排为：7△7△7△4○4△7△。典型平仄格式为：平平仄仄平平仄△仄平平、仄仄平平△仄仄平平平仄仄△平平仄仄△仄平平、仄仄平平△。按此煞定格与小令《卖花声》（小令套曲兼用）全同。

词语注释：　1. 癫狂句，此化用杜诗《漫兴九首》：癫狂柳絮随风舞。绿暗红稀，言春色已晚。2. 一弄儿，一股儿。断送，送走，有贬义。3. 连理，连理枝，两株枝干长在一起的树木，借指夫妻。4. 紫系，牵挂。5. 办坚心，下决心。6. 鬼病，指相思病，有诅咒意。7. 簪瓶，借用白居易诗

《井底引银瓶》:"井底引银瓶,银瓶欲上丝绳绝;石上磨玉簪,玉簪欲成中央折。"8. 成家计,指望实现成家的计划,即结婚成家。9. 自跌自摧,犹言顿足搥胸。10. 证,同症。11. 子,同只。12. 鸾台句,此言懒上镜台,因而镜上尘土模糊。13. 款,逐渐。挆(duo 朵),下垂。14. 鳞翼,鱼雁,书信。15. 刵(bai 掰)划,筹划。16. 奈心,同耐心。

作品赏析:　　文字流畅,写初见时心态及被迫分离后相思情怀都很细致,可惜未说明遭受非议和被迫分离的原因,想是为豪强所逼。

《河西后庭花》商调。《全元曲》收1作者,1套曲,4小曲。所用曲牌计有:《河西后庭花》《凤鸾吟》《柳叶儿》。

C01004 王元鼎《河西后庭花₁》

走将来涎涎瞪瞪冷眼儿盻₂,枸枸答答热句儿浸₃。舍不的缠头锦,心痛的买笑金。要你消任₄,鸳帏珊枕,凤凰杯翡翠衾。低低唱浅浅斟,休逞波李翰林₅。

《幺篇》支楞弦断了绿绮琴₆,珰玎掂折了碧玉簪₇,嗨,堕落了题桥志₈;吁,阑珊了解佩心₉。走将来笑吟吟。妆呆妆婪₁₀,硬厮挣软厮禁₁₁。泥中刺绵里针,黑头虫黄口盻₁₂。

《凤鸾吟》自古到今,恩多须怨深。你说的牙痛誓,不害碜₁₃!有酒时唵₁₄,有饭时啃,你来我跟前委实图甚₁₅?小的每身价儿㐫₁₆,身材儿婪,请先生别觅个知音。

《柳叶儿》走将来乜斜头撒嗳₁₇,不熨贴性儿希林₁₈。软处捏硬处搊甜处渗₁₉。休忕恁,莫沉吟,休辜负了柳影花阴。

作者生平:　　见 A17413。

定格说明:　　《河西后庭花》商调,仅见于套曲。诸谱不载,拟定为:全曲9句,50字。句式与韵脚安排为:7△7△5△5

△4△6△6△6△。典型平仄格式为：平平仄仄仄平平△仄仄平平仄仄平△仄仄平平仄△平平仄仄平△仄仄平平△平平仄仄△平平仄、仄仄平△仄仄平、仄仄平△仄仄平、仄仄平△。

《凤鸾吟》商调，仅见于套曲。全曲9句，43字。句式与韵脚安排为：3△6△6△4△4△7△3○3△7△。典型平仄格式为：仄仄平△仄平平、仄仄平△仄平平、仄仄平△平平仄仄△平平仄仄△平平仄仄、平平仄△仄仄平○平平仄△仄平平、仄仄平平△。然此处实作4△5△5○3△4△4△7△7○4○7△。其故待考。

《柳叶儿》商调。仅见于套曲。全曲6句，34字。其句式与韵脚安排为：7△7△7△3○3△7△。典型平仄格式为：平仄仄、平平仄仄△仄平平、仄仄平平△平平仄仄△平平仄△平平仄○仄平平△仄平平、仄仄平平△。

词语注释： 1. 本套有作者小序，称作者与阿鲁温同时与妓女莘文秀（可能为顺时秀）有染。阿问莘二人谁最懂风情。莘对以阿长于调和鼎鼐，王善于惜玉怜香。王闻之，作此以嘲之。2. 涎涎瞪瞪，呆呆地望着。聘（cen 岑），瞧。3. 㘑㘑答答，口语，此当指喋喋不休。4. 消任，消受，享用。5. 波，语气词，吧。李翰林，此借李翰林轻视党家不懂风雅故事（见《绿窗新话》）指阿鲁温不要逞强：舍不得花钱，又要享受。6. 支楞，象声词，此指弦断声。绿绮琴，司马相如的琴，此指名琴。7. 珰玎，玉簪折断声。8. 题桥志，司马相如入长安前，曾在"升仙桥"题字，言不做高官不过此桥。此指大志。9. 阑珊，衰落；解佩，指郑交甫请汉水神女解佩故事，此言无求女心思。10. 婪，贪；此或指妆傻。11. 厮，互相，此句言用软硬手段互相争斗。12. 黑头虫、黄口鹨，民间传说食父母的凶恶的虫和鸟。13. 牙痛誓，不关痛痒的誓言。害磣，寒磣，丢脸。14. 唫（jin 禁），吸，饮。15. 委实，实在，确实。16. 每，同们；㑇，同些，些微，细小。婪，此指难看。17. 乜斜，歪着；嗫（qin 沁），猫狗呕吐，此指胡说。18. 熨贴，体贴；希林，待考，可能指稀奇古怪。19. 搊（chou 抽），弹，捏。渗，或指吸吮。此句言各种调情动作。

作品赏析：　　一派轻佻词语，且字多生僻。但本套《全元曲》只收此一套，故选以备一格。

《锦上花》双调。《全元曲》收1作者，1套曲，4小曲。所用曲牌计有：《锦上花》《清江引》《碧玉箫》。

C01005 张碧山《锦上花·春游》

燕语莺啼，和风迟日[1]。郊外踏青，禁烟寒食。拜扫人家，这壁共那壁[2]。悲喜交杂，哭的共笑的。　　坟前列子孙，冢上卧狐狸[3]。几处荒坟，半全共半毁。几陌银钱，半灰共半泥[4]。几个相知，半人共半鬼[5]。

《清江引》见了也泪淹彩袖湿，这的是傍州例[6]。黄金少甚藏[7]？白酒须当醉。浇奠杀九泉无半米[8]。

《碧玉箫》寒暑相催，日月率风疾[9]。名利驱驰，车辄涌潮退[10]。省可里着力气，休则管里耽是非[11]。饱暖肚皮，留取元阳真气。将一伙儿鼓笛，选一答儿清闲地[12]。

《尾声》摆一个齐整欢筵会，做一段笑乐新杂剧。杂剧要旦末双全，筵席要水陆俱备[13]。唱道趁着这美景良辰，请几个达时务英雄辈。劝你这知己的相识，知知不知在于你[14]。

作者生平：　　张碧山，生平、里籍均不详。名见《录鬼簿续编》，或以为元代人。

定格说明：　　《锦上花》双调，仅见于套曲。全曲8句，32字；幺篇换头：首二句改为两个5字句，34字。两共66字。句式与韵脚安排为：4○4△4○4△4○4△4○4△＋5○5△4○4△4○4△4○4△。典型平仄格式为：仄仄平平○平平仄仄△仄仄平平○仄仄平平△仄仄平平○平平仄仄△仄仄平平○平平仄仄△ + 平平仄仄○仄仄平平△仄仄平平○仄仄平平△仄仄平平○平平仄仄△仄仄平平○仄仄平平△。

《清江引》见 A15316。双调，句式与韵脚安排为：7○5△5○5△7△。

《碧玉箫》见 A13268。双调，句式与韵脚安排为：4△5△4△5△6△6△3△5△1△5△。

《尾声》似为《收尾》的重叠出现。

词语注释：1. 迟日，舒缓暖和的天气。《诗经·豳风·七月》："春日迟迟，采蘩祁祁。" 2. 拜扫句，此句为倒装，即人家（家家）都在拜祖扫墓。这壁，这边；共，与、和，下同。3. 冢上卧狐狸，指有的坟墓很破败荒凉。4. 陌，一百钱，此指焚烧的纸钱，所以半灰半泥。5. 扫墓为凭吊亲故，所以说半人半鬼相知。6. 傍州例，典型例子，榜样。这里可能指迹近（差不多）全州县都是如此。7. 此似言：黄金虽少，为什么要收藏？8. 此言即使尽情浇奠黄泉下也得不到半粒米，意即不如生前享受。9. 率，顺着，引申指如同、好像，此言日月如风一样迅速。10. 辄，同辙。此言扯着如潮涌潮退。11. 省可里，口语，节省些，此言应少花力气。里，同理；耽，同担。犹言不要管理闲事，免担是非。12. 将，带领，拿着；一答儿，一块儿。13. 末，元曲角色，老生之类。此言角色应齐全。水陆，山珍海味。14. 此言你知道谁是知己或不知己，全凭你自己判断。或说此有错字，应作"知和不知在于你"。可参考。

作品赏析：读此可窥知当时清明风俗。

《一枝花》南吕。《全元曲》收 44 作者，134 套曲，464 小曲。所用曲牌计有：《一枝花》《梁州》《牧羊关》《贺新郎》《哭皇天》《乌夜啼》。今选 12 套。

C01006 奥敦周卿《一枝花·远归》

年深马骨高₁，尘惨貂裘敝₂。夜长鸳梦短，天阔雁书迟。疾觅归期，不索寻名利₃。归心紧归去疾。恨不得袅断鞭梢₄，岂避千山万水。

《梁州》龟卦何须再卜，料灯花已报先知₅。并程途不甫能来到家内₆。见庭闲小院，门掩昏闺。碧纱窗悄₇，斑竹帘垂。将个栊门儿款款轻推₈，把一个可喜娘脸儿班回₉。疾惊列半晌荒唐₁₀，慢朦腾十分认得，呆答孩似醉如痴₁₁。又嗔₁₂，又喜。共携手归兰舍，半含笑半擎泪。些儿春情云雨罢，各诉别离。

《尾》我道因思翠袖宽了衣袂，你道是为盼雕鞍减了玉肌₁₃。不索教梅香鉴憔悴，向碧纱㡡帐底，翠帏屏影里，厮揾着香腮去镜儿比₁₄。

作者生平： 奥敦周卿，女真人。姓奥敦（汉译又作奥屯），名希鲁，字周卿，号竹庵。《录鬼簿》在其"前辈名公"中称其为"奥敦周侍御"。至元六年（1269）曾任怀孟路（今河南境内）总管府判官。后任提刑按察司事、宪使、路总管等职。所作词曲甚为知名。《全元曲》收其小令1首，套曲2套。

定格说明： 《一枝花》南吕，仅见于套曲。全曲9句，47字。句式与韵脚安排为：5○5△5○5△4△5△5△7○6△。典型平仄格式为：平平仄仄平○仄仄平平仄△平平平仄仄○仄仄仄平平△仄仄平平△仄仄平平仄△平平仄仄平△仄仄平、仄仄平平○仄仄平平仄仄△。

《梁州》南吕，仅见于套曲。全曲18句，99字。句式与韵脚安排为：7△7△7△4○4△4○4△7△7△7○7▲7△2△2△7△5△7▲4△。首二句、其后四字句、两七字句均须对，末3个七字句作鼎足对。两个二字句可并为一句。典型平仄格式为：平平仄、平平仄仄△仄仄平、仄仄平平△平仄仄平平仄△平平仄仄○仄仄平平△平平仄仄○仄仄平平△仄平平、仄仄平平△仄平平、仄仄平平△仄平平、仄仄平平○平平仄、平平仄仄▲仄平平、仄仄平平△平平△平平△平平仄平平△仄仄平平△仄仄平平仄仄平▲仄仄平平△。首句及第十五句，有作6字句者。

词语注释： 1. 年深，年久；马骨高，马因瘦弱而骨头凸出。2. 惨，同黪，灰暗。3. 不索，不须。4. 袤断，甩断。5. 灯花，旧时以为结灯花是有喜事的先兆。6. 并程，兼程；甫能，才能够；不甫能，反语，犹言"好不容易"。7. 窗悄，窗内寂静无声。8. 椳门，有槟子的门。款款，轻轻地。9. 可喜娘，可爱的娘子；班，同扳；扳回，转过来。10. 急惊列，急忙忙。下文中语尾助词用法同此。荒唐，此言恍惚。11. 呆答孩，呆呆地。12. 嗔，责怪其来迟。13. 前句言男思女，后句言女想男。14. 梅香，丫头名。鉴憔悴，鉴别、判断二人憔悴情况。厮揾着句，言互相揾着腮帮子对着镜子比较。

作品赏析： 对于夫妻久别重逢时的心态，写得惟妙惟肖。

C01007 张养浩《一枝花·咏喜雨》

用尽我为民为国心，祈下些值玉值金雨。数年空盼望，一朝遂沾濡₁。唤省焦枯₂，喜万象春如故，恨流民尚在途₃。留不住都弃业抛家，当不的也离乡背土₄。

《梁州》恨不的把野草翻腾做菽粟₅，澄河沙都变化做金珠₆。直使千门万户家豪富，我也枉不了受天禄。眼觑着灾伤教我没是处₇，只落的雪满头颅。

《尾声》青天多谢相扶助₈，赤子从今罢叹吁₉。只愿的三日霖霪不停住₁₀，便下当街上似五湖₁₁，都溥了九衢₁₂，犹自洗不尽从前受过的苦！

作者生平： 见A01006。

定格说明： 见前。此套《梁州》少十二句，不知何故。

词语注释： 1. 沾濡，沾湿。2. 唤省，唤醒。3. 恨，遗恨，憾恨。4. 当不的，挡不得。5. 翻腾，此指改造。菽，豆类。6. 澄，澄清，淘洗。7. 没是处，没办法，无所措手足。8. 青天多谢，多谢青天。9. 赤子，老百姓。10. 霖，雨；霪，久雨；霖霪，此指久久不停的大雨。11. 便下，此似有脱误，此言便下得当街上似五湖。12. 渰，同淹。衢，大街；九衢，犹言所有的大街小巷。

作品赏析： 张养浩为元代少有的忠心为国的好官，卒于救灾任中。此篇忧国爱民之心真切焦急，十分感人。

C01008 王和卿《一枝花·为打球子作₁》

夭桃绽锦囊₂，嫩柳垂金线。梨花喷白雪，芳草绿铺茵，春日郊园。出凤城闲游玩，选高原胜地面，就华屋芳妍，将步鞠家风习演₃。

《梁州》列俊逸五陵少年₄，簇豪家一代英贤₅。把人间得失踏遍₆。输赢胜败，则要敬爱相怜。忘机乘兴₇，花径斜穿。高场上觔处盘旋₈，要高名天下人传。头棒急钻彻云烟₉，二六紧巧妙两全₁₀，高场中扶辊能眠₁₁。非是过口身不到₁₂，三斗声名显。论出远更休选，折抹待占₁₃，事画团栾莫施展，占镇中原₁₄。

《三煞》四周浓绿围屏甸₁₅，一簇深红罩短垣，习行打远乐霞川₁₆。据那义让廉和，有仁德高低无怨₁₇。要知左右识体面。担捧笼叫须奴趁圈，尽日连年₁₈。

《二》轻轮月杖惊花片，慢辊星丸荡柳线₁₉，一行步从紧相连。诸传戏都难。唯摇丸元无酌献，自古与流传₂₀。想常胜寻思意非浅，但犯着死处休言₂₁。

《一》旧作杖结束得都虬健，绒约手扎拴的彩色鲜₂₂。锦衣抛胜各争先₂₃。得胜的欣然，画方基荷茵庭院₂₄。安员王将袖梢先卷₂₅。觑上下、观高低、望远近，料得周正无偏。

《尾》唱道引臂员扇₂₆，捧过去飞星如箭，茂林中法头不善₂₇。

指觑窝落在花柳场边，不吊上也无一步远[28]。

作者生平： 见 A06150。

定格说明： 见前。诸煞格式约为：7△7△7△5○7△7△4△。

词语注释： 1. 我国古代博弈及体育运动，有些著名项目，如双陆、蹴鞠、步躬（捶丸）、马球等，其具体操作程式，今多不传。本书尽量选取一些有代表性作品，以便今人研究。然此类作品术语行话甚多，难以读懂。其不解之处，只得阙疑。此曲"打球子"即"捶丸"，流行于宋元间，以棍击球入指定的洞穴，计分以定胜负。有些类似今天的高尔夫球。其详可参阅宁极斋《丸经》。2. 夭桃，茂盛的桃花，开放得如锦囊。3. 华屋芳妍，芳香美好的华屋。此言选择有芳香华屋的高原胜地作场地。此处按定格应为7字句，恐有脱误。步躬，即捶丸（打球子）；家风，指捶丸的道德规范。4. 五陵，汉帝王陵寝与豪门聚居之处。俊逸，英俊超群。5. 簇，聚集。6. 把得失踏遍，把各种技法都使出来。7. 忘机，此指抛弃一切杂念。8. 觑处，要害之地。9. 头棒，开球的第一棒。头棒打得高入云烟。10. 此或言第二、第六棒紧跟而且巧妙两全。11. 辊，即击球棍。此或言球场上忙闲不一，有时高场中简直闲得可以扶棍打瞌睡。12. 非是句不解，可能是说并非身子没有到达进球口。13. 折抹，反正、尽管。此二句费解，且按定格应为7字和5字句。从字面上可以说是：尽管（反正）须占领某处阵地，但不必考虑远近的问题。14. 团栾，团圆，这里可能指某种技巧。字面上是说：不必施展某种"团栾"的计划，只要占领并镇守住中原就行。15. 屏甸，此指场地。16. 一簇深红，当指比赛场面。习行句，此言习惯于在充满霞光的原野上打远球。17. 据那，根据（那种），二句讲述当时的体育道德。18. 此句不解，大约"捧笼"是与蹴鞠有关的器具。"须奴"也许是人名，此言叫"须奴"赶快到指定的地方去，并且经常是这样做。19. 月杖，球杆；慢辊星丸，慢击球丸。二句形容击球的精彩场面。20. 传戏，传承的技艺；摇丸，当为击球之一种高难技巧；元，同原；酌献，些微贡献，所用都是古法。21. 犯着死处休言，如果犯下死处（全输、惨败的错误），就无话可说了。22. 旧作杖，惯常使用的球杖；虬健，结实；绒约手，缠绒的把手。23. 此言获胜后抛掷锦衣庆祝。24. 画方基，划定开球的小方块（边长不超过一尺）。25. 安员王，当是领队角色的称呼。26. 员扇，圆扇。27. 法头，待考，此当指击出的球丸。不善，不寻常。28. 指觑句，言看准球洞是落在花柳场边。不吊上，不进洞。

作品赏析：　　虽不能全懂其规则，但读时可见场面之壮观，且讲求比赛道德规范："义让廉和，有仁德高低无怨。"很有今天所谓"运动员精神"（sportsmanship）。

C01009 萨都剌《一枝花·妓女蹴鞠$_1$》

红香脸衬霞，玉润钗横燕。月弯眉敛翠，云弹鬓堆蝉$_2$。绝色婵娟。毕罢了歌舞花前宴，习学成齐云天下圆$_3$。受用尽绿窗前饭饱茶余，拣择下粉墙内花阴日转$_4$。

《梁州》素罗衫垂彩袖低笼玉笋$_5$，锦鞠袜衬乌靴款蹴金莲$_6$。占官场立站下人争羡$_7$。似月殿里飞来的素女，甚天风垂落的神仙。拂花露榴裙荏苒$_8$，滚香尘绣带翩跹。打着对合扇拐全不斜偏，踢着对鸳鸯扣且是轻便$_9$。对泛处使穿牐抹膝的揎搭$_{10}$，揿俊处使拂袖沾衣的撇演$_{11}$，妆翘处使回身出鬓的披肩$_{12}$。猛然，笑喘。红尘两袖纤腰倦，越丰润越娇软，罗帕香匀粉汗妍$_{13}$，拂落花钿。

《尾声》若道是成就了洞房中惜玉怜香愿，媒合了翠馆内清风皓月筵$_{14}$，六片儿香皮做姻眷$_{15}$。荼蘼架边，蔷薇洞前，管教你到底团圆不离了半步儿远$_{16}$。

作者生平：　　萨都剌，字天锡，号直斋，答氏蛮氏（回族）。其祖徙居河间。萨都剌生雁门，生年难确指，或作1300年。

至正年间卒。泰定四年（1327）进士，曾任镇江录事司达鲁花赤、南台掾、河北道肃政廉访司经历等职。后入方国珍幕，卒。为官清正，政绩卓著。作品文字优美，描写细致，被誉为元代词人之冠。著有《雁门集》。朱权评其词如"天风环佩"。《全元曲》收其散套1套。

定格说明： 见前。

词语注释： 1. 蹴鞠，踢（中国古代）足球，汉代本为士兵锻炼体魄的运动项目，属"兵技巧"，此后成为流行运动项目。从唐代起，有女子参加，不用球门，宋元时且有名为"某某社"的女子蹴鞠组织。2. 云亸（duo 躲），此言蝉翼般的鬓角，像乌云一样下垂。3. 齐云，宋时女子蹴鞠社名。此言学习成像齐云社那样天下最完美的球技。4. 花阴日转句，犹言选择在粉墙内花荫下度时光。5. 彩袖笼玉笋，彩袖笼罩着手指。6. 靿（yao 要），本指靴筒，此或指袜筒。款蹴金莲，应是指锦袜很舒适地穿在金莲鞋子里面。7. 官场，指球场。8. 荏苒，此指轻柔。9. 对合、扇拐及此后的鸳鸯扣、妆翘等，都是蹴鞠动作的术语，其详待考。10. 对泛处，当为对犯处，指正面攻击的地方。臁（lian 莲），小腿；使穿臁，穿插小腿处；抹膝的揸搭，没过膝盖去踢球。11. 㩙，疑作偄（ruan 软），指柔软。此指软俊处用拂袖沾衣的方式表演。12. 此言妆翘处用回身的方式露出披肩的鬓发。按鬓发不可能披肩，此处当指头发。13. 罗帕句，指香罗帕匀粉面的整个动作优美。14. 媒合，配合，适合。15. 六片香皮，待考。16. 此犹言不差半步。此或为双关语。

作品赏析： 虽然对有些动作与词语不甚理解，但读此可以想见当时蹴鞠的盛况。

C01010 班惟志《一枝花·秋夜闻筝》

透疏帘风摇杨柳阴，泻长空月转梧桐影。冷雕盘香销金兽火₁，咽铜龙漏滴玉壶冰₂。何处银筝？声嘹呖云霄应₃，逐轻风过短棂₄。耳才闻天上《仙韶》₅，身疑在人间胜境。

《梁州》恰便似溅石窟寒泉乱涌，集瑶台鸾凤和鸣₆。走金盘乱撒骊珠迸₇。嘶风骏偃，潜沼鱼惊，天边雁落，树梢云停₈。早则是字样分明，更那堪音律关情₉！凄凉比汉昭君塞上琵琶，清韵如王子乔风前玉笙₁₀。悠扬似张君瑞月下琴声₁₁。再听，愈惊。叮咛一曲《阳关令》₁₂，感离愁动别兴。万事萦怀百样增，一洗尘清₁₃。

《尾》他那里轻笼纤指冰弦应，俺这里谩写花笺锦字迎₁₄，越感起文园少年病。是谁家玉卿。只恁般可憎₁₅，唤的人一枕胡蝶梦儿醒！

作者生平： 班惟志，字彦功，号恕斋。大梁（今河南开封）人，或以为松江（今属上海）人。寓居杭州。师从邓文原。补浮梁州学教授，迁晋州州判、绍兴路总管府推官、常熟路知州，后任奉议大夫、集贤待制，致仕归，卒于杭州。为人博学多能，书法词曲均有名。《录鬼簿》列为曲家"方今名公"十人之一。朱权将其列于"词林英杰"150人之中。《全元曲》收其散套1套。

定格说明： 同前。

词语注释： 1. 此言雕盘上的金兽炉、火熄香销。2. 水自龙口注入冰冷玉壶以计时。3. 嘹呖，嘹亮而清脆。4. 透清风过短棂，因清风吹入小窗（短棂）。5. 韶，虞舜著名音乐。仙韶，唐有法曲"仙韶曲"，此指美妙音乐。6. 集瑶台句，言如集居瑶台之鸾凤相和鸣。7. 骊珠，骊龙颔下珠，宝珠；此言筝声如宝珠撒入金盘迸发出清脆声音。8. 四句言筝声感动力强，使嘶风之马偃息，池底鱼惊，雁落云停，以听筝声。9. 关情，使人动情。10. 传说周朝王子乔能吹笙作凤凰鸣。11. 此指《西厢记》中张生月下弹琴以挑莺莺故事。12. 《阳关令》，指《阳关三叠》。13. 洗尘清，借"渭城朝雨浥轻尘"诗意，言《阳关令》洗清了红尘。14. 写花笺句，语义双关：既指谱写此套曲，也指写情书，以相迎接、配合。15. 可憎，可恨，此用反义，似指责而实赞叹。

作品赏析：　写筝声手法多样而且传神。

C01011 沈禧《一枝花》题张思恭《望云思亲卷》，时父母已殁矣（序略）

人为万物灵，孝乃一身本。贤愚均化育₁，今古重彝伦₂。敬祖尊亲，晨昏宜定省₃，冬夏问寒温。看古来孝诸贤俊，到如今青史流芳世不湮₄。

《梁州》且休说唐时仁杰专前美₅，谁知道晋代张翰有远孙₆。家居积祖松陵隐₇。双亲沦殁，一念犹存。既归黄壤，望断白云。我则见卷舒触石生肤寸₈，我则见变化从龙出厚坤₉。云来时好着我搅断柔肠，云聚处好着我结愁成阵，云飞时好着我飘散心神。泪痕，满巾。恨无羽翼能飞奋，越思忖越愁闷。怎得吾亲更返魂，报答深恩！

《余音》云横岭岫连丘陇，云锁松楸掩墓门。云来云往何时尽？孝心未伸，孝思怎忍？留取个孝行名儿做标准₁₀。

作者生平：　沈禧，字廷锡。吴兴（今浙江湖州）人。约与赵孟頫婿王国器（1284—1366）同时。能诗词，善作曲。有《竹窗词》一卷。《全元曲》收其散套《一枝花》8套。

定格说明：　同前。

词语注释：　1. 化育，化生与养育。《礼记·中庸》："可以赞天地之化育。" 2. 彝伦，经常的伦理。3. 定省（xǐng 醒），晨定昏省，即子女早晚须向父母请安，早上（晨）叫省，指省视；晚上（昏）叫定，指服侍安寝。见《礼记·曲礼上》。4. 湮，埋没。5. 本篇序言中称：唐狄仁杰登太行，见白云孤飞。因指曰："吾亲舍在其下。"云移始去。因此有"望云思亲"的典故。下文"望断白云"，本此。6. 远孙即指张思恭，此有赞其为名人后裔之意。7. 此言家居处留有祖上松林隐蔽之陵寝。8. 肤寸，古长度单位，一指为一寸，四寸为一肤。此言云气卷舒，触石时体积甚小（下文言继而变化）。9.《周易·文言》："云从龙，风从虎。"此言见云气从龙，出现在大地（厚坤）。
10. 标准，楷模，榜样。

作品赏析：　　一片思亲孝心，萦回于章句之中，甚为感人。

C01012 唐毅夫《一枝花·怨雪》

不呈六出祥，岂应三白瑞₁。易添身上冷，能使腹中饥₂。有甚稀奇！无主向沿街坠，不着人到处飞，暗敲窗有影无形，偷入户潜踪蹑迹₃。

《梁州》才苫上茅庵草舍₄，又钻入破壁疏篱。似杨华滚滚轻狂势。你几曾见贵公子锦裯绣褥？你多曾伴老渔翁箬笠蓑衣₅。为飘风胡做胡为，怕腾云相趁相随₆。只着你冻的个孟浩然挣挣痴痴，只着你逼的个林和靖钦钦历历₇，只着你阻的个韩退之哭哭啼啼₈。更长，漏迟。被窝中无半点儿阳和气，恼人眠，搅人睡。你那冷燥皮肤似铁石，着我怎敢相偎₉？

《尾》一冬酒债因他累，千里关山被你迷。似这等浪蕊闲花，也不是长久计₁₀。尽飘零数日，扫除做一堆，我将你温不热薄情化做了水₁₁。

作者生平：　　唐毅夫，生平不详。朱权将其列为"词林英杰"150人之一。《全元曲》收其小令1首，套曲1套。

定格说明：　　同前。

词语注释：　　1. 雪花呈六瓣，通称六出；三白，指正月连下三次雪。两者都被认为是丰年佳兆。此言六出并未呈祥，三白也非瑞兆。2. 饥寒互为因果，冷时思食。3. 无主、不着人，言其无目的乱飞；有影无形，言其于无孔不入，布满各个角落；蹑迹，追寻踪迹，与潜踪矛盾，似应作"灭迹。"四句写下雪时的弥漫情况。4. 苫，像苫子一样盖住。5. 二句言飞雪从来不曾侵扰贵公子的卧室，却经常落在穷人身上。6. 前句言雪花乘风肆虐，次句费解，大约指腾云则将无影无踪，故相随飘落。7. 只着，只有、只因为。传说孟浩然于灞桥骑驴赏雪时，便诗兴大发。此反其意而用之，言孟被冻得痴痴呆呆。挣挣，发呆。次句旨意同此。钦钦历历，指冷得发抖。8. 韩愈因谏迎佛骨，被贬潮州，其示侄孙湘诗中有："雪拥蓝关马不前……好收吾骨瘴江边。"甚为悲哀伤感。按定格此处少两个7字句。9. 燥，当作糙，粗糙；此言冰雪粗糙寒冷如铁石，不能亲近。10. 浪蕊闲花，指雪花，有贬义。此言不能将其久留。11. 此骂雪为温不热薄情之物。

作品赏析：　　由来文人咏雪，总是赞赏有加，此篇作者却别出心裁，从穷苦人民角度诅咒之，立意可嘉。但孟浩然、林和靖二例有失牵强。

C01013 无名氏《一枝花·棋》

黄金罢酒筹，彩笔停诗兴₁。青云盈座榻₂，红日满檐楹。闲展楸枰₃，初布势求全胜，后分途起战争。保无虞端可藏机₄，观有衅方堪入境。

《梁州》响铮铮交锋递子，密匝匝彼此排兵₅。王质斧烂腰间柄₆。机深脱骨，智浅逢征₇。坚牢正走，取败斜行。势将颓锐意侵凌，局已胜专谋求生₈。两家持各指鸿沟₉，几番诈宵奔马陵，数重围夜遁平城₁₀。猛听，一声：盘中子落将军令，黑白满势才定₁₁。紧紧收拾未见赢，怎敢消停？

《尾声》壮如霸王来扛鼎，险似韩侯出井陉₁₂。悬权岂敢轻相应，切勿食弭兵，更休图小成₁₃。细看来孙武权谋，其实的细相等₁₄。

作者生平：　　见 A01005。

定格说明：　　见前。

词语注释：　　1. 二句言不用黄金酒筹（罢饮），停止吟诗。2. 青云，居高位人士。此言高朋满座。3. 楸枰，棋盘，多为楸木所制，故名。本篇所写系围棋。4. 端可，真可，应该。5. 匝，四周；密匝匝，四围密布兵士。6. 王质斧，《述异记》载王质观山中童子下棋，归时发现斧把已烂，为时已过百年。按王质实将斧置树上，此误作悬于腰间，似应作"烂掉斧中柄"。7. 二句言机深者能脱身，智浅者遭到敌兵攻击。8. 此言对方势将失败时，决意趁势猛攻；对方胜局已定，则力求保守。9. 鸿沟，两军分界线，本自楚汉相争故事。此言两军相持时各奔前线。10. 宵奔马陵，指庞涓夜间败亡于马陵道故事。遁平城，指汉高祖被围于平城，用巧计夜遁脱险事。二句言势胜时可能迅即灭亡，被困时可转危为安。11. 黑白满，指棋近尾声，黑白两方棋子都已使出。12. 韩信句，指韩信背水一战故事，此言遇险猛拼。13. 悬权，指情势危险时，不能轻易应战。食，恐指接受；弭兵，停止战争。按食当作事，从事。此言不能采取弭兵的策略，也别图获取小的胜利。14. 的细，同"的这"，语助词，如"兀的不辱没杀释迦的这牟尼"。此言在使用权谋上彼此其实相等。

作品赏析： 深谙围棋之道。

C01014 关汉卿《一枝花·赠朱帘秀₁》

轻裁虾万须，巧织珠千串₂；金钩光错落₃，绣带舞蹁跹。似雾非烟₄，妆点就深闺院。不许那等闲人取次展₅。摇四壁翡翠浓阴，射万瓦琉璃色浅₆。

《梁州》富贵似侯家紫帐，风流如谢府红莲₇。锁春愁不放双飞燕₈。绮窗相近，翠户相连，雕栊相映₉，绣幕相牵。拂苔痕满砌榆钱，惹杨花飞点如绵₁₀。愁的是抹回廊暮雨萧萧，恨的是筛曲槛西风剪剪，爱的是透长门夜月娟娟₁₁。凌波殿前，碧玲珑掩映湘妃面₁₂，没福怎能够见。十里扬州风物妍，出落着神仙₁₃。

《尾》恰便是一池秋水通宵展，一片朝云竟日悬。你个守户的先生肯相恋₁₄，煞是可怜₁₅，则要你手掌儿里擎着耐心儿卷₁₆。

作者生平：　　　见 A01001。

定格说明：　　　见前。

词语注释：　　　1. 朱帘秀，艺名珠帘秀，元代最著名的女演员，"姿容姝丽"，杂剧独步一时，且能作曲，《全元曲》收其小令1首，散套1套。朱与当时名作家关汉卿、卢挚等均有交往，后嫁一道士，晚景不幸。可参阅A11215。2. 虾须指帘上流苏，也可指穿珠帘的线绳。3. 金钩，指帘钩；错落，此指闪烁。4. 似雾非烟，形容帘影朦胧。5. 取次，随便、轻易。展，卷起、打开。6. 二句言帘影晃动使四壁宛如翡翠浓阴，其浅色光芒反射在琉璃万瓦上。7. 南齐王幕府豪华，人谓之如入莲花池，后因以莲幕为幕府美称。谢府红莲，即谢家豪华幕府。8. 此言不卷帘，双飞燕无由出入。9. 栊，窗棂。10. 二句写春天景色，砌石苔痕上落满榆钱，珠帘上点缀杨花。11. 筛曲槛，从曲槛穿过；清风剪剪，有寒意的清风；长门，汉陈皇后被废时所居的冷宫。此泛指宫殿。娟娟，月色美好。三句写珠帘，实写珠帘秀的幽居感受。12. 凌波殿，唐殿名，此指朱帘秀的住处。湘妃，美珠帘秀。13. 出落，长成；神仙，指珠帘秀。14. 先生，宋元时对道士的称呼，此指朱的丈夫。守户的，看家的，双关语，犹今言"宅男"。15. 可怜，此作可爱解。16. 卷帘时请耐心，实指请善待珠帘秀。

作品赏析：　　　通篇写珠帘，而实写珠帘秀，处处语义双关，并充满赞美怜惜之情。作者可称朱的风尘知己。

C01015 关汉卿《一枝花·不伏老》

攀出墙朵朵花，折临路枝枝柳[1]。花攀红蕊嫩，柳折翠条柔，浪子风流。凭着我折柳攀花手，直煞得花残柳败休。半生来折柳攀花，一世里眠花宿柳。

《梁州》我是个普天下郎君领袖[2]，盖世界浪子班头[3]。愿朱颜不改常依旧，花中消遣，酒内忘忧。分茶撷竹，打马藏阄[4]。通五音六律滑熟[5]，甚闲愁到我心头[6]！伴的是银筝女银台前理银筝笑倚银屏[7]，伴的是玉天仙携玉手并玉肩同登玉楼，伴的是金钗客歌《金缕》捧金樽满泛金瓯。你道我老也，暂休。占排场风月功名首[8]，更玲珑又剔透，我是个锦阵花营都帅头[9]，曾玩府游州。

《隔尾》子弟每是个茅草岗、沙土窝初生的兔羔儿乍向围场上走[10]，我是个经笼罩、受索网苍翎毛老野鸡踏踏的阵马儿孰[11]。经了些窝弓冷箭镴枪头[12]，不曾落人后。恰不道人到中年万事休[13]，我怎肯虚度了春秋！

《尾》我是个蒸不烂、煮不熟、捶不匾、炒不爆响珰珰一粒铜豌豆[14]，恁子弟每谁叫你钻入他锄不断、斫不下、解不开、顿不脱慢腾腾千层锦套头[15]。我玩的是梁园月，饮的是东京酒，赏的是洛阳花，攀的是章台柳[16]。我也会围棋、会蹴鞠、会打围、会插科、会歌舞、会吹弹、会咽作、会吟诗、会双陆[17]。你便是落了我牙、歪了我嘴、瘸了我腿、折了我手，天赐与我这几般儿歹症候[18]，尚兀自不肯休。则除是阎王亲自唤，神鬼自来勾，三魂归地府，七魄丧冥幽。天那，那其间才不向烟花路上走。

作者生平：　　　见前。

定格说明：　　　同前。

词语注释：　　　1. 出墙花、临路柳，均指妓女。2. 郎君，浪子、嫖客。3. 班头，一班人的首领。4. 分茶，一种茶艺的名称；撷（dian 颠），跌下；撷竹，未详，当是玩弄竹签游戏或抽签问卜之类的游戏。打马，用掷色子打马牌的游戏；藏阄，拈阄猜物之类的游戏。5. 滑熟，口语，特别熟练。6. 此反问，犹言"有甚闲愁能到我心头！"7. 银筝女，弄银筝的妓女，下文故意叠用银字以强调此女的娇贵，下二句同此。《金缕》，名曲，即《金缕曲》或《金缕衣》。8. 此言在妓院讲排场、争"风月功名"常居第一。9. 玲珑句言自己聪明灵巧。都帅头，总头目。10. 子弟每，子弟们；围场，打猎场。此言弟子们都是些风月场上的新手。11. 此言曾被笼子罩住、索网网住过，苍翎毛，言其老健。踏踏，马蹄声。阵马熟，熟悉阵势上的马术。12. 窝弓，暗藏的弓。镴（la 蜡），锡铅合金，性软；镴枪头，中看不中用的东西。13. 恰不道，却不道，我却不信。14. 匾，同扁。铜豌豆，青楼中对老狎客的称呼。15. 恁（nen 嫩），这些；恁子弟每，这些弟子们。按此句有歧义。如他作她，指妓女们；则是说弟子们太年轻，易上妓女圈套。如他指作者自己，则是说弟子们被老师牵着鼻子走。顿，应作蹾，用力踹。慢腾腾，此与锦套头（妓女的笼络手段）不配合，应作软绵绵解。16. 梁园，名园，汉梁孝王所建。此下四处地名等不必实指，特言其都是名胜、名产和名媛而已。17. 蹴鞠，中国古代足球；打围，打猎；插科，插科打诨，讲笑话；咽作，歌唱；双陆，古博弈。18. 歹症候，坏毛病，指前述寻花问柳的嗜好。尚兀自，还自。此言即使落牙歪嘴……也不肯改掉这歹症候。

作品赏析： 这是作者自抒胸怀的作品，充满玩世不恭的豪气；然而一味靠寻花问柳以解愁，终非正当手段。

C01016 钟嗣成《一枝花·自序丑斋》

生居天地间，禀受阴阳气。既为男子体，须入世俗机[1]。所事堪宜，件件可咱家意[2]。子为评跋上惹是非[3]。折莫旧友新知，才见了着人笑起[4]。

《梁州》子为外貌儿不中抬举，因此内才儿不得便宜[5]。半生未得文章力，空自胸藏锦绣，口唾珠玑。争奈灰容土貌，缺齿重颏[6]；更兼着细眼单眉，人中短髭鬓稀稀[7]，那里取陈平般冠玉精神，何晏般风流面皮？那里取潘安般俊俏容仪[8]？自知，就里[9]，清晨倦把青鸾对[10]，恨杀爹娘不争气。有一日皇榜招收丑陋的，准拟夺魁。

《隔尾》有时节软乌纱抓劄起钻天髻，干皂靴出落着簸地衣[11]。向晚乘间后门立[12]，猛可地笑起：似一个甚的？恰便是现世钟馗諕不杀鬼[13]！

《牧羊关》冠不正相知罪，貌不扬怨恨谁[14]？那里也尊瞻视貌重招威[15]。枕上寻思，心头怒起。空长三十岁，暗思九千回。恰便似木上结难镑刨[16]，胎中疾没药医。

《贺新郎》世间能走的不能飞，饶你千件千宜，百伶百俐[17]。闲中解尽其中意，暗地里自恁解释。倦闲游出塞临池，临池鱼恐坠，出塞雁惊飞，入园林俗鸟应回避。生前难入画，死后不留题[18]。

《隔尾》写神的要得丹青意，子怕你巧笔难传造化机。不打草两般儿可同类。法刀鞘依着格式，妆鬼的添上嘴鼻，眼巧何须样子比[19]。

《哭皇天》饶你有拿雾艺冲天计，诛龙局段打凤机[20]。近来论世态，世态有高低。有钱的高贵，无钱的低微。那里问风流子弟？折末颜如灌口，貌似神仙，洞宾出世，宋玉重生。设答了镘的，梦撒了寮丁，他采你也不见得。枉自论黄数黑，谈说是非[21]。

《乌夜啼》一个斩蛟龙秀士为高第，升堂室古今谁及[22]？一个射金钱武士为夫婿[23]。韬略无敌，武艺深知。丑和好自有是和非，文和武便是傍州例[24]。有鉴识，无嗔讳[25]。自花白寸心不昧，若说谎上帝应知。

《收尾》常记得半窗夜雨灯初昧，一枕秋风梦未回。见一人，请相会，道咱家，必高贵。既通儒，又通吏；既通疏，更精细。一时间，失商议；既成形，悔不及。子教你，请俸给；子孙多，夫妻宜。货财充，仓廪实，禄福增，寿算齐。我特来，告知你。暂相别，恕情罪。叹息了几声，懊悔了一会。觉来时记得，记得他是谁？原来是不做美当年的捏胎鬼[26]。

作者生平：　　见 A05123。

定格说明：　　《一枝花》《梁州》见前。

《牧羊关》南吕，仅见于套曲。全曲 9 句 45 字，句式与韵脚安排为：5○5△7̲△4○4△5○5△5○5△。首二句或作 33，末二句或作 66。典型平仄格式为：仄仄平平仄○平平仄仄平△仄平平、仄仄平平△仄仄平平○平平仄仄△平平平仄仄○仄仄仄平平△仄仄平平仄○平平仄仄平△。

《贺新郎》南吕，仅见于套曲。全曲 11 句 63 字，句式与韵脚安排为：7△4 0 4△7△7△7△5 0 5△7△5 0 5△。典型平仄格式为：平平仄仄仄平平△仄仄平平○平平仄仄△平平仄仄平平仄△平仄仄、平平仄仄△仄平平、仄平平△平平仄仄仄○仄仄仄平平△平仄仄平平仄△平平平仄仄○仄仄仄平平△。

《哭皇天》南吕，仅见于套曲。全曲 8 句 42 字。句式与韵脚安排为：5△5△5 0 5△7△7△4 0 4△。典型平仄格式为：仄仄平平仄△平平仄仄平△平平平仄仄○仄仄平平△平仄仄、平平仄△仄仄平仄仄平△平平仄仄○仄仄平平△。第五句前后，有多种增句情况。然本套中本曲牌文句与定格相差甚远，计为 16 句、82 字，其原因待考。

《乌夜啼》南吕，仅见于套曲。全曲 11 句 57 字，句式与韵脚安排为：7△7△7△4△4△7△7△3 0 3△4 0 4△。典型平仄格式为：仄平平、仄仄平平△平平仄、仄仄平平△仄平平、仄仄平平△仄仄平平△仄仄平平△仄仄平平△仄仄平仄、平平仄、平平仄仄△仄仄平○平平仄△平平仄仄○仄仄平平△。

词语注释： 1. 禀，承受。世俗机，俗世的种种机变。2. 此言工作各方面都顺利，自己满意。3. 子为，同只为，下同；评跋，也作评詙、评泊，即评论、衡量。此处第七句与第 8 句按定格字数应倒过来，即作 5+7，或第 8 句应作 7 字句。4. 折莫，尽管；此言尽管朋友们一见面就笑话自己。5. 不中抬举，没法夸奖，此言外貌长得难看，因此内才也被低估。6. 重颏（ke 科），双下巴。7. 髭鬓，胡须和鬓角。8. 三句说自己远不如古代美男子。汉书称丞相陈平美如冠玉（冠帽上的美玉）。三国时魏人何晏面白如同傅（搽）粉。潘安，晋代美男子。9. 就里，内情，实况。10. 青鸾，镜子，因古铜镜背面多刻青鸾，以此得名。11. 劄，同扎，抓劄，扎起。簌，象声词，此句言穿上干净的黑靴子，显出长袍拖地，发出簌簌响声。12. 乘间，偷空，乘有空的时候。13. 钟馗，传说中驱鬼、吃鬼的神。14. 此言冠不正，朋友会加以指责，貌丑则无法怨谁。15. 那里，同哪里，即到处。尊瞻，重视观瞻。招威，显示威严。《论语·学而》："子曰：君子不重则不威。" 16. 镑，砍削。木结强硬，难以砍刨加工。17. 此言即使你条件再好，也难万能，正如善走（奔跑）的不能飞一样。18. 恐坠，惊恐下沉。此夸张言自己极丑，使鱼鸟害怕，不堪入画，死后也值不得题词留念。19. 写神，画神仙；妆鬼，画鬼魅。此句言画神画鬼，要懂得丹青手的心意、见解。不先打草稿，很可能把神与鬼画成同类。画神所佩的法刀和刀鞘，要依着画神的格式，画鬼则添上鬼的脸嘴鼻子。凭眼巧就行，不必用样子比画。20. 局段，手段。雾不可拿，天不可冲，龙凤难诛难打。此极言即使你有罕见的本领，也难评跋、论事。21. 此段极言当今世上，不问你是不是风流子弟，即使颜如灌口二郎神、吕洞宾、宋玉，只要没钱，他也不睬你。评论也无用。设答二句，口语，常连用，表示没有钱财，当作一个7字句读。镘，铜钱无字的一面，此即指钱。按定格此曲有增句。22. 秀士，指周处；为高第，做了大官。23. 射金钱，指《丑驸马射金钱》剧中主人公。24. 傍州例，全州有名的榜样。此言他们便是能文能武的榜样。25. 鉴识，同见识；嗔讳，怨恨和隐瞒；花白，话白，评说。26. 此借梦境以解嘲。灯初昧，灯开始黑暗时。通疏，识大体；失商议，指当初因评跋惹祸。子教，即指教，或可解作"只得教你"；恕情罪，犹言请原谅；捏胎鬼，传说中人出生前，由捏胎鬼捏出其美丑形貌。此言梦见的原来是决定自己貌丑的那个鬼卒。意在反讽。

作品赏析： 作者名其书斋为丑斋，名其主要著作为《录鬼簿》，都充分反映了他胸中的不平之气。本篇一开始说明自己本来一切顺利，那时并无人注意其形貌美丑的问题。待到因评跋是非而惹祸时，长相就忽然变成了主要罪状。但周处等榜样人物，其成就却与形貌无关。末了更假托梦境，遇见捏胎鬼，借以进行反讽：此鬼不检讨因所捏丑陋形貌给他招致的困境，反而教他以迎合世俗，请求俸给的发财之路，当然十分荒唐可笑。

通篇极尽嬉笑怒骂之能事。貌似嘲己，实是痛骂不合理的社会现实。

C01017 汤舜民《一枝花·赠草圣$_1$》

括造化攒成赤兔毫，挽沧溟磨彻乌龙墨。灿日月光摇玉版笺。吐烟云香彻紫英石$_2$。四宝清奇，潇洒芸窗内，风流莲帐底$_3$。念孜孜八法八诀，意悬悬六书六体$_4$。

《梁州》指其掌画其腹云崩露垂，得之心应乎手电走风飞。天然一笔无穷意：秋蛇春蚓，野鹜家鸡。跳龙卧虎，渴骥狰猊。有阴阳偃仰精微，无偏枯向背支离$_5$。乐毅论、太史箴敷扬出忠烈之风，逍遥篇、孤雁赋酝酿出神仙之气，曹娥碑、告誓文摹临出孝弟之规$_6$。遮莫醒兮，醉兮$_7$。一挥一洒非游戏，干喜怒系明晦$_8$。可知道笔冢累累墨作池，名重京畿$_9$。

《尾声》谁不道十年草圣通三昧$_{10}$，我则知一日偷闲测万机$_{11}$。常闻得青琐高贤自评议$_{12}$：比着那颜真卿健笔，王右军妙迹，真乃是一色长天共秋水$_{13}$。

作者生平：　　见 A03015。

定格说明：　　同前。

词语注释：　　1. 草圣，指唐代书法家张旭。2. 此四句写优质的文房四宝：笔、墨、纸、砚。括造化，囊括造化之功，使尽一切技巧。攒成，聚集兔毛成笔。挽沧溟，用海水（大量的水）；乌龙墨，当时名墨；三句言光芒闪烁的高级纸，四句言紫英石砚里吐出乌黑的香墨。3. 芸，香草；芸窗、莲帐，言书房优雅。4. 孜孜、悬悬，均念念不忘意；八法，八种运笔技巧，即永字八法：侧、勒、努、趯、策、掠、啄、磔；八诀，八种书法要诀，其详待考。六体，王莽变秦书八体所成之六体，即古文、奇字、篆书、隶书、缪篆、虫书等六种字体；六书，或指汉字造字法之：象形、指事、会意、形声、转注、假借。5. 此九句专说书写时的各种姿态。指掌、画腹句，指处理字形，如云之崩，如露之垂。渴骥，渴极思饮之马；狰猊，狰狞之狻猊（狮子）。6. 此三个长句说各种法帖及其作用。乐毅论，王羲之所写著名法帖，此下诸篇其详待考。敷扬，发扬。7. 遮莫，折末，不管是。8. 干，干系，此言每笔都与喜怒、明晦有关。9. 笔冢，用过的笔成堆，墨水成池。此暗用僧怀素、王羲之练书法典故。京畿，首都。10. 三昧，本佛家语，通指要诀，精义。11. 测万机，费解。对比上句，当为误事、失败之意。测或为坼、拆字之误。坼万机，失去许多机会。12. 青琐，琐窗，此指高雅居室。13. 此句借用王勃名句"秋水共长天一色"，言彼此交相辉映。

作品赏析： 书法为我国特种艺术，讲究甚多。本篇作者对此深有体会，可与前人论张旭文字参阅，当有裨益。

《珍珠马》 双调，南北合套。《全元曲》收 1 作者，1 套曲，17 小曲。所用曲牌有：《珍珠马南》《步步娇南》《雁儿落北》《沉醉东风南》《得胜令北》《忒忒令南》《沽美酒北》《好姐姐南》《川拨棹北》《桃红菊南》《七兄弟北》《川拨棹南》《梅花酒北》《锦衣香南》《收江南北》《浆水令南》。其中北曲 7 支。

C01018 无名氏《珍珠马·情南》

箫声唤起瑶台月[1]，独倚阑干情惨切。此恨与谁说，又值那黄昏时节。花飞也，一点点似离人泪血。

《步步娇南》暗想当年，罗帕上把新诗写，偷绾同心结[2]。心猿乖，意马劣；都将软玉温香，嫩枝柔叶[3]，瑟琴正和协，不觉花影转过梧桐月[4]。

《雁儿落北》不觉的梧桐月转过西银台上，昏惨惨灯将灭。怎禁他纱窗外铁马儿敲[5]，这些时一团娇香肌瘦怯[6]。

《沉醉东风南》一团娇香肌瘦怯，半含羞翠钿轻贴。微笑对人悄说：休负了今宵月。等闲间将海棠偷摘[7]，山盟共设：不许暂时少撇[8]，若有个负心的教他随灯儿便灭。

《得胜令北》呀，若有一个负心的教他随灯灭，惨可可山盟海誓对谁说[9]。海神庙现放着勾魂帖，那神灵仔细写[10]。你休要心邪，非是俺难割舍[11]；你休要痴呆，殷勤将春情漏泄[12]。

《忒忒令南》他殷勤将春情漏泄，我风流寸肠中热[13]。因此上楚云深锁黄金阙，休把佳期暂撇[14]。燕山绝，湘江竭，断鱼封雁帖[15]。

《沽美酒北》湘江断鱼雁帖[16]，他一去了信音绝，想着他负德辜恩将谎话说。眼见的花残月缺，自别来甚时节甚时节[17]！

《好姐姐南》自别，逢时遇节，冷淡了风花雪月。奈愁肠万结，怎禁窗外铁无休歇。一似环佩摇明月，又被西风将锦帐揭[18]。

《川拨棹北》又被西风将锦帐揭，倚帏屏情惨切。这些时信断音绝，眼中流血，心内刀切，泪痕千叠，因此上渭城人肌肤瘦怯[19]。

《桃红菊南》渭城人肌肤瘦怯，楚天秋应难并叠[20]。停勒了画眉郎京尹，补填了河阳令满缺[21]。

《七兄弟北》补填了河阳令满缺，一片似火也[22]，心间事与谁说。好教我行眠立盹无明夜[23]。今日个吹箫无伴彩云赊，闻筝的月下疏狂劣。画眉郎手脚拙，窃玉的性情别，把好梦成吴越[24]。

《川拨棹南》成吴越，怎禁他巧言搬斗喋[25]，平白地送暖偷寒[26]。平白地送暖偷寒，猛可的搬唇递舌。水晶丸不住撒，点钢锹一味撅[27]。

《梅花酒北》他将那点钢锹一迷里撅，劈贤刀手中撒。打捞起块丹枫叶，鸳鸯被半床歇。胡蝶梦冷些些。破香囊后成血，楚馆着火焚者。

《锦衣香南》他将那楚馆焚，秦楼来拽。洛浦填，泾河截。梅家庄水罐汤瓶打为磁屑。贾充宅守定粉墙缺，武陵溪涧花儿钉了桩橛。楚襄王梦惊回者，汉相如赶翻车辙。深锁芙蓉阙，紫箫吹裂，碧桃花下凤凰将翎毛生扯。

《收江南北》呀，你敢在碧桃花下将凤毛扯，人生最苦是离别。山长水远路途赊，何年是彻[28]。响当当菱花镜碎玉簪折。

《浆水令南》响当当菱花镜碎撅，支楞楞瑶琴弦断绝，革支支同心绦带扯，击玎珰宝簪儿坠折[29]。采莲人偏把并头摘，比目鱼就池中冷水烧热。连枝树生砍折，打捞起御水流红叶。蓝桥下翻滚滚波浪卷雪，祆神庙祆神庙焰腾腾火走金蛇[30]。

《尾声南》饶君巧把机谋设，止不住负心薄劣[31]，梦儿里若见他俺与他分说。

作者生平： 见 A01005。

定格说明： 南曲曲牌从略。北曲：

《雁儿落》仅见于带过曲与套曲，见 B02001。句式与韵脚安排为：5△5△5○5△。

《得胜令》见 A17363。小令套曲兼用。句式与韵脚安排为：5△5△5○5△2△5△2△5△。

《沽美酒》又名《琼林宴》。亦入商调。仅见于套曲。全曲 5 句 27 字，句式与韵脚安排为：5△5△7△4△6△。典型平仄格式为：平平仄仄平△仄仄仄平平△仄仄平平仄仄平△平平仄仄△平仄平△。

《川拨棹》双调。仅见于套曲。全曲 6 句，28 字，句式与韵脚安排为：3△5△4△4△7△5△。典型平仄格式为：仄平平△平平平仄仄△仄仄平平△仄仄平平△平仄仄、仄仄平平△平平仄仄平△。第四句后可增四字句一、二或更多，末句改为六字折腰句后，可再增一至三句。

《七兄弟》双调，仅见于套曲。全曲 9 句，37 字。句式与韵脚安排为：7△5△5△7△7△5△5△5△6△。典型平仄格式为：仄仄平平平仄仄△平平仄仄△仄仄平平仄△平平仄仄平△平平仄仄平△仄仄平平平仄△平平平仄仄△平仄仄、平平仄△。另有作 6 句 28 字者，即 2△2△3△7△7△7△。其故待查。

《梅花酒》双调，仅见于套曲。本曲变格甚多，今取：全曲 7 句，34 字，句式与韵脚安排为：6△4△4△4△5△5△6△。典型平仄格式为：平仄仄、仄仄平△仄仄平平△仄仄平平△平平仄仄平△仄仄平平△平仄仄、仄平平△。此曲变格多，典型定格与本套曲文相差很大。

《收江南》又名《喜江南》，双调，仅见于套曲。全曲 5 句 32 字，句式与韵脚安排为：7△7△7△4△7△。典型平仄格式为：平平仄仄仄平平△平平仄仄平平△平仄仄仄平△平平仄仄△平平仄仄仄平平△。

词语注释： 1. 箫声唤起瑶台月，箫声中月上瑶台。2. 绾（wan 挽），盘绕，打结。3. 此四句缺乏动词谓语，可能失落一"折"字，也可勉强把"将"字作动词用，指占有，享用。4. 此言梧桐月下花影转移。5. 铁马，檐边所悬铁马铃铛。6. 此言娇香肌瘦而且心怯。7. 此言二人私下结合。8. 少撒，少许分别、抛弃。9. 惨可可，犹言惨兮兮，凄惨的样子。10. 仔细写，此言勾魂帖上仔细写有我们的誓言及因果报应等事项。海神庙，暗引"海神庙义责王魁"故事。11. 此言你如果心邪，我就忍心让你受惩罚，我绝不是难以割舍的。12. 此言你不要痴呆把我们的春情漏泄。殷勤，指原原本本。13. 寸肠中热，内心非常激动。14. 楚云句，此言作者身处南方，因害羞闭门不出，暂时抛开佳期（约会或婚期）。"休"字疑衍，或逗成一字句，言"罢了"。15. 此言山穷水尽，书信断绝。16. 此重复上句意。17. 甚时节，什么时候离别的。重言强调"有多久了！"18. 此言檐铁声声好似明月下环佩摇响，此时忽被西风揭起锦帐。19. 渭城曲，乃送别曲；渭城人，指离别之人。按定格此处少一个5字句。20. 楚天句，言渭城人正难受时，很难过的是又逢楚天秋色。21. 停勒，停止。京兆尹张敞为妻画眉，传为美谈，此借指意中人被"停止"，不能相见。河阳令，指潘岳。潘与本故事情节的关系待考。22. 一片似火，指河阳令潘岳所种遍地桃花。23. 无明夜，不分昼夜。24. 赊，遥远，此言吹箫无伴，不能引凤（凤在遥远云间）；闻筝的，指《丽情集》狂生崔怀宝闻宫娥薛琼琼筝声，二人潜逃，终成眷属。画眉的，指张敞，事见前。窃玉的，指一般偷香窃玉之人。吴越，通指彼此敌对，此言好梦成空。25. 搬斗喋，当指喋喋不休地说话。下文"搬唇递舌"意同。26. 偷寒，减少寒冷。此犹言"嘘寒问暖"。27. 撒，挥甩，抛掷。撅，用力挖掘。自此以下，总的意思是说男方满口甜言蜜语，行动上却背信弃义。但是有些语句的具体含义或言外之意难以弄清楚，只得存疑。曲中所引故事，有些本事待考，有些显然与本曲情节无关或不贴切。劈贤刀句含义待考。打捞起一块（一片）丹枫叶，指御沟流叶故事；鸳鸯被，指《玉清庵错送鸳鸯被》故事，书生张瑞卿因佳人错送鸳鸯被得以与李玉英成亲。《胡蝶梦》戏文中有男子与妓女热恋故事。《破香囊》戏文中有杨实与韩琼儿相恋故事，"后成血"指在作者身上变成了悲剧。"焚楚馆"事待考。拽秦楼，或指萧史、弄玉的故事。洛甫指曹植《洛神赋》中的故事。泾河，指柳毅为龙女传书故事。梅家庄事待考。贾充宅，指贾女偷香故事。武陵溪指刘晨、阮肇遇仙女故事。楚襄王梦，指梦遇巫山神女故事。相如赶车，大约指他追卓文君的故事。二"凤凰"句，上句"凤凰将"意即"将凤凰"。28. 彻，底，尽头。29. 当当、楞楞、支支、玎珰，均为象声词，30. 蓝桥句，指尾生守约桥下抱柱而死故事。但桥名乃后拟者。袄神庙句，指齐女爽约致神庙被焚故事。31. 薄劣，轻薄卑劣。

作品赏析：　　本套曲写作特点之一，是前后两曲之间用顶针句或略加改写的顶针句相连。叙述男女相爱情节，感情细致，语言流畅。但用事过多，且不尽贴切，反而没能把男方究竟如何负心的事说清楚。本首牌只此一套，故选。

二波《全元曲》收1作者，1套曲，5小曲。

《定风波》商调。《全元曲》收1作者，1套曲，5小曲。所用曲牌计有：《定风波》《醋葫芦》《鸳凤吟》《金菊香》。

C02019 庾吉甫《定风波·思情》

迤逦里秋来到$_1$，正露冷风寒，微雨初收，凉风儿透冽襟袖$_2$。自别来愁万感，遭离情不堪回首$_3$。

《金菊香》到秋来还有许多忧，一寸心怀无限愁$_4$。离情镇日如病酒。似这等恹恹，终不肯断了风流$_5$。

《鸳凤吟》题起来羞$_6$，这相思何日休！好姻缘不到头。饮几盏闷酒，醉了时罢手，则怕醒了时还依旧$_7$。我为他使尽了心，他为我添消瘦，都一般减了风流$_8$。

《醋葫芦》人病久，何日休！思情欲待罢无由$_9$。哎，你个多情你可便怎下的辜负$_{10}$？子我知伊主意$_{11}$，料应来依仗着脸儿羞$_{12}$。

《尾声》本待要弃舍了你个冤家$_{13}$，别寻一个玉人儿成配偶。你道是强似你那模样儿的呵，说道我也不能够。我道来胜似你心肠儿的呵，到处里有$_{14}$！

作者生平：　　见 A11408。

定格说明： 《定风波》，诸谱不载，经归纳为：全曲6句，33字，句式与韵脚安排为：5▲5○4△7△5○7△。典型平仄格式为：仄仄平平仄▲仄仄仄平平，仄仄平平△仄平平、仄仄平平△平平平仄仄，仄平平、平平仄仄△。

《金菊香》全曲5句，30字。句式与韵脚安排为：7△7△7△4△5△。典型平仄格式为：平平仄仄仄平平△仄仄平平仄仄平△仄仄平平仄仄平△仄仄平平△仄仄仄平平△。

《凤鸾吟》见C01004。句式与韵脚安排为：3△6△6△4△4△7△3○3△7△。

《醋葫芦》商调，仅见于套曲。全曲6句，31字。句式与韵脚安排为：3○3△7△7△5△7△。典型平仄格式为：平仄仄○仄仄平△平平仄、仄仄平平△仄平平、仄仄平平△平平平仄仄△平平仄仄平平△。

词语注释： 1. **迤逦**，同迤逦，本指曲折连绵，此指经过一番拖延。2. **透洌**，冷透。3. **遭离情**，遭逢离别情怀。4. 一寸与无限对比，言小小心中，聚愁无限。5. **恹恹**，病貌。风流，男女情怀。6. **题起**，同提起。7. **则怕**，只怕。8. **一般**，言彼此同样；此处风流指风度、容貌。9. **待罢无由**，此应读作"思情、欲待罢、无由"，言相思之情，打算停止又没有理由。10. **怎下的辜负**，怎下得恨心辜负我，或"怎下作得辜负我"。11. **子我知**，此言只有我知道他的心思。12. **料应来**，料应是。此言可能男方因害羞而不敢面对现实。13. **本待要**，本来打算要。14. 末二句为双方斗嘴，男的说女方再也找不到像自己那种好模样的男子，女方说像你这种心肠的人到处都是。

作品赏析： 写内心思绪比较生动细致，但看不出两人的主要矛盾是什么。既然彼此"一般减了风流"，则男方似乎并非无情。本首牌只此一套，选以备一格。

三歌《全元曲》收 1 作者，1 套曲，14 小曲。

《朝元乐》双调。《全元曲》收 1 作者，1 套曲，14 小曲。所用曲牌计有：《朝元乐》《锦上花》《清江引》《碧玉箫》《沙子儿摊破清江引》《海天晴》《一机锦》《好精神》《农乐歌摊破雁儿落》《动相思》《沽美酒带太平令》《三犯白苎歌》《挂搭序》。

C03020 刘伯亨《朝元乐》

柳底风微，花间香细。作阵蜂儿惊起，偷香酿出残花蜜[1]。成群燕子交飞，掠波闲补巢泥[2]。日升林光莹，雨洗山明媚。雕轮绣鞍作对儿家来，也那没乱杀我伤春意[3]。

《锦上花》懒展星眸，倦梳云髻。怅望雕鞍，粉郎何日归？寂寞兰堂，玉人长夜悲。千里相思，一春辜负矣。　　断钗孤凤忧，破镜只鸾栖[4]。恨锁难开，紧封愁眉。夜永难捱，教我减削玉肌。恨结难松，牢拴病体[5]。

《清江引》自他那枕边说别离，巧舌头甜如蜜。三春有归期，四月无消息，谎人情一星星不记得[6]。

《碧玉箫》那话儿休提，憔悴减香肌。这病儿禁持[7]，松钏褪罗衣。只自知[8]，心情事诉与谁。命运乖，是这姻缘匹配。不由人长吁气。

《沙子儿摊破清江引》可意的金钗，何曾簪云髻？可意的花钿，何曾帖翠眉？可意的纱衣，何曾傍香体。科场去几时，薄情间千里[9]。他闪的我凄凉，我为他憔悴。　　强步上凉亭、晚风清似水。好景宜多欢会：藕花荡红香，荷叶摇青翠。故人他未来秋到矣！

《海天晴》流光转顺波，岁月更浮世[10]。人生有限杯[11]，昏晓又相催。晓来昨朝，老似今日，呀，白发故人稀[12]。

《一机锦》人生好百年，几能三万日[13]？常言七十稀。将往事思惟：二十三十，妙龄之际。四十将已及，早减了容仪。

二　作品选注

《好精神》七月七，牛郎织女期。好相别，还相会，一年一度不差别。则这天象有姻缘，世人无恩义。在他乡结新婚，与别人为娇婿。

《农乐歌摊破雁儿落》皆是为功名，总是愁萦系。莺燕得交欢，鸾凤不相配[14]。往来鱼雁多，辗转音信稀。天涯人未来，江头马不嘶。含恨对秋光，洒泪流寒溪。凉凄凄潇潇风雨催，冷阴阴穰穰芦花底[15]。看平原则见丹枫木叶飞，望长堤又见金井梧桐坠。看平原又见丹枫木叶飞，望长堤又见金井梧桐坠。闹啾啾蝉鸣紫桂阶，絮叨叨蛩唧黄花砌。呀，看芙蓉没况向南池[16]，饮茱萸无分赏东篱[17]。见如今老菊匆匆瘦，赤紧的新梅渐渐肥[18]。刀尺临逼，正这头栽那头差了活计，针线拘系；缝半边忘半边，错了见识[19]。

《动相思》恹恹白昼长，楚楚黄昏细[20]。懒行入绣闺，羞揭开罗帏。怕闪开这秋波，这秋波翠两弯；愁解放这春风，这春风玉一围[21]。无倒断的凄凉凄凉无寐[22]。甜腻腻的恩情，苦恹恹的伤悲。多情翻做了相思忆。正是愁萦系，瑞雪缤纷坠。

《沽美酒带太平令》舞琼花乱点衣，飘玉雪絮沾泥。这雪他初下霏微则是后渐疾，赤紧的风罡的雪急[23]，白茫茫漫野平堤。似玉琢就瑶天大地，粉妆成峻岭深溪，银磊就高台短砌[24]。这场雪下的来奇异。呀，一任教乌啼，马嘶，牧牛人远归在只径里。天也，不见影只闻的些声势[25]。

《三犯白苎歌》这天气好难为，寒朔暮怎生教人捱过的[26]！毡帘荡荡穿风力[27]，纱窗闪闪透寒威。兽炭火从炉上烧[28]，羊羔酒泛杯中美。自寻思，闲究理；自寻思，闲究理：在地上者天，在天下者地。睁眼看其中，万物原来皆二气[29]。在一生居一体[30]，得一时过一日。咨嗟人去不归兮，无聊长叹息：看别人好夫妻，看别人好夫妻，相呼相唤相谐觅[31]；尽将心事向人言，衷肠难尽矣。咨嗟人去不归兮，无聊长叹息：衣有衣，食有食，穿者任意穿，吃者任意吃，爱他人年少双双美。咨嗟人去不归兮，无聊长叹息！

《挂搭序》飘飘四季过，迢迢一年矣。恨他和气暖如春，盼我冰霜凉似水$_{32}$。羞对双凤枕，怕见孤鸾帏。热残病体，谁问将息？睡损孤身谁温被？漫漫黑海向东流$_{33}$，总是相思泪。

《余音》则为这寄书人不至伤心碎$_{34}$，把离愁撇入在湘江内。无缘咱孤枕独眠，染病耽疾。唱道信杳杳稀，生拆散鸳鸯，全废寝忘食，便做死到黄泉我可也忘不了你！

作者生平：　　刘伯亨，一作刘伯亭，盖因形近而讹。生平不详，但知其为瞽者，书会艺人。《全元曲》收其套曲（即本套）1。

定格说明：　　《朝元乐》双调，仅见于套曲。全曲10句，57字。句式与韵脚安排为：4○4△6△7△6△6△5○5△7○7△。典型平仄格式为：仄仄平平○平平仄仄△仄仄平平仄仄△平平仄仄平平仄△平仄仄平平△平仄仄平平△平平仄仄○仄仄平平仄△仄仄平平仄平○平平仄仄平平仄△。

《锦上花》见C01005。句式与韵脚安排为：4○4△4○4△4○4△4○4△。幺篇换头，首二句作5字句，须连用。

《清江引》见A15315。句式与韵脚安排为：7○5△5△5△7△。

《碧玉箫》见A13267。句式与韵脚安排为：4△5△4△5△5△5△3△5△1△6△。定格与本套曲文相差甚大，原因待考。

《沙子儿摊破清江引》，双调，仅见于带过曲与套曲。诸谱不载，归纳为：10句47字家6句33字，两共16句80字。句式与韵脚安排为：

沙子儿：4○5△4○5△4○5△5○5△5○5△。

摊破清江引：5△5△6△5△5△7△。

《海天晴》双调，仅见于套曲。全曲8句，33字。句式与韵脚安排为：5○5△5○5△4○4△5△。典型平仄格式为：平平仄仄平○仄仄平平仄△平平仄仄平○仄仄仄平平△平平仄仄○仄仄平平△。

《一机锦》双调，仅见于套曲。全曲8句，38字。句式与韵脚安排为：5○5△5○5△4○4△5△5△。典型平仄格式为：平平仄仄平○平平平仄仄△平平仄仄平○仄仄平平△仄仄平平○平平平仄△平平仄仄○仄仄平平△。

《好精神》双调，仅见于套曲。全曲9句，43字。句式与韵脚安排为：3○5△3○3△7△5○5△6○6△。典型平仄格式为：仄仄平○平平仄仄平△平平仄○平平仄△平平仄仄平平仄△仄仄仄平平○平平平仄仄△仄平平、仄平平○仄仄平、平平仄△。

《农乐歌摊破雁儿落》双调，仅见于带过曲与套曲。两共27句153字。

农乐歌：14句，78字。句式与韵脚安排为：5○5△5○5△5○5△5○5△5○5△7△7△7△7△。平仄格式略。

摊破雁儿落：13句，75字。句式与韵脚安排为：7△7△7○7△7○7△5○5△4○7△4△6○4△。

《动相思》双调，仅见于套曲。全曲14句，77字。句式与韵脚安排为：5○5△5○5△6○6○6○6△6△5○5△7△5△5△。典型平仄格式为：平平仄仄平○仄仄平平仄△仄仄仄平平○仄仄仄平平△仄平平、仄平平○仄平平、仄平○平仄仄、仄平平○仄平平、仄平△仄平平平仄仄△仄仄平平○仄平平平仄平△仄仄平平仄△仄仄平平仄△。

《沽美酒带太平令》商调，仅见于带过曲与套曲。

《沽美酒》见C01018。其句式与韵脚安排为：5△5△7△4△6△。

《太平令》见B12019。其句式与韵脚安排为：7△7△7△7△2△2△7△2△7△。

《三犯白苎歌》商调，仅见于套曲。全曲32句，176字。其句式与韵脚安排为：5△7△7△7△7○7△3○3△3○3△5○5△5○7△6△6△7○5△6△6△7△7○5△7△5△3△3○5△5△7△7△5△。平仄略。

　　《挂搭序》商调，仅见于套曲。全曲11句，61字，其句式与韵脚安排为：5○5△7○7△5○5△4○4△7△7○5△。典型平仄格式为：平平平仄仄○平平仄仄平△平平仄仄仄平平○仄仄平平平仄仄△仄仄平平仄○仄仄平平△平平仄仄○平平仄仄△仄仄平平仄△平平仄仄仄平平○仄仄平平仄△。

词语注释： 1. 残花蜜，作者以为蜜乃蜜蜂偷香时，由花之残余酿成。2. 掠波，如波浪似飞过。闲补，犹言慢慢地补。3. 也那，衬字；没乱杀，这样扰乱杀。此言人家成对骑马归来，使我触景生情，激荡起我的伤春意。4. 断钗、破镜，均指与情人分离，暗用白居易"瓶碎簪折"典故与徐德言与乐昌公主"分镜"典故。5. 此言"恨结"牢牢缠住病体。6. 此言约定阳春三月回归，到四月仍无消息，骗人的情景一丁点也不记得。7. 禁持，折磨。按此曲后半部句式与定格相差甚远。原因待考。8. 此处二句倒装，或以为句首似夺落"心酸"之类字样，亦可。9. 间，离别；此言薄情郎与自己相隔千里。10. 此言光阴流动有如顺波随水，岁月使浮世更改。11. 有限杯，言欢饮之时有限。12. 此言早上醒来，想昨天跟今天一样苍老，白发故人一天天稀少。13. 此言人生最好是百岁，可有几人能活三万（六千）天？14. 此言一般人能夫妻交欢，而鸾凤般高人反而没有配偶。15. 底，当作低。穰穰，子实丰满貌，所以芦花低头。16. 况没，没有心情。17. 饮茱萸，重九登高饮茱萸酒以消灾；赏东篱，赏东篱的菊花。18. 赤（吃）紧的，真个的。19. 拘系，不灵活；错了见识，打错了主意。此言做事无心。20. 楚楚，此指凄楚。细，当指寂寞。21. 闪开秋波，指睁眼；解春风，指解衣睡觉。22. 无倒断的，没完没了的。23. 踅（xué 学），旋转。24. 磊（lei 累），累积。25. 此言只感觉到声势，却看不见老天的形影。26. 朔暮，北方的夜晚。27. 此言风力穿过，使毡帘动荡。28. 兽炭火，兽形火炉上的炭火。29. 二气，指阴阳二气。30. 此言二气当生命存在时，寓居于一体之内。31. 谐觅，和谐而且互相找寻。按觅当为密之误，言和谐亲密。32. 二句言男方日子过得温暖，看自己生活冰凉。33. 黑海，恨海，苦海。34. 寄书人，此指书信所寄给之人，即受书人。此言为不使对方伤心，特把离愁抛开不说。

作品赏析： 离愁倾诉得很深很细，但可惜对男方行径说得太少；且既已"与别人为娇婿"，何以还对他关心备至，至死不忘？

四皆《全元曲》收1作者，1套曲，6小曲。

《金蕉叶》越调。《全元曲》收1作者，1套曲，6小曲。所用曲牌计有：《金蕉叶》《调笑令》《秃厮儿》《圣药王》《络丝娘》。

C04021 张鸣善《金蕉叶·怨别》

讲燕赵风流莫比，说秦晋姻缘怎及？论吴越精神未已，配南楚仪容最美₁。

《调笑令》楚仪，美人兮：薄注樱唇浅画眉₂。凤钗斜插乌云髻，衬冰绡玉葱纤细₃。轻颦浅笑声渐低₄。这风流几个人知？

《秃厮儿》花正好香风细细，柳初柔良夜辉辉，定个红娇绿柔花月国₅。花簇簇，柳依依，也波相宜₆。

《圣药王》花影移，月影移，留花玩月饮琼杯₇。风力微，酒力微，乘风带酒立金梯，风月满樽席。

《络丝娘》三生梦一声唱回,一场舞三生梦里。万劫千年不容易,也是前缘前世[8]。

《尾声》就今生设下来生誓,来生福是今生所积。拼死在连理树儿边,愿生在鸳鸯鹓儿里[9]。

作者生平:　　　见 A05122。

定格说明:　　《金蕉叶》越调,仅见于套曲。全曲 4 句,24 字。句式与韵脚安排为:6△6△6△6△。典型平仄格式为:仄仄平平仄仄△仄仄平平仄仄△仄仄平平仄仄△仄仄平平仄仄△。

《调笑令》又名《含笑花》,越调,仅见于套曲。全曲 7 句,38 字。句式与韵脚安排为:2△3△7△7△6△7△6△。典型平仄格式为:平平△仄平平△仄仄平平仄仄平△平平仄仄平平仄△平平仄仄平平仄△仄仄平平仄仄平△平平仄仄平平△。

《秃厮儿》又名《小沙门》。越调,仅见于套曲。全曲 6 句,27 字。句式与韵脚格式为:6△6△7○3○3△2△。典型平仄格式为:仄仄平平仄仄△平平仄仄平平△平平仄仄仄平平○平平仄○仄平平△平平△。

《圣药王》越调,仅见于套曲。全曲 7 句,31 字。句式与韵脚安排为:3▲3△7△3▲3△7△5△。典型平仄格式为:仄仄平▲仄仄平△平平仄仄仄平平△仄仄平▲仄仄平△平平仄仄仄平平△仄仄仄平平△。

《络丝娘》越调,仅见于套曲。全曲 4 句,25 字。句式与韵脚安排为:7△7△7△4△。典型平仄格式为:平仄仄、平平仄仄△平仄仄、平平仄仄△仄仄平平仄仄平△平平仄仄△。

词语注释:　　1. 此处借陈述四地的特点,以暗夸"楚仪"(著名女艺人李楚仪)最美。燕赵风流:韩愈文称"燕赵自古称多悲歌慷慨之士"。秦晋姻缘:春秋秦晋两国互相联姻;吴越精神:吴越世为仇国,但都曾发奋强国。但以此赞美人,失之牵强。南楚仪容:作者为夸赞楚仪最美而杜撰,并一语双关,言楚仪好容貌。2. 薄注樱唇,薄薄地涂红樱桃小口。3. 冰绡,此指高级丝质手绢;玉葱,如玉似葱的手指。4. 此句应读作轻罄、浅笑、声渐低。5. 三句以花比人。定个,定是一个;花园国,此指风月界。6. 此处花、柳都是人的代称。也波,衬字,但有加强语气意味,即十分相宜。7. 留花,留在花旁,即赏花之意。8. 三生,前生、今生、来生,三生缘分,本自唐李源与洛阳惠林寺僧的故事。9. 鴡,同雎,本指雎鸠鸟,此作词尾,即鸳鸯鸟儿。

作品赏析: 双关语的使用很得体。风月场中未必有生死相约的真情。

五支《全元曲》收 25 作者,43 套曲,209 小曲。今选 11 套。

《醉西施》正宫。《全元曲》收 1 作者,1 套曲,5 小曲。所用曲牌计有:《醉西施》《并头莲》《赛观音》《玉芙蓉》。

C05022 珠帘秀《醉西施》

检点旧风流,近日来渐觉小蛮腰瘦₁。想当初万种恩情,到如今反做了一场僝僽₂。害得我柳眉颦秋波水溜₃。泪滴春衫袖,似桃花带雨胭脂透₄。绿肥红瘦₅,正是愁时候。

《并头莲》风柔,帘垂玉钩。怕双双燕子,两两莺俦₆,对对时相守₇。薄情在何处秦楼₈?赢得旧病加新病,新愁拥旧愁。云山满目,羞上晚妆楼。

《赛观音》花含笑,柳带羞。舞场何处系离愁₉?欲传尺素仗谁修?把相思一笔都钩。见凄凉芳草增上万千愁。休休,肠断湘江欲尽头₁₀。

《玉芙蓉》寂寞几时休!盼音书天际头₁₁。加人病黄鸟枝头,助人愁渭城衰柳₁₂。满眼春江都是泪，也流不尽许多愁₁₃。若得归来后，同行共止，便是牡丹花下死，做鬼也风流。

《余文》东风一夜轻寒透，报道桃花逐水流，莫学东君不转头₁₄。

作者生平：　　见 A11215。

定格说明：　　《醉西施》正宫，仅见于套曲。诸谱不载，归纳为：全曲 9 句，54 字。句式与韵脚安排为：5△7△7▲7△7△5△7△4△5△。典型平仄格式为：仄仄仄平平△仄仄平、平平仄仄△仄平平、仄仄平平▲平仄仄、平仄仄△仄平平、平平仄仄△仄仄平平仄△平仄仄平平△平平仄仄△仄仄平平仄△。

《并头莲》正宫，仅见于套曲。诸谱不载，归纳为：全曲 10 句，48 字，句式与韵脚安排为：2△4△5○4△5△7△7○5△4○5△。典型平仄格式为：平平△平平仄仄△平平平仄仄○仄仄平平△仄仄平平仄△平平仄、仄平平△平仄仄平平○平平仄仄平△平平仄仄○仄仄仄平平△。

《赛观音》正宫，仅见于套曲。诸谱不载，归纳为：全曲 8 句，43 字。句式与韵脚安排为：3○3△7△7△7△2△7△。典型平仄格式为：平平仄○仄仄平△平平仄仄仄平平△平平仄仄仄平平△仄仄平平、仄仄平平△平仄仄、平平仄仄平△平平△仄仄平平仄仄平△。

《玉芙蓉》正宫，仅见于套曲。诸谱不载，归纳为：全曲 10 句，59 字。句式与韵脚安排为：5△6△7△7△7○6△5△4○7○5△。典型平仄格式为：仄仄仄平平△仄平平、仄仄平△平平仄、仄仄平△仄平平、平仄仄△仄仄平平仄仄○○平仄仄仄平平△平平仄仄△平平仄仄○仄仄平平仄仄○仄仄仄平平△。

词语注释：　　1. 小蛮，白居易侍女，腰肢纤细，后遂以小蛮腰代表美好纤腰。2. 僝僽（chan zhou 缠昼），愁苦，烦恼。

3. 水溜，水已溜走，此当指干涩。4. 胭脂透，显现出胭脂色。5. 绿肥句，此借用李清照《如梦令》中名句。6. 莺俦，成对的黄莺，此言怕自己见景生情。7. 时相守，时刻互相守护。8. 秦楼，指妓院。9. 系离愁，此言伊人在何处舞场寄托离愁。10. 欲尽头，望不到边的地方。11. 此言向遥远天边盼望音书。12. 此言枝头黄鸟啼声增加自己的相思病。此或暗用唐金昌绪诗"打起黄莺儿"诗意。渭城衰柳，指王维《渭城曲》中柳枝，引发送别思远情怀。13. 此借用李煜词《虞美人》："问君能有几多愁？恰似一江春水向东流。"14. 东君，春神，此指春天。此言莫学春光一去不复返。

作品赏析： 女作家写思妇怨女心情，自是特别细致真切。加以语言很是流畅且口语化，值得一读。

《赏花时》仙吕，亦入商调。《全元曲》收 10 作者，23 套曲，73 小曲。所用曲牌计有：《赏花时》《鹊踏枝》《胜葫芦》《寄生草》《六幺序》《那吒令》。今选 3 套。

C05023 马致远《赏花时·弄花香满衣》

丽日迟迟帘影筛₁，燕子来时花正开。闲绣阁冷妆台，兜鞋信步₂，后园里遣闷怀。

《幺》万紫千红妖弄色₃，娇态难禁风力摆，时乱点尘埃₄。见秋千挂起，芳草上台阶。

《赚煞》猛观绝，宜簪带，行不顾香泥绿苔₅，晓露未晞移绣鞋₆，爱寻香频把身挨₇。喜盈腮、折得向怀揣₈。就手内游蜂斗争采₉，不离人左侧。风流可爱，贴春衫又引得个粉蝶儿来₁₀。

作者生平： 见 A01001。

定格说明： 《赏花时》仙吕，仅见于套曲。全曲 5 句，28 字。句式与韵脚安排为：7△7△5△4▲5△。典型平仄格式为：仄仄平平仄仄平△仄仄平平仄仄平△仄仄仄平平△平平仄仄▲仄仄仄平平△。幺篇同始调。

《赚煞》仙吕。全曲10句，56字。句式与韵脚安排为：3○3△$\underline{7}$△7△$\underline{7}$△$\underline{7}$△7△4△4△7△。典型平仄格式为：仄平平○平平仄△仄平平、平平仄仄△仄仄平平平仄仄△仄平平、仄平平△仄平平、仄仄平平△仄仄平平仄仄平△平平仄仄△平平仄仄△平平仄仄平平△。

词语注释：1. 迟迟，春日和缓舒适貌，见《诗经》，此言迟迟丽日透过帘子筛下日影。2. 兜鞋，穿上鞋子。3. 妖弄色，犹言弄妖色。4. 此言因被风力摆动，花瓣不时落地，乱点尘埃。5. 猛观绝，猛然看得透彻、准确。此言忽见鲜花宜于簪带，便不顾有香泥绿苔的路滑，走去采摘。6. 晞，晒干。移绣鞋，绣鞋因地湿而滑动。7. 频把身挨，不断地用身子往前挨挤。8. 揣，存放。9. 斗争采句，言游蜂就手内争斗采花。10. 此言游蜂可爱，贴春衫不走，又引来粉蝶。

作品赏析：春景可爱。

C05024 沈和《赏花时北·潇湘八景1》

休说功名、皆是浪语2。得失荣枯总是虚。便做到三公位待何如3？如今得时务4，尽荆棘是迷途。

《幺篇北》便是握雾拿云志已疏5，咏月嘲风心愿足。我则待离尘世访江湖。寻几个知音伴侣，我则待林泉下共樵夫6。

《排歌南》远害全身，清风万古7，堪羡范蠡归湖。不求玉带挂金鱼8，甘分向烟波做钓徒。绝尘世，远世俗，扁舟独驾水云居9。嗟尘世，人斗取，蜗名蝇利待何如10？

《哪吒令北》弃朝中俸禄，避风波仕途；身边引着小仆，玩云山景物。杖头挑酒壶，访烟霞伴侣。近着红蓼滩，靠着白蘋渡，潜身向草舍得这茅庐。

《排歌南》我则将这小舟撑，兰棹举，蓑笠为活计11。一任他紫朝服，我不愿画堂居[12]。往来交游，逍遥散诞，几年无事傍江湖[13]。旋篘新酒钓鲜鱼，终日醄醄乐有余[14]。杯中浅，瓶内无，邻家有酒也宜沽。吟魂醉，饮兴足，满身花影倩人扶[15]。

《鹊踏枝北》见芳草映萍芜，听松风响寒芦。我则见落照渔村，水接天隅。见一簇帆归远浦，他每都是些不识字的慵懒渔夫[16]。

《桂枝香南》扁舟湾住在垂杨深处，齁齁似鼻息如雷[17]，睡足了江南烟雨。听山寺晚钟[18]，声声凄楚。西沉玉兔梦回初。本待要扶头去，清闲倒大福[19]。

《寄生草北》春景看山色晴岚翠，夏天听潇湘夜雨疏[20]。九秋玩洞庭明月生南浦，见平沙落雁迷芳渚，三冬赏江天暮雪飘飞絮[21]。一任教乱纷纷柳絮舞空中，怎如俺侬家鹦鹉洲边住[22]。

《安乐神南》闲来思虑，自从那日赋归欤[23]，山河日月几盈虚[24]，风光渐觉催寒暑。欲求生富贵，须下死工夫。且常教两眉舒[25]。

《六幺遍北》园塘外三丘地，蓬窗下几卷书，他每傲人间驷马高车[26]。每日家相伴陶朱，吊问三闾[27]。我将这《离骚》和这《楚辞》来便收续[28]。觉来时满眼青山暮，抖擞着绿蓑归去[29]。看花开花落流年度，一任教春风桃李，更和这暮景桑榆。

《尾声南》悟乾坤清幽趣，但将无事老村夫，写入在潇湘八景图[30]。

作者生平： 沈和，字和甫，杭州人。生卒年不详。《录鬼簿》称其为"近年方卒之已死名公才人相知者"，经考证当卒于该书问世（1342年）之前。父早卒，母再嫁黄姓。名曲家黄天泽即其同母异父弟。沈和后居江州（今江西九江）。"能词翰，善谈谑；天性风流，兼明音律。以南北调合腔，自和甫始。"他扩大了元曲的来源、容量和表现形式。所著杂剧六种均佚。其中第六种《潇湘八景》有目无文字和本事可考，疑是同名散曲之讹传。沈和兼善书法。其《潇湘八景》等曲，极为工巧有名。号称"蛮子汉卿"（即南方关汉卿）。朱权评其词如"翠屏孔雀"。《全元曲》收其仅存《赏花时·潇湘八景》1 套。

定格说明： 南曲从略。

北曲：

《赏花时》见前。

《哪吒令》见 B17035。仅见于带过曲与套曲。全曲 9 句，31 字。句式与韵脚安排为：2▲4△2▲4△2▲4△3，3△7△。前六句作三排。一、三、五、九句可作四字句。

《鹊踏枝》见 B17035。仅见于带过曲与套曲。全曲 6 句，28 字。句式与韵脚安排为：3△3△4○4△7△7△。

《寄生草》小令套曲兼用，见 A13260。全曲 7 句，41 字。句式与韵脚安排为：3○3△7△7△7△7○7△。

《六幺序》亦入中吕。仅见于套曲。全曲 11 句，53 字。句式与韵脚安排为：3○3△4△4△4△7△7△7△7△。典型平仄格式为：典型平仄格式为：平平仄○仄仄平△仄仄平平△仄仄平平△仄仄平平△仄平平、仄仄平平△平平仄仄平平仄△仄平平、仄仄平平△平平仄仄平仄△平平仄仄，仄仄平平△。幺篇换头，前三句改为两个二字句，第四句后应增句。

词语注释： 1. 本曲以含蓄而自然的方式，将潇湘八景的名称和实况，融化于曲文之中，须特别留意始能发觉和欣赏。有名的所谓潇湘八景见篇末注释。2. 浪语，虚妄之谈，不是正经话。3. 待何如，又将怎样。4. 得同的，此言如今的世道。5. 握云拿雾，犹言呼风唤雨，即有极大的权势。此言对拥有权势的心已经很疏远、淡泊。6. 则待，正准备；共樵夫，即共樵夫为友，当作"友"樵夫。7. 清风万古，清风常有。8. 玉带金鱼，高官的服饰与佩佩。9. 扁（pian 偏）舟，小舟。水云居，水云深处，或水云深处之住所。10. 人斗取，人斗争；取，语助词；蜗名蝇利，极微小的利益；此用《庄子》蜗角国故事，及苏轼《满庭芳》词中句："蝇头微利"。11. 兰棹，兰木

（好木）的船桨；为活计，为衣着，为生活用品。12. 画堂居，居住在画堂（官邸）里。13. 散诞，通作散淡；"几年"句，引自唐陆龟蒙诗句。14. 篘，过滤；酶酶，通作陶陶，和乐的样子。15. 吟魂醉，诗人已醉；倩人，请人。16. 帆归远浦，从远处水边归来的帆船。渔村落照与远浦归帆各为八景之一。不识字渔夫，暗引白贲名篇《鹦鹉曲》中语句，不是自贱而是一种玩世不恭的傲慢心态。下文多处均引自该曲，不赘。17. 此言扁舟在水湾的垂杨深处停下。齁齁，鼻息声。18. 山（烟）寺晚钟为八景之一。19. 此言月亮（玉兔）西沉时才从梦中醒来，本来准备垂头让人扶归。这清闲真是莫大的福分。20. 山色晴岚与潇湘夜雨各为八景之一。21. 迷芳渚，在长满芳草的小洲上欢乐。此处洞庭明月、平沙落雁、江天暮雪各为八景之一。22. 此处因引白贲曲全句"侬家鹦鹉洲边住"，不经意导致"侬、俺"重复。23. 归欤，引孔子的话：子曰："归欤，归欤！"即"回去吧！"24. 几盈虚，几度更改。25. 欲求句，反用勉人努力之语为劝阻语，言求富贵须冒生死危险，不如经常让两眉舒展（安闲自在）的好。26. 他每，它们。27. 每日家，每日里；陶朱，陶朱公，即范蠡；三闾，三闾大夫屈原。28. 收续，费解，似指收藏继续阅读。按"续"可能为"读"之讹误，指收藏阅读。29. 二句及上文"睡足了江南烟雨"，均引自前述白贲名曲。30. 有名的潇湘八景即上文中之渔村落照、远浦归帆、山（烟）寺晚钟、山色（市）晴岚、潇湘夜雨、洞庭秋（明）月、平沙落雁、江天暮雪。

作品赏析：　　寓意闲雅，写景独到。

C05025 汤式《赏花时·送人回镇淮安$_1$》

铁瓮金墉壮九关，铜柱楼船控百蛮$_2$。江汉静波澜$_3$。边庭事简，烽燧报平安。

《幺篇》细柳藏莺春色阑，秋水涵龙剑气寒₄。含笑上雕鞍。峨峨将坛，只在五云间₅。

《赚煞尾》金珮虎鞶香₆，宝带骊珠灿，西望阳关意懒₇。堪爱江花如送征鞍，趁东风乱扑旗幡。寸心丹、绿鬓朱颜，他日麒麟作画看₈。向瓜洲上滩，近石城西岸，赋诗横槊度龙湾₉。

  作者生平： 见 A03015。
  定格说明： 同前。
  词语注释： 1. 淮安，古地名，不同时代所指不同，此指元时淮安镇，大致相当于今江苏淮安市。2. 瓮，瓮城（城门外的月城）；堵，城墙；壮九关，在多种城关中最为雄壮；铜柱，此或指楼船的樯桅；控百蛮，控制各种南蛮区域。3. 此言在这样强大的军威下，江汉一带很是平静。4. 此借汉周亚夫有名的"细柳营"以赞美此将军的军营。秋水涵龙，或指"龙泉剑"。5. 此言将台高耸，似在五彩云间。6. 珮，佩戴的饰物；鞶（pan 盘），皮质的带子，此言用虎皮作带的金珮透出香气。7. 阳关，在甘肃玉门关之南，通指告别之处，此或实指。此曲本事不明。标题云"回镇"，则此将军可能系自西北调来，现又回镇淮安，故云西望意懒。此句按定格应为 7 字。8. 此恭维将军内心忠实，外表英武，他日定立功被画像于麒麟阁。9. 石城，石头城，即南京。横槊赋诗，此借曹孟德当年豪气以赞美所送将军。度，同渡；龙湾，在南京西北。南宋时岳飞曾于此大破金兀术。

  作品赏析： 军威雄壮，恭维得体。

《南乡子》越调。《全元曲》收 1 作者，1 套曲，3 小曲。所用曲牌计有：《南乡子》《古竹马》《天净沙》。

C05026 无名氏《南乡子》残 套（缺第二曲《天净沙》）

乌兔似飞梭，岁月催人东注波₁。浮世百年如过梦。消磨，浑似欢娱得几何₂？

《天净沙》（缺）₃。

《古竹马》月娥音容杳杳₄，别来似隔关河。怎知于此间，云窗月牖，依然牢落₅。偶然相会东湖上，遣人无那₆，时得眉眼偷睒₇。莫怪沉吟，见人佯羞不认呵₈。红尘满面，绿鬓双皤₉。

《天净沙煞》不避目下风波，使人教方便提掇₁₀。都将雨迹云踪说似破₁₁，若还他不忘，日后多应记得我₁₂。

作者生平：　见A01005。

定格说明：　《南乡子》越调，仅见于套曲。全曲5句，28字。其句式与韵脚安排为：5△7△7○2△7△。典型平仄格式为：仄仄仄平平△仄仄平平仄仄平△仄仄平平仄仄○平平△仄仄平平仄仄平△。

《天净沙》双调，见A01001。小令、套曲兼用。句式与韵脚安排为：6△6△6△4△6△。

《古竹马》双调，亦入越调。仅见于套曲。诸谱多不载或彼此相差甚远。今姑作全曲12，60字。句式与韵脚安排为：6○6△4○4○4△7○4△6△4○7△4△4△。典型平仄格式为：仄仄平平仄仄○平平仄仄平平△平平仄仄○平平仄仄○仄仄平平△平平仄仄平平仄仄○仄仄平平△平平仄仄平平△仄仄平平○仄仄平平仄仄△平平仄仄○仄仄平平△。

词语注释：　1. 乌兔，日月；东注波，东流水。2. 此言恰似注波与过梦之人生，欢娱能得几何？3. 所缺内容大约为述说二人初会时情况，于了解全套无大碍。4. 此指伊人或即其真名。5. 云窗二句，犹言日常生活；牢落，冷落，无所寄托。6. 无那，无奈；遣人无那，使人无奈、无所措手足。7. 睒，偷看，斜视。8. 佯羞，假装害羞；认呵，此指打招呼。此言莫怪彼此沉吟不语，只因为对方不肯相认。9. 此言当年绿鬓而今已变成白鬓了。10. 提掇（duo多），提携；此言自己将迎着目前风波前进，只要有人指教并加以提拔还可以东山再起。11. 此言将过去相好之事，认为已经破灭。12. 他，今作她。

作品赏析： 本套系诉说女方背约之事，在过去较为少见。且本曲牌只此 1 套。故选。

《青杏子》大石调。《全元曲》收 6 作者，9 套曲，73 小曲。所用曲牌计有：《青杏子》《还京乐》《催拍子》《净瓶儿》《怨别离》《擂鼓体》《归塞北》《初问口》《望江南》《好观音》《憨郭郎》《荼蘼香》等。今选 3 套。

C05027 朱庭玉《青杏子·归隐》

紫塞冒风沙，谩区区两鬓生华$_1$。归来好向林泉下。买牛卖剑，求田问舍，学圃种瓜$_2$。

《归塞北》争似我，恬淡作生涯$_3$。切意采芝编药篓，留心垂钓棹鱼艖$_4$。汾水岸晋山坡$_5$。

《幺》清耳目，欲慕许由家$_6$。苔砌倦观群蚁阵，花房嫌听乱蜂衙，犹是厌喧哗$_7$。

《憨郭郎》醉醒须在咱，清浊任由他。竞名利，争头角，若蝇蜗$_8$。

《还京乐》不羡穿红骑马，准便玩水观霞$_9$。自去携鱼换酒，客来汲水烹茶。家存四壁，诗书抵万金价，岂望皇宣省剳$_{10}$。壮士持鞭，佳人捧斝$_{11}$，草堂深况亦幽嘉$_{12}$。自然身退天之道，免得刑罚$_{13}$。拖藜杖芒鞋刺塔，穿布袍麻绦搭撒，捻衰髯短发鬅鬙$_{14}$。从人笑、从人笑$_{15}$，道咱甚娘势霎$_{16}$。篱生竹笋，径落松花。

《净瓶儿》字草蛇形耍，笔钝兔毫乏$_{17}$。瑶琴横几$_{18}$，宝剑归匣。清佳，乐潇洒。亲采云根镌砚瓦$_{19}$。书盈架，粉笺墨点色色翻鸦$_{20}$。

《好观音》让客新棋一局罢，闲披览古人名画。一炷山檀瑞烟发，好风来，满座清风飒$_{21}$。

《尾》尘世远、狂交疏、人情寡。终朝把草堂门桠[22]。引睡翻书卧吟榻[23]，觉来时性静神澄兴雅。唱道想半纸功名[24]，到头身与祸孰多[25]？青史凌烟姓名卦，也则是渔樵一场话。

作者生平：朱庭玉，"庭"或作"廷"，生平不详。从其作品看，似曾出仕然后辞官隐居。作品多谈及晋地风物，故可能是山西人，或长期在山西生活。《全元曲》收其小令4首，套曲26套。朱权评其词"如百卉争芳"。

定格说明：《青杏子》大石调，亦入小石调、名《青杏儿》。仅见于套曲。全曲6句，31字。句式与韵脚安排为：5△7△7404O4△。典型平仄格式为：仄仄仄平平△仄平平、仄仄平平△平平仄仄平平仄△平平仄仄O平平仄仄O仄仄平平△。

《归塞北》又名《望江南》《喜江南》，大石调，亦入仙吕。与词牌《望江南》全同。仅见于套曲。全曲5句，27字。句式与韵脚格式为：3O5△7O7△5△，典型平仄格式为：平仄仄O仄仄仄平平△仄仄平平平仄仄O平平仄仄仄平平△仄仄仄平平△。

《憨郭郎》大石调。仅见于套曲。诸谱不载，归纳为：全曲5句，19字。其句式与韵脚安排为：5△5△3O3O3△。典型平仄格式为：平平平仄仄△仄仄仄平平△平仄仄O平仄仄O仄平平△。

《还京乐》大石调，仅见于套曲。全曲20句，106字。句式与韵脚安排为：6O6△6O6△4O6△6△4O4△7△7O4△7△7O7△3O3O6△4O4△。典型平仄格式为：仄仄平平仄仄O平平仄仄平平△仄仄平平仄仄O平平仄平平△仄仄平平O仄仄平平△、平平仄平平△仄仄平平仄仄平平△仄仄平平O平平仄仄△平平仄仄平平仄仄平平△平平仄仄△仄平平、仄仄平平△平平仄仄O平平仄（叠）O仄仄平平仄仄△平平仄仄O仄仄平平△。

《净瓶儿》大石调,仅见于套曲。全曲9句,40字。句式与韵脚安排为:5△5△4○4△2△3△7△3△7△。典型平仄格式为:仄仄平平仄△仄仄平平仄△仄仄平平○仄仄平平△平平△平仄仄△仄仄平平仄仄平△平仄仄△平平仄仄仄平平△。

《好观音》大石调,亦入仙吕。仅见于套曲。全曲5句,29字。句式与韵脚安排为:7△7△7△3▲5△。典型平仄格式为:仄仄平平平仄仄△平平仄、仄仄平平△仄仄平平仄仄平△仄仄平▲仄仄平平△。幺篇同始调。

词语注释: 1. 区区,自谦之词,此言自己在边塞冒风沙,枉自两鬓花白。2. 汉龚遂为渤海太守时,感化顽民,使卖刀买牛,这里是说自己弃武从农;《三国志》刘备曾责人"问舍求田"是胸无大志的表现,此反其意而用之,言自己不做官,但知问舍求田而已。学圃,学种菜园。语出《论语》樊迟请学为圃,遭孔子斥责;耘瓜,种瓜,指汉邵平种瓜归隐事。3. 争(怎)似我句,言他人怎能像我,以恬淡为生活理想。4. 切意,恳切用心;棹鱼艔,划鱼船。5. 坡字失韵,疑当作凹。6. 许由,传说中尧时最清高的隐士,曾因厌恶尧要命他为九州长的话,而清洗自己的耳朵。7. 蜂衙,蜜蜂对窝巢防守极严如衙门,故称蜂衙。此言虽清净如此,仍嫌蜂蚁喧哗。8. 争头角,争露头角,蝇蜗,指争蝇头微利,以及蜗角国之争斗。前已多次注释。9. 准便,一定去。10. 此言虽家徒四壁,没有财产,但诗书甚多,价抵万金。皇宣省剳,皇帝与中央部省延聘的公文。11. 持鞭,指管马匹;斝(jiǎ贾),酒器。此言满足于有人供使唤的隐居生活,不希望朝廷征召。12. 况亦幽雅,并且还幽雅。也可断作:"草堂深况、亦幽雅。"13. 自然身退,顺应自然而隐退。14. 剌塔,同邋遢,此言随便;搭撒,潇洒,鬖影,须发开张,蓬乱。15. 从人,任人。16. 甚娘,什么他娘的,骂人的话;势霎,姿势,样子。此言他人骂自己"他妈的成什么样子!"
17. 此言草字写得如蛇耍(通说龙飞凤舞),笔已用秃,笔毛稀少了。18. 几(ji 机),矮小的桌子之类。19. 云根,高山云起之处,此言在深山找寻可以刻作砚瓦(砚台)的石头。20. 翻鸦,翻洒墨汁所涂如乌鸦颜色,唐卢仝诗:"忽来案上翻墨汁,涂抹新诗如老鸦。"此言粉笺上字迹乌黑。21. 炷,香火的量词,如烧几炷香。飐,风声。22. 狂交疏,狂放(仕进)时所交朋友,到归隐时便疏远了。桠,掩闭。23. 引睡翻书句,为招来瞌睡而在吟诗的躺椅上翻书。24. 唱道,也作畅道,真是,正所谓。25. 身与祸,费解;身或指此身的安全、享受,与祸患相较,何者为多?也可将与解作参与、遭受,言到头来此身要遭受多少祸害。

作品赏析: 对于归隐生活,有详细安排和深切体会,应是真心归隐而非以退隐为钓誉之举。

C05028 朱庭玉《青杏子·秋千》

深院那人家,戏秋千语笑喧哗。绮罗间簇人如画₁。玉纤高举,彩绳轻掣,画板双踏₂。

《归塞北》钩索响,时听韵伊哑₃。翠带舞低风外柳,绛裙惊落雨前霞,拂绽树头花₄。

《好观音》有似飞仙骖云驾₅,金翘弹宝髻偏鸦₆,娇软腰肢足可夸。浑疑是力向东风暂假₇。

《随煞》不管愁人停骄马,粉墙外似隔天涯。分明望见他:困立在垂丝海棠下₈。

作者生平: 见前。

定格说明: 同前。

词语注释: 1. 此言一簇(一群)人穿着绮罗,美如画图。2. 玉纤,形容女人的手指;掣,拽拉、握住。按打秋千时应紧握绳索,此处轻掣用词欠妥;踏(cha 查上),踩踏;

双踏,应是指两人对立在画板上。3. 韵伊哑,咿哑声,用韵字有赞美意。4. 此言翠带低舞有如风外之柳,绛裙使人惊讶以为是雨前彩霞。树头花被她们拂开了;实指秋千女飘拂树头,有如花开。5. 骖,驾车的旁马,此指驾驶;云驾,云车;此言有似飞仙腾云驾雾。6. 金翘,一种首饰,翘起如羽毛;軃(duo躲),下垂;偏鸦,言乌黑的宝髻弄偏了。7. 浑,完全;此言她如此飘舞,十分怀疑是向东风借来的力气。8. 海棠并不垂丝,此当指困立在垂柳和海棠树下。

作品赏析：　　墙内笑语喧哗,墙外微愁淡淡。此曲可与苏轼词《蝶恋花》对照起来读。苏词云:"墙里秋千墙外道……多情却被无情恼。"

C05029 吴仁卿《青杏子·闺情》

梁燕语呢喃,九十日春色过三$_1$。东风满院杨花谢,离情正苦,归期未准,鬼病将担$_2$。

《归塞北》从别后,天北隔天南。玉腕消香金钏憁,柳腰束素翠裙搀$_3$。赢得瘦岩岩。

《好观音》信步闲庭凭阑槛,荷钱小池面揉蓝$_4$。点检芳丛总不堪,正蜻蜓、雨过波纹蘸$_5$。

《幺》绿树成阴和烟暗,近香街羞对宜男$_6$。锦字书城粉泪缄,怕黄昏、梦里将人赚$_7$。

《尾》窗下尘蒙青鸾鉴,问章台何处停骖$_8$?薄幸才郎不顾咱,有谁画青山两眉淡$_9$。

作者生平：　　见 A03018。

定格说明：　　同前。

词语注释：　　1. 九十日,指春季共三月;过三,当指已过三月,因曲中所言皆晚春景色。2. 鬼病,怪病,此指相思病;将担,将缠身。3. 憁(cong葱),此指宽松。搀,本指牵挽，此当指卷束收藏，因无心打扮，柳腰裹上白裙，而将翠裙收起。4. 荷钱，新出水的小荷叶；挼蓝，搓揉蓝草以染色，此应指青蓝色。5. 总不堪，言春残总是不堪看；波纹蘸，蜻蜓蘸水（点水）引起水波纹。6. 香街，香阶之误；宜男，萱草，又名忘忧草。自己不能忘忧，故羞对。7. 缄，封口，此言含粉泪将信笺封起来。将人赚，此言梦将人骗。8. 此言想问知音在何处章台（妓院）驻马。9. 此言如青山之两眉已淡，有谁来画？

作品赏析：　略。

《行香子》双调。《全元曲》收 7 作者，11 套曲，60 小曲。所用曲牌计有：《行香子》《乔木查》《锦上花》《揽筝琶》《庆宣和》《天仙子》《江水儿》《筝琶序》《碧玉箫》《拔不断》《小阳关》《离亭宴》《清江引》《鸳鸯》等。今选 3 套。

C05030 秦竹村《行香子·知足》

壮岁乡间，养志闲居，二十年窗下工夫。高探月窟，平步云衢$_1$。一张琴，三尺剑，五车书$_2$。

《庆宣和》引个奚童跨蹇驴$_3$，竟至皇都。只道功名掌中物，笑取，笑取$_4$。

《锦上花》高引茅庐$_5$，无人枉顾。不遇知音，难求荐举。慷慨悲歌，空敲唾壶$_6$。落魄无成，新丰逆旅$_7$。

《幺》古今千百年，际会几人遇$_8$？试把前贤，从头细数：应聘文王，渭滨渔夫；梦感高宗，商岩版筑$_9$。

《清江引》蹭蹬几年无用处，枉被儒冠误$_{10}$。改业簿书丛，倒得官人做$_{11}$。元龙近来豪气无$_{12}$。

《碧玉箫》今我何如？对镜嗟吁。岁月催促，霜染半头颅。老矣夫，终焉计尚疏$_{13}$。南山敝庐，收拾园圃，安排隐居，效靖节先生归去$_{14}$。

《鸳鸯歇指煞》前程只有前程路15，儿孙自有儿孙福。没来由谩苦16：千丈剑门关，一线连云栈，万里凌霄渡17；争一阶官职高，攒几贯家私富。手搭在心头窨附18：二顷负郭田19，对山三架屋，绕院千竿竹，充饥煮蕨薇20，遇冷添紬絮21，便是我生平所欲。世事尽无休22，人生要知足。

作者生平： 秦竹村，生平、里籍均不详，《全元曲》收其散套1套（即本篇）。朱权评其词"如孤云野鹤"。

定格说明： 《行香子》双调，仅见于套曲。全曲8句，32字。句式与韵脚安排为：4△4△7△4○4△3○3○3△。典型平仄格式为：仄仄平平△仄仄平平△仄仄平、仄仄平平△平平仄仄○仄仄平平△仄平平○平仄仄○仄平平△。

《庆宣和》见 A03019。句式与韵脚安排为：7△4△7△2△2△。

《锦上花》见 C01005。句式与韵脚安排为：4○4△4○4△4○4△4○4△。

《清江引》见 A15361。句式与韵脚安排为：7○5△5△5△7△。

《碧玉箫》见 A13268。句式与韵脚安排为：4△5△4△5△5△5△3△5△1△6△。

《鸳鸯歇指煞》诸谱不载，归纳为17句，95字。句式与韵脚安排为：7△7△5○5○5○5△6○6△7△5○5△5○5△5○5△5△。考《鸳鸯煞》为9句，《歇指煞》为8句，两共恰好17句，仅各句字数略有出入。此或为二者之组合。平仄略。

词语注释： 1. 探月窟指"蟾宫折桂"，高中皇榜，次句即平步青云。2. 古人以学问丰富为"学富五车"，语出《庄子·天下》："惠施多方，其书五车。" 3. 奚童，仆童。奚本古代奴隶的一种，后遂指仆人。蹇驴，跛足驴子，通指劣等坐骑。4. 笑取，谈笑间即可轻易取得。5. 高引，通解为"引吭高歌"，按此当为"高隐"之误，即高卧隐居在茅庐，暗用诸葛亮典故。6. 唾壶，桌上用痰盂。东晋大将军王敦常以铁如意击唾壶，歌魏武帝乐府"老骥伏枥，志在千里"之篇，以明壮志。7. 唐代马周落魄时，寓新丰逆旅，为旅主人所轻视。后遂用以比英雄落魄时为人轻视的情况。8. 此处幺篇换头，改首二句为5字句。际会，际遇和机会。9. 此言渔夫姜尚应文王之聘。傅说在商代傅岩地方干版筑（筑土墙），因武丁得梦而见用。10. 蹭蹬，蹉跎，不顺利；此言做儒生蹉跎几年没用处。11. 簿书丛，费解，疑是"薄书丛"之误，指改业他行，轻视丛书，不读书反而做官。12. 三国时陈登（字元龙）以豪气高傲见称。此用以指当代高士已无豪气。13. 终焉句，此言还缺乏养老计划。14. 靖节，陶渊明的私谥。按此处曲文与定格相去甚远。15. "只有"应与下句同是"自有"。16. 没来由，没理由，没必要；谩苦，枉受苦。17. 剑门关，在四川北部；三句泛指经历山川险阻以求官。18. 窨（yin 印），地下室。窨附，待考，按附字当作拊，同抚；据上下文当指暗自思忖。19. 负郭，靠近城郭；负郭田通指良田。20. 蕨薇，可食用的野生草本植物，多生于山地。伯夷、叔齐耻食周粟，采首阳山之蕨薇充饥，终于饿死。此数句有满足隐逸生活的意味。21. 䌷，同绸。22. 尽无休，全都没有止境。尽作尽管解亦可。

作品赏析：　　此篇生动而且坦诚地展现了希图仕进之人，碰壁后退而过隐居生活的无聊心情。认为做官辛苦危险，要"效靖节先生归去"，都只是走投无路时的自我解嘲之词。

C05031 高文秀《行香子》

丫髻环绦，草履麻袍[1]。翠岩前盖座团标[2]。块石作枕，独木为桥。摘藤花[3]，挑竹笋，采茶苗。

《乔木查》掩柴扉静悄，不许红尘到。皓月清风为故交。肩将梨杖挑，闲访渔樵。

《拔不断》景潇潇[4]，性飘飘，龙中自有真修妙[5]。黄叶成堆任俺烧，白云满地无人扫[6]，叹人间常笑。

《揽筝笆》嫌喧花[7]，不挂许由飘[8]。玉兔金乌，从昏至晓，时复饮浊醪。且吃的，沉醉陶陶[9]。把人间万事都忘，到大来散诞逍遥[10]。

《离亭宴煞》醉时节独把青松靠，醒时节自把瑶琴操。操的是鹤鸣九皋[11]。听水声观山色掀髯笑，也不指望归阆苑超蓬岛[12]，直恁的清闲到老。阶说得利名轻[13]，消磨得是非少。

作者生平： 高文秀，元前期杂剧家，生卒年未详。东平（今属山东）人。曾为东平府学生员，早卒。著有杂剧三十四种，今存五种及残剧一种。写"水浒"的戏剧甚多。其杂剧《渑池会》《谇范叔》等长期献演不衰，号称"小汉卿"。《全元曲》除杂剧外，收其套曲3套。

定格说明： 《行香子》见前。

《乔木查》见 C01001，句式与韵脚安排为：5△5△7△5○4△。

《拔不断》见 A14272。句式与韵脚安排为：3△3△7△7△7△7（4）△。

《揽筝笆》全曲9句，37字。句式与韵脚安排为：3○5△4○4△3○3○4△7△4△。典型平仄格式为：平平仄，仄仄仄平平△仄仄平平，平平仄仄△平平仄，仄平平，仄仄平平△平平仄仄仄平平△仄仄平平△。

《离亭宴煞》全曲9句，47字。句式与韵脚安排为：7△7△4△7△3○3○6△5○5△。典型平仄格式为：平平仄仄平平仄△平平仄仄仄平平△平平仄仄△平平仄仄平平仄△平仄仄，平平仄△仄仄平平仄仄△仄仄平平平，平平平仄仄△。

词语注释： 1. 丫髻，丫叉发髻；环绦，用丝条作腰带，与玉带相比，此为便装。此二句言穿着朴素、随便。2. 团标，圆形草屋。3. 藤花，从下文看，当为某种可食用的花朵。4. 潇潇，同萧萧。清净冷落。5. 尨中，不解，此或文字有误，从文气看，当指胸中。也可以是"龙钟"之误，言自己虽潦倒衰老，胸中却自有美妙的真修养。6. 白云句，此言住处在山中多云雾处，无须打扫。7. 喧花，当作喧哗。8. 许由瓢：许由听帝尧要让他做九州长，他嫌耳朵被弄脏了，用瓢舀水洗耳。此言嫌喧哗，不听人语，用不着洗耳，所以不须挂许由瓢以备用。9. 此言从早到晚，随时尽情饮酒。10. 到大来，同倒大来，十分，非常。11. 九皋：深远的水边高地。此暗用《诗经·小雅·鹤鸣》："鹤鸣于九皋，声闻于天。" 12. 阆苑、蓬莱，均为传说中仙境。此言不求成仙。13. 阶说，应为解说。

作品赏析：　　生活确实幽雅，但岂是没有相当产业之人所能企及。

C05032 曾瑞《行香子·叹世》

名利相签[1]，祸福相兼，使得人白发苍髯。残花雨过，落絮泥沾。似梦中身，石中火，水中盐[2]。

《幺》跳下竿尖，摆脱钩钳，乐天真休问人嫌[3]。顾前盼后，识耻知廉。是汉张良，越范蠡，晋陶潜[4]。

《乔木查》尽秋霜鬓染，老去红尘厌，名利为心无半点。庄周蝶梦甜。疏散威严[5]。

《揽筝琶》君休欠[6]，何故苦厌厌[7]。月满还亏，杯盈自滟[8]，荣贵路、景稠粘。沾惹情恹，把穿绝业贯再休添，徒尔趋炎[9]。

《拔不断》弃雕檐，隐间阎[10]，灰心打灭烧身焰。袖手擘开锁顶钳，柔舌砍钝吹毛剑[11]，旧由绝念[12]。

《离亭宴带歇指煞》无钱妆富刚为僭，有财合散休从俭[13]。狂夫不厌，为口腹遥天外置网罗，贪贿赂满肚里生荆棘[14]，争人我平地上撅坑堑。六印多你尚贪[15]，一瓢足咱无欠[16]。君子退谦，把两字利名勾，向百岁光阴里，将一味清闲占[17]。供庖厨野蔌香，忘宠辱村醪醇[18]。无客至柴荆昼掩，卧松菊北窗凉，趋风波世途险[19]。

作者生平：　　见 A09183。

定格说明：　　《行香子》见前。

　　　　　　　《乔木查》见前。

　　　　　　　《搅筝笆》见前。

　　　　　　　《拔不断》见前。

　　　　　　　《离亭宴带歇指煞》见 C01002。句式与韵脚安排为：7△7△4△5○5○5△5○5△4△5○5○5△5○5△6△5○5△。

词语注释：　　1. 签，当为"牵"之假借字。2. 石中火，言其必将熄灭。三句均指人生短暂。3. 跳下竿尖，从百尺竿头跳下，急流勇退。休问人嫌，不管人家嫌弃不嫌弃。4. 此有向三人学习之意。5. 此言既轻松散诞，又有威严。6. 休欠，不要感到欠缺、不满足。7. 厌厌，苦貌，用法同甜蜜蜜。8. 滟，此指溢出。9. 此句难解。忺（xian 先），高兴；业同孽，业贯，恶贯。此长句据上下文，当指荣贵路上的境况是粘上就摆不脱，惹上了就会沾沾自喜，不要把已经钻营透了的业贯再行增加。那样做只不过是趋炎附势而已。10. 雕檐，华屋；间阎，里巷。11. 此言用冷却的心去浇灭烧身烈火。袖手，此指不费力气；吹毛剑，极锋利的剑，吹毛其上可立断。此言用柔舌战胜利剑。12. 旧由句，可能指往日的一切缘由都不再想。13. 刚为僭，硬着头皮吹牛；合散，应该散发、花掉。14. 肚里生荆棘，肚里出坏主意。15. 六印，《史记》载苏秦曾佩六国相印。16. 一瓢足，指少量饮食就满足。《论语·雍也》：一箪食、一瓢饮，在陋巷。人不堪其忧，回也不改其乐。17. 此言一生中享尽清闲。18. 醇，味浓，此言虽饮村酒也觉味美。19. 柴荆，用柴荆所作之门，此有"门虽设而常关"意。趋，此作躲。

作品赏析：　　是经过一番坎坷后的真切体会。

六儿　《全元曲》收32作者，42套曲，332小曲。今选13套。

《粉蝶儿》中吕。《全元曲》收20作者，25套曲，236只小曲。所用曲牌计有：《粉蝶儿》《后庭花》《石榴花》《斗虾蟆》《魔合罗》《鲍老儿》《耍孩儿》《啄木儿》《扑灯蛾》《尧民歌》《醉高歌》《普天乐》《迎仙客》《十二月》《红绣鞋》《蔓菁菜》《喜春来》《朱履曲》《六幺序》《上小楼》《快活三》《斗鹌鹑》《好事近》《满庭芳》《柳青娘》《剔银灯》《醉春风》《料峭东风》等。今选5套。

C06033 李致远《粉蝶儿·拟渊明[1]》

归去来兮，笑人生苦贪名利，我岂肯陷迷途惆怅独悲[2]！假若做公卿，居宰辅，划地心劳形役[3]。量这些来小去官职[4]，枉消磨了浩然之气。

《醉春风》想聚散若浮云，叹光阴如过隙[5]。不如闻早赋归欤，畅是一个美、美[6]。弃职归农，杜门修道，早则死心搭地[7]。

《红绣鞋》泛远水舟遥遥以轻飏，送征帆风飘飘而吹衣[8]。望烟水平芜把我去程迷。问征夫询远近，瞻衡宇熹微[9]，盼柴桑归兴急[10]。

《满庭芳》再休想折腰为米[11]，落得个心闲似水，酒醉如泥。乐酶酶并不管家和计[12]，都分付与稚子山妻。栽五柳闲居隐迹[13]，抚孤松小院徘徊[14]。问因宜把功名弃[15]，岂不见张良范蠡，这两个多大得便宜[16]。

《上小楼》我则待逐朝每日，无拘无系。我则待从事西畴[17]，寄傲南窗，把酒东篱。三径就荒，松菊犹存，规模不废。策扶老尚堪流憩[18]。

《幺》引壶觞以自酌，眄庭柯以自怡[19]。有酒盈樽，门设常关[20]，景幽人寂。或命巾车，或棹孤舟[21]，从容游戏。比着个彭泽县较淡中有味。

《耍孩儿》溪泉流出涓涓细，木向阳欣欣弄碧[22]。登东皋吁啸对斜晖[23]，有两般儿景物希奇：觑无心出岫云如画，见有意投林鸟倦飞$_{24}$。草堂小堪容膝。说亲戚之情话，乐琴书以忘机$_{25}$。

《幺》或寻丘壑观清致，或自临清流品题$_{26}$。我为甚绝交游待与世相违？须是我傲羲皇本性难移$_{27}$。想人间富贵非吾愿，望帝里迢遥不可期$_{28}$。已往事都休记，度晚景乐夫天命，其余更复奚疑$_{29}$。

《尾声》辞功名则待远是非，守田园是我有见识。闲悠悠无半点为官意，一任驷马高车聘不起$_{30}$。

作者生平：　见 A04058。

定格说明：　《粉蝶儿》全曲 8 句，39 字。句式与韵脚安排为：4△$\underline{7}$△$\underline{7}$△3○3○4△4△$\underline{7}$△。典型平仄格式为：仄仄平平△仄平平、仄仄平平△仄平平、仄仄平平△仄平平○平仄仄○平平仄仄△仄仄平平△仄平平、仄仄平平△。

《醉春风》亦入正宫。全曲 8 句，31 字。句式与韵脚安排为：5○5△7○1△1△4○4○4△。典型平仄格式为：仄仄仄平平○平平平仄仄△平平仄仄平平○仄△仄△仄仄平平○平平仄仄○平平仄仄△。

《红绣鞋》见 A04047。句式与韵脚安排为：6○6△7△5○5△5△。

《满庭芳》见 A16332。全曲 10 句，49 字。句式与韵脚安排为：4△4△4△7△4△7△7△3△4△5△。

《上小楼》见 A12242。全曲 9 句，37 字。句式与韵脚安排为：4△4△4○4△4△3○3△4△7△。

《耍孩儿》中吕，亦入正宫、中宫、般涉调、商调。仅见于套曲。全曲 9 句，51 字。句式与韵脚安排为：7△6△7○6△7△7○3△4○4△。典型平仄格式为：平平仄仄平平仄△仄仄平平仄仄△平平仄仄仄平平○平平仄平△仄平平仄平仄○仄仄平平仄仄平△平平仄△平仄仄○仄仄平平△。

词语注释：　1. 把他人诗词或散文改写成词曲，是词曲作家的一种风气和展示才华的一种手段，并且能够给人以新的启示。例如周邦彦的《西河·金陵怀古》，是使用词的形式将前朝刘禹锡的《石头城》和《乌衣巷》两首有名的绝句综合改写而成,而又浑然一体,毫无拼凑痕迹,深为读者所爱好。本套曲将陶渊明《归去来兮辞》改写成曲,并以陶文的首句为首句。下文在尽量保留原文旨趣的同时,有所发挥。2. 此用原文"实迷途其未远",及"奚惆怅而独悲"。3. 划(chan 产)地,平白地,无端地。此用原文"既自以心为形役"。4. 这些来小去官职,口语,这些小小官职。5. 过隙,一眨眼就过去了,语出《庄子·知北游》:"人生天地之间,若白驹过郤,忽然而已。"6. 归欤,回去吧,语出《论语》;畅是,恰好是。7. 杜门,闭门;搭地,通作塌地。8. 此用原文:"舟遥遥以轻飏,风飘飘而吹衣。"9. 此套用原文:"问征夫以前路,恨晨光之熹微。"衡,衡宇,房屋。此言瞻望屋宇与熹微朝日。10. 柴桑,古地名,在今江西九江西南,陶渊明老家所在地。11. 折腰为米,即为米折腰。陶渊明曾曰:"吾不能为五斗米折腰,拳拳事乡里小人邪!"因辞官归去。12. 家和计,家事和家庭计划,即家计。13. 栽五柳,陶的自传散文《五柳先生传》:"宅旁有五柳,因以为号焉。"14. 此用原文"抚孤松而盘桓"。15. 问因句,此似有脱误,意即"问因何要把功名抛弃?"16. "多大得便宜":得多大便宜。17. 此本自原文"方有事乎西畴"。18. 首二句直用原文,言园中三径已荒,然松菊犹存。策,此当作手杖解;策扶老,用拐杖扶老人;流憩,流连休息。19. 此套用原文:"引壶觞以自酌","眄庭柯以怡颜"。20. 二句用原文略加改写:"有酒盈樽","门虽设而常关"。21. 巾车,有布料遮盖的车子。二句全用原文。22. 原文有"木欣欣以向荣,泉涓涓而始流",此其改写。23. 此本自原文"登东皋以舒啸"。24. 此本自原文"云无心以出岫,鸟倦飞而知还"。25. 此本自原文:"审容膝之易安","悦亲戚之情话,乐琴书以消忧"。26. 清致,清新的景致。二句本自原文:"既窈窕以寻壑","临清流而赋诗"。27. 羲皇,伏羲氏。陶渊明曾自谓是"羲皇上人",即好古而厌弃时俗的人。故此处"傲羲皇"应解作"以处身如羲皇上人自傲"。28. 此本自原文"富贵非吾愿,帝乡不可期"。29. 二句本自原文"乐夫天命复奚疑"。30. 此言虽隆重聘请,终不肯起身出仕。

作品赏析：　对原文内容尽量保留,并且引用或改写得也很是得体,不失为改写佳作。

C06034 胡用和《粉蝶儿·题金陵景》

万里翱翔,太平年四方归向,定乾坤万国来降[1]。谷丰登,民安乐,鼓腹讴唱[2]。读书人幸遇尧唐,五云楼九重天上[3]。

《醉春风》宫殿紫云浮,江上清气爽。把京都佳致略而间讲[4],讲。景物稀奇,凤城围绕[5],士民高尚。

《朱履曲》论富贵京都为上,数繁华海内无双。风流人物貌堂堂。云山迷远树[6],雪浪涌长江。暮追欢朝玩赏。

《魔合罗》东南佳丽山河壮,助千古京都气象[7]。人稠物穰景非常,真乃是鱼龙变化之乡[8]。山形盘踞藏龙虎[9],台榭崔巍落凤凰[10]。堪崇尚,载编简累朝盛士,撼乾坤万代传扬[11]。

《十一煞[12]》景阳台名尚存,周处台姓且香,拜郊台古迹钟山上[13]。乌龙潭雨至风雷起,白鹭洲潮回烟水茫,雨花台曾有天花降[14]。跃马涧烟笼曙色,钓鱼台月漾波光[15]。

《十煞》南北乾道桥,东西锦绣乡。四时歌管长春巷[16]。峥嵘高阁侵云表,奇观层楼接上苍。清溪阁烟波荡,忠勤楼风云福地,尊经阁诗礼文场[17]。

《九煞》朝天宫道友多,天界寺僧众广,天禧寺古塔霞光放[18]。三山香火年年盛,十庙英灵世世昌[19]。宝宁寺一境多幽况,鸡鸣山烟笼佛寺,神乐观云拥仙乡[20]。

《八煞》香消脂井痕,歌残玉树腔。长干桥畔乌衣巷。高堂燕至想王谢，古甓蛮吟叹孔张[21]。无一节添悲怆。若无酒兴，恼乱诗场[22]。

《七煞》山围龙虎国，城连锦绣乡。四时美景宜欢赏。春风桃李参差吐，夏日榴花取次芳[23]，秋天菊绽冬梅放。歌岁稔风调雨顺[24]，庆丰年国泰民康。

《六煞》到春来观音寺赏牡丹，拥翠玩囿海棠，逍遥西圃名园广。怕花残朝朝携妓歌《金缕》，恐春去日日邀朋饮玉浆，有百千处堪游赏。泛轻舟桃叶渡观山玩水，跨蹇驴杏花庄拾翠寻芳[25]。

《五煞》到夏来清凉寺暑气无，赏心亭夏日长。石头城烟雨风生浪。秦淮河急水龙舟渡，马公洞薰风菡萏香，翠微亭绿荫深处炎威爽。仪凤楼满窗江月，建龙关四壁山光[26]。

《四煞》到秋来玄武湖碧水澄，青龙山翠叶苍。携壶策杖登高赏。崇因寺内芙蓉绽，普照庵中桂子香。家家庭院秋砧响。水波涛江横白露，雁初飞菊吐金黄[27]。

《三煞》到冬来助江天雪正飞，撼楼台风力狂。喜的是红楼画阁羊羔酿。霎时间银砌就钱婆岭，顷刻处玉妆成石子岗。动弦管声嘹亮：庆太平有象，贺丰稔时光[28]。

《二煞》遗图古迹多，今朝事业昌。太平风景真佳况。诗人有意题难足，胜境无穷咏未详[29]。曾到处闲中想：莺花世界[30]，诗酒排场。

《一煞》陈钧佐才俊高，臧彦弘笔力强，缪唐臣慢调偏宜唱。章浩德能吟翰苑清诗句，谷子敬惯捏梨园新乐章，陈清简善画真容像，卢仲敬品玉箫寰中第一，冷起敬操瑶琴世上无双[31]。

《尾声》歌楼对酒楼，山光映水光。倩良工写在帏屏上[32]，留与诗人慢慢赏。

作者生平： 胡用和，天门山（在今浙江奉化）人，生平不详。当为由元入明作家。此曲所写当为明初建国后景象，盖因此曲系将南京作为首都描写，而元朝并未定都南京。

《全元曲》收其散套 2 套。

定格说明：　《粉蝶儿》《醉春风》见前。

《朱履曲》见 A11231。句式与韵脚安排为：6△6△7△5△5△5△。

《魔合罗》即《耍孩儿》，见前。

本套中诸《煞》的定格似为：5○5△7△△△△7○7△6△4△4△。

词语注释：　1. 此言天下一统，太平无事，可在世上自由行走。2. 鼓腹，指尽力大声讴歌。3. 此言皇宫（或泛指高楼）高耸入云中，如在天上。4. 略而间，简略而且有间断的（有选择的）。5. 凤城，京城。按定格景物句前应有一个 1 字句"讲"。6. 此言远树因山高云多距离远而显得模糊。7. 此言佳丽而雄壮之山河，使千古京都气象更加显赫。8. 物穰（rang 壤），物产丰盛。鱼龙变化，此指使人飞黄腾达。9. 此言山形如龙盘虎踞。这是张敦颐等对南京的描述。10. 崔巍，高貌；此言台榭高雅，可落凤凰。又南京西南有凤台山，山上有著名的凤凰台。11. 堪崇尚，指下述累朝盛士值得崇拜。他们名载史册，震撼乾坤，万代传扬。12. 自此以下凡十一煞。关于"煞"的用法有待研究。首先在形式上有写明"n 煞"，有不写"煞"字，只写煞的次数者，如 C06036 姚守中《粉蝶儿·牛诉冤》。有许多篇则写明煞字。如下篇。在煞的次数上，有从小到大者，如姚作；也有从大到小者，如本篇。有的有"一煞"，有的则只到"二煞"为止。更重要的是在定格上，"煞"与"幺篇"不同。幺篇用前调，而"煞"的定格很少与前调相同者，大抵多是作者自己拟定的"余声"，很少有以某种曲牌为定格者。目前尚未查得有关"煞"的使用规则之说明，容后补充。13. 景阳台，即景阳宫，陈后主所住宫殿。中有胭脂井、周处台，又名子隐台，晋代名士周处的纪念台。拜郊台，即北郊坛，君主祭天地的祭台。本在潮沟后，南朝宋孝武帝移至钟山北原道西。14. 乌龙潭，在南京旱西门内，本书圣颜真卿放生池。白鹭洲，在水西门外。雨花台，在南京市南，又名石子岗、聚宝山，相传梁武帝时云光法师在此讲经，天花坠落如雨，故名。15. 跃马涧、钓鱼台及下句乾道桥，均为当时景点，具体地址及其历史背景待考。16. 长春巷，当时的烟花巷陌。17. 清溪阁，地址待考；忠勤楼，大约是纪念勤于政事忠臣的地方，尊经阁，在夫子庙后，官家藏书的地方。18. 朝天宫，在城内，道家著名寺观；天界寺，当时有名寺庙，地址待考。天禧寺，即大长干寺，在秦淮河南。19. 三山，在长江边，李白《登金陵凤凰台》："三山半落青天外。"十庙，待考。20. 宝宁寺，又名报宁寺、半山寺，宋神宗为王安石解官后所修。鸡鸣山，原名鸡笼山，在市东北玄武湖旁，梁时建同泰寺于其上，亦称鸡鸣寺。神乐观，道教寺观，地址待考。21. 此数句皆叹陈后主往事。脂井，即胭脂井，陈后主避隋兵时，与张孔二贵妃逃入井中，被俘。玉树腔，指艳诗"玉树后庭花"。乌衣巷二句暗用刘禹锡诗句。甃（zhou 昼），井壁砖，此指胭脂古井边。22. 无一节句，疑有脱误，应作"每一节"或"无一节不"。末二句言若无酒兴，则没有作诗灵感。23. 取次，通指随便、等闲，此指依次、逐渐。24. 岁稔，全年庄稼成熟。25. 此下四曲专写春夏秋冬景物与游赏特色，本曲写春。所列景点，待考者多。此处"西圃"应作"西浦"，泛指西边；《金缕》，曲名，此泛指；桃叶渡，在秦淮河畔，因王献之曾在此送妾桃叶而得名。26. 本曲写夏日景色及可游览处。清凉寺在市西北清凉山上。石头城在清凉山后。急水龙舟渡，指在急水中赛龙舟。翠微亭在清凉山。炎威爽，炎威变凉爽。27. 此写秋天景物及可游览处。碧水澄，碧水澄清。青龙山，在市东南。策杖，拄杖。此处芙蓉当指木芙蓉，夏秋开花。28. 此写冬日景色及可游览处。羊羔酿，美酒名。银砌、玉妆，形容雪景。钱婆岭,待考;石子岗即雨花台。顷刻处,应作顷刻际,"处"指空间。庆太平有象,指瑞雪为丰年征兆。29. 题未足,题诗题得不够,吟咏得还不详尽。30. 莺花世界,指花柳场所。31. 本曲专写曾经题咏南京景物的当时名士,大多为元末明初曲作家,但除少数人曾略见记载外,均难详考。捏,揣摩推敲。诸人中,臧彦弘,可能为《录鬼簿续编》中提到的臧彦洪;缪唐臣,前书曾提及他与孙行简为诗友;谷子敬,元末明初曲作家;卢仲敬,可能为元至顺年间曾任崇德知州的卢礼(一作卢祥),字仲敬;冷起敬,名谦,善鼓琴,明初召为协律郎,曾编《太古正音》琴谱,著有《修龄要旨》一卷。32. 此言请优良画家,画在帏屏上。

作品赏析: 元曲写景作品中,以此篇最为详尽:先述概貌,次写四时特色,可以当导游图用。

C06035 王廷秀《粉蝶儿·怨别》

银烛高烧[1],画楼中月儿才照,绣帘前花影轻摇。翠屏闲,鸳衾剩[2],梦魂初觉。觉来时香汗初消,更那堪绣帏中冷落。

《醉春风》珠帘上玉玎珰[3],金炉中香缥缈,彩云声断紫鸾箫[4]。那其间恼,恼。万种凄凉,几番愁闷,一齐都到。

《普天乐》露浥的海棠肥,霜厌的梧桐落[5]。金风淅淅,玉露消消[6]。云中白雁飞,砌畔寒蛩叫。夜静离人添寂寥,越教人意穰心劳[7]。眼横秋水,云埋楚岫,浪起蓝桥[8]。

《十二月》夜沉沉明河皎皎[9],昏惨惨暮景消消。低矮矮帏屏静悄,冷清清良夜迢迢[10]。闷恹恹把情人丢了,急煎煎心痒难揉[11]。

《尧民歌》呀,愁的是雨声儿渐零零落[12],滴滴点点、碧碧卜卜洒芭蕉,则见那梧叶儿滴溜溜飘,悠悠荡荡、纷纷扬扬下溪桥。见一个宿鸟儿忒楞楞腾、出出律律、忽忽闪闪串过花梢[13]。不觉的泪珠儿浸、淋淋漉漉、扑扑簌簌揾湿鲛绡[14]。今宵,今宵睡不着。辗转伤怀抱。

《耍孩儿》银烛淡淡光先照15，瘦影孤灯对着，教人怎不自量度。急煎煎业眼难交16，虚飘飘魂迷了枕上胡蝶梦，笑吟吟喜喜欢欢鸾凤交。相思病难医疗。云收雨歇，魄散魂消17。

《尾声》怕的是珰玎珰铁马敲，病恹恹精神即渐消18。从来好事多颠倒，好着我长吁短叹到不的晓19。

作者生平：　　王廷秀，或作庭秀，字号未详。山东益都（今山东青州）人，淘金千户。约世祖中统前后在世。事迹无考。《录鬼簿》将其列为"前辈已死名公才人"之列。所著杂剧四种，均佚。朱权评其词如"月印寒潭"。《全元曲》收其散套1套。

定格说明：　　《粉蝶儿》《醉春风》，见前。

　　《普天乐》中吕，小令套曲兼用。见 A03032。句式与韵脚安排为：3○3△4○4△3○3△7○7△4○4○4△。

　　《十二月》中吕，亦入正宫。常带《尧民歌》成带过曲，亦见于套曲。全曲6句，24字。句式与韵脚安排为：4△4△4○4△4△4△。典型平仄格式为：平平仄仄△仄仄平平△平平仄仄○仄仄平平△平平仄仄△仄仄平平△。

　　《尧民歌》，亦入正宫。仅见于带过曲与套曲。全曲6句，42字。句式与韵脚安排为：7△7△7△7△7△5△。典型平仄格式为：平平仄仄仄平平△仄仄平平仄仄平△平平仄仄仄平平△仄仄平平仄仄平△仄仄平平仄仄平△仄仄平平仄△。其余均见前。

　　《耍孩儿》，见 C06033。

词语注释：　　1. 银烛，白色蜡烛，一说银烛台上的蜡烛。2. 翠屏闲，此言房中无人；鸳衾，双人被；剩指另一半无人使用。3. 玎珠，同丁东，玉件撞击声。4. 彩云，当为曲中主人或侍女名。此言彩云停吹其紫鸾箫。此似与弄玉吹箫引凤故事无关。5. 厌，同压。6. 金风，秋风；渐渐，风声；消消，同萧萧，灰白色。7. 穰，同攘，烦乱。8. 秋水，本指明亮的眼睛；眼横秋水，言两眼因忧愁或愤怒而呆滞无光；云埋楚岫，指云罩神女巫山，即美好姻缘受阻之意；蓝桥，通常将裴航在蓝桥遇仙女和尾生因守约而淹死桥下两个故事混在一起，指姻缘故事。三句言因爱情风波心烦意乱。9. 明河，银河；消消，同萧萧，荒凉。10. 良夜，深夜；迢迢，漫长。11. 闷恹恹，愁闷如病；煎煎，心急如油煎。揉（rou 柔），按摩，摸擦。12. 淅零零，象雨声。以下象声词不赘。13. 串，同窜，逃过。14. 此句顿逗当作："泪珠儿浸、淋淋漉漉……"；鲛绡，此指高级织品做的手绢。15. 先照，犹言早已燃点着。16. 业眼，同孽眼，恼人的双眼。难交，难合上。17. 此言梦中相会，醒来悲伤。18. 渐消，逐渐消沉。19. 好着我，好教我。

作品赏析：　　对别恨描写细致，诸多象声词的使用颇为得体，但有些字体嫌偏僻，如叮咚作"玎珠"。

C06036 姚守中《粉蝶儿·牛诉冤》[1]

性鲁心愚，住烟村饱谙农务[2]。丑则丑堪画堪图。杏花村，桃林野，春风几度。疏林外红日西晡，载吹笛牧童归去[3]。

《醉春风》绿野喜春耕，一犁江上雨[4]。力田扶耙受驱驰[5]，因为主甘分受苦[6]、苦、苦。经了些横雨斜风，酷寒盛暑，暮烟晓雾。

《红绣鞋》牧放在芳草岸白蘋古渡，嬉游于绿杨堤红蓼平湖，画工描我在远山图。助田单英勇阵，驾老子䇯山居[7]。古今人吟未足[8]。

《石榴花》朝耕暮垦费工夫，辛苦为谁乎？一朝染患倒在官衢[9]。见一个宰辅，借问农夫："气喘因何故[10]？"听说罢感叹长吁。那官人劝课还朝去，题着咱名字奏銮舆[11]。

《斗鹌鹑》他道我润国裕民，受千辛万苦。每日向堰口拖船[12]，渡头拽车。一勇性天生胆气粗，从来不怕虎。为伍的是伴哥王留，受用的是村歌社鼓[13]。

《上小楼》感谢中书部，符行移诸处[14]。所在官司，禁治严明，遍下乡都。里正行，社长行，叮咛省谕：宰耕牛的捕获申路[15]。

《幺》食我者肌肤未肥，卖我者家私不富[16]。若是老病残疾，卒中身亡，不堪耕锄。告本官，送本部，从公发付[17]。闪得我丑尸不着坟墓[18]。

《满庭芳》衔冤负屈，春工办足，却待闲居。圈门前见两个人来觑，多应是将我窥图[19]。一个曾受戒南庄上的忻都，一个是累经断北缰王屠[20]。好教我心惊虑：若是将咱卖与，一命在须臾。

《十二月》心中畏惧，意下踌躇。莫不待将我衅钟，不忍其觳觫[21]？那思想耕牛为主[22]？他则是嗜利而图！被这厮添钱买我离桑枢[23]。不睹是牵咱过前途，一声频叹气长吁，两眼恓惶泪如珠[24]。凶徒！凶徒！贪财性狠毒，绑我在将军柱[25]。

《耍孩儿》只见他手持刀器将咱觑，諕得我战扑速魂归地府[26]。登时间满地血模糊，碎分张骨肉皮肤[27]。尖刀儿割下薄刀儿切，官秤称来私秤上估[28]。应捕人在旁边觑。张弹压先抬了膊项，李弓兵强要了胸脯[29]。

《二》却不道闻其声不忍食其肉，划地加料物宽锅中烂煮[30]。煮得美甘甘香喷喷软如酥，把从前的主顾招呼。他则道"三分为本十分利"，那里问一失人身万劫无[31]！有一等贪馋啜的乔人物[32]，就本店随机儿索唤，买归家取意儿庖厨[33]。

《三》或是包馒头待上宾，或是裹馄饨请伴侣。向磁罐中软火儿葱椒焅[34]。胜如黄犬能医冷，赛过胡羊善补虚[35]。添几盏椒花露[36]。你装的肚皮饱旺，我的性命何辜？

《四》我本是时苗留下犊，田单用过牯[37]。勤耕苦战功无补。他比那图财害命情尤重，我比那展草垂缰义有余[38]。我是一个直钱底物[39]：有我时田园开辟，无我时仓廪空虚。

《五》泥牛能报春，石牛能致雨，耕牛运土遭诛戮[40]。从今后草坡边野鹿无朋友，麦陇上山羊失了伴侣。那的是我伤情处：再不见柳梢残月，再不见古木昏乌。

《六》觔儿铺了弓，皮儿鞔做鼓[41]，骨头儿卖与钗环铺。黑角儿做就乌犀带，花蹄儿开成玳瑁梳。无一件抛残物：好材儿卖与了靴匠，碎皮儿回与田夫[42]。

《尾》我元阳寿未终，死得个真屈苦[43]。告你个阎罗王正直无私曲，诉不尽平生受过苦。

作者生平： 姚守中，名埭，字不详。洛阳人，姚燧之侄。曾任平江路吏。元世祖至元年间（1294以前）在世。《录鬼簿》将其列于"前辈已死名公才人，有所编传奇行于世者"一栏之中。所作杂剧三种，均佚。朱权评其词"如秋月扬辉"。《全元曲》收其散套1套。

定格说明： 《粉蝶儿》见前。

《醉春风》见前。

《红绣鞋》见前。

《石榴花》亦入正宫。全曲9句，53字。句式与韵脚安排为：7△5△7△4△4△7△7△7△5△。典型平仄格式为：平平仄仄仄平平△仄仄平平△平平仄仄仄平平△平平仄仄△仄仄平平△平仄平平仄仄△平平、仄仄平平△平平仄仄平平△仄仄仄平平△。

《斗鹌鹑》亦入正宫。全曲8句，37字。句式与韵脚安排为：4○4△4○4△7△6△4○4△。典型平仄格式为：仄仄平平○平平仄仄△仄仄平平○平平仄仄△仄仄平△平平仄、仄仄平△仄仄平平○平平仄仄△。

《上小楼》见前。

《满庭芳》见前。

《十二月》见前。

《耍孩儿》见前。

诸煞的格式似为：5○5△7△7○7△6△6○6△八句，唯二煞多一句，不知何故。

词语注释： 1. 用拟人化手段，代某种动物乃至事物立言，以表达作者胸中的不平之气，是元曲的重要特色之一。类似的作品尚有刘时中的《新水令·马诉冤》,曾瑞的《哨遍·羊诉冤》,孙叔顺的《点绛唇·咏教习鼓诉冤》,睢玄明的《耍孩儿·咏鼓》等。2. 鲁,迟钝;谙,熟练。3. 晡(bu 布平),日落之时,西晡即指日落。杏花村、牧童,均出自杜牧《清明》诗句:"牧童遥指杏花村"。4. 此言趁江上雨后犁田。5. 力田,用力耕田;耙(ba 爸),整地平田的农具。6. 为主,替主人效力;甘分,甘心接受自己的职分。此处按定格增一 7 字句。7. 齐田单曾以火牛阵(牛头绑刀、牛尾燃火)大破燕军。蓦,骑往,进入,此言进入山居。8. 吟未足,不停地歌颂。9. 官衢,大道。10. 宰辅,宰相,辅政大臣。按定格此"气喘"句应为 7 字,此或应在句前补"此牛"二字。11. 劝课,劝慰教谕。题着,提及、写出。奏鸾舆,报告皇上。12. 堰,拦河坝;堰口即指河口。13. 伴哥、王留,元曲中泛指农村人物,此指牧童;受用句,言所欣赏的音乐是村歌社鼓。按定格"从来不怕虎"应为 6 字句,14. 中书部,中央政府;符,命令、文件,此处顿逗应读为:符(令)行移(传达到)诸处。15. 禁治,禁令和管理办法;里正行,里正那里,下同。叮咛句,向他们叮咛传达省谕(中央的教诲)。申路,报告到路府等地方政府。16. 二句言宰杀耕牛没什么好处。17. 卒(cu 猝)中身亡,突然患病死亡。从公发付,由公家发命令交给下面处理。18. 闪,抛弃,此言即使如此,但发付后我的尸体仍然得不到埋葬。19. 圈(juan 倦),畜栏。觑(qu 驱),眯着眼细看;多应是,多半是;窥图,偷看和打主意。20. 受戒南庄,在南庄曾受人警告和提防(怕他为非作歹);忻都,作者虚拟的人名,谐音"申屠"(复姓,影射屠户)。累经断,多次被判罪;北缰,北边。21. 衅钟,古代习俗,用牛血涂新钟的缝隙,称为衅钟。觳觫(husu 胡速),恐惧发抖。《孟子·梁惠王上》:"吾不忍其觳觫,若无罪而就死地。"此反问:"难道他们还会不忍见牛因害怕而发抖么?"22. 此言他们哪里会想到最重要的我是耕牛。23. 桑枢，此泛指农舍。24. 不睹句，此言你不看看他们牵我从前面走过的情景。一声频，即一声声。25. 将军柱，行刑前绑犯人的柱子，此指屠宰前绑牛的柱子。此处较定格多出6句，想是带有《尧民歌》。26. 扑速，象声词，打战的样子。27. 碎分张，切碎并分配；又可读作"分赃"，有贬义。28. 官私秤，犹言大秤小秤。29. 应捕人，捉拿罪犯的人；张弹压，专管镇压罪犯的张某人。张与下文李某，均为作者假设的人名。此数句大力讽刺官吏执法犯法。30. 闻其声句，语出《孟子·梁惠王上》。划地，此指照样。31. 此言前主顾说自己主要是图利，哪里管一失身（指杀耕牛犯法）便万劫不复，永远洗刷不了。32. 餔啜，饮食；乔人物，坏家伙。33. 此言就本店随意指明买牛的这样那样，买回去任意烹调。34. 磁同瓷，煨（wu 五），用小火煨。35. 此言能治风寒病，比狗肉还好。下句意同。36. 花椒露，花椒水做的佐料。37. 三国时清官时苗牵车的黄牛生下牛犊，离任时将犊留下，说当初来时并无此犊。田单事见注7。牯，阉过的公牛，此泛指牛。38. 展草事待考，有人以为指三国时义犬舍身蘸水救火事，然与"展草"联系不上；也可能指《左传·宣公十五年》老人结草报恩事。垂缰指秦苻坚坠涧，其马垂缰救主事。此言自己比他们更有义气。39. 即值钱的东西。40. 古代有鞭打泥牛迎春，以及天旱时向石牛祈雨的习俗。运土，此指翻地动土等农活。41. 觔，同筋，牛筋是做工的重要材料；鞔（man 蛮），用兽皮蒙鼓面。42. 回与田夫，指充作肥料。43. 元，同原，本来的；屈苦，含冤受苦。

作品赏析：　　作者假借力田耕牛的口吻，述说自己身强力壮时辛勤劳动，农闲时被屠杀的悲惨遭遇，控诉了人间忘恩负义、赏罚不公，以及执事者好利贪婪、有法不尊的丑恶现象。构思巧妙，手法新颖，是一篇脍炙人口的好套曲。

C06037 王仲元《粉蝶儿·集曲名题秋怨[1]》

"双雁儿"声悲[2]，景潇潇"楚江秋"意[3]，胜"阳关""刮地风"吹[4]。"满庭芳"，"梧桐树"，"金蕉叶"坠[5]。"庆东原""金菊香""滴滴金"惟[6]。那更醉西湖"干荷叶"失翠[7]。

《醉春风》我"一半儿"情感"玉花秋"[8]，"一半儿""忆王孙""归塞北"[9]。我这"应天长"久不断"怨离别"[10]，对"秋风怨"忆[11]，忆。折倒的"风流体"尪羸[12]，"红衫儿"宽褪[13]，"翠裙腰"难系[14]。

《迎仙客》都不"念奴娇""望远行"[15]，忘了初相见在"武陵溪"[16]。"骂玉郎"有上梢没末尾[17]，瘦削了柳丝"玉芙蓉"花面皮[18]。这翠"眉儿弯"刺[19]，捱这等"相思会"[20]。

《红绣鞋》"上小楼""凭阑人"立[21]，"青山口"日"上平西"[22]。子听得"乔木楂""鹊踏枝""叫声"疾[23]。莫不"倘秀才""余音"至[24]。"夜行船""阮郎归"[25]，原来是"牧羊关""乌夜啼"[26]。

《石榴花》常记得"赏花时"节"看花回"[27]，"上京马""醉扶归"[28]。归来"窗半月"儿低[29]，"真个醉"矣[30]。"柳青娘""虞美人"扶只[31]，困腾腾"上马娇"无力，"步步娇"弄隐儿行迟[32]。似"凤鸾交"配答"双鸳鸯"对，人都道"端正好"夫妻[33]。

《斗鹌鹑》不误这"万年欢"娱，翻做了"荆湘怨"忆[34]。把一个"玉翼蝉"娟，闪在"瑶台月"底[35]。想曩日"逍遥乐"事迷，今日"呆古朵"自悔[36]。子落得"初问口"长吁，"哭皇天"泪滴[37]。

《普天乐》空闲了"愿成双"、"鸳鸯儿"被[38]。"揽筝琶"断毁，"碧玉箫"尘迷[39]，"四块玉"簪折，"一锭银"瓶坠[40]。叹姻缘"节节高"天际，这淹证候越"随煞"愁的[41]。想两相思病体，把"红芍药"枉吃,有"圣药王"难医₄₂。

《尾》我每夜伴"穿窗月"隐低,好也罗你可"快活三"不归₄₃,空教人立苍苔"红绣鞋"儿湿₄₄,可怕不恋上别的"赚煞"你₄₅。

作者生平:　见 A03041。

定格说明:　《粉蝶儿》见前。

《醉春风》见前。

《迎仙客》见前。

《红绣鞋》见前。

《石榴花》见前。

《斗鹌鹑》见前。

《普天乐》见前。

词语注释:　1. 用"集曲名"方式以表达某种内容,是元曲作家的一种爱好和风尚,它能够显示作者的选材与写作能力。此种做法对曲艺界很有影响,例如相声界即曾有多种用电影或其他事物名称表现某种题材的作品,很能使人耳目一新,从而深受欢迎。但此不过是一种文字游戏而已,并无很高的艺术价值。元曲中此类作品除作者同题目的另一套之外,类似的作品尚有孙季昌的《端正好》集杂剧名咏情,孙叔顺的《粉蝶儿》集中药名讲述爱情故事,黑老五的《粉蝶儿》集中州韵写农村景象等。又本曲中有不少地方,按作者编写规律似应为曲牌名,可能系未被收录者。2. 双雁儿:商调有《双雁儿》,双调有《雁儿落》,此一语双关。3.《楚江秋》,又名《采茶歌》,南吕曲牌。4. 大石调有《阳关令》、双调有《小阳关》,此一如上文"双雁儿",指两"阳关"。《刮地风》,黄钟曲名。5.《满庭芳》,中吕曲牌;《梧桐树》,南吕曲牌;《金蕉叶》,越调曲牌。6.《庆东原》,双调曲牌;《金菊香》,商调曲牌;《滴滴金》,双调曲牌。"惟"字费解,疑有笔误,似应作"炜"或"辉"之类。此言且喜东原

二 作品选注 455

之金菊香,滴滴泛金辉。7.《醉西湖》似亦为曲牌;《干荷叶》,又名《翠盘秋》,南吕曲牌。8.《一半儿》《玉秋花》,均为仙吕曲牌。9.《忆王孙》,仙吕曲牌;《归塞北》,一名《望江南》,大石调曲牌。10.《应天长》,商角调曲牌;《怨别离》,一名《长相会》,大石调曲牌。11. 按此曲每句均包含至少一个曲牌,此曲疑暗含《对秋风》或《秋风怨》曲牌,但现存诸谱不录而已。12. 折倒的,犹言折磨得;尪羸,瘦弱多病。《风流体》,双调曲牌。13.《红衫儿》,中吕曲牌。14.《翠裙腰》,仙吕曲牌。15.《念奴娇》,大石调曲牌;《望远行》,商调曲牌。16. 同注 11 理由,此处疑暗含不见于曲谱之《初相见》或《武陵溪》曲牌。17.《骂玉郎》,南吕曲牌。18.《玉芙蓉》,正宫曲牌。19. 挛刺,疑为弯刺之误,因只有越调曲牌《眉儿弯》。20.《相思会》,仙吕曲牌。21.《上小楼》,中吕曲牌;《凭阑人》,越调曲牌。22.《青山口》,越调曲牌;《上平西》,越调曲牌。23.《乔木楂》,双调曲牌;《鹊踏枝》,仙吕曲牌;《叫声》,中吕曲牌。24.《倘秀才》,正宫曲牌;《余音》,南吕曲牌。25.《夜行船》,双调曲牌;《阮郎归》,词牌与南曲南吕曲牌。26.《牧羊关》《乌夜啼》,均为南吕曲牌。27.《赏花时》,仙吕曲牌;《看花回》,越调曲牌。28.《上京马》《醉扶归》,均为仙吕曲牌。29. "窗半月"或以为即指仙吕《穿窗月》,按也有可能有未被记录之曲牌《月儿低》。30.《真个醉》即《醉娘子》,双调曲牌。31.《柳青娘》,中吕曲牌;《虞美人》,词牌及诸宫调正宫曲牌。32.《上马娇》,仙吕曲牌;《步步娇》,双调曲牌。33. "凤鸾交"疑是商调曲牌《凤鸾吟》之误,《双鸳鸯》,正宫曲牌;《端正好》,正宫、仙吕曲牌。34.《万年欢》,中吕曲牌;《荆湘怨》亦作《汉江秋》,双调曲牌。35.《玉翼蝉》即《玉翼蝉》,大石调曲牌;《瑶台月》,般涉调曲牌。36.《逍遥乐》,商调曲牌;《呆古朵》亦作《灵寿杖》，正宫曲牌。37.《初问口》亦作《十金钱》，大石调曲牌；《哭皇天》亦作《玄鹤鸣》，南吕曲牌。38.《愿成双》，黄钟曲牌。《鸳鸯儿》，中吕曲牌。39.《揽筝笆》《碧玉箫》，均为双调曲牌。40.《四块玉》，南吕曲牌；《一锭银》，双调曲牌。41.《节节高》，黄钟曲牌；《随煞》，多种宫调曲牌。42.此处亦疑有《两相思》或《相思病》之类未被记录的曲牌；《红芍药》，南吕曲牌；《圣药王》，越调曲牌。43.《穿窗月》，仙吕曲牌；《快活三》，中吕曲牌。44.《红绣鞋》，亦作《朱履曲》，亦入正宫。45.怕不，推测之词，即"也许"之意。《赚煞》，仙吕曲牌。

作品赏析： 此类作品由于受原材料限制，很难真正表达复杂的事物和感情，而且往往牵强附会之处甚多，例如以"从容"带"苏蓉"，"陌门东"代"麦门冬"等；而且有时还需要破坏原材料的句读，如"一锭银瓶坠""都不念奴娇望远行"等，均已不是曲牌原有含义。因此只能作为一种文字游戏，偶一为之，不可着力追求。特选一套以供见识。

《黄莺儿》商角调。《全元曲》收2作者，4套曲，20小曲。本首牌所用曲牌计有：《黄莺儿》《盖天旗》《垂钓丝》《应天长》《踏莎行》等。今选2套。

C06038 庾吉甫《黄莺儿$_1$》

怀古，怀古，物换千年，星移几度$_2$？想当时帝子元婴，阎公都督$_3$。

《踏莎行》彩射龙光，云埋铁柱$_4$。迷津烟暗，渡水平湖$_5$。高士祠堂，旌阳殿宇$_6$。洪恩路$_7$，藕花无数。

《盖天旗》残碑淋雨，留得王郎佳句$_8$。信步携筇，登临闲伫$_9$。雁惊寒，衡阳浦$_{10}$。秋水长天，落霞孤鹜$_{11}$。

《应天长》东接吴，南甸楚₁₂。绀坞荒村，苍烟古木₁₃。俯挹遥岑伤未足₁₄。夕阳暮，空无语，昔人何处？

《尾》孤塔插晴空，高阁临江渚。栋飞南浦云，帘卷西山雨。观胜概，壮江山，叹鸣鸾，罢歌舞₁₅。

作者生平： 见 A11408。

定格说明： 《黄莺儿》商角调，仅见于套曲。全曲 6 句，23 字。句式与韵脚安排为：2△2△4○4△7○4△。首二句叠用。幺篇同始调，用否均可。典型平仄格式为：仄仄△仄仄△平平仄仄○平平仄仄△仄平平、仄仄平平○平平仄△。

《踏莎行》全曲 8 句，31 字。句式与韵脚格式安排为：4○4△4○4△4○4△3△4△。典型平仄格式为：仄仄平平○平平仄仄△平平仄仄○仄仄平平△仄仄平平○平仄仄△平平仄△平平仄仄△。

《盖天旗》△全曲 8 句，32 字。句式与韵脚安排为：4△6△4○4△3○3△4○4△。典型平仄格式为：平平仄仄△仄仄平平△仄仄平平○平平仄仄△仄仄平平○平平仄△仄△仄仄平平○平平仄仄△。

《应天长》全曲 8 句，31 字。句式与韵脚安排为：3△3△4○4△7△3△3△4△。典型平仄格式为：仄仄平△平仄仄△仄仄平平○平平仄仄△仄仄平平仄仄平平△仄△平平仄△平平仄仄△。

词语注释： 1. 此曲以王勃《滕王阁序》内容为凭吊对象而作，类似櫽栝或改写。2. 此用王文末诗句："物换星移几度秋"。3. 帝子元婴为建馆之人，阎公都督，指重阳节在滕王阁大宴宾客之主持人，或云系阎伯玙。4. 前句借用王文"物华天宝，龙光射牛斗之墟"。铁柱，当时有镇妖铁柱之纪念物，恐即文中"天柱高而北辰远"所称之天柱。云埋，有高耸入云意。5. 此用王文"舸舰迷津，青雀黄龙之舳"句意。渡水，由水上可渡过，此犹言蓄水。此二句对仗欠工整，首句似应作"暗烟"。6. 高士，指建造前述铁柱之旌阳仙人许逊。他在洪州留有殿宇。7. 洪恩路，当即洪州路。"恩"或系某地名之省略。8. 此言当年之碑虽残，但王勃之佳句（诗文）仍在。9. 筇，筇竹杖，伫，久立。10. 此用王文"雁阵惊寒，声断衡阳之浦"。传说衡阳有"回雁峰"，北雁至此，不再南行，故云"声断"。11. 此即王勃名句"落霞与孤鹜齐飞，秋水共长天一色"之改写。12. 此言洪州及滕王阁地接吴楚。此用王文"控蛮荆而引瓯越"，瓯越为吴，蛮荆为楚。甸，郊外地，此言以楚地为郊外。13. 绀（gàn 赣），天青色；坞，村外土墙。此处与荒村连用，有破败意。二句用王文"胜地不常，盛筵难再"等句意。14. 挹，抚摸，此指俯瞰；遥岑，远山；伤未足，感叹未欣赏足。此用王文"遥吟俯畅，逸兴遄飞"等句意。15. 此数句系用王文末诗句改写："滕王高阁临江渚，佩玉鸣鸾罢歌舞。画栋朝飞南浦云，珠帘暮卷西山雨。"

作品赏析： 似吊古而实檃栝，令人有抚今思昔，不胜依依之感。

C06039 睢景臣《黄莺儿·寓僧舍》

秋色，秋色！几声悲怆，孤鸿出塞[1]。满园林野火烘霞[2]，荷枯柳败。

《踏莎行》水馆烟中，暮山云外，泊孤舟古渡侧[3]。息风霾，净尘埃，宝刹清凉境界[4]。僧相待，借眠何碍？

《垂钓丝》风清月白，有感心酸不耐；更触目凄凉，景物供将愁闷来[5]。月被云埋，风鸣天籁[6]。

《应天长》僧舍窄，蚊帐矮。独拥单衾，一宵如半载。旧恨新愁深似海。情缘在，人无奈，几般儿可怪[7]。

《随煞》促织絮恼情怀，砧杵韵无聊赖[8]。檐马奢殿铎鸣，疏雨滴西风煞[9]，能断送楚台云，会禁持异乡客[10]。

作者生平： 睢景臣（约1275—约1320），一名舜臣，字嘉贤，又作景贤。扬州人,后移居杭州。《录鬼簿》将其列于"方今已死名公才人余相知者"之中。"心性聪明,酷嗜音律。"一生只在书会才人之中生活,未曾仕进。著有《睢景臣词》及杂剧三种,均佚。仅流下少量散曲作品,其中《哨遍·高祖还乡》名动当时。朱权评其词如"凤管秋声"。《全元曲》收其散套3,残曲1。

定格说明： 《垂钓丝》商角调,仅见于套曲。全曲6句,30字。句式与韵脚安排为：4△6△5○7△4○4△。典型平仄格式为：平平仄仄△仄仄平平仄仄△仄仄仄平平○仄仄平平平仄仄△仄仄平平○平平仄仄△。

余见前。

词语注释： 1. 此言孤鸿出塞,叫声悲怆。2. 此言满园林野火红光衬托彩霞。按此园林野火,或指如火之红叶。3. 此言水边馆驿在烟雾中,晚山露出云雾之外,古渡侧泊有孤舟。按此曲与定格相差甚远,不知何故。4. 刹（cha诧）,本为佛塔顶部装饰,通指佛寺。5. 此言因心中有烦恼,所以身边凄凉景物给人带来愁闷。将,语助词。6. 籁,管乐器；天籁,天上（自然界）的声响、乐章。此言风声如吹天籁。7. 几般儿,多么的；可怪,此有可恼意。8. 絮,絮絮叨叨。砧杵韵,砧杵声。9. 檐马,檐前铁马；奢,此指狂响；殿铎,殿上风铃。煞,同飒,风声。10. 能断送句,言能使与佳人相会的好梦破灭；禁持,控制,此指折磨。

作品赏析： 寺庙的特点和优点就在于清净安宁,但当心怀忧虑时,则清净凄凉反而增加愁苦。作者在此古刹所历"一宵如半载"的感觉,使读者宛如亲临其境,同受困扰。

《货郎儿》 正宫。《全元曲》收1作者,1套曲,4小曲。本首牌所用曲牌计有：《货郎儿》《脱布衫》《货郎》《醉太平》等。

C06040 无名氏《货郎儿》

静悄悄幽庭小院，近花圃相连着翠轩。仕女王孙戏秋千：板冲开红杏火，裙拂散杨柳烟$_1$。

《脱布衫》见金莲紧间金莲$_2$，胸前紧贴胸前，香肩齐并玉肩，宝钏压着金钏。

《醉太平》那两个云游在半天，恰便似平地上登仙。晚来无力揽红绵$_3$，下秋千困倦。慢腾腾倚定花枝颤，汗漫漫湿透芙蓉面$_4$；金钗不整鬓云偏$_5$，吁吁气喘。

《货郎煞》倒摺春衫做罗扇搧$_6$。

作者生平：　见 A01005。

定格说明：　《货郎儿》正宫，仅见于套曲。全曲 5 句，34 字。句式与韵脚安排为：7 △7 △7 △6 △6 △。典型平仄格式为：平仄仄、平平仄仄 △ 平仄仄、平平仄仄 △ 平平仄仄仄平平 △ 平仄仄、仄平平 △ 平仄仄、仄仄平 △。或作 7 △7 △7 △3 ○3 △7 △。原因待考。

　　　　　　　《脱布衫》正宫，亦入中吕。仅见于套曲。全曲 4 句，28 字。句式与韵脚安排为：7 △7 △7 △7 △。典型平仄格式为：仄平平、仄仄平平 △ 仄平平、仄仄平平 △ 平仄仄、平平仄仄 △ 平仄仄、仄仄平 △。或作 6 △6 △6 △6 △。

　　　　　　　《醉太平》正宫，小令套曲兼用。见 A17413。全曲 8 句 44 字。句式与韵脚安排为：4 △4 △7 △4 △7 △7 △7 △4 △。

词语注释：　1. 此言秋千板在杏花与柳丝中飘动。2. 按此为两人相向并立在秋千板上摇荡。紧间，两人的脚分开而又彼此紧紧相挨。3. 无力揽红绵，无力再抓住红绵秋千绳。4. 汗漫漫，汗津津。5. 此言金钗歪斜，乌云似的鬓角偏歪。按此处用词有误，鬓角无所谓正与斜，此应是"髻云偏"。6. 此言把春衫倒摺起来当罗扇扇动。

作品赏析：　文字简练而又人物鲜明生动，是好篇章。

《乔牌儿》双调。《全元曲》收 4 作者，4 套曲，19 小曲。本首牌所用曲牌计有：《乔牌儿》《锦上花》《揽筝琶》《庆宣和》《碧玉箫》《夜行船》《清江引》《沉醉东风》《落梅风》等。今选 2 套。

C06041 关汉卿《乔牌儿》

世情推物理，人生贵适意[1]。想人间造物搬兴废：吉藏凶凶暗吉[2]。

《夜行船》富贵那能长富贵？日盈昃月满亏蚀[3]。地下东南，天高西北，天地尚无完体[4]。

《庆宣和》算到天明走到黑，赤紧的是衣食[5]。凫短鹤长不能齐，且休提，谁是非[6]。

《锦上花》展放愁眉，休争闲气。今日容颜，老如昨日[7]。古往今来，恁须尽知：贤的愚的，贫的和富的[8]。

《幺》到头这一身，难逃那一日[9]。受用了一朝，一朝便宜。百岁光阴，七十者稀[10]。急急流年，滔滔逝水[11]。

《清江引》落花满院春又归，晚景成何济[12]。车尘马足中，蚁穴蜂衙内，寻取个稳便处闲坐地[13]。

《碧玉箫》乌兔相催，日月走东西。人生别离，白发故人稀[14]。不停闲岁月急。光阴似驹过隙。君莫痴，休争名利。幸有几杯，且不如花前醉。

《歇拍煞》恁则待闲熬煎、闲烦恼、闲萦系，闲追欢、闲落魄、闲游戏。金鸡触祸机，得时间早弃迷途。繁华重念《箫韶》歇，急流勇退寻归计[15]。采薇薇，洗是非，夷齐等，许由辈[16]。这两个谁人似得？松菊晋陶潜，江湖越范蠡[17]。

作者生平：　见 A03014。

定格说明：　《乔牌儿》，双调。见 C01002。句式与韵脚安排为：5△5△7△5△。此曲末句作 6 字句。

《夜行船》双调，幺篇同始调。全曲4句，28字。句式与韵脚安排为：7△7△4○4○6△。典型平仄格式为：仄仄平平仄仄平△仄平平、仄仄平平△仄仄平平○平平仄仄○仄仄平平仄仄△。末句或作7字折腰句。

《庆宣和》见A03019。5句，22字。句式与韵脚安排为：7△4△7△2○2△。

《锦上花》见C01005。句式与韵脚安排为：4○4△4○4△4○4△4○4△。

《清江引》见A15361。句式与韵脚安排为：7△5△5○5△7△。

《碧玉箫》见A13268。句式与韵脚安排为：4△5△4△5△6△6△3△5△1△6△。

词语注释： 1. 物理，事物的道理，此言对世情要遵循事理，对人生要贵在适意。2. 造物，造物者、天帝；搬兴废，运转与安排世间的盛衰和兴废。吉凶是互相结合在一起的。凶暗吉，凶暗藏着吉。3. 昃（ze 则），日西斜。《易·丰》："日中则昃，月盈则食。"意即日到中午（正当中）时必开始西斜，月满后必开始亏损。4. 语出《淮南子》。此古人根据中国地理特点所得出的结论：地下东南（所以水向东流）；"天倾西北，故日月星辰移焉"。因中国在北半球，所以天象似由北向南倾斜。此虽错觉，但物无完体、优缺点相辅相成则是常理。5. 赤紧的，最要紧的；此言算来算去，最要紧的还是衣食。6. 凫（fu 扶），野鸭。鸭脚短，鹤脚长，俱是天生，各有短长，不可强求一律，并无是非可言。语出《庄子·骈拇》："凫胫虽短，续之则忧；鹤胫虽长，断之则悲"。7. "如"当作"于"。老于昨日，比昨日老。8. 恁，同您。此言您最好把古今贤愚和贫富的问题弄清楚。9. 那一日，指死的那天。10. 百岁指人的一生。11. 此言流年如逝水。12. 济，利益、成功，如言"不济事"，于事无补；成何济，如何安排才济事，才好。13. 蚁穴，有人生如南柯一梦意；峰衙，即蜂窝。蜂窝守卫如衙门。二句言尘世卑微。闲坐地，闲坐着。14. 此处别离指人生早晚须死别，故下文言白发故人稀。此曲末三句与定格不符。15. 六句言您尽管像世人一样混日子，但须知道金（锦）鸡因为羽毛美丽而遭祸机，应该迷途知返，繁华时特别要念及美妙音乐（箫韶）终有演奏完毕的时候而急流勇退，寻找归计。箫韶，虞舜时的美好乐舞。16. 伯夷、叔齐耻食周粟，采蕨薇以食终至饿死；巢父拒绝尧让天下；许由听说尧要封官而洗耳，洗是非指此。等、辈，与他们同等同样之人。17. 谁似得，谁比得。陶渊明爱松菊，越国范蠡隐居江湖。

作品赏析：　　语言浅显，说理透彻，应该能使不少人迷途知返。

C06042 乔吉《乔牌儿·别情》

"凤求凰"琴慢弹₁，莺求友曲休咽₂。楚阳台更隔着连云栈，桃源洞在蜀道难₃。

《揽筝琶》无边岸，黑海也似那煎煩₄。愁万结柔肠，泪双垂业眼₅。泪眼与愁肠，直熬得烛火香残。更阑，望情人必然来梦间，怎奈这枕冷衾寒₆。

《落梅风》粘金雁，弹翠鬟，想不曾做心儿打扮₇。近新来为咱情绪懒，不梳妆也自然好看。

《沉醉东风》风铃响猛猜做珮环，柳烟颦只疑是眉攒₈。想犀梳似新月牙，忆宫额似芙蓉瓣₉，见桃花呵似见他容颜₁₀。觑得越女吴姬匹似闲，厌听那银筝象板₁₁。

《本调煞》相思成病何时慢₁₂？更拼得不茶不饭₁₃，直熬个海枯石烂。

作者生平：　　见 A03026。

定格说明：　　《乔牌儿》，见前。

《揽筝琶》双调，仅见于套曲。见 C05031。句式与韵脚安排为：3○5△4○4△3○3○4△7△4△。

《落梅风》又名《寿阳曲》，小令套曲兼用。见A11213。句式与韵脚安排为：3○3△7△7△7△。

《沉醉东风》双调，小令套曲兼用。见A18425。句式与韵脚安排为：6△6○3○3△7△7△7△。

词语注释： 1.《凤求凰》，源自司马相如《琴歌》，寓"窈窕淑女，君子好逑"之意。2. 呾（dan旦），歌唱。莺求友曲，指《诗·小·伐》："嘤其鸣矣，求其友声。"3. 连云栈，高入云间的栈道。蜀道难，李白诗句。二句言仙境虽在，其路难行。极言幽会之地难以到达。4. 黑海，犹言苦海；煎烦，烦恼熬煎。5. 此言愁肠万结，业（孽）眼泪垂。6. 争奈，同怎奈。此曲后半部与定格不符。7. 金雁，妇女头饰；嚲（duo躲），下垂。做心儿，用心儿。8. 此言听见风铃响，以为是来人的珮环声；见柳丝摇摆，便想到人在皱眉。9. 宫额，宫中的一种额角装饰，额涂黄色。10. 呵，同啊。11. 匹似闲，口语，等闲。此言把跟前美女不放在眼里，懒听她们演唱。12. 慢，费解，也许当作漫，指淡下去。13. 不茶不饭，不思茶饭。

作品赏析： 元曲中别情，多写女思男之闺怨。此曲写男思女时的心情，可做对比研究。

《耍孩儿》般涉调。《全元曲》收4作者，6个套曲，56小曲。所用曲牌计有：《耍孩儿》《哨遍》。今选2套。

C06043 杜仁杰《耍孩儿·庄家不识构阑₁》

风调雨顺民安乐，都不似俺庄家快活₂。桑蚕五谷十分收，官司无甚差科₃。当村许下还心愿₃，来到城中买些纸火₄。正打街头过。见吊个花碌碌纸榜，不似那答儿闹穰穰人多₅。

《六煞》见一个人手撑着椽做的门，高声的叫"请！请！"道迟来的满了无处停坐。说道："前截儿院本《调风月》，背后幺末敷衍《刘耍和》"₆。高声叫：赶散易得，难得的妆哈₇。

《五》要了二百钱放过咱，入得门上个木坡。见层层叠叠团圞坐。抬头觑是个钟楼模样，往下觑却是人旋窝。见几个妇女向台儿上坐。又不是迎神赛社，不住的擂鼓筛锣。

《四》一个女孩儿转了几遭，不多时引出一伙。中间里一个央人货₈，裹着枚皂头巾，顶门上插一管笔，满脸石灰，更着些黑道儿抹，知他待是如何过₉？浑身上下，则穿领花布直裰₁₀。

《三》念了会诗共词，说了会赋与歌，无差错。唇天口地无高下₁₁，巧语花言记许多。临绝末，道了低头撮脚，爨罢将幺拨₁₂。

《二》一个妆做张太公，他改做小二哥₁₃。行、行、行，说向城中过。见个年少的妇女向帘儿下立。那老子用意铺谋、待取做老婆。教小二哥相说合：但要的豆谷米麦，问甚布绢纱罗。

《一煞》教太公往前那不敢往后那，抬左脚不敢抬右脚。翻来覆去由他一个。太公心下实焦懆，把一个皮棒槌则一下打做两半个。我则道脑袋天灵破，则道兴词告状，划地大笑呵呵₁₄。

《尾》则被一胞尿，爆的我没奈何。刚捱刚忍更待看些儿个，枉被这驴颓笑杀我₁₅。

作者生平： 见 C01002。

定格说明： 《耍孩儿》又名魔合罗，般涉调，仅见于套曲。见 C06034。句式与韵脚安排为：7△6○7○6△7○7△3△4○4△。幺篇同始调，用否均可。

　　　　　《诸煞》：《全元曲》收《耍孩儿》四套，除首牌外，均不带其他曲牌，而只带由八句组成之《煞》若干。关于《煞》前此已有详细说明。它既不同于"幺"，也不与任何其他曲牌相似，而是作者在煞尾之前所拟定的短曲。各煞自身彼此相似，等于一固定之曲牌。从现有 6 套《耍孩儿》的 42 支《煞》曲中，归纳其定格约为：6○5△3△5○7△3△4○4△。

词语注释： 1. 庄家，庄稼人、农民。构阑，通作勾栏，也作构栏、勾阑，宋元时百戏和杂剧演出场所，明代亦指妓院。2. 此言庄稼人最快活。3. 差科，差使和科派。4. 还心愿，即还愿，旧时指向天许下某种心愿后，到一定时候须向苍天或去庙宇烧香谢神，称作还愿。纸火，即谢神的香纸蜡烛之类。5. 花碌碌，即花绿绿。纸榜，纸招贴，犹今言海报。不似句，言哪里都不像那答儿（那里）人多。即吊纸榜处人最多。6. 院本，杂剧的前身，亦指行院演出的脚本。《调风月》，院本名，今不传，或系关汉卿剧《诈妮子调风月》。幺末句难解。有的书以为"幺末"系杂剧别称，意即"杂剧敷衍《刘耍和》"。按此说欠妥。杂剧别名幺末无据，刘耍和乃当时著名演员，并不闻有《刘耍和》剧本，且下文并不见有与刘耍和有关内容。高文秀有《黑旋风敷衍刘耍和》，于情理不同，只宜是"刘耍和敷衍黑旋风"，故前人已疑"黑旋风"三字乃衍文。窃以为"幺末"乃角色名，即"头号生脚"，他将表演"刘耍和"或刘耍和的节目，也可以理解为"由刘耍和充幺末敷衍"。以上仅供参考。7. 赶散，听散曲清唱；妆哈，化妆演出。8. 央人货，即殃人货，害人精、逗人笑的家伙。9. 插一管笔，丑角帽上的装饰；待是，打算要。10. 直裰（duo 多），长袍。此处似有二增句。11. 此言他满嘴天上地下样样会说。12. 临绝末，此小丑演完时；道了，指上述词语说完后；撒，摆动；低头撒脚，丑角的滑稽动作；爨（cuan 窜），爨弄，表演；等他演完后，幺末就将开始。前此只是正戏开始前的小插曲。13. 他，指前述殃人货；小二哥，仆人。14. 则道，只道；划地，反而。15. 爆的，憋得；刚捱刚忍，勉强忍耐。驴颓，驴鸟，骂人的话。以上可能就是《调风月》的基本内容。

作品赏析： 这是一篇非常有名而且有历史价值的作品。它通过一个文化水平不高的农民的天真口吻，生动地描绘了当时杂剧的演出情况，使我们得以窥见元曲兴盛时的热闹场面。

C06044 马致远《耍孩儿·借马》

近来时买得匹蒲梢骑[1]，气命儿般看承爱惜[2]。逐宵上草料数十番[3]，喂饲得膘息胖肥[4]。但有些污秽却早忙刷洗，微有些辛勤便下骑[5]。有那等无知辈，出言要借，对面难推。

《七煞》懒设设牵下槽，意迟迟背后随，气忿忿懒把鞍来鞴[6]。我沉吟了半晌语不语，不晓事颓人知不知？他又不是不精细，道不得"他人弓莫挽，他人马莫骑"[7]。

《六煞》不骑呵西棚下凉处拴，骑时节拣地皮平处骑。将青青嫩草频频的喂。歇时节肚带松松放，怕坐的困尻包儿款款移。勤觑着鞍和辔，牢踏着宝镫，前口儿休提[8]。

《五煞》饥时节喂些草，渴时节饮些水。着皮肤休使粗毡屈[9]，三山骨休使鞭来打[10]，砖瓦上休教稳着蹄[11]。有口话你明明的记[12]：饱时休走，饮了休驰。

《四煞》抛粪时教干处抛，尿绰时教净处尿，拴时节拣个牢固桩橛上系[13]。路途上休要踏砖块，过水处不教溅起泥。这马知人义，似云长赤兔，如益德乌骓[14]。

《三煞》有汗时休向檐下拴，渲时休教侵着颓[15]。软煮料草铡底细[16]。上坡时款把身来耸[17]，下坡时休教走得疾。休道人忒寒碎[18]。休教鞭彪着马眼[19]，休教鞭擦损毛衣。

《二煞》不借时恶了兄弟，不借时反了面皮。马儿行嘱咐叮咛记：鞍心马户将伊打，刷子去刀莫作疑[20]。则叹的一声长吁气，哀哀怨怨，切切悲悲。

《一煞》早晨间借与他，日平西盼望你，倚门专等来家内。柔肠寸寸因他断，"侧耳频频听你嘶"。道一声："好去"，早两泪双垂。

《尾》没道理没道理，忒下的忒下的[21]。恰才说来的话君专记，一口气不违借与了你[22]！

作者生平：　　见A01001。

定格说明： 见前。

词语注释： 1. 蒲梢，千里马名，见《史记·乐书》。2. 命气儿般，像生命一般；看承，看待。3. 逐宵，每晚。4. 息，生长；膘息，长膘。5. 但有些，只要有些；此句言只要马稍累便下马不再骑。6. 懒设设，懒洋洋；鞴（bei 备），装备车马。此言已答应借马，把马牵下，紧随借马者身后，懒把马装备。7. 颓人，骂人的话，屌人。道不得，难道不是说，岂不闻。8. 这一段及其后许多话是对借马人的仔细叮咛。呵，同啊；尻包儿，马的后腰部；款款，慢慢。此言如果怕坐得发困时，在马的后腰要慢慢移动。辔（pei 配），马缰绳。前口句待考，也许是说别把马口提得太高。9. 毡屈，应是毡子。此言马的贴身处别使用粗毡垫。10. 三山骨，胯骨。11. 稳，歪（wai 上）的误读；稳着蹄，扭伤马蹄。12. 有口话，有句话。13. 抛粪，马拉屎；尿绰，马撒尿。桩橛，桩子。14. 此指关云长的赤兔马，张飞的乌骓马。都是历史上的名马。15. 渲，待考，从文意上看当指用水冲洗，所以说别侵害到马的生殖器（颓）了。16. 刷，同刷。17. 此言上坡时要慢慢耸起身子，别伤着马。18. 寒碎，寒碜，此指小气。19. 髟（diu 丢），挥打。毛衣，即指马毛。20. 此下二句似是对马也是对借马人说话、叮嘱。马儿行，马儿这里。下两句是用"拆白道字"的方法骂人。鞍心，安心，留意；马户，指驴子，此言当心马户（驴子）打它。"刷子去刀"是"屌"字，即"请你这个屌人别多疑"。21. 下的，下作，卑鄙。22. 不违，不食言。此言鼓一口气不食言，把马借与你。

作品赏析： 此曲极为细致地描写小有产者既舍不得把马借与他人，又不忍丢面子和得罪借马人的矛盾心情，也生动地表现了当时社会生活面貌的一角。读来颇饶趣味。

《啄木儿》黄钟。《全元曲》收 1 作者，1 套曲，5 小曲。本首牌所用曲牌计有：《啄木儿》《滴溜子》《玉抱肚》等。

C06045 高文秀《啄木儿》

朦胧睡，巧梦成，偶一佳人伴瘦影$_1$。正温存云雨将兴，被黄鹂弄声惊醒。觉来恍惚心不定，无端阻我阳台兴，凤友鸾交化作尘。

《前腔》襄王梦，仍又成，俨似当年杨太真$_2$。正欢娱再结同心，被谯楼又打三更。思思想想愁无尽。纱窗月转移花影，把我二字姻缘不得成$_3$。

《玉抱肚》静中省思，这娇人何方姓名$_4$？素不曾识面调情，平白地将人勾引。魂飞魄散，使我战战兢兢，觅尽天涯不见形。

《滴溜子》思量起，思量起，怎不动情？丹青手，丹青手，难描俊英。为你，殷勤帮衬$_5$；虽然梦寐间，风流当尽。堪恨姻缘，两字欠成。

《余文》佳期不得同欢庆，梦儿里和伊言甚？盼杀鸡声天又明$_6$。

作者生平：　　见 C05031。

定格说明：　　《啄木儿》黄钟。仅见于套曲。诸谱不载，归纳为：全曲 8 句，48 字。句式与韵脚安排为：3○3△7△7△7△7△7△。典型平仄格式为：平平仄○仄仄平△仄仄平平平仄仄△仄平平、仄仄平平△仄仄平平、平平仄仄△平平仄仄平平仄△平仄仄平平仄△仄仄平平仄仄平△。

《玉抱肚》黄钟，亦入商调、双调，小令套曲兼用。见 A10192。句式与韵脚安排为：4△7△5△7△6△。此曲当有增句。另谱作 4△7△6△6△7△6△3○3○4△4○4○4○4△。原因待考。

《滴溜子》黄钟。仅见于套曲。诸谱不载，归纳为：全曲 12 句，43 字。句式与韵脚安排为：3○3○4△3○3

○4△2○4△5○4△4○4△。典型平仄格式为：平仄仄○平仄仄○仄仄平平△平平仄○平平仄○平平仄仄△仄仄○平平仄仄△平平仄仄平平仄仄△仄仄平平○仄仄平平△。

词语注释：　　1. 此言佳人伴我瘦影。2. 襄王梦，宋玉《高唐赋序》称楚襄王曾于梦中会见巫山神女，此指与梦中人幽会。杨太真，即杨贵妃。3. 二字姻缘，即姻缘二字。4. 何方姓名，家住何方，姓甚名谁。5. 帮衬句，此言因为你对我殷勤讨好。6. 盼杀鸡鸣，此言因怕天明儿而以迫切心情倾听着鸡鸣声而天又亮了。

作品赏析：　　一派无稽的痴人白日梦，确是"为赋新词强说愁"，毫不足信。但因本首牌只此1套，故选以备一格。

七齐　　除《黄莺儿》已见六儿外，《全元曲》尚收三首牌，6作者，9套曲，36小曲。今选3套。

《袄神急》仙侣。《全元曲》收2作者，5套曲，20小曲。本首牌所用曲牌计有：《袄神急》《后庭花》《六幺遍》《元和令》等。今选1套。

C07046 朱庭玉《袄神急·雪景》

磨空生粉云，蔽日见彤霞[1]。透骨侵肌，忽尔风飘飒。酸寒若箭穿，酽冷如刀刮[2]。裁冰剪水都半霎[3]，乾坤一玉壶，表里无瑕[4]。

《六幺遍》故邀佳客，乘娇马[5]。过向阳溪曲，映暖堤崦[6]。山茶半萼，江梅正花[7]。十里横桥直西下。嚖唎，几人家篱落接平沙[8]。

最宜观赏，堪图画。破墙酒斾，古岸渔艖[9]。筠梢密洒，松梢重压[10]。老木枯枝寒藤挂[11]。槎牙，似玉龙搭撒乱披麻[12]。

《后庭花》暗暮天昏黯黲，望长林白刺擦[13]。马盼山城近[14]，人嫌江路滑。怨胡笳，赏心不尽，归来情倍加[15]。

《随煞》设酒筵连夜饮，会诗题分字押[16]。扫竹叶聊酬兴，剜橙穰深蘸甲[17]。论奢华，围炉同话，此风流不羡党侯家[18]。

作者生平： 见 C05027。

定格说明： 《祆神急》，又名祆神儿，仙吕。小令套曲兼用，见 A07164。句式与韵脚安排为：5△5△4○5△5○5△7△5○4△。

《六幺遍》仙吕，小令套曲兼用，见 A14271。句式与韵脚安排为：3○3△4○4△4○4△7△2△7△。幺篇同始调，用否均可。

《后庭花》仙吕，瓯令套曲兼用，见 A01008。句式与韵脚安排为：5△5△5○5△3△4○6△。

词语注释： 1. 磨空粉云，雪如粉，故想象天空如磨。或云，磨空，指摩天高空，可参考。2. 酸寒、酽冷，极言其寒冷。3. 裁冰剪水，此言半霎功夫，水变成冰，可以剪裁了。4. 此言天地洁白如玉；其所以用"玉壶"字样，是因中国诗歌中，一向以玉壶为纯洁美好的东西。5. 故，特意；娇马，好马。6. 窊（wa 凹），义同凹；堤窊，堤边洼地。此言走马经过向阳而映暖的堤窊。7. 萼，通指花萼，半萼指嫩苞，此言山茶花树的嫩苞才长出一半。花作动词用，正开花。8. 嚊唎，感叹声。篱落，篱笆。9. 旆（pei 配），旗末如燕尾的垂旒，此指做招牌用的酒旗。古岸，旧有堤岸；艖（cha 叉），小船。10. 筠，竹的青皮，此指竹。此言松竹之梢上，均积有许多雪。11. 寒藤，冬天枯死的藤类。12. 槎牙，枝杈突出；搭撒，亦作搭飒，凌乱的样子；披麻，满身白雪，犹如戴孝。13. 黪（can 惨），灰黑色；此言晚上天色昏暗。白刺擦，口语，白花花。14. 盼城近，到达后好休息。这里是人把自己的想法设想为马的想法。15. 怨胡笳，待考，也许是因为听见傍晚胡笳的声音，而知是回家之时已到，故怨恨；但赏心之情未尽，而劲头更大，所以有下文开夜宴之举。16. 会诗题，把诗题集中起来；分字押，分配韵字让各人作诗押韵。17. 此言兴高采烈时扫竹叶助兴，刳剥橙穰手指甲深深蘸上橙汁。18. 党侯，党太尉；《绿窗新话》有党家妓不识雪景故事，此泛指富豪家。

作品赏析：　　一派悠闲文人赏雪情调，可与写穷人怨雪作品，如C01012 唐毅夫《一枝花·怨雪》对照阅读。

《梁州第七》南吕。《全元曲》收 3 作者，3 套曲，11 小曲。本首牌所用曲牌计有：《梁州第七》《一枝花》。今选 1 套。

C07047 乔吉《梁州第七·射雁》

鱼尾红残霞隐隐，鸭头绿秋水涓涓，芙蓉灿烂摇波面₁。见浮沉鸥伴₂，来往鱼船；平沙衰草，古木苍烟。江乡景堪爱堪怜，有丹青巧笔难传。揉蓝靛绿水溪头，铺腻粉白蘋岸边，抹胭脂红叶林前₃。将笠檐儿慢卷₄，迎头，仰面，偷睛儿觑见碧天外雁行现，写破祥云一片笺，头直上慢慢盘旋₅。

《一枝花》忙拈鹊画弓，急取雕翎箭₆。端直了燕尾鈚，搭上虎筋弦₇，秋月弓圆，箭发如飞电₈。觑高低无侧偏，正中宾鸿，落在蒹葭不见₉。

《尾》转过紫荆坡白草冢黄芦堰₁₀，惊起些红脚鸭金头鹅锦背鸳，諕得这鹨䴘儿连忙向败荷里串₁₁。血模糊翅搧，扑剌剌可怜，十二枝梢翎向地皮上剪₁₂。

作者生平：　　见 A03026。

定格说明：　　《梁州第七》亦称《梁州》，南吕，仅见于套曲。见C01006。全曲 18 句，99 字。句式与韵脚安排为：7△7△7△4 ○4 △4 ○4 △7 △7 △7 ○7 ○7 △2 △2 △7 △5 △7 ○4△。

　　《一枝花》南吕，仅见于套曲。见 C01006。句式与韵脚安排为：5○5△5○5△4△5△5△7○6△。

词语注释：　　1. 此言隐隐残霞其色如鱼尾红，次句结构同此；波面灿烂荷花摇曳。2. 鸥伴，结伴的鸥鸟。3. 此言绿水溪头似在揉弄蓝靛，白蘋岸边好似铺了一层细腻的白粉，林前红叶如同抹上了胭脂。第十一句以后按定格其句式应另作安排。4. 笠檐，笠帽上的围帘，卷起以便更好地观赏。此似增句。5. 偷睛儿，斜着眼看；这里把祥云（美好云彩）比作纸张，被雁字写破。头直上，头顶上。6. 拈，拿起；有鹊画的弓，雕翎尾作的箭，总之是上等弓箭。7. 鈚（pi 批），箭镞。端直指瞄准。虎筋弦，表示最强有力的弦。8. 此言挽得弓如圆月；觑高低句，言上下左右毫无偏差。9. 宾鸿，大雁，以其秋来春去，故称宾；蒹葭，芦苇。这两句按定格应为两个 7 字句。10. 堰（yan 宴），能溢流的拦河坝。11. 鸂鶒（xichi 溪敕），比鸳鸯略大而带紫色的水鸟，亦称紫鸳鸯。12. 三句写中箭鸿雁的情况。翅搧，两翼扑腾；扑剌剌，翅膀拍击声；十二枝梢翎，雁飞翔的主要翎毛。地皮上剪，在地面上来回扫动。

作品赏析：　文字优美，景物生动。末三句写中箭后大雁挣扎情况，令人惨不忍睹矣！

《蓦山溪》 大石调。《全元曲》收 1 作者，1 套曲，5 小曲。本首牌所用曲牌计有：《蓦山溪》《女冠子》《雁过南楼》《好观音》等。

C07048 王和卿《蓦山溪·闺情》

冬天易晚，又早黄昏后。修竹小阑干，空倚遍寒生翠袖[1]。萧郎宝马，何处也恋狂游[2]？

《幺篇》人已静、夜将阑，不承望今番又[3]。大抵为人图什么[4]？况彼各青春年幼[5]！似恁的厮禁持[6]，寻思来白了人头。

《女冠子》过一朝，胜九秋。强拈针线，把一扇鞋儿绣。蓦听的马嘶人语，不甫能盼的他来到[7]，他却又早醺醺的带酒。

《好观音》枉了教人深闺候，疏狂性惯纵的来自由[8]。不承望今番做的漏斗，衣纽儿尚然不曾扣[9]。等的他酒醒时将他来都明透[10]。

《雁过南楼煞》问着时节只办的摆手[11]，骂着时节永不开口。我将你耳朵儿揪："你可也供谁人两个欢偶[12]？我将你锦片也似前程、花朵儿身躯，遥望着梅梢上月牙儿咒[13]！"

作者生平：　见A06150。

定格说明：　《蓦山溪》，大石调。仅见于套曲。全曲6句，30字。句式与韵脚安排为：4○5△5○6△4○4△。典型平仄格式为：平平仄仄○仄仄平平仄△仄仄仄平平○平仄仄、平平仄仄△仄仄平平○仄仄平平△。幺篇换头：首句换为两个三字句，须连用。

《女冠子》黄钟，亦入大石调，仅见于套曲。此曲与一般曲谱大异，归纳为：全曲7句，33字。句式与韵脚安排为：3○3△4○5△7○4○7△。典型平仄格式为：仄仄平○仄仄平△平平仄仄○仄仄平平仄△平平仄、平平仄仄○平平仄仄○平平仄、平平仄仄△。但一般曲谱作：4△7△5△4○4○4△5○4○4△4○7△。幺篇换头，首二句作7△7△。其故待考。

《好观音》大石调，亦入仙吕。仅见于套曲。幺篇同始调，用否均可。见C05027。全曲5句，29字。句式与韵脚安排为：7△7△7△3○5△。

《雁过南楼》大石调，仅见于套曲。全曲7句，44字。句式与韵脚安排为：7△7△3○3△7△6○6△7△。典型平仄格式为：仄平平、平平仄仄△仄平平、仄仄平平△仄仄平○平平仄△仄仄平、平平仄仄△平平仄、仄平平○平仄仄、平平仄△仄仄平、仄仄平平△。注意：《雁过南楼煞》字句数与此有异。

词语注释：　1. 此言空倚遍种有修竹的小阑干上，以致翠袖生寒。2. 萧郎，此用以指代所思男子；恣狂游，任意狂游。3. 此言今番又承望（与他相见），此或有省略，言不承望今番又空守。4. 大抵，大致。5. 彼各，彼此各自，即彼此。6. 禁持，折磨。7. 甫能，才能；不甫能，好不容易。8. 来，语助词，即被惯纵得放任自由。9. 漏斗，犹言漏了馅儿；即下文所说，连纽扣都不曾扣好。10. 此言等他酒醒时，将他来（拿他来问），就一切都清楚了。11. 只办的摆手，只做摆手动作。12. 欢偶，作对寻欢。13. 此言要对着梅梢上的月亮，以你的前程和健康狠狠地咒骂你。

作品赏析：　　写小两口因丈夫行为不轨而闹矛盾的情况，生动细致。

八微《全元曲》收两首牌，2作者，2套曲，17小曲。今全选。
《泣颜回》仙吕。《全元曲》收1作者，1套曲，8小曲。本首牌所用曲牌计有：《泣颜回》《皂角儿》《不是路》《解散成》等。

C08049 朱庭玉《泣颜回$_1$》

暗想配秋娘，情如交颈鸳鸯$_2$。绸缪缱绻深恩重义难忘，似真贤孟光$_3$。喜齐眉笑举梁鸿案，与卿卿带结同心，效鹣鹣永远成双$_4$。

《前腔》调和琴瑟奏笙簧$_5$，意相投两下无妨。谁知今日薄情的改变心肠，顿教人惨伤。岂料他反目恩成怨，悔当初不合认真，好姻缘翻作参商$_6$。

《不是路》柳絮飘狂，怎比得葵花倾向阳$_7$。谁承望桃花无意恋刘郎$_8$。细推详玉楼烟锁云江暗，危石盟言在那厢$_9$？空嗟怨冤家忒杀不思量，薄情娘你如今对面如霄壤$_{10}$，只怕久候相思要见添惆怅，直待眉儿淡了思张敞$_{11}$。那时节悔未从良，恨未从良$_{12}$。

《解三醒》我为你神魂飘荡，我为你废寝忘餐。我为你千金卖笑平康巷$_{13}$，我为你几载浮踪在异乡$_{14}$。我为你思归徒自劳清梦，我为你久别鸳帏不下堂$_{15}$。（合）还思想，端的是李鹃奴负了王商$_{16}$。

《前腔》你把我怜香惜玉冰和炭，你把我倚翠偎红圆合方$_{17}$。你把我山盟海誓成虚谎，你把我厚德深恩当晓霜$_{18}$。你把我如糖拌蜜盐落水，

你把我似漆投胶雪见汤[19]。(合前)

《皂角儿》闷恹恹镇日凄凉，泪汪汪心中悒怏[20]。为相思病入膏肓，瘦伶仃不成模样。只落得脸儿黄、庞儿瘦、沈郎腰、潘郎鬓、凄凉行状[21]。(合)留情痴汉，负恩女娘，狼心肠。人须易负，难昧穹苍[22]！

《前腔》抱琵琶又过别船，折杨柳他把章台还上[23]。记当时遂结鸾凰，到如今剧然分散。恁下得折鸾凰，剖并头，开连理[24]，犹如反掌。(合前)

《余文》千言万语都休讲，分付冤家要主张[25]。终有日相逢，我也不与你较短长。

作者生平：　见C05027。

定格说明：　《泣颜回》仙吕，诸谱不载，归纳为：全曲7句，44字。句式与韵脚安排为：5△6△7△5△7○7○7△。典型平仄格式为：仄仄仄平平△平平仄仄平平△平平仄仄平平仄△平平仄仄平△平平仄仄平平仄○仄平平、仄仄平平○仄平平、仄仄平平△。

《不是路》仙吕，仅见于套曲。诸谱不载，归纳为：全曲11句，68字。句式与韵脚安排为：4△7△7△7○7△7△7△7△4△4△。典型平仄格式为：仄仄平平△仄仄平平仄仄平△平平仄仄平平仄△平平仄仄平平仄○仄平仄仄平平仄△平平仄仄平平仄△仄仄平平△仄仄平平△。

《解三酲》仙吕，小令套曲兼用。诸谱不载，见A17352。全曲9句，52字。句式与韵脚安排为：6△6○7△5△7○7△3△7△4△。典型平仄格式为：仄仄平平仄仄△仄仄平平仄仄○平平仄仄平平仄△平平仄仄平△平平仄仄平平○仄仄平平仄平△平平仄仄、平平仄仄△仄仄平平△。

《皂角儿》仙吕。仅见于套曲。诸谱不载，归纳为：

全曲10句，54字。句式与韵脚安排为：7△7△7△7△7△4○4△3△4○4△。典型平仄格式为：仄平平、仄仄平平△仄平平、平平仄仄△仄平平、仄仄平平△仄平平、平平仄仄△平仄仄、平平仄仄△平平仄仄○仄仄平平△仄平平△平平仄仄○仄仄平平△。

词语注释： 1. 此套曲写男子在烟花女子负约后的痛苦心情和对女方的劝告与希望，痴心甚为厚道。与其他套曲不同之处，在有两段合唱词句，分别附于第4、5、6、7曲之下，是比较少见的一种体制。2. 暗想，指回味；秋娘，古有名妓叫杜秋娘、谢秋娘者甚多，此代指男子所恋之妓女。3. 孟光，东汉有名贤女，梁鸿之妻。嫁梁后每食必"举案齐眉"（把端食品的案子举得高高的），以示恭敬。4. 带结同心，结同心带，即以同心相许。鹣鹣（jian兼），传说中的比翼鸟。5. 演奏笙簧以调和琴瑟，此言夫妻非常和好。6. 参商，星名，参在西，商在东，此起彼落，永不相见，比喻彼此极不和睦。7. 此句用以说明女方与男方不同的心情。8. 桃花比女方，刘郎说自己。9. 危石盟言，海枯石烂不变心之类的誓言。此言女方深居玉楼，早把山盟海誓丢光。那，同哪。10. 特杀不思量，太不思量了，有咒骂意。霄壤，天差地别，跟过去大不一样。11. 此言只怕久后你想见我时难以会面，你会忧伤后悔的。张敞，汉京兆尹，以为妻画眉传为美谈。此言莫待有需要时才想起我。12. 妓女嫁人称为从良，即跟从良人，不再作下流。13. 平康巷（坊），唐代妓女聚居地，此指妓院。14. 浮踪，漂泊。15. 鸳帏，指洞房；不下堂，不肯离异。一般解为：我与你虽然久别，但不肯罢手。按此或指：我为你与发妻久别，虽然没有离异。16. 宋元戏文《玉酾记》有妓女李鹃奴负王商故事：二人誓永相爱，后王商金尽，李避之另恋他人。按定格此似少一个4字句，下同。17. 冰炭，极言水火不能相容；方形物与圆形物永远不能密合。此言我怜香惜玉，你却对我如同冰炭，下句意同。18. 晓霜，顷刻即消失。19. 糖盐等四个比喻，都是说马上消失得无影无踪。20. 悒怏，悒郁和怏怏不快。21. 沈腰潘鬓，沈约曾与人书，言自己腰围日渐减瘦，潘岳中年鬓发斑白。后常以此指瘦弱多病。22. 此言欺人易，欺天难。23. 抱琵琶别弹，指妇女变心改恋他人；章台柳，通指妓女；折杨柳，此言已折过的杨柳，指女方；还上章台，指重作妓女。24. 下得，下作得，卑鄙到；剖并头，剖开并头莲；开连理，割断连理枝。25. 要主张，要拿定主意。

作品赏析：　　诗词中男女怨情多为男负女，此独写失恋痴情男子，选此以备一格。

《吸沙尾》正宫，南北合套。《全元曲》收1作者，1散套，8小曲。本首牌所用北曲曲牌计有：《伴读书》《脱布衫过小梁州》《笑和尚》《醉太平》等。

C08050 无名氏《吸沙尾·四景南》

金殿锁鸳鸯，何时重会情娘$_1$？间阻佳期，咫尺雾迷云障。思量，常想那樽前席上：多丰润容貌非常，风流艳妆，自古道淑女堪配才郎。

《脱布衫过小梁州北》歌"白雪"余韵悠扬，红牙撒尽按宫商$_2$。品玉箫鸾鸣凤叶，舞"霓裳"翠盘宫样$_3$。解语知音所事强$_4$。　端的是世上无双。冰弦慢拨趁奇腔$_5$，声嘹亮，口喷麝兰香。轻清韵美低低唱。启朱唇皓齿如霜。穿一套缟素衣，尽都是依宫样。又不是悲秋宋玉，可着我想像赋高唐$_6$。

《渔家傲南》到春来和风荡，喷火夭桃，正宜玩赏$_7$。闲游戏、拾翠寻芳，正春光艳阳。雕梁乳燕呢喃两，游蜂趁蝶舞飞扬，正清和气爽$_8$。踏青载酒吟诗赋，斗草藏阄云锦乡，添情况$_9$。满斟着玉觞，遇韶华休负了好时光。

《醉太平》喜炎天昼长，避暑纳新凉。浮瓜沉李饮琼浆[10]，听蝉鸣绿杨。榴花喷火争开放，葵花向日玻璃漾[11]，荷花云锦满池塘[12]。直吃的酶酶、乐酶入醉乡。

《普天乐南》玩中秋明月朗，登高在楼上。东篱下菊蕊含金，正消磨暑气秋光[13]。捧玉觞，葡萄酿，酒友诗朋齐歌唱。玉山颓沉醉何妨[14]。朱扉绿窗，任风吹落帽龙山赏重阳[15]。

《伴读书北》布彤云迷四方，朔风凛毡帘放[16]。暖阁围炉频醽醁[17]，正歌楼酒力添欢畅。我则见多娇语笑斟席上[18]，引的人腹热肠狂。

《笑和尚北》我将慢除除语话讲，成就了风流况：共寝在绡金帐，诉衷情到耳傍，尽今生永成双。选良时配鸾凰。捧瑶觞赛神羊，将往时苦都撇漾[19]。

《余音南》姻缘事非计量，尽老团圆寿命长，办炷明香拜上苍[20]。

  作者生平： 见 A01005。

  定格说明： 仅录北曲。《脱布衫过小梁州》正宫，小令套曲兼用，《脱布衫》正宫，见于带过曲与套曲。见 B14027。句式与韵脚安排为：7△7△7△7△。

    《小梁州》正宫，小令套曲兼用，须带幺篇，句式与韵脚安排为：7△4△7△3△5△。加幺篇：7△7△6△4△5△。

    《醉太平》正宫，小令套曲兼用。见 A17412。句式与韵脚安排为：4△4△7△4△7△7△7△4△。

    《伴读书》，又名《村里秀才》，正宫，亦入中吕。仅见于套曲。全曲 6 句，35 字。句式与韵脚安排为：5△5△7△7△7△4△。典型平仄格式为：仄仄平平仄△仄仄平平仄△仄仄平平平仄仄△平仄仄平平仄△平仄仄平平仄△仄仄平平△。

    《笑和尚》又名《笑歌赏》，正宫，亦入中吕。仅见于套曲。全曲 8 句，48 字。句式与韵脚安排为：5△5△5

△3○3△5△。典型平仄格式为：平平平仄仄△仄仄平平仄△仄仄平平仄△仄仄平，仄平平△仄平平○仄平平△仄平平△平平仄仄平△。

词语注释： 1. 鸳鸯，指下文情娘，言其被锁于殿宇中，不知何时可会见。2. 白雪，阳春白雪，高雅歌曲；红牙，红色象牙简板。撒尽，用各种方法敲打；按宫商，按曲谱敲击。3. 霓裳，唐明皇为杨妃所谱"霓裳舞衣曲"。翠盘，当指舞池；宫样，如宫中式样。4. 解语，此指如解语花；所事强，是其工作中的强项。5. 趁，逞；趁奇腔，使用奇妙的腔调。6. 悲秋宋玉，宋玉《九辨》以"悲秋"开始，他曾作《高唐赋》，述楚王遇巫山神女事。此言自己不是宋玉，可却想象《高唐赋》中的奇遇。以下为曲中主人物回忆往昔春夏秋冬四时与佳人在一起的乐趣，故题为"四景"。此曲与定格不符。7. 此言如火夭桃随风荡漾。8. 呢喃两，两燕相与呢喃。9. 藏阄，拈阄之类的游戏。添情况，犹言盛况多多。10. 浮瓜，把瓜泡在井水中；沉李，把李子沉入井水中，使之清凉可口。11. 玻璃样，待考，总之言其美好，如玻璃样闪光。12. 此言荷花如云锦。13. 此倒装，言秋光正消磨暑气。14. 玉山颓，醉倒时情况。《世说新语》载，嵇叔夜醉也，巍峨若玉山之将崩。15. 《世说新语》载，孟嘉重九登高时曾因风落帽于龙山，传为美谈。16. 此言朔风凛冽，放下毡帘保暖。17. 釃（shi 尸），滤酒；盥，洗涤；此言忙于备酒。18. 此言多娇美女于笑语中为席上斟酒。19. 此言饮酒吃谢神的羊肉。撒漾，抛光。末尾二句似为增句。20. 此言并不考虑婚嫁之事，但求上苍保佑团圆到老。

作品赏析： 略。

九开缺

二　作品选注　481

十模（姑）《全元曲》收 6 作者，4 首牌，6 套曲，41 小曲。今选 4 套。

《玉抱肚》商调。《全元曲》收 1 作者，1 套曲，5 小曲。本首牌所用曲牌为《玉抱肚》。

C10051 商衟《玉抱肚》残

渭城客舍，微雨过陌尘轻浥。丝丝嫩柳摇金，情袅为谁牵惹[1]？海棠影里啼子规[2]，落花香乱迷胡蝶。物华表[3]，景色凄，芳菲谢，正是暮春时节。云归楚岫，鸾孤凤只，钗分鉴破，瓶坠簪折[4]。

《幺》好风光又逢花谢，美姻缘又遭离缺。似无情一派长波，声声渐替人呜咽[5]。这一声保重言未绝，珠泪痛流双颊。怨满杯，恨万叠，愁千结，两情牵惹。玉纤捧杯，星眸擎泪，羞蛾蹙损，檀口咨嗟[6]。

《三煞》只有今宵无明夜，都因自家缘分拙[7]。更做到走马儿恩情[8]，甚前时聚会，昨宵饮宴，今朝祖送，来日离别[9]？

《幺》千种恩情对谁说？酒醒时半窗残月。哭啼啼远送人来，怎下得教他回去[10]！欲留无计，欲辞难舍！

《随调煞》"阳关曲"莫讴彻，酒休斟宁奈些[11]。只恐怕歌罢酒阑人散也[12]。

作者生平：　　见 A01002。

定格说明：　　《玉抱肚》商调，小令套曲兼用，见 A10194。句式与韵脚安排为：4△7△5△7△6△。另有一种定格为：14 句，65 字，句式与韵脚安排为：4△7△6○6△6○6△3○3○3△4△4○4○4○4△。典型平仄格式为：平平仄仄△仄平平、平平仄仄△平平仄仄平平○仄仄平仄仄△平平仄仄平平○平平仄仄平平△平平○仄仄平○平平○平平仄仄△平平仄仄△平平仄仄○平平○仄平○平平○仄仄平平△。其故待考。

482　下编　元曲选注

词语注释：　　1. 此暗用王维《渭城曲》及《阳关三叠》中词语。情袅，感情波动。2. 海棠影里，海棠树影中；子规，即杜鹃，俗谓其啼声令人思归。下文不似已换头之幺篇，当属另一定格。待考。3. 物华表，此言美好景色已经呈现过了。4. 钗分鉴破，指情侣分离；分钗典故甚多，鉴破，乐昌公主夫妻分离时用破镜为异日相逢时信物。瓶坠簪折，用白居易《井底引银瓶》故事，表示姻缘无好结果。5. 渐，正，恰好；犹言声声正在替人呜咽；也可作加剧解，言一声声加紧替人呜咽。6. 玉纤，白嫩手指；羞蛾句，言含羞双眉皱得厉害。7. 缘分拙，缘分差。8. 更做到，更变成；走马儿恩情，感情如走马似的转眼即逝。9. 甚，为什么；徂，饯行。此下当为《三煞》之《幺篇》，似有残缺。10. 怎下得，怎下得狠心。或作"怎能下作得"，亦通。11. 莫讴彻，莫唱完；宁奈些，忍耐一下。12. 酒阑，酒残，在座者人已稀少。

作品赏析：　　此套写情人离别时情景，虽可能残缺一两小曲（二煞或还有一煞及《幺》前之曲牌），然无损大局。且本首牌《全元曲》只收此一套，故选以备一格。

《村里迓鼓》仙吕。《全元曲》收3作者，3套曲，24小曲。本首牌所用曲牌计有：《村里迓鼓》《后庭花》《青哥儿》《胜葫芦》《上马娇》《游四门》《元和令》等。今选1套。

C10052 贯石屏《村里迓鼓·隐逸》

我向这水边林下，盖一座竹篱茅舍，闲时节观山玩水，闷来和渔樵闲话。我将这绿柳栽，黄菊种，山林如画。闷来时看翠山，观绿水，指落花。呀，锁住我这心猿意马$_1$。

《元和令》将柴门掩落霞，明月向杖头挂。我则见青山影里钓鱼槎，慢腾腾间潇洒。闷来独自对天涯，盪村醪饮兴加$_2$。

《上马娇》鱼旋拿，柴旋打。无事掩荆笆$_3$，醉时节卧在葫芦架。咱，睡起时节旋去烹茶。

《游四门》药炉经卷作生涯[4]，学种邵平瓜。渊明赏菊在东篱下，终日饮流霞[5]。咱，向炉内炼丹砂。

《胜葫芦》我则待散诞逍遥闲笑耍，左右种桑麻。闲看园林噪晚鸦。心无牵挂，蹇驴闲跨，游玩野人家[6]。

《后庭花》我将这嫩蔓菁带叶煎，细芋糕油内煠[7]。白酒磁杯咽[8]，野花头上插。兴来时笑呷呷，村醪饮罢。绕柴扉水一洼。近山村看落花，是蓬莱天地家[9]。

《青哥儿》呀，看一带云山、云山如画，端的是景物、景物堪夸。剩水残山向那答[10]。心无牵挂，树林之下，椰瓢高挂[11]。冷清清无是无非诵《南华》，就里乾坤大[12]。

作者生平：　　贯石屏，生平不详，或以为即贯云石之别名。《全元曲》收其散套一套。

定格说明：　　《村里迓鼓》，仙吕，亦入商调。仅见于套曲。句法变化甚多。第4句可改作两个4字句，5、6、7句可改作三字句。今姑作全曲11句，47字。句式与韵脚安排为：4○4△4○7△3○3○4△3○3○3△7△。典型平仄格式为：平平仄仄○平平仄仄△平平仄仄○平平仄仄、平平仄仄△平平仄仄○平平仄仄○平平仄仄△仄仄平○平仄仄○仄仄平△仄平平、平平仄仄△。

《元和令》，亦入商调。仅见于套曲。全曲6句，34字。句式与韵脚安排为：5○5△7○5△7○5△。典型平仄格式为：平平仄仄平○仄仄仄平平△平平仄仄仄平平○平平仄仄平△平平仄仄仄平平○平平仄仄平△。

《上马娇》，亦入商调。仅见于套曲。全曲6句，24字。句式与韵脚安排为：3○3△5△7△1△5△。典型平仄格式为：仄仄平○仄仄平△仄仄平平△平平仄仄平平仄△平△仄△仄仄仄平平△。

《游四门》仙吕，亦入商调。小令套曲兼用。见A15303。全曲6句，30字。句式与韵脚安排为：7△5△7

△5△1△5△。

　　《胜葫芦》仙吕，仅见于套曲，全区6句，32字。句式与韵脚安排为：7△5△7△4○4△5△。典型平仄格式为：仄仄平平平△仄仄仄平平△仄仄平平仄仄平△平平仄仄○平平仄仄△仄仄仄平平△。

　　《后庭花》仙吕，小令套曲兼用，见A01008。句式与韵脚安排为：5△5△5○5△3△4○5△。此处末尾有增句二。

　　《青哥儿》仙吕，小令套曲兼用。见A06132。句式与韵脚安排为：6△6△7△7△3△。此处第三句后有4字句增句。

词语注释： 1.心猿意马，本道家用语，通指心神不定，胡思乱想。2.此数句表明作者以天地为屋宇的心怀：把落霞关在门外，把明月挂杖头。槎，筏子；慢腾腾句，言慢腾腾而且潇洒。盪，烫的假借字，把酒加热。3.旋，随时，立即；荆笆，柴门。4.此言以药炉炼丹和阅读经卷（当指道家经典）为生涯。5.饮流霞，如痴如醉地欣赏流霞。6.蹇驴，蹩脚驴子；野人家，指荒野农家。7.煠（die 蝶），煎炒。此句失韵。8.磁杯，同瓷杯。呷（ga 嘎）呷，笑声。9.蓬莱天地家，犹言蓬莱仙境人家。此有增句。10.剩水残山，此当指尚未去过的（剩下的）山水；那答，那儿，那地方。此言那边尚有剩水残山可游览。此下有增句。11.椰瓢，用椰子壳做的酒器。12.《南华》，《庄子》；就里，其中。

作品赏析： 是悠闲隐逸生涯，但以炼丹为生涯，危险！又文字略嫌重复、欠简练。

《雁传书》 大石调。《全元曲》收1作者，1套曲，5小曲。本首牌所用曲牌计有：《雁传书》《明妃曲》《秋海棠》《比目鱼》。

C10053 王元鼎《雁传书》

春归后，柳丝难挽别离情₁。一片花飞减却春₂，对东风无语销魂。伤情，花飞泪落坠红雨₃，苍苔上海棠堆径。愁无尽，怕的是梨花庭院，风雨黄昏。

《明妃曲》愁闻，是谁家风前笛韵₄？梅花片吹落江城₅。难禁，吹出了断肠声，到惹得月愁人病₆。鹃啼春思月中魂，花迷蝶梦窗前影₇。恹恹病，这相思能终得几个黄昏₈？

《秋海棠》谁似你辜恩？谁似我痴心？负心的上有神明。到如今参不透薄情心性₉。好姻缘甚日重盟？恶姻缘番成画饼₁₀。多愁闷，消磨了白昼，顿送黄昏₁₁。

《比目鱼》数归期，掐得指头疼；盼归期，望断楚山云₁₂。泪珠，泪珠滴尽湘江满，只落得暗里自沉吟。从今，再不去梦里搜寻，再不去愁中加病，再不去挂肚牵心。泪痕消夜烛，翠被拥鸡声₁₃。捱过了几番寂寞，几度黄昏。

《余文》从今打破风流阵，一句句从头自忖。一任他朝朝暮暮，白昼黄昏₁₄。

作者生平： 见 A17413。

定格说明： 《雁传书》大石调。仅见于套曲。诸谱不载，归纳为：全曲 10 句，54 字。句式与韵脚安排为：3○7△7△7△2△7○7△3△7○4△。典型平仄格式为：平平仄○平平仄仄仄平平△仄仄平平仄仄平△仄平平、仄仄平平△平平△平平仄仄平平仄○平平仄、平平仄仄△平平仄△平仄仄、平平仄仄○仄仄平平△。

《明妃曲》大石调，仅见于套曲。诸谱不载，归纳为：全曲 7 句，37 字。句式与韵脚安排为：2△7_△7△2△5△7△7△。典型平仄格式为：平平△仄平平、平平仄仄△平平仄、仄仄平平△仄仄△仄仄仄平平△平平仄仄、平平仄仄△平平仄仄平平△。此处曲尾有增句。

《秋海棠》大石调，仅见于套曲。诸谱不载，归纳为：全曲9句，50字。句式与韵脚安排为：5△5△7△7△7△7△3△5○4△。典型平仄格式为：仄仄仄平平△仄仄仄平平△平平仄、仄仄平平△平仄仄、平平仄仄△仄平平、仄仄平平△仄仄平平、平平仄仄△平仄仄△平平仄仄○仄仄平平△。

《比目鱼》大石调，仅见于套曲。诸谱不载，归纳为：全曲15句，76字。句式与韵脚安排为：3○5△3○5△2○7○7△2△7△7△7△5○5△7△4△。典型平仄格式为：仄平平○仄仄平平仄△仄平平○仄仄平平△平平○平平仄仄平平仄△平仄平△平仄平△平仄平△平仄仄、仄仄平平△仄平仄、平平仄仄平仄△仄平平△平平平仄仄○仄仄仄平平△平仄仄、平平仄仄○仄仄平平△。

词语注释： 1.古人折柳送别，此言所折柳丝难以挽留住离人与别离情怀。2.一片句，此借用杜甫《曲江二首》中诗句。3.此言飞花如泪落，似红雨。李贺《将进酒》："桃花乱落如红雨。"4.此言愁听不知谁家有韵味的笛声。5.此言笛中曲子为《梅花落》，笛声将梅花吹落江城。6.人病疑月亦忧愁。7.此言月夜鹃啼动我归思，窗前花影使人迷茫如入蝴蝶梦中。8.此言病恹恹能捱得几个黄昏。9.此言看不透薄情郎的心思性情。10.此言因是恶姻缘，致使当初美好愿望反成画饼。番同翻。11.顿送句，此言很困顿地、昏昏沉沉地送走黄昏。12.此言对着楚山云极目远望。13.此言伴着燃烧销毁的蜡烛流泪，因失眠拥着翠被听雄鸡报晓声。14.此言从今打破苦煞自己的风流局面，对他昔日言语，一句句从新考虑。随他朝暮昼夜发生什么，也不再像以往那样痴情了。

作品赏析： 真个是"女也不爽，士贰其行"。

《梧桐树南》南吕。南北合套。《全元曲》收1作者，1套曲，4小曲。本首牌所用曲牌计有：《骂玉郎》《感皇恩》《采茶歌》等。

C10054 郑光祖《梧桐树南》题情

相思借酒消，酒醒相思到。月夕花朝，容易伤怀抱。恹恹病转深，未否他知道₁。要得重生，除非他医疗。他行自有灵丹药₂。

《骂玉郎北》无端掘下相思窖，那里是蜂蝶阵、燕莺巢₃。痴心枉做千年调₄。不扎实似风竹摇，无投奔似风絮飘，没出活似风花落₅。

《东瓯令南》情山远，意波遥₆，咫尺妆楼天样高。月圆苦被阴云罩，偏不把离愁照。玉人何处教吹箫₇？辜负了这良宵。

《感皇恩北》呀，那些个投以木桃，报以琼瑶₈？我便似日影内捕金乌，月轮中擒玉兔，云端里觅黄鹤₉。心肠枉费，伎俩徒劳。也是我恩情尽，时运乖，分缘薄₁₀。

《浣溪沙南》我自招，随人笑，自古来好物难牢₁₁。我做了谒浆崔护违前约，采药刘郎没下梢₁₂，心懊恼。再休想画堂中，绮筵前，夜将红烛高烧。

《采茶歌北》疼热话向谁学₁₃？机密事把谁托？那里是浔阳江上不通潮₁₄？有一日相逢酬旧好，我把这相思两字细推敲。

《尾声南》我青春，他年少，玉箫终久遇韦皋₁₅。万苦千辛休忘了。

作者生平： 见 A12252。

定格说明： 仅录北曲。《骂玉郎》，又名《瑶华令》，南吕，仅见于带过去与套曲，见 B16029。其句式与韵脚安排为：7△5△7△3○3○3△。

《感皇恩》南吕，仅见于带过去与套曲，其句式与韵脚安排为：4△4△3○3○3△4○4△3○3○3△。

《采茶歌》南吕，仅见于带过去与套曲。其句式与韵脚安排为：3△3△7△7○7△。

词语注释：1. 未否，意重复，意即他知道没有。2. 他行，他那里。3. 此言不是什么蝶阵莺巢，而是陷阱。

4. 千年调，长久打算。唐王梵志诗："世无百年人，强作千年调。" 5. 没出活，没活路。 6. 此把感情比作山、水一样的深远。 7. 玉人句，此用杜牧诗："二十四桥明月夜，玉人何处教吹箫？"此言不知玉人在何处游玩。 8. 此引《诗经·卫风·木瓜》："投我以木桃，报之以琼瑶。"此言哪里有人会给你好报。 9. 三句言皆不可能之事。黄鹤句，似本自崔颢诗："黄鹤一去不复返，白云千载空悠悠。" 10. 分缘，即缘分。 11. 此言我自招惹，任人嘲笑，好事难以保住。 12. 崔护谒浆故事见孟棨《本事诗》，但并无违约情节。《太平广记》有刘晨、阮肇入天台山采药遇仙女故事。此言自己有似二人的遭遇，但没有好结果。 13. 此处"学"指互相说疼热的话。 14. 浔阳江句，是否有典，待考。此言客观上并无阻碍。 15. 韦皋事，相传韦与玉箫女两世相爱。见范摅《云溪友议》。

作品赏析： 略。

十一鱼《全元曲》收 1 作者，1 套曲，10 小曲。

《四块玉》南吕。《全元曲》收 1 作者，1 套曲，10 小曲。本首牌所用曲牌计有：《四块玉》《骂玉郎》《感皇恩》《采茶歌》《乌夜啼》等。

C11055 王实甫《四块玉北》南北合套

信物存，情词在。想着他美貌端庄，锦绣文才，好教我病恹恹愁冗冗看看害₁。害的我头懒抬，头懒抬眼倦开，锦繁花无心戴。

《金锁挂梧桐南》繁花满目开，锦被空闲在。劣性冤家误得人忒毒害。前生少欠他今世里相思债₂。失寐忘餐，倚定着这门儿待，房栊静悄如何捱？

《骂玉郎北》冷清清房栊静悄如何捱？独自把围屏倚，知他是甚情怀？想当初同行同坐同欢爱，到如今孤另另怎刮划₃？愁戚戚酒倦酶₄，羞惨惨花慵戴。

《东瓯令南》花慵戴，酒慵酶，如今燕约莺期不见来₅，多应他在那里那里贪欢爱。物在人何在？空劳魂梦到阳台₆，则落得泪盈腮！

《感皇恩北》呀，则落得雨泪盈腮，多应是命里合该₇。莫不是你缘薄，咱分浅，都一般运拙时乖？怎禁那搅闲人是非，施巧计栽排₈：撕挣碎合欢带₉，硬分开鸾凤钗，水淹塌楚阳台。

《针线箱南》把一床弦索尘埋₁₀，两眉峰不展开，香肌瘦损愁无奈。懒刺绣，傍妆台，旧恨新愁教我如何捱？我则怕蝶使蜂媒不再来₁₁，临鸾镜也问道朱颜未改，他早先改？

《采茶歌北》改朱颜瘦了形骸，冷清清怎生捱？我则怕梁山伯不恋我这祝英台。他若是背义忘恩寻罪责₁₂，我将这盟山誓海说的明白。

《解三酲南》顿忘了誓山盟海₁₃，顿忘了音书不寄来，顿忘了枕边许多恩和爱，顿忘了素体相挨，顿忘了神前设下千千拜₁₄，顿忘了表记香罗红绣鞋₁₅。说将起傍人见了珠泪盈腮。

《乌夜啼北》俺如今相离了三月如隔数载，要相逢甚日何年再₁₆？则我这瘦伶仃形体如柴，甚时节还彻了相思债！又不见青鸟书来，黄犬音乖₁₇。每日家病恹恹懒去傍妆台。得团圆便把神羊赛₁₈。意厮投₁₉，心相爱，早成了鸾交凤友，省的着蝶笑蜂猜₂₀。

《尾声南》把局儿牢铺摆₂₁，情人终久再归来，美满夫妻百岁谐。

作者生平：　见 B04010。

定格说明：　注意本套曲两曲牌相衔接处多用顶针句或有顶针意味的句子，但此并非定格。

《四块玉》南吕，小令套曲兼用。见 A11234。句式与韵脚安排为：3○3△7△7△3○3△3△。本曲有增句。

《骂玉郎》见前。本曲有增句。

《感皇恩》见前。

《采茶歌》见前。

《乌夜啼》南吕,仅见于套曲,见 C01016。全曲 11 句,57 字。句式与韵脚安排为:7 △7 △7 △4 △4 △7 △7 △3 ○3 △4 ○4 △。

词语注释: 1. 看看害,眼看就要生病。2. 少欠,亏欠。3. 刉划,同摆划,安排。本曲第四句似为增句。4. 酾(shi 尸),斟酒。5. 燕约莺期,指约会、幽会。6. 此言梦中与伊人相会。7. 合该,应该。8. 搅闲人,无聊好事之人;是非,作动词用,议论是非;栽排,安排。9. 挦(xun 寻),拔,拉扯。10. 一床,一架;弦索,琴瑟;此言因无心弹奏而弦索蒙尘。11. 蝶使蜂媒,指为情侣通消息之人。12. 寻罪责,找寻、指出对方的过失、责任。13. 顿,忽然,很快。14. 此言在神前起誓与祝愿。15. 此言曾以香罗帕与红绣鞋为信物。16. 此言何年何日再相逢。17. 青鸟书,传说青鸟为人传书,此即指书信。又《晋书·陆机传》有黄犬传书故事。此言黄犬的音信有差错(不见来)。18. 神羊赛,用羊作赛神(谢神)和庆祝物品。19. 厮投,相投。20. 此言免旁人猜测。21. 此言把重逢的局面扎实安排好。

作品赏析: 失恋后哀而不怨,并尽力争取破镜重圆。

十二侯《全元曲》收 5 作者,5 套曲,43 小曲。今选 2 套。

《塞鸿秋北》正宫。《全元曲》收 1 作者,1 套曲,13 小曲。本首牌所用曲牌计有:《塞鸿秋》《货郎儿》《伴读书》《脱布衫过小梁州》《笑和尚》《醉太平》等。

C12056 汤舜民《塞鸿秋北》

一会家想多情越教我伤怀抱$_1$,记当时向名园游赏同欢乐。端的他语言和容貌美心聪俏$_2$,天生的来知音解吕明宫调$_3$,课赋与吟诗,善经史通三教$_4$。你看他弹弦品竹般般妙$_5$。

《普天乐南》记当时同欢笑，携手向花间道。伤心时同饮香醪，踏青处共寻芳草。见游蜂粉蝶都来绕。两点春山蛾眉扫6。舞裙低杨柳纤腰，髻云堆金凤斜挑7。把琵琶细拨，檀板轻敲。

《脱布衫带过小梁州北》琵琶拨檀板轻敲，锦筝挲指法偏高8。抚冰弦分轻清重浊，和新词美音奇巧。你看他体态轻盈舞细腰，端的是丰韵妖娆。遏云声美透青霄9。端的是多奇妙，真个是芙蓉面海棠娇。

《幺》你看他金莲款步苍苔道，髻云堆金凤斜挑10。常言道风流的遇着俊英，浪子的逢着俏倬11。便有那冯魁黄肇，便有那千金买也难消12。

《雁过声南》多娇，丹青怎描？更天然花容小巧。风流的不似他容貌13。有万般娇，有万般标；更万般丰韵，千种妖娆。歌声缥缈，画堂试听画梁尘绕，只教那行云飞过画栏桥14。

《醉太平北》一会家被春光相恼，越着我辗转的添憔15。你看他往来双燕共泥巢，沙暖处鸳鸯并在池沼。你看那蜂媒蝶使穿花闹，不觉的微微细雨将纱窗哨16。更那堪和风渐渐将竹枝敲。这凄凉何时节是了？

《倾杯序南》连宵雨暗飘，水渐高，一向无消耗17。旧约难期，旧情难舍，旧愁重集。云水迢迢，房栊静悄。水沉烟冷，宝鸭香消18。只教人逢花遇酒兴无聊。

《货郎儿北》这些时相思病有谁人将我医疗？即渐里把身躯瘦了19，将我这朱颜绿鬓看看的尽枯憔。废了经史，弃了霜毫20，每日家闷恹恹如痴似醉魂暗消。额似锥剜，心如刀搅，无语寂寥，遇不着医鬼病灵丹药21。

《幺》焰腾腾烈火焚烧了袄庙，白茫茫浪淘天水淴了蓝桥，雾濛濛桃源洞阻隔的来路迢迢22。贾充宅添人巡捕，崔相府闭的坚牢23。最苦是将他那楚馆和这阳台崩坏倒24。

《小桃红南》等闲间韶华老25，辜负了春多少！则听的铁马檐间响玎珰将人恼。音书欲寄无青鸟。心肠朝夕伤怀抱，几时能够再整鸾胶[26]?

《伴读书北》这愁烦我命所招，办诚心把苍天告[27]；则愿的马上墙头共一处同欢乐[28]。有一日夫美满身荣耀。常言道青霄有路终须到，才称了心苗[29]。

《笑和尚北》再将楚阳台砌垒的牢，重盖一座袄神庙，砖甃了桃源道[30]。贾充宅人静悄，蓝桥下水归槽。选良宵凤鸾交，饮香醪乐陶陶，将崔相府洞房春把花烛照[31]。

《尾声南》天还许福分招，带绾个同心到老[32]，办炷明香每夜烧。

作者生平：　　见 A03015。

定格说明：　　此系南北合套，南曲牌略。

《塞鸿秋》正宫，小令套曲兼用。见 A12247。句式与韵脚安排为：7△7 7△7 5○5 7△。

《脱布衫带过小梁州》见 C08050。

《脱布衫》正宫，仅见于带过去与套曲。句式与韵脚安排为：7△7 7△7△。

《小梁州》正宫，小令套曲兼用，见 A12255。句式与韵脚安排为：7△4△7 3 5△。

《醉太平》正宫，小令套曲兼用。见 A17412。句式与韵脚安排为：4△4 7△4△7 7△7 4△。

《货郎儿》正宫，仅见于套曲。见 C12056。句式与韵脚安排为：<u>7△7</u>△7△3○3△7△。第 5 句与末句之间可增句。

《伴读书》正宫，仅见于套曲，见 C08050。句式与韵脚安排为：5△5△7△7△7△4△。

《笑和尚》正宫，亦入中吕。仅见于套曲。见 C08050，句式与韵脚安排为：5△5 5△3○3△5△。

词语注释：　　1. 一会家，一会儿。2. 端的，的确；聪俏，聪明灵巧。3. 天生的来，天生来，生得来；解吕，我国古代音乐十二律中的律吕，即六律六吕。解吕即懂得音律，与下文"明宫调"义同。宫调即音乐的调式。4. 课赋，作赋；三教，我国习惯把儒、释、道称为三教，其实儒为学派而非宗教。5. 品竹，吹奏管乐器。6. 此言把蛾眉扫（画）成两点春山样。7. 舞裙低，舞裙长；斜挑，斜插。8. 搊（chou 抽），弹奏。高，高妙。9. 遏云声，声音美妙得天上的行云也停止下来倾听，所以说美透青霄。故事见《列子·汤问》。按定格此曲句子短缺，其下幺篇所缺更多，不知何故。10. 款步，缓步；髻云堆，发髻如堆乌云，金凤钗斜插。11. 俏倬，口语，俊俏而亮丽。12. 冯魁，苏卿故事中的茶商；黄肇，妓院老板。此言即使用千金去买，也难以消受。此处按定格缺少多句，原因待考。13. 此言他人即使风流也不及他貌美。14. 画梁尘绕，即余音绕梁之意；飞过画栏桥，意即行云也飞来桥边倾听。15. 越着我，越教我。添憔，添憔悴。16. 哨，口语，义同扫，吹拂。17. 消耗，消息。18. 水沉，当指沉香木；烟冷，指炉火熄灭；宝鸭，鸭形香炉。19. 即渐里，渐渐地。20. 弃霜毫，不再写作。21. 鬼病，指相思病。此下有增句。22. 这里说的是三个爱情故事：齐国公主与情人会于袄庙，因故未践约，情人火焚袄庙。尾生与女约会于桥下，水涨被淹死。桃源洞故事，指刘晨、阮肇于桃花洞遇仙女的故事。23. 贾充宅，贾充之女曾偷香；崔相府有张生跳墙故事。二句言对男女幽会事加强了防范。24. 楚馆、阳台，指男女幽会之所。25. 韶华，光阴，光阴老即指人老。26. 鸾胶，疑是鸾交之误，此指重新和好。27. 办诚心，立诚心、怀诚意。28. 马上墙头，白居易诗及白朴戏文中的爱情故事。29. 心苗，心意，为押韵而打油。30. 砖甃，用砖修筑。31. 此言在崔府洞房中燃花烛使呈春色。此处有增句。32. 此言老天也许赐福分，将带子绾个同心结（指结成同心）直到老。

作品赏析：辞藻堆砌，并无感人情节。本套曲只此一套，选取以备一格。

《八声甘州》仙吕。《全元曲》收 4 作者，4 套曲，30 小曲。本首牌所用曲牌计有：《八声甘州》《后庭花》《大安乐》《穿窗月》《六幺遍》《元和令》《混江龙》等。今选 1 套。

C12057 鲜于枢《八声甘州》

江天暮雪，最可爱青帘、摇曳长杠[1]。生涯闲散，占断水国渔邦[2]。烟浮草屋梅近砌[3]，水绕柴扉山对窗。时复竹篱旁，吠犬汪汪。

《幺》向满目夕阳影里，见远浦归舟，帆力风降[4]。山城欲闭，时听戍鼓鼙鼙[5]。群鸦噪晚千万点，寒雁书空三四行[6]。画向小屏间，夜夜停釭[7]。

《大安乐》从人笑我愚和戆[8]，潇湘影里且妆呆，不谈刘项与孙庞[9]。近小窗，谁羡碧油幢[10]。

《元和令》粳米炊长腰，鳊鱼煮缩项[11]。闷携村酒饮空缸[12]，是非一任讲。恣情拍手棹渔歌，高低不论腔[13]。

《尾》浪滂滂，水茫茫，小舟斜缆坏桥桩[14]。纶竿蓑笠，落梅风里钓寒江。

作者生平： 鲜于枢（1246—1302），字伯机，晚年营室号"困学之斋"，自号困学山民、直寄老人。蓟州（今天津蓟县）人。至元间以才选为浙东宣慰司经历，迁行省都事，晚年任太常典簿。为人豪放耿直，为百姓所爱戴。好诗歌，书法成就甚高，名显当时。《元史》有传。朱权将其列于"词林英杰"150 人之中。《全元曲》收其散套 1 套。

定格说明： 《八声甘州》仙吕，仅见于套曲。全曲 9 句，45 字。句式与韵脚安排为：4△4○4△4○6○6○7△5○4△。典型平仄格式为：平平仄仄△仄仄平平○平平仄仄△平平仄仄△平平仄仄平平△平平仄、平仄仄○仄仄平平仄仄平△仄仄仄平平○仄仄平平△。

《大安乐》仙吕，仅见于套曲。全曲5句，29字。句式与韵脚安排为：7△7△7△3△5△。典型平仄格式为：平平仄仄平平仄△平平仄仄仄平平△平平仄仄仄平平△仄仄平△仄仄仄平平△。

《元和令》仙吕，仅见于套曲，见C10052，句式与韵脚安排为：5○5△7○5△7○5△。

词语注释： 1. 长杠，高高的旗杆，此言酒旗在帘外长杠上摇曳。2. 此言占尽了水域良好捕鱼场所。3. 此言炊烟浮在草屋顶上，梅花靠近台阶。4. 一般解作帆力系风所赐。按此应解作：归舟在靠岸前，将帆上风力下降（缩小帆的面积）。5. 山城快要关门了。鞛鞛（bang邦），鼓声。6. 此言雁行似在天空写字。7. 釭，灯；此言将景物画在小屏上，夜夜举灯停在画旁观赏。8. 从人，任人。戆（gang杠），愚而刚直。9. 潇湘影待考。此或作者身居潇湘一带，在人群（身影）中隐藏，不谈政治。又此句失韵。四人指刘邦、项羽、庞涓、孙膑。10. 碧油幢，碧油车篷，华贵的车辆。此言安于寒窗生活，不羡奢华。11. 此言炊长腰粳米，煮缩头鳊鱼；为押韵而颠倒。12. 缸，此指酒器；饮空缸，喝得光光的。13. 棹渔歌，划船唱渔歌，或击棹唱渔歌；不论腔，不管腔调是否合适。14. 此言斜牵缆绳，系在坏桥的桩子上。

作品赏析： 写隐居环境，鲜明生动，使人如身居其中。

十三豪《全元曲》收18作者，24套曲，233小曲。今选7套。

《青衲袄》南吕，南北合套。《全元曲》收1作者，1套曲，11小曲。本首牌所用曲牌计有：《骂玉郎》《感皇恩》《采茶歌》《鹌鹑儿》《乌夜啼》等。

C13058 张氏《青衲袄南·偷期》

蹙金莲双凤头，缠轻纱一虎口[1]。我见他笑捻鲛绡过鸳鸯[2]，敢眉下转将他心事留[3]？占莺花第一俦[4]，正芳年恰二九，恰二九。生的来体态轻盈，皓齿朱唇，不能够并香肩同携手。

《骂玉郎北》娇娃俊雅天生就，腰似柳、袜如钩[5]，湘裙微露金莲瘦。你看他宝髻堆，玉笋长，露出春衫袖[6]。

《大迓鼓南》相逢莺燕友[7]，回眸相顾，两意相投，此情难消受。风流自古，偏惜风流，辗转留情双凤眸。

《感皇恩北》呀，指望待饱玩娇羞，谁承望各自分头。好教我恨天高，嫌地窄，怨人稠。指望待相随皓首，谁承望鬼病因由[8]。不由人魂缈缈，体飘飘，魄悠悠。

《东瓯令南》添疾病，减风流，废寝忘餐相应候[9]。前生作下今生受，今不遂来生又。魂劳梦穰感离愁，则都为女娇羞[10]。

《采茶歌北》都则为女娇羞，端的是忒风流，闪的人不茶不饭几时休？何日相逢同配偶？甚时密约共绸缪[11]？

《赚南》计上心头，暗令家童私问候。休泄露，何期两意同成就[12]，为他憔瘦。

《乌夜啼北》闪的我看看疾重、实实病久。为多情镇日空僝僽[13]。呀，一会家近书斋想念无休。到黄昏愁云怨雨相拖逗[14]。更阑也无限忧愁，夜深沉雨泪交流[15]。想娇容直到五更头，我与你从头一一他行受[16]。果然他心意坚、恩情厚。俺待要鸾交凤友，燕侣莺俦。

《节节高南》喜孜孜暗讨求，语相投。今宵暗约同成就。灵犀透，共焚香，齐言咒[17]。日坠月上初沉漏[18]，星移斗转三更候。潜踪蹑足近庭闱，轻移那步临门候[19]。

《鹌鹑儿北》猛见了俊俏多情，我和他挨肩携手。悄悄的行入兰房，暗暗的同眠共宿。娇滴滴语颤声低。情未休，情未休，锦被蒙头，燕侣莺俦，旖旎温柔[20]。受过了无限凄凉，谁承望今宵配偶！

《尾声南》多情此意难消受，书生切切在心头，受过凄凉一笔勾[21]。

作者生平： 据说作者是妓女，生平不详。《全元曲》收其套曲1套。

定格说明： 此系南北合套，南曲牌略。

《骂玉郎》南吕，仅见于带过曲与套曲，见 B16029，句式与韵脚安排为：7△6△7△3△3△3△。第二句或作5字。

《感皇恩》同上。句式与韵脚安排为：4△4△3○3○3△4○4△3○3○3△。

《采茶歌》同上。句式与韵脚安排为：3△3△7△7○7△。

《乌夜啼》南吕，仅见于套曲。见 C01006。句式与韵脚安排为：7△7△7△4△4△7△7△3○3△4○4△。此有增句。

《鹌鹑儿》南吕，仅见于套曲。全曲9句，37字。句式与韵脚安排为：4○4△4○4△7△3△3△4○4△。典型平仄格式为：仄仄平平○平平仄仄△仄仄平平○平平仄△仄仄平平仄仄△平仄仄△平仄仄△仄仄平平○平仄仄△。第7句后可增4字句三、四句。此牌与中吕《斗鹌鹑》同，或竟有写作《斗鹌鹑》者，唯中吕不能增句。

词语注释： 1. 蹙金，用拈紧的金线刺绣或缝制；此言用蹙金线刺绣有双凤头的金莲小鞋，脚缠轻纱不过一虎口的长度。虎口，拇指与食指张开的距离，即一拃长。2. 笑捻鲛绡，含笑捻着丝绸手绢。甃，井壁；鸳甃，此指用鸳鸯砖铺筑的路面。3. 眉下转，眉下双目转动。此言伊人敢将眉目传情，把心事告诉别人。4. 此言妓女中数第一。5. 袜如钩，言其脚小袜短，与袜筒成钩状。6. 此言其玉笋（手指）长长，露出在春衫袖的外面。7. 此言一见即成"莺燕友"（男欢女爱的朋友）。8. 鬼病因由，由此得了相思病。9. 应候，应付、忍受。10. 穰，繁多。此言因感离愁而魂劳梦多。则都为，都则为、都只为。11. 绸缪，缠绵。12. 此言想不到双方都有意成其好事。13. 㑒愁（chan zhou 缠咒），愁苦。14. 拖逗，缠绕。15. 雨泪，如雨般泪水。按此处"雨"可能为"两"字的笔误。，"两"与"交"相呼应。16. 此句较费解，意即我与你从头到尾说说她的行为与感受。17. 灵犀透，此言二人"心有灵犀一点通"。言咒，赌咒、发誓。18. 沉漏，计时器中水下沉。按"滴漏"计时器本无分昼夜，且与日坠月上无关，此处"漏"恐系"露"因音同而误，应作"沉露"，即露水下降。19. 那，同挪；挪步，移步。20. 旖旎（yi ni 以你），柔美。此有增句。21. 此言以往所受凄凉从今一笔勾销。

作品赏析： 词汇丰富，相思之情细腻；然始终未说明两情间的具体障碍和矛盾，为什么会"各自分头"，故感人不深。

《六国朝》大石调。《全元曲》收 1 作者，1 套曲，5 小曲。本首牌所用曲牌计有：《六国朝》《归塞北》《催拍子》等。

C13059 睢景臣《六国朝·收心》

长江浪险，平地风恬[1]。恨世态柳颦眉，顺人情花笑靥[2]。乌兔东西急，白发重添；寒暑往来侵，朱颜退染[3]。穿花蝶愁扃绿锁，营巢燕恨簌珠帘[4]。蝶入梦魂潜，燕经秋社闪[5]。

《催拍子》拜辞了桃腮杏脸，追逐回雪鬓霜髯[6]。死灰绝焰，腹难容曩日杯盘，身怎跳而今坑堑[7]？去奢从俭[8]：六桥云锦，十里风花，庆赏无厌，四时独占。花溪信马，莲浦乘舟，菊绽霜严，雪残梅堑[9]。鸟呼人至，鹤送猿迎，酒觳随分，费用从廉，清流洗痕濯玷[10]。

《幺》烟花簿敛，风尘户掩，再谁曾掣关抽店[11]？尽亚仙嫁了元和，由苏氏放番双渐[12]。罢思绝念，忘却旧游。魔女魂香，野狐涎甜，觉来有验[13]。抽箱罗帕，倒袋香囊，将俺拘钳[14]。做科撒 阽[15]。浮花浪蕊，剩馥残膏，你能搽抹，谁敢粘沾，倒榻鬼赖人 支坒[16]？

《归塞北》呆娇艳，自要苦厌厌。觅见银山无采取，寻着钱树 不揪持，典卖尽妆奁[17]。

《尾》零替了家私怕搜检，缺少了些人情我应点。情瞒儿出尖， 谁负债拿着我还欠[18]？

作者生平： 见 C06039。

定格说明： 《六国朝》大石调，仅见于套曲。全曲 12 句，62 字。句式与韵脚安排为：4○4△6○6△5○4△5○4△7○7△5○5△。典型平仄格式为：平平仄仄○仄仄平平△平仄仄、仄平平○平仄仄、平仄仄△仄仄平仄仄○仄仄平平△仄仄仄平平○平平仄仄△平仄仄、平仄仄○仄平平、仄仄平平△仄仄仄平平○平平平仄仄△。多对句，第五、七句与第六、八句为隔句对。第五、七句与第六、八句为隔句对。

《催拍子》大石调，仅见于套曲。全曲 19 句，84 字。句式与韵脚安排为：7△7△4△7○7△4△4○4△4△4○4○4○4△4○4○4△6△。典型平仄格式为：平平仄仄△平平仄仄△平仄仄△仄平平、仄仄平平○平仄仄、平平仄仄△平仄仄△平仄仄○仄平平○仄仄平平△平仄仄△平仄仄○仄仄平平○仄仄平平○平平仄仄△仄平平仄仄△。幺篇换头，首三句作：4△4△7△（平平仄仄△平平仄仄△仄平平、平平仄仄△）。

《归塞北》大石调，仅见于套曲。见 C05027。句式与韵脚安排为：3○5△7○7△5△。

词语注释： 1. 恬，柔和。二句言人世有艰险有平和。2. 此言世态恼人时柳眉颦蹙，人情顺意时笑靥如花。3. 此言日月寒暑往来急促，头生白发，面退朱颜。4. 扃（jiong 炯阳），此指关闭；绿锁（同琑），绿色雕花窗。簌，此指珠帘扫地簌簌声。此言窗闭帘掩，蝶、燕恨其不便。暗指冶游时遇到障碍。5. 此用庄周化蝶故事，言梦中化蝶灵魂消失；燕子一般春社来、秋社去；闪，离开。此似暗指冶游中的销魂与离别。6. 此言辞却烟花女子后，只落得雪鬓霜髯。或以为拜辞句指：告别了面如桃腮的青春时期。7. 绝焰，冷焰；此言人已老如槁木死灰。腹难容句，言不能再像昔日一样猛吃豪饮；坑堑，困境。8. 去奢句以下，写"收心"以后生活：仍去勾栏瓦市，但已去奢从俭。六桥，不一定指西湖六桥，而是说郊野桥梁美如云锦。9. 梅堃意待考，按此句与上句互相对称，故堃或为倩之假借字，指雪残时梅花反而茂盛。10. 随分，随便、从简。就清流句，在溪边用清水洗涤过去的污点。11. 烟花簿，妓女名单；敛，收起；风尘户，妓院，掩，此指不进去。掣、抽，均为采取之意，此言不再到这些店铺去。12. 尽，尽管；亚仙句指李亚仙与郑元和故事；放番，指迷倒；二句皆妓女从良故事。此言自己将这些事置之度外。13. 野狐涎，传说中的迷人之物。三句言事后回想，妓女确有迷人之处。下即举例。14. 此言抽箱中罗帕、倒袋内香囊赠我，将我拘钳（控制）住。15. 科，动作；阽，同惦，念及。此言妓女装模作样，撒娇作有情状。16. 此言这些浮花、残膏，只有你才搽抹，他人谁敢沾惹。坫（特殊字），同垫，支撑。倒榻鬼（指衰老的妓女及其老鸨等）是要靠人支撑的。17. 苦厌厌，痛苦不堪的样子；揪挦（xian 贤），采摘。妆奁，梳妆用的镜匣。此段似说呆笨老实的妓女则苦不堪言。不会弄钱，卖尽妆奁。18. 零替，零落、衰败；此言自己家私零落，经不起检点；应点，应付。情瞒儿，口语，情指捞取；瞒（镘）儿，金钱；出尖，拔尖，手段高明。此言有人捞钱的本领真拔尖，负债了让我偿还。

作品赏析：　　本首牌只此 1 套。曲中主人说是要收心，实则人老心并不死。

《端正好》 正宫。《全元曲》收13作者，19套曲，212小曲。本首牌所用曲牌计有：《端正好》《尧民歌》《迎仙客》《呆骨朵》《红绣鞋》《十二月》《耍孩儿》《货郎儿》《鲍老儿》《倘秀才》《伴读书》《伴读书过笑和尚》《塞鸿秋》《滚绣球》《梁州》《太平年》《脱布衫》《朝元》《货郎》《笑和尚》《叨叨令》《醉太平》《刮地风》等。今选4套。

C13060 刘时中《端正好·上高监司$_1$》

众生灵、遭磨障$_2$，正值着时岁饥荒。谢恩光拯济皆无恙$_3$，编做本词儿唱。

《滚绣球》去年时正插秧，天反常，那里取若时雨降$_4$？旱魃生四野灾伤$_5$。谷不登，麦不长，因此万民失望。一日日物价高涨。十分料钞加三倒，一斗粗粮折四量$_6$，煞是凄凉！

《倘秀才》殷实户欺心不良$_7$，停塌户瞒天不当$_8$，吞象心肠歹伎俩：谷中添粃屑$_9$，米内插粗糠，怎指望他儿孙久长！

《滚绣球》甑生尘老弱饥$_{10}$，米如珠少壮荒。有金银那里每典当$_{11}$？尽枵腹高卧斜阳$_{12}$。剥榆树餐，挑野菜尝。吃黄不老胜如熊掌，蕨根粉以代糇粮$_{13}$。鹅肠苦菜连根煮，荻笋芦萵带叶咥$_{14}$。则留下杞柳株樟$_{15}$。

《倘秀才》或是捶麻柣稠调豆浆$_{16}$，或是煮麦麸稀和细糠。他每早合掌擎拳谢上苍$_{17}$。一个个黄如经纸$_{18}$，一个个瘦似豺狼，填街卧巷。

《滚绣球》偷宰了些阔角牛，盗砍了些大叶桑$_{19}$。遭时役无棺活葬$_{20}$，贱卖了些家业田庄。嫡亲儿共女，等闲参与商$_{21}$。痛分离是何情况$_{22}$！乳哺儿没人要撇入长江。那里取厨中剩饭杯中酒？看了些河里孩儿岸上娘，不由我不哽咽悲伤！

《倘秀才》私牙子船湾外港，行过河中宵月朗，则发迹了些无徒米麦行$_{23}$。牙钱加倍解$_{24}$，卖面处两般装，昏钞早先除了四两$_{25}$。

《滚绣球》江乡相，有义仓；积年系税户掌[26]。借贷数补答得十分停当，都侵用过将官府行唐[27]。那近日劝粜到江乡，按户口给月粮[28]。富户都用钱买放，无实惠尽是虚桩[29]。充饥画饼诚堪笑，印信凭由却是谎，快活了些社长知房[30]。

《伴读书》磨灭尽诸豪壮，断送了些闲浮浪[31]。抱子携男扶筇杖，尪羸伛偻如虾样。一丝好气沿途创，阁泪汪汪[32]。

《货郎》见饿莩成行街上，乞出拦门斗抢，便财主每也怀金鹄立待其亡[33]。感谢这监司主张，似汲黯开仓[34]。披星带月热中肠[35]，济与粜亲临发放[36]。见孤孀疾病无皈向，差医煮粥分厢巷[37]。更把脏输钱分例米多般儿区处的最优长[38]。众饥民共仰。似枯木逢春，萌芽再长。

《叨叨令》有钱的贩米谷置田庄添生放[39]，无钱的少过活分骨肉无承望；有钱的纳宠妾买人口偏兴旺，无钱的受饥馁填沟壑遭灾障[40]。小民好苦也么哥，小民好苦也么哥！便秋收鬻妻卖子家私丧[41]。

《三煞》这相公爱民忧国无偏党，发政施仁有激昂[42]。恤老怜贫，视民如子，起死回生，扶弱摧强。万万人感恩知德，刻骨铭心，恨不得展草垂缰[43]。覆盆之下，同受太阳光[44]。

《二》天生社稷真卿相，才称朝廷作栋梁[45]。这相公主见宏深，秉心仁恕，治政公平，莅事慈祥[46]。可与萧曹比并，伊傅齐肩，周召班行[47]。紫泥宣诏，花衬马蹄忙[48]。

《一》愿得早居玉笋朝班上[49]，伫看金瓯姓字香[50]。入阙朝京，攀龙附凤，和鼎调羹[51]，论道兴邦。受用取貂蝉济楚，滚绣峥嵘，珂珮丁当[52]。普天下万民乐业，都知是前任绣衣郎[53]。

《尾声》相门出相前人奖[54]，官上加官后代昌。活被生灵恩不忘，粒我烝民德怎偿[55]？父老儿童细较量。樵叟渔夫曹论讲[56]。共说东湖柳岸旁，那里清幽更舒畅。靠着云卿苏圃场[57]，与徐孺子流芳挹清况[58]。盖一座祠堂人供养，立一统碑碣字数行。将德政因由都载上[59]，使万万代官民见时节想。

二 作品选注 503

作者生平： 见 A05066

定格说明： 《端正好》正宫，仅见于套曲。全曲 5 句，25 字。句式与韵脚安排为：3○3△7△7△5△。典型平仄格式为：仄平平○平平仄△仄平平、仄仄平平△平平仄仄平平仄△仄仄平平仄△。

《滚绣球》正宫，亦入中吕。仅见于套曲，一般放在《倘秀才》前，连用。全曲 11 句，58 字。句式与韵脚安排为：3○3△7△7△3○3△7△7△7○4△。典型平仄格式为：仄平平○平平仄△平仄仄、平平仄仄△仄平平、仄仄平平△仄仄平○仄仄平△平仄仄、平平仄仄△仄平平、仄仄平平△平平仄仄平平仄○仄仄平仄仄平△仄平平△。1—4 句为一节，与 5—8 句同。9、10 句须对。

《○倘秀才》正宫。亦入中吕，仅见于套曲。须与《滚绣球》连用。全曲 6 句 31 字。句式与韵脚安排为：7○7△7△3○3△4△。典型平仄格式为：平仄仄、平平仄仄○仄平平、仄仄平平△仄仄平平仄仄平△平仄仄○仄平平△平平仄仄△。首二句须对。

《伴读书》正宫，仅见于套曲。见 C08050。句式与韵脚安排为：5△5△7△7△7△4△。

《货郎》诸谱不载，归纳为：全曲 13 句，77 字。7△6△7△7△5△7△7△7△7△5△4△4△。典型平仄格式为：平仄仄、平平仄仄△仄仄平仄仄△平仄仄仄平△仄仄平、平平仄仄仄平△平仄仄△平仄仄、平平仄仄△平平仄平平△平仄平平△仄仄平平△仄平平仄△平平仄仄△。

《叨叨令》正宫，小令套曲兼用。见 A17361。首 4 句多作对。5、6 句叠（加也么哥）。句式与韵脚安排为：7△7△7△7△3○3○7△。

词语注释： 1. 作者著有《上高监司》前后两套，前套 15 曲，后套 34 曲，后套为散套中少有的长篇。高监司，可能为高纳麟。元代天历二年（1329），全国许多地方大旱，高纳麟于是年出任江西道廉访使。此散套写于大旱的第二年。前套具体描写了灾民惨不忍睹的画面，以及地方官吏与豪门奸商乘天灾鱼肉乡里的劣迹，并歌颂了高监司的丰功伟绩。后套34曲，仔细描写了官吏奸商曲解法律规章和贪污舞弊的手法，以及附庸风雅的丑态。结尾称道了政府改革弊政的措施。2. 磨障，即魔障，灾难。3. 此言感谢（高监司）的恩德，进行拯济，百姓得以安然无恙。4. 那里取，哪里有；若时雨，及时雨。5. 旱魃，导致旱灾的凶神；生，出现。以下"因此"句应为7字句。6. 料钞，当时的钞票名；加三倒，旧钞倒换新钞要加三成，即以十三分旧钞换十分新钞。元朝当时利用换钞机会掠民，曾引发动乱。折四，言一斗粗粮只作六升算，即扣掉四升。7. 殷，富足；殷实户，富户。8. 停塌户，囤积（粮食）的人家。9. 秕，干瘪的谷粒；屑，碎末。10. 甑，蒸食物的炊具，此泛指炊具。生尘，表示久不使用。11. 那里每，即哪里，每，语助词。12. 枵腹，空腹。高卧斜阳，没吃无力，太阳偏西了还躺着。13. 黄不老，野菜名。蕨根粉，承上省"吃"字；糇粮，干粮，《诗经·大雅·公刘》："乃裹糇粮。"14. 哦，同噇，吞吃。15. 鹅肠、苦菜，均野菜名。连根煮，言其稀少。荻笋、芦蒿（wo 蜗），芦苇之类的嫩芽和根茎。则，只；杞柳株樟，指不能吃的树木。16. 此言用麻、柘的皮和叶捶成稠稠的浆汤。17. 他每早句，他们每天早上合掌擎拳谢（恳求）上苍。18. 黄如经纸，古代抄、印经文，皆用黄纸；此言面黄肌瘦。19. 当时耕牛禁宰杀，桑树为养蚕农作物，禁砍伐。故云偷宰、盗斫。阔角牛，老而瘦的牛。20. 活葬，此言赤裸裸地埋葬。21. 等闲句，言很轻易地就分离，永无见面之日了。参、商二星此出彼没，永不相见。22. 此言家人痛苦分离，是何等悲惨的境况！23. 牙子，中介经纪人，有须经官方注册者；私牙子，私商贩。船湾外港，船停外港，并于中宵月朗时过河来进行投机买卖。无徒，无赖之徒。24. 牙钱，佣金；加倍解，加倍付给。25. 两般装，指用不同的分量对待顾客。昏钞，破旧钞票；对支付昏钞者早就先扣除了四两。26. 江乡相，待考，或指乡镇机关头目；义仓，官府为防灾荒所设立的粮仓。税户，替政府收税的人家。积年由他掌管义仓。27. 此言收支账目编造得十分停当。侵用过、经用过、使用过；行（hang）唐，搪塞。此言用假账搪塞官府。28. 粜（tiao 跳），出米、卖米；劝粜，动员富人卖米。按户口每月卖给粮食。29. 此言富户早已用钱买通官府，放过他们。虚桩，假样子。30. 印信，官府图章（公文）；凭由，作凭据的文书。社长，地方小吏；知房，账房之类，一说族长。31. 闲浮浪，游手好闲之人。二句言不管体强体弱之人，全都饿坏了。32. 尪羸，瘦弱；伛偻，腰弯背驼。刱，当作闯，奔走，跌跌撞撞。阁泪，含泪。33. 莩，同殍，饿死者；乞出句，此言出去乞讨时，常常拦门打斗抢劫。鹄立句，伸着脖子直等死。34. 汲黯，汉名臣，曾以便宜行事，开仓济民。35. 带月，通作戴月；言其日夜操劳。36. 济，救济；此言对救济与卖米工作都亲自到场。37. 皈向，归向，归宿。厢巷，百姓居住地。38. 脏，或应作账；账输钱，指按账目应发放的钱；分例米，按例应分发的米；多般儿区处，用多种办法处理；最优长，最好。39. 生放，生利放债。40. 饥馁，饥饿；填沟壑，死后扔在沟壑之中。41. 鬻（yu 玉），卖。42. 偏党，偏私。《尚书·洪范》："无偏无党，王道荡荡。"激昂，激情。43. 展草，应指老人结草以报恩的故事，见《左传·宣公十五年》，也有人认为指三国时李信纯爱犬舍身救主，以身沾水救火而死的故事，若如此，则当作"湿草"。垂缰，前秦苻坚坠涧后，马垂缰涧底以救主。44. 覆盆之下，指不见天日的绝境。45. 才称，才符合，才相称。46. 莅事，面对事务。47. 萧曹以下，援引历代名臣宰相：萧何、曹参、伊尹、傅说、周公旦、召公奭等，以比美高监司。48. 紫泥宣诏，宣读用紫泥封口的诏书。花衬句，言得到诏书后，策马在花地上疾行；衬，映衬。此暗用孟郊《登科后》诗句："春风得意马蹄疾，一日看尽长安花。"49. 早居，早列，早加入；玉笋，或谓优秀人物；按：玉笋，指玉笏似更妥。玉笏，大臣所执手板。50. 伫看，立看；金瓯姓字，自己被任命时名字覆于金瓯之下。此用唐玄宗故事："明皇命相，先以八分书书姓名，以金瓯覆之。"51. 和鼎调羹，旧时常以烹调比喻治国。和鼎句，即辅佐皇帝治理天下。52. 貂蝉，高官帽饰；济楚，整齐严肃。滚绣，绣有滚龙的官服。53. 绣衣郎，御史台官员。54. 俗话"公种生公，相门有相"；前人奖，前人夸奖。高监司的祖上在金时曾封太师，故云。55. "粒我烝民"，养活我众多的百姓。此引《诗经·周颂·思文》："粒我烝民，莫匪尔极。"56. 樵叟渔夫曹，通作樵渔辈讲。按此为对句，且句式应为 4+3，故"曹"当作"嘈"，即七嘴八舌地议论。57. 云卿苏圃，南宋隐士苏云卿的园圃。58. 徐孺子，东汉南昌名士。挹清况，享受清净环境。59. 德政因由，施行德政的经过情况。

作品赏析：　　这两个套曲以比较真切具体地反映了元代社会情况和天灾人祸而有名。但前套对高监司的吹捧失之过分甚至肉麻。此高监司不过江西一郡的督察官，无关全国大局，竟将其誉为"可与萧曹比并，伊傅齐肩，周召班行"，显然太过。

C13061 刘庭信《端正好·金钱问卜》

香尘暗翠帏屏，花露冷鲛绡帐，闷恹恹画阁兰堂。愁云怨雨风流况₁，都蹙在眉间上。

《滚绣球》俏风流窈窕娘，俊庞儿浅淡妆，扫峨眉远山新样，穿一套藕丝衣云锦仙裳，带一副珠珞索玉项牌[2]，翠氍毹宝串香[3]。打扮的一桩桩停当。步瑶阶环佩玎珰[4]。溶溶月色浸朱户[5]，寂寂花阴付粉墙，春色芬芳。

《倘秀才》展玉腕把春纤合掌[6]，恰便是白莲蕊初生在这藕上。高卷珠帘拜月光。碧梧摇碎影，红药吐狂香[7]，正红稠绿穰[8]。

《滚绣球》启绿窗、离了绣房，博山炉把香来拈上，办着片赤诚心祷告穹苍[9]。低低的念了一会，深深的拜了四方。转秋波又则怕外人偷望[10]，则为咱正青春未配鸾凰[11]。甚时得遇乘鸾客？何日相逢傅粉郎[12]？审问个行藏[13]。

《倘秀才》磨着定乌龙墨向端溪砚傍，援着管玉兔笔写在罗纹纸上[14]。恰便似破八卦桃花女计量[15]。五行推造化，六甲定兴亡[16]，沉吟了半响。

《呆骨朵》厮琅琅的把金钱掷下观爻象，却怎生单单单拆拆拆阴阳？恰数着坤偶乾奇，摆列着天三地两[17]。用神有天喜临，主令的财官旺，便做道是李淳风不顺情，那一个袁天罡肯调谎[18]。

《货郎儿》一见了神魂飘荡，不由我心劳意攘。我将这金钱仔细细推详：恰离了、湖山侧，早来到会宾堂[19]。

《脱布衫》明滴溜月转西厢，锦模糊花暗东墙[20]。何处也花烛洞房？那里也锦衾罗帐？

《小梁州》昨日个孔雀屏开绛蜡光，花吐银釭[21]。早间灵鹊噪回廊。蛛丝儿放，滴溜在宝钗傍[22]。

《幺篇》卦爻儿端的无虚诳，莫不是会双星日吉时良？这的是好事成从天降。佳期准望，何必再斟量[23]！

《醉太平》打叠起麻衣百章，《周易》《归藏》，下功夫想绣个锦香囊，则在这香盒儿里供养[24]。准备着梨花月底双歌唱，杏花楼上同玩赏。再不去菱花镜里巧梳妆，眠思梦想。

《煞尾》眠思梦想，悲楚凄凉，再不去花月亭前烧夜香[25]。

作者生平：　　见 A05109。

定格说明：　　《端正好》，见上。

《滚绣球》，见上。

《倘秀才》，见上。

《呆骨朵》又名《灵寿杖》，正宫，亦入中吕，仅见于套曲。全曲8句，39字。句式与韵脚安排为：7△4△4○4△5○5△5○5△。典型平仄格式为：平平仄仄平平仄△仄仄平平△仄仄平平○平平仄仄△仄平仄仄○仄仄平平仄△平平仄仄○平平仄仄平△。

《货郎儿》正宫，仅见于套曲，见C06039，句式与韵脚安排为：7△7△7△3○3△7△。

《脱布衫》正宫，带过曲套曲兼用，见B14027，句式与韵脚安排为：7△7△7△7△。

《小梁州》正宫，小令套曲兼用。见C08049，句式与韵脚安排为：7△4△7△3△5△＋幺篇换头7△7△3△3△4△5△。

《醉太平》正宫，小令套曲兼用。见C06039，句式与韵脚安排为：4△4△7△4△7△7△7△4△。

词语注释：　　1. 风流况，此指相思的精神状况。2. 窈窕，美好貌（或云：美心为窈，美貌为窕）。庞儿，面庞。藕丝衣，极言其细致；珠珞索，用珍珠串成的穗子；项牌，挂在项前的牌状装饰物。3. 氍毹（qushu 衢书），地毯；宝串香，用珍贵材料连串起来的香物。按此处说的全是此女子装束，突然说及地毯，不协调。故此处氍毹恐指某种毡质衣物。4. 瑶阶，豪华的台阶。5. 溶溶，柔和貌；朱户，阔人家的门窗。6. 春纤，春笋般纤细手指。7. 吐狂香，极言其香味浓厚。8. 红稠句，红花正盛，绿叶正茂。9. 博山炉，著名香炉；拈上，此指燃上。10. 办着，怀着；穹苍，上天。11. 则，只；下同。12. 乘鸾：女嫁贵婿为乘龙；男娶娇妻为乘鸾；傅粉郎，白面郎。13. 行藏，行止，即打听情人的消息、情况。14. 定，同锭，此指一块、一方；二句言所用文房四宝皆为珍品。15. 桃花女，指善卜的女子。此用杂剧《破阴阳八卦桃花女》故事：女善卜，终成美眷。计量，测量、估计。16. 五行，金木水火土；六甲，我国特有的纪年、计数方法，用十天干、十二地支配成六十之数。古人以五行、六甲推算命运。17. 厮琅琅，问卜时摇金钱的响声；爻象，本指八卦图像，此指金钱所现图像。单拆阴阳，此言图像显示偏偏要拆散阴阳（男女）；重复单、拆字，以加强语气。乾坤，卦名，表阴阳、男女。天地在此也表男女。此言图像表明男是奇数（天三），女是偶数（地两）。18. 此言据图像，信神的有天降喜事，管家的财气旺盛。即使通天文的唐代李淳风不讲人情，那袁天罡岂肯说谎骗我。19. 此言见此图像后神魂飘荡，心绪烦乱。于是此女便往回走。沿途所见，都是婚姻喜庆迹象。此处与定格有出入。20. 明滴溜，又亮又圆。此言花影暗投东墙，如模糊锦绣。21. 孔雀屏开，用唐高祖射孔雀屏中目得妻故事。绛蜡，红色蜡烛，喜庆用。银釭句言灯盏中吐出如花光芒。22. 旧时以见蜘蛛吐丝为吉兆。此蛛丝正光溜溜飘在宝钗之旁。23. 会双星，牛、女相会；此言图像说明佳期天降，不必再斟酌。24. 麻衣相书百章，《周易》《归藏》，此指占卜之书。《归藏》是《易经》的组成部分。下二句言绣好香囊后，就将这些书放在这香盒里保存。25. 此言深信卜辞会实现，不必再梳妆诱人，也不去苦苦眠思梦想和月亭烧香了。

作品赏析：　对于适龄少女思春之情描写细致。此女情迷卜辞，心情矛盾，但却特意向吉祥方向作解释。唯愿不致落空。

C13062 曾瑞《端正好·自序》

一枕梦魂惊，千载风云过[1]。将古来英俊评跋：谁才能、谁霸道、谁王佐？只落得高冢麒麟卧[2]。

《幺》百年身、隙外白驹过，事无成潘鬓双皤[3]。既生来命与时相挫，去狼虎丛服低挎[4]。

《滚绣球》时与命道不合，我和他气不和，皆前定并无差错，虽圣贤胸次包罗[5]。待据六合，要并一锅，其中有千万人我，各有天时、地利、人和[6]。气难吞吴魏亡了诸葛，道不行齐梁丧了孟轲，天数难那[7]。

《倘秀才》举伊尹有汤王倚托，微管仲无桓公不可？相公子纠偏如何不九合[8]？失时也亡了国家，得意后霸了山河，也是君臣每会合[9]。

《脱布衫》时不遇版筑为活，时不遇荆南落魄，时不遇逾垣而躲，时不遇在陈忍饿[10]。

《小梁州》男儿贫困果如何？击缶讴歌[11]。甘贫守分淡消磨，颜回乐，知足后一瓢多[12]。

《幺》既功名不入凌烟阁，放疏狂落落陀陀。就着老瓦盆，浮香糯，直吃的彻，未醒后又如何[13]！

《滚绣球》学刘伶般酒里酕，仿坡仙般诗里魔[14]，乐闲身有何不可？说几句不伤时信口开合。折莫待愤悱启发平科[15]。见破绽呵闲槛，教人道我豪放风魔[16]。由他似斗筲之器般看得微末，似粪土之墙般觑得小可，一任由他[17]。

《醉太平》看别人挥鞭登剑阁，举棹泛沧波。争如我得磨陀处且磨陀，无名缰利锁[18]。携壶策杖穿林落，临风对月闲吟课，有花有酒且高歌，居村落快活[19]。

《叨叨令》听樵歌牧唱依腔和，整丝纶独钓垂钩坐。铺苔茵展绿张云幕，披渔蓑带雨和烟卧。快活也么哥，快活也么哥，且潜居抱道随缘过[20]。

《一煞》也不学采薇自洁埋幽壑，不学举国独醒葬汨罗；也不学墨子回车，巢由洗耳，河老腾云，许子衣褐[21]。也不仰天长叹，也不待相宣言，也不扣角为歌；却回光照我，图甚苦张罗[22]！

《二》忘飧智士齐君果，不吐嫌兄仲子鹅[23]。饱养鸡豚，广栽桃李，多植桑麻，剩种粳禾[24]。盖数椽茅屋，买四角黄牛，租百亩庄窠[25]。时不遇也怎么，且耕种置个家活[26]。

《三》瓮头白酒新醅泼，碗内黄齑垄酱和[27]。诗里乾坤，杯中日月，醉醒由己，清浊从他。我量宽似海，杯吸长鲸，酒泛洪波[28]。醉乡宽阔，不饮待如何？

《四》忘忧陋巷于咱可，乐道穷途奈我何[29]！右抱琴书，左携妻子，无半纸功名，躲万丈风波。看别人日边牢落，天际驰驱，云外蹉跎。咱图个甚么？未转首总南柯[30]。

《尾》既无那抱关击柝名煎聒，且守这养气收心安乐窝[31]。用时行，舍时躲[32]。居山村，离城郭。对樽罍，远鼎镬[33]。黄菊东篱栽数科，野菜西山锄几陀。听一笛斜阳下远坡，看几缕残霞蘸浅波。醉袖乘风鹏翼拖，塞个临溪鳌背驮。杲杲秋阳曝已过，淘淘清江濯几合[34]。骨角成形我切磋。玉石为珪自琢磨[35]。华画干将剑不磨，唾喂经纶手不搓。养拙潜身躲灾祸，由恁是非满乾坤也近不得我[36]。

作者生平：　见 A09183。

定格说明：　《端正好》，见上。

　　　　　　《滚绣球》，见上。

　　　　　　《倘秀才》，见上。

　　　　　　《脱布衫》，见上。

　　　　　　《小梁州》，见上。

　　　　　　《醉太平》，见上。

　　　　　　《叨叨令》，见上。

词语注释：　1. 此言作者从一枕梦中惊醒，把千载风云变化一一过目。2. 评跋，口语，评论。王佐，辅佐帝王的贤臣。末句言无论贤愚都将葬身于高冢，冢前麒麟倒卧而已。3. 语出《庄子·知北游》，言人生短促如白驹过隙。潘鬓，晋潘岳曾于赋中叹鬓白，故通指衰鬓。皤（po 婆），白。4. 相挫，相乖，不顺；低捋（luo 啰），低劣；此言既时命不好，那就离开狼虎成群的地方，甘心过低劣的生活。5. 此地"他"指时与命，与自己道不合、气不和。胸次，胸间。包罗，包容。6. 六合，上下四方，即天下。此言当把天下作为整体看待时，要能"一锅熬"，须知各人情况是千差万别的，不能勉强。天时、地利、人和，语出《孟子·公孙丑下》。7. 那，同挪，改变。此言诸葛亮气吞吴魏，结果劳瘁而死；孟轲在齐梁游说也失败了。按：孟轲并未在齐梁丧身，但此可将丧作失败讲。8. 伊尹，商朝开国贤相，此言伊尹得用，全靠汤王。微，《论语·宪问》："微管仲，吾其被发左衽矣。"即如果没有管仲。此处句子结构、用意同上句，故微字无用，疑因《论语》而衍。本意是说管仲如果没有桓公，难道就不能成事？下句言管仲当时如果辅佐失败了的公子纠，难道就不能"九合诸侯，一匡天下"？9. 君臣每，君臣们；会合，配合得好。10. 此举四个因时不遇而遭困的例子：商朝傅说未遇时靠版筑（筑土墙）为生；王粲曾流落荆南；战国初段干木清高不仕，魏文侯来见，段越墙逃避；孔子在陈时绝粮。11. 缶（fou否），瓦盆。此处击缶是否有典，待考；有人举渑池之会，秦王击缶事，于理不合；应是指汉杨恽失意时讴歌事。12. 此指颜回居陋巷，箪食瓢饮，不改其乐。13. 凌烟阁，泛指功臣榜。落落陀陀，口语，陀陀一作托托，酡酡，或邋邋遢遢，潇洒随便。浮香糯，飘香的糯米酒；未字疑衍，即醒后又如何。原句也可勉强解作："不醒又如何？"14. 酡（tuo沱），饮酒脸红，此指酒醉；刘伶乃著名嗜酒者。坡仙，苏轼；诗里魔，吟诗入魔。15. 折莫，尽管；愤悱启发，孔子对学生悟性的评语、标准："不愤不启，不悱不发。举一隅，不以三隅反，则不复矣。"此言必须学生有要求，然后进行教诲，并且要能举一反三。平科，即评科，评判。16. 闲楂，闲磕、闲聊。17. 斗筲之器，小容器；粪土之墙，劣质墙壁，不可美化。语出《论语·子路》。微末、小可，均为微不足道小人物的意思。

18. 此言看他人为名利登山涉水，不如自己消闲。磨跎，也作磨陀，逍遥。19. 林落，树林和村落；吟课，吟诗作课。20. 铺苔茵句，言以苔茵为床铺，展开绿席，以天云为帐幕。抱道，怀抱着自己的道德操守。21. 此处列举八个名人行事，言自己一概不学：采薇指伯夷叔齐耻食周粟，于首阳山下采薇以食，终至饿死；葬汨罗指屈原不忍举国皆醉而己独醒，投汨罗江以死；墨子到朝歌，认为歌非其时而回车；巢父、许由，恶闻尧让天下之言而洗耳；河上公腾云在虚空中，以示不为人臣；许行衣褐（穿粗布衣服）以示自食其力。22. 待相宣言，看人脸色讲话；回光句，言已到回光返照晚年，还为什么要苦苦张罗（忙碌）。23. 齐君果：齐国高士於陵仲子，三日不食，闻井上有虫吃过的李子，"三咽，而后耳有闻，目有见也"。又在不知情况下吃了他哥哥的鹅，以为不义之食，"出而哇之"。事见《孟子·滕文公下》。此言自己不吃齐国君子那种果子，也不像仲子那样，因嫌哥哥不好而吐鹅。24. 剩种，多种；粳禾，此指良好稻米。25. 四角，应指两头；庄窠，同庄棵，即庄稼。26. 恁么，这么个样子；置个家活，安置家庭生活。27. 醅泼，酿造；坌（ben 笨），一并；坌酱和，跟酱和在一起。28. 杯吸长鲸，饮酒如长鲸吸水，极言喝得猛；洪波，言酒醴丰富。29. 忘忧句，言我可学颜回；穷途，晋阮籍遇见穷途时便大哭，实际上是哭当时政治上日暮途穷，此言自己心中乐道，虽遇穷途也无奈我何。30. 牢落，寂寞愁苦；日边、天际、云外，均指广阔大地。眨眼变成一场空梦。31. 抱关击柝，守城门打更；煎聒，追逼骚扰；此言自己既无下等差事相追逼，就安心过日子吧。32. 此暗用《论语·述而》："用之则行，舍之则藏。"33. 罍，酒器；鼎镬，此指烹人的酷刑。数科，数棵；几陀，几坨、几堆。34. 听笛句，言斜阳下坡时听一曲笛声；醉袖乘风时如拖鹏翼；蹇，乘劣质牲口走过；鳌背驮，如"鳌背驮物"的山坡。杲杲，光明的；淘淘，同滔滔，水盛貌；濯几合，洗几回。35. 此言为使骨角成形，我自切磋；为使玉石成珪，我自琢磨。36. 华画二句待考，可能指：美好的干将名剑我不磨砺。又华画也可能是剑名。世上经纶政事我加以唾弃，连手也不搓（毫不顾惜）。也就是说置文事武功于不顾。由恁是非句，管他这样的是非满乾坤也与我无干。

作品赏析： 洞察时事和历史，有见地、有气魄，但始终不能忘情于"见用"，因为自己是"不见用"才退处作隐逸之人的。又行文语多重复，欠简练。

C13063 汤舜民《端正好·元日朝贺[1]》

一声莺报上林春[2]，五更鸡鸣扶桑晓[3]。贺三阳万国来朝[4]，践天街车马知多少，端的便塞满东华道[5]。

《滚绣球》赤羽旗疏刺刺风尚高，丹墀陛湿浸浸雪未消[6]，金銮殿淡氤氲瑞烟缭绕，玉狮炉香馥馥兰麝风飘[7]。银酥蜡明灿灿金莲护绛绡[8]，彩鸾扇微隐隐青鸾纛翠翘，氍毹锦软茸茸平铺着宝街复道，珊瑚钩滴溜溜高簇起绣幕珠箔[9]。九龙车霞光闪闪明芝盖，五凤楼日色曈曈映赭袍[10]。隐隐鸣鞘[11]。

《倘秀才》鹓鹭班文僚武僚，熊虎队龙韬豹韬[12]。八府三司共六曹[13]。象牙牌犀角带，龟背铠雁翎刀[14]。有丹青怎描？

《脱布衫》椒花颂万代歌谣，柏叶杯九酝葡萄[15]。茵陈簇雕盘翠缕，金花插玳筵宫帽[16]。

《小梁州》一派仙音奏九韶，端的是锦瑟鸾箫。红牙象板紫檀槽，中和调，天上乐逍遥[17]。

《幺篇》瑶池青鸟传音耗，说神仙飞下丹霄[18]。一个个跨紫鸾、一个个骑黄鹤。齐歌齐笑，共王母宴蟠桃。

《尾声》麒麟鸑鷟来三岛，蛮貊貔狖静四郊[19]。刁斗无惊夜不敲，露布无文送青鸟[20]。弼辅移承尽所学，虹气夔龙不惮劳[21]。端拱无为记舜尧，祝寿年年拜天表[22]。

作者生平：　　见 A03015。

定格说明：　　《端正好》，见前。

《滚绣球》，见前。

《倘秀才》，见前。

《脱布衫》，见前。

《小梁州》，见前。

词语注释：　　1. 元日，即农历正月初一。2. 上林，上林苑，皇家林苑与宫廷所在地。此言莺啼宣告上林已是春天。3. 扶桑，此指东方。4. 三阳，旧时以正月为"三阳开泰"，即阳气上升，太平开始。贺三阳即庆新春之意。5. 东华道，东华门前道。东华门乃百官朝贺时所经道路。6. 疏刺刺，风飘旗声。风尚高，风力还很强劲。丹墀陛，金殿前的红色台阶（用红砖或涂红色）。7. 氤氲（yin yun 因云阴平），飘动缭绕貌。兰、麝的香气随风飘荡。8. 银酥句较费解，可能是说：银色酥油蜡烛光灿灿，有如朵朵金莲簇拥着绛色帷幕。9. 彩鸾二句写仪仗：彩鸾扇隐隐约约，青鸾大旗（纛）翠绿翘起；织锦般地毯（氍毹 quyu 衢余）；复道，宝街上楼阁间的架空通道；滴溜溜，放光彩貌；珠箔，珠帘。10. 明芝盖，照亮芝盖；赭袍，此指皇帝龙袍。11. 鸣鞘（shao 梢），挥动鞭梢发声，以示"肃静，仪式开始"。按此乃蒙、满等族建立的政权所特有的仪式。12. 鹓（yuan 鸳），鸾属；鹓、鹭飞行有序，常用以形容朝臣秩序井然；龙韬、豹韬，言其勇猛有韬略。13. 八府等，历代所指不一。唐代以尚书令、仆射加六曹为八府；六曹即吏、户、礼、兵、刑、工六部，三司通指司徒、司马、司空。14. 牌，指朝会用手板；铠，铠甲；雁翎刀，轻巧锋利的战刀。15. 椒花颂，元日祝贺君王的传统颂歌，故云万代歌谣；柏叶杯，应为当时名杯；

九酝葡萄，九酿的葡萄酒。16. 茵陈二句费解，从翠缕（绿色花纹）雕盘看，当为某种水果之类簇拥于盘中；金花插于盛大宴会所戴之宫帽上。17. 九韶，舜时名乐，此指高尚音乐；紫檀槽，紫檀所作弦槽、弦乐器架弦的格子。18. 瑶池青鸟，传说中西王母传信的使者；丹霄，红色天空；此言朝拜有如西王母的蟠桃宴会。19. 鸑鷟（yue zhuo 越浊），凤类；三岛：蓬莱、方丈、瀛洲。蛮貊句，言四邻蛮貊部落的武装都安静下来了。20. 刁斗，巡夜打更时的响器。露布，告示，此言并无露布文件送交青鸟传播。21. 弼辅，辅政大臣；移承，当指传承，此言大臣尽将所学传承下来以辅佐君王；夔、龙，均为舜的名臣，此指气势如虹的当朝名臣不怕劳苦。22. 端拱，端身拱手，无为而治；记舜尧，不忘舜尧；也可解释为：记下舜尧般的德政；拜天表，拜贺于天子面前。

作品赏析：　　此虽为歌功颂德之作，但读此可以窥见当时朝贺景况。

《翠裙腰》仙吕。《全元曲》收3作者，3套曲，13小曲。本首牌所用之曲牌计有：《翠裙腰》《后庭花》《上京马》《金盏儿》《绿窗愁》《寄生草》《六幺遍》等。今选1套。

C13064 关汉卿《翠裙腰·闺怨》

晓来雨过山横秀，野水涨汀洲。阑干倚遍空回首。下危楼[1]，一天风物暮伤秋[2]。

《六幺遍》乍凉时候，西风透[3]。碧梧脱叶，余暑才收。香生凤口[4]，帘垂玉钩[5]，小院深闲清昼[6]。清幽，听声声蝉噪柳梢头。

《寄生草》为甚忧？为甚愁？为萧郎一去经今久[7]。玉台宝鉴生尘垢[8]，绿窗冷落闲针绣。岂知人玉腕钏儿松，岂知人两叶眉儿皱。

《上京马》他何处，共谁人携手，小阁银瓶殢歌酒[9]？早忘了咒，不记得低低㝹[10]。

《后庭花煞》掩袖暗含羞，开樽越酿愁[11]。闷把苔墙画[12]，慵将锦字修[13]。最风流，真真恩爱，等闲分付等闲休[14]。

作者生平：　　见 A03014。

定格说明：　　《翠裙腰》，仙吕。仅见于套曲。全曲 5 句，29 字。见 C13064，句式与韵脚安排为：7△5△7△3△7△。

《六幺遍》仙吕，小令套曲兼用。见 A14271，句式与韵脚安排为：3○3△4○4△4○4△7△2△7△。

《寄生草》仙吕，小令套曲兼用。见 A13261，句式与韵脚安排为：3△3△7△7△7△7△7△。

《上京马》仙吕，仅见于套曲。全曲 5 句，25 字，句式与韵脚安排为：3△5△7△4△6△。典型平仄格式为：平平仄△平平平仄仄△仄仄平平仄仄平△平平仄仄△平仄仄、平平仄△。

《后庭花煞》，与小令《后庭花》同，见 A01008，句式与韵脚安排为：5△5△5○5△3△4△5△。

词语注释：　　1. 危楼，高楼。2. 暮伤秋，暮天伤秋；或作"伤暮秋"之倒装，亦可。3. 西风透，西风吹彻，吹得令人凉透。4. 凤口，凤形香炉炉口。5. 此言帘子从解开的玉钩垂下。6. 闲清昼，清闲的白昼。此处按定格应为 7 字句。7. 萧郎，泛指情人；经今久，到如今已很久。8. 玉台宝鉴，妆台上的铜镜。9. 银瓶，通解作美好酒器。按银瓶可能为银屏之误，言小阁优美；殢歌酒，为歌酒所困扰，所滞留。10. 咒，指誓言；㝹（nou 去），男女欢爱情景。11. 此言饮酒不仅不能忘忧，反而愈滋生忧愁。12. 此言闷得无聊，用手指在苔墙上随意乱画。13. 锦字，暗用苏蕙回文诗典故，此指与情人写信。14. 等闲分付，随便付与他人。此言男方随便移情，二人一番风流真爱便从此罢休。

作品赏析：　　文字优美，感情细致而能自重，不因被遗弃而怨死怨活或俯首乞怜。

十四寒　《全元曲》收 25 作者，47 套曲，301 小曲。今选 10 套。

《哨遍》般涉调，《全元曲》收 10 作者，22 套曲，174 小曲。本首牌所用曲牌计有：《哨遍》《墙头花》《麻婆子》《急曲子》《耍孩儿》《促拍令》等。今选 4 套。

C14065 高安道：《哨遍·皮匠说谎》

十载寒窗诚意，书生皆想登科记[1]。奈时运未亨通，混尘嚣日日衔杯[2]，厮伴着青云益友[3]，谈笑忘机，出语无俗气。偶提起老成靴脚[4]，人人道好，个个称奇。若要做四缝磕瓜头，除是南街小王皮[5]。快做能裁，着脚中穿，在城第一。

《耍孩儿》铺中选就对新材式[6]。嘱咐咱穿的样制[7]。裁缝时用意下工夫，一桩桩听命休违：细锥粗线禁登陟，厚底团根教壮实；线脚儿深深勒，鞔子齐上下相趁。鞳口宽脱着容易[8]。

《七煞》探头休蹴尖，衬薄怕汗湿。减刮的休显刀痕迹，剜裁的脸戏儿微分间短，拢揎得腮帮儿省可里肥。要着脚随人意。休教脑窄，莫得跌低[9]。

《六》丁宁说了一回，分明听了半日，交付与价钞先伶俐[10]。从前名誉休多说，今后生活便得知[11]。限三日穿新的。您休说谎，俺不催逼。

《五》人言他有信行，谁知道不老实。许多时划地无消息[12]。量底样九遍家掀皮尺，寻裁刀数遭家取磨石。做尽荒獐势。走的筋舒力尽，瞧的眼运头低[13]。

《四》几番煨胶锅借揎头[14]，数遍粘主根买桦皮[15]。喷了水埋在糠糟内。今朝取了明朝取，早又催来晚又催，怕越了靴行例[16]。见天阴道胶水解散，恰天晴说皮糙燎皼[17]。

《三》走的来不发心，燋的方见次第：计数儿算有三千个誓。迷奚着谎眼先赔笑，执闭着顽心更道易[18]。巴的今日，罗街拽巷，唱叫扬疾[19]。

《二》好一场恶一场，哭不得笑不得，软厮禁硬厮并却不济[20]。调脱空对众攀今古，念条款依然说是非[21]。难回避，骷髅卦几番自说，猫狗砌数遍亲题[22]。

《一》又不是凤麒麟钩绊着缝，又不是鹿衔花窟嵌着刺，又不是倒钩针背衬上加些功绩，又不是三垂云银线分花样，又不是一抹圈金沿宝里[23]。每日闲淘气。子索行监坐守，谁敢东走西移[24]！

《尾》初言定正月中，调发到十月一。新靴子投至能完备，旧兀剌先磨了半截底[25]。

作者生平：　　高安道，生平事迹不详。从所写作品看，一生怀才不遇，混迹风尘，穷愁潦倒。《录鬼簿》将其列为"方今才人闻名而不相知者"四人之一，朱权将其列入"词林之英杰"150人之中。《全元曲》收其散套3套。

定格说明：　　《哨遍》般涉调，仅见于套曲。全曲15句，83字，句式与韵脚安排为：6△7△7○7△7○4○5△6○4○4△7○7△4○4○4△。典型平仄格式为：仄仄平平仄仄△平平仄仄平平仄△仄仄平平仄仄○仄仄平平、仄仄平平△平仄仄、平平仄仄○仄仄平平○仄仄平平仄△仄仄平平仄○平仄仄○仄仄平平△平平仄仄平平○仄仄平平仄仄平△仄仄平平○仄仄平平○平平仄仄△。诸7字句中，偶有作6字者。幺篇换头尾：首句改作4字（仄仄平平），末句改作7字（平仄仄、仄仄平平），并少两句，即作4△7△7○7△7△4○5△6△4○4△7△7△7△，用否均可。

《耍孩儿》般涉调，仅见于套曲，见C06034，句式与韵脚安排为：7△6△7○6△7○3△4○4△。

《煞》亦入正宫、中吕、双调。联套时位于《耍孩儿》之后，《尾声》之前，支数多用逆数。句式与韵脚安排为：3○3△7△7△7△3△4○4△。

词语注释： 1. 登科记，亦作登科录，即榜上有名。下句按定格应为7字句。2. 混尘嚣，在喧闹的尘世混迹。3. 厮伴，相伴。青云益友，青云直上的好友。《论语·季氏》：孔子把朋友分作"益者三友，损者三友"。即有益和有损的各三种。益友为"友直，友谅，友多闻"。4. 题起，同提起；老成靴脚，有历史的或稳重的靴鞋或鞋铺铺。5. 四缝句，由四块皮子缝成，鞋头如磕瓜。磕瓜，待考，当为某种圆形瓜类。小王皮，姓王的小皮匠。6. 此言在王皮店铺中选定一双新款式样。7. 此言嘱咐王皮，说明自己穿鞋的样式（样制），以下为对制作工序的具体要求。8. 禁登陟，经得起爬坡登山。团根，圆后跟。靿（yao要）子，靴筒子。此言靴筒子要整齐并且上下相称（通趁）。鞔口，靴筒口。9. 探头，指鞋头；蹴尖，当指削尖，过尖；衬垫薄了不吸水，故言怕汗湿。减刮，指将皮子削薄；脸戏儿，鞋脸儿，即鞋帮的前部；微分间短，稍微短一点；拢揎，用楦头将鞋撑得鼓起来；省可里，省得、不要；此言不要把鞋帮撑得太肥。休教脑窄，别让鞋头太窄；跌，脚背；莫得跌低，莫让鞋的脚背太低。10. 丁宁，同叮咛；价钞，价钱；伶俐，此指干脆、爽快。11. 生活，活计；此言别夸口过去的名誉，看今后的活计做得如何便清楚了。12. 划地，依然。13. 九遍家，即九遍，家为数量助词，下同。掀皮尺，挥动皮尺。下句言寻找并拟使用裁刀时，却几回去取磨石磨刀。荒獐即慌张（也许有讽刺如荒野獐子意）。筋舒，筋骨松散无力；憔，焦急的样子；眼运，即眼晕。14. 煨胶锅，加热胶锅，把胶煮化以便使用；揎头，即楦头，鞋匠撑鞋的木模。15. 主根，鞋后跟的主要部位；此言用桦树皮粘作主根。16. 此言天天去催取，别破坏了按期交货的行例规矩。17. 此言阴天来取，说是因潮湿开胶了，晴天取又说因天干皮子粗糙发黑了。18. 走来二句费解，大约是说：走来取鞋时不顺心，焦急争吵之后便弄清了头绪。王皮发了三千个誓言。眯细（迷奚）着说谎的眼神先陪笑，但背地里坚持其顽劣的心思，并且说"容易解决"。19. 巴的今日，巴不得今天，挪（罗）街拽巷（跑遍街巷），高声叫嚷。此言王皮吵闹耍无赖。20. 软厮禁，互相柔软地忍受；硬厮并（拼），彼此硬拼。此言互相软磨硬顶。不济，不济事，不解决问题。21. 调脱空，调子都是空话；对着众人引古论今，念合同条款，依然说谁对谁错。22. 骷髅卦，说不清的死卦，王皮却自己几番解说；猫狗砌，待考，大约说"猫狗伎俩"、混账话；亲题，亲自提起。23. 又不是四句，大意说：钩缝又不是用的"凤麒麟"手法，又不是在窟窿地方用"鹿衔花"的刺绣镶嵌着，又不是在背衬上使用"倒钩针"多费了工夫，又不是用银线缝出"三垂云"式的花样，又不是在宝贵里子上绣了一抹金。24. 此言只得（子索）严密监视着他。25. 调发，调换，改变日期；投至，及至，等到；兀剌，靰鞡，乌拉，靴鞋。此言等拿到新鞋，早磨破了旧鞋。

作品赏析：　　此套曲具体介绍了当时制鞋的用料、工具、技法和款式，也生动形象地描述了小商贩的狡诈欺骗伎俩，从而揭示了当时社会生活的一个层面。

C14066 朱庭玉《哨遍·莲船》

炽日人皆可畏，火云削出奇峰样$_1$。梅雨凌晨乍晴时，堪游水国江乡$_2$。挈艳妆轻摇彩棹，缓拨兰舟，稳载清波漾$_3$。正是蕖花开也，荷张翠盖，莲竖红幢$_4$。系兰舟聊复舣沙汀，停彩棹须臾歇横塘$_5$。低奏笙簧，浅酌芳醑，恣情共赏。

《幺》媚景芳年，莫教两事成虚妄$_6$。赏玩兴无穷，只疑身在潇湘。向晚来残霞散绮，落日沉金，迤逦银蟾上$_7$。莫放酒空金榼，玉山低偃，又且何妨₈。朱唇齐唱《采莲歌》，惊起双双宿鸳鸯，难道是断我愁肠₉？

《随煞》归去也，夜未央。棹行时拨散浮萍浪，船过处冲开菡萏香₁₀。

  作者生平： 见C05027。

  定格说明： 见前。

  词语注释： 1. 炽（chi 赤）日，火热的日头；火红的云彩显出如刀削的奇峰。2. 此言凌晨黄梅雨后忽然天晴的时候。堪游句按定格应为7字句。3. 挈（qie 切），携带；艳妆，艳妆女子；稳稳乘船行走在清波荡漾的水中。4. 蕖花，荷花；荷叶如张开的翠盖，莲花如竖立的红旗。5. 聊复，暂且；舣（yi 以），停舟；沙汀，平缓的沙洲。须臾，片刻。此下二句按定格应作7字句。6. 此言莫让媚景芳年虚度。此下二句按定格应作7字句。7. 此言晚霞如散布天空的彩色绸缎，落日如金球下沉，月亮（银蟾）渐渐东升。8. 榼（ke 柯），酒器；玉山低偃，身子倒下。此言莫让酒器空置，醉倒无妨。9. 惊起双双鸳鸯，使我肠断，此当别有隐情。10. 夜未央，夜未尽，未到半夜；末句言冲开芳香的菡萏，或冲开菡萏，放出香味。

  作品赏析： 风景优美，游人潇洒；虽挈艳妆，然"乐而不淫"。

C14067 睢景臣《哨遍·高祖还乡₁》

社长排门告示：但有的差使无推故₂。这差使不寻俗₃。一壁厢纳草除根，一边又要差夫，索应付₄。又言是车驾，都说是銮舆，今日还乡故₅。王乡老执定瓦台盘₆，赵忙郎抱着酒葫芦。新刷来的头巾，恰糨来的绸衫，畅好是妆幺大户₇。

《耍孩儿》瞎王留引定火乔男女，胡踢蹬吹笛擂鼓₈。见一彪人马到庄门₉，匹头里几面旗舒₁₀：一面旗白胡阑套住个迎霜兔₁₁，一面旗红曲连打着个毕月乌₁₂，一面旗鸡学舞₁₃，一面旗狗生双翅₁₄，一面旗蛇缠葫芦[15]。

《五煞》红漆了叉，银铮了斧，甜瓜苦瓜黄金镀。明晃晃马镫枪尖上挑，白雪雪鹅毛扇上铺[16]。这几个乔人物，拿着些不曾见的器杖，穿着些大作怪衣服。

《四》辕条上都是马，套顶上不见驴，黄罗伞柄天生曲[17]。车前八个天曹判[18]，车后若干递送夫。更几个多娇女，一般穿着，一样妆梳。

《三》那大汉下的车，众人施礼数。那大汉觑得人如无物。众乡老展脚舒腰拜，那大汉那身着手扶[19]。猛可里抬头觑。觑多时认得，险气破我胸脯。

《二》你须身姓刘，你妻须姓吕[20]。把你两家儿根脚从头数[21]：你本身做亭长耽几盏酒[22]，你丈人教村学读几卷书。曾在俺庄东住，也曾与我喂牛切草，拽坝扶锄[23]。

《一》春采了（我）桑，冬借了俺粟，零支了米麦无重数。换田契强秤了麻三秤，还酒债偷量了豆几斛[24]。有甚胡突处[25]？明标着册历，见放着文书[26]。

《尾》少我的钱、差发内旋拨还，欠我的粟、税粮中私准除[27]。只道刘三：谁肯把你揪摔住[28]？白什么改了姓更了名、唤做汉高祖[29]？

作者生平：　　见 C05039。

定格说明：　　《哨遍》，见前。

《耍孩儿》见前。

诸《煞》定格拟作：3△3△7△7△7△3△4△4△。

词语注释：　　1. 据《史记》刘邦在平定淮南王英布后，归途经故乡沛县（今属江苏），曾大宴乡亲父老，并亲自击筑起舞，唱《大风歌》。本套中情节系作者虚拟，以表示对封建帝王的蔑视。刘邦在世时，不可能用谥号，称自己为"汉高祖"。2. 社长，古代村社小吏，如同今天的村主任；排门，挨门挨户。但有的句：凡是摊下的差使不得借故推托。3. 不寻俗，不比寻常。按定格此应为 7 字句。

4. 一壁厢，一边，一方面；纳草除根，拔草除根；一本作"纳草也根"，疑有误。或以"纳草"为缴纳饲草，按刘邦衣锦还乡时，当不至缺粮草。索应付，索要应酬用的东西。5. 车驾，马驾的车，往往专指皇帝的车驾；銮舆，帝王的车驾；这样写是故意表示农民弄不清楚这些官场的话语；乡故，故乡，为叶韵而倒。按定格此应作6字句。6. 王乡老，乡中长者王老；自此以下都是作者拟定的乡中人物名；瓦台盆，陶制托盘。7. 新刷来，新洗过；糨（jiang 将），衣服洗净后，用米汤浸泡，经晒干熨烫，显得平整挺拔；恰糨来，刚洗好糨过。畅好是，真好是；妆幺，冒充。按此曲句数与定格不符。"新刷"二句应为7字句，曲末缺少两个4字句。8. 乔男女，怪模怪样的男女；胡踢蹬，瞎折腾。9. 一彪（diu 丢），一队。10. 匹头里，劈头里，口语，当头；旗舒，旗帜飘扬。以下形容农民眼中的帝王仪仗。11. 白胡阑，白环（分音作胡阑）；迎霜兔，秋天长出新毛的白兔。按此指月旗。12. 红曲连，红圈；打着，此指套着；毕月乌，乌鸦。传说日中有金乌，按此为日旗。13. 此为凤旗。14. 此为飞虎旗。15. 此为蟠龙戏珠旗。16. 红漆句，言叉涂红漆，斧镀银色；以下都是器仗。马镫枪尖上挑，指朝天镫（灯）；白雪雪句，指鹅毛宫扇。17. 黄罗伞，指车盖；此言伞柄弯曲自然。18. 天曹判，像天上判官一样森严的人物。19. 展脚舒腰，形容农民跪拜不同于朝臣的三跪九叩；那身，挪身。20. 刘邦妻姓吕名雉。21. 根脚，根底。22. 耽，嗜好。23. 坝，同耙，碎土平地的农具。24. 乡间十斤为一秤，三秤，三十斤。斛，量器，古代十斗（后改五斗）为斛。25. 胡突，糊涂。26. 见，同现。27. 差发，当差的钱款；拨还，此指扣除、抵账；私准除，私下里按数扣除。28. 捽（zuo 昨），拉扯。以上情节皆出自作者的虚拟想象，但却与刘邦的品格甚为相符。29. 白什么，平白无故为什么。

作品赏析：　　当时写这个题材的作品甚多，此篇最为有名。作者假托农民乡邻的眼光，说明帝王并不是什么天生的伟大人物，刘邦也不过是个普普通通的农村混混儿而已。

C14068 马致远《哨遍·张玉岩草书[1]》

自唐晋倾亡之后[2]，草书扫地无踪迹。天再产玉岩翁，卓然独立根基。甚纲纪、胸怀洒落，意气聪明，才德相兼济[3]。当日先生沉醉，脱巾露顶，裸袖揎衣[4]。霜毫历历蘸寒泉，麝墨浓浓浸端溪[5]。卷展霜缣，管握铜龙，赋歌赤壁[6]。

《幺》仔细看、六书八法皆完备[7]，舞凤戏翔鸾韵美[8]。写长空两脚墨淋漓，洒东窗燕子衔泥[9]。甚雄势，斩钉截铁，缠葛垂丝，似有风云气[10]。据此清新绝妙，堪为家宝，可上金石[11]。二王古法梦中存，怀素遗风尽真习[12]。料想方今，寰宇四海，应无赛敌[13]。

《五煞》尽一轴，十数尺，从头一扫无凝滞[14]。声清恰是蚕食叶，气勇浑同貌抉石[15]。超先辈，消翰林一赞，高士留题[16]。

《四》写的来狂又古，颠又实，出乎其类拔乎萃[17]。软如杨柳和风舞，硬似长空霹雳摧[18]。真堪惜[19]，沉沉着着，曲曲直直。

《三》画一画如阵云，点一点似怪石，撇一撇如展鹍鹏翼。弯环怒偃乖龙骨，峻峭横拖巨蟒皮[20]。特殊异，似神符堪咒，蚯蚓蟠泥[21]。

《二》写的来娇又嗔，怒又喜，千般丑恶十分媚。恶如山鬼拔枯树，媚似杨妃按羽衣[22]。谁堪比？写《黄庭》换取、道士鹅归[23]。

《一》颜真卿、苏子瞻、米元章、黄鲁直，先贤墨迹君都得[24]。满箱拍塞数千卷，文锦编挑满四围[25]。通三昧，磨崖的本，画赞初碑[26]。

《尾》据划画难，字样奇，就中浑穿诸家体，四海纵横第一管笔[27]！

作者生平：　　见 A01001。
定格说明：　　见前。
词语注释：　　1. 另本标题作《赠张玉岩》。张玉岩，与马致远相友善的书法家,生平事迹不详,也无书法作品传世。2. 唐晋,此当指五代之"梁唐晋汉周。" 3. 甚纲纪,很有法度;才德相兼济,才德兼备而且互相辅佐、补充。此曲第三、四句按定格应为 7 字句。4. 裸袖,卷起袖子;揎衣,撩起衣服。5. 历历,此指爽朗明快;麝墨,香墨;浸端溪,浸泡在端溪砚里。6. 三句言:写字时展开的是雪白的丝缣(上等绢),手握的是铜龙似笔管。此处赋为名词,歌是动词,言所歌唱的赋是《赤壁赋》。7. 六书,此当指古文、篆书等六种字体;八法,永字八法,即八种笔画及其写法。8. 此应断作:舞凤戏、翔鸾韵美。此言笔势如舞凤戏飞,如飞翔鸾鸟风韵美好。9. 此二句较费解,也许是说在空旷处书写时,两脚沾有墨水;在东窗墙上书写时如燕子衔泥。按古代书法家有时在墙上、地下到处狂写,甚至以发辫为笔,蘸墨在墙上书写。10. 此言草字姿势雄伟,时而如斩钉截铁,时而又丝葛缠绵,有风云气。11. 据此,具有这种书法作品;上金石,可以勒之金石,永垂不朽。12. 二王,东晋大书法家王羲之、王献之父子;怀素,唐代著名书法家;此言梦中都是二王书法,认真学习了怀素遗风。13. 应无赛敌,应该无人能作他比赛的敌手。此处幺篇同始调。14. 此言十数尺长的一卷纸,从头一扫写完,毫不停滞。15. 貌,狻猊(suan ni 酸泥),狮子的别名;貌抉(jue 决)石,狮子挖掘石头,言其雄壮。16. 消,值得;此言值得高等文人题词赞美。17. 此引用《孟子·公孙丑上》:"出乎其类,拔乎其萃。"萃,荟萃,草木繁茂;拔乎其萃,是其荟萃中最拔尖的。18. 霹雳摧,如迅雷的摧毁力量。19. 惜,此指爱慕、怜惜。20. 此《煞》形容各种笔法:弯环,拐圆弯;怒偃,如愤怒地躺着;乖龙骨,怪龙之骨。21. 此言字迹如可以念咒的神符,蚯蚓蟠泥,如蚯蚓曲伏泥中。22. 按羽衣,按节跳霓裳羽衣舞。以上五句均写矛盾的统一特色。23. 此用王羲之为道士写《黄庭经》以换鹅的故事，言只有王羲之可与张玉岩相比。24. 米元章，米芾；黄鲁直，黄庭坚；此处所举四人都是大书法家。25. 拍塞，用力压紧塞满；编挑，编排挑选。满四围，四壁都挂着经挑选的文锦草书。26. 三昧，通指事物的要诀、精义。磨崖的本，摩崖碑之的确（真实）版本；画赞初碑，王羲之所书《东方朔画赞》碑的原始刻本。此言张玉岩所临摹的都是珍贵版本。27. 据划四字费解待考，也许指根据规划书写难写字样。浑穿，溶浑贯穿诸家体法。

作品赏析：　　诗词中有不少描写书法的作品。此篇作者对书法深有体会，描写生动。可惜张玉岩的书法未能流传下来，无从与实物相核对。

《夜行船》双调，《全元曲》收12作者，23套曲，110小曲。本首牌所用曲牌计有：《夜行船》《胡十八》《乔木查》《斗蛤蟆》《庆宣和》《乔牌儿》《阿纳忽》《挂玉钩》《步步娇》《碧玉箫》《拔不断》《离亭宴》《锦衣香》《鸳鸯》《浆水令》《天仙令》《甜水令》《新水令》《沉醉东风》《落梅风》《风入松》等。今选4套。

C14069 杨维桢《夜行船·吊古》

霸业艰难，叹吴王、端为苎罗西子[1]，倾城处，妆出捧心娇媚[2]。奢侈，玉液金茎，宝凤雕龙，银鱼丝鲙[3]。游戏，沉溺在翠红乡，忘却卧薪滋味[4]。

《前腔》乘机，勾践雄徒[5]。聚干戈，要雪会稽羞耻[6]。怀奸计，越赂私通伯嚭[7]。谁知，忠谏不听，剑赐属镂，灵胥空死[8]。狼狈，不想道请行成，北面称臣不许[9]。

《斗蛤蟆》堪悲，身国俱亡。把烟花山水，等闲无主。叹高台百尺[10]，顿遭烈炬。休觑，珠翠总劫灰，繁华只废基。恼人意，叵耐范蠡扁舟，一片太湖烟水[11]。

《前腔》听启：檇李亭荒，更夫椒树老，浣花池废[12]。问铜沟明月[13]，美人何处？春去，杨柳水殿欹，芙蓉池馆摧[14]。动情的，只见绿树黄鹂，寂寂怨谁无语[15]。

《锦衣香》馆娃宫，荆榛蔽。响屧廊，莓苔翳[16]。可惜剩水残山，断崖高寺[17]，百花深处一僧归。空遗旧迹，走狗斗鸡。想当年僭祭，望郊台凄凉云树，香水鸳鸯去[18]。酒城倾坠，茫茫练渎，无边秋水[19]。

《浆水令》采莲泾红芳尽死，越来溪吴歌惨凄[20]。宫中鹿走草萋萋。黍离故墟，过客伤悲[21]。离宫废，谁避暑？琼姬墓冷苍烟蔽[22]。空原滴，空原滴，梧桐秋雨[23]。台城上，台城上，乌夜啼。

《尾声》越王百计吞吴地，归去城台高起，只今亦是鹧鸪飞处。

作者生平：　　杨维桢（1296—1370），字廉夫。曾筑楼铁崖山中，居楼读书，五年不下，因号铁崖。善吹铁笛，亦号铁笛道人。晚号东维子、抱遗老人。会稽（今浙江绍兴）人。泰定四年（1327）进士。曾任县尹、盐场司令、杭州四务提举、江西儒学提举、建德路推官；值兵乱，浪迹山水间。明太祖曾征召诣阙，留百余日，以疾请归，至家卒。著有《东维子文集》三十卷，《铁崖古乐府》十卷等。《全元曲》收其小令1首，套曲1套。

定格说明：　　《夜行船》双调，仅见于套曲。全曲5句，29字。幺篇同始调，用否均可。句式与韵脚安排为：7△7△4○4○7△。典型平仄格式为：仄仄平平仄仄平△平仄仄、仄仄平平△仄仄平平○平平仄仄○平仄仄、平平仄仄△。第2、5句有作6字句者。又此曲有增句。

《斗虾蟆》双调，仅见于套曲。诸谱不载，归纳为：全曲12句，51字。句式与韵脚安排为：2△4○5○4△5○4△2△5○5△3○6○6△。典型平仄格式为：平平△仄仄平平○平平仄仄○平仄仄△平平仄仄○仄△平平△仄仄仄平平○平仄仄平△平平仄△平平仄仄平平○仄仄平平仄仄△。

《锦衣香》双调,仅见于套曲。诸谱不载,归纳为:全曲15句,66字。句式与韵脚安排为:3○3△3○3△6○4△7△4△4△5△7○5△4△4○4△。典型平仄格式为:仄平平○平平仄△仄仄平○平平仄△平平仄仄平平○平平仄仄△平平仄仄仄平平△平平仄平○仄仄平平△平平仄仄△仄平平、平平仄仄○仄仄平平△△平平仄仄△平平仄仄○平平仄仄△。

《浆水令》双调,仅见于套曲。诸谱不载,归纳为:全曲14句,61字。句式与韵脚安排为:<u>7</u>○7△7△4○4△3△3○7△3○3○4△3○3○3△。典型平仄格式为:仄平平、平平仄仄○仄平平、平平仄仄△平平仄仄平平△平平仄仄○仄仄平平△平平仄△平平仄仄○平平仄平仄△平平仄○平平○平平仄仄△平平仄○平平仄○仄仄平△。

词语注释: 1. 端为句,应以下句为宾语,即"端为苎罗西子"。有本子解释为"端为霸业艰危",于情理及语义均欠妥。苎罗,苎罗山,西子出生地。2. 捧心娇媚,据《庄子·天运》记载,西子因病捧心而愈显娇媚。3. 金茎,旧说以为指柱上承露盘中露水,并泛指名贵饮料。按此说欠妥,承露盘乃汉宫事。此实指金茎酒杯,用以盛玉液者,以与下文银鱼丝鲙对应。宝凤句言餐具之豪华;用以盛银鱼所做如丝之细切鱼肉。4. 卧薪滋味,指卧薪尝胆时的滋味、苦处。按此为越王勾践为复仇时所作苦行,作者误以为吴王夫差所为。夫差所作励志复仇行为是,使人随处呼名提醒曰:"夫差,尔忘越王之杀尔父乎?"则对曰:"不敢忘!"事见《左传·定公十四年》。又此曲及其下幺篇,字数及断句方式,与曲牌定格相差甚远,其故待考。5. 雄徒,英雄人物。6. 会稽羞耻。公元前494年,吴大败越,勾践以残卒五千,保于会稽,卑辞求和。7. 伯嚭,吴太宰,受越赂私通越国。8. 属镂,剑名;夫差怒拒伍子胥忠谏,赐剑令其自杀,并弃尸江中;灵胥即伍子胥，传说他死后曾于江水涨潮时显灵。9. 道请行成，吴王于逃奔道中，请求签署和约；称臣不许：公元前473年越败吴后，吴王想称臣求和，越王不许，夫差自杀。10. 高台百尺，此指姑苏台，夫差与西子行乐处。11. 叵耐，不可忍耐；范蠡灭吴后，泛舟太湖隐去。恼人句，此假托吴人看法。12. 听启，请听我说；檇（zui醉）李，勾践于公元前496年击败吴王阖闾处，在今浙江嘉兴市西南；夫椒，夫差报檇李之仇，于公元前494年大败越王处，具体地址说法不一，大约在太湖一带；浣花池，西子游冶处。13. 铜沟，待考，想系当时景点。14. 杨柳句言：杨柳旁之水殿已敧（qi欺）斜，芙蓉池馆已摧毁。15. 动情的，的确使人动情；无语，未加说明、不知怨谁。16. 馆娃宫，在苏州灵岩山上，夫差专为西施所修；屟（xie屑），古时鞋的木底；响屟廊，吴宫梓木地板，西施屟履走过，声音响亮，故名；翳，遮蔽。17. 断岩高寺，此指灵岩山吴王宫殿所在处，后人在其废墟上建高寺。18. 当年僭祭，当年夫差僭用天子礼仪祭天。郊台，即当时祭天之台；香水，香水溪，吴宫西子沐浴处。此言而今溪中鸳鸯已经离去。19. 酒城，当系吴宫附带建筑、酿酒处；练渎，溪名，也是当时游览地。此言二处而今仅余无边秋水。20. 采莲泾，溪名，在苏州市内；越来溪，在苏州西南。21. 黍离，黍子熟时，颗粒沉甸甸的样子。此暗用《诗经·王风·黍离》，写亡国之痛的诗篇，言过客目睹"彼黍离离之故墟"，因而伤悲。22. 琼姬，吴王女，墓在苏州西。23. 空原，即空园；此言梧桐秋雨在空园滴落。

作品赏析： 吊古时触景生情，感慨良多；然以越国层台亦为废墟作结，似认为成败皆空，无所轩轾，则不恰当。古今一切成败是非善恶，都必然成为过去，此乃自然规律，但古人成败经验，仍须记取。

C14070 李洞《夜行船·送友归吴》

驿路西风冷绣鞍，离情秋色相关[1]。鸿雁啼寒，枫林染泪，揎断旅情无限[2]。

《风入松》丈夫双泪不轻弹，都付酒杯间[3]。苏台景物非虚诞，年前倚棹曾看[4]。野水鸥边萧寺，乱云马首吴山[5]。

《新水令》君行那与名利干？纵疏狂柳羁花绊[6]。何曾畏，道途难？往日今番，江海上浪游惯。

《乔牌儿》剑横腰秋水寒，袍夺目晓霞灿[7]。虹霓胆气冲霄汉，笑谈间人见罕[8]。

《离亭宴煞》束装预喜苍头办，分襟无奈骊驹趱[9]。容易去何时重返？月见客窗思，问程村店宿，阻雨山家饭[10]。传情字莫违，买醉金宜散[11]。千古事毋劳吊挽：阖闾墓野花埋，馆娃宫淡烟晚[12]。

作者生平： 李洞（1274—1332），字溉之，滕州（今属山东）人。生而颖悟，文思俊逸。姚燧力荐于朝，授翰林国史院编修官，继而除翰林待制，特授奎章阁承制学士，参加《经世大典》纂修。书成后，引疾告归，卒于家。其文章气韵飞动，情思腾涌，常以李白自拟，亦擅书法。有文集 40 卷，诗集 1。散曲只此 1 套。朱权将其列为"词林之英杰"150 人之一。

定格说明： 《夜行船》见上。

《风入松》双调，小令套曲兼用。见 A18447。句式与韵脚安排为：7 △5 △7 △7 △6 △6 △。第四句有作 6 字者。

《新水令》双调，仅见于套曲。全曲 6 句，30 字。句式与韵脚安排为：7 △7 △3 ○3 △4 △6。典型平仄格式为：平平仄仄仄平平 △仄平平、平平仄仄 △平平仄 ○仄平平 △仄仄平平 △平仄仄、平平仄 △。幺篇同始调，极少用。第三、四句亦作 5 字句，须对。第五句下可增四字句，平仄同第五句，须叶韵。第三、四句或作 5 字，末句有作 5

字者。

《乔牌儿》双调,仅见于套曲。见 C01002。全曲 4 句,22 字。句式与韵脚安排为:5△5△7△5△。幺篇同始调,用者甚少。

《离亭宴煞》全曲 11 句 65 字,与诸谱异。句式与韵脚安排为:7△7△7○5○5○5△5○5△7△6○6△。典型平仄格式略。

词语注释: 1. 离情句,此言离情与秋色互相对映、助长。2. 此暗用王勃名句:"雁阵惊寒,声断衡阳之浦。"及王实甫《西厢记》第四本第三折《端正好》:"晓来谁染双林醉?总是离人泪。"撺断,即撺掇:怂恿,此作激起解。3. 此言一切愁苦都用饮酒解决。4. 苏台,即姑苏台,在苏州,乃吴地名胜;年前(也许二人)曾划船倚桨遥看。5. 萧寺、吴山,此泛指吴地寺庙与山景。因吴地祠庙多为梁武帝萧衍时所造,故称萧寺。此言吴地景物,有鸥鸟游戏之野水旁的萧寺,马首前乱云飞渡之吴山。6. 此言朋友归吴,非为名利,实为冶游。7. 此言腰中剑有秋水寒气,袍光夺目似朝霞灿烂。8. 此言友人谈笑间胆气冲霄汉,世所罕见。9. 此言预先喜闻有苍头(仆人)办理行装,无奈的只是马匹催人快走(趣)。10. 三句设想朋友旅途境况:月现客窗时便会引起思念等。11. 此言宜开怀畅饮,但别忘了写传情的书信。12. 此言阖闾墓与馆娃宫都已荒凉,不要劳神去凭吊千古往事。

作品赏析: 所说都是追念旧游,勉励勇往;豪气满怀而毫无"歧路沾巾"之儿女态,是别具一格的送别文字。

C14071 马致远《夜行船》

百岁光阴一梦蝶₁,重回首往事堪嗟。今日春来,明朝花谢,急罚盏夜阑灯灭₂。

《乔木查》想秦汉宫阙,都做了衰草牛羊野,不恁么渔樵没话说₃。纵荒坟横断碑,不辨龙蛇₄。

《庆宣和》投至狐踪与兔穴,多少豪杰₅!鼎足虽坚半腰里折,魏耶?晋耶₆?

《落梅风》天教你富,莫太奢;没多时、好天良夜₇。富家儿更做道你心似铁,争辜负了、锦堂风月₈。

《风入松》眼前红日又西斜,疾似下坡车。不争镜里添白雪,上床与鞋履相别₉。休笑巢鸠计拙,葫芦提一向装呆₁₀。

《拨不断》名利竭,是非绝,红尘不向门前惹₁₁。绿树偏宜屋角遮,青山正补墙头缺,更那堪竹篱茅舍₁₂。

《离亭宴煞》蛩吟罢一觉才宁贴,鸡鸣时万事无休歇,何年是彻₁₃?看密匝匝蚁排兵,乱纷纷蜂酿蜜,急攘攘蝇争血₁₄。裴公绿野堂,陶令白莲社₁₅。爱秋来时那些:和露摘黄花,带霜烹紫蟹,煮酒烧红叶。想人生有限杯,浑几个重阳节₁₆?人问我顽童记者:便北海探吾来,道东篱醉了也₁₇。

作者生平: 见 A01001。

定格说明: 《夜行船》,见前。

《乔木查》双调,仅见于套曲。见 C01001。句式与韵脚安排为:5△5△7△5△4△。

《庆宣和》双调,仅见于套曲。见 A03019。句式与韵脚安排为:7△4△7△2△2△。

《落梅风》双调,小令套曲兼用。见 A11213 即《寿阳曲》。句式与韵脚安排为:3○3△<u>7</u>△7△<u>7</u>△。

《风入松》双调,小令套曲兼用。见 A18448。句式与韵脚安排为:7△5△7△7△6△6△。

《拨不断》双调,小令套曲兼用。见 A14272。句式与韵脚安排为:3△3△7△7△7△4△。

《离亭宴煞》见 C05031。9 句 47 字,句式与韵脚安排为:7△7△4△7△3○3○6△5○5△。本曲不尽符合定格,且有增句。

词语注释： 1. 此言百岁人生不过蝴蝶一梦，事见《庄子·齐物论》。2. 罚盏，罚饮酒。此言于夜阑灯灭之时，加紧饮酒。3. 此言不是如此兴衰更迭，渔樵便没故事可讲了。4. 纵，即使；不辨龙蛇，断碑上的刻字与人物已经模糊难辨。此言即使大家都同埋于荒坟之中，但断碑上的刻字已模糊难辨，也分不出人物大小来了。5. 投至，及至，等到。此言有多少豪杰终于轮到墓地成了狐踪兔穴。6. 此言三国虽三分鼎立，终于均势大破，归于魏、晋。7. 此言好景不会太长。8. 更做道，便做道（到），即使做到；此言即使富家儿心似铁，争（怎）应该辜负美好时光。9. 不争，如果；上床句，待考；可能是说如果一旦白发如雪，卧床不起（死去）。10. 巢鸠计拙，做巢的鸠鸟其计笨拙；传说中斑鸠不会做巢，而强占鹊巢；又蒙鸠做巢于苇苕，风至苕折，卵破子死。此当指蒙鸠。葫芦提，糊里糊涂。装呆，装傻。11. 此言若断绝名利是非，门前就不会惹红尘。12. 此言何况居住的是极简陋的竹篱茅舍，墙头缺了，由远处青山填补。13. 此言蛩鸣罢后，睡了很安稳（宁贴）的一觉，鸡鸣起床后忙家务事。那年能够忙完？14. 匝匝，言其极密；攘攘，同嚷嚷，喧闹貌。15. 绿野堂，唐裴度筑绿野堂，与白居易等文人会饮其中；白莲社，庐山宗教组织，陶渊明曾与之有来往。二句言要效法裴公与陶令。16. 此言人生能饮酒的时间有限，一共（浑）能有多少个重阳节？17. 记者，记着。此叮咛顽童（家童）须记着，即使像孔北海（孔融）那样的大人物来看我，你也要回答说"马东篱喝醉了"。

作品赏析： 人们对此曲评价极高。周德清称其"韵险，语俊……万中无一"。王世贞谓"元人称为第一，真不虚也"。

C14072 赵明道《夜行船·寄香罗帕》

多绪多情意似痴，等闲愁闷禁持[1]。心绪熬煎，形容憔悴，又添这场萦系。

《步步娇》一幅香罗他亲寄，寄与咱别无意。他教咱行坐里，行坐里和他不相离。若是恁还知，淹了多少关山泪[2]。

《沉醉东风》鹿顶盒儿最喜，羊脂玉纳子偏宜[3]。挑成祝寿词，组成蟠桃会，吴绫蜀锦难及[4]。幅尺阔全无半缕纰，密实十分奈洗[5]。

《拔不断》旧痕积，泪淋漓，越点污越香气[6]。沉醉后堪将口上吸，更忙呵休向腰间系，怕显出这场恩义[7]。

《离亭煞》用工夫来度线金针刺，无包弹捻锹银丝细[8]。气命儿般敬重看承[9]，心肝儿般爱怜收拾。止不过包胆茶胧罗笠，说不尽千般旖旎[10]。忙揣在手儿中，荒笼在袖儿里[11]。

作者生平：　赵明道，又作明远、名远，大都（今北京）人，生平不详。《录鬼簿》将其列为"前辈已死名公才人，有所编传奇行于世者"之内。约当至元中（1264—1294）在世。喜在"茶坊中嗑，勾肆里嘲"。所著杂剧两种均仅存残折，但文采烂然，使人莫不仰视。朱权评其词"如太华晴云"。《太和正音谱》将赵明道与赵明远误作两人。《全元曲》收其套曲3套，残曲1。

定格说明：　《夜行船》见前。此处第二、五句作6字句。

《步步娇》又名《潘妃曲》，双调，小令套曲兼用，见A11210。句式与韵脚安排为：7△5△3△7△3△5△。

《沉醉东风》双调，小令套曲兼用，见A18424。句式与韵脚安排为：7△7△6 7 7△7△。首二句须对，3、4句或作5字句，亦须对，第五、七句或作六字句。

《拔不断》双调，小令套曲兼用，见A14272。句式与韵脚安排为：3△3△7△7△7△7△。第三句或作6字句。

《离亭煞》诸谱不载，归纳为：全曲9句，48字。句式与韵脚安排为：7△7△7○7△6△4△5○5△。平仄略。

词语注释： 1. 等闲，此作照常解；禁持，忍耐。此言只得照常将愁闷忍耐。2. 恁，同您。此言若是您还知道这罗帕曾被多少伤离别的眼泪淹没的话，希望自己将此罗帕随身带着。3. 纳子，当指装首饰之类的盒子。此言最喜欢用画有鹿顶的盒子、也更适合用羊脂玉做的盒子，来安放这香罗帕。4. 挑，刺绣；此言绣成祝寿词，组成蟠桃会的图案，比吴绫蜀锦还要好。5. 幅尺阔，幅面宽阔；纰（pi 批），纰漏，差错；此言没有半缕纱线有差错，幅面宽，质地密实十分耐洗。6. 点污，玷污，弄脏。此言越弄脏越觉得有香气。7. 此言沉醉后放在口上吸，似可以醒酒。再忙也不要将此罗帕系在腰间，怕暴露了她送罗帕的恩义。8. 度线，往针上穿线；刺，刺绣；包弹，褒弹，评论，指责。捻，捻线使紧；锹（qiao 翘），一种针法，如锹边。银丝细，线细如银丝。9. 气命儿般，像性命一样；看承，看待。10. 此句语义不明，大意是说：只不过像对待宝物一样保护它，像包藏"胆茶"，"笼（胧）罩罗笠"一般，其详待考。旖旎，柔美。11. 搦（nuo 诺），捏，持握；荒，同荒。

作品赏析： 感情深切已至入迷地步，竟觉得满是泪痕的手帕越污越香，可于醉后放在口上吸气以醒酒！

《菩萨蛮》正宫。《全元曲》收 1 作者，1 套曲，7 小曲。本首牌所用曲牌计有：《菩萨蛮》《醉高歌》《高过金盏儿》《喜春来》《牡丹春》《月照庭》等。

C14073 侯正卿《菩萨蛮·客中寄情》

镜中两鬓皤然矣[1]，心头一点愁而已。清瘦仗谁医？羁情只自知[2]。

《月照庭》半纸功名，断送关山[3]。云渺渺，草萋萋。小楼风，重门月，应盼人归₄。归心急，去路迷。

《喜春来》家书端可驱邪祟，乡梦真堪疗客饥₅。眼前百事与心违。不投机，除赖酒支持₆。

《高过金盏儿》举金杯，倒金杯，金杯未倒心先醉，酒醒时候更凄凄。情似织，招揽下相思无尽期，告他谁₇？

《牡丹春》忽听楼头更漏催，别凤又孤栖₈。暂朦胧枕上重相会。梦惊回，又是一别离₉。

《醉高歌》客窗夜永岑寂，有多少孤眠况味₁₀。欲修锦字凭谁寄？报与些凄凉事实。

《尾》披衣强拈纸与笔，奈心绪烦多书万一₁₁。欲向芳卿行诉些憔悴：笔尖头陶写哀情，纸面上敷陈怨气₁₂。待写个平安字样，都是俺虚脾拍塞₁₃。一封愁信息，向银台畔读不去也伤悲₁₄。蜡炬行明知人情意，也垂下数行红泪₁₅。

作者生平：　　侯正卿，名克中，号艮斋先生。真定（今河北正定）人，约生于元太宗三年至九年之间（1231—1237）。享年九十余。初居汴梁，后徙浙中。与白朴为总角之好。幼年丧明，听人诵读以资记忆。精心治易并学辞章。著有杂剧《关盼盼春风燕子楼》一种，今佚。朱权将其列入"词林之英杰"150人之中。《全元曲》收其套曲2，残曲1。

定格说明：　　《菩萨蛮》正宫，亦入中吕。仅见于套曲。全曲4句，24字。句式与韵脚安排为：7△7△5△5△。典型平仄格式为：平平仄仄平平仄△平平仄仄平平仄△仄仄仄平平△平平仄仄平△。须换韵。

《月照庭》正宫，仅见于套曲。全曲9句30字。句式与韵脚安排为：4○6△3○3△3○3○4△3○3△。典型平仄格式为：仄仄平平○仄仄平平仄仄△平平仄○仄平平△仄平平○平仄仄○仄仄平平△平平仄○仄仄平△。第二句或作4字句。

《喜春来》中吕，亦入正宫，仅见于套曲。全曲5

句，29 字。句式与韵脚安排为：7△7△7△3△5△。典型平仄格式为：平平仄仄平平仄△仄仄平平仄仄平△平平仄仄仄平平△仄平平△仄仄仄平平△。

《高过金盏儿》正宫，仅见于套曲。诸谱不载，归纳为：全曲 7 句，33 字。句式与韵脚安排为：3△3△7△7△3△7△3△。典型平仄格式为：仄平平△仄平平△平平仄仄平平仄△平平仄仄仄平平△平平仄△仄平平仄仄平△仄平平。

《牡丹春》正宫，亦入商调。仅见于套曲。全曲 5 句，25 字。句式与韵脚安排为：5△5△7△3△5△。典型平仄格式为：仄仄平平仄仄平△仄仄仄平平△平平仄平平仄△仄平平△仄仄仄平平△。

《醉高歌》正宫，小令套曲兼用。诸谱不载，归纳为：全曲 4 句，27 字。句式与韵脚安排为：6△<u>7</u>△7△<u>7</u>△。典型平仄格式为：平平仄仄平平△平平仄、平平仄仄△平平仄仄平平仄△仄仄平、平平仄仄△。

词语注释： 1. 皤然，白的样子。2. 仗谁，靠谁；此言谁能医治我清瘦之病。羁情，羁旅之情。3. 此言为了些许功名而奔走于关山之中，断送了自己。4. 三句设想伊人在家，于小楼风中、重门月下，应盼行人归来。5. 邪祟，此指思家愁苦。6. 投机，投合心机，顺心；除赖句，言除非依靠酒来支持、解愁。7. 此言情感交织，惹起无尽相思，诉与谁听。8. 此言与伊人（凤）别后孤栖。9. 此言从相会梦中惊醒，又再尝一次别离之苦。10. 岑寂，寂寞；况味，景况和滋味。11. 拈（nian 蔫），用手指取物；书万一，只能写下万分之一，极言愁烦之多。12. 芳卿行，芳卿那里；陶，高兴；陶写，此指尽情书写。13. 虚脾，虚心假意；拍塞，挡塞，敷衍。14. 银台，银烛台；此言在烛旁阅读，不能去掉伤悲。15. 此暗用杜牧诗句："蜡烛有心还惜别，替人垂泪到天明。"

作品赏析： 略。

二 作品选注 539

《脱布衫》正宫。《全元曲》收 1 作者，1 套曲，4 小曲。本首牌所用曲牌计有：《脱布衫》《小梁州》《醉太平》等。

C14074 盍西村《脱布衫·春宴》

柳花风微荡香埃₁，梨花雪乱点苍苔₂。锦绣云红窗缥缈，兰麝烟翠帘叆叇₃。

《小梁州》珠箔银屏次第开，十二瑶阶₄。蔷薇洞侧牡丹台，神仙界，何必到天台₅！

《幺》金笼鹦鹉舌头快，向人前说的明白。翠槛边，雕栏外，金沟一派，只许燕莺来₆。

《醉太平》梁园赋客，金谷英才₇。吴歌楚舞玳筵排₈，有猩唇豹胎₉。珊瑚树拂珍珠盖，鸳鸯衫束麒麟带，芙蓉鬓鄿凤凰钗，千金怎买₁₀？

作者生平： 见 A18440。

定格说明： 《脱布衫》正宫，仅见于带过曲与套曲，见 B14027。句式与韵脚安排为：7△7△7△7△。

《小梁州》正宫，小令套曲兼用。见 A12255。句式与韵脚安排为：7△4△7△3△5△（+幺7△7△3○3△4△5△）。

《醉太平》正宫，小令套曲兼用。见 A17413。句式与韵脚安排为：4△4△7△4△7△7△7△4△。

词语注释： 1. 香埃，香尘。2. 此言似雪之梨花乱落在苍苔之上。3. 锦绣云，彩云，此或指各种美好的陈设；缥缈，晃动；叆叇（ai dai 爱戴），依稀、仿佛。4. 次第开，依次展开；瑶阶，玉石台阶。5. 牡丹台，种牡丹花的台地，大约就是此次春宴所在地；天台，通指天上。6. 金沟，犹言御河；一派，此指一条水流；只许燕莺来，言闲人不得到此。7. 梁园，汉梁孝王所建迎宾馆，当时有名辞赋家如司马相如等，均曾来此作客。金谷英才，指曾在金谷园中欢饮之石崇、潘岳等24友。8. 玳筵，豪华筵席。9. 猩唇豹胎，此言席上有各种珍馐美味。10. 拂，此当指可以触及，言珊瑚树几乎与珍珠伞盖齐高。下二句写衣服与头饰。軃（duo 躲），下垂。此言凤凰钗斜插在芙蓉鬓上。这一切都不是千金能买的。

作品赏析： 此套大约是写皇家春宴，仅敷陈其豪华场面而已，似无特殊含义。

本韵部尚有《鹧鸪天》1套，计6支小曲；因残缺过甚，无法窥其全貌，故略。

十五痕《全元曲》收58作者，86套曲，634小曲。今选19套。

《集贤宾》商调。《全元曲》收10作者，16套曲，133小曲。本首牌所用曲牌计有：《集贤宾》《后庭花》《逍遥乐》《四门子》《双雁儿》《柳叶儿》《青哥儿》《梧叶儿》《浪里来》《醋葫芦》《高平调》《节节高》《皂罗袍》《字字锦》《鸾凤吟》《金菊香》等。今选3套。

C15075 杜仁杰《集贤宾·七夕北》南北合套

暑才消大火即渐西，斗柄往坎宫移$_1$。一叶梧桐飘坠，万方秋意皆知$_2$。暮云闲聒聒蝉鸣，晚风轻点点萤飞$_3$。天阶夜凉清似水，鹊桥图高挂偏宜$_4$。金盆内种五生$_5$，琼楼上设筵席。

《集贤宾南》今宵两星相会期，正乞巧投机$_6$。沉李浮瓜肴馔美，把几个摩诃罗儿摆起$_7$。齐拜礼，端的是塑得来可嬉$_8$。

《凤鸾吟北》月色辉，夜将阑银汉低，斗穿针逞艳质$_9$。喜蛛儿奇，一丝丝往下垂，结罗成巧样势$_{10}$。酒斟着绿蚁，香焚着麝脐$_{11}$，引杯觞大家沉醉。樱桃妒水底红，葱指剖冰瓜脆，更胜似爱月夜眠迟₁₂。

《斗双鸡南》金钗坠、金钗坠玎珰整齐，蟠桃宴、蟠桃宴众仙聚会₁₃。彩衣、彩衣轻纱织翠，禁步摇绣带垂₁₄。但愿得同欢宴团圆到底。

《节节高北》玉葱纤细，粉腮娇腻。争妍斗巧笑声举₁₅，欢天喜地。我则见管弦齐动，商音夷则₁₆。遥天外斗渐移。喜阴晴今宵七夕₁₇。

《耍鲍老南》团圞笑令心尽喜₁₈，食品愈稀奇。新摘的葡萄紫，旋剥的鸡头美₁₉，珍珠般嫩实。欢坐间夜凉人静已，笑声接青霄内₂₀。风淅淅，雨霏霏，露湿了工鞋底₂₁。

纱笼罩仕女随，灯影下人扶起，尚留恋懒心回₂₂。

《四门子北》画堂深寂寂重门闭，照金荷红蜡辉。斗柄又横，月色又西。醉乡中不知更漏迟。士庶每安，烽燧又息₂₃，愿吾皇万岁！

《尾南?》人生愿得同欢会，把四季良辰须记，乞巧年年庆七夕。

作者生平：　　见 C01002。

定格说明：　　此为南北合套，南曲定格从略。

《集贤宾》商调，仅见于套曲。全曲 10 句，64 字。句式与韵脚安排为：7△5△7○7△7○7△7△5○5△。典型平仄格式为：仄仄平平平仄仄△仄仄仄平平△平平仄、平平仄仄○仄平平、仄仄平平△仄平平、仄仄平平○仄平平、仄仄平平△仄仄平平仄仄△仄平平、仄仄平平△平平平仄仄○仄仄仄平平△。第三、四句或作 6 字句。

《凤鸾吟》商调，仅见于套曲。见 C01004，句式与韵脚安排为：3△6△6△3△4△7△3△3△7△。此有增句。

《节节高》商调，亦入黄钟。小令套曲兼用，见 A13264。全曲 8 句，31 字。句式与韵脚安排为：4△4△4○4△3○3△6△。典型平仄格式为：平平仄仄△平平

仄仄△平平仄仄○平平仄仄△仄仄平○平平仄○仄仄平△仄仄平平仄仄△。

《四门子》黄钟，亦入商调，仅见于套曲。见C15075。全曲10句，52字。句式与韵脚安排为：7△6△7△6△3○3△7△3○3△7△。典型平仄格式为：平平仄仄平平仄△仄平平、仄仄平△平平仄仄平仄△仄平平、仄仄平△仄仄平○仄仄平△仄仄平仄仄平△仄仄平○仄仄平△平仄仄、平平仄仄△。此曲与定格有异。

词语注释： 1. 大火，星名，即心宿，夏五月出现在我国正南方，六月以后渐向西下行，故云暑才消即向西。斗柄，北斗七星的第五、六、七星，即玉衡、开阳、瑶光三星；坎宫，《易》纬家所谓九宫之一，在正北。二句用星象说明季节。2. 此言万方（普天下）皆知秋天已到。3. 聒聒（guo锅），蝉鸣声。4. 天街，此指京城街道；鹊桥图，传说七夕牛郎星渡鹊桥会织女星，故七夕备有鹊桥图；偏宜，正好。5. 当时风俗为将小麦、绿豆等多种种子置盘中浸水发芽观赏，谓之"种（五）生"。6. 乞巧，旧俗妇女于七夕月下，竞相穿七孔针，以求得好运（巧合的良机），谓之乞巧。投机，找好机会。7. 沉李、浮瓜，古人于井水中把李子、瓜类浸凉以消暑。摩诃罗儿，一名摩合罗，七夕供奉的土木小偶像。8. 可嬉，可喜，此言小偶像雕塑得实在可爱。9. 夜将阑，夜已深；银汉，即银河；穿针已见前注。斗艳质，美女们比赛谁最灵巧。10. 喜蛛，蜘蛛的一种，古人认为它可带来喜讯。此言喜蛛正把罗网结成巧样。11. 绿蚁，此指美酒；麝脐，即麝香。12. 樱桃，此指女人小口；水底红，待考，此或指杯中红酒或红色酒杯，樱桃小口与之争艳；葱指，女人美好手指，下文玉葱同此。更胜似，恰好似。13. 金钗坠，或指金钗斜插欲坠的样子；玳瑁，此指妇女头饰；蟠桃宴，此夸赞七夕筵席有如西王母之蟠桃宴会。14. 此言纱织翠色彩衣轻巧；禁步，即步摇，首饰名，随着步伐摇动；此言"禁步"摇动，绣带下垂。15. 笑声举，笑声高。16. 商音，商调；夷则，十二律之第九律。全句泛指各种音调齐奏。17. 斗，北斗；阴晴，晴朗的夜晚。18. 团圈笑，团圆围坐发出笑声，使人人心中高兴。19. 旋剥，新剥的；鸡头，鸡头米，即芡实。20. 欢坐句，言夜凉人静的场面已经结束，欢笑声响彻云霄。21. 此言忽然刮风下雨了。弓鞋，旧时女人所穿弓形鞋子。22. 此或指贵妇人，由人搀扶，轻纱罩顶，侍女跟随，但尚留恋夜景，不想回家。23. 烽燧息，指没有战争。此曲与定格相去甚远，原因待考。

作品赏析： 此曲所写虽是上层人士欢度七夕的情景，但也可以看出古人过七夕的一般习俗与情况。

C15076 王实甫《集贤宾·退隐》

捻苍髯笑擎冬夜酒，人事远老怀幽₁。志难酬知机的王粲，梦无凭见景的庄周₂。抱孙孙儿成愿足，引甥甥女嫁心休₃。百年期六分甘到手，数支干周遍又从头₄。笑频因酒醉，烛换为诗留₅。

《逍遥乐》江梅并瘦，槛竹同清，岩松共久，无愿何求₆？笑时人鹤背扬州，明月清风老致优，对绿水青山依旧₇。曲肱北牖，舒啸东皋，放眼西楼₈。

《金菊香》想着那红尘黄阁昔年羞₉，到如今白发青衫此地游。乐桑榆酬诗共酒，酒侣诗俦，诗滛倒酒风流₁₀。

《醋葫芦》到春来日迟迟庭馆春₁₁，暖溶溶红绿稠。闹春光莺燕语啾啾，自焚香下帘清坐久₁₂。闲把那丝桐一奏₁₃，涤尘襟消尽了古今愁。

《幺》到夏来锁松阴竹坞亭，载荷香柳岸舟₁₄。有鲜鱼鲜藕客堪留，放白鹤远邀云外叟₁₅。展楸枰消磨长昼，较亏成一笑两奁收₁₆。

《幺》到秋来醉丹霞树饱霜，绽金钱篱菊秋₁₇。半山残照挂城头，老菱香蟹肥堪佐酒。正值着登高时候，染霜毫乘醉赋归休₁₈。

《幺》到冬来搅清酣鸡语繁，漾茅檐日影稠₁₉。压梅梢晴雪带花留，倚蒲团唤童盪重酒[20]。看万里冰绡染就，有王维妙手总难酬[21]。

《梧叶儿》退一步乾坤大，饶一着万虑休，怕狼虎恶图谋[22]。遇事休开口，逢人只点头。见香饵莫吞钩，高抄起经纶大手[23]。

《后庭花》住一间蔽风霜茅草丘，穿一领卧苔莎粗布裘[24]，捏几首写怀抱歪诗句，吃几杯放心胸村醪酒[25]，这潇洒傲王侯！且喜的身登身登中寿，有微资堪赡赒[26]，有亭园堪纵游。保天和自修养[27]，放形骸任自由。把尘缘一笔勾，再休题名利友[28]。

《青哥儿》呀，闲处叹蜂喧蜂喲蚁斗，静中笑蝶讪蝶讪莺羞[29]。你便有快马难熬我这钝炕头[30]。见如今蔬果初熟，浊酒新篘[31]，豆粥香浮；大叫高讴，睁着眼张着口尽胡诌。这快活谁能够！

《尾声》醉时节盘陀石上眠，饱时节婆娑松下走，困时节布衲里睡齁齁[32]。偶乘闲细将玄奥剖，把至理一星星参透，却原来括乾坤物我总浮沤[33]。

作者生平：　见 B04010。

定格说明：　《集贤宾》见前。

《逍遥乐》商调，仅见于套曲。全曲 10 句，49 字。句式与韵脚安排为：4△4○4△4、7、7、7、4○4○4△。典型平仄格式为：平平仄仄△仄仄平平○平平仄仄△仄仄平平△仄平平、仄仄平平△仄仄平平仄平平△仄仄平平、仄仄平平△平平仄仄○仄仄平平○仄仄平平△。

《金菊香》商调，仅见于套曲，C02019，句式与韵脚安排为：7△7△7△4△5△。

《醋葫芦》商调，仅见于套曲。见 C02019，句式与韵脚安排为：3○3△7△7△4△7△。第六句或作 5 字句。

《梧叶儿》又名《知秋令》、《碧梧秋》商调，小令套曲兼用。见 A06134。全曲 7 句，27 字。句式与韵脚安排为：3○3△5△3○3△3○7△。典型平仄格式为：平平仄○仄仄平△仄仄仄平平△平平仄○仄仄平△仄平平○平仄仄、平平仄仄△。

二 作品选注　545

《后庭花》商调，亦入仙吕，小令套曲兼用，见A01008。全曲7句，33字。句式与韵脚安排为：5△5△5○5△3△4○6△。

《青哥儿》商调，亦入仙吕，小令套曲兼用，见A06132。全曲5句，29字。句式与韵脚安排为：6△6△7△7△3△。

词语注释： 1. 苍髯，苍白的胡须；老怀幽，老人心怀悠闲。2. 王粲，三国时人，有文采，为"建安七子"之一，曾依刘表，不见用，作《登楼赋》后离荆州，故云"知机"。《庄周·齐物论》有梦中化蝶一节。见景的，此指有见识的。3. 此处应读作"儿成愿足，女嫁心休"。孙儿长成、女出嫁，即心满意足。4. 此言人生百年，作者已活六十，很满意；支干，干支，即天干地支；甲子纪年法，六十一周期，自己已活过六十，所以说数遍一周后又从头数起。5. 此言因酒醉而常笑，为写诗所淹留而更换新烛。6. 此言自己与江梅并消瘦，与槛边翠竹同清新，与岩上苍松共长寿，既没有其他愿望，还有什么追求的？7. 鹤背扬州，指时人追求"腰缠十万贯，骑鹤下扬州"，作豪华旅游；致优，指致仕养优，此言自己致仕后，对着依旧无变化的绿水青山。8. 曲肱，指学孔子"曲肱而枕"，过陶渊明北窗（牖）下休闲的生活，学他"登东皋以舒啸"。有暇则登西楼放眼瞭望。9. 黄阁，指官场，汉唐官署均涂黄色；此言为昔年在红尘官场鬼混而含羞。10. 此言乐享桑榆晚景，与朋友共同饮酒，作诗相酬答唱和。诗潦倒，言所写诗词狂放不羁。11. 日迟迟，《诗经·豳风·七月》："春日迟迟"，春日舒缓，此为春困时的感觉。12. 焚香，此为使室内芳香并使心静而焚香。13. 丝桐，指琴，古琴多为桐木琴身，以丝为弦。14. 锁，此指久留；松阴，松下；竹坞亭，以竹为坞（围墙）的亭子；载荷句，言船载荷香，停于柳岸。15. 放鹤句，林和靖曾放鹤使迎客。16. 楸枰，楸木围棋棋盘；较亏成，计算棋子盈亏；两奁收，装黑白子的两个盒子；此言一笑把棋子收起。17. 树饱霜，饱经秋霜的树多红叶如醉人的丹霞；秋天篱下菊花绽放如金钱。18. 赋归休，写归去来兮辞，回家休息。19. 鸡语句，《幽明录》载沛国宋处宗有鸡置书窗下，能作人语。后遂以"鸡窗"代指书斋。鸡语繁搅乱清酣（清闲），其义待考，或指冬日在书斋读书的清闲，因鸡语而受到干扰。漾茅檐句，言冬日温暖（稠密）阳光在茅檐荡漾。20. 蒲团，蒲草编成的垫具，打坐或跪拜时用。盪，当作烫；重酒，当指醇厚的酒。21. 看万里句，看广袤大地如蒙上了冰纱；难酬，难以画得使人满足。22. 怕狼虎句，此言怕中狼虎之人的阴谋。23. 抄手，犹言袖手；此言把你经纶天下的大手抄起来，别问国事。24. 卧苔莎粗布裘句，犹言穿可以在草地上随便坐卧的粗布衣服。25. 放心胸句，指饮后使心情开朗的村酒。26. 身登中寿，活到了中寿（此指六十）。赡赒（shan zhou 善周），供应生活开支。27. 天和，天然祥和之气。28. 题，同提，此言不再提起图名利的朋友。此处有增句。29. 讪，羞惭；蝶讪莺羞，此乃人们想象中的蝶与莺的表情。30. 此言你纵有快马供驰骋，也抵不上我这简陋的炕头舒服。31. 篘（chou 抽），过滤。此处有增句。32. 盘陀石，不平整的石头；婆娑松，多姿的松树。布衲，此当指布被；齁齁（hou 吼阴平），鼾声。33. 闲细，闲隙，有空的时候；玄奥，玄虚深奥的哲理；剖，分析；括乾坤，整个乾坤；浮沤，泡沫；此言整个我个人和全世界都不过转瞬即逝的泡沫而已。

作品赏析： 世情看透，潇洒豪放少有。但主要是因为"有微资堪赡赒"，否则倘须自食其力，恐怕也就逍遥不起来了。

C15077 曾瑞《集贤宾·宫词》

闷登楼倚阑干看暮景，天阔水云平。浸池面楼台倒影，书云笺雁字斜横₁。衰柳拂月户云窗₂，残荷临水阁凉亭。景凄凉助人愁越逞，下妆楼步月空庭₃。鸟惊环佩响，鹤吹铎铃鸣₄。

《逍遥乐》对景如青鸾舞镜，天隔羊车，人囚凤城₅。好姻缘辜负了今生，痛伤悲雨泪如倾。心如醉满怀何日醒₆，西风传玉漏丁宁₇。恰过半夜，胜似三秋，才交四更。

《金菊香》秋虫夜语不堪听，啼树宫鸦不住声。入孤帏强眠寻梦境，被相思鬼绰了灵魂₈，纵有梦也难成。

《醋葫芦》睡不着，坐不宁，又不疼不痛病萦萦₉。待不思量冤家心未肯，没乱到更阑人静₁₀。

《高平煞》照愁人残烛碧荧荧，沉水烟消金兽鼎₁₁。败叶走庭除，修竹扫苍楹₁₂。唱道是人和闷可难争，则我瘦身躯怎敢共愁肠竞₁₃。伤心情脉脉，病体困腾腾。画屋风轻，翠被寒增，也温不过早来袜儿冷。

《尾》睡魔盼不来，丫鬟叫不应。香销烛灭冷清清，唯嫦娥与人无世情₁₄，可怜咱孤另，透疏帘斜照月偏明。

作者生平： 见 A09183。
定格说明： 《集贤宾》见前。
　　　　　《逍遥乐》见前。
　　　　　《金菊香》见前。
　　　　　《醋葫芦》见前。
　　　　　《高平煞》又名《高平调煞》，商调，仅见于套曲。全曲 4 + 7 = 11 句, 21 + 36 = 57 字。句式与韵脚安排为：7△6△4○4△ + 唱道4○7△5○5△4△4△7△。典型平仄格式为：平平仄仄仄平平△仄仄平平仄仄△仄仄平平○仄仄平平△ + 唱道仄仄平平○平平仄仄平平仄△平平仄仄○仄仄仄平平△仄仄平平△仄仄平平△仄仄平平仄仄仄平△。前段末两4字句，有作5字者：仄仄仄平平○仄仄仄平平△。

词语注释： 1. 此言楼台倒影映于池面，雁字似以云空为纸，斜横天上。2. 月户云窗，面对月和云的门窗。3. 助人愁越逞，使人愁越发汹涌。步月，在月下散布。4. 此言环佩声响使鸟惊；铎，乐器，形如大铃；铎铃，此指打更的铃声；鹤吹，鹤鸟受惊而鸣。5. 青鸾舞镜，青鸾孤栖，只得对镜与己影同舞。羊车，晋武帝后宫逾万，每夕乘羊车任其所止，随处留宿。此言羊车受阻不来；凤城，此指京城。6. 何日醒，此言忧心如焚，何日得醒。7. 此言西风传来计时器玉漏的叮咛滴水声，按失眠时才如此敏感。8. 孤帏，孤眠的床帐。绰，同搅，搅乱。9. 病恹恹，病恹恹。10. 此言想有一霎儿时间不思量，但此心不肯同意；没乱，心烦意乱。11. 沉水烟消，金兽香炉中的沉香木的烟已熄灭。12. 除，台阶；庭除即庭院；楹，柱。此言落叶在庭院飘走，竹叶拂扫绿柱。13. 此言人身难与愁闷争斗。14. 世情，世故人情。此言月光不近人情，于自己孤零时，偏偏透过窗帘斜照在我身上。

作品赏析： 写出宫女凄凉生活实情。

《点绛唇》仙吕，《全元曲》收14作者，18套曲，162小曲。本首牌所用曲牌计有：《点绛唇》《后庭花》《天下乐》《穿窗月》《赏花时》《鹊踏枝》《青哥儿》《柳叶儿》《金盏儿》《村里迓鼓》《油葫芦》《六幺序》《寄生草》《上马娇》《六幺遍》《醉中天》《游四门》《元和令》《那吒令》《混江龙》等。今选3套。

C15078 不忽木《点绛唇·辞朝》

宁可身卧糟丘，赛强如命悬君手。寻几个知心友，乐以忘忧，愿作林泉叟。

《混江龙》布袍宽袖，乐然何处谒王侯$_1$？但樽中有酒，身外无愁。数着残棋江月晓，一声长啸海门秋$_2$。山间深住，林下隐居，清泉濯足；强如闲事萦心，淡生涯一味谁参透₃？草衣木食₄，胜如肥马轻裘。

《油葫芦》虽住在洗耳溪边不饮牛₅，贫自守，乐闲生翻作抱官囚₆？布袍宽褪拿云手，玉箫占断谈天口₇。吹箫仿伍员，弃瓢学许由₈。野云不断深山岫，谁肯官路里半途休₉？

《天下乐》明放着伏事君王不到头，休休，难措手₁₀。游鱼儿见食不见钩。都只为半纸功名、一笔勾₁₁，急回头两鬓秋。

《那吒令》谁待似、落花般莺朋燕友？谁待似、转灯般龙争虎斗₁₂？你看这迅指间、乌飞兔走₁₃。假若名利成，至如田园就，都些是去马来牛₁₄。

《鹊踏枝》臣则待醉江楼，卧山丘。一任教谈笑虚名，小子封侯₁₅。臣向这仕路上为官倦首，枉尘埋了锦带吴钩₁₆。

《寄生草》但得黄鸡嫩，白酒熟。一任教疏篱墙缺茅庵漏，则要窗明炕暖蒲团厚，问甚身寒腹饱麻衣旧₁₇！饮仙家水酒两三瓯，强如看翰林风月三千首₁₈。

《村里迓鼓》臣离了九重宫阙，来到这八方宇宙。寻几个诗朋酒友，向尘世外消磨白昼。臣则待领着紫猿，携白鹿，跨苍虬。观着山色，听着水声，饮着玉瓯。倒大来省气力如诚惶顿首₁₉。

《元和令》臣向山林得自由，比朝市内不生受₂₀。玉堂金马间琼楼，控珠帘十二钩₂₁。臣向草庵门外见瀛洲₂₂，看白云天尽头。

《上马娇》但得个月满舟，酒满瓯，则待雄饮醉时休，紫箫吹断三更后₂₃。畅好是休，孤鹤唳一声秋。

《游四门》世间闲事挂心头，唯酒可忘忧。非是微臣常恋酒：叹古今荣辱，看兴亡成败，则待一醉解千愁。

《后庭花》拣溪山好处游，向仙家酒旋篘₂₄。会三岛十洲客₂₅，强如宴公卿万户侯。不索你问缘由，把玄关泄露。这箫声世间无，天上有，非微臣强说口₂₆。酒葫芦挂树头，打渔船缆渡口₂₇。

《柳叶儿》则待看山明水秀，不恋您市朝中物穰人稠。想高官重职难消受。学耕耨，种田畴，倒大来无虑无忧。

《赚尾》既把世情疏，感谢君恩厚。臣怕饮的是黄封御酒[28]。竹杖芒鞋任意留。拣溪山好处追游。就着这晓云收，冷落了深秋，饮遍金山月满舟[29]。那其间潮来的正悠，船开在当溜，卧吹箫管到扬州[30]。

作者生平： 不忽木（1255—1300），或作不忽麻、不忽卜。一名时用，字用臣，号静得。康里部色目人。其父名燕真，随元世祖征战有功，未及大用而早卒。不忽木因父功给事东宫。曾就学于祭酒许衡。后出任燕南河北道提刑按察副使、按察使，后召入拜参议中书省事，连任吏、工、刑部尚书。至元二十七年（1290）拜翰林学士承旨知制诰，兼修国史，次年拜昭文馆大学士，平章军国事。大德二年（1298）特命行御史中丞事，兼领侍仪司事。生活俭朴，家无余财。处事公平，断案有方。卒赠太傅、开府仪同三司、上柱国、鲁国公。谥文贞，《元史》有传。朱权评其词如"闲云出岫"。

定格说明： 《点绛唇》，仙吕，仅见于套曲。全曲5句，20字。句式与韵脚安排为：4△4△3△4△5△。典型平仄格式为：仄仄平平△平平仄仄△平平仄△仄仄平平△仄仄平平仄△。

《混江龙》仙吕，仅见于套曲。全曲9句，48字。句式与韵脚安排为：4○7△4○4△7○7△7○4○4△。典型平仄格式为：平平仄仄○平平仄仄仄平平△平平仄仄○仄仄平平△仄仄平平仄仄○平平仄仄仄平平△平平仄仄平平仄△平平仄仄○仄仄平平△。第五、六句须对，第八句后可增3或4字成双的句子。

《油葫芦》仙吕，第二句一下变格较多。第四、五句须对。全曲9句，49字。句式与韵脚安排为：7△6△7△7○7△3○3△7△5△。典型平仄格式为：仄仄平平仄仄平△平仄仄、仄平平△平仄平平仄仄仄平平△平平仄仄平平仄○平平仄仄平平仄△仄仄平○仄仄平△平平仄仄平平仄△仄仄仄平平△。第二句或作 3 字句。

《天下乐》仙吕。全曲 7 句，30 字。句式与韵脚安排为：7△2△3△7△3○3△5△。典型平仄格式为：仄仄平平仄仄平△平平△仄仄平△平平仄仄仄平平△仄仄平，仄仄平△平平仄仄平△。

《那吒令》仙吕。全曲 9 句，31 字。末句可作 4 字句。见 B17036。句式与韵脚安排为：2○4△2○4△2○4△3○3△7△。

《鹊踏枝》仙吕。仅见于带过曲与套曲，全曲 6 句，28 字。见 C05024。句式与韵脚安排为：3△3△4○4△7△7△。

《寄生草》仙吕。见 A13261。全曲 7 句 41 字。句式与韵脚安排为：3○3△7△7△7△7○7△。

《村里迓鼓》仙吕。仅见于套曲，见 C10052。全曲 11 句 47 字。句式与韵脚安排为：4○4△4○7△4○4○4△3○3○3△7△。

《元和令》仙吕。见 C12057。全曲 6 句，34 字。句式与韵脚安排为：5○5△7○5△7○5△。

《上马娇》仙吕，仅见于套曲。见 C10052。全曲 6 句，24 字。句式与韵脚安排为：3○3△5△7△1△5△。

《游四门》仙吕，小令套曲兼用。见 A15304。全曲 6 句，30 字。句式与韵脚安排为：7△5△7△5△1△5△。1 字句可省。

《后庭花》仙吕，小令套曲兼用，见 A01008。全曲 7 句，33 字。句式与韵脚安排为：5○5△5○5△3△4○5△。

《柳叶儿》仙吕，仅见于套曲。见 C01004。全曲 6 句，34 字。句式与韵脚安排为：7△7△7△3○3△7△。

《煞尾》又名《赚煞》《赚煞尾》，11 句，55 字，句式与韵角安排为：3○3△7△7○7△3△3△7△4△4△7△。平仄略。

词语注释： 1. 此言自己很快乐，何必到处谒见王侯。2. 海门秋，此泛指海口秋色。此后第四个增句失韵。3. 一味，指滋味，言此种恬淡生涯滋味有谁曾参透。4. 此言简陋衣食。5. 洗耳溪，此言住处近许由洗耳之溪，但不劳作。6. 翻作，反对做，不做。抱官囚，死恋官位如囚徒。"贫自守"句，按定格应为6字句。7. 褪，此指笼罩；拿云手、谈天口，指自己狂放的手段与言论。8. 伍员，即伍子胥，流落吴国时曾吹箫糊口。许由曾抛弃巢父所赠饮水瓢，以为是多余之物。9. 此言没有做官的人肯半途停止。10. 伏事，俯伏事奉；难错手，难放手。11. 此言都只为半纸功名，弄得一切完蛋。12. 谁待似，有谁会像是；转灯般，如旋转的花灯一般。13. 迅指间，如弹指间迅速。乌飞兔走，日月流逝。14. 去马来牛，一些奔走不息的蠢货。15. 一任教，管他们；谈笑虚名，供人谈笑的虚名；小子封侯，小人物们被封侯。16. 倦首，疲倦、厌弃。锦带吴钩，大官的服饰。17. 此言只要能够过活，一切都不放在心上。18. 此言畅饮仙酒，比看翰林风花雪月的文章舒服。19. 如诚惶顿首，与诚惶顿首相比。按定格第六、七句应为4字句。20. 生受，难受。21. 金马玉堂，大官的处境；珠帘十二钩，极言其阔绰、珠帘众多。此指高官生活，与下二句作对比。22. 见瀛洲，观世界。23. 雄饮，豪饮；紫箫句，此言吹到三更后才停止。24. 旋篘，新过滤。25. 三岛十洲，四面八方，此指高人逸士所居之地。26. 强说口，夸口。27. 缆，用缆绳系住。此末三句为增句。28. 怕饮御酒，此似有暗指因得罪而赐死意。29. 金山，金黄色的秋山。30. 悠，长、大，此言潮水正盛；当溜，顺着中流、急流。

作品赏析： 不忽木一身官场顺利，仅两度短时病休，并无辞朝归隐经历。此当为向皇上故作姿态或表明心意之作。曲中反复言归隐之乐，但对官场险恶，因是跟皇帝说话，故未敢多所涉及。

C15079 朱庭玉《点绛唇·咏梅》

所欠唯何？半生辜负，梅花债。洛京春色，直抵千金买。

《混江龙》水南佳会，主人樽俎胜安排₁。北州远客，西洛英才。和气须知席上生，孤芳先向腊前开₂。宜珍赏，应题赋景₃，落笔书怀。

《六幺遍》故人应与、梅同态。梅虽雅淡，人更洁白。人之风采，梅之调格。人与梅花俱可爱。无奈，岁寒姿可惜在尘埃₄。

《赚煞》惜花心，今番煞，恨不到调羹鼎鼐₅。此日梅花溪上客，胜当年刘阮天台₆。劝酒留情，故意地教人强艳侧₇。酒休剩饮，花须少戴，也教人道洛阳来₈。

作者生平：	见 C05027。
定格说明：	《点绛唇》，见前。
	《混江龙》，见前。
	《六幺遍》仙吕。小令套曲兼用。见 A14271。全曲 9 句，38 字。句式与韵脚安排为：3 ○3 △4 ○4 △4 ○4 △7 △2 △7 △。
词语注释：	1. 胜安排，隆重安排。2. 腊，腊月，农历十二月。下句按定格应为 7 字句。3. 应题，回应、遵照主人所命诗题。4. 此兼指梅和人的遭遇。5. 调羹需用盐、梅，又我国传统把治天下当作"调和鼎鼐"。此表面指梅恨不能在调和鼎鼐时发挥作用，实指在座人才不得重用。6.《太平广记》刘晨、阮肇曾于天台山遇仙女。此言今得与会，比刘阮更幸运。7. 艳侧，筵席上以美妙方式，侧身少饮。8. 剩饮多饮；少戴，稍稍带一些，以便让人知道是从产梅胜地洛阳而来。或云指教人知从盛产牡丹之地而来，对花颇有见识。按定格第六句应为两个 3 字句。
作品赏析：	由来咏梅多以梅与人并赞，尤指女人。然此曲则以梅比喻在座诸君子，且甚为得体。

C15080 白朴《点绛唇》

金凤钗分，玉京人去₁。秋潇洒₂，晚来闲暇，针线收拾罢。

《幺篇》独倚危楼，十二珠帘挂₃，风潇洒。雨晴云乍₄，极目山如画。

《混江龙》断人肠处，天边残照水边霞。枯荷宿鹭，远树栖鸦。败叶纷纷拥砌石，修竹珊珊扫窗纱₅。黄昏近，愁生砧杵，怨入琵琶。

《穿窗月》忆疏狂阻隔天涯₆，怎知人埋怨他。吟鞭醉袅青骢马，莫吃秦楼酒、谢家茶₇。不思量执手临歧话₈。

《寄生草》凭栏久，归绣帏，下危楼强把金莲撒₉。深沉院宇朱扉屐₁₀。立苍苔冷透凌波袜₁₁。数归期空画短琼簪₁₂，揾啼痕频湿香罗帕。

《元和令》自从绝雁书，几度结龟卦₁₃。翠眉长是锁离愁，玉容憔悴煞。自元宵等待过重阳，甚犹然不到家₁₄？

《上马娇煞》欢会少，烦恼多，心绪乱如麻。偶然行至东篱下，自嗟自呀，冷清清和月对黄花。

作者生平：　　见 A01003。

定格说明：　　《穿窗月》仙吕。仅见于套曲。全曲 6 句，33 字。句式与韵脚安排为：7△6△7△6○△7△。典型平仄格式为：仄平平、仄仄平平△仄平平、仄仄平△平平仄仄平平仄△平平仄、仄平平△平平仄仄平平仄△。

《寄生草》，见前。

《元和令》，见前。

《上马娇煞》，同《上马娇》，见前。

词语注释：　　1. 分钗表示别离，不一定真的分破金钗。玉京，通指京城；此处行人既可能是京城人，也可能是去向京城。
2. 潇洒，意同萧飒，指清凉。3. 危楼，高楼；十二珠帘，言其豪华。4. 云乍，云层乍起。5. 珊珊，此指响声。按定格下句应为 7 字句。6. 疏狂，轻率狂放之人，指此女意中人，有责备意。7. 秦楼、谢家，均指妓院。8. 临歧话，在歧路分手时所说惜别的话。9. 强把句，此言勉强移动金莲下楼散步。10. 扉虚，门窗。11. 凌波袜，像洛神所穿的凌波丝袜，极言服饰珍贵。12. 此言用琼簪指画日期，结果琼簪都画短了。13. 雁书即书信；结龟卦，用龟壳卜卦。14. 此言为什么还不到家。

作品赏析： 作者虽系以男子之身，为闺中怨女设想。但感情细致，文字优美，可以一读。

《斗鹌鹑》 越调。《全元曲》收 18 作者，33 套曲，209 小曲。本首牌所用曲牌计有：《斗鹌鹑》《含笑花》《天净沙》《金蕉叶》《紫花儿》《麻郎儿》《秃厮儿》《金盏儿》《醉扶归》《鬼三台》《绵答絮》《紫花儿序》《醉中天》《眉儿弯》《小拜门》《小沙门》《三台印》《庆元贞》《络丝娘》《圣药王》《寨儿令》《调笑令》《小桃红》等。今选 5 套。

C15081 王仲诚《斗鹌鹑·避纷》

露冷霜寒，云低雾黯。洒洒潇潇[1]，凄凄惨惨。眼底繁华，心头有感[2]。名利绝，是非减[3]。爱的是雪月风花，怕的是《官民要览》[4]。

《紫花儿》昨宵酩酊，今日模糊，来日醺酣[5]。戴一顶嵌肩幔笠[6]，穿一领麻衫。妆一座栽梅结草庵[7]，谁能摇撼？跳出这蚁穴蜂衙[8]，再不入虎窟龙潭。

《小桃红》刀名剑利大尴尬[9]，諕碎闲人胆。白酒黄鸡捱时暂，就中甘，这般滋味谁曾唋[10]？谐音人即参[11]，通经史亲探，世事要经谙。

《尾声》此身有似舟无缆，恣意教旁人笑咱[12]。富贵总由天，清闲尽在俺。

作者生平： 王仲诚，生平不详。从其作品看，可能曾做小官，而后归隐。明朱权将其列入"词林之英杰"150人之中。《全元曲》收其套曲2套。

定格说明： 《斗鹌鹑》越调，与中吕者异。仅见于套曲，句式与韵脚安排为：4○4△4○4△4○4△3○3△4○4△。第五、六句变化较多。

《紫花儿》越调。诸谱不载，与《紫花儿序》异，仅见于套曲。全曲9句，47字。句式与韵脚安排为：4○4○4△7○5△7△4△7○7△。典型平仄格式为：仄仄平平○仄仄平平○仄仄平平△平仄仄、平平仄仄○仄仄仄平平△仄仄平平仄仄平△平平仄仄△仄仄平、仄仄平平○平仄仄、仄仄平平△。第四、五句或作4、4，末二句或作5、5者。

《小桃红》小令套曲兼用。句式与韵脚安排为：7△5△7△3△7△4○4○5△。典型平仄格式为：平平仄仄仄平平△仄仄平平仄△仄仄平平仄仄△平仄平△平平仄仄平平仄△平平仄仄○平仄仄○仄仄仄平平△。

词语注释： 1. 洒洒潇潇，此指凄凉。2. 此言心中对眼底繁华有感受、有看法。下文即说其具体感受。3. 此言杜绝名利，即可减少是非。4. 《官民要览》，法律与行政之类文件汇编，此泛指公文。5. 醺酣，此指微醉。此处三日醉态递减。6. 嵌肩幔笠，有帏幔遮肩的笠帽。7. 妆，此指修建；结草庵，茅屋。8. 蜂衙，蜂巢，以其防守严密，故名。蚁穴蜂衙，此指官场。9. 刀名句，即名刀利剑；言名如刀、利如剑亦可。尴咸（咸字另写），即尴尬。此言全副武装反而显得尴尬、吓人。10. 捱时暂，暂且度过时光。甘，乐趣。唊，品尝。此言饮酒吃鸡的乐趣谁人知晓。11. 此句费解，大约指遇知音之人，即与之参见、结交；为通经史，亲自去探索。12. 似舟无缆，即无拘无束，任意漂泊。恣意，任意，故意。

作品赏析： 略。

C15082 苏彦文《斗鹌鹑·冬景》

地冷天寒，阴风乱刮；岁久冬深₁，严霜遍撒；夜永更长，寒浸卧榻。梦不成，愁转加。杳杳冥冥，潇潇洒洒₂。

《紫花儿序》早是我衣服破碎₃，铺盖单薄，冻的我手脚酸麻。冷弯做一块，听鼓打三挝₄。天那，几时捱的鸡儿叫、更儿尽、点儿煞₅！晓钟打罢，巴到天明，划地波查₆。

《秃厮儿》这天晴不得一时半霎，寒凛冽走石飞沙。阴云黯淡闭日华。布四野，满长空，天涯。

《圣药王》脚又滑，手又麻，乱纷纷瑞雪舞梨花₇。情绪杂，囊箧乏。若老天全不可怜咱，冻钦钦怎能踏₈？

《紫花儿序》这雪袁安难卧，蒙正回窑，买臣还家，退之不爱，浩然休夸₉。真佳，江上渔翁罢了钓槎。便休题晚来堪画，休强呵映雪读书，且免了这扫雪烹茶₁₀。

《尾声》最怕的是檐前头倒把冰锥挂，喜端午愁逢腊八₁₁。巧手匠雪狮儿一千般成，我盼的是泥牛儿四九里打₁₂。

作者生平： 苏彦文，生卒年不详，金华（今属浙江）人。与钟嗣成同时。以才学掾江西行省，声誉翕然。廉洁平恕，而又本之以诗书词翰，倾动一时。后进入中书，擢引进之职。钟嗣成谓其"有地冷天寒越调及诸乐府，极佳"。《全元曲》仅收其《斗鹌鹑·冬景》1套。

定格说明： 《斗鹌鹑》，见上。

《紫花儿序》，越调。仅见于套曲。全曲10句，41字。句式与韵脚安排为：4△4△4△4△4△2△7△4△4△4△。典型平仄格式为：平平仄仄○仄仄平平○仄仄平平△平平仄仄○仄仄平平△平平△仄仄平平仄仄平△平平仄仄○仄仄平平○仄仄平平△。

《秃厮儿》，越调。仅见于套曲。句式与韵脚安排为：6△6△7△3○3△2△。典型平仄格式为：仄仄平平仄仄△平平仄仄平平△平平仄仄仄平平△平仄仄○仄平平△平平△。

《圣药王》越调，仅见于套曲。句式与韵脚安排为：3○3△7△3○3△7△5△。典型平仄格式为：仄仄平○仄仄平△平平仄仄仄平平△仄仄平○仄仄平△平平仄仄平平△仄仄仄平平△。

词语注释： 1. 岁久，岁末。2. 潇潇洒洒，此指凄凉。3. 早是，老早、本来就是。4. 挝（zhuā抓），打击；打三挝，指打过三更。5. 更儿、点儿：古代夜间计时单位，将每晚分作五更，每更分作五点；此指更点"煞"尽，到了天明。6. 划地，依然、照样；波查，元人口语，意即受折磨。7. 雪舞梨花，白雪像梨花一样飘舞。8. 钦钦，冷冻貌；行踏，行走。9. 这一长句引用了五个前人与雪有关的故事：袁安曾于雪夜忍住不去打扰亲友；吕蒙正曾于雪夜被迫蜷缩在窑洞；朱买臣曾采樵为生，雪中只好回家暂歇；韩退之有诗句"雪拥蓝关马不前"，故云；孟浩然曾踏雪寻梅作诗。10. 题，同提；据说孙康家贫，夜晚映雪读书，此言在这样大雪中，不要勉强映雪读书；又扫雪烹茶乃古代文人乐事，有"党家妓不识雪景烹茶"故事。11. 喜端午句，言人们喜阳和天气，怕寒冬。12. 巧手们雪中堆出千种狮子等模样。按旧俗于立春前一日鞭打泥制耕牛以迎春，我只盼于四九打泥牛以提早迎春。按：农历"春打六九头"，此处有盼春早到意。

作品赏析： 此曲曾受到钟嗣成高度赞赏。

C15083 赵明道《斗鹌鹑·名姬》

乐府梨园，先贤老郎[1]，上殿伶伦，前辈色长[2]，承应俳优，后进教坊[3]。有伎俩，尽夸张；燕赵驰名，京师作场[4]。

《紫花儿》雷声声梁苑，禾惜惜都城，苏小小钱塘[5]。三人声价，四海名扬。红妆忒旖旎忒风流忒四行[6]，堪写在宣和图上[7]。有百倍儿风标，无半米儿疏狂[8]。

《调笑令》省郎，是你旧班行。他诉真是咱断肠，不知音枉了和他讲₉。有德行政事文章，取功名自来踏着省堂，焕然有出众英昂₁₀。

《秃厮儿》为媒的涿郡仲襄，保亲的苏君丘祥。青春二八年正芳，配一对、锦鸳鸯，成双₁₁。

《圣药王》我岂谎，您诚想，苏小卿到底嫁双郎。因为和乐章，动官长，柳耆卿娶了谢天香，他知音律解宫商₁₂。

《尾》郝大使王玉带皆称赏，焦治中天然秀小样。劝你个聪明姝丽俏吴姬，就取这蕴藉风流俊张敞₁₃。

作者生平：　　见 C14072。

定格说明：　　《斗鹌鹑》，见前。

《紫花儿》，见前。

《调笑令》，又名《含笑花》，越调，仅见于套曲。句式与韵脚安排为：2△3△7△7△6△7△6△。典型平仄格式为：平平△仄仄平△仄仄平平仄仄平△平平仄仄平平仄△平平仄仄平平△仄仄平平仄仄平△平平仄仄平平△。

《秃厮儿》，见前。

《圣药王》，见前。

词语注释：　　1. 此指梨园中的前辈尊长。2. 伶伦，本指传说中黄帝时的乐官，此指能够上殿供奉的伶人；色长，教坊中分色分部，色有色长，部有部头。3. 承应，侍奉；俳优，此泛指艺人；教坊，管理与培训宫廷乐人的官署。句意为教坊后进，为押韵而倒装。4. 作场，圈划场地以演出，此即指在京师演出。5. 梁苑，西汉梁孝王的名苑，此指汴梁。雷声声、禾惜惜，从下文"三人"看，当与苏小小同为名妓，各在梁苑、都城、钱塘驰名。6. 忒，特别；旖旎，柔媚；四行，口语，指美好、时髦。7. 宣和图，宋代宣和年间绘画艺术特别繁荣，此言堪入名画。8. 风标，风度；半米儿，半粒米大，一丁点儿。极言其毫不疏狂。9. 省郎，曾在中书省作郎官的某人，不知具体指何人；旧班行，旧时同行。"他诉"二句具体含义待考，大意是说：此省郎的倾诉使我断肠；或：向他诉说真使我断肠。彼此不是知音，和他讲也没用。10. 蹅（cha 查上）着省堂，此言可以脚蹅（小视）省堂诸竞争者。11. 仲襄、苏丘祥，行事待考。此或言二位以"为媒"和"保亲"出名的人物，使一对二八佳人终结为夫妇。12. 苏小卿与双渐的离合，为元曲中常见的故事。柳永与谢天香的婚事，主要见关汉卿《钱大尹智宠谢天香》杂剧。13. 郝大使待考，王玉带，元代著名女演员，此言二人婚事为人称赏；天然秀，本姓高，著名女艺人；丰艳典雅，闺怨杂剧，为当时第一。始嫁行院王元俏；王死，嫁焦治中；焦殁后复落乐籍，人多惜之。小样，此当指也依样被人称赏。吴姬，此泛指美女；张敞，西汉名士，此泛指风流才子。

作品赏析： 本曲中所提到的剧目、杂剧艺人和演出情况，都曾见于夏庭芝《青楼集》与钟嗣成《录鬼簿》，因此很有戏曲史料价值，故选。

C15084 吴仁卿《斗鹌鹑》

天气融融，和风习习[1]。花发南枝[2]，冰消岸北。庆贺新春，满斟玉液。朝禁阙[3]，施礼拜。舞蹈扬尘，山呼万岁[4]。

《紫花儿序》托赖着一人有庆[5]，五谷丰登，四海无敌。寒来暑往，兔走乌飞，节令相催[6]。答贺新正圣节日，愿我皇又添一岁[7]。丰稔年华[8]，太平时世。

《小桃红》官清法正古今稀，百姓安无差役。户口增添盗贼息，路不拾遗，托赖着万万岁当今帝。狼烟不起，干戈永退。齐和凯歌回[9]。

《庆元贞》先收了大理，后取了高丽[10]。都收了偏邦小国，一统了江山社稷。

《幺》太平无事罢征旗，祝延圣寿做筵席[11]，百官文武两班齐。欢喜无尽期，都吃得醉如泥。

《秃厮儿》光禄寺琼浆玉液，尚食局御膳堂食12。朝臣一发呼万岁13。祝圣寿，庆官里14，进金杯。

《圣药王》大殿里，设宴会。教坊司承应在丹墀15。有舞的，有唱的，有凤箫象板共龙笛，奏一派乐声齐16。

《尾》愿吾皇永坐在皇宫内，愿吾皇永掌着江山社稷；愿吾皇永穿着飞凤赭黄袍，愿吾皇永坐着万万载盘龙亢金椅17。

作者生平： 见 A03018。

定格说明： 《斗鹌鹑》，见前。

《紫花儿序》，见前。

《小桃红》，见前。

《庆元贞》，越调，仅见于带过曲与套曲，全曲 5 句，31 字。见 B08015。句式与韵脚安排为：7△7△7△5△5△。典型平仄格式为：平平仄仄仄平平△平平仄仄仄平平△平平仄仄仄平平△平平平仄仄△仄仄仄平平△。

《秃厮儿》，见前。

《圣药王》，见前。

词语注释： 1. 习习，微风和煦貌。2. 花发南枝，向阳的花枝先开，此指梅花。3. 禁阙，禁止行人的宫阙，即紫禁城、皇城。4. 扬尘舞蹈，朝拜皇帝时的礼节；山呼，即三呼，第一、二声时，应声曰"万岁"，第三呼时，应声曰"万万岁"。5. 一人，此指皇帝。《尚书·吕刑》："一人有庆，兆民赖之。" 6. 兔走乌飞，指日月更迭；二句言时间过得很快。7. 答贺，此盖言回报与庆贺；新正，元旦；圣节日，即指元旦；按从下文"又添一岁""祝延圣寿""祝圣寿"等看，也许元旦又恰逢皇上生日。8. 丰稔，丰收。9. 齐和，共同唱和，此指齐唱。10. 收大理，元宪宗三年（1253）灭大理；取高丽，中统元年（1260）册封高丽国王。从二句看，此曲当作于 1260 年之后。又本曲按定格短缺一句，字数也不入律。但幺篇入律。11. 此言为祝愿延长圣寿而开筵席。12. 光禄寺，掌皇室祭品及膳食的官署；尚食局，管皇帝膳食的官署；堂食，指大堂（高堂、皇室）饮食。13. 一发，统一高呼。14. 官里，官家，即皇帝。15. 教坊司，掌管音乐歌舞的机构；承应，承担歌舞任务；丹墀，此指宫廷。16. 凤箫等，指各种乐器；乐声齐，各种乐声齐奏。17. 赭黄袍，当时龙袍。亢金，当指金晃晃。

作品赏析：　　通篇全是歌功颂德之词，但也可窥知元初气派和朝贺情况。

C15085 王伯成《斗鹌鹑》

酒力禁持，诗魔唤起$_1$。紫燕喧喧，黄莺呖呖。红杏香中，绿杨影里。丽日迟，节序催$_2$。柳线摇金，桃花泛水$_3$。

《紫花儿序》香馥馥花开满路，碧粼粼水绕孤村，绿茸茸芳草烟迷$_4$。扬鞭指处，堪画堪题。更那堪，竹坞人家傍小溪。彩绳高系，春色飘零，花事狼藉$_5$。

《小桃红》一帘红雨落花飞，酝酿蜂儿蜜$_6$。跨蹇携壶醒还醉$_7$，草萋萋，融融沙暖鸳鸯睡。韶光景美，和风暖日，惹起杜鹃啼。

《秃厮儿》凝眸处黄莺子规，动情的绿暗红稀。莺慵燕懒蝶倦飞。冷落了芳菲，春归。

《圣药王》醉似泥，仆从随，见小桥流水隔花溪。柳岸西，近古堤，数枝红杏出疏篱，墙外舞青旗$_8$。

《尾》四围锦绣繁华地，车马喧天闹起。看了这红紫翠乡中，堪写在丹青图画里。

作者生平：　　见 A09170。

定格说明：　　《鹌鹑儿》即《斗鹌鹑》，见前。

《紫花儿序》，见前。

《小桃红》越调，小令套曲兼用。见 A18439。其句式与韵脚安排为：7△5△7△3△7△4○4○5△。

《秃厮儿》，见前。此曲中第四、第五两个3字句被并成5字句。

《圣药王》，见前。

词语注释： 1. 禁持，持续发挥作用；诗魔唤起，唤起了作诗的癖好。2. 丽日迟，《诗经·豳风·七月》："春日迟迟"，日迟是春暖兼春困时的美好感觉；节序催，节令一个接一个逼近，形容时间过得真快。3. 初春柳线嫩牙鹅黄，故曰摇金；桃花落英浮水。4. 烟迷，草色浓密如烟、极目难尽。5. 彩绳，指秋千索；狼藉，散乱；二句指晚春景象。6. 一帘红雨，隔帘望去，满眼都是落花红雨。此处不是说落花酿蜜，而是说遍地飞红，正是酿蜜的大好时节。7. 跨蹇，骑着蹇驴；提着酒壶，似醒还醉。8. 此言墙外酒招（青旗）飘舞。

作品赏析： 好一派美丽春光和贵人冶游雅兴。

《文如锦》黄钟。《全元曲》收1作者，1套曲，6小曲。本首牌所用曲牌计有：《文如锦》《挂金锁》《愿成双》等。

C15086 王和卿《文如锦》(残)

病恹恹，柔肠九曲闲愁占$_1$。精神绝尽，情绪不忺$_2$。茶饭减，闷愁添。宝钏松，罗裙掩$_3$。翠淡柳眉，红销杏脸$_4$。愁在眼底，人在心上，恨在眉间。对妆奁，新来瘦却，旧时娇艳$_5$。

《幺》空撷金莲、搓玉纤$_6$。贩茶客船，做了搬愁旅店$_7$。谁人不道，何人不谚$_8$？娘意悭，恩情险$_9$。两行痛泪，千点万点。读书人窘，贩茶客富，爱钱娘严$_{10}$。不中粘，准了书箱$_{11}$，当了琴剑。

《愿成双》我待甘心守秀土、捱虀盐，忍寒受饥无厌$_{12}$。娘爱他三五文业钱$_{13}$，把女送入万丈坑堑。

《幺》想才郎、于俺话儿甜，意悬悬一心常欠$_{14}$。这厮影儿般不离左右，罪人也似镇常拘钳[15]。

《挂金锁》（残）

《随煞》推眼痛悄悄泪偷淹，佯咳嗽袖儿里作念，则被你思量杀小卿也、双渐[16]！

作者生平：　　见 A06150。

定格说明：　　《文如锦》，黄钟，仅见于套曲。全曲 16 句，61 字。句式与韵脚安排为：3△7△4○4△3○3△3○3△4○4△4○4○4△3△4○4△。典型平仄格式为：仄平平△平平仄仄平平仄△平平仄仄○仄仄平平△平仄仄○仄平平△仄平○平平仄△仄仄平平○平平仄仄△平仄仄○平平○仄仄平平△仄平平△平仄平仄○仄仄平平△。幺篇换头：减三字首句，其余同前篇，仅平仄略异。

《愿成双》黄钟，亦入商调。仅见于套曲。全曲 5 句，27 字。句式与韵脚安排为：典型平仄格式为：平仄仄○仄仄平△平仄仄、仄仄平平△平平仄仄平平○平仄仄、平平仄仄△。幺篇换头：将始调两个三字句并为 7 字句，即 7△7△7○7△。

《挂金锁》，锁亦作索。黄钟，亦入商调。小令套曲兼用。见 A02012。句式与韵脚安排为：4○5△4○5△4○5△4○5△。本套曲文字缺。

词语注释：　　1. 此言九曲回肠中充满闲愁。2. 绝尽言毫无精神；忺（xiān 仙），高兴。3. 掩，当指收藏，言无心服用。4. 二句倒装，言柳眉翠淡，杏脸红销。5. 此言对镜时发觉近来已因消瘦失去了昔日娇艳。6. 此言白白搓手顿脚。7. 此言苏卿被骗上茶船，船成了搬运忧愁的旅店。8. **诺**，说道。9. 悭，吝啬、贪财；恩情险，言其在情分上用心险恶。10. 此句言双渐、冯魁、老鸨三人的不同情况。11. 不中粘，当指攀扯不上；准，折价，抵当。12. 秀土，长庄稼的土地；齑盐，切碎的咸菜；无厌，不厌烦。此言愿嫁双渐，安贫乐素。此处按定格应为 7 字句。13. 业钱，罪恶钱；三五文，有轻视其少意。14. 此言双渐对自己（苏卿）言语温柔甜蜜，心中常觉亏欠了苏卿而思想上忐忑不安。15. 这厮，指冯魁；下句言自己如罪人，镇日经常被拘束封锁着。16. 此言推托说眼痛而偷偷流泪，装咳嗽而偷偷在袖里念叨双渐。末句为思想上对双渐说话。

作品赏析：　　这是一套写苏卿、双渐故事的曲子，虽有残缺，但不影响故事情节，且本首牌只此1套，而故事又很有参考价值，故选。

　　元曲中涉及苏卿、双渐爱情波折的作品甚多，且说法不一。有的认为苏卿虽受胁迫，但思想上也爱财，在双渐与冯魁二人中摇摆，等到双渐发迹当官，才毅然跟从双渐。此曲认为苏卿完全被迫，但也没有公然抗拒，而是假意屈从。"推眼痛"二句，充分说明了苏卿屈从的心态。

《驻马听近》双调。《全元曲》收1作者，1套曲，5小曲。本首牌所用曲牌计有：《驻马听近》《驻马听》两个。

C15087 郑光祖《驻马听近·秋闺》

败叶将残，雨霁风高催木杪[1]；江乡潇洒，数株衰柳罩平桥。露寒波冷翠荷凋[2]，雾隆霜重丹枫老。暮云收，晴虹散，落霞飘。

《幺》雨过池塘肥水面，云归岩谷瘦山腰[3]。横空几行塞鸿高，茂林千点昏鸦噪[4]。日衔山，船舣岸，鸟寻巢。

《驻马听》闷人孤帏，静掩重门情似烧；文窗寂静[5]，画屏冷落暗魂消[6]。倦闻近砌竹相敲，忍听邻院砧声捣[7]！景无聊，闲阶落叶从风扫[8]。

《幺》玉漏迟迟，银汉澄澄凉月高；金炉烟尽，锦衾宽剩越难熬[9]。强喔夜永把灯挑[10]，欲求欢梦和衣倒。眼才交，恼人促织叨叨闹[11]。

《尾》一点来不够身躯小，响喉咙针眼里应难到₁₂。煎聒的离人，斗来合噪₁₃。草虫之中无你这般薄劣把人焦₁₄。急睡着，忽惊觉，紧截定阳台路儿叫₁₅。

作者生平：　　见 A12253。

定格说明：　　《驻马听近》，双调，仅见于套曲。全曲 9 句，45 字。句式与韵脚安排为：4○7△4○7△7△7△3○3○3△。典型平仄格式为：仄仄平平○仄仄平平平仄仄△平平仄仄○平平仄仄仄平平△平平仄仄仄平平△平平仄仄平平仄△仄平平○平平仄○仄平平△。幺篇换头：较始调减去第一、第三两句，即 7○7△7△7△3○3○3△。

　　　　　　　　《驻马听》，双调。小令套曲兼用。见 A17423。句式与韵脚安排为：4△7△4△7△7△7△3△7△。

词语注释：　　1. 霁，雨止；木杪（miao 秒），树梢。2. 此言翠荷在寒露冷波中凋谢。3. 肥水面，水面涨高了；云归崖谷笼罩住山顶，故山腰显得瘦小。此处幺篇与定格不符。4. 此言千点昏鸦在茂林中噪。5. 文窗，有花纹装饰的窗子。6. 暗魂，愁魂。7. 此言懒听台阶附近竹林互相敲击的声音；亦不忍听砧声。8. 从风扫，任风扫。9. 宽剩，暗指独宿。10. 喡，同捱；夜永，长夜。11. 促织，蟋蟀。下文《尾》曲即专写对蟋蟀的责骂和抱怨。12. 一点来，言小小身躯不够一点点大；下句似言蟋蟀响亮的喉咙可能不如针眼大。13. 煎聒，用噪声煎熬人，"的"字疑衍；离人，曲中主人自指；斗来句，言蟋蟀斗争时，好像联合起来聒噪。14. 薄劣，刻薄恶劣；焦，熬人，或使人焦躁。15. 截定，阻断住，阳台，此可能暗示梦中与心上人幽会之处。

作品赏析：　　景色凄凉，后半部用与促织的对话衬托自己的无聊，有新意。

《恼煞人》小石调。《全元曲》收 1 作者，1 套曲，5 小曲。本首牌所使用的曲牌计有：《恼煞人》《伊州遍》等。

C15088 白朴《恼煞人》

又是红轮西坠，残霞照万顷银波。江上晚景寒烟，雾蒙蒙、风细细，阻隔离人萧索[1]。

《幺篇》宋玉悲秋愁闷，江淹梦笔寂寞，人间岂无成与破[2]。想别离情绪，世界里、只有俺一个[3]。

《伊州遍》为忆小卿[4]，牵肠割肚。凄惶悄然无底末[5]，受尽平生苦。天涯海角，身心无个归着[6]。恨冯魁、趋恩夺爱，狗行狼心，全然不怕天折挫[7]。到如今划地吃耽阁，禁不过，更那堪晚来暮云深锁[8]。

《幺篇》故人杳杳，长江风送，听胡笳沥沥声韵聒[9]。一轮皓月朗，几处鸣榔[10]，时复唱和渔歌。转无那、沙汀蓼岸[11]，一点渔灯相照，寂寞古渡停画舸。双生无语泪珠落，呼仆隶指拨水手，在意扶柁[12]。

《尾声》兰舟定把芦花过，橹声省可里高声和[13]。恐惊散宿鸳鸯，两分飞也似我[14]。

作者生平： 　见 A01003。

定格说明： 　《恼煞人》，小石调。仅见于套曲。全曲 5 句，30 字。句式与韵脚安排为：6○6△6○6○6△。典型平仄格式为：仄仄平平仄仄○平平仄仄平平△平平仄仄平平○仄平平、平仄仄○仄仄平平仄仄△。幺篇句法不同，须连用。5 句，29 字。其句式与韵脚安排为：6○6△7△4○6△。典型平仄格式为：仄仄平平仄仄○平平仄仄平平△平平仄仄平平仄△平平仄仄○仄仄平平仄仄△。

　　《伊州遍》，小石调，仅见于套曲。全曲 12 句，66 字。句式与韵脚安排为：4○4○7△5○4○6△7○4○7△7△7○4△。典型平仄格式为：仄仄平平○平平仄仄○平平仄仄平平△仄仄平平○平平仄仄○平平仄仄平平

△仄平平、平平仄仄〇仄仄平平〇平平仄仄平平仄△平平仄仄平平仄△平仄仄、平平仄仄〇平平仄仄△。幺篇同始调，须连用。

词语注释： 1. 萧索，冷落。2. 此言宋玉《九辩》中悲秋语句使人愁闷，江淹梦中还笔，从此才尽故事，令人感到寂寞。成破，此指团聚与分离之类境况。3. 此极言只有自己的离别最苦。第四句应作6字句。4. 小卿，指苏卿。5. 悄然，忧愁貌；无底末，无底无尽头。6. 归着，着落。7. 趋，同驱，此指除掉，与下文夺爱意同。折挫，惩罚。8. 划地，无端；吃耽阁，受耽搁；禁不过，受不了。末二句与定格不符。9. 声韵聒，胡笳声韵在耳边吵闹起，此有贬义。10. 榔，捕鱼时用以敲船惊鱼的木棒。11. 转无那（nuo 诺），变得很无聊赖。12. 指拨，指挥，此言指挥仆人水手，注意把舵（柁）。13. 省可里，省得、休要。14. 此言似我与苏卿之两分飞也，也字与上文连读。

作品赏析： 此曲当为苏卿双渐故事之一环，讲述双渐追逐苏卿时的情景。本首牌只此1套，故选。

《二郎神》商调。《全元曲》收2作者，2套曲，15小曲。本首牌所用之曲牌计有：《二郎神》《梧叶儿》《黄莺儿》《猫儿坠》《浪里来》《集贤宾》《金菊香》等。原本无说明，经分析实皆为南曲。今选1套。

C15089 高明《二郎神·秋怀》

从别后，正七夕穿针在画楼[1]，暮雨过纱窗凉已透。夕阳影里，见一簇寒蝉衰柳。水绿蘋香人自愁，况轻拆鸾交凤友。（合）得成就，真个胜腰缠跨鹤扬州[2]。

《前腔》风流，恩情怎比墙花路柳？记待月西厢和你携素手[3]。怎奈话别匆匆，雨散云收？一种相思分作两处愁[4]，雁来时音书未有。（合前）

《集贤宾》西风桂子香韵幽[5]，奈虚度中秋。明月无情穿户牖，听寒蛩声满床头[6]。空房自守，暗数尽谯楼上更漏[7]。（合）如病酒，这滋味那人知否？

《前腔》功名未遂姻缘未偶[8]，共一个眉头。恼乱春心卒未休，怕朱颜去也难留。把明珠暗投[9]。不如意十常八九。（合前）

《黄莺儿》霜降水痕收，迅池塘犹暮秋[10]。满城风雨还重九。白衣人送酒[11]，乌纱帽恋头[12]。思那人应似黄花瘦[13]。（合）怕登楼，云山万叠，遮不得许多愁[14]。

《前腔》惟酒可忘忧，这愁怀不殢酒[15]。几番和泪见红豆，相思未休[16]。凄凉怎受？老天知道和天瘦[17]。（合前）

《猫儿坠》绿荷萧索无可盖眠鸥，碧粼粼露远洲[18]。羁人无力冷飕飕[19]。（合）愁，早知道宋玉当时顿觉伤秋[20]。

《前腔》一簇红蓼相映白蘋州，傍水芙蓉两岸秋。想他娇艳倦凝眸。（合前）

《前腔》无情红叶偏向御沟流，诗句上分明永配偶[21]，对景触目恨悠悠。（合前）

《余音》一年好景还依旧，正橘绿橙黄时候，强把金樽开怀断送秋[22]。

  作者生平： 见 A18451。

  定格说明： 此套全为南曲，案头无南曲曲谱，仅大致拟出其定格聊供参考。

    《二郎神》，商调，仅见于套曲。归纳为全曲 9 句，42 字。句式与韵脚安排为：2△7△7△4○4△7△4△3△4△。典型平仄格式为：平平△平平仄仄平仄△仄仄平平平仄仄△平平仄仄○平平仄仄△仄仄平平平仄仄△平仄仄△平平仄△仄仄平平△。

    《集贤宾》商调，仅见于套曲。按此系南曲之《集贤宾》，与北曲异。全曲 8 句，45 字。句式与韵脚安排为：7△5△7△7△4△4△5△3△7△。典型平仄格式为：平平仄仄仄平平△仄仄仄平平△仄仄平平平仄仄△仄平平、仄仄平平△平仄仄、平平仄仄△平仄仄△平仄仄、平平仄仄△。

《黄莺儿》商角调，亦入商调。仅见于套曲。全曲9句，33字。句式与韵脚安排为：2△2△4△4△4△4△3△4○6△。典型平仄格式为：平平△平平△仄仄平平△平平仄仄△平平仄仄△平平仄仄△平平仄仄△平平仄仄○平仄仄、仄平平△。

《猫儿坠》，商调，仅见于套曲。诸谱不载。归纳为：全曲5句，28字。句式与韵脚安排为：7△6△7△1△7△。典型平仄格式为：平平仄仄仄平平△仄平平、仄仄平△平平仄仄仄平平△平△仄仄平平仄仄平△。

词语注释： 1. 旧俗妇女于七夕在彩楼穿针乞巧。2. 腰缠句，苏轼诗注曰，有贪人志向为："腰缠十万贯，骑鹤上扬州。"此有省文。3. 待月西厢有借用《西厢记》情景意。4. 此暗用李清照词句："一种相思，两处闲愁。"5. 韵幽，韵味深远。6. 牖，窗户。此用苏轼词句："转朱阁，低绮户，照无眠；不应有恨，何事偏向别时圆。"下句本自《诗经·豳风·七月》："十月蟋蟀，入我床下。"7. 谯楼漏不可数，此即指更数。8. 未偶，未成配偶。9. 从上文"共一个眉头"看，此人本有对象，但因故未成配偶，又担心此女会所嫁非人（明珠暗投）。10. 二句较费解。霜降句，秋天"潦水尽"，故云"水痕收"。下句"迅"字疑衍。也可解作：潦水虽尽，池塘犹迅即呈暮秋景色。11.《续晋阳秋》载陶渊明重九无酒可饮，独坐东篱菊丛中，忽见江州刺史遣白衣人送酒来。12. 乌纱帽恋头，此或指晋孟嘉重九落帽故事。13. 此暗用李清照词句："人比黄花瘦。"14. 此似李清照词："只恐双溪舴艋舟，载不动，许多愁。"15. 不殢酒，不为酒所困，言其能畅饮，难以忘忧。16. 红豆又名相思子，此言几番因见红豆而落泪。17. 此句用法与名句"天若有情天亦老"同，言老天若知此情，亦当与我同瘦。18. 此言绿荷在远洲（大的水洲）露出。19. 羁人，羁旅在外之人。20. 此言很早已经体会到宋玉当年顿觉伤秋的心情。21. 红叶题诗，指唐卢渥应举时，偶在御沟得一红叶，上有题诗，藏之。后宣宗遣散宫人，卢得一宫女，即题诗人也。分明句，言诗上所写，分明就是终身配偶。22. 断送即送别。

作品赏析：　　有情人因故分离，空闺秋怀，思而无怨；且有合唱部分，结构较少见，故选。

《好观音》大石调。《全元曲》收 1 作者，1 套曲，3 小曲。本首牌所用曲牌只有《好观音》1 个。

C15090 贯云石《好观音·怨恨》

先自相逢同欢偶₁，无妨碍燕侣莺俦。并坐同肩共携手，恩情厚，夫妇般相看的好₂。

《幺》打听的新来迷歌酒，风闻的别染着个娇羞₃。弃旧怜新自来有，铁心肠，全不想些儿旧₄。

《尾》薄幸亏人难禁受，想着那樽席上捻色风流。不良杀教人下不得咒₅。

作者生平：　　见 A04055。

定格说明：　　《好观音》大石调。仅见于套曲。全曲 5 句，29 字。幺篇同始调，用否均可。末二句可并为一句。句式与韵脚安排为：7△7△3○5△。典型平仄格式为：仄仄平平仄平平△平平仄、仄仄平平△仄仄平平仄仄平△平平仄仄仄平平仄。

词语注释：　　1. 先自，自从、早先；同欢偶，如同欢快的配偶。2. 的，同得，相看的好，互相看待得好。下句的字同此。又此句失韵。3. 新来，近来；别染着，另外结交着；娇羞，指妖艳女子。4. 想些儿旧，想些儿过去。5. 捻色，追求美色。不良杀，此言坏透了的男人；下不得咒，不忍心咒骂他。恨极而又依然不忍心狠狠咒骂。

作品赏析： 关于妇女对薄幸情人虽恨犹怜的矛盾心情，揣摩得细致。

《醉花阴》黄钟，《全元曲》收9作者，12套曲，97小曲。本首牌所用曲牌，计有：《醉花阴》《挂金锁》《出对子》《四门子》《水仙子》《古水仙子》《柳叶儿》《塞雁儿》《神仗儿》《者剌古》《节节高》《刮地风》《六幺令》《寨儿令》《喜迁莺》《九条龙》《黄钟》等。今选2套。

C15091 荆干臣《醉花阴·闺情北》南北合套

鸳鸯浦莲开并蒂长$_1$，桃源洞春光艳阳$_2$。花解语玉生香$_3$。月户云窗、忽被风飘荡$_4$。分莺燕拆鸾凰，总是离人苦断肠。

《画眉序南》虚度了好时光，枕剩衾余怎不凄凉！肠拴万结，泪滴千行。愁戚戚恨在眉尖，意悬悬人来心上。暗伤，何日同鸳帐？难捱地久天长。

《喜迁莺北》自别来模样，瘦恹恹病在膏肓$_5$。难当，越添惆怅，恰便是柳絮随风上下狂。心劳意攘$_6$，一会家情牵恨惹$_7$，一会家腹热肠荒。

《画眉序南》欲待要不思量，若不思量都是谎。要相逢除是梦里成双。冰上人不许欢娱，月下老难为主张$_8$。暗伤，何日同鸳帐？难捱地久天长。

《出对子北》心怀悒怏$_9$，无一时不盼望。尘蒙了锦瑟助凄凉，香尽了金炉空念想，弦断了瑶琴魂荡漾$_{10}$。

《神仗儿南》人离画堂，人离画堂。枕剩鸳鸯，钗分凤凰。想当初樽前席上共双双，偎红倚翠，浅斟低唱$_{11}$。歌金缕韵悠扬，依腔调按宫商$_{12}$。

《刮地风北》当初啜赚我的言词都是谎$_{13}$，害的人倒枕垂床$_{14}$。鸾台上尘锁无心傍$_{15}$，有似疯狂。寂寞了绿窗朱幌，空闲了绣榻兰房。行时思坐时想甚时撇漾[16]？你比那题桥的少一行。闪的我独自孤孀[17]。望禹门三汲桃花浪，你为功名纸半张[18]。

《耍鲍老南》手抵着牙儿自思想。意踌躇魂荡漾。玉减香消怎不悲伤[19]！几番欲待不思量，医相思无药方。

《四门子北》玉容寂寞娇模样。饭不拈、茶不汤[20]。一会家思、一会家想：你莫不流落在帝京旅店上？一会家思、一会家想：你莫不名标在虎榜[21]？

《闹樊楼南》锦被堆堆空闲了半床，怎揉我心上痒？越越添惆怅[22]。共谁人相傍？最难熬苦夜长！

《古水仙子北》我、我、我自忖量，他、他、他仪表非俗真栋梁。傅粉胜何郎，画眉欺张敞[23]。他、他、他风流有万桩。端的是世上无双。论聪明俊俏人赞扬，更温柔典雅多谦让。他、他、他衠一片俏心肠[24]。

《尾声南》攀蟾折桂为卿相，成就了风流情况，永远团圆昼锦堂[25]。

作者生平： 荆干臣，生卒年不详。家居东营（今内蒙古宁城西），长于豪门。能折节读书，少年时游学于燕地。据记载曾任参军或参议，在其所写《文庙瑞芝记》碑文中，自述官职为"奉训大夫彰德路转运副使"。素能诗，"语意天出，清新赡丽，无雕镂艰苦之态"。朱权评其词"如珠帘鹦鹉"。《全元曲》收其散套2套。

定格说明： 此为南北合套，南曲定格略。北曲：

《醉花阴》，黄钟，仅见于套曲。有古、近二体。古体五句，27字。句式与韵脚安排为：7△6△5△4○5△。典型平仄格式为：仄仄平平平仄仄△仄仄平平仄仄△仄仄平平△仄仄平平○仄仄平平仄仄△。

近体七句，因其后须连《喜迁莺》，故末二句即为《喜迁莺》古体之前二句：5△7△（仄仄仄平平△仄仄平平平仄仄△）。

《喜迁莺》黄钟，仅见于套曲。须放在《醉花阴》之后连用。有古、近二体。

近体 8 句，35 字。句式与韵脚安排为：4△7△2△4○7△3△4○4△。典型平仄格式为：平平仄仄△仄平平、仄仄平平△平平△平平仄仄○仄仄平平仄仄平△仄仄平△平平仄仄○仄仄平平△。

古体 10 句，47 字，即在曲前加二句：5△7△（仄仄仄平平△仄仄平平平仄仄△）。

《出对子》黄钟，小令套曲兼用。见 A05089。句式与韵脚安排为：4△6△7△7△7△。加幺篇换头（首句改为 7 字句）：7△6△7△7△7△。第二句亦作 5 字。

《刮地风》，黄钟，小令套曲兼用，见 A18437。例接《四门子》，故两曲首尾有时移用。小令全曲 11 句，52 字。句式与韵脚安排为：7△4△7△4△4△4△3△3△5△5△4△。

套曲第八句下可增一 4 字句，其余句式全同，只第七、第八、第九、第十句字数有变，改 4455 为 3333（仄仄平，仄仄平△仄平平，仄平平△），故为全曲 46 字。

《四门子》，黄钟，仅见于套曲。见 C15075。全曲 10 句，52 字。句式与韵脚安排为：7△6△7△6△3○3△7△3○3△7△。

《古水仙子》，黄钟，仅见于套曲。诸谱不载，归纳为：全曲 17 句，52 字。句式与韵脚安排为：1○1○4△1○1○4△5△5△1○1○4△4△7△7△1○1○4△。典型平仄格式为：仄○仄○仄仄平平△平○平○仄仄平平△仄仄平平△平平仄仄△平○平○仄平仄仄△仄仄平平△仄仄平平仄仄△平平仄仄平平△平○平○仄仄平平△。与下套迥异，原因待考。

词语注释：　1. 此言浦内开有并蒂莲（一根茎上两朵莲花，通认为瑞物）。2.《太平广记》载刘晨、阮肇入天台山采药，遇仙女成婚。然作者常将其与《桃花源记》中之桃源洞相混，常用以指幽会处或闺房。3. 此处花、玉指美人。4. 月户云窗，指美好的门窗；风飘荡，指家庭遭打击。5. 膏肓，心上膈下，古人认为药力达不到的地方，所以称绝症为"病入膏肓"。6. 攘，此指紊乱。7. 家，助词；一会家，犹言一会儿。8. 冰上人、冰人、月老，都是媒人的代称。9. 悒怏，郁郁不乐。10. 香尽，言独坐直至炉香烧尽；瑟久不弹而蒙尘，因琴弦断绝而神魂飘荡。11. 二句暗用柳永《鹤冲天》词句："且恁偎红倚翠……忍把浮名，换了浅斟低唱。"12. 金缕，曲名；依腔调句，指按照乐谱腔调唱歌。13. 啜赚，宋元口语，哄骗。14. 倒枕句，言胡乱躺在床上。按垂，当作捶，此言翻倒枕头，捶打床铺；极言懊恼之至。15. 鸾台，镜台、妆台；尘锁，尘蒙。16. 撇漾，平抛曰撇，上抛曰漾；撇漾即抛弃，放开。17. 题桥，司马相如出蜀时，曾在桥柱题字，言不富贵不还乡。少一行，指缺少富贵后还乡一行，责备心上人富贵也不还乡。孀，寡妇，此言如守活寡。18. 禹门三汲（级）浪：禹门为鲤鱼跳龙门飞升之处；三汲浪，言其浪高危险。桃花浪，发桃花水（春天大水）时的大浪。下句言你为半纸功名而像鲤鱼一样在禹门拼搏。19. 玉减句，言自己日趋憔悴。20. 拈，取；汤，疑作烫，烫茶，泡（沏）茶。此言饮食不进。21. 虎榜，亦称龙虎榜，指考取进士的题名榜。此曲与定格尚差三句，原因待考。22. 越越，犹言十分，更加。23. 何郎，三国何晏，面如傅粉，此处倒装，言胜傅粉何郎；张敞，汉官员，因为妻画眉而著称。24. 衠（zhun 谆），纯粹；俏心肠，美好心肠。25. 攀蟾折桂，指应试登科；成就句，言姻缘美满有成。昼锦堂，华美厅堂，取与项羽所称"锦衣夜行"相反意。此三句为闺中人表示的愿望。

作品赏析： 相思情切，略有抱怨，但对意中人十分爱慕且有信心，但愿其希望不致落空。

C15092 宋方壶《醉花阴·走苏卿》

雪浪银涛大江迥，举目玻璃万顷，天际水云平[1]。浩浩澄澄，越感的人孤另[2]。一叶片帆轻，直赶到金山不见影[3]。

《喜迁莺》见楼台掩映，彻云霄金璧层层[4]。那能[5]，上方幽径，我则见宝殿濛濛紫气生，真胜境。蓦闻的幽香缥缈，则不见可喜娉婷[6]。

《出对子》心中俣倖[7]，意痴痴、愁转增。猛然见梵王宫得悟的老禅僧，何处也金斗郡无心苏小卿[8]。空闪下临川县多情双县令。

《刮地风》我这里叉手躬身将礼数迎，请禅师细说叮咛[9]。他道有一个女娉婷，寺里闲踢蹬[10]。她生的猛抬头恰定睛，正是俺可意多情。走龙蛇字体儿堪人敬。他诉衷肠表志诚[11]。袅袅婷婷，阁不住的雨泪盈盈，愁凄凄有如痴挣[12]，闷怏怏染成疾病。蘸霜毫回廊下壁上题名。

《四门子》他道狠毒娘、硬接了冯魁的定，揣与我个恶罪名[13]。当初实意儿守、真心儿等，恰便是竹林寺有影不见形[14]。实意儿守、真心儿等，他可便如何折证[15]。

《古水仙子》他，他，他觑绝罢两泪倾，便有那、九江水如何洗得清[16]？当初指雁为羹[17]，充饥画饼，道无情却有情。我，我，我暗暗的仔细评论，俏苏卿摔碎粉面筝，村冯魁硬对菱花镜，则俺狠毒娘有甚前程[18]！

《者剌古》占天边月共星[19]，同坐同行。对神前说誓盟，言死言生[20]。香焚在宝鼎，酒斟在玉觥。越越的人孤另，分开燕莺[21]。

《神仗儿》唤艄公忙答应，休要意挣[22]！谁敢道是半霎消停[23]，直赶到、豫章城！

《节节高》碧天云净，绿波风定，银蟾皎洁。猛然见俺多情薄幸[24]。俺两个附耳言，低声语，携手行。呀，下水船如何觅影[25]？

《尾声》说与你个冯魁耐心听：俺两个喜孜孜俏语低声，你在那蓝桥下细寻思谩谩等[26]。

  作者生平： 见 A04060。

  定格说明： 《醉花阴》，见前。

二　作品选注　577

《喜迁莺》，见前。

《出对子》，见前。

《刮地风》，见前。

《四门子》，见前。

《古水仙子》与前套异，此作1○1○4△3○7△4△4△6△1○1○4△7△7△7△。原因待考。平仄略。

《者剌古》，黄钟，仅见于套曲。全曲7句，30字。第五句后可增4字句若干。句式与韵脚安排为：6△4△6△4△4△4△3△3△。典型平仄格式为：仄平平、仄仄平△仄仄平平△仄平平、仄仄平△仄仄平平△平平仄仄△仄仄平△仄仄平△。第六句后可有4字增句。

《神仗儿》或加"古"字，黄钟，仅见于套曲。全曲9句，37字。句式与韵脚安排为：4△4△4○4△4○4△7△3○3△。典型平仄格式为：平平仄仄△平平仄仄△仄仄平平○平平仄仄△平平仄仄○平平仄仄△仄平平、仄仄平平△仄平平○仄平平△。疑第二句后，4个4字句为增句。

《节节高》，小令套曲兼用。见A13265。句式与韵脚安排为：4○4△4○4△3○3○3△6△。

词语注释：　　1 此言天边水与云结合在一起，即水天一色。2. 越感的，越使人感到。3. 金山，长江边之金山寺。4. 掩映，影约映衬，互相遮掩映衬；次句言层层金壁直上云霄。5. 那能，那堪，意即更加。6. 娉婷，本指妇女美好，此指美人苏卿。7. 偞倖，宋元口语，盼望，亦作苦闷烦恼解。8. 梵王宫，即佛殿；金斗郡，苏卿故乡，地址待考；无心，犹言天真。9. 细说叮咛，犹言细说分明。10. 闲踢蹬，无事到处折腾，转悠。11. 可意多情，令人满意多情的女子，此指苏卿；表志诚，表示真心诚意。12. 阁，同搁；搁不住，止不住；痴挣，痴呆。13. 定，定金聘礼；揣与我，塞给我，强加给我；恶罪名，指担负背叛双渐的罪名。此句之前与定格不合，且缺少一句。

原因待考。14. 竹林寺，如来说法的场所，传说寺内有塔无影，此改作有影无形，指见不到双渐本人。15. 折证，口语：弄清楚，找到证据，即双渐如何才能知道自己守他、等他。16. 觑绝罢，看罢墙上题字；下句言九江水（当时船在九江）也洗不清泪水。17. 指雁为羹，与画饼充饥同意，即指着天上雁说饮雁汤。18. 此三句较费解，摔筝，似指苏卿绝力抗争；村，粗俗，此句似言强硬占领妆台（占有苏卿），第三句言没有好结果。此曲句式与定格相差甚远，原因待考。19. 占天边句，指在月下星前。20. 言生句，指用生死大事发誓。21. 越越的，越发的，万分的；分开句，言分开燕侣莺俦。22. 忙答应，请赶快听我话；意挣，同吃挣，宋元口语，发愣。23. 消停，放松，怠慢。24. 多情、薄幸，均指苏卿；此地薄幸，有苦命人意。25. 如何觅影，找不见踪影。此言二人相会后，飞逝无影。26. 蓝桥，指《庄子》中尾生因等情人不至，淹死桥下事，原书并无桥名。词曲中多与另一蓝桥故事想混。谩谩，同慢慢。此三句是用苏卿、双渐的亲密相处，来讽刺冯魁。

作品赏析：　　元曲中涉及双渐、苏卿爱情故事的作品甚多，追赶苏卿是其中高潮性的段落。本套语言流畅，感情细致，选此以见一斑。

《梅花引》越调。《全元曲》收1作者，1套曲，5小曲。本首牌所使用的曲牌计有：《梅花引》《秃厮儿》《紫花儿序》等。

C15093 吴仁卿《梅花引》

兰蕊檀心仙袂香$_1$，蝶粉蜂黄宫样妆$_2$。紫云娘，彩衣郎$_3$。东君配偶$_4$，天然是一双。

《紫花儿序》丹青模样$_5$，冰雪肌肤，锦绣心肠。惊魂未定，好事多妨$_6$。堪伤，不做美相知每早使伎俩$_7$：左右拦障，笑里藏刀，雪上加霜。

《幺》日沉西浦，月转南楼，花暗东墙[8]。尽教人妒，谁敢声扬？参详，但得伊家好觑当，问甚凄凉？苦乐同受，生死难忘[9]。

《秃厮儿》分破金钗凤凰，拆开绣带鸳鸯。离怀扰扰愁闷广。不由俺，到黄昏，思量[10]。

《尾》近来陡恁无情况，自写你个劳成不良[11]，三两遍问佳期，一千般到说谎[12]。

作者生平： A03018。

定格说明： 《梅花引》，越调，仅用于套曲。全曲6句，29字。句式与韵脚安排为：7△7△3○3△4○5△。典型平仄格式为：仄仄平平仄仄平△△仄仄平平仄仄△仄平平△仄平平△平平仄仄，平平仄仄平△。

《紫花儿序》，见C15082。句式与韵脚安排为：4○4○4△4○4△2△7△4○4△。

《秃厮儿》，见15082。句式与韵脚安排为：6△6△7△3○3△2△。

词语注释： 1. 此言仙袂（美丽衣袖）发出兰蕊檀心的香味。2. 元朝宫女喜于额涂黄色，后遂以黄额为宫妆。此言以色彩鲜艳之蝶粉蜂黄作宫女一样的装束。极言其高贵典雅。3. 此言女美男俊。4. 东君，此指司春、司命之天神，此言天作之合。5. 此言像画中人一样美好。6. 此犹言好事多磨，指下文。7. 相知每，相知们。使伎俩，使（破坏）手腕。8. 三句指二人幽会场景。9. 此言经过考虑，只要伊家（伊人）好好看待自己，不管处境是否凄凉，二人苦乐生死同当。10. 此言被迫分开（分凤凰金钗，拆鸳鸯绣带），成天思考原因和对策。11. 陡恁无情况，突然如此杳无音信；自写，犹言我说；劳成，亦作劳承、牢成、牢诚，男女间昵词，指殷勤、滑头；不良，坏家伙。12. 到说，同道说。

作品赏析： 既未说明曾遭受相知们什么样的破坏，也未说明男子何以久误佳期，因而不足以感人。但本首牌只此 1 曲，故选。

《清江引》 双调。《全元曲》仅收无名氏残曲 1 套，且仅有首牌名及其首句，故从略。

十六唐　《全元曲》收 5 作者，7 套曲，35 小曲。今选 3 套。

《愿成双》 黄钟。《全元曲》收 4 作者，6 套曲，30 小曲。本首牌所使用曲牌计有：《愿成双》《出对子》两个。今选 2 套。

C16094 兰楚芳《愿成双·春思》

春初透，花正结，正愁红惨绿时节₁。待鸳鸯冢上长连枝₂，做一段风流话说。

《幺篇》融融日暖、喷兰麝，倩东风吹与胡蝶₃。安排心事设山盟，准备着鲛绡揾血₄。

《出对子》青春一捻₅，奈何羞娇更怯。流不干泪海几时竭？打不破愁城何日缺？诉不尽相思今夜舍₆。

《幺篇》看看的捱不过如年长夜，好姻缘恶间谍₇。七条弦断数十截，九曲肠拴千万结，六幅裙揉三四摺₈。

《尾声》三四摺裙揉且休藉，九回肠解放些些，量这数截断弦须要接₉。

作者生平：　A11239。

定格说明：　《愿成双》，黄钟，仅见于套曲。见 C15086。全曲 5 句，27 字。句式与韵脚安排为：3○3△7△7○7△。幺篇换头：首二句并为 7 字句：平平仄仄平平仄△，余同始调。

《出对子》，小令套曲兼用，见 A05089。句式与韵脚安排为：4△6△7△7△7△。幺篇换头，首句改 7 字句：

平平仄仄平平仄。余同始调。

词语注释： 1. 春初透，开始走向末尾；正结，正要完结。此指暮春时节。2. 鸳鸯冢，《娇红记》载申厚卿与王娇娘婚姻不成，死得合葬，冢上有双鸳鸯飞翔，称鸳鸯冢。梁山伯与祝英台等故事也有类似情节。连枝，连理枝。3. 此言请东风将暖日花草所喷出兰麝香味吹与胡蝶。4. 此言二人将歃血盟誓。5. 一捻（nie 捏），一点点，此指女子青春娇嫩，按亦可指青春光阴短暂。6. 此言流不干的泪海几时才会枯竭；今夜舍，当指今夜休息时，即今夜晚。7. 间谍，离间的语言；此言好姻缘遭到离间语言挑拨。8. 搂，此指摺损，即弄出来三四条摺印。9. 休藉，不用挂怀，不去管它。三句暗示其他损失可以不管，但所受挫折应该修补。

作品赏析： 好事多磨，但并不因此灰心而决意弥补，语言生动、优美、含蓄。

C16095 无名氏《愿成双·苏卿₁》

香共热₂，誓共说，美姻缘永不离别。为功名两字赴长安，阻隔烟水云山万叠。

《幺》辜恩一去、成抛撇₃，他无情俺倒心呆，悔当初恨不锁雕鞍，扑倒得人香肌褪雪₄。

《出对子》柔肠千结，算今番愁又别。长吁短叹不宁贴₅。泪眼愁眉怎打叠，若见他家亲自说₆。

《幺》玉簪折怎得鸾胶接，见无由成间别₇。你不来人道你心邪，我先死天教我业彻₈，欲寄平安怎地写？

《尾》若把我双郎见时节，向三婆行诉不尽喉舌₉，则道是思量得小卿成病也。

作者生平： 见 A01005。

定格说明： 《愿成双》，见前。

《出对子》，见前。

词语注释：　　1. 无名氏有拟苏卿的《愿成双》散套3套，今选其一。2. 热，烧。3. 辜恩，辜恩之人，指双渐；成抛撇，成为被抛弃之人，指苏卿自己。4. 扑倒，摔倒，此指与情人分别后受刺激。5. 宁帖，安宁服帖。6. 折叠，收拾、安排。家，助词；见他家，即见到他；见时我将亲自诉说。7. 鸾胶，古时一种强力胶；见无由，无由相见；成间别，弄成别离情况。8. 业彻，作业（孽）到了尽头。9. 三婆，奶婆、医婆、稳婆（接生婆），按此泛指与双渐接触的茶婆之类的女人。行，们。此言向三婆们不尽的诉苦，让她们转告小卿相思成病了。

作品赏析：　　略。

《桂枝香》仙吕，《全元曲》收1作者，1套曲，5小曲。本首牌所用曲牌计有：《桂枝香》《木丫叉》《不是路》等。

C16096 关汉卿《桂枝香》

因他别后，恹恹消瘦。粉褪了雨后桃花，带宽了风前杨柳[1]。这相思怎休！这相思怎休！害得我天长地久，难禁难受[2]。泪痕流，滴破芙蓉面，却似珍珠断线头。

《不是路》万种风流，今日番成一段愁[3]。泪盈眸，云山满目恨悠悠。谩追求，情如柳絮风前斗，性似桃花逐水流[4]。沉吟久，因他数尽残更漏。恁般僝僽[5]，恁般僝僽！

《木丫叉》雾锁秦楼，雾锁秦楼，云迷楚岫，御沟红叶空流[6]。偷香韩寿，锦帐中柱自绸缪[7]。蹙破两眉头，小蛮腰瘦如杨柳，淡淡樱桃樊素口[8]。空教人目断去时舟，又不知风流浪子，何处温柔？

《幺篇》月下砧声幽，月下砧声幽，风前笛奏。断肠声无了无休，捣碎我心头，又加上一场症候。顿使我愁人不寐，襄王梦雨散云收[9]。

《余文》薄情忘却神前咒[10]，一度思量一度愁，把往日恩情付水流。

作者生平：　　见 A03014。

定格说明：　　《桂枝香》，仙吕。仅见于套曲。诸谱不载，归纳为：全曲 11 句，57 字。句式与韵脚安排为：4△4△7○7△5△5△7○3△3△5○7△。典型平仄格式为：平平仄仄△仄仄平平△平仄仄、仄仄平平○平平仄、平平仄仄△平平平仄仄△平平平仄△平仄仄、平平仄仄○平平仄△仄平平△仄仄平平仄○仄仄平平仄仄平△。

《不是路》，仙吕。仅见于套曲。诸谱不载，见 C08049。全曲 11 句，57 字。句式与韵脚安排为：4△7△3○△7△3△7○7△3○7△4△4△。

《木丫叉》，仙吕。仅见于套曲。诸谱不载，归纳为：全曲 12 句，63 字。其句式与韵脚安排为：4△4△4○6△4○7△5△7△7△7△4○4△。典型平仄格式为：仄仄平平△仄仄平平△平平仄仄○平平仄仄平平△平平仄仄○仄仄平、仄仄平平△仄仄仄平平△仄平平、平平仄仄△仄仄平平平仄仄△平平仄仄平平仄仄平△平平仄仄○仄仄平平△。始调较幺篇多出 4 句，第六至第九句可能为增句。

词语注释：　　1. 此言雨后桃花红粉已褪，下句同此。二句以物比人，言雨后红颜已褪色，风前杨柳腰之腰带已因瘦而宽；风雨指离别之苦。2. 二句连读，言害得我永远难受。3. 番成，翻（反）成。4. 谩，同漫，此言枉自追求。下二句本自杜甫《漫兴九首》："颠狂柳絮随风去，轻薄桃花逐水流。" 5. 㑒偢（chan zhou 缠咒），愁苦，折磨。6. 秦楼、楚岫，暗用弄玉及巫山神女故事。御沟红叶，用唐卢渥因御沟红叶题诗得宫女故事，前已数见。7. 晋韩寿因贾女偷香得妻；绸缪，此指情意缠绵。此二句言往日美事，今已成空。8. 小蛮腰细，樊素口小，二人均白居易之妾，此均曲中人自比。9. 症候，疾病。襄王梦句，当指幽会美梦破碎。10. 神前咒，神前誓言。

十七庚　　《全元曲》29 作者，42 套曲，332 小曲。今选 9 套。

C17097 曾瑞《醉春风·清高》

七国谋臣诌，三闾贤相贬$_1$。官极将相位双兼$_2$，险，险，险！众口难箝，您也久占，俺咱常严$_3$。

《幺》虎狼途中慊，山村酒兴染$_4$。引开醉眼舞青帘$_5$。飐，飐，飐。金橘香甜，玉蛆浮酤，绿醑醇酽$_6$。

《醉高歌》醒时长啸掀髯，醉后高歌入崦$_7$。竹溪花坞山庄掩$_8$，门映遥岑数点。

《喜春来》客来碗旋巡山店，鹤去松阴转屋檐$_9$。野塘消遣酒频添，杯潋滟$_{10}$，不顾老妻嫌。

《普天乐》无拘钤，绝忧念。山岚湖潋$_{11}$，浪静风恬。篱菊纤，风云险，隐迹埋名随时渐，任当途谁污谁廉$_{12}$。田租自敛，糇粮不歉，世事休呫$_{13}$。

《卖花声煞》悬河口紧闭山水间潜，经纶手忙抄尘世上闪$_{14}$。书万卷撑肠稳支坫$_{15}$。有感幽怀露光焰，吐虹霓作歌挥剑$_{16}$。

作者生平：　　见 A09183。

定格说明：　　《醉春风》，中吕，亦入正宫。仅见于套曲。见 C06033。全曲 9 句，32 字。句式与韵脚安排为：5○5△7○1△1△4○4○4△。典型平仄格式为：仄仄仄平平○平平平仄仄△平平仄仄仄平平○仄△仄△仄△仄仄平平○平平仄仄○平平仄仄△。

《醉高歌》，又名最高楼，中吕，亦入正宫。小令、带过曲、套曲兼用。见 A03016。全曲 4 句，25 字。句式与韵脚安排为：6△6△7○6△。

《喜春来》，又名《喜春风》《春风儿》《阳春曲》，亦入正宫。小令套曲兼用。见 A09171。全曲 5 句，29

字。句式与韵脚安排为：7○7△7△3△5△。

《普天乐》，中吕，亦入正宫，小令套曲兼用。见 A03032。全曲 11 句，46 字。句式与韵脚安排为：3○3 △4○4△3○3△7○7△4○4○4△。

《卖花声煞》。按卖花声煞曲谱定格复杂，此从《卖花声》定格，但将第四句、第五句两 4 字句并为一个 7 字句，作：7△7△7△7△。

词语注释： 1. 谄，谄媚，阿谀逢迎；三闾，指屈原，曾为三闾大夫。2. 位双兼，指身兼将相。3. 箝，封锁；俺咱，不知何以俺咱连用，也许是为了加强语气，此言我对大人物经常是严厉的。4. 慊，此当与下文对照，言对虎狼途中生活很不满、厌倦。染，沾染，此指诱人。5. 引开，睁开；舞青帘，在青帘下或旁起舞。飐，起舞使青帘颤动。6. 玉蛆，浮在酒上的糟米；酤，酒。绿醅，未过滤的带绿色的酒；醇酽，味醇而浓。7. 高歌入崦，犹言歌声高响入云（入山巅）。8. 此言竹溪、花坞与山庄相掩映。9. 碗旋，与下句对照看，当指挥动酒碗，巡访山间酒店；下句言鹤去时松阴转向屋檐（夕阳斜照）。10. 杯潋滟，杯中酒满、酒色晃动。11. 拘钤，拘束；山岚湖潋，山带岚雾，湖水潋滟。12. 风云俭，犹言甚少风云变幻；随时渐，随着时光消磨、衰老。当途，当权者。13. 呷（ran 然），谈说。此言自己收租，粮食不欠，世事不开口。14. 此言平时若悬河之口，现紧闭以隐身山水之间；抄手，袖手；闪，时隐时现，犹言混日子。15. 撑肠，犹言壮胆；支坨，支撑。16. 此言当有感触时，胸中也会露出光焰，作歌如吐虹霓，并挥剑起舞以抒怀。

作品赏析： 清高傲气十足，但拼搏精神不够，远害全身是主调。

《翠裙腰缠令》仙吕。《全元曲》收 1 作者，1 套曲，4 小曲。本首牌所用曲牌计有：《翠裙腰缠令》《金盏儿》《翠裙腰》《元和令》等。

C17098 吕止庵《翠裙腰缠令₁》

《翠裙腰》老来多病逢秋验，便觉嫩凉添，懒摇纨扇闲纹簟₂。卷珠帘，晚妆楼外月纤纤₃。

《金盏儿》更西风酽₄，微云敛。黄昏即渐，暑气消沛₅，阴晴乍闪，冰魂尚潜₆。指甲痕芽天生堑，双帘又传宫样印眉尖₇。

《元和令》素娥公案严，牛女分缘俭₈。苍虬钩玉控雕檐，翠屏人半掩₉。彩鸾收镜入妆奁，霓裳谁再拈₁₀？

《赚尾》昂藏醉脸，桂香襟袖沾₁₁。花下心无慊₁₂，樽前兴未厌。钓银蟾₁₃，瑶台独占，立金梯长笑一掀髯₁₄。

作者生平： 见 A01009。

定格说明： 《翠裙腰》，仙吕，仅见于套曲。见 C13064。全曲 5 句，29 字。句式与韵脚安排为：7△5△7△3△7△。

　　　　　《金盏儿》，仙吕。仅见于套曲。全曲 8 句，40 字。句式与韵脚安排为：3△3△7△7△5○5△5○5△。典型平仄格式为：仄平平△仄平平△平平仄仄平平仄△平平仄仄仄平平△平平平仄仄○仄仄仄平平△平平平仄仄○仄仄仄平平△。第五、六句，第七、八句须对。但此曲第三、四句，第五、六句与定格不符。

　　　　　《元和令》，仙吕。仅见于套曲。见 C10052。全曲 6 句，34 字。句式与韵脚安排为：5○5△7○5△7○5△。

词语注释： 1. 缠令与缠达同为早期说唱艺术"唱赚"之一种，其词今天已经无存。此处仅作为首牌出现，并无曲词。2. 此言到秋天这话就灵验了；嫩凉，初到的凉气；扇子懒摇，簟子也不用了。3. 月纤纤，微微的月光。4. 西风酽，此言西风紧。5. 即渐，慢慢地到来；消沛，不再旺盛。6. 冰魂，此指月亮；尚潜，还没有升起来。7. 指甲二句费解，待考；也许是说：如指甲痕的新月从天边升起；双帘边，又传来（到来）宫样黄额，显现在女人眉尖。8. 素娥，嫦娥；公案严，指她偷后羿不死之药这桩公案很严峻,即不易判断;分缘,即缘分,此言牛郎织女的缘分很薄,即障碍挺多。9. 此言苍龙形玉制钩子控住雕檐,伊人被翠屏半掩着。10. 此句倒装,即将彩鸾镜收入妆奁;霓裳衣谁还会再穿。11. 昂藏,高峻,挺拔;次句言襟袖沾染桂香。12. 无慊,没有不满意处,即很高兴。13. 钓银蟾,指赏月。14. 从末句看,此曲主体为男士,此前都是说此老者在欣赏深秋周围的一切夜景,仅《元和令》一曲似写"双帘"边出现之女子。

作品赏析: 　　秋夜寂静安闲。

《梁州令南》正宫。《全元曲》收1作者,1套曲,11小曲。本首牌所用曲牌计有:《塞鸿秋》《脱布衫》《小梁州》《伴读书》《笑和尚》等。

C17099 李子昌《梁州令南》

芳草长亭露带沙,盼游子来家。翠消红减乱如麻,隔妆台慵梳掠掩菱花₁。

《塞鸿秋北》我这里望宾鸿目断夕阳下₂,盼情人独立在窗儿下。夜香烧祷告在花阴下,喜蛛儿空挂在纱窗下₃。风儿渐渐吹,雨儿看看下₄。我这里受凄凉独坐在孤灯下。

《汲沙尾南》云雨阻巫峡₅,伤情断肠人在天涯,锦字无凭虚度茬苒韶华₆。嗟呀,春昼永朱扉半桠₇,东风静湘帘低挂。黛眉懒画。弹宫鸦鬓边斜插小桃花₈。

《脱布衫北》我这里冷清清无语嗟呀,急煎煎情绪交杂。瘦伶仃宽褪了绛裙₉。病恹恹泪湿罗帕。

《渔家傲南》燕将雏逢初夏,梦断华胥₁₀,风弄檐马。空闲了刺绣窗纱,香消宝鸭₁₁。那人在何处贪欢耍?空辜负沉李浮瓜₁₂。寂寞,厌池塘闹哇。庭院里昼长偏怜我₁₃,夜凉枕簟不见他。多娇姹₁₄,风流俊雅,倚栏杆猛思容貌胜荷花。

《小梁州北》这些时云鬓鬅松减了俊雅，玉肌削脂粉慵搽。上危楼盼望的我眼睛花。空一带山如画[15]，不由人情思在天涯。

《普天乐南》景凄凉人潇洒[16]，何日把双鸾跨[17]？奈薄情不寄鸾笺，相思句尽诉与琵琶[18]。弹粉泪湿香罗帕，暗数归期将这春纤掐[19]。动离情征雁呀呀[20]，无奈无奈心事转加，对西风病容消瘦似黄花[21]。

《伴读书北》短命乔才辜负了咱[22]，恨不的梦里寻他。他那里偎红倚翠笑欢洽，我这里情牵挂。不由人离恨泪如麻。

《剔银灯南》渐迤逦寒侵绣帏[23]，早顷刻雪迷了鸳瓦。自恨今生分缘寡，红炉畔共谁人闲话？唠题罢[24]，托香腮闷加，胆瓶中懒添温水浸梅花[25]。

《笑和尚北》我，我，我起初时且是敬他，他，他，他间深也和咱罢[26]。我，我，我离恨有天来大；他，他，他不足夸。我，我，我自详察，泪如麻，自嗟呀，他无半点儿真实话。

《尾南》重相见两意佳，庆喜传杯弄斝，气命儿看承胜似花[27]。

作者生平：　　李子昌，生平不详。《全元曲》收其套曲一。

定格说明：　　南曲曲牌从略。北曲：

《塞鸿秋》，正宫。小令套曲兼用。见 A12248。句式与韵脚安排为：7△7△7△7△5○5○7△。

《脱布衫》，正宫。见于带过曲与套曲，见 B14027。句式与韵脚安排为：7△7△7△7△。

《小梁州》，正宫。亦入中吕、商调，小令套曲兼用。见 A12254。句式与韵脚安排为：7△4△7△3△5△。《伴读书》，正宫，仅见于套曲。见 C08050。句式与韵脚安排为：5△5△7△7△7△4。也作 667775。

《笑和尚》，正宫，仅见于套曲，见 C08050。句式与韵脚安排为：5△5△5△3○3△5△。

词语注释：　　1. 翠消红减，此指女人身体；心乱如麻，懒梳妆并把镜子盖上。2. 宾鸿，每年来去的鸿雁。3. 喜蛛儿，旧时习俗以为蜘蛛能报喜，故称。4. 看看下，眼看着雨在下。5. 巫山云雨受阻，此言男女分离。6. 此言书信中所言将归等事，并不兑现，使人空等，虚度光阴。7. 春昼永，即春日迟迟之意；桠（ya鸦），关闭。8. 軃（duo躲），下垂；宫鸦，一种宫廷中流行发式；9. 此言因体瘦而绛裙显得宽松。10. 燕将雏，母燕带领小燕；华胥，梦中理想国，此指美梦。11. 此言停止了纱窗下的刺绣；宝鸭，鸭形香炉。12. 此言枉费了替那人准备的消暑物。13. 此言可怜我在庭院熬过长昼。14. 娇姹，娇艳。15. 此言虽有一带山如画，却无心欣赏。16. 潇洒，此指凄凉落寞。17. 跨双鸾，指二人同跨鸾鸟闲游。18. 此言弹琵琶以寄托相思。19. 弹粉泪，弹去粉脸上泪水；春纤，女人纤指；掐，掐指数归期。20. 此言征雁呀呀叫，触动自己离情。21. 此用李清照《醉花阴》词句："帘卷西风，人比黄花瘦。"22. 乔才，口语"坏家伙"，此句为对那人怜爱的咒骂词。此处与定格有异，少一句。23. 迤逗，同迤逦，渐渐地。24. 聒题，惦记并提起对方。25. 胆瓶，似胆的花瓶；温水，此指不太冻的水。26. 间深，时间久后；和咱罢，待考，大约指他也与我分手。此处有增句。27. 斝，酒杯，传杯弄斝，言酒杯交错。气命儿，生命；此言那人把女方像花儿一样看待。但结尾所说也可能只是一种愿望而非真事。

作品赏析：　　离别时疑虑重重，怨言喋喋；（设想）重逢后前嫌尽释，似漆如胶。写出了青年男女的真实心态。语言清新活泼流畅，可以一读。

《六幺令》正宫，《全元曲》收1作者，1套曲，3小曲。本首牌所用曲牌仅有《六幺令》。

C17100 吕侍中《六幺令》

华亭江上[1]，烟淡淡草萋萋。浮光万顷，长篙短棹一蓑衣。终日向船头上稳坐，来往故人稀。纶竿收罢，轻抛香饵，个中消息有谁知[2]？

《幺》说破真如妙理[3]，唯恐露玄机。春夏秋冬，披星带月守寒溪。一点残星照水，上下接光辉[4]。素波如练，东流不住，锦鳞不遇又空回。

《尾》谩伤嗟，空劳力，欲说谁明此理？千尺丝纶直下垂，一波动万波相随。唱道难晓幽微[5]，且恁陶陶度浮世。水寒烟冷，小鱼儿难钓，满船空载月明归。

作者生平： 吕侍中。生平不详。从本曲中涉及华亭（地在今上海松江）看，可能为江南人，做过侍中。《全元曲》收其套曲一。

定格说明： 《六幺令》，正宫。仅见于套曲。全曲9句，46字。句式与韵脚安排为：4○5△4○7△6○5△4○4○7△。典型平仄格式为：平平仄仄○仄仄仄平平△仄仄平平○平平仄仄仄平平△仄仄平平仄仄○仄仄仄平平△平平仄仄○平平仄仄○平平仄仄仄平平△。

词语注释： 1. 华亭江，即今上海松江。2. 也许是说收竿归去时，将钓饵抛弃喂鱼，其中道理无人知晓。3. 真如，佛家语，大意相当于宇宙。4. 此言上接星光，下接水光。5. 唱道，真是；幽微，深奥妙理。

作品赏析： 真正靠捕鱼为生的人，恐怕不是这种潇洒心态。

《新水令》双调。《全元曲》收23作者，38套曲，302小曲。本首牌所用曲牌计有：《新水令》、《揽筝琶》、《胡十八》、《锦上花》、《鸿门凯歌》、《也不罗》、《雁儿落》、《醉也摩挲》、《乱柳叶》、《枣（早）乡词》、《醉娘子》、《金盏子》、《石竹子》、《水仙子》、《天仙子》、《风流体》、《七兄弟》、《乔牌儿》、《相公爱》、《忽都白》、《唐兀歹》、《挂打沽》《挂塔沟》《挂玉钩》（疑此三者是同一曲牌）、《山石榴》、《阿纳忽》《阿那胡》（两者疑是同一曲牌）、《梅花酒》、《沽美酒》、《驸马还朝》、《步步娇》、《川拔棹》、《夜行船》、《拔不断》、《殿前欢》、《收江南》、《喜江南》、《离亭宴》、《庆东原》、《滴滴金》、《大拜门》、《不拜门》、《喜人心》、《一锭银》、《清江引》、《天香引》、《豆叶黄》、《太平令》、《得（德）胜令》、《甜水令》、《折桂令》、《驻马听》、《鸳鸯》、《沉醉东风》、《落梅风》、《风入松》等。今选5套。

C17101 张养浩《新水令·辞官》

急流中勇退不争多[1]，厌喧烦静中闲坐。利名场说着逆耳，烟霞疾做了沉疴[2]。若不是天意相合，这清福怎能个[3]？

《川拔棹》每日家笑呵呵，陶渊明不似我[4]。跳出天罗，占断烟波。竹坞松坡，到处婆娑。倒大来清闲快活，看时节醉了呵[5]！

《七兄弟》唱歌，弹歌[6]，似风魔，把功名富贵都参破。有花有酒有行窝[7]，无烦无恼无灾祸。

《梅花酒》年纪又半百过，壮志消磨，暮景蹉跎，鬓发浑皤[8]。想人生能几何？叹日月似撺梭[9]。自相度图个甚、谩张罗[10]？得磨陀且磨陀[11]。共邻叟两三个，无拘束即脾和[12]。

《收江南》向花前莫惜醉颜酡[13]，古和今都是一南柯。紫罗襕未必胜渔蓑[14]。休只管恋他[15]，急回头好景亦无多。

《离亭宴煞》高竿上本事从逻逻，委实的赛他不过[16]。非是俺全身远害，免教人信口开喝[17]。我把这、势利绝，农桑不能理会庄家过[18]。青史内不标名，红尘外便是我。

作者生平： 见A01006。

定格说明： 《新水令》，双调。仅见于套曲。全曲6句，33字。句式与韵脚安排为：7△7 5○5 4△5△。典型平仄格式为：平平仄仄仄平平△仄平平、平平仄仄△平平平仄○仄仄仄平平△仄仄平平△仄仄平平仄△。第三、第四句或作两个 3 字句。

《川拨棹》，双调，仅见于套曲。见 C01018。全曲 6 句，28 字。句式与韵脚安排为：3△5△4△4△7△5△。第四句后有增句。

《七兄弟》，双调，仅见于套曲。全曲 6 句，28 字。句式与韵脚安排为：2△2△3△7△7△7△。典型平仄格式为：平平△平平△仄平平△平平仄仄平平仄△平平仄仄仄平平△平平仄仄仄平平△。另谱作 7△5△5△7△5△5△6△。见 C01018。原因待考。

《梅花酒》，双调，仅见于套曲。见 C01018。全曲 7 句，34 字。句式与韵脚安排为：<u>6</u>△4△4△4△5△5△<u>6</u>△。末句下可增 6 字折腰句若干。

《收江南》，双调，仅见于套曲。见 C01018。全曲 5 句，33 字。句式与韵脚安排为：7△7△7△1○4△7△。一字句可省。

《离亭宴煞》，见 C05031。全曲 9 句，47 字。句式与韵脚安排为：7△7△4△7△3○3○3△6△5○5△。

词语注释： 1. 作者曾任监察御史等要职，两度因直谏罢官或告老。后归处"卧云庄"八载，七拒朝命不仕，故云"不争多"。后因受命救灾，积劳成疾，卒于任所。2. 此言热爱烟霞的毛病已成沉疴，改变不了。3. 怎能个，怎能有此一个（好运）。按"个"当为"过"字之误，言怎能过此清福生活。4. 不似我，指下述内容：陶可轻易弃官而去，自己归隐经过许多挣扎。自己不仅爱田园，且到处游山玩水。占断，占尽。5. 看时节句，意即当你看见我的时节，我已醉了啊。6. 弹歌，指演奏歌曲。7. 行窝，指行走处的容身草窝，恐非指如他人为宋邵雍所作之"行窝"。8. 浑皤（po 婆），全白。9. 揎梭，抛梭。10. 度（duo 夺），揣摩，衡量。谩，枉自；张罗，犹今口语，指奔忙，筹划。以下为增句。11. 磨陀，犹今口语磨蹭，消磨时间，引申指消遣。12. 脾和，脾气随和，合得来。13. 酡，饮酒红脸；莫惜句，言不要害怕饮酒脸红。14. 紫罗襕，此指高官服饰；此言达官贵人的生活不见得比渔夫好。15. 他念 tuo 拖，指留恋官宦生涯。16. 从逻逻，此指任他耍弄；此言在高竿上耍杂技的人让他耍弄，自己确实赛他不过；实指官场耍弄权术者花样多，不愿与之竞赛。17. 信口开喝，即信口开河。18. 势利绝，断绝势利念头。次句言真正从事农桑之人即农民，未必能理会庄家生活的意义。

作品赏析：　　作者乃真正"意倦思还"的隐者，与借退隐以沽名钓誉者不同，故能言真意切。

C17102 蒲察善长《新水令》

听楼头画鼓打三更，绣帏中枕余衾剩。明朗朗窗前月，昏惨惨榻前灯。我这里独倚定帏屏，檐间铁好难听$_1$！

《驻马听》聒煞我也当当丁丁，恰便是再出世陈抟睡不成$_2$。度一宵如同百岁，捱一朝胜似三春。金炉香烬酒初醒，孤眠那怕心肠硬，闷愁可惯经$_3$？惟有相思最是难熬的症。

《乔牌儿》一回家睡不着独自个寝，非干是咱薄幸$_4$。没来由簪折瓶沉井$_5$，将鸳鸯两下里分。

《雁儿落》常想花前携手行，月下肩相并。罗被翻红浪，玉腕相交定。

《得胜令》担不得翠弯眉黛远山青，红馥馥桃脸褪朱唇$_6$。细袅袅杨柳腰肢瘦，齐臻臻青丝髻挽云。天生下精神，更那堪十指纤纤嫩。描不就丹青，比天仙少个净瓶$_7$。

《川拔棹》不由我泪盈盈，听长空孤雁声。我与你暂出门庭，听我丁宁$_8$：自别情人，雁儿，我其实捱不过衾寒枕冷，相思病积渐成。

《七兄弟》雁儿，你却是怎生$_9$、暂停，听我诉离情。一封书与你牢拴定，快急忙飞过蓼花汀，那人家寝睡长门静$_{10}$。

《梅花酒》雁儿，呀呀的叫几声，惊起那人听。说着咱名姓，他自有人相迎。从别后不见影，闪得人亡了魂灵。罗帏中愁怎禁[11]？则为他挂心情。朝忘餐泪如倾，曲慵唱酒慵斟。

《收江南》雁儿，可怜见今宵独自个冷清清，你与我疾回疾转莫留停，山遥水远煞劳神。雁儿，天道儿未明，且休要等闲寻伴宿沙汀[12]。

《尾》你是必休倦云淡风力紧[13]，我这里想谁医治相思病。传示我可意情人，休辜负海誓山盟。唱道性命也似看承，心脾般钦敬[14]。唯办你鹏程，我这里独守银缸慢慢的等[15]。

作者生平：	蒲察善长，生平不详。蒲察为女真族姓，故知其为女真人。朱权将其列为"词林之英杰"150人之一。《全元曲》收其散套1套。
定格说明：	《新水令》见前。

《驻马听》，双调，小令套曲兼用。见A17422。全曲8句，46字。句式与韵脚安排为：4△7△4△7△7△7△3△7△。

《乔牌儿》，双调，仅见于套曲。见C01002。全曲4句，22字。句式与韵脚安排为：5△5△7△5△。

《雁儿落》，带过曲套曲兼用，见B02001。全曲4句，20字。句式与韵脚安排为：5△5△5○5△。

《得胜令》，双调，小令套曲兼用。见A17363。全曲8句，34字。句式与韵脚安排为：5△5△5○5△2△5△2△5△。

《七兄弟》，见前。

《梅花酒》，见前。

《收江南》，见前。

《离亭宴煞》，见前。

词语注释： 1. 檐间铁，悬在檐下的金属铁片；难听，说明主人心烦。2. 聒，聒噪，吵闹。陈抟好睡，此言我即使恰便是出世陈抟也睡不着。3. 此言哪怕心肠再硬，孤眠也难忍，不能惯经这愁闷。4. 一回家，一会儿。5. 此用白居易诗《井底引银瓶》诗句，指感情破裂或分离。6. 担不得，忍受不了、经不起其诱惑。上句言辜负了如远山青的翠弯眉黛，以下数句都是自夸色美。唯"桃脸褪朱唇"较费解，褪应作映衬之类。也可勉强解释为"桃脸使朱唇逊色"。7. 少个净瓶，说明此天仙指观音菩萨。8. 此言我为你走出门庭，请雁儿听我叮咛。以下为设想中的向雁儿说话。此处有增句。9. 怎生，元曲套语，作"务须设法"解，言请你务必暂停。10. 此言情人家正寝睡、长门安静。11. 愁怎禁，离愁怎能经受得了。12. 此言天还未明时，不要随便寻伴在沙汀上住宿，耽误了时间。13. 此言纵使云淡风力紧，你务必莫因疲倦而休息。14. 唱道，话搭头，也有"真正"意。此言劝我情人，他真应该把誓言像性命一样看待，像心脾一样爱护。15. 唯办句，言仅仅因为等你办好这次鹏程；银釭，银灯。

作品赏析：　　语言朴实真切，后半部设想与雁儿的对话，以宣泄胸中苦闷之气，别开生面。

C17103 贯云石《新水令·元日皇都$_1$》

郁葱佳气蔼寰区$_2$，庆丰年太平时序$_3$。民有感，国无虞。瞻仰皇都，圣天子有百灵助$_4$。

《揽筝琶》江山富，天下总欣伏$_5$。忠孝宽仁，雄文壮武。功业振乾坤，军尽欢娱，民亦安居。军民都托赖着我天子福，同乐蓬壶$_6$。

《殿前欢》赛唐虞$_7$，大元至大古今无。架海梁对着擎天柱，玉带金符$_8$。庆风云会龙虎$_9$，万户侯千钟禄，播四海光千古$_{10}$。三阳交泰$_{11}$，五谷时熟。

《鸳鸯煞》梅花枝上春光露，椒盘杯里香风度$_{12}$。帐设鲛绡，帘卷虾须$_{13}$。唱道天赐长生，人皆赞祝。道德巍巍众臣等蒙恩禄。拜舞嵩呼$_{14}$，万万岁当今圣明主！

作者生平：　　见 A04055。

定格说明： 　　《新水令》，见前。

　　《揽筝琶》，双调，仅见于套曲。见 C05031。全曲 8 句，42 字。句式与韵脚安排为：3△5△4○4△3△3△4△7△7△。

　　《殿前欢》，双调，小令套曲兼用。见 A14275。句式与韵脚安排为：3△7△7△4△5△5△5△4○4△。

　　《鸳鸯煞》，双调，全曲 9 句，48 字。句式与韵脚安排为：7△7△4△4△4○4△7△4△7△。典型平仄格式为：平平仄仄平平仄△平平仄仄平平仄△仄仄平平△仄仄平平○平平仄仄△平平仄仄平平仄△仄仄平平△平仄仄、平平仄仄△。或作 7△7△4△4△3○3△6△5△5△。首四句或作 4477。

词语注释： 　　1. 皇都，首都，元大都，即今北京；元日，夏历正月初一。此曲作于 1312 年正月初一，同时也是元仁宗即位并改元皇庆的一天。值此双喜之日，作者与群臣应诏赋诗谱曲庆贺。此曲深为皇帝赏识，不久即擢升作者为翰林侍读学士、中奉大夫、知制诰、同修国史。2. 郁葱，郁郁葱葱，多彩而茂盛；蔼，此指熏染；寰区。整个区域。3. 时序，时节。4. 百灵，众神灵。5. 欣伏，衷心拥护，服从。6. 蓬壶，传说中的仙山。此言共同乐享神仙日子。7. 唐虞，唐尧虞舜，传说中的顶级盛世。8. 架海、擎天，比喻栋梁之臣；下句言大臣服饰。9. 俗谓风从龙、云从虎，此指君臣际会。10. 此言元朝盛德传播四海，光照千古。11. 三阳开泰，从《易》经的卦名得来，表示大吉大利。12. 椒盘，古代用以盛下酒料花椒的盘子。香风度，即飘香。13. 鲛绡、虾须，极言帐与帘质量高贵。14. 嵩呼，一作山呼，朝见天子的一种仪式，起源于《汉书》武帝纪，谓汉武登嵩山时，曾闻山呼万岁者三。

作品赏析： 　　一派歌功颂德文字，然读此可见元初气势之盛，以及了解一些旧时朝贺的情况，以及蒙古人对汉文化的接受程度。

C17104 马致远《新水令·题西湖》

四时湖水镜无瑕，布江山自然如画。雄宴赏[1]，聚奢华。人不奢华，山景本无价[2]。

《庆东原》暖日宜乘轿，春风堪信马，恰寒食有二百处秋千架[3]。向人娇杏花[4]，扑人衣柳花，迎人笑桃花。来往画船游，招飐青旗挂[5]。

《枣乡词》纳凉时，波涨沙，满湖香芰荷兼葭[6]。莹玉杯、青玉斝[7]，恁般楼台正宜夏，都输他沉李浮瓜[8]。

《挂玉钩》曲岸经霜落叶滑，谁道是秋潇洒[9]？最好西湖卖酒家，黄菊绽东篱下。自立冬，将残腊，雪片似江梅，血点般山茶[10]。

《石竹子》锦绣钱塘富贵家，簪缨画戟官宦衙[11]。百岁能换几时价？可惜韶华过了他[12]。

《山石榴》橹摇摇，声嗟呀，繁华一梦天来大。风物逐人化，虚名争甚那[13]？孤舟驾，功名已在渔樵话，更饮三杯罢。

《醉娘子》真个醉也么沙，真个醉也么沙！笑指南峰，却道西楼[14]，真个醉也么沙！

《一锭银》欲赋终焉力不加[15]，囊箧更俱乏。自赛了儿婚女嫁[16]，却归来林下。

《驸马还朝》想像间神仙宫类馆娃，俯仰间飞来峰胜巫峡[17]。葛仙翁、郭璞家，几点林樱、似丹砂[18]。

《胡十八》云外塔，日边霞；桥上客，树头鸦；水亭山阁日西斜。哎，老子，醉么？宜阆苑、泛浮槎[19]。

《阿纳忽》山上栽桑麻，湖内寻生涯，枕头上鼓吹鸣蛙，江上听甚琵琶[20]！

《尾》渔村偏喜多鹅鸭，柴门一任绝车马。竹引山泉，鼎试雷芽[21]。但得孤山寻梅处，苫间草厦[22]，有林和靖是邻家，喝口水西湖上快活煞！

作者生平：　　见 A01001。

定格说明：　　《新水令》，见前。

《庆东原》，双调，小令套曲兼用，见 A14292。句式与韵脚安排为：3○3△7△4△4△4△5△5△。首二句须对，第四句、第五句、第六句作鼎足对，末二句可作 3 字句，宜对。

《枣乡词》，又作《早乡词》《早香词》，双调，仅见于套曲。全曲 6 句，32 字。句式与韵脚安排为：3○3△7△6△6△7△。典型平仄格式为：仄平平○仄仄平△平平仄、仄仄平平△仄平平、平仄仄△仄平平、平平仄△仄平平、仄仄平平△。

《挂玉钩》，又名《挂搭沽》《挂搭钩》《挂金钩》，双调，仅见于套曲。全曲 8 句，38 字。首 4 句为两排，末 4 句为两对。句式与韵脚安排为：7△5△7△5△3○3△4○4△。典型平仄格式为：仄仄平平仄仄平△仄仄平平仄△仄仄平平仄仄平△仄仄平平仄△仄仄平○平平仄△仄仄平平○仄仄平平△。

《石竹子》，双调，仅见于套曲。全曲 4 句，28 字。句式与韵脚安排为：7△7△7△7△。典型平仄格式为：仄仄平平仄仄平△平平仄仄仄平平△仄仄平平平仄仄△仄仄平平仄仄平△。

《山石榴》，双调，仅见于套曲。全曲 4 句，18 字。句式与韵脚安排为：3○3△7△5△ + 幺篇换头：首句增 2 字暗韵，句末入韵。即（2△3△）3△7△5△。典型平仄格式为：仄平平○平平仄△平平仄仄平平仄△仄仄平平仄△ + 平平仄仄平○仄平平△平平仄仄平平△仄仄平平仄△。

《醉娘子》，又名真个醉、醉也摩挲。仅见于套曲。全曲 5 句，26 字。第一、第二、第五句末尾为"也摩挲"（也么沙），并须叠用，也可改为 7 字句。第三、第四两句可不叶韵。句式与韵脚安排为：6△6△4○4○6△。典型平仄格式为：平仄仄<u>仄平平</u>△平仄仄<u>仄平平</u>△仄仄平平○仄仄平平○平仄仄<u>仄平平</u>△。下有横线三字表"也么沙"。

《一锭银》，双调，小令与套曲兼用。见 A15313。可带《太平歌》组成带过曲。全曲 4 句，22 字。句式与韵脚安排为：7△4△<u>7</u>△4△。第三句可改作 6 字句。

《驸马还朝》，又名《相公爱》，双调，仅见于套曲。全曲 5 句，27 字。句式与韵脚安排为：7△7△2△5△<u>6</u>△。2 字句可省，末句可改作 7 字句。典型平仄格式为：仄仄平平仄仄平△仄仄平平仄仄平△平平△平平仄仄平△平平仄、仄平平△。

《胡十八》，双调，小令套曲兼用。见 A01006。全曲 9 句，29 字。句式与韵脚安排为：3○3△3○3△7△2△2△3○3△。末两个 3 字句可改为 5 字或 6 字折腰句。

《阿纳忽》，双调，小令套曲兼用。见 A10194。全曲 4 句，21 字。句式与韵脚安排为：4△4△<u>7</u>△4△。曲中 4 字句可改为 5 字句。

词语注释： 1. 雄，动词，有纵情、放肆意。2. 此言西湖山水无价，人不奢华，不足以与山水相匹配。此曲按定格第三句、第四句应均作 5 字句。3. 信马，任马随意行走；二百处，言其多。4. 向人句，拟人化，言杏花向人撒娇。下两句句式同此。5. 飐（zhan 占），风吹物动；招飐，同招展；此言挂着的青旗（酒旗）在招展。6. 此言沙滩上水波上涨，芰荷兼葭香气满湖。7. 莹玉杯，有光泽的玉杯；斝（jia 贾），温酒器。8. 都输他，此言沉李浮瓜最美，无与伦比。9. 潇洒，凄凉冷清，此启下文，言秋天并不凄凉。10. 将，渐进，此言从立冬到腊月末。山茶，此指山茶花。11. 簪缨，指官宦服饰；画戟，保卫衙门的武器。12. 价，语助词；他，泛指众生。13. 此言风物随人（因人）变化；那，同呐、呢，语气词。14. 也么沙，亦作也摩挲，语气词；笑指二句，说明醉态。15. 此句语义较晦涩，大约是说本想做到善始善终而力量不加，做不到。16. 赛，此指完毕、了结。17. 此指西湖景色，庙宇类似吴王馆娃宫，飞来峰比巫峡巫山更险。18. 此言西湖边葛仙以及郭璞的故居，林中几点樱桃好似丹砂。上句应作 5 字句。19. 阆苑，传说中的仙境；浮槎，木筏，传说中有浮槎来往于大海与天河之间。20. 此言枕边鸣蛙声胜过江上琵琶。21. 竹引句，山间居民多用竹子做水管引入山泉；雷芽，当指嫩茶。22. 苫，用草编盖；林和靖，北宋时西湖著名隐者。

作品赏析：　　文人曾有多种对西湖的写法，本套曲的特点在于将名胜风景与隐者生活联系起来，使西湖减少雍容华贵色彩，而增添了幽雅宁静的气氛。

C17105 康进之《新水令·武陵春$_1$》

当年曾避虎狼秦，是仙家幻来风韵$_2$。景因人得誉，人为景摩真$_3$。佳趣平分，人景共评论$_4$。

《驻马听》花片纷纷，过雨犹如弹泪粉$_5$。溪流滚滚，迎风还似皱湘裙。桃源路近与楚台邻，丽春园未许渔舟问$_6$。两般儿情厮隐，浓妆淡抹包笼尽$_7$。

《乔牌儿》风流人常透引，尘凡客不相认$_8$。地形高更比天台峻$_9$，洞门儿关闭紧$_{10}$。

《沉醉东风》瑶草细分明舞裀，翠鬟松仿佛溪云。蜂蝶莫浪猜，鱼雁难传信。好风光自有东君，管领红霞万树春，说什么河阳县尹$_{11}$。

《甜水令》难描难画，难题难咏，难亲难近，无意混嚣尘。若不是梦里相逢，年时得见，生前有分，等闲间谁敢温存$_{12}$！

《折桂令》美名儿比并清新，比不得他能舞能讴，宜喜宜嗔$_{13}$。惑不动他疏势利的心肠，老不了他永长生的鬓发，瘦不的他无病患的腰身$_{14}$。另巍巍居世外天然异品，香馥馥产人间别样灵根$_{15}$。最喜骚人$_{16}$，寓意超群，把一段蓬莱境妆点入梁园，将半篇锦绣词互换出韩文17。

《随煞》说清高不比那寻常赚客的烟花阵，追访的须教自忖：先办下无差错的意儿诚，后问的他许成合的话儿准18。

作者生平：　　康敬之，一说姓陈。生卒年不详，棣州（今山东惠民）人。元代剧作家康显之曾主东平府学。敬之作品多涉及东平，故其可能与康显之是兄弟辈。《录鬼簿》将其列为"前辈已死名公才人，有所编传奇行于世者"之中。《李逵负荆》为其代表作。朱权将其列为"词林之英杰"。《全元曲》收其散套1套。

定格说明：　　《新水令》，见前。

《驻马听》，见前。

《乔牌儿》，见前。

《沉醉东风》，见 A18424。句式与韵脚安排为：6△6△3○3△7△7△7△。

《甜水令》，诸谱不载，见 A17365。句式与韵脚安排为：4○4△4△5△7○4○4△7△。

《折桂令》，见 A17382。句式与韵脚安排为：7△4○4△4○4△4△7△7△4△4△4○4△。

词语注释：　　1. 武陵，指陶渊明所记之桃花源。作者以武陵春景，比拟艺名为武陵春的妓女。2. 虎狼秦，有虎狼之心的秦国（秦始皇）；此句言桃花源之风云乃由仙家用幻术得来，用以避秦。3. 摩真，即写真、写画风景。4. 此言人与景各有佳趣，应该共享美誉，被人称赞。5. 弹粉泪，弹去粉脸之泪。6. 楚台，指庄王会神女之所。丽春园，宋名妓苏卿的住所，此通指妓院。此言武陵桃源与巫山楚台相近，都是风流场所，但渔舟只能访桃花源，不能来丽春园。7. 此言两处的风情很隐蔽幽深，互不相同：丽春园浓妆，桃花源淡抹，把好景色都包括尽了。8. 透引，指对风流人则透露源中消息，引其进入。凡人则不能认识途径。9. 天台，指传说中汉代刘晨、阮肇遇仙之地。10. 此言不可轻易得进。11. 此曲看似形容桃源风光，实则以桃源风光比人。细细瑶草有如女子舞衣，翠鬟（绿色林木）鬅松仿佛溪云。此女有如东君（春神）于春日好风光中统领着开满桃花的万树红霞，比晋代潘岳县尹下令遍种桃花的河阳县美丽多了。12. 此言无意与喧嚣尘世相混；年时，当年；温存，此指接近。此言伊人很难接近。13. 此曲貌似以美人与桃花源风景相比，实则以桃花源风景比拟作者臆想中的美人武陵春。美名句言有些女子彼此都有清新美名，但却不如她能歌舞，会喜嗔。14. 三句言她心肠不为势利所惑，长生的鬓发永不衰老，无病腰身永不消瘦。15. 另巍巍，孑然高耸；灵根，指美妙的身躯。16. 骚人，弄人。17. 梁园，汉代名园，此指勾栏妓院。此言把妓院打扮成仙境；美人所写半篇锦绣辞章可抵韩愈文章。18. 赚客的，吸引嫖客的；末二句言此女与他人不同，必须先有十分诚意，然后问她是否有允许成合的准确信息。

作品赏析：　　文思清新，但主题格调不高。选此以见此类文字的一般情况。

《月照庭》正宫。《全元曲》收2作者，2套曲，12小曲。本首牌所用曲牌计有：《月照庭》《紫花儿》《喜春来》《六幺序》《最高楼》《六幺遍》等。今选1套。

C17106 商衟《月照庭·问花₁》

万木争荣，各逞娇红嫩紫。呈浓淡，斗妍蚩₂。为谁开？为谁落？何苦孜孜₃？吾来问，汝有私₄？

《幺》云幕高张₅，捧出天然艳质。颜如玉，体凝酥。绿罗裳，红锦帔₆，貌胜西施。蒙君问，尽妾词₇。

《最高楼》发生各自随时，艳冶非人所使₈。铅华满树添妆次，远胜梨园弟子₉。

《喜春来》清香引客眠花市，艳色迷人殢酒卮₁₀，东风舞困瘦腰肢。犹未止，零落暮春时₁₁。

《六幺遍》听花言，巧才思，直待伴落絮游丝。披离满径点胭脂，干忙煞燕子莺儿₁₂。方苞折尽谁挂齿？道杏花不看开时₁₃。早寻人做主遮护你，煞强如、花貌参差，凭谁赋断肠诗₁₄？

《幺》妾斟量，自三思：正芳年不甚心慈。仗聪明国色两件儿，觑武陵英俊因而₁₅，渐消香减玉剥幽姿。但温存谁敢推辞₁₆？想游蜂戏蝶有正事，向眼前面、配了雄雌。闪下我害相思₁₇。

《尾》先生教、妾感承，妾身言君试思：如今罗纨锦故人何似？阑珊了春事，惜花人谁肯折残枝₁₈？

作者生平：见 A01002。

定格说明：《月照庭》，正宫，仅见于套曲。见 C14073。全曲 9 句，32 字。句式与韵脚安排为：4○6△3○3△3○3○4△3○3△。典型平仄格式为：仄仄平平○仄仄平平仄仄△平平仄○仄平平△仄平平○平仄仄○仄仄平平△平平仄○仄仄平△。幺篇同始调，须连用。

《最高楼》，正宫，仅见于套曲。诸谱不载，归纳为：全曲 4 句，25 字。句式与韵脚安排为：6△6△7△6△。典型平仄格式为平平仄仄平平△仄仄平平仄仄△平平仄仄平平仄△仄仄平平仄仄△。

《喜春来》中吕，亦入正宫，小令套曲兼用。见 A09171。全曲 5 句，29 字。句式与韵脚安排为：7○7△7△3△5△。

《六幺遍》，又名《柳梢月》《柳梢青》《梅梢月》。正宫，亦入中吕。小令套曲兼用。见 A14270。全曲 9 句，38 字。句式与韵脚安排为：3○3△4○4△4○4△7△2△7△。幺篇同始调，须连用。

词语注释：1. 此为作者与年老烟花女子的对话。2. 妍，美好；蚩，同媸，丑陋。前四句以花木比人。3. 孜孜，忙碌不倦。4. 汝有私句，意思是说：你有什么私房话、隐私要跟我说么？5. 云幕，如云彩的帷幕。此言自己于大好时光出生。6. 锦帔（pei 佩），锦绣披肩。7. 妾，旧时妇女说自己时的谦称。此言蒙您垂问，我尽力回答。并追述自己年轻时如何漂亮。8. 二句言以往的事情是顺其自然发生，不是受人指使而装得娇艳美好。9. 铅华，妇女化妆用粉。妆次，指自己；此言自己满身是脂粉之类，姿容远胜圈中女子。梨园弟子，本指歌舞艺人，此指众妓女。10. 殢（ti 替），病困；酒卮，酒杯。此言使人迷于酒色。11. 此言纵情享乐，到晚春便显得衰败凋谢了。12. 这一段是问者的回答：听花言后，我开动脑筋思考。也可把"巧才"理解为答话者的自称，即"我考虑"。直待句较难理解，披离，散落；此言花瓣披离满径如点点胭脂。遍地落花，忙煞莺燕；此言于春盛时尽情享乐。13. 花苞折尽无人挂齿（怜惜），还说杏花不看开时，即只有含苞待放时才好看。以上将花比人。14. 花貌参差，指容颜凋谢、衰老，此言应该早寻人保护你，比任凭花貌凋零强，到如今谁赋断肠诗来同情你！15.《幺》为花的回答。年轻时缺乏慈祥心。觑，此指看待，结交。此处不合定格，按律"因而"二字应属上句。16. 此言尽情享乐，不敢拒人，以致把身体都弄坏了。17. 此言嫖客们另有正事，当着自己的面与别人结婚了，使我相思受苦。18. 感承，感谢并承受；罗纰锦，应指身穿锦绣。此言这些盛服故人是什么情况呢？他们早厌倦了青春时寻花问柳之事，谁肯折我这残枝？

作品赏析：　　此套可与白居易《琵琶行》对照起来阅读。琵琶女也是：年轻时"武陵少年争缠头，一曲红绡不知数"，到最后"门前冷落车马稀，老大嫁作商人妇"。

十八东　《全元曲》收 11 作者，15 套曲，83 小曲。今选 6 套。

二 作品选注 605

《金殿喜重重》 正宫，南北合套。《全元曲》收1作者，1套曲，10小曲。本首牌所用之曲牌计有（南曲除外）：《货郎儿》《怕春归》《塞鸿秋》《醉太平》等。

C18107 范居中《金殿喜重重南·秋思》

风雨秋堂，孤枕无眠，愁听雁南翔。风也凄凉，雨也凄凉，节序已过重阳₁。盼归期何期何事归未得，料天教暂尔参商₂。昼思乡，夜思乡，此情常是悒怏。

《塞鸿秋北》想那人妒青山愁蹙在眉峰上₃，泣丹枫泪滴在香腮上₄。拔金钗划损在雕栏上₅，托瑶琴哀诉在冰弦上。无事不思量，总为咱身上。争知我懒贪书₆，羞对酒，也只为他身上。

《金殿喜重重南》凄凉，望美人兮天一方₇，谩想像赋高唐₈。梦到他行₉，身到他行，甫能得一霎成双₁₀。是谁将好梦都惊破？被西风吹起啼螿。恼刘郎，害潘郎，折倒尽旧日豪放₁₁。

《货郎儿北》想着和他相偎厮傍，知他是千场万场？我怎比司空见惯当寻常₁₂。才离了、一半时刻，恰便是三暑十霜₁₃。

《醉太平北》恨程途渺茫，更风波零瀼₁₄。我这里千回百转自彷徨，撇不下多情数桩：半真半假乔模样₁₅，宜嗔宜喜娇情况，知痛知热俏心肠。

《尾声南？》往事后期空记省，我正是桃叶桃根各尽伤₁₆。

《赚南》终日悬望，恰原来捣虚撇抗₁₇。误我一向₁₈，到此才知言是谎。记当初花前宴乐，星前誓约；真个崔张不让₁₉。命该雕丧，险些病染膏肓₂₀，此言非妄。

《怕春归北》白发陡然千丈，非关明镜无情，缘愁似个长₂₁。相别时多，相见时难₂₂，天公自主张。若能够相见，我和他对着灯儿深讲。

《春归犯南》自想，但只愁年华老，容颜改，添惆怅。蓦然平地，反生波浪₂₃。最莫把青春弃掷，他时难算风流账，怎辜负银屏绣褥朱幌！才色相当，两情契合非强。怎割舍眉南面北成撇漾[24]！

《尾声南》动止幸然俱无恙[25]，画堂内别是风光，散却离忧重欢畅。

作者生平： 范居中，字子正，号冰壶。杭州人。父玉壶，前辈名儒，以卜术为业。每岁元夕，必以时事题于灯纸之上，杭人聚观。故远近皆知父子之名。《录鬼簿》将居中列入"方今已死名公才人余相知者"之中。称其于大德年间（1279—1307）曾陪同其妹北行赴都。居中精神秀异，学问赅博。尝出大言矜肆，以为笔不停思，文不搁笔。善操琴，能书法。以才高不见遇，后卒于家。有乐府及南北腔行于世。作品俱轶，仅存散套《金殿喜重重》1套。

定格说明： 此南北合套，南曲从略。北曲：

《塞鸿秋》，小令套曲兼用，见 A12247。全曲 6 句，40 字。句式与韵脚安排为：7△7△7△7△5○5○7△。

《货郎儿》，正宫，仅见于套曲。见 C12056。全曲 6 句，36 字。句式与韵脚安排为：7△7△7△3△3△7△。

《醉太平》，正宫，小令套曲兼用。见 A17412。全曲 8 句，44 字。句式与韵脚安排为：4△4△7△4△7△7△7△4△。

《怕春归》，正宫，仅见于套曲。诸谱不载，归纳为：全曲 8 句，40 字。句式与韵脚安排为：6△6○5△4○4○5△4○6△。典型平仄格式为：仄仄平平仄仄△平平仄仄平平○平平仄仄平△仄仄平平○仄仄平平○平平仄仄平△平平仄仄○平平仄仄平平△。

词语注释： 1. 节序，节日顺序；三句化用宋潘大临诗句："满城风雨近重阳。" 2. 何期句言：不料他因何事未能归来。参商句，言料想此乃天意，教暂时互不相见如参商二星。3. 妒青山句较费解，从对称的下文"泣丹枫"看，此当实指，而非以青山代指眉毛之类；妒青山，大约指见青山妩媚而叹己身飘零。愁靥，言忧愁都集中在眉峰上。

4. 泣丹枫，目睹丹枫，因悲秋而哭泣。一说指泣血（丹枫如血），可参考。5. 此言用金钗划归期，金钗都在雕栏上划损了。6. 争，同怎。7. 此用苏轼《赤壁赋》中句，但赋中美人实指君王或同朝君子，此实指意中人。8. 谩想像句，泛泛地设想高唐赋中的奇遇。9. 他行，他那里。10. 甫能，方才能够。11. 刘郎、潘郎，此泛指情人；害，恨；折倒尽，完全失去了。12. 司空见惯，本自刘禹锡诗，通指见惯了的平常事。13. 三暑十霜，犹言很多年。14. 零瀼（rang 攘），露水浓重；本自《诗经·小雅·蓼萧》："蓼彼萧斯，零露瀼瀼。"此言归途风波甚多。按定格此处缺少一个 4 字句。15. 乔模样，怪模样，此有褒义。16. 后期，今后的会期，此化用张先词《天仙子》词中语句。桃叶、桃根，晋王献之妾名。此处一语双关，既以二女自比，又言连根带叶（从头到脚）都受到了伤害。此处《尾声》未注明是南是北，且套中串入尾声，少见，不知何故。17. 捣虚撇抗，口语，弄虚作假。18. 误我一向，一向误我。因押韵倒装。19. 崔张不让，不比西厢人物崔莺莺、张珙，字君瑞。20. 病染膏肓，得了不治之症。膏肓注已屡见。21. 此借用李白《秋浦歌》第十五："白发三千丈，缘愁似个长。不知明镜里，何处得秋霜。"此言陡然见白发三千丈，不是镜子的缘故，而是愁有如此之长。22. 二句化用李商隐《无题》诗："相见时难别亦难。"23. 此指二人间平地发生某种波折。24. 撇漾，抛弃。此言应乘青春及时欢乐，不该反目抛弃，免得他年算账。25. 动止，行动，此指身体。

作品赏析：　　感情细腻，文采烂然，尤其善用名篇名句，以表示自己心情。

《小桃红》越调。《全元曲》收 1 作者，1 套曲，8 小曲。本首牌所用曲牌计有：《小桃红》《江头送别》《山麻秸》《四般宜》《下山虎》《怨东君》《恨薄情》等。

C18108 王元和《小桃红·题情》

暗思金屋配合春娇[1],是那一点花星照也[2],向这欢娱中深埋了祸根苗。我一从见了那个妖娆,他便和咱燕莺期,凤鸾交,鸳鸯侣。只引的蜂蝶儿闹也,恨不的折损柔条[3]。谁承望五陵人,可早先能够了小蛮腰[4]。

《下山虎》向这芙蓉锦帐配合春宵,说不尽忔憎处有万般小巧[5]。割舍了叶损枝残,蕊开瓣凋,早一树烟华春事了[6]。是咱思算少,又被傍人一觅里搅[7]。猛可里袄神庙顿然火烧,险把蓝桥水渰到[8]。

《山麻秸》计痛喋低低道[9]:你休得为我愁烦,因我煎熬。多娇,犹兀自恐咱憔悴潘安容貌[10]。越着我气冲牛斗[11],恨填沧海,怒锁霞霄。

《恨薄情》为恩情,伤怀抱。追游宴赏情分少,朱颜镜里添老。书斋静悄,不敢展文公家教[12]。但只是磨香翰,挽兔毫,才下笔了便写出风情、翰林旧稿[13]。

《四般宜》织锦字,寄英豪。焚金鼎,谢青霄[14]。端详了云翰墨[15],越着我恨难熬。全不写云期雨约,但只诉玉减香消。他道我风流性如竹摇,忔登的在咱心上,默地拴牢[16]。

《怨东君》他那里红妆残顿忘了楚娇,咱这里青衫湿渐成沈腰[17]。他那里两泪揾鲛绡,咱这里行里坐里五魂缥缈[18]。耽烦受恼,是咱离多会少。莫不是普天下相思病,我共他占了[19]?

《江头送别》腌臜闷腌臜闷甚时断绝?恹煎病恹煎病甚日医疗[20]?又不敢对着人明明道,只落的梦断魂劳。

《余音》眠思梦想如花貌,这愁烦谁人知道!守着这一盏残灯昏沉沉坐到晓。

作者生平: 　　王元和生平不详。有的版本认为系陈铎或无名氏作。

定格说明: 　　《小桃红》,越调,小令套曲兼用,见A18439。全曲8句,42字。句式与韵脚安排为:7△5△7△3△7△4○4

○5△。第六句、第七句亦作两个3字句。曲末有增句。

《下山虎》，越调，仅见于套曲。诸谱不载，归纳为全曲9句，51字。句式与韵脚安排为：7△<u>7</u>△4○4△7△3△7△<u>7</u>△7△。典型平仄格式为：平平仄仄仄平平△平平仄、平平仄仄△仄仄平平○平平仄△仄仄平平仄△平仄仄△仄仄平平仄△平平仄、平平仄△仄仄平平仄仄平△。

《山麻秸》，越调，仅见于套曲。诸谱不载，归纳为全曲8句，34字。句式与韵脚安排为：5△4△4△2△7△4○4○4△。典型平仄格式为：仄仄平平仄△仄仄平平△仄仄平平△平平△平平仄仄平平仄△平平仄仄○平仄仄○仄仄平平△。

《恨薄情》，越调，仅见于套曲，诸谱不载，归纳为全曲10句，46字。句式与韵脚安排为：3○3△7△6△4△<u>7</u>△3○3△6○4△。典型平仄格式为：仄平平○平平仄△平平仄仄平平仄△平平仄仄平平△平平仄△平平仄、平平仄仄△平平仄○仄仄平△平平仄仄平平○平平仄仄△。

《四般宜》，越调，仅见于套曲，诸谱不在，归纳为全曲11句，50字。句式与韵脚安排为：3○3△3○3△5○5△7○<u>7</u>△<u>6</u>△4○4△。典型平仄格式为：仄平平○平平仄△平平仄○仄平平△平平仄仄○仄仄仄平平△平平仄、平平仄仄○平仄仄、仄仄平平△平平仄、仄仄平平平仄仄○仄仄平平△。

《怨东君》，越调，仅见于套曲，诸谱不载，归纳为全曲8句，43字。句式与韵脚安排为：<u>7</u>△<u>7</u>△5△5△4△4△<u>6</u>○5△。典型平仄格式为：平平仄、仄仄平平△平仄、仄仄平平△仄仄平平△仄仄平平△平平仄仄△平平仄、平平仄○平平平仄仄△。

《江头送别》，越调，仅见于套曲，诸谱不载，归纳为全曲4句，24字。句式与韵脚安排为：7○7△6△4△。

典型平仄格式为：平平仄、平平仄仄〇平平仄、仄仄平平△仄仄平平仄仄△仄仄平平△。△。

词语注释： 1. 此指暗自打算金屋藏娇。2. 花星照，犹言交了桃花运。3. 此言引得其他浪子嫖客闹事，恨不能把她弄伤弄死。此处有三增句。4. 五陵，本贵族子弟聚居处，此处为曲中主人自指。此言浪子们不曾料到，我武陵人先占有了这个美人（小蛮腰）。小蛮本白居易妾，此用以指美人。5. 忔憎，本指讨厌，但多取其反义，指可爱之处。所以下文说有万般小巧。6. 这三句应为假设之词，言彼此绝不能分开，如果割舍了便会等于毁灭。按也可以理解为：双方早已豁出去，尽情享受够了。7. 一觅里，也作一谜里、一迷的，即一味地；搅，捣乱。8. 祆神庙，昔人因约会失败，放火烧庙。《庄子》有尾生守约，淹死桥下故事，但无桥名，后人多与蓝桥故事相混。二句言旁人大肆捣乱，但未说明具体情节。9. 计，合计起来，此指总计、回想起；痛喋，她沉痛地反复说。10. 此言女方还担心男方因此消瘦。11. 牛斗，星宿，此指天空。12. 此言书斋冷静，不敢展书诵读《太公家教》，此为当时启蒙读物，文中误作"文公"。13. 此言除风情外，写不出别的。此处翰林旧稿当指主人翁平日的文字。14. 青霄，上苍。15. 云翰墨，此指女方来信。云字或系此女子小名。16. 忔登的，突然地。17. 忘了楚娇，忘了美人装束。沈腰，沈约之腰，指腰瘦。此言因相思而体瘦。18. 五魂，言全部灵魂；或因五魂说不常见，以为或系三魂之误。19. 此言两人患尽了天下各种相思病；或普天下的相思病加起来还不如两人的病重。20. 腌臜闷，肮脏闷气；恹煎病，讨厌而又折磨人的病。

作品赏析： 极写热恋中人的相思心态。本首牌只此1套，故选。

《风入松》双调。《全元曲》收5作者，10套曲，40小曲。本首牌所用之曲牌计有：《风入松》《揽筝琶》《乔牌儿》《天仙子》

《夜行船》《离亭宴》《月上海棠》《沉醉东风》等。今选2套。

C18109 汤式《风入松·题马氏吴山景卷[1]》

十年踪迹走尘霾[2]，踏破几青鞋。自怜未了看山债，先赢得两鬓斑白[3]。登山屐时时 旋整，买山钱日日 牢揣[4]。

《幺篇》吴山佳丽压江淮，形胜小蓬莱[5]。堆蓝耸翠天然态，才落眼便上心怀[6]。但得仪容淡冶，何妨骨格岩厓[7]。

《沉醉东风》朝云过蛾眉展开，暮云闲螺髻偏歪[8]。玲珑碧玉簪，缥缈青罗带，抵多少翠袖金钗[9]。馋眼的夫差若见来，将馆娃移居左侧[10]。

《离亭宴煞尾》李营丘曾写风流格，苏东坡也捏疏狂怪[11]。韶光荡来[12]。探春人车傍柳边行，贩茶客船从湖上舣，偷香汉马向花前驀[13]。笙歌步步随，罗绮丛丛隘[14]。三般儿异哉：胭脂岭高若舍身台，玛瑙坡宽如人鲊瓮，珍珠池险似迷魂海[15]。休言金谷园，漫说铜驼陌[16]。知音的自裁[17]。待消身外十分愁，来看山头四时色[18]。

作者生平： 见 A03015。

定格说明： 《风入松》，双调。小令套曲兼用。见 A18447。全曲6句，38字。句式与韵脚安排为：7△5△7○7△6○6△。

《沉醉东风》，双调，小令套曲兼用。见 A18424。全曲7句，39字。句式与韵脚安排为：6△6△3○3○6△7△7△。首二句对，3、4句可作两5字句，亦须对。

《离亭宴煞尾》，诸谱不载，考其句数与《离亭宴带歇指煞》同，疑或即其别名。后者全曲17句，96字。句式与韵脚安排为：7△7△4△3○5○5△5○5△5△7△7○7△5○5△7○7△。典型平仄格式略。

词语注释： 1. 此为给人画卷的题词。马氏，生平不详。吴山，有名风景区，此泛指吴地山区，或浙江杭州西湖东南之胥山。2. 走尘霾，在充满尘埃雾霾的大地上奔走；3. 此言直到两鬓斑白，看山之兴仍未衰竭。4. 登山屐，登山用的木屐；旋整，随时整理；买山钱，晋僧支道林曾有买山归隐之举，此言经常做好了归隐山林的准备。5. 此言其形胜可称小蓬莱（仙境）。6. 此言看一眼就永志不忘。7. 厓（ya 牙），本指山边，此处骨格岩厓，指山岭多石而且险峻。8. 蛾眉，螺髻，均指山势。9. 此言山景比美人更好看。10. 此言见景眼馋的吴王夫差若见此景，定将其"馆娃宫"移来此山左侧。11. 李营丘为五代画家李成，此人曾作有风流格调之绘画。苏东坡曾有词咏怪石，故云。12. 韶光句，此或指画卷使此地美好风光飘荡到眼前来。13. 下三句以吴山比美人，引来探春人（裴少俊）柳边行车，贩茶客冯魁湖上停船，偷香汉韩寿马向花前骋。14. 隘，此指阻碍，拥挤，此言身着罗绮之人众多。15. 舍身台，泰山等险要处多有舍身岩，为信徒舍身处。人鲊瓮，长江险滩，在瞿塘峡下游。迷魂海，险要海域，也许另有所本。16. 金谷园，晋石崇名园；漫，同慢；铜驼陌，晋洛阳繁华街道。17. 自裁，自己评价。18. 此言等消除俗念后，方可来此赏景。

作品赏析： 题词无一字赞美画卷，但极言吴山景物之美，所陈均卷中精华，使人心向往之。是题词之佼佼者。

C18110 李唐宾《风入松》

落花轻惹暖丝香$_1$，飞燕过东墙。重重帘幕闲清昼，金篆小烟缕初长$_2$。罗衣乍经春瘦，蛾眉慵扫残妆$_3$。

《幺》几回寂寞怨东皇$_4$，独自暗情伤。振衣忽忆当时话，空低首踏遍红芳。看到荼蘼卸也，玉骢何处垂杨$_5$？

《夜行船》暮雨朝云劳梦想，算却是几般情况$_6$。海阔相思，山高恩爱，都撮在这心上$_7$。

《乔牌儿》韩香空妄想，何粉怎承望$_8$！怪灵鹊不离花枝上，又来没事谎$_9$。

《揽筝琶》恰撇下心儿忘，才说着意儿谎[10]。俺捱过恶诧风声，搜索遍风流伎俩[11]。蓦忖量，猛参详。空将顺人情笔尖和泪染，怎诉衷肠[12]！

《月上海棠》尘蒙金锁闲朱幌，泪湿香绒冷绣床。无语傍妆台，全不似旧时格样。慵游赏，忍见莺双燕两[13]？

《幺》无端云雨权收掌，谁说道阳台路凄怆[14]。着意会鸾凰。稳把佳期盼，指望成来往，一任闲人讲[15]。

《赚煞》挑灯织锦空劳攘，须跳出愁罗怨网。花压东墙，潜等待栊门儿月明下响[16]。

作者生平： 见 A17423。

定格说明： 《风入松》，见前。

《夜行船》，双调，仅见于套曲。见 C14069。全曲 5 句，29 字，句式与韵脚安排为：7△7△4○4○7△。幺篇同始调，用否均可。

《乔牌儿》，双调，仅见于套曲。见 C01002。全曲 4 句，22 字。句式与韵脚安排为：5△5△7△5△。

《揽筝琶》，双调，仅见于套曲。见 C05031。全曲 8 句，42 字。句式与韵脚安排为：3△5△4○4△3○3△4△7○4△。

《月上海棠》，双调，仅见于套曲，全曲 6 句，34 字。句式与韵脚安排为：7△7△5○6△3△6△。典型平仄格式为：平平仄仄平平仄△仄仄平平仄仄平△仄仄仄平平○仄仄平平仄仄△平平仄△仄仄平平仄仄△。

词语注释： 1. 暖丝，夏日飘浮的游丝，因惹落花而带香味。2. 此言重重帷幕后的清昼甚是闲静。金篆，金香炉中的盘香；小烟缕初长，香始燃时情景。3. 此言春瘦时初试罗衣，妆残懒扫峨眉。4. 东皇，春神，此指春日。5. 此言伊人玉骢不知系在何处垂杨上。6. 暮云朝雨，指巫山云雨事，枉劳梦想，计算起来有几般情况？这些情况发生了多少次？7. 撮在，集中在。按定格似应增一字，作

"心儿上"。8. 此言不妄想有韩寿偷香的美事，也不指望见到面如傅粉的何郎。9. 俗传鹊能报喜，故称灵鹊。此言灵鹊在花枝上报无根据的谎言。10. 谎当作慌，此言刚从心上放下，可一说起又心慌。如作谎，则似指用谎言欺骗自己。11. 诧，谎言；恶诧风声，旁人对其隐私的恶言风语。自己仔细思考，找遍有关风情的各种对付伎俩。12. 此言空将顺人情的笔墨（语言）和泪写出，也诉不了衷肠。此曲缺少一个4字句。13. 此言不忍见莺燕成双而触景生情。14. 此言无端被人剥夺云雨权，谁说是阳台路很凄凉悲伤。15. 自己特意约定佳期，不顾他人闲话。此曲后半部不合定格。16. 椛门，即房门。此言不必挑灯织锦打发时间，决心待时赴约。

作品赏析： 相思心切，虽偶有疑虑（玉骢何处垂杨），但女子感情专一而且勇敢。

《侍香金童》黄钟，《全元曲》收1作者，1套曲，7小曲。本首牌所用曲牌计有：《侍香金童》《出对子》《神仗儿》《降黄龙滚》等。

C18111 关汉卿《侍香金童》

春闺院宇，柳絮飘香雪$_1$。帘幕轻寒雨乍歇，东风落花迷粉蝶。芍药初开，海棠才谢。

《幺》柔肠脉脉，新愁千万叠。偶记年前人乍别，秦台玉箫声断绝$_2$。雁底关河，马头明月$_3$。

《降黄龙滚》鳞鸿无个，锦笺慵写$_4$。腕松金，肌削玉，罗衣宽彻$_5$。泪痕淹破、胭脂双颊。宝鉴愁临$_6$，翠钿羞贴。

《幺》等闲辜负，好天良夜。玉炉中，银台上，香消烛灭。凤帏冷落，鸳衾虚设。玉笋频搓，绣鞋重撷$_7$。

《出对子》听子规啼血，又西楼角韵咽$_8$。半帘花影自横斜。画檐间丁当风弄铁，纱窗外琅玕敲瘦节$_9$。

《幺》铜壶玉漏催凄切，正更阑人静也。金闺潇洒转伤嗟，莲步轻移呼侍妾："把香桌儿安排打快些₁₀。"

《神仗儿煞》深深院舍，蟾光皎洁。整顿了霓裳，把名香谨爇₁₁。伽伽拜罢₁₂，频频祷祝：不求富贵豪奢，只愿得夫妻们早早圆备者₁₃！

作者生平：　　见 A03014。

定格说明：　　《侍香金童》，黄钟，仅见于套曲。全曲 6 句，31 字。句式与韵脚安排为：4○5△7△7△4○4△。典型平仄格式为：平平仄仄○仄仄平平仄△仄仄平平平仄仄△平平仄仄平平仄△仄仄平平○平平仄仄△。幺篇同始调。

《降黄龙滚》，滚一作衮，黄钟，仅见于套曲。幺篇同始调，须连用。全曲 9 句，34 字。句式与韵脚安排为：4○4△3○3○4△4○4△4○4△。典型平仄格式为：平平仄仄○平平仄仄△仄平平○平平仄○平平仄仄△平平仄仄○平平仄仄△仄仄平平○平平仄仄△。

《出对子》，小令套曲兼用。见 A05089。全曲 9 句，56 字。句式与韵脚安排为：4△5△7△7△7△5△7△7△7△。幺篇换头：首句改为 7 字句，用否均可。

《神仗儿煞》，黄钟，仅见于套曲。全曲 8 句，38 字。即《神仗儿》首 6 句，加《尾声》末 2 句。全曲 8 句，36 字。式与韵脚安排为：4△4△4○4△4○4△加7△7△。典型平仄格式为：平平仄仄△平平仄仄△仄仄平平○平平仄仄△平平仄仄○平平仄仄△加仄平平、仄仄平平△仄仄平平平仄仄△。

词语注释：　　1. 柳絮如香雪飞飘，按柳絮不香，春天气氛使人觉得有香味。2. 此言秦国凤台上弄玉夫妇离去，箫声断绝，实指夫妻离别时箫声。3. 雁底关河二句写别时情景。雁底，犹言天底下。4. 鳞鸿，犹鱼雁，此言既不见来信，也懒得给伊人写信。5. 此言手腕上金钏松弛，玉肌削减。宽彻，宽极了，言其非常宽大。6. 愁临，因消瘦不敢照镜子。7. 重擷（die 跌），连续顿脚。此言因烦恼而搓手顿脚。8. 角韵咽，号角声鸣咽。9. 风弄铁，风吹檐间铁马等发出声响。琅玕（lang gan 郎干），竹子。敲瘦节，敲瘦长的竹节。10. 安排打快些，安排得快些。11. 爇，焚烧。12. 伽伽（qie 茄），怯怯，小心翼翼。13. 每，们；圆备，团圆；者，语助词。

作品赏析：　　此写贵妇人思夫时愁闷无聊情节，文字优美。本首牌只此1套，选以备考。

第四部　剧套

本书虽以研究元人散曲为主，并未深入涉及剧曲（元人杂剧），但仍然从格律诗的角度，选取若干剧套，以便人们具体见识一下剧套的组成情况，并借此窥见元曲的总体面貌。

学术界通常以"关王马白"或"关白马郑"为元杂剧四大家。今选关汉卿、王实甫、马致远、白朴、郑光祖五人之剧套各一折并加以注释，以见一斑。

一　关汉卿《感天动地窦娥冤》第三折(法场)

剧情简介：本剧开始时有《楔子》用科白说明窦娥父亲、楚州穷秀才窦天章，曾向较富裕且靠放高利贷度日之蔡婆借钱，欠下本利四十两银子；便将七岁女儿送往蔡家，为其八岁儿子做童养媳以抵债，并且还得了些银钱为路费去进京赶考。窦娥十七岁时成婚，两年之后夫死，窦娥与婆母寡居（原作记年有误）。第一折写蔡婆于儿子死后，向城外赛卢医讨债。赛将其骗至郊外，准备将她勒死，被在外游荡的张驴儿父子救下。父子在得知蔡婆与窦娥婆媳寡居时，定要强娶婆媳为妻。蔡婆被迫将父子接至家中，拟说服窦娥屈从，窦娥严词拒绝。第二折写张驴儿威胁在逃的赛驴医卖与毒药，准备毒死蔡婆后霸占窦娥。张驴儿趁蔡婆生病想吃羊肚汤之际，施放毒药。但是蔡婆此时忽然作呕，羊肚汤全被老张吃下，并立即死亡。驴儿威胁窦娥以成亲私了。遭拒绝，便将窦娥状告在楚州太守桃杌（谐音梼杌，颛顼氏时代的大坏蛋）处。窦娥备受酷刑不招，后因桃杌要拷打蔡婆，窦娥为不使婆婆受刑而屈招，被判打入死牢候斩。下文为《第三折》正文，写问斩经过。原文《第三折》后无副标题。第四折写窦娥之父窦天章进京应取高中，以提刑按察使身份巡视楚州，为窦娥平反并处置有关人犯和官吏。

* * *　　* * *　　* * *　　* * *　　* * *

（外扮监斩官上，云）下官监斩官是也。今日处决犯人，着做工的把住巷口，休放往来人闲走。（净扮公人鼓三通，锣三下科。刽子手磨旗、提刀，押正旦带枷上。刽子云）行动些，行动些！监斩官去法场多时了[1]！（正旦唱）

《正宫·端正好》没有来**犯王法**，不提防**遭刑宪**。叫声**屈动地惊天**！顷刻间**幽魂**先赴**森罗殿**，怎不**将天地**也生**埋怨**[2]？

《滚绣球》有日月**朝暮悬**，有鬼神掌着**生死权**。天地也，只合[3]把清浊分辨，可怎生糊涂了**盗跖颜渊**[4]？为善的受贫穷更**命短**，造**恶**的享富贵又**寿延**！**天地也**，做得个**怕硬欺软**，**却元来**也这般顺水推船[5]。地也，你**不分好歹何为地**？天也，你错勘贤愚枉做天[6]！哎，只落得**两泪涟涟**。

（刽子云）快行动些，误了时辰也！（正旦唱）

《倘秀才》则被这**枷纽**的我左侧右偏，人拥的我前合后偃。我窦娥向哥哥行有句言：

（刽子云）你有什么话说？（正旦唱）前街里去**心怀恨**，后街里去**死无冤**，休推辞**路远**。

（刽子云）你如今到法场上面，有什么亲眷要见的，可教他过来见你一面也好。（正旦唱）

《叨叨令》可怜我**孤身只影无亲眷**，则落的**吞声忍气空嗟怨**。（刽子云）难道你爷娘家也没的？（正旦云）止有个爹爹，十三年前上朝取应去了，至今杳无音信。（唱）**蚤已是十年多不见爹爹面**。（刽子云）你适才要我往后街里去，是什么主意？（正旦唱）怕**则怕**前街里被我**婆婆见**。（刽子云）你的性命也顾不得，怕他见怎的？（正旦云）俺婆婆若见我披枷带锁赴法场餐刀去呵，（唱）**枉**将他**气杀也么哥**，**枉**将他**气杀也么哥**！告哥哥，**临危好与人行方便**。

（卜儿哭上科，云）天那，兀的不是我媳妇儿！（刽子云）婆子，靠后！（正旦云）既是俺婆婆来了，教他来，待我嘱咐他几句话咱[7]。（刽子云）那婆子，近前来，你媳妇要嘱咐你话哩。（卜儿云）孩儿，痛杀我也！（正旦云）婆婆，那张驴儿把毒药放在羊肚儿汤里，实指望药死了你，要霸占我为妻。不想婆婆让与他老子吃，倒把他老子药死了。我怕连累婆婆，屈招了药死公公。今日赴法场受刑。婆婆，你此后遇着冬时年节，月一十五，有瀽不了的浆水饭，瀽半碗儿与我吃；烧不了的纸钱，与窦娥烧一陌儿，则是看你死的孩儿面上[8]！（唱）

《快活三》念**窦娥**葫芦提**当罪愆**，念窦娥**身首不完全**，念窦娥**从前已往干家缘**[9]。婆婆也，你只看**窦娥少爷无娘面**。

《鲍老儿》念窦娥**伏侍**这几年，**遇时节将碗凉浆奠**[10]。你去那受刑罚**尸骸上烈**些**纸钱**，只当**把你**亡化的**孩儿荐**。

（卜儿哭科，云）孩儿放心，这个老身记得。天那，兀的不痛杀我也！（正旦唱）**婆婆也，再也不要啼啼哭哭，烦烦恼恼，怒气冲天**。这都是我做窦娥的**没时没运，不明不暗，负屈含冤**。

（刽子做喝科，云）兀那婆子靠后，时辰到了也。（正旦跪科）（刽子开枷科）（正旦云）窦娥告监斩大人，有一事肯依窦娥，便死而无怨。（监斩官云）你有什么事？你说。（正旦云）要一领净席，等我窦娥站立；又要丈二白练挂在旗枪上。若是我窦娥委实冤枉，刀过去头落，一腔热血，休半点儿沾在地下，都飞在白练上者。（监斩官云）这个就依你，打什么不紧。（刽子做取席站科，又取白练挂旗上科）[11]。（正旦唱）

《耍孩儿》不是我**窦娥罚下**这等**无头愿**，委实的**冤情不**

浅。若没些儿灵圣与世人传，也不见得湛湛青天。我不要半星热血红尘洒，都只在八尺旗枪素练悬，等他四下里皆瞧见。这就是咱苌弘化碧，望帝啼鹃[12]。

（刽子云）你还有甚的说话？此时不对监斩大人说，几时说那！（正旦再跪科，云）大人，如今是三伏天道，若窦娥委实冤枉，身死之后，天降三尺瑞雪，遮掩了窦娥尸首。（监斩官云）这等三伏天道，你便有冲天的怨气，也召不得一片雪来。可不胡说！（正旦唱）

《二煞》你道是暑气暄，不是那下雪天。岂不闻飞霜六月因邹衍？若果有一腔怨气喷如火，定要感的六出冰花滚似绵，免着我尸骸现；要什么素车白马，断送出古陌荒阡[13]。

（正旦再跪科，云）大人，我窦娥死的委实冤枉，从今以后，着这楚州亢旱三年[14]！（监斩官云）打嘴！那有这等说话！（正旦唱）

《一煞》你道是天公不可期，人心不可怜，不知皇天也肯从人愿。做什么三年不见甘霖降？也只为东海曾经孝妇冤。如今轮到你山阳县。这都是官吏每无心正法，使百姓有口难言[15]！

（刽子做磨旗科，云）怎么这一会儿天色阴了也？（内做风科，刽子云）好冷风也！（正旦唱）

《煞尾》浮云为我阴，悲风为我旋，三桩儿誓愿明题遍。（做哭科，云）婆婆也，直等待雪飞六月，亢旱三年呵，（唱）那其间才把你个屈死的冤魂这窦娥显[16]！

（刽子做开刀，正旦倒科）（监斩官云）呀，真个下雪了，有这等异事！（刽子云）我也道平日杀人，满地都是鲜血。这个窦娥的血，都飞在那丈二白练上，并无半点落地，委实奇怪！（监斩官云）这死罪必有冤枉。早两桩儿应验了，不知亢旱三年的说话，准也不准？且看后来如何。左右，也不必等待雪晴，便与我抬他尸首，还了那蔡婆婆去罢。（众应科，抬尸下。）

作者生平：　　见 A03014。

定格说明：　　《端正好》，正宫，亦入仙吕，见 C13060，仅见于套曲。全曲 5 句，25 字。句式与韵脚安排为：3○3△7△7△5△。

　　《滚绣球》，亦入中吕，仅见于套曲，一般须与《倘秀才》连用。见 C13060，全曲 11 句，56 字。句式与韵脚安排为：3○3△7△7△3○3△7△7△7○7△4△。

　　《倘秀才》正宫，亦入中吕，仅见于套曲，一般须与《滚绣球》连用，见 C13060，全曲 6 句，31 字，句式与韵脚安排为：7△7△7△3○3△2△。

　　《叨叨令》正宫，小令套曲兼用。见 A17361。全曲 7 句，41 字，句式与韵脚安排为：7△7△7△7△3○3○7△。

　　《快活三》正宫，亦入中吕。仅见于带过曲与套曲，见 B14023。全曲 4 句，22 字，句式与韵脚安排为：5△5△7△5△。

　　《鲍老儿》中吕，仅见于套曲，见 C01003，句式与韵脚安排为：7△5△7△5△4○4○4△4○4○4△。

　　《耍孩儿》又名魔合罗，般涉调，亦入正宫、中吕、双调。仅见于套曲。见 C06033。全曲 9 句，51 字，句式与韵脚安排为：7△6△7○6△7○7△3△4○4△。

　　《煞》定格作者自拟，似为 5△5△7△7○7○5△4○4△。

　　《煞尾》应为：7△7△4○4○4△7△。但此作：5△5△7△7△。待考。

词语注释：　　1. 外，元曲角色名，此指外末即老年男性。净，即花脸。做公的，差役；磨旗，摇旗。正旦，主要旦角。

行动些，快走。2. 堤防，亦作提防；全曲言自己无端被认为犯王法，遭刑罚，顷刻将死，因而深深埋怨苍天。3. 只合，只应该。4 怎生，为什么；盗跖，春秋时大盗，手下数千人横行天下，杀人越货；颜渊是孔子最优秀的学生，此指善人。全句言善恶不分。5. 顺水推船，言任凭世道怎样坏也听之任之。6. 勘，鉴别。7. 咱，此处作语尾词。8. 溅（jian 减），倒、泼。陌，本指一百钱，此指一叠纸钱。按窦娥虽对于婆婆的屈从坚决反对，并且对此加以轻视和讽刺，但对婆婆仍然很关心和孝顺。9. 葫芦提，糊里糊涂，不明不白；干家缘，做家务事的缘故。10. 将碗句，言用一碗凉稀饭祭奠我。下文荐，义同奠。11. 等我，让我；旗枪，即指旗杆；打什么不紧，口语，有什么要紧。12. 罚，同发；此句言发下无根源的誓愿。苌弘，周朝忠臣，含冤被杀，三年后其血化碧；望帝，传说中的蜀王，名杜宇，被迫让位，死后魂化为子鹃，啼声甚哀，蜀人思之，因称子鹃鸟为杜宇或杜鹃。二句言自己是跟他们一样冤死的。13. 暄，本指暖和，此作炎热解；邹衍，燕国忠臣，被诬下狱，《淮南子》称夏日天为之下霜；素车白马，古时隆重的送葬场面，二句言但求下雪，不需要白马素车，把尸体埋葬在古陌荒阡。14. 亢旱，大旱。15. 期，希望；人心句，从下句"从人愿"看，当指个人的期望不可能得到同情；齐国有寡妇事婆母至孝，被诬以杀母罪，下狱处死，天旱三年。无心正法，无心公正执法。16. 明题遍，明确再提一遍。

作品赏析： 下文《第四折》写窦娥之父窦天章应考高中，后任两淮提刑肃政廉访使，巡视楚州时，为窦娥彻底平反，并追究有关人等的责任：张驴儿凌迟处死，赛卢医永远充军，桃杌及有关典吏各杖一百，永不录用，蔡婆婆由窦家收养。

《窦娥冤》是中国古代典型的冤案，作者借窦娥之口，呼天抢地，痛斥世道之不公。至于刑场异象和后来的平反，只不过是世俗与作者善良愿望的体现而已。

二　王实甫《崔莺莺待月西厢记》第四本第三折(长亭送别)

剧情简介：演绎崔张故事的作品甚多，从元稹的《莺莺传》到王实甫的杂剧《崔莺莺待月西厢记》不下十数种，而以《莺莺传》、董解元《西厢记诸宫调》及王实甫的杂剧最为有名。

元人杂剧一般为每本四折或另加楔子。此陈规逐渐被打破。王著竟达五本二十折、加五个楔子之多，是元杂剧中最长的剧本之一，写张生游蒲，迷恋莺莺，搬兵解危，夫人赖婚，张生高中，完婚团圆的大团圆经过。本折写张生被迫赴京，与莺莺告别情景。感情深厚，表现细腻，文字优美，广为人们所引用。原文并无副标题。曲中"旦"指莺莺，"末"指书生张珙，"红"指红娘，"洁"指长老和尚。

（夫人、长老上，夫人云）今日送张生赴京，十里长亭，安排下筵席。我和长老先行，不见张生、小姐来到。（旦、末、红同上）（旦云）今日送张生上朝取应，早是离人伤感，况值那暮秋天气，好烦恼人也呵！悲欢聚散一杯酒，南北东西万里程。（唱）

《正宫·端正好》碧云天，黄花地，西风紧、北雁南飞。晓来谁染霜林醉？总是离人泪！

《滚绣球》恨相见得迟、怨归去得急。柳丝长玉骢难系，恨不倩疏林挂斜晖。马儿迍迍的行，车儿快快的随。却告了相思回避，破题儿又早别离。听得一声去也、松了金钏；遥望见十里长亭、减了玉肌。此恨谁知！

（红云）姐姐今日怎么不打扮？（旦云）你那知我的心里呵！（唱）

《叨叨令》见安排着车儿、马儿，不由人熬熬煎煎的气；有什么心情花儿、靥儿，打扮的娇娇滴滴的媚？准备着被儿、枕儿，则索**昏昏**沉沉的**睡**₁，从今后衫儿、袖儿，都搵做重重叠叠的**泪**！兀的不**闷杀人也么哥**，兀的不**闷杀人也么哥**！久已**后**书儿、信儿，**索与我恓恓惶惶的寄**。

（做到，见夫人科）（夫人云）张生和长老坐，小姐这壁坐。红娘将酒来。张生，你向前来，是自家亲眷，不要回避。俺今日将莺莺与你，到京师休辱末了俺孩儿₂，挣揣一个状元回来者。（末云）小生托夫人余荫，凭着胸中之才，视官如拾芥耳₃。（洁云）夫人主见不差，张生不是落后的人。（把酒了，坐）（旦长吁科）（唱）

《脱布衫》**下西风黄叶纷飞**₄，**染寒烟衰草凄迷**。酒席上斜签着坐的，蹙愁眉死临侵地₅。

《小梁州》我见他**阁泪汪汪不敢垂**₆，恐怕人知。猛然见了把头低，长吁气，推整素罗衣。

《幺篇》虽然久后成佳配，奈时间怎不悲啼！意似痴，心如醉；昨宵今日，清减了小腰围。

（夫人云）小姐把盏者！（红递酒，旦把盏长吁科，云）请吃酒！（唱）

《上小楼》合欢未已，离愁相继。想着俺**前暮私情，昨夜成亲，今日别离**。我谂知、这几日，相思滋味，却元来此**别离情更增十倍**₇。

《幺篇》年少呵轻远别，薄情呵易弃掷₈。全不想腿儿相挨，脸儿相偎，手儿相携。你与俺崔相国做女婿，妻荣夫贵。但得一个**并头莲**，煞强如状元**及第**！

（红云）姐姐不曾吃早饭，饮一口儿汤水。（旦云）红娘，什么汤水咽得下！（唱）

《满庭芳》供食太急，须臾对面，顷刻别离。若不是**酒席间子母**每当回避，有心待与他**举案齐眉**₉。虽然是**厮守得**

一时半刻，也合着俺夫妻每共桌而食。眼底空留意，寻思起就里，险化做望夫石[10]。

（夫人云）红娘把盏者！（红把酒科）（旦唱）

《快活三》将来的酒共食，尝着似土和泥[11]。假若便是土和泥，也有些土气息、泥滋味。

《朝天子》暖溶溶玉醅，白泠泠似水，多半是相思泪。眼面前茶饭怕不待要吃[12]？恨塞满愁肠胃！蜗角虚名，蝇头微利，拆鸳鸯在两下里。一个这壁，一个那壁，一递一声长吁气。

（夫人云）辆起车儿[13]，俺先回去，小姐随后和红娘来。（下）（末辞洁科）（洁云）此一行别无话儿，贫僧准备登科录看，做亲的茶饭少不得贫僧的。先生在意，鞍马上保重者！从今经忏无心礼，专听春雷第一声。（下）（旦唱）

《四边静》霎时间杯盘狼藉，车儿投东、马儿向西。两意徘徊，落日山横翠。知他今宵宿在那里？有梦也难寻觅。

（旦云）张生，此一行得官不得官，疾便回来。（末云）小生这一去，白夺一个状元。正是，青霄有路终须到，金榜无名誓不归。（旦云）君行别无所赠，口占一绝，为君送行：

弃掷今何在？当时且自亲。还将旧来意，怜取眼前人。

（末云）小姐之意差矣。张珙更敢怜谁？谨赓一绝，以剖寸心：

人生长远别，孰与最关亲？不遇知音者，谁怜长叹人？[14]（旦唱）

《耍孩儿》淋漓襟袖啼红泪，比司马青衫更湿[15]。伯劳东去燕西飞[16]，未登程先问归期。虽然眼底人千里，且尽生前酒一杯。未饮心先醉。眼中流血，心里成灰。

《五煞》到京师服水土，趁程途节饮食，顺时自保揣身体[17]。荒村雨露宜眠早，野店风霜要起迟。鞍马秋风里，最难调护，最要扶持。

《四煞》这忧愁诉与谁？相思只自知，老天不管人憔悴。泪添九曲黄河溢，恨压三峰华岳低。到晚来闷把西楼倚，见了些夕阳古道，衰柳长堤。

《三煞》笑吟吟一处来，哭啼啼独自归。归家若到罗帏里，昨宵个绣衾香暖留春住，今夜个翠被生寒有梦知。留恋你无别意[18]，见据鞍上马，阁不住泪眼愁眉。

（末云）有甚言语，嘱咐小生咱！（旦唱）

《二煞》你休忧文齐福不齐，我则怕你停妻再娶妻。休要"一春鱼雁无消息"[19]！我这里青鸾有信频须寄，你却休金榜无名誓不归。此一节君须记：若见了那异乡花草，再休似此处栖迟[20]。

（末云）再谁似小姐，小生又生此念？（旦唱）

《一煞》青山隔送行，疏林不做美，淡烟暮霭相遮蔽。夕阳古道无人语，禾黍秋风听马嘶。我为什么懒上车儿内：来时甚急，去后何迟[21]？

（红云）夫人去好一会，姐姐，咱家去！（旦唱）

《收尾》四围山色中，一鞭残照里。遍人间烦恼填胸臆，量这些大小车儿如何载得起[22]！

（旦、红下）（末云）仆童，赶早行一程儿，早寻个宿处。

泪随流水急，愁逐野云飞。（下）

作者生平：　　见 B04010。

定格说明：　　《端正好》见上套。

《滚绣球》见上套。

《叨叨令》见上套。

《脱布衫》正宫，亦入中吕，见 C06040。全曲 4 句，28 字，句式与韵脚安排为：7△7△7△7△。

《小梁州》正宫，亦入中吕、商调，小令套曲兼用，见 A12254。全曲 5 句，26 字，幺篇稍异，6 句，29 字。句式与韵脚安排为：7△4△7△3△5△加幺篇 7△7△3○3△4△5△。

《上小楼》正宫，亦入中吕，兼用。见 A12242。全曲 9 句，37 字，句式与韵脚安排为：4○4△4○4△4△3○3△4△7△。

《满庭芳》正宫，亦入中吕，兼用。见 A16332。全曲 11 句，49 字。句式与韵脚安排为：4△4○4△7△4△3△4△7△3△4△5△。

《快活三》正宫，亦入双调，仅见于带过曲与套曲，见 B14023。全曲 4 句，22 字。句式与韵脚安排为：5△5△7△5△。第八句、第十句亦可作 5 字句。

《朝天子》正宫，亦入中吕，兼用。见 A05066。全曲 11 句，45 字。句式与韵脚安排为：2△2△5△7△5△4○4△6△2△2△6△。第八句、第十一句亦作 5 字句。

《四边静》正宫，亦入中吕。仅见于带过曲，见 B14025。句式与韵脚安排为：4△7△4△4△4△5△。

《耍孩儿》正宫，亦入中吕、般涉调、双调，仅见于套曲。见 C06033。全曲 9 句，51 字。句式与韵脚安排为：7△6△7○6△7○7△3△4○4△。

词语注释： 1. 则索，只好；末句索字作应该讲。2. 辱末，辱没，屈辱。3. 拾芥，从地上捡取一棵小草，极言其容易。4. 下，动词，吹下。5. 斜签着，斜插着，此指侧身而坐；死临侵的，口语，死气沉沉的，无精打采的。6. 阁，同搁；阁泪，忍住眼泪。7. 谂（shen 审），义同审；谂知，熟知、深知。此言自己已尝够相思滋味，谁知这别离比相思更伤情十倍。8. 弃掷，抛弃、遗弃。9. 每，同们；此言如果不是母亲在场，须回避，真想与张生像夫妻一样，举案齐眉而食。10. 就里，内情；此言眼前空思索面对的困难情形，几乎使人僵化。望夫石，民间传说有女子丈夫在外，长期怅望而化为石头。11. 将来，拿来；此极言缺乏胃口到极点，连任何滋味都尝不出来。12. 怕不待要吃，难道不想吃，但愁恨已塞满肠胃。13. 辆，作动词用，备好车辆。14. 赓，和作；莺莺诗设想张生将来也许抛弃自己，但应该不忘旧情。张生和诗说，只有莺莺是知己，怜惜自己。15. 司马青衫，用白居易《琵琶行》末句诗意。16. 伯劳，鸟名；此言各自纷飞。17. 趁程途，赶路程；揣，度量；此言应根据身体情况，按照当时的条件保重自己。18. 此言不想分别。19. 此引宋词无名氏《鹧鸪天·春闺情》中句。20. 栖迟，滞留。21. 来时甚急，指上文"车儿快快的随"，归去时则懒洋洋何其迟缓也。22. 此用李清照《武陵春》词意。

作品赏析： 感情深厚，语言生动而又流畅，是值得反复咏叹的佳作。

三　马致远《破幽梦孤雁汉宫秋》第四折（结局）

本剧写王昭君和番的故事。计有开头的楔子和四折正文。楔子写匈奴呼韩耶单于归附汉朝，并依例向汉朝请求和亲。次写奸臣毛延寿以女色媚君，蛊惑元帝在全国刷选美女，以充后宫。第一折写毛延寿趁选美之机，大肆勒索。所选第一百名乃农家女王嫱。勒索不遂，便在王嫱的画像上弄些破绽，导致王嫱被打入冷宫。后因王嫱优美的琵琶声引来元帝并受宠幸，且元帝决定捉拿毛延寿问斩。第二折写毛延寿带着昭君的美人图投奔匈奴，挑拨单于按图索女。单于乃屯兵要挟。奸臣五鹿充宗、内常侍宦官石显，逼迫元帝同意送昭君和番；满朝文武都因贪生怕死附和，元帝只得应允，并不顾大臣反对，决定亲赴灞桥送行。第三折写送别时悲痛场面。单于拥昭君北去，并封为宁胡阏氏。行至界河黑龙江时，昭君要求奠酒辞别祖国，乘机跳江而死。单于葬之江边，号为青冢。命勇士将毛延寿拿下，送汉朝处置。第四折写元帝秋夜闻孤雁声、思念昭君的悲凉感受。至天明早朝时，人报北国绑送毛延寿到京，元帝乃下令斩首以祭明妃昭君。原文本折并无副标题。下文中"驾"指圣驾，即汉元帝，"旦"指明妃，"黄门"指皇帝身边侍者。

（驾引内官上，云）自家汉元帝。自从明妃和番，寡人一百日不曾设朝。今当此夜景萧索，好生烦恼。且将这美人图挂起，少解闷怀也呵！（唱）

《中吕·粉蝶儿》 宝殿凉生，夜迢迢六宫人静。对银台一盏寒灯。枕席间、临寝处，越显的吾身薄幸。万里龙庭，知他宿谁家一灵真性[1]？

（云）小黄门，你看炉香尽了，再添上些香。（唱）

《醉春风》 烧尽御炉香，再添黄串饼。想娘娘似竹林寺不见分形。则留下这个影、影。未死之时，在生之日，我可也一般恭敬[2]。

（云）一时困倦，我且睡些儿。（唱）

《叫声》 高唐梦苦难成，那里也爱卿、爱卿！却怎生无些灵圣？偏不许、楚襄王枕上云雨情[3]。

（做睡科）（旦上，云）妾身王嫱，和番到北地，私自逃回。兀的不是我主人！陛下，妾身来了也。（番兵上，云）恰才我打了个盹，王昭君就偷走回去了。我急急赶来，进的汉宫，兀的不是昭君！（做拿旦下）（驾醒科，云）恰才见明妃回来，这些儿如何不见了？（唱）

《刮银灯》恰才这搭儿单于王使命，呼唤俺那昭君名姓。偏寡人唤娘娘不肯灯前应，却原来是画上丹青。猛听得仙音院凤管鸣，更说甚箫韶九成阁不住4。

《蔓青菜》白日里无承应，教寡人不曾一觉到天明，做的个团圆梦境。

（雁叫科）（唱）却原来雁叫长门两三声，怎知道更有人孤另5！

（雁叫科）（唱）

《白鹤子》多管是春秋高筋力短，莫不是食水少骨毛轻？待去后愁江南网罗宽，待向前怕塞北雕弓硬6。

《幺篇》伤感似替昭君思汉主，哀怨似作《薤露》哭田横，凄凉似和半夜楚歌声，悲切似唱三叠阳关令7。

（雁叫科）则被那泼毛团叫的凄楚人也！（唱）

《上小楼》早是我神思不宁，又添个冤家缠定。他叫得慢一会儿，紧一声儿，和尽寒更。不争你打盘旋，这搭里同声相应，可不差讹了四时节令8？

《幺篇》你却待寻、子卿、觅李陵，对着银台，叫醒咱家，对影生情。则俺那、远乡的汉明妃、虽然得命，不见你个泼毛团也耳根清净9。

（雁叫科）（云）这雁儿呵，（唱）

《满庭芳》又不是心中爱听，大古似林风瑟瑟，岩溜泠泠。我只见山长水远天如镜，又生怕误了你途程。见被你冷落了、潇湘暮景，更打动我边塞离情。还说甚过留声，那堪更瑶阶夜永，嫌杀月儿明10！

（黄门云）陛下省烦恼，龙体为重。（驾云）不由我不烦恼也！（唱）

《十二月》休道是**咱家动情**，你**宰相每**也**生憎**。不比那**雕梁燕语**，不比那**锦树莺鸣**。汉昭君**离乡背井**，知他在**何处愁听**₁₁？

（雁叫科）（唱）

《尧民歌》**呀呀的**飞过蓼花汀，孤雁儿**不离了凤凰城**。画檐间铁马响丁丁，宝殿中御榻冷清清。寒也波更，潇潇落叫声，烛暗长门静₁₂。

《随煞》一声儿绕汉宫，一声儿寄渭城；暗添人白发成衰病，直恁的吾家可也劝不省。

（尚书上，云）今日早朝散后，有番国差使前来，说因毛延寿叛国败盟，致此祸隙。今昭君已死，情愿两国讲和，伏候圣旨。（驾云）既如此，便将毛延寿斩首，祭献明妃。着光禄寺大排筵席，犒赏来使回去。（诗云）

叶落深宫雁叫时，梦回孤枕夜相思。虽然青冢人何在？还为蛾眉斩画师。

题目　沉黑江明妃青冢恨
正名　破幽梦孤雁汉宫秋

作者生平：　见 A01001。
定格说明：　《粉蝶儿》中吕，仅见于套曲，见 C06033，句式与韵脚安排为：4△7△7△3○3○4△4△7△。

《醉春风》中吕，亦入正宫，仅见于套曲，见 C06033，句式与韵脚安排为：5○5△7○1△1△4○4○4△。

《叫声》中吕，亦入正宫，仅见于套曲。全曲 3 句，19 字，句式与韵脚安排为：5○7△7△。或云第二句首二字叠用，且有暗韵。

《剔银灯》中吕，亦入正宫，仅见于套曲，全曲6句，38字。句式与韵脚安排为：7△7△7○7△7△4△。

《蔓青菜》中吕，仅见于套曲，仅见于套曲，全曲5句，30字，句式与韵脚安排为：7△7△4△7△5△。首二句可作6字折腰句。

《白鹤子》中吕，亦入正宫。兼用。见A05065。全曲4句，20字，句式与韵脚安排为：5○5△5○5△。

《上小楼》中吕，一入正宫。兼用。见A12124。全曲9句，37字，句式与韵脚安排为：4△4△4○4○4△3○3△4△7△。

《满庭芳》中吕，亦入正宫、仙吕，兼用，见A16332。全曲11句，46字，句式与韵脚安排为：4△4○4△7△4△3△4△7△3△4△5△。

《十二月》中吕，亦入正宫，仅见于带过曲与套曲，见B04011。全曲6句，24字，句式与韵脚安排为：4△4△4○△△4△4△4△。

《尧民歌》中吕，亦入正宫。仅见于带过曲与套曲，见B04010。全曲7句，40字，句式与韵脚安排为：7△7△7△7△2△5△5△。

词语注释： 1. 迢迢，悠长；银台，银质烛台；薄幸，不幸；一灵真性，指王昭君，有赞美意。2. 黄串饼，即黄篆饼，刻有篆文、供焚烧的香饼、香圈；竹林寺，庐山幻境处，可望而不可即；一说佛所居地竹林精舍，其中之塔有形无影，今反其义，言但见王昭君画图之影，而不见其形。3. 高唐梦，宋玉《高唐赋》言楚王梦游高唐，遇巫山神女。无些灵圣，没有一点圣灵作用，使我能与昭君相遇。4. 这搭儿，这里；单于王使命，单于的使者，即上文番兵。仙音院，蒙古国所设掌音乐机关，此指皇家乐队；箫韶九成，舜时乐舞，因由九段组成，故称箫韶九成。此言仙音院乐声惊破了美梦。5. 长门，汉宫名。6. 多管是，准是；此言这大雁准是年老力乏，饮食缺少而消瘦，且南来北往都有危险，所以流落在此哀鸣。7. 薤露，挽歌，多用以送王公贵人。田横，秦末起义群雄之一，刘邦建国后，他不忍投降，与其下五百人均自杀。和，动词，相和而唱。楚歌，指垓下围攻项羽时的楚国歌声；三叠阳关令，即有名的送别曲阳关三叠。泼毛团，对此孤雁的咒骂词。8. 早是，本来，早已。和尽寒更，与寒更始终相和。不争，只为；此言现在并不是你飞翔盘旋、同声相应的季节。此处缺一4字句。9. 子卿，苏武字；末二句言我远乡的明妃，最好不见到你，以便耳根清净。10. 大古，大概；天如镜，言水远处水天一色，天色如在镜里。此言你不去潇湘暮景地方（平沙落雁为潇湘八景之一），而偏在此动我边塞离情。雁过留声为当时俗语。嫌煞月明，乃失眠者烦恼心情。11. 休道二句，言不知我因你啼叫动情，宰相们也讨厌你。你这远非燕语莺歌的噪声，不知明妃在何处愁听。12. 也波语助词，即寒更。13. 此言孤雁你径直这样劝不醒，定要哀鸣烦我。

作品赏析： 作品对于失恋者于幽梦被惊破后的失眠之夜，所感受的凄凉悲痛心情，描写得十分细致深入。但剧情系出自作者的再创作，与史实相去甚远。昭君系因被冷落而自请和番，元帝于昭君辞朝时始发现其动人姿色与气质，虽后悔但重信义而终于遣昭君北去，并杀画工毛延寿以泄愤。毛敲诈与破坏美人图像事，容或有之，但毛并未逃奔匈奴，元帝亦非迫于匈奴威胁而和亲。

四　白朴《唐明皇秋夜梧桐雨》第四折(秋夜梧桐雨)

全剧一楔子加四折。楔子写捉生讨击使安禄山征讨奚契丹失败，幽州节度使张守珪本拟按律问斩，因爱其骁勇，乃送京由皇上决断。宰相张九龄认为安禄山不可靠，主张杀掉，但玄宗为其勇武与谄媚所迷，赦免，赐之为杨贵妃义子，并赐洗儿钱，封为渔阳节度使。安乃怀野心去渔阳练兵谋反。第一折写杨妃怀念与禄山私情，七夕在长生殿安排乞巧筵席，玄宗到来，赐予金钗钿盒。二人于月下订百年偕老、世世永为夫妻誓约。第二折写安禄山以讨贼为名，起兵犯长安。明皇正欣赏杨妃霓裳羽衣舞，四川使臣送来新鲜荔枝供妃子享用。醉生梦死之际，宰相李林甫忽报安禄山叛军将至，文武无人敢出头抵抗，只得仓皇幸蜀。第三折写陈玄礼率军护驾，留郭子仪、李光弼辅太子留守。军士哗变，杀杨国忠，并逼玄宗令杨妃自缢。第四折即本选套，写玄宗乱后以太上皇身份还宫，于秋夜梧桐雨时相思之苦。原文无副标题。

（高力士上[1]，云）自家高力士是也。自幼供奉内宫，蒙主上抬举，加为六宫提督太监。往年主上悦杨氏容貌，命某取入宫中，宠爱无比，封为贵妃，赐号太真。后来逆胡称兵，伪诛杨国忠为名，逼的主上幸蜀。行至中途六军不进。右龙武将军陈玄礼奏过，杀了国忠，祸连贵妃。主上无可奈何，只得从之，缢死马嵬驿中。今日贼平无事，主上还国，太子做了皇帝。主上养老，退居西宫[2]，昼夜只是想贵妃娘娘。今日教某挂起真容，朝夕哭奠。不免收拾停当，在此伺候咱。（正末上[3]，云）寡人自幸蜀还京，太子破了逆贼，继了帝位，寡人退居西宫养老，每日只是思量妃子。教画工画了一轴真容供养着。每日相对，越增烦恼也呵！（做哭科，唱）

《正宫·端正好》自从**幸西川**、**还京兆**，甚的是月夜花朝！这半年来**白发添多少**？怎打叠**愁容貌**[4]！

《幺篇》瘦岩岩、不避**群臣笑**，玉叉儿将**画轴高挑**。荔枝花果香檀卓[5]，目觑了、伤怀抱。

（做看真容科，唱）

《滚绣球》险些把我气冲倒，身谩靠，把太真妃高叫。叫不应雨泪嚎咷。这待诏、手段高[6]，画的来没半星儿差错。虽然是快染能描[7]，画不出**沉香亭畔回鸾舞**，**花萼楼**

前上马娇，一段儿妖娆。

《倘秀才》妃子呵，常记得**千秋节华清宫宴乐，七夕会长生**殿乞巧[8]。誓愿学**连理**枝比翼鸟，谁想你**乘彩凤返丹霄**[9]，命夭！

（带云）寡人越看越添伤感，怎生是好！（唱）

《呆骨朵》寡人**有心**待盖一座杨妃庙，怎奈无权柄**谢位辞朝**[10]。则俺这**孤辰**限难熬，更打着**离恨天**最高[11]。在**生时同衾**枕，不能够死后也**同棺椁**。谁承望**马嵬**坡**尘土**中，可惜把一朵**海棠零**花落了。

（带云）一会儿身子困乏，且下这亭子去闲行一会咱[12]。（唱）

《白鹤子》那身离殿宇，信步下亭皋。见杨柳**袅翠蓝**丝，芙蓉折**胭脂萼**[13]。

《幺》见芙蓉怀媚脸，遇杨柳忆纤腰[14]。依旧的两般儿点缀上阳宫，他管一灵儿潇洒长安道[15]。

《幺》常记得**碧梧**桐阴下立，**红牙**箸手中敲[16]。他笑整**缕**金衣，舞按霓裳乐。

《幺》到如今**翠盖**中荒草满，芳**树**下暗香消。空对井梧阴，不见倾城貌。

（做叹科，云）寡人也怕闲行，不如回去来。（唱）

《倘秀才》本待**闲散心追欢取乐**，倒惹的**感旧恨天荒地老**[17]。快快归来凤帏悄，甚法儿、捱今宵？懊恼！

（带云）回到这寝殿中，一弄儿助人愁也。（唱）

《芙蓉花》淡氤氲串烟袅，昏惨刺银灯照[18]。玉漏迢迢，才是初更报。暗觑清霄，盼梦里他来到。却不道**口是心苗**，不住的频频叫[19]。

（带云）不觉一阵昏迷上来，寡人试睡些儿。（唱）

《伴读书》一会家心焦懆,四壁厢秋虫闹。忽见掀帘西风恶,遥观满地阴云罩。俺这里披衣闷把帏屏靠,业眼难交[20]。

《笑和尚》原来是滴溜溜绕闲阶败叶飘,疏剌剌刷落叶被西风扫,忽鲁鲁风闪得银灯爆,厮琅琅鸣殿铎,扑簌簌动朱箔,吉丁当玉马儿向檐间闹[21]。

(做睡科,唱)

《倘秀才》闷打颏和衣卧倒[22],软兀剌方才睡着。(旦上,云)妾身,贵妃是也。今日殿中设宴。宫娥,请主上赴宴咱。(正末唱)忽见青衣走来报,道太真妃、将寡人邀,宴乐。

(正末见旦科,云)妃子,你在那里来?(旦云)今日长生殿排宴,请主上赴席。(正末云)分付梨园子弟齐备着。(旦下)(正末做惊醒科,云)呀!元来是一梦。分明梦见妃子,却又不见了。(唱)

《双鸳鸯》斜軃翠鸾翘,浑一似出浴的风标[23],映着云屏一半儿娇。好梦将成还惊觉,半襟情泪湿鲛绡。

《蛮姑儿》懊恼,窨约[24]:惊我来的又不是楼头过雁,砌下寒蛩,檐前玉马,架上金鸡,是无那窗儿外梧桐上雨潇潇。一声声洒残叶,一点点滴寒梢,会把愁人定虐[25]。

《滚绣球》这雨呵,又不是救旱苗,润枯草、洒开花萼,谁望道秋雨如膏。向青脆条,碧玉梢,碎声儿必剥,增百十倍歊和芭蕉。子管里珠连玉散飘千颗,平白地瀽瓮番盆下一宵,惹的人心焦[26]!

《叨叨令》一会家紧呵、似玉盘中万颗珍珠落;一会家响呵、似玳筵前几簇笙歌闹;一会家清呵、似翠岩头一派寒泉瀑;一会家猛呵、似绣旗下数面征鼙操。兀的不闷杀人也么哥！兀的不闷杀人也么哥！则被他诸般儿雨声相聒噪[27]。

《倘秀才》 这雨一阵阵打**梧桐叶凋，一点点滴人心碎**了。**枉**着**金井银床紧围绕**[28]，只好**把枝叶、做柴烧，锯倒**！

（带云）当初妃子舞翠盘时，在此树下；寡人与妃子盟誓时，亦对此树。今日梦境相寻，又被他惊觉了。（唱）

《滚绣球》长生殿，那一宵，转回廊，**说誓约**，不合**对梧桐并肩斜靠，尽言词絮絮叨叨**。沉香亭，那一朝，按**霓裳、舞六幺**[29]，红牙箸击成腔调，乱宫商闹闹炒炒。是无那当时欢会栽排下，今日凄凉厮辏着，暗地量度。

（高力士云）主上，这诸样草木，皆有雨声，岂独梧桐？（正末云）你那里知道，我说与你听者。（唱）

《三煞》润濛濛杨柳雨，凄凄院宇侵帘幕；细丝丝梅子雨，妆点江干满楼阁；杏花雨红湿阑干，梨花雨玉容寂寞，荷花雨翠盖翩翩，豆花雨绿野萧条。都不似你**惊魂破梦、助恨添愁、彻夜连宵**！莫不是**水仙弄娇，展杨柳洒风飘**[30]？

《二煞》喧喧似**喷泉瑞兽临双沼**，刷刷似**食叶春蚕散满箔**。乱洒琼阶，水传宫漏；飞上雕檐，酒滴新槽。直下的更残漏断，枕冷衾寒，烛灭香消。可知道夏天不觉，把高凤麦来漂[31]。

《黄钟煞》顺西风低把纱窗哨，送寒气频将绣户敲。莫不是**天故将人愁闷搅**，度铃声**响栈道**，似花奴**羯鼓调**，如伯牙**《水仙操》**。洗黄花**润篱落**，渍苍苔**倒墙脚**；渲湖山**漱石窍**，浸枯荷**溢池沼**；沾残蝶**粉渐消**，洒流萤**焰不着**。绿窗前**促织叫**，声相近**雁影高**；催邻砧**处处捣**，助新凉**分外早**。斟量来**这一宵**，雨和人**紧厮熬**；伴铜壶**点点敲**，雨更多泪不少。雨湿寒梢，泪染龙袍。不肯相饶，共隔着一树梧桐直滴到晓[32]！

题目　安禄山反叛兵戈举
　　　陈玄礼拆散鸾凤侣
正名　杨贵妃晓日荔枝香
　　　唐明皇秋夜梧桐雨

作者生平：　见 A01003。
定格说明：　《端正好》，见前《窦娥冤》。
　　　　　　《滚绣球》，同前。
　　　　　　《倘秀才》，同前。
　　　《呆骨朵》又名《灵寿杖》，正宫，亦入中吕，仅见于套曲，见 C13061。全曲 8 句，39 字。句式与韵脚安排为：7△4△4○4△5○5△5○5△。
　　　《白鹤子》见《汉宫秋》。
　　　《芙蓉花》正宫，亦入中吕，仅见于套曲，全曲 8 句，39 字。句式与韵脚安排为：6△6△4△5△4△5△4△5△。典型平仄格式为：仄平平、仄平平△平平仄、平平仄△仄仄平平△仄仄平仄△仄仄平平△仄仄平平仄△仄仄平平△仄仄平平仄△。
　　　《伴读书》又名《村里秀才》，正宫，亦入中吕，仅见于套曲。见 C08050。全曲 6 句，35 字。句式与韵脚安排为：5△5△7△7△7△4△。
　　　《笑和尚》又名《笑歌赏》，正宫，亦入中吕，仅见于套曲，见 C08050。全曲 8 句，48 字。句式与韵脚安排为：5△5△5△3○3△5△。第五句后可增 3 字句 1、2 或 4 句。
　　　《双鸳鸯》又名合欢曲，正宫，亦入中吕，兼用。见 A16340。全曲 5 句，27 字。句式与韵脚安排为：3△3△7

△7○7△。

《蛮姑儿》又名《蛮姑令》，正宫，亦入中吕。仅见于套曲。全曲5句，23字。句式与韵脚安排为：2△2△7△3○3△6△。此曲有增句。

《叨叨令》见《窦娥冤》。

《黄钟煞》应即《黄钟尾》，其定格为：《隔尾》首二句：平平仄仄平平仄△仄仄平平仄仄平△加三字句若干，可再加、双数、隔句用韵、对偶之四字句若干，再加《尾声》末二句：平仄仄、仄仄平平△仄仄平平平仄仄△。此曲欠规范，又尾声少一7字句。

词语注释： 1. 高力士，玄宗身边主要太监。2. 西宫，即太极宫甘露殿，上元元年（760），李辅国矫诏迁太上皇于此。3. 正末，正生，即唐明皇。4. 甚的是，真是，特别是。打叠，打点，安排。5. 卓，同桌。此言见香檀桌上供奉的荔枝花果而伤感。6. 待诏，本指皇帝身边等待任用的官吏，后指工匠之类，此指画工。7. 快染，迅速作画，全句指绘画与色彩俱佳。8. 千秋节，指玄宗生日；是日玄宗看中贵妃，令其度为女道士，旋即纳为贵妃。七夕会乞巧，指二人发誓世世为夫妻。9. 乘彩凤返丹霄，指贵妃死亡。10. 此言自己已退位为太上皇，无权。11. 孤辰限，指有天干无地支的不吉时辰。打着，顶着。离恨天，传说中三十三天的最高层，为男女相思之处。12. 咱，语助词。13. 那身，挪身；亭皋，亭子所在高地。14. 二句言睹物思人。15. 一灵儿，一忽儿，此言贵妃却忽然在长安道上消失了。16. 牙箸，当指象牙敲击节奏的乐器。下句翠盖，指贵妃的舞盘。17. 此言因含恨而觉天地荒凉。18. 氤氲，光线晃动。惨刺，凄惨。19. 口是心苗，口是心的先兆，因心想而口中不住地叫杨妃。20. 业眼难交，可恶的眼睛合不上。21. 疏剌剌、忽鲁鲁等，均为象声词。朱箔，珠箔、珠帘。22. 闷打颏，闷恹恹，打颏，可能即打瞌睡。软兀那，软绵绵。23. 斜簪，斜插；

翠鸾翘，首饰名。风标，有风采的标致人物，此盖作者因押韵而打油。24. 窨约，暗自思忖；25. 定虐，亦作定害，指折磨。本曲有增句。26. 望道，指望；必剥、歇和，均为象声词。子管，只管；里，语助词；瀽瓮，倒瓮。27. 聒噪，吵闹。28. 枉着，白白地，徒然地。此言无端被它困扰。29. 霓裳、六幺，均为有名舞曲。曲末言当时欢会裁排情景，与今日聚集的凄凉形成对比。30. 江干，江岸；梨花雨句，暗用白居易《长恨歌》中诗句。末二句言如此大雨，莫非水仙撒娇。31. 噇噇（chuang床）、刷刷，均为象声词；水传宫漏等句，言此雨似宫漏不停，如酒滴新槽等。高凤麦句，汉书生高凤夏天看守曝麦，天雨漂麦，他竟不知晓。32. 哨，吹拂；度铃声句，言此雨如栈道铃声，（明皇令）花奴击羯鼓催花；洒流萤句，言雨使萤火不着。雨和人厮熬：拟人化，言此雨与人互相煎熬。

作品赏析：　　对于多种雨声，特别是使失恋者心烦的梧桐雨声，做了极为精彩的描写。很好地体现了全剧的主题《唐明皇秋夜梧桐雨》。

五　郑光祖《迷青琐倩女离魂》第四折(离魂与病体合为一身)

全剧一楔子，四折。楔子写李夫人及孤女张倩女居家，其夫在世时指腹为婚之王文举来访。夫人使其与倩女兄妹相称，其意为必须待王考中得官后，方可成亲。第一折写折柳亭依依送别。第二折写倩女离魂追赶王生，共赴长安。第三折写王文举状元及第，修书向张家报喜。倩女在家卧病，偶梦王生前来报告得官喜讯。醒后接张生自京来书，云将携小姐一同回家。倩女见书气绝。差人直怨王生不该于娶妻后，遣自己送休书，遭辱骂。第四折即本选套，写王文举奉旨还乡，并任衡州府判。到家见母谢罪，云不该私带小姐上京。夫人以离魂倩女为鬼魅。经过一番周折，离魂与病女合身为一人，以大团圆喜剧告终。

（正末上₁，云）欢来不似今朝，喜来那逢今日。小官王文举，自从与夫人到于京师，可早三年光景也。谢圣恩可怜，除小官衡州府判，着小官衣锦还乡。左右，收拾行装，辆起细车儿₂，小官同夫人往衡州赴任去。则今日好时辰，便索长行也₃。（魂旦上，云）相公，我和你两口儿衣锦还乡，谁想有今日也呵！（唱）

《黄钟·醉花阴》行李萧萧倦修整，甘岁月淹留帝京。只听得花外杜鹃声，催起归程。将往事从头省，我心坎上犹自不惺惺₄，做了场弃业抛家恶梦境。

《喜迁莺》据才郎心性，莫不是向天公买拨来的、聪明₅？那更内才外才相称，一见了不由人不动情。忒志诚，兀的不倾了人性命！引了人灵魂？

（正末云）小姐，兜住马，慢慢地行将去。（魂旦唱）

《出对子》骑一匹龙驹畅好口硬，恰便是驮张纸不恁般轻。腾、腾、腾收不住玉勒常是虚惊，火、火、火坐不稳雕鞍划地眼生。撒、撒、撒挽不定丝缰则待撺行₆。

《刮地风》行了些这没撒和的长途有十数程₇，越恁的骨瘦蹄轻。暮春天景物撩人兴，更见景留情₈。怪的是满路花生，一攒攒绿杨红杏，一双双紫燕黄莺，一对蜂、一对蝶，各相比并。想天公、知他是怎生，不肯教恶了人情₉。

《四门子》中间里列一道红芳径，教俺美夫妻并马而行。咱如今富贵还乡井，方信道耀门闾昼锦荣₁₀。若见俺娘，那一会惊，刚道来的话儿不中听。是这等门厮当，户厮撑₁₁，怎教咱做妹妹哥哥答应？

《古水仙子》全不想这姻亲是旧盟，则待教祆庙火刮刮匝匝烈焰生，将水面上鸳鸯、忒楞楞分开交颈，疏剌剌沙鞴雕鞍撒了锁程，厮琅琅汤**偷香处喝号提铃**，支楞楞争**弦断了不续碧玉筝**，吉丁丁珰**精砖上摔破菱花镜**，朴通通冬**井底坠银瓶**[12]。

（正末云）早来到家中也。小姐，我先过去。（做见跪科）母亲，望饶恕孩儿罪犯则个！（夫人云）你有何罪？（正末云）小生不合私带小姐上京，不曾告知。（夫人云）小姐现今染病在床，何曾出门？你说小姐在那里？（魂旦见科）（夫人云）这必是鬼魅！（魂旦唱）

《古寨儿令》可怜我**伶仃**也那**伶仃**，阁不住**两泪盈盈**。手拍着胸脯**自招承，自感叹，自伤情，自懊悔、自由性**[13]！

《古神仗儿》俺娘他**毒害**的有名，全无那**母子面情**。则被他将一个**痴小冤家**，送的来**离乡背井**。每日价**烦烦恼恼，孤孤另另**。少不得**厌煎成病**[14]。断送了，泼残生。

（正末云）小鬼头你是何处妖精，从实说来！若不实说，一剑挥之两段。（做拔剑砍科，魂旦惊科，云）可怎了也！（唱）

《幺篇》没揣的**一声狠似雷霆**[15]，猛可里諕一惊**丢了魂灵**。这的是**俺娘**的弊病，要**打灭丑声、佯做**个**寐挣**[16]。妖精**也甚精？男儿**也，**看我**这旧恩情，你且放我去**与夫人、亲折证**[17]。

（夫人云）王秀才，且留人，他道不是妖精，着他到房中看，那个是伏侍他的梅香？（梅香扶正旦昏睡科）（魂旦见科，唱）

《挂金锁》蓦入门庭，则教我立**不稳行不正**。望见首饰妆奁，志**不宁心不定**。见几个**年少丫环，口不住手不停**，拥着个半死佳人，唤不醒呼不应。

《尾声》猛地回身来合并，床几畔一盏孤灯。兀娘[18]，早则**照不见伴人清瘦影**。（魂旦附正旦体科，下）

（梅香做叫科，云）小姐，小姐，王姐夫来了也！（正旦醒科，云）王郎在那里？（正末云）小姐在那里？（梅香云）恰才那个小姐，附在小姐身上，就苏醒了也。（旦、末相见科）（正末云）小生得官后，着张千曾寄书来。（正旦唱）

《侧砖儿》哎！你个辜恩负德王学士，今日也有称心时。不甫能盼得音书至，倒揣与我个闷弓儿[19]！

《竹枝歌》打听为官折了桂枝，别娶了新婚甚意思？着妹妹目下恨难支。把哥哥闲传示，则问这小妮子，被我都蛮蛮的扯做纸条儿[20]！

（正末云）小姐分明在京随我三年，今日为何合为一体？（正旦唱）

《水仙子》想当日暂停征棹饮离樽，生恐怕千里关山劳梦频。没揣的灵犀一点潜相引，便一似生个身外身，一般般两个佳人：那一个跟他取应，这一个淹煎病损。母亲，则这是倩女离魂。

（夫人云）天下有如此异事！今日是吉日良辰，与你两口儿成其亲事。小姐就受五花官诰，做了夫人县君也。一面杀羊造酒，做个大大庆喜的筵席。（诗云）

凤阙诏催征举子，《阳关曲》惨送行人。调素琴王生写恨，迷青琐倩女离魂。

  题目 调素琴王生写恨
  正名 迷青琐倩女离魂

作者生平： 见 A12252。

定格说明： 《醉花阴》黄钟，仅见于套曲。见 C15091。有古、近二体。古体 5 句，27 字，其句式与韵脚安排为：7△6△5△4○5△。近体末加二句：5△7△。须与《喜迁莺》

连用，此二句即为《喜迁莺》古体之首二句。

《喜迁莺》黄钟，仅见于套曲，有古、近二体。近体8句，35字，其句式与韵脚安排为：4△7△2△4○7△3△4○4△。古体10句，47字，即于其前加二句：5△7△。

《出对子》黄钟，兼用。见A05089。其句式与韵脚安排为：4△6△7△7△7△。幺篇换头，即将首句改为7字句。

《刮地风》黄钟，兼用。见A18437。全曲12句，50字。其句式与韵脚安排为：7△4△7△4△4△4△3△3△4△3△3△4△。

《四门子》黄钟，仅见于套曲，见C15075。全曲10句，52字。句式与韵脚安排为：7△6△7△6△3○3△7△3△7△。

《古水仙子》亦作《水仙子》，黄钟，仅见于套曲。全曲9句，51字。句式与韵脚安排为：3△7△4○4○7△7△7△5△。典型平仄格式为：仄仄平△仄仄平平仄仄平△仄仄平平○平平仄仄△仄平平、仄仄平平△平仄仄、仄仄平平△平平仄仄平平△平平仄平平仄△仄仄仄平平△。

《古寨儿令》亦作《寨儿令》。黄钟，仅见于套曲。全曲7句，26字。句式与韵脚安排为：2△2△4△7○3△3△5△。典型平仄格式为：平平△平仄△仄仄平平△平平仄仄仄平平△平仄仄△仄平平○仄仄平平仄△。

《古神仗儿》黄钟，仅见于套曲。全曲9句，37字。其句式与韵脚安排为：4△4△4○4△4○4△7△3○3△。典型平仄格式为：仄平平、仄仄平平△平平仄、仄仄平平△平仄仄、仄仄平平○仄仄平、平平仄仄△平平仄仄○平平仄仄△平平仄仄△平仄仄○仄平平△。

《挂金锁》黄钟，兼用，见A02012。全曲8句，36字。其句式与韵脚安排为：4○5△4○5△4○5△4○5△。

《侧砖儿》黄钟，仅见于套曲。诸谱不载，全曲4句，28字。句式与韵脚安排为：7△7△7△7△。典型平仄格式为：仄仄平平平仄仄△平平仄仄仄平平△平平仄仄平平仄△平平仄仄仄平平△。

《竹枝歌》黄钟，亦入双调。仅见于套曲。全曲7句，38字。句式与韵脚安排为：7△7△7△5△5△2△5△。典型平仄格式为：仄仄平平仄仄平△仄仄平平仄仄平△平平仄仄仄平平△平平仄仄平△仄仄平平平△平平△仄仄仄平平△。

《水仙子》黄钟，兼用。见A05094。句式与韵脚安排为：3△7△4○4○7△7△7△5△。此曲少一7字句。

词语注释： 1. 正末，小生，此指王文举；下文魂旦，指倩女之离魂。2. 辆，动词，架起车辆；细车，精致的车辆。3. 便索，便好。4. 萧萧，言其甚多；惺惺，清醒。5. 此言看来才郎聪明是天生。6. 口硬，壮实；撺行，急行。7. 撒和，蒙古语，指以饮食款待客人或喂驴马。8. 此言见景生情。9. 一攒攒，一簇簇；不肯教句，不肯扫人兴，即使人高兴。此曲句子安排与定格稍异。10. 昼锦荣，即锦衣夜行的反面，即荣归故里。11. 此言门当户对。12. 祆庙火，齐女爽约，致男方纵火烧祆庙，此指因爽约生变故。刮刮匝匝至扑通通冬，均为象声词。鞴鞍二句，言催促王文举启程。13. 由性，任性。14. 厌煎，恹恹煎熬，下文淹煎同此。15. 没揣的，不提防、想不到。16. 弊病，缺点、毛病；瘿（yi意）挣，发呆、震惊。17. 折证，清算，对证。18. 兀娘，语气词。19. 不甫能，好不容易。揣我个句，言给我一个闷葫芦。20. 蚩蚩（chi吃），象声词。

作品赏析： 写归程甚为欢快，抱怨母亲甚是伤情，离魂合身令人惊喜。

下编附录

元曲曲谱

牌名、适用情况、句子数、句式、典型平仄格式

几点说明：此表收集了笔者力所能及的元曲曲牌凡 311 个（同牌异名者除外）。其中绝大多数定格，都是以能见到的曲谱为依据。各谱在定格上彼此有出入者，则在附注中加以说明。对于诸谱所不载的曲牌，则据该曲牌的现存作品加以归纳，可能并不准确。从总体上看，此表可以当作比较翔实的元曲曲谱看待。表中△表韵脚，○表白脚，●表押韵与否两可，下加横线者为折腰句。

一麻

揽筝笆 双调，仅见于套曲，本书见 C05031。全曲 9 句 38 字。句式与韵脚安排为：3○5△4○4△3△3○4△6○4△。典型平仄格式为：仄平平○仄仄仄平平△仄仄平平○平平仄仄△仄平平△平仄仄○仄仄平平△平平仄仄平平○仄仄平平△。

古调石榴花 中吕，仅见于套曲。本书见 C01003。全曲 17 句 94 字。句式与韵脚安排为：7△4△7△4△7△<u>7</u>△7○3○3△5△6△4○7△4△7△<u>7</u>△5△。平仄格式略。

胡十八 双调，小令套曲兼用。本书见 A01006。全曲 9 句 29 字。句式与韵脚安排为：3○3△3○3△7△2△2△3○3△。全部 3 字句均可增为 5 字句或 6 字折腰句。典型平仄格式为：仄仄平○仄平平△

仄仄平○仄平平△仄仄平平仄仄平△平平△平平△平平仄○平平仄△。

木丫叉仙吕，仅见于套曲，本书见C16069。全曲12句63字。句式与韵脚安排为：4△4△4○6△4○7△5△7△7△7△4○4△。典型平仄格式为：仄仄平平△仄仄平平△平平仄仄○平平仄仄平平△平平仄仄○仄仄平平、仄仄平平△仄仄仄平平△仄仄平平、平平仄仄△仄仄平平仄仄平△平平仄仄平平△平平仄仄○仄仄平平△。

乔木查又名《银汉浮槎》。双调，仅见于套曲。本书见C01001。全曲5句26字。句式与韵脚安排为：5△5△7△5○4△。典型平仄格式为：平平平仄仄△仄仄平平仄△仄仄平平仄仄△平平仄仄○平平仄仄△。

蝶恋花双调，仅见于套曲，本书见C01002。全曲5句30字。句式与韵脚安排为：7△4○5△7△7△。典型平仄格式为：仄仄平平仄仄△仄仄平平○仄仄平平仄△仄仄平平平仄仄△平平仄仄平平仄△。

芙蓉花中吕，亦入正宫，仅见于套曲，本书见P302，白朴剧曲《唐明皇秋夜梧桐雨》第四折。全曲8句39字。句式与韵脚安排为：6△6△4△5△4△5△4△5△。典型平仄格式为：仄平平、仄平平△平平仄、平平仄△仄仄平平△仄仄平平△仄仄平平△仄仄平平仄△仄仄平平△仄仄平平仄△。

河西后庭花商调，仅见于套曲。本书见C01004。诸谱不载，归纳为全曲9句50字。句式与韵脚安排为：7△7△5△5△4△4△6△6△6△。典型平仄格式为：平平仄仄仄平平△仄仄平平仄仄平△仄仄平平仄△平平仄平△仄仄平平△仄仄平平△仄仄平平仄、仄平平△仄仄平、仄仄平△仄仄平△仄仄平△。

后庭花仙吕，也入商调，兼用。本书见A01008。全曲7句32字，句式与韵脚安排为：5△5△5○5△3△4○5△。第七句可改为6字折腰句。典型平仄格式为：平平仄仄平△平平仄仄平△仄仄平平仄○平平仄仄平△仄平平△平平仄仄○平平仄仄平△。

锦上花双调，仅见于套曲。本书见C01005。全曲8句32字。句式与韵脚安排为：4○4△4○4△4○4△4○4△。典型平仄格式为：仄仄平平○平平仄仄△仄仄平平○平平仄仄△仄仄平平○平平仄仄△仄仄平平○平平仄仄△。幺篇换头：首二句改为两个5字句：平平仄仄平△仄仄仄平平△。

墙头花 中吕，仅见于套曲，本书见C01003。句式与韵脚安排为：3△5△7△7○7△。典型平仄格式为：仄平平△仄仄平平仄△平平仄仄仄平平△平仄仄、仄仄平平○平仄平仄、平平仄平△。

山丹花 双调，小令独用，本书见A01010。全曲6句28字。句式与韵脚安排为：7△3△3△7△5△3△。典型平仄格式为：平平仄仄仄平平△仄仄平△仄仄平△平平仄仄仄平平△仄仄平平平△仄仄平△。第二句、第三句叠用，末句叠上句末3字。

石榴花 中吕，亦入正宫。仅见于套曲，本书见C06033。全曲9句53字。句式与韵脚安排为：7△5△7△4△4△7△7△7△5△。典型平仄格式为：平平仄仄平平仄△仄仄仄平平△平平仄仄仄平平△平平仄仄△仄仄平平△平平仄仄平△仄平平、仄仄平平△平仄仄平平仄△仄仄仄平平△。

四季花 仙吕，亦入商调。兼用，套曲有结尾稍异之幺篇。本书见A01011。全曲6句34字。句式与韵脚安排为：7○5△7○5△3△7△。典型平仄格式为：平平仄仄平平仄○仄仄平平仄△平平仄仄平平仄○仄仄仄平平△仄平仄△平平仄仄仄平平△。套曲有结尾稍异之幺篇（第二句改为7字折腰句）。

一枝花 南吕，仅见于套曲。本书见C01006。全曲9句47字。句式与韵脚安排为：5○5△5○5△4△5△5△7△6△。典型平仄格式为：平平仄仄平○仄仄仄平仄△平平平仄○仄仄平平△仄仄平平仄△平平平仄仄△平平仄、仄仄平平○仄仄平平仄仄△。

斗蛤蟆 双调，仅见于套曲，本书见C14069。诸谱不载，经归纳为：全曲12句51字。句式与韵脚安排为：2△4○5○4△5○4△2△5○5△3△6○6△。典型平仄格式为：平平△仄仄平平○平平平仄仄○平平仄仄△平平平仄仄○平平仄△平△平平仄仄△平平平仄仄○平平仄仄平△平平仄△平平仄仄平平○仄仄平平仄仄△。

古竹马 双调，亦入越调。仅见于套曲。本书见 C05026。诸谱或不载，或句式字数相差甚远。经归纳为全曲 12 句，60 字。句式与韵脚安排为：6○6△4○4○4△7○4△6△4○7△4○4△。越调为 13 句 53 字：4△4△4△7△3△4○4△2○2△4○7△4△。幺篇换头与始调异，作 7△7△2△2△4○4△7△4○4○4○4△。平仄略。

上京马 仙吕，仅见于套曲，本书见 C13064。全曲 5 句 25 字。句式与韵脚安排为：3○5△7△4△6△。典型平仄格式为：平平仄○平平平仄仄△仄仄平平仄仄△平平仄仄△平仄仄、平平仄△。

天净沙 又名《塞上曲》，越调，小令独用。本书见 A01001。全曲 5 句 28 字。句式与韵脚安排为：6△6△6△4●6△。末句多为折腰句，但偶有不折腰者。如张可久作"可怜少个知音"。

高平煞 商调，仅见于套曲。本书见 C15077。全曲 11 句 57 字。句式与韵脚安排为：7△6△4○4△4△7△5○5△4△4△7△。典型平仄格式为：平平仄仄仄平平△仄仄平平仄仄△仄仄平平○仄仄平平△仄仄平平○平平仄仄平平△平平仄仄平平○仄仄平平△平平△仄仄平平△仄仄平平平仄△。

后庭花煞 仙吕，仅见于套曲。本书见 C13064。全曲 7 句 32 字。句式与韵脚安排为：5△5△5○5△3△4△5△。典型平仄格式同《后庭花》：平平仄仄平△平平仄仄平△仄仄平平仄○平平仄仄平△仄平平△平平仄仄△平平仄仄平△。

离亭宴煞 双调，仅见于套曲。本书见 C05031、C14070。全曲 9 句 47 字。句式与韵脚安排为：7△7△4△7△3○3△6△5○5△。典型平仄格式为：平平仄仄平平仄△平平仄仄平平仄△平平仄仄△平仄仄平平仄△平仄仄○平平仄○平平仄仄平平仄△仄仄仄平平○平平平仄仄△。另《广正谱》有《鸳鸯带离亭宴煞》为：《鸳鸯煞》首 4 句 +《离亭宴煞》后 5 句。

离亭宴带歇指煞 双调，仅见于套曲。本书见 C01002。全曲 17 句 88 字。句式与韵脚安排为：7△7△4△5○5○5△5○5△4△5○5△5○5△6△5○5△。典型平仄格式为：仄仄平平仄仄平△平平仄仄平平仄△平平仄仄△仄仄仄平平○平平仄平仄○仄仄平平仄△平平仄仄平○仄仄平平仄△平平仄仄△仄仄平平仄△平平仄仄平○仄仄平平仄△仄仄平平仄△仄仄平平○平平仄仄平△。

卖花声煞中吕，仅见于套曲。本书见 C01003。全曲 6 句 36 字。句式与韵脚安排为：7△7○7△4○4△7△。典型平仄格式为：平平仄仄平平仄△平平仄仄、平平仄仄○平平仄仄平平△平平仄仄○平仄仄△仄平平、平平仄仄△。附注：此实即小令《卖花声》之定格。

神仗儿煞黄钟，仅见于套曲。本书见 C18111。全曲 8 句 38 字，即《神仗儿》前六句，加《尾声》末二句。句式与韵脚安排为：4△4△4○4△4○4△7△7△。典型平仄格式为：平平仄仄△平平仄仄△仄仄平平○平平仄仄△平平仄仄○平平仄△仄平平、仄仄平平△仄仄平平仄仄△。

鸳鸯歇指煞双调，仅见于套曲，本书见 C05030。诸谱不载。归纳为全曲 17 句 95 字。句式与韵脚安排为：7△7△5△5○5○5△6○6△7△5○5△5○5△7△5△5△。平仄略。

鸳鸯煞双调，仅见于套曲，本书见 C17102。全曲 9 句 48 字。句式与韵脚安排为：7△7△4△4△4○4△7△4△7△。典型平仄格式为：平平仄仄平平仄△平平仄仄平平△仄仄平平△平平仄平△仄仄平平○平平仄仄平平仄△仄仄平平△平仄仄、平平仄仄△。

赚煞仙吕，仅见于套曲。本书见 C05023、C15079。全曲 11 句 56 字。句式与韵脚安排为：3○3△7△7△3△4△7△4△4△7△。典型平仄格式为：仄平平○平平仄△仄平平、平仄仄△仄仄平平仄平△仄平平、仄仄平平△仄仄平平△仄仄平平仄仄平△平平仄仄△平平仄△平平仄仄平平△。

二波

定风波商调，仅见于套曲。本书见 C02019。全曲 6 句 32 字。句式与韵脚安排为：5△4○4△7△5○7△。典型平仄格式为：仄仄平平仄△仄仄平平○仄仄平平△仄平平、仄仄平平△平平平仄仄○仄平平、平平仄仄△。

呆骨朵 正宫，与入中吕，仅见于套曲。本书见 C13061。全曲 8 句 39 字。句式与韵脚安排为：7△4△4○4△5○5△5○5△。典型平仄格式为：平平仄仄平平仄△仄仄平平△仄仄平平○平平仄仄△仄仄平平仄○仄仄平平仄△平平平仄仄○平平平仄仄△。

魔合罗 又名《耍孩儿》，中吕，亦入正宫、般涉调、商调、双调。仅见于套曲。本书见 C06034。全曲 9 句 51 字。句式与韵脚安排为：7△6△7○6△7○7△3△4○4△。典型平仄格式为：平平仄仄平平仄△仄仄平平仄仄△平平仄仄平平○平平仄仄平平△仄仄平平仄仄○仄仄平平仄仄△平仄仄△仄仄平平○平平仄仄△。

雁儿落 双调，仅见于带过曲与套曲。本书见 B02001。全曲 4 句 20 字。句式与韵脚安排为：5△5△5○5△。典型平仄格式为：仄仄平平仄△仄仄平平仄△仄仄仄平平○平平平仄仄△。

挂金索（锁）商调，亦入黄钟，兼用。本书见 A02012。全曲 8 句 36 字。句式与韵脚安排为：4○5△4○5△4○5△4○5△。典型平仄格式为：平平仄仄○仄仄平平仄△仄仄平平○仄仄平平仄△仄仄平平○仄仄平平仄△仄仄平平○仄仄平平仄△。

三歌

采茶歌 南吕，仅见于带过去与套曲。本书见 B16029。全曲 5 句 27 字。句式与韵脚安排为：3△3△7△7○7△。典型平仄格式为：仄平平△仄平平△平平仄仄仄平平△仄仄平平仄仄○平平仄仄仄平平△。

大德歌 双调，亦入商调，兼用。本书见 A03014。全曲 7 句 36 字。句式与韵脚安排为：3△3△5△5△6△7△7△。典型平仄格式为：仄平平△仄平平△平平仄仄平△仄仄平平仄△平平仄、仄仄平△平平仄仄平平仄△平仄仄仄平平△。第三句也可作 7 字句。

鸿门凯歌 双调，兼用。本书见 A03015。全曲 12 句 60 字。句式与韵脚安排为：5△5△5○5△6△6△6○6△2△6△2△6△。典型平仄格式为：平平仄仄平△仄仄平平仄△平平仄仄○仄仄平平仄△平平仄、仄平平△平平仄、仄平平△仄平平、平平仄○平平仄、仄仄平△平平△平仄仄、平平仄△平平、仄平平、平仄仄△。附注：小令仅汤式一首，残甚。今从后人补缀之《新水令》套中，摘其第四曲《鸿门凯歌》以弥补之。首4句作7字句，则为68字。

农乐歌摊破雁儿落 双调，仅见于带过曲与套曲。诸谱不载，本书见C04020。归纳为全曲14句78字+13句77字，两共27句155字。句式与韵脚安排为：5○5△5○5△5○5△5○5△5○5△7△7○7△7+7△7△7○7△7○5△5△4○7△4△6○4△。典型平仄格式为：仄仄仄平平○仄仄平平仄△平平仄仄平○仄仄平平仄△平平仄仄平○平平仄仄平△平平仄仄平○仄仄平平仄△平平仄仄平△平平仄仄平△仄仄平平△平平仄仄平△仄平平仄仄平△+平平仄仄平平△仄仄仄平平△仄仄仄平平△仄平平仄平○平平仄平△平平仄△仄平平平○仄平平△仄仄平平△仄平平仄△○平平仄△仄平平仄△仄仄平、仄仄平○平平仄仄△。

三犯白苎歌 双调，仅见于套曲。本书见C03020。诸谱不载。归纳为全曲32句176字。句式与韵脚安排为：5△7△7△7○7△3○3△3○3△5○5△5○7△6△6△7○5△6△6△7△7○5△7△5△3△3△5○5△7△7△5△。平仄略。

尧民歌 中吕，亦入正宫，仅见于带过曲与套曲。本书见C06037、B04010。全曲6句40字。句式与韵脚安排为：7△7△7△7△7△5△。典型平仄格式为：平平仄仄仄平平△仄平平平仄仄平△平平仄仄仄平平△仄平平平仄仄平△平平仄仄平平仄△仄仄平平仄仄平△仄△。

醉高歌 又名《最高楼》，中吕，亦入正宫，兼用。本书见A03016。全曲4句25字。句式与韵脚安排为：6△6△7△6△。典型平仄格式为：平平仄仄平平△仄仄平平仄仄△平平仄仄平平△仄仄平平仄仄△。

竹枝歌黄钟，仅见于套曲。本书见郑光祖《倩女离魂》第四折。全曲6句40字。句式与韵脚安排为：7△7△7△6△6△7△。典型平仄格式为：仄仄平平仄仄平△仄仄平平仄仄平△平平仄仄仄平平△仄平平、平平仄△平平仄、仄平平△平平仄仄仄平平△。

庆宣和双调，兼用。本书见 A03019。全曲5句22字。句式与韵脚安排为：7△4△7△2○2△。典型平仄格式为：仄仄平平仄仄平△仄仄平平△平平仄仄仄平平△仄仄○仄仄△。

迎仙客中吕，兼用。本书见 A03021。全曲7句28字，句式与韵脚安排为：3○3△7△3○3△4○5△。典型平仄格式为：仄仄平○仄平平△仄仄平平仄仄平△仄平平○仄仄平△仄仄平平△仄仄平平仄△。

朝元乐双调，仅见于套曲。本书见 C03020。诸谱不载，全曲10句57字。句式与韵脚安排为：4○4△6△7△6△6△5○5△7○7△。典型平仄格式为：仄仄平平○平平仄仄△仄仄平平仄仄△平平仄仄平平仄△平平仄仄平平△平平仄仄平平△平平仄仄○仄仄平平△仄仄平平仄仄平○平平仄仄平平仄△。

大安乐仙吕，仅见于套曲。本书见 C12057。全曲5句29字。句式与韵脚安排为：7△7△7△3△5△。典型平仄格式为：平平仄仄平平仄△平平仄仄仄平平△平平仄仄仄平平△仄仄平△仄仄平平平△。

大德乐双调，仅见于带过曲与套曲。本书见 B15028。全曲11句54字。句式与韵脚安排为：7△4○5△5○5△5○5△4△5△4△5△。典型平仄格式为：仄仄平平仄仄平△仄仄平平○平平仄仄平△平平仄仄○平平仄仄平△平平仄仄○平平仄仄平△平平仄仄△仄仄平平△平平仄平△。

得胜乐双调，小令独用。本书见 A03024。全曲5句26字。句式与韵脚安排为：3○3△7△7△6△。典型平仄格式为：仄仄平○平平仄△仄仄平、仄仄平平△平仄仄、平平仄仄△平平仄、平平仄△。

丰年乐失调，小令独用。本书见 A03026。全曲5句29字。句式与韵脚安排为：7△4△7△5△6△。典型平仄格式为：仄仄平平仄仄平△平平仄仄△平平仄仄仄平平△仄仄平平仄△平平仄仄平平△。

归来乐 小石调，小令独用。见本书 A03027。全曲 11 句 57 字。句式与韵脚安排为：4△6△6○6△6△5△4△5○5△6△4△。典型平仄格式为：平平仄仄△仄仄平平仄仄△平平仄仄平仄○仄仄平平仄仄△仄仄平平仄△仄仄平平仄△平平仄仄平平○平平平仄仄△仄仄平平仄仄△平平仄仄△。

还京乐 大石调，仅见于套曲。本书见 C05027。全曲 20 句 107 字。句式与韵脚安排为：6○6△6○6△4○6△6△4○4△7△7△4△7△7○7△3○3○6△4○4△。典型平仄格式为：仄仄平平仄仄○平平仄仄平平△仄仄平平仄仄○平平仄仄平平△平平仄仄○平平仄、平平仄△仄仄平平仄△仄仄平平○平平仄△平平仄平平△△平平仄仄△仄仄平平仄△仄仄平平仄平、平平仄仄△仄平平、仄仄平平△平平仄○平平仄○仄仄平平仄仄△平平仄仄○仄仄平平△。

凉亭乐 商调，小令独用。本书见 A03028。全曲 8 句 44 字。句式与韵脚安排为：7△4△7△5△4○4△7△6△。典型平仄格式为：仄仄平平仄仄平△仄仄平平△平平仄仄平平△仄仄平平仄△平平仄○平平仄仄△仄仄平平仄仄平△平平仄、仄仄平△。第六句后可有 4 字增句。

平湖乐 越调，小令独用。本书见 A03029。全曲 8 句 42 字。句式与韵脚安排为：7△5△7△3△7△4○4○5△。典型平仄格式为：平平仄仄仄平平△仄仄平平△仄仄平平仄仄平△平平仄△平平仄仄平平仄△平平仄△平平仄仄○平平仄○仄仄仄平平△。

普天乐 中吕，亦入正宫，兼用。本书见 A03032。全曲 11 句 46 字。句式与韵脚安排为：3○3△4○4△3○3△7○7△4○4○4△。典型平仄格式为：仄仄平○平平仄△平平仄仄○仄仄平平△平平仄○仄仄平△仄仄平平仄仄平○仄平平、仄仄平平△平平仄仄○平平仄仄○仄仄平平△。

齐天乐中吕，仅见于带过曲与套曲。带《红衫儿》组成带过曲。本书见 B03009。全曲 13 句 53 字。句式与韵脚安排为：6 △ 5 △ 2 △ 1 △ 4 △ 7 △ 2 △ 4 ○ 4 △ 4 ○ 4 △ 3 ○ 3 △ 4 △。典型平仄格式为：平平仄仄平平 △ 仄仄平平仄 △ 平平 △ 平 △ 仄仄平平 △ 平平、仄仄平平 △ 平平 △ 仄仄平平 ○ 平平仄仄 △ 仄仄平平 ○ 仄仄平平 △ 仄仄平 ○ 仄平平 △ 仄仄平平 △。

时新乐失调，小令独用。本书见 A03042。全曲 9 句 42 字。句式与韵脚安排为：7 △ 7 △ 5 △ 5 △ 2 △ 2 △ 4 △ 5 △ 5 △。典型平仄格式为：仄仄平平平仄仄 △ 仄仄平平平仄平 △ 平平仄仄平 △ 平平仄仄平 △ 仄仄 △ 仄仄 △ 平平仄仄平平 △ 仄平仄平平 △。

天下乐仙吕，仅见于套曲。本书见 C15078。全曲 7 句 30 字。句式与韵脚安排为：7 △ 2 △ 3 △ 7 △ 3 ○ 3 △ 5 △。典型平仄格式为：仄仄平平仄仄平 △ 平平 △ 仄仄平 △ 平平仄仄仄平平 △ 仄仄平 ○ 仄仄平 △ 平平仄仄平 △。

逍遥乐商调，仅见于套曲。本书见 C15076。全曲 10 句 49 字。句式与韵脚安排为：4 △ 4 ○ 4 △ 4 △ 7 △ 7 △ 7 △ 4 ○ 4 ○ 4 △。典型平仄格式为：平平仄仄 △ 仄仄平平 ○ 平平仄仄 △ 仄仄平平 △ 平仄平、仄仄平平 △ 仄仄平平仄仄平平 △ 仄仄平、平平仄仄平平仄 △ 平平仄仄 △ 仄仄平平 ○ 仄仄平平 △。

小圣乐双调，小令独用。本书见 A03043。全曲 10 句 46 字。句式与韵脚安排为：4 ○ 5 ○ 4 △ 4 ○ 5 △ 6 ○ 7 △ 3 △ 4 ○ 4 △。典型平仄格式为：仄仄平平 ○ 仄仄仄平平 ○ 平平仄仄 △ 平平仄仄 ○ 仄仄平平 △ 仄仄平平仄仄 ○ 平仄仄、平平仄仄 △ 平仄平 △ 平平 ○ 仄仄平平 △。

昼夜乐黄钟，小令独用，仅 1 作者。本书见 A03044。各谱归纳出入甚大，今从《元曲鉴赏辞典》略加改变为全曲 10 句 53 字。句式与韵脚安排为 7 △ 2 △ 7 △ 7 △ 7 △ 7 △ 3 △ 4 △ 4 △ 5 △，加幺篇换头 52 字，即 7 △ 2 △ 2 △ 7 △ 7 △ 7 △ 7 △ 4 △ 4 △ 5 △。均一韵到底。典型平仄格式为：仄仄平平仄仄平 △ 平平 △ 平平仄、仄仄平平 △ 平平仄仄平平仄 △ 仄平平、仄仄平平 △ 平平仄仄平平仄 △ 仄仄平 △ 仄仄平平△仄仄平平△仄仄平平仄△；加幺篇换头：仄仄平平仄仄平△平平△平平△平平仄、仄仄平平△仄仄平、平平仄仄△平平仄仄仄平平△平平仄、仄仄平平△仄仄平平△仄仄平平△仄仄平平仄△。

乔捉蛇中吕，兼用。本书见 A03045。全曲 8 句 42 字。句式与韵脚安排为：5○5△7△7△3○3○5△7△。典型平仄格式为：仄仄仄平平○平平平仄仄△平平仄仄平平△仄仄平平仄仄△平仄仄○平仄仄○平平平仄仄△平平仄仄平平仄△。

四皆

江头送别越调，仅见于套曲。本书见 C18018。诸谱不载，经归纳为：全曲 4 句 24 字。句式与韵脚安排为：7○7△6△4△。典型平仄格式为：平平仄、平平仄仄○平平仄、仄仄平平△仄仄平仄△仄仄平平△。

阳关三叠大石调，小令独用。本书见 A04046。全曲分两段：7 句 44 字 +13 句 69 字，共 20 句 113 字。句式与韵脚安排为：7△7△5○7△5○7△6△+3○7△4○7△3○7△4○7△5△3○7○7○5△。典型平仄格式因系以著名唐诗为范本，故多律句。应为：平平仄仄平平仄△平平仄、仄仄平平△仄仄平仄○平仄仄、仄仄平平仄○平仄仄、仄仄平平△仄平平、仄仄平△+平平仄○平平仄仄平平仄○平仄仄○平平仄△平平仄○平平仄○平平仄仄平平仄○平仄仄、仄仄平平○平平仄仄平△仄○平仄仄平平仄○平仄仄、仄仄平平○平平仄仄平△。

山麻秸越调，仅见于套曲。本书见 C18108。诸谱不载，经归纳为：全曲 8 句 34 字。句式与韵脚安排为：5△4△4△2△7△4○4○4△。典型平仄格式为：仄仄平平仄△仄仄平平△仄仄平平△平平△平平仄仄平平仄△平平仄仄○平平仄仄○仄仄平平△。

红绣鞋又名《朱履曲》，中吕，亦入正宫，兼用。本书见 A04047。全曲 6 句 34 字。句式与韵脚安排为：6○6△7△5○5△5△。典型平仄格式为：仄仄平平仄仄○平平仄仄平平△平仄仄仄平平△平平平仄仄○仄仄仄平平△平平平仄仄△。

干荷叶 南吕，亦入中吕，兼用。本书见 A04062。全曲 7 句 29 字。句式与韵脚安排为：3○3△5△3△3△7△5△。典型平仄格式为：平平仄○仄平平△仄仄平平△仄平平△平平仄仄平平△仄仄平平仄△。

金蕉叶 越调，仅见于套曲。本书见 C04021。全曲 4 句 24 字。句式与韵脚安排为：6△6△6△6△。典型平仄格式为：仄仄平平仄仄△仄仄平平仄仄△仄仄平平仄仄△仄仄平平仄仄△。

穿窗月 仙吕，仅见于套曲。本书见 C15080。全曲 6 句 33 字。句式与韵脚安排为：7△6△7△3△3△7△。典型平仄格式为：仄平平、仄仄平平△平平平、仄仄平△平平仄平平仄平△平平仄△平平仄△平平仄仄平平仄△。

秦楼月 南吕，兼用。本书见 A04063。全曲 5 句 21 字。句式与韵脚安排为：3△7△3△4○4△。需加幺篇换头 25 字：7△7△3△4○4△。两共 10 句 46 字。典型平仄格式为：平平仄△平平仄仄平仄△平平仄△平平仄仄○平平仄△加平平仄仄平平仄△平平仄△平平仄△平平仄仄○平平仄仄△。

十二月 中吕，亦入正宫。本书见 C06035、B04010。仅见于带过曲与套曲，其后带《尧民歌》组成带过曲。全曲 6 句 24 字。句式与韵脚安排为：4△4△4○4△4△4△。典型平仄格式为：平平仄仄○仄仄平平△仄仄平平○仄仄平平△平平仄仄△仄仄平平△。

五支

枣乡词（亦作早乡、早香）双调，仅见于套曲。本书见 C17103。全曲 6 句 32 字。句式与韵脚安排为：3○3△7△6△6△7△。典型平仄格式为：仄平平○仄仄平△平平仄、仄仄平平△平平仄、平仄仄△仄平平、平平仄△平平平、仄仄平平△。

醉西施 正宫，仅见于套曲。本书见 C05022。全曲 9 句 54 字。句式与韵脚安排为：5△7△7○7△5△7△4△5△。典型平仄格式为：仄仄仄平平△仄仄平、平平仄仄△仄平平、仄仄平平○平仄仄、平平仄仄△仄平平、平平仄仄△仄仄平平仄△平平仄仄平平仄△平平仄仄△仄仄平平仄△。

赏花时 仙吕，仅见于套曲。本书见 C05023。全曲 5 句 28 字。句式与韵脚安排为：7△7△5△4○5△。典型平仄格式为：仄仄平平仄仄平△仄仄平平仄仄平△仄仄平平△平平仄仄○仄仄仄平平△。

垂钓丝 商角调，仅见于套曲。本书见 C06039。全曲 6 句 29 字，句式与韵脚安排为：4○6△4○7△4△4△。典型平仄格式为：平平仄仄○仄仄平平仄仄△仄仄平平○仄仄平平仄仄平△仄仄平平仄仄△。

动相思 双调，仅见于套曲。本书见 C03020。全曲 14 句 77 字。诸谱不载。句式与韵脚安排归纳为：5○5△5○5△6○6○6○6△5○5△7△5△5△。典型平仄格式为：平平仄仄平○仄仄平平仄△仄仄仄平平○仄仄仄平平△仄平平、仄平平○仄平平、仄仄平○平仄仄、仄平平○仄平平、仄仄平平△仄仄平平仄△平平仄平平△仄仄平平仄△仄仄平平仄△。

鹊踏枝 仙吕，仅见于带过曲与套曲。本书见 B17035、C05024。全曲 6 句 28 字。句式与韵脚安排为：3△3△4○4△7△7△。典型平仄格式为：仄平平△仄平平△仄仄平平○仄仄平平△平仄仄、平平仄△仄平平、仄仄平平△。

玉交枝 带过曲作《玉娇枝》，南吕，用于小令及带过曲。本书见 A05064。全曲 8 句 49 字（或末句作 6 字，共 50 字）。句式与韵脚安排为：4○7△7△6△7△7△6△5△。典型平仄格式为：平平仄仄○平仄仄、平平仄仄△平平仄平平△仄平平、仄平平仄△仄仄仄平平△平仄平平△仄仄平平仄仄平平仄△，末句或作仄仄平平仄仄。乔吉之《玉交枝》较此为长，实因其后带有《四块玉》：3○5△5△7△3○○3△3。

白鹤子 正宫，亦入中吕，兼用。本书见 A05065。全曲 4 句 20 字。句式与韵脚安排为：5○5△5○5△。典型平仄格式为：平平平仄仄○仄仄仄平平△仄仄仄平平○仄仄仄平平△。

朝天子又名《朝天曲》《谒金门》，中吕，兼用。本书见A05066。全曲11句45字。第八、第十一句或作5字句。句式与韵脚安排为：2△2△5△7△5△4○4△6△2△2△6△。典型平仄格式为：仄平△仄平△仄仄平平仄△平平仄仄仄平平△仄仄平平△仄仄平平，仄仄平平△仄平平、仄仄平△仄平△仄平△平仄仄、仄平平△。

出对子黄钟，兼用。本书见A05089。全曲5句31字。句式与韵脚安排为：4△6△7△7△7△。典型平仄格式为：平平仄仄△仄平平、仄仄平△平平仄仄仄平△仄仄平平仄仄平△仄仄平平仄仄平△。第二句有作5字句者。幺篇换头，首句改为7字句：平平仄仄平平仄，用否均可。

催拍子大石调，仅见于套曲。本书见C13059。全曲19句84字。句式与韵脚安排为：4△4△4△7○7△4△4○4○4△4△4○4○4△4○4○4△6△。典型平仄格式为：平平仄仄△平平仄仄△平平仄仄△仄平平、仄仄平平○仄平平、平平仄△平平仄△平平仄○平平仄仄○仄仄平平△平平仄△平平仄○平平仄○平平仄○平平仄仄△仄仄平平仄仄△。

滴溜子黄钟，仅见于套曲。本书见C06045。诸谱不载，经归纳为：全曲12句43字。句式与韵脚安排为：3○3○4△3○3○4△2○4△5○4△4○4△。典型平仄格式为：平仄仄○平仄仄○仄仄平平△平平仄○平平仄○平仄仄△仄仄○平平仄仄△平平仄平○平平仄仄△仄仄平平○仄仄平平△。

甘草子正宫，兼用。本书见A05091。全曲10句50字。句式与韵脚安排为：3△4○6△3○3△6△7△6△7△5△。典型平仄格式为：平平仄△仄仄平平○平平仄、平平仄△仄仄平○平平仄△平平仄、仄平平△仄仄平平仄仄△仄平平、平仄仄△仄平平△仄仄平平仄仄△仄仄仄平平△。

古水仙子黄钟，仅见于套曲。本书见C15091。诸谱不载，经归纳为：全曲17句52字。句式与韵脚安排为：1○1○4△1○1○4△5△5△1○1○4△4△7△7△1○1○4△。典型平仄格式为：仄○仄○

仄仄平平△平○平○仄仄平平△仄仄仄平平△平平平仄仄△平○平○平平仄仄△仄仄平平△仄仄平平平仄仄△平平仄仄仄平平△平○平○仄仄平平△。

河西六娘子双调，兼用。本书见A05092。全曲6句36字。句式与韵脚安排为：7△6△7△5△5△6△。典型平仄格式为：仄仄平平仄仄平△平平仄、仄平平△平平仄仄平平△仄仄仄平平△仄仄平平△仄平平、仄仄平△。《全元曲》只收一曲。

后庭花破子仙吕，兼用。本书见A05093。全曲7句32字。句式与韵脚安排为：5△5△5○5△3△4○5△。句式与韵脚安排为：仄仄仄平平△平平仄仄平△仄仄平平仄○平平仄仄平△仄平平△平平仄仄○平平仄仄平△。

南乡子越调，仅见于套曲。本书见C05026。全曲5句28字。句式与韵脚安排为：5△7△7○2△7△。典型平仄格式为：仄仄仄平平△仄仄平平仄仄平△仄仄平平平仄仄○平△仄仄平平仄仄平△。

女冠子大石调，仅见于套曲。本书见C07048。全曲7句33字。句式与韵脚安排为：3○3△4○5△7○4○7△。典型平仄格式为：仄仄平○仄仄平△平平仄仄○仄仄平平仄△平平仄、平平仄仄○平平仄仄○平仄仄、平平仄仄△。

青杏子大石调，如小石调时名《青杏儿》，仅见于套曲。本书见C05027。全曲6句31字。句式与韵脚安排为：5△7△7△4○4○4△。典型平仄格式为：仄仄仄平平△仄平平、仄仄平平△平平仄平平仄△平平仄仄○平仄仄○仄仄平平△。△

石竹子又名《石竹花》，双调，仅见于套曲。本书见C17103。全曲4句28字。句式与韵脚安排为：7△7△7△7△。典型平仄格式为：仄仄平平仄仄平△平平仄仄平平△仄仄平平平仄仄△仄仄平△。

水仙子又名《凌波仙》《凌波曲》《湘妃怨》《冯夷曲》，双调，兼用。可带《折桂令》成带过曲。本书见A05094。全曲8句43字，句式与韵脚安排为：7△7△7△5△7△3○3△4△。典型平仄格式为：平平仄仄仄平平△仄仄平平仄仄平△平平仄仄平平仄△平平仄仄平△仄平平、仄仄平平△平平仄○仄仄平△仄仄平平△。其中第五句或作6字句。

四门子黄钟，仅见于套曲。本书见C15075。全曲10句52字。句式与韵脚安排为：7△6△7△6△3○3△7△3○3△7△。典型平仄格式为：平平仄仄平平仄△仄仄平平、仄仄平△平平仄平平仄△仄平平、仄仄平△仄仄平○仄仄平△平平仄、平平仄△平平仄○仄仄平△仄平平、平平仄仄△。

行香子双调，仅见于套曲。本书见C05030。全曲8句32字。句式与韵脚安排为：4△4△7△4○4△3○3○3△。典型平仄格式为：平平仄仄△仄仄平平△仄仄平、仄仄平平△平平仄仄○仄仄平平△仄平平○平仄仄○仄平平△。

醉娘子又名《真个醉》《醉也摩娑》，双调，仅见于套曲。本书见C17103。全曲5句26字。句式与韵脚安排为：6△6△4○4△6△。典型平仄格式为：平仄仄、仄平平（也摩娑，下同）△平仄仄、仄平平△仄仄平平○仄仄平平，平仄仄、仄平平△。注意，此曲结构比较特殊。

六儿

鹌鹑儿南吕，仅见于套曲。本书见C13058。全曲9句37字。句式与韵脚安排为：4○4△4○4△7△3○3△4○4△。典型平仄格式为：仄仄平平○平平仄仄△仄仄平平○平平仄仄△仄仄平平平仄仄△仄平平○仄仄平△仄仄平平○平平仄仄△。

鲍老儿中吕，仅见于套曲。本书见C01003。全曲10句48字。句式与韵脚安排为：7△5△7△5△4○4○4△4○4○4△。典型平仄格式为：平平仄仄平平仄△仄仄平平仄△平平仄仄平平仄△仄仄平平仄△平仄仄○平平仄○仄仄平平△平仄仄○平平仄仄○仄仄平平△。附注：《全元曲》收另一《鲍老儿》为13句66字：4○6△5○6△7○7△4○7△3○3△4△3○7△。与前曲大异，其故待考。

侧砖儿黄钟，仅见于套曲。本书见郑光祖《倩女离魂》第四折。全曲4句28字。句式与韵脚安排为：7△7△7△7△。典型平仄格式为：仄仄平平平仄仄△平平仄仄仄平平△平平仄仄平平仄△平平仄仄仄平平△。

初生月儿大石调，兼用。本书见A06129。全曲6句34字。句式与韵脚安排为：7△7△7△3△3△<u>7</u>△。典型平仄格式为：仄仄平平仄仄平△仄仄平平仄仄平△平平仄仄平平△仄平平△平仄仄平平仄、仄仄平平△。

粉蝶儿中吕，仅见于套曲。本书见C06033。全曲8句39字。句式与韵脚安排为：4△<u>7</u>△7△3〇3△4△4△<u>7</u>△。典型平仄格式为：仄仄平平△仄平平、平平仄仄△仄平平、仄仄平平△仄平平〇平平仄〇平平仄仄△平平仄仄△△平平仄、平平仄仄△。

高过金盏儿正宫，亦入双调，仅见于套曲。本书见C14073。全曲7句33字。句式与韵脚安排为：3△3△7△7△3〇7△3△。典型平仄格式为：仄平平△仄平平△平平仄仄平平仄△仄仄平平仄仄平△平仄仄〇仄仄平平仄仄平△仄平平△。

古神仗儿黄钟，仅见于套曲。本书见郑光祖《倩女离魂》第四折。全曲9句46字。句式与韵脚安排为：<u>7</u>△<u>7</u>△<u>7</u>〇<u>7</u>△4〇4△4△3〇3△。典型平仄格式为：仄平平、仄仄平平△平平仄、仄仄平平△平仄仄、仄仄平平〇仄仄平、平平仄仄△平仄仄〇平平仄仄△平仄仄〇仄平平△。又首四句或作4字句、第七句或作4字句。

红衫儿中吕，仅用于带过曲与套曲。于《齐天乐》之后组成带过曲。本书见B03009。全曲8句33字。句式与韵脚安排为：5△5△3△3△5△3△3△6△。典型平仄格式为：仄仄平平仄△仄仄平平仄△仄平平△仄平平△仄仄平平仄△仄平平△仄平平△仄仄平平仄仄△。

黄莺儿商角调，亦入商调。本书见C06038。仅见于套曲。全曲6句23字。句式与韵脚安排为：2△2△4〇4△<u>7</u>〇4△。典型平仄格式为：平平△平平△仄仄平平〇平平仄仄△仄平平、仄仄平平〇平平仄仄△。首二句须叠。幺篇同始调，首二句不叠。末句叠最后4字。用否均可。

货郎儿 正宫，仅见于套曲。本书见 C12056。全曲 6 句 34 字。句式与韵脚安排为：7△7△7△3○3△7△。典型平仄格式为：平仄仄、平平仄仄△平仄仄、平平仄仄△平仄仄仄平平△平仄仄○仄平平△仄仄平平平仄仄△。

江水儿 又名《清江引》，见 15 痕，双调，兼用。本书见 A06130。全曲 5 句 29 字。句式与韵脚安排为：7○5△5○5△7△。典型平仄格式为：仄仄平平平仄仄○仄仄平平仄△仄仄仄平平○仄平平仄△仄仄平平平仄仄△。

金盏儿 又名《醉金盏》，仙吕，仅见于套曲。本书见 C17097。全曲 8 句 40 字。第五、第六，第七、第八句须对。句式与韵脚安排为：3△3△7△7△5○5△5○5△。典型平仄格式为：仄平平△仄平平△平平仄仄平平仄△平平仄仄平平仄△平平仄仄平平△平平仄仄平平△平平仄仄○仄仄仄平平△。

净瓶儿 大石调，仅见于套曲。本书见 C05027。全曲 9 句 40 字。句式与韵脚安排为：5△5△4○4△2△3△7△3△7△。典型平仄格式为：仄仄平平仄△仄仄平平仄△平平仄仄○仄仄平平△平平△平平△仄仄平平仄仄平平△仄仄平△平平仄仄仄平平△。

酒旗儿 越调，兼用。本书见 A06131。定格各谱相差甚远，今依乔吉作品归纳为：全曲 7 句 38 字。句式与韵脚安排为：5△5△7△5△6△4△6。典型平仄格式为：仄仄仄平平△仄仄仄平平△仄仄平平仄仄平△仄仄仄平平△仄仄平平仄仄△平平仄仄△仄仄平平仄仄平平△。

柳叶儿 商调，亦入仙吕。仅见于套曲。本书见 C01004。全曲 6 句 34 字。句式与韵脚安排为：7△7△7△3○3△7△。典型平仄格式为：仄仄平平仄仄平△平仄仄、平平仄仄△平仄仄、平平仄仄△平仄仄○仄平平△平仄仄、仄仄平平△。

乔牌儿 双调，仅用于套曲。本书见 C01002。全曲 4 句 22 字，句式与韵脚安排为：5△5△7△5△。典型平仄格式为：平平平仄仄△平平仄仄平△平平仄仄平平仄△平平平仄仄△。

青哥儿仙吕，亦入商调，兼用。本书见 A06132。全曲 5 句 29 字。句式与韵脚安排为：6△6△7△7△3△。典型平仄格式为：仄仄平平仄仄△平平仄仄平平△仄仄平平仄仄平△仄仄平平仄仄平△平仄△。

青杏儿又名《青杏子》，小石调，兼用。本书见 A06133。全曲：始曲 5 句 27 字，幺篇 6 句 31 字。两共 11 句，58 字。句式与韵脚安排为：5△7△7○4○4△+5△7△7○4○4○4△。典型平仄格式为：仄仄仄平平△平仄仄、仄仄平平△平平仄平平仄，平平仄仄，仄仄平平△+幺篇仄仄仄平平△仄平平、仄仄平平△平平仄仄平○平平仄仄○平平仄仄○仄仄平平△。

沙子儿双调，仅见于带过曲与套曲。诸谱不载。本书见 C03020。归纳为：全曲 10 句 47 字。句式与韵脚安排为：4○5△4○5△4○5△5○5△5○5△。典型平仄格式为：仄仄平平○平平平仄仄△仄平平○平平仄仄平△仄平平○平平仄△平平仄平○仄仄平平△平平仄仄△平平仄仄平○仄仄仄平平△。

沙子儿摊破清江引双调，仅见于套曲，诸谱不载。本书见 C03020。《沙子儿》已见上。《清江引》为：6 句 33 字。两共 16 句 80 字。句式与韵脚安排为：4○5△4○5△4○5△5○5△5○5△+5○5△6△5○5△7△。典型平仄格式为：仄仄平平○平平平仄仄△平平○平平仄仄平△仄仄平平○平平仄仄△平平平仄○平平平仄△平平仄△平仄仄平○仄仄平平△+仄仄平平○平平平仄△仄仄平平仄△仄仄平平○仄仄平平仄仄△。

神仗儿（或作《古神仗儿》），黄钟，仅见于套曲。本书见 C15092，但不完整。句式及平仄见前《古神仗儿》。

耍孩儿即《魔合罗》中吕，亦入正宫、般涉调、商调、双调。仅见于套曲。本书见 C06033。句式与平仄见《魔合罗》。

酸枣儿中吕，仅见于套曲，诸谱不载。本书见 C01003。全曲 18 句 92 字。句式与韵脚安排为：4○5△4○4△7○7△6○6○7△4○4○4

△7△3○7△5△4○4△。典型平仄格式为：仄仄平平○平平平仄仄△平平仄仄○仄仄平平△仄仄平平仄仄平○仄仄平、仄仄平平△仄仄平平仄○仄仄平平仄○仄平平、仄平平△平平仄○仄仄平平○仄仄平平△仄平平、仄仄平平△平平○平仄仄、仄仄平平△仄仄平平△平平仄平○仄仄平平△。

秃厮儿又名《小沙门》，越调，仅见于套曲。本书见C04021。全曲6句27字。句式与韵脚安排为：6△6△7○3○3△2△。典型平仄格式为：仄仄平平仄仄△平平仄仄平△平平仄仄平○平平仄○仄平平△平平△。

梧叶儿又名《知秋令》《碧梧秋》，商调，亦入仙吕，小令独用。本书见A06134。全曲7句26字。句式与韵脚安排为：3○3△5△3○3○3△6△。典型平仄格式为：平平仄○仄仄平△仄仄仄平平△平平仄○仄仄平○仄仄平△仄仄平平仄仄△。末句亦作7字折腰句，即：平仄仄、仄仄平平△。

皂角儿仙吕，仅见于套曲。本书见C08049。全曲10句54字。句式与韵脚安排为：7△7△7△7△7△4○4△3△4○4△。典型平仄格式为：仄平平、仄仄平平△仄平平、平平仄仄△仄平平、仄仄平平△仄平平、平平仄仄△仄平平、平平仄仄○平平仄仄△仄平平△平平仄仄○仄仄平平△。

皂旗儿又名《酒旗儿》，双调，亦入商调，但与越调《酒旗儿》异。兼用。本书见A06161。全曲4句23字，句式与韵脚安排为：7△2△7△7△。典型平仄格式为：仄仄平平仄仄平△平仄△平平仄仄仄平平△平仄仄、平平仄仄△。第三句后有加1字句者。

枳郎儿双调，兼用。本书见A06162。全曲5句28字。句式与韵脚安排为：3△7△7△4△7△。典型平仄格式为：仄平平△平平仄仄仄平平△仄仄平仄仄平△平仄仄△平仄仄仄平平△。第二句或作3+5两句（仄平平△仄仄仄平平△）。

啄木儿黄钟，仅见于套曲。本书见C06045。诸谱不载，经归纳为：全曲8句48字。句式与韵脚安排为：3○3△7△7△7△7△7△7△。典型平仄格式为：平平仄○仄仄平△仄仄平平平仄仄△仄平平、仄仄平平△仄平平、平平仄仄△平平仄仄平平仄△平平仄仄平平仄△仄仄平平仄仄平△。

紫花儿越调，仅见于套曲。本书见 C15081。全曲 9 句 45 字。句式与韵脚安排为：4○4○4△7○5△7△4△5○5△。典型平仄格式为：仄仄平平○仄仄平平○平平仄仄△平平仄、平平仄平○仄仄平平△平仄仄、仄仄平平△平平仄仄△仄仄平平○仄仄仄平平△。

七齐

七兄弟双调，仅见于套曲。本书见 C01018。全曲 9 句 52 字。句式与韵脚安排为：7△5△5△7△7△5△5△5△6△。典型平仄格式为：仄仄平平平仄仄△平平仄仄△仄仄平平△平仄仄平平仄△平平仄仄平平仄△仄仄平平平仄仄△平平仄仄△平平仄仄△平仄仄、平平仄△。另谱通作：2△2△3△7△7△7△。其故待考。

祆神急双调，兼用。本书见 A07163。全曲 10 句 44 字。句式与韵脚安排为：5△5△4○5△5○5△3○3△5○4△。典型平仄格式为：平平仄仄平△仄仄仄平平△平平仄仄○平平平仄仄△平平平仄仄○仄仄平平仄△平平仄○仄仄平△平平仄仄平○仄仄平平△。

盖天旗商角调，仅见于套曲。本书见 C06038。全曲 8 句 32 字。句式与韵脚安排为：4○6△4○4△3○3△4○4△。典型平仄格式为：平平仄仄○仄仄平平仄仄△仄仄平平○平平仄仄△平平仄○平平仄△仄仄平平○平平仄仄△。

乌夜啼南吕，仅见于套曲。本书见 C01016。全曲 11 句 57 字。句式与韵脚安排为：7△7△7△4△4△7△7△3○3△4○4△。典型平仄格式为：仄平平、仄仄平平△平平仄、平平仄仄△仄仄平平、仄仄平平△仄仄平平△仄仄平平△仄仄平平、平平仄仄△仄仄平平、平平仄△仄仄平○平平仄平△仄仄平○仄仄平平△。

蓦山溪大石调，仅见于套曲。本书见 C07048。全曲 6 句 29 字。句式与韵脚安排为：4○5△5○7△4○4△。典型平仄格式为：平平仄仄○仄仄平平仄△仄仄仄平平○平仄仄、平平仄仄△平平仄仄○

仄仄平平△。

殿前喜双调，仅见于带过曲与套曲。本书见B07014。全曲7句37字。句式与韵脚安排为。7△5△7△3△3△7△5△。典型平仄格式为：平平仄仄仄平平△平平平仄仄△平平仄仄仄平平△仄仄平△平平仄△平平仄仄仄平平△平平仄仄平△。

四般宜越调，仅见于套曲。本书见C18108。诸谱不载，归纳为：全曲11句50字。句式与韵脚安排为：3○3△3○3△5○5△7○7△6△4○4△。典型平仄格式为：仄平平○平平仄△平仄平○仄平平△平平平仄仄○仄仄仄平平△平仄仄、平平仄仄○平仄仄、仄平平△平平仄、仄仄平△平仄仄○仄仄平平△。

八微

归塞北又名《望江南》《喜江南》，大石调，亦入仙吕。仅见于套曲。本书见C05027。全曲5句27字。句式与韵脚安排为：3○5△7○7△5△。典型平仄格式为：平仄仄○仄仄仄平平△仄仄平平仄仄○平仄仄仄平平△仄仄仄平平△。

怕春归正宫，仅见于套曲。本书见C18106。诸谱不载，经归纳为：全曲8句40字。句式与韵脚安排为：6△6○5△4○4○5△4○6△。典型平仄格式为：仄仄平平仄仄△平仄仄平平△平平仄仄平△仄仄平平○仄仄平平○平平仄仄平△平平仄仄○仄平平平仄仄△。

醉扶归仙吕，亦入越调、双调，兼用。本书见A08164。全曲6句33字，句式与韵脚安排为：5△5△7△5△6△5△。典型平仄格式为：仄仄平平仄△仄仄仄平平△仄平平仄仄平平△仄平平仄仄△仄仄平平仄仄、仄仄仄平平△。第五句或作折腰句。

泣颜回仙吕，仅见于套曲。本书见C08049。全曲7句44字。句式与韵脚安排为：5△6△7△5△7○7○7△。典型平仄格式为：仄仄仄平平△平平仄仄平△仄平平仄平平△△△平仄仄平△仄平平、仄仄平平○仄平平、仄仄平平○仄平平、仄仄平平△。

锦橙梅 仙吕，兼用。本书见 A08168。全曲 9 句 52 字，句式与韵脚安排为：6△6△7○6△6△6△6△3△6。典型平仄格式为：平平仄、仄平平△平仄仄、仄平平△仄仄平、仄仄平平○平仄仄、平平仄△平平仄、仄平平△平仄仄、仄仄平△仄平△仄平仄、平平仄△。

鱼游春水 双调，兼用。本书见 A08169。全曲 7 句 32 字。句式与韵脚安排为：3△3○7△7△7△5△。典型平仄格式为：仄平平△仄平平○平平仄仄仄平平△仄仄平平仄仄△仄仄平平仄平仄△仄仄平△。

黄蔷薇 越调，仅见于带过曲与套曲。本书见 B08015。全曲 4 句 22 字。句式与韵脚安排为：5△5△6△6△。典型平仄格式为：平平平仄仄△仄仄仄平平△仄仄平平仄仄△仄仄平平仄仄△。

离亭宴煞尾 双调，仅见于套曲。本书见 C18109。诸谱不载，经归纳为：全曲 17 句 98 字。句式与韵脚安排为：7○7△4△5○5△5○5△5○5△7△7○7△5○5△5△7○7△。典型平仄格式为：平平仄仄平平仄○平平仄仄平平仄△平平仄仄△仄仄平平○仄仄平平△仄仄平平仄仄△平平仄仄平平仄○平平仄平△仄仄平平○平平仄仄△平平仄平仄仄△平平仄仄平平仄○平平仄平△平平仄△平平仄仄平平○仄仄平平仄△。

猫儿坠 商调，仅见于套曲。本书见 C15089。诸谱不载，经归纳为：全曲 5 句 28 字。句式与韵脚安排为：7△6△7△（合：1○7△）。典型平仄格式为：平平仄仄仄平平△仄平平、仄仄平△平平仄仄平平△（合：平○仄仄平平仄仄平△）。

九开

倘秀才 正宫，一入中吕。仅见于套曲。本书见 C13060。须与《滚绣球》连用。全曲 6 句 29 字。句式与韵脚安排为：7△7△7△3○3△2△。典型平仄格式为：平仄仄、平平仄仄△平仄仄、平平仄仄△仄仄平平仄仄△平仄仄○仄平平△仄仄△。

蔓青菜中吕，仅见于套曲。本书见马致远《破幽梦孤雁汉宫秋》第四折。全曲 5 句 30 字。句式与韵脚安排为：7△7△4△7△5△。典型平仄格式为：平平仄仄平平仄△平平仄仄仄平平△平平仄仄△仄仄平平仄仄平△仄仄平平仄△。

春从天上来仙吕，兼用。本书见 A09171。全曲 11 句 61 字。句式与韵脚安排为：4○5△7△7△<u>7</u>△<u>6</u>△4○<u>6</u>△4△4△7△。典型平仄格式为：平平仄仄○仄仄仄平平△平平仄仄△仄平平仄△仄平△仄仄平、平平仄仄△仄平平、平平仄△仄仄平平○仄平平、仄仄平△平平仄仄△平平仄△平平仄仄平-平仄△。

摊破喜春来中吕，仅用于带过曲与套曲。本书见 B03007。全曲 7 句 40 字。句式与韵脚安排为：7△7△<u>6</u>○<u>6</u>○<u>6</u>△3△5△。典型平仄格式为：平平仄仄平平仄△仄仄平平仄仄平△平平仄、仄平平○仄平平、平平仄○平仄仄、仄平仄△平仄仄△仄仄仄平平△。

喜春来又名《喜春风》《春风儿》《阳春曲》，中吕，亦入正宫，兼用。见本书 A09171。全曲 5 句 29 字。句式与韵脚安排为：7○7△7△3△5△。典型平仄格式为：平平仄仄平平仄○仄仄平平仄仄平△平平仄仄仄平平△平仄△仄仄仄平平△。

香罗带南吕，兼用。见本书 A09192。全曲 9 句 49 字。句式与韵脚安排为：5△4△7△7△4○4△<u>7</u>△5○6△。典型平仄格式为：平平平仄仄△平平仄仄△平平仄仄平平仄△平平仄仄平平仄△仄仄平平○仄仄平平△平仄仄、平平仄△平平仄仄○平仄仄、平平仄△。

十模

燕引雏双调，兼用。本书见 A10207。诸谱不载，经归纳为：全曲 9 句 40 字，似可分前后两段。句式与韵脚安排为：3△7△7△4△ + 5△3△3△4○4△。典型平仄格式为：仄平平△平平仄仄仄平平△平平仄仄平平仄△仄仄平平△ + 平平仄仄平△平平仄△平平仄△△平平仄仄○仄仄平平△。

玉抱肚商调，亦入双调。兼用。本书见 A10193。有两种定格。《元曲大辞典》为 5 句 29 字，句式与韵脚格式为：4△7△5△7△6△。典型平仄格式为：平平仄仄△平仄仄、平平仄仄△仄仄仄平平△平平仄仄仄平平△仄平平、平仄仄△。《元曲鉴赏辞典》作 14 句 64 字：4△7△6○6△6○3○3○3△4△4○4○4○4△。且谓幺篇唤头，首句改为 7 字。其详待考。平仄格式略。

村里迓鼓 仙吕，亦入商调。仅见于套曲。本书见 C10052。全曲 11 句 45 字。句式与韵脚安排为：4○4△4○7△4○3○3△3○3○3△7△。典型平仄格式为：平平仄仄○平平仄仄△平平仄仄○平平仄、平平仄仄△平平仄仄○平平仄仄○平平仄仄△仄仄平○平平仄○仄仄平△仄平平、平平仄仄△。

十棒鼓 双调，兼用。后加清江引组成带过曲时，改称《三棒鼓声频》。本书见 A10194。全曲 12 句 60 字。句式与韵脚安排为：4○4△4○4△7△4△7△4△7△4△7△4△。典型平仄格式为：平平仄仄○平平仄仄△平平仄仄○平平仄仄△仄仄平平仄仄平平△仄仄平平△仄仄平平△平平仄仄△仄仄平平△平平仄仄平平仄△仄仄平平△。

者剌古（沽） 黄钟，亦入双调。仅见于套曲。本书见 C15092。全曲 7 句 30 字。句式与韵脚安排为：6△4△6△4△4△3△3△。典型平仄格式为：仄平平、仄仄平△仄仄平平△仄平平、仄仄平△仄平平△平平仄仄△仄仄平△仄仄平△。第五句后可增四字句若干，平仄大致同前。

阿拉忽 双调，兼用。本书见 A10195。全曲 4 句 21 字。句式与韵脚安排为：4△4△6△7△。典型平仄格式为：仄仄平平△仄仄平平△仄仄平平仄△仄仄平平仄仄平△。第三句、第四句或作 4、5 字句。

下山虎 越调，仅见于套曲。本书见 C18108。诸谱不载，经归纳为：全曲 9 句 51 字。句式与韵脚安排为：7△7△4○4△7△3△5△7△7△。典型平仄格式为：平平仄仄仄平平△平平仄仄、平平仄仄△仄仄平平○平平仄仄△仄仄平平仄△平平仄仄△平平仄、平平仄仄△仄仄平平平仄仄△。

醋葫芦商调，仅见于套曲。本书见 C02019。全曲 6 句 31 字。句式与韵脚安排为：3△3△7△7△4△7△。典型平仄格式为：平仄仄△仄仄平△平平仄仄仄平平△平平仄仄仄平平△平平仄仄△平平仄仄平平△仄仄平平平仄仄△。

胜葫芦仙吕，仅见于套曲。本书见 C10052。全曲 6 句 32 字。句式与韵脚安排为：7△5△7△4○4△5△。典型平仄格式为：仄仄平平平仄仄△仄仄仄平平△仄仄平平仄仄平△平平仄仄○平平仄仄△仄仄仄平平△。

油葫芦仙吕，仅见于套曲。本书见 C15078。全曲 9 句 52 字。句式与韵脚安排为：7△6△7△7○7△3○3△7△5△。典型平仄格式为：仄仄平平仄仄平△平仄仄、仄平平△平仄仄仄平平△平平仄仄平平仄○平平仄仄平平仄△仄仄平○仄仄平△平平仄仄平平仄△仄仄仄平平△。

不是路仙吕，仅见于套曲。本书见 C08049。诸谱不载，归纳为全曲 11 句 68 字。句式与韵脚安排为：4△7△7△7○7△7△7△7△4△4△。典型平仄格式为：仄仄平平△仄仄平平仄仄平△仄仄仄平平△平平仄平平仄○仄平平仄仄平△平仄仄仄平平△平平仄仄平平仄△平平仄仄平平△平平仄仄平平△仄仄△平平仄仄△。

黑漆弩又名《鹦鹉曲》《学士吟》，正宫，兼用。本书见 A10197。全曲 4 句 26 字。句式与韵脚安排为：7○6△7○6△。加幺篇同始调，平仄稍异：7○6△7○6△，但幺篇首句也有作 6 字者。典型平仄格式为：平平仄仄平平仄○仄仄平平仄△平平仄、仄仄平平○仄仄平平仄仄△。加幺篇平平仄、仄仄平平○仄仄平平仄仄△仄仄平、仄仄平平○仄仄平平仄仄△。

伴读书又名《村里秀才》，正宫，亦入中吕。仅见于套曲。本书见 C08050。全曲 6 句 35 字。句式与韵脚安排为：5△5△7△7△7△4△。典型平仄格式为：仄仄平平仄△仄仄平平仄△仄仄平平平仄仄△平平仄仄平平仄△平平仄仄平平△仄仄平平△。

雁传书大石调，仅见于套曲。本书见 C10053。诸谱不载，经归纳为全曲10句54字。句式与韵脚安排为：3○7△7△7△2△7○7△3△7○4△。典型平仄格式为：平平仄○平平仄仄仄平平△仄仄平平仄仄平△仄平平、仄仄平平△平平△平平仄仄平平仄○平平仄、平平仄仄△平平仄△平平仄、仄仄平平○仄仄平平△。

十一鱼

金娥神曲 又名《神曲缠》，双调，仅见于套曲。本书见C01002。全曲6句24字。句式与韵脚安排为：2○2△6△4△4△6△。典型平仄格式为：仄仄○仄仄△平仄仄、平平仄△平平仄△平平仄仄△仄仄平平仄仄△。

明妃曲 大石调，仅见于套曲。本书见C10053。全曲7句37字。句式与韵脚安排为：2△7△7△2△5△7△7△。典型平仄格式为：平平△仄平平、平平仄仄△平平仄、仄仄平平△仄△仄仄仄平平△平仄仄、平平仄仄△平平仄仄仄平平△。

潘妃曲 又名《步步娇》，双调，兼用。本书见A11209。全曲6句30字。句式与韵脚安排为：7△5△3△7△5△3△。典型平仄格式为：仄仄平平平仄仄△仄仄平平仄△平平仄△仄仄平平平仄仄平△仄平平△仄仄平平仄△。

寿阳曲 又名《落梅风》，双调，兼用。本书见A11212。全曲5句27字。句式与韵脚安排为：3○3△7△7△7△。典型平仄格式为：仄仄平○平平仄△平仄仄、平平仄仄△仄仄平平平仄仄△平仄仄、平平仄仄△。

湘妃曲 双调，应是《湘妃怨》《水仙子》之别名，句式与韵脚同（7△7△7△5△7△3○3△4△）。

阳春曲 中吕，亦入正宫，同《喜春来》。

鹦鹉曲 即《黑漆弩》。

朱履曲 中吕，兼用。本书见A11230。全曲6句34字。句式与韵脚安排为：6△6△7△5△5△5△。典型平仄格式为：仄仄平平仄仄△平平仄仄平平△仄仄平平仄仄平△仄仄平平仄△仄仄仄平平△平平平仄仄△。

挂搭序 双调，仅见于套曲。本书见 C03020。全曲 11 句 61 字。句式与韵脚安排为：5○5△7○7△5○5△4○4△7△7○5△。典型平仄格式为：平平平仄仄○平平仄仄平△平平仄仄平平○仄仄平平平仄仄△仄仄平平仄○仄仄仄平平△平平仄仄○平平仄仄△仄平平平仄仄△平平仄仄仄平平○仄仄平平仄△。

挂搭沽序 双调，仅用于套曲。诸谱不载。本书见 C01001。全曲 8 句 35 字。句式与韵脚安排为：5△3△5△3△4△4△5△6△。典型平仄格式为：仄仄平平仄△平平仄△仄仄平平仄△平平仄△平平仄仄平△仄仄平平△平平仄仄平△平平仄仄平平△。

六幺序 仙吕，亦入中吕。仅见于套曲。本书见 C05024。全曲 11 句 54 字。句式与韵脚安排为：3○3△4△4△4△<u>7</u>△<u>7</u>△7△4○4△。典型平仄格式为：平平仄○仄仄平△仄仄平平△仄仄平平△仄仄平平△仄平平、仄仄平平△平平仄仄平△仄仄平平、△平平仄仄平仄△平平仄仄○仄仄平平△。

紫花儿序 越调，仅见于套曲。本书见 C15082。全曲 10 句 41 字。句式与韵脚安排为：4○4○4△4○4△2△7△4△4○4△。典型平仄格式为：平平仄仄○仄仄平平○仄仄平平△平平仄仄○仄仄平平△平平△仄仄平平仄平△平平仄仄△仄仄平平○仄仄平平△。

比目鱼 大石调。仅见于套曲，本书见 C10053。诸谱不载，经归纳为：全曲 15 句。76 字。句式与韵脚安排为：3○5△3○5△2○7○7△2△<u>7</u>△<u>7</u>△<u>7</u>△5○5△<u>7</u>○4△。典型平仄格式为：仄平平○仄仄平平仄△仄平平○仄仄平平△仄平平△仄平平仄仄平△仄平平△仄仄平平△平平仄、仄仄平平△平平仄仄、平平仄△平平仄仄平平仄、仄仄平平△平平仄仄○仄仄平平△平平仄仄○仄仄平平△。

四块玉 南吕，兼用。本书见 A11234。全曲 7 句 29 字。句式与韵脚安排为：3○3△7△7△3○3△3△。典型平仄格式为：仄仄平○平平仄△仄仄平平仄仄平△平平仄仄仄平平△仄仄平○仄仄平△平平仄△。

十二侯

挂玉钩又名《挂搭沽》《挂搭钩》《挂金钩》，双调，仅见于套曲。本书见 C17103。全曲 8 句 38 字。句式与韵脚安排为：7△5△7△5△3○3△4○4△。典型平仄格式为：仄仄平平仄仄平△仄仄平平仄△仄仄平平仄仄平△仄仄平平仄△仄仄平△平平仄△仄仄平平○仄仄平平△。首四句为两排，末四句两对。

沽美酒双调，亦入商调，仅见于带过曲与套曲。其后带《快活年》或《太平令》组成带过曲。本书见 B12018、C01018。全曲 5 句 27 字。句式与韵脚安排为：5△5△7△4△6△。典型平仄格式为：平平仄仄平△仄仄仄平平△仄仄平平仄平平△平平仄△仄仄平、仄平平△。

梅花酒双调，仅见于套曲。本书见 C01018。本曲变化较多，今酌取全曲 7 句 34 字者，句式与韵脚安排为：6△4△4△4△5△5△6△。典型平仄格式为：平仄仄、仄仄平△仄仄平平△仄仄平平△仄仄平平△平平仄仄平△仄仄仄平平△平仄仄、仄平平△。

山石榴双调，仅见于套曲。本书见 C17103。全曲 4 句 18 字。句式与韵脚安排为：3○3△7△5△ + 幺篇换头（首句增 2 字）：5○3△7△5△。20 字，两共 38 字，须连用。典型平仄格式为：仄平平○平平仄△平平仄仄平平仄△仄仄平平仄△ + 平平仄仄平○仄仄平△平平仄仄平平仄△仄仄平平仄△。

上小楼中吕，亦入正宫，兼用。本书见 A12242。全曲 9 句 37 字。句式与韵脚安排为：4△4△4○4△4△3○3△4△7△。典型平仄格式为：仄仄平平△平平仄仄△仄仄平平○仄仄平平△仄仄平平△仄仄平○仄仄平△平平仄平平、平平仄仄△。

雁过南楼大石调，仅见于套曲。本书见 C07048。全曲 8 句 46 字。句式与韵脚安排为：7△7△3○3△7△6△6○7△。典型平仄格式为：仄平平、平平仄仄△仄平平、仄仄平平△仄仄平○平仄平△平仄仄、平仄仄△仄平平、仄仄平△平仄平○仄仄平、平平仄△平仄仄、平平仄仄△。

最高楼正宫，仅见于套曲。本书见 C17105。诸谱不载，经归纳为：

全曲 4 句 25 字。句式与韵脚安排为：6△6△7△6△。典型平仄格式为：平平仄仄平平△仄仄平平仄仄△平平仄平平平△仄仄平平仄仄△。

塞鸿秋 正宫，亦入仙吕，兼用。本书见 A12247。全曲 7 句 45 字。句式与韵脚安排为：7△7△7△7△5○5△7△。典型平仄格式为：平平仄仄平平仄△平平仄仄平平仄△平平仄仄平平仄△平平仄仄平平仄△仄仄仄平平○仄仄平平仄△平平仄仄平平仄△。

滚绣球：正宫，亦入中吕。其后常接《倘秀才》。仅见于套曲。本书见 C13060。全曲 11 句 58 字。句式与韵脚安排为：3○3△7△7△3○3△<u>7</u>△<u>7</u>△7○7△4△。第一句、第四句与第五句、第八句为相同之两排，第九句、第十句须对。典型平仄格式为：仄平平○平平仄△平仄仄、平平仄仄△仄平平、仄仄平平○平平仄△仄平平、平平仄△平平仄△、平平仄△平平仄平平仄○仄仄平平仄仄平△仄仄平平△。

四换头 中吕，兼用。本书见 A12253。全曲 6 句 29 字。句式与韵脚安排为：4△7△4△4△4△<u>6</u>△。典型平仄格式为：平平仄仄△仄仄平平仄仄平△平平仄仄△平平仄仄△平平仄仄、平平仄△。第四句或作 3 字，第五句或作 5 字。

八声甘州 仙吕，仅见于套曲。本书见 C12057。全曲 9 句 45 字。句式与韵脚安排为：4△4○4△4△<u>6</u>△7○7△5○4△。典型平仄格式为：平平仄仄△仄仄平平○平平仄仄△平平仄仄△平平仄仄、仄平平△仄仄平平仄仄平○仄仄平平仄仄平△仄仄仄平平○仄仄平平△。

梁州 又名《梁州第七》，南吕，仅见于套曲。本书见 C01006。全曲 18 句 99 字。句式与韵脚安排为：<u>7</u>△<u>7</u>△7△4○4△4○4△<u>7</u>△<u>7</u>△7○<u>7</u>△2△2△7△5△7○4△。典型平仄格式为：平平仄、平平仄仄△仄平平、仄仄平平△平平仄仄平平仄△平平仄仄△平平仄仄○仄仄平平△仄仄平平、仄仄平平△仄仄平平、仄仄平平△仄仄平平、仄仄平平○平平仄仄平平仄△仄仄平平、仄仄平平△平平△平平△平仄仄平平仄△仄仄平平△仄仄平平仄仄平○

仄仄平平△。

小凉州 又名《小梁州》，正宫，亦入中吕、商调，兼用。本书见 A12254。全曲 5 句 26 字。加幺篇 6 句 29 字。两共 11 句 55 字。句式与韵脚安排为：7△4△7△3○5△+7△7△3○3△4○5△。典型平仄格式为：平平仄仄仄平平△仄平平△平平仄仄仄平平△平平仄△仄仄仄平平△。加幺篇，与始调不同：平平仄仄平平仄△仄平平、仄仄平平△仄仄平○平平仄△平平仄○仄仄仄平平△。

十三豪

水仙操 双调，兼用。本书见 A13258。全曲 8 句 47 字。句式与韵脚安排为：7△7△7△5△7△5○5△4△。典型平仄格式为：平平仄仄仄平平△仄仄平平仄仄平△平平仄仄平平△平平仄仄平△平、仄仄平平△仄仄平平仄○平平仄仄平△仄仄平平△。

寄生草 仙吕，亦入商调，兼用。本书见 A13260。全曲 7 句 41 字。句式与韵脚安排为：3○3△7△7△7△7○7△。典型平仄格式为：平平仄○仄仄平△平平仄平平仄△平平仄仄平平仄△平平仄△平平仄仄仄平平○平平仄仄平平仄△。

驸马还朝 又名《相公爱》，双调，仅见于套曲。本书见 C17103。全曲 5 句 27 字。句式与韵脚安排为：7△7△2△5△6△。典型平仄格式为：仄仄平平仄仄平△仄仄平平仄仄平△平平仄、仄平平△。二字句可省，末句可改作 7 字句。

贺圣朝 黄钟，兼用。本书见 A13263。全曲 7 句 35 字。句式与韵脚安排为：3△3△3△7△7△6△6△。典型平仄格式为：仄仄平△平平△仄仄平△平平仄平平△仄仄平仄仄平△平平△仄平平、仄仄平△。

六国朝 大石调，仅见于套曲。本书见 C13059。全曲 12 句 62 字。句式与韵脚安排为：4○4△6○6△5○4△5○4△7○7△5○5△。典型平仄格式为：平平仄仄○仄仄平平△平仄仄、仄平平○仄平平、平仄仄△仄仄平仄○仄仄平平△仄仄平平○平平仄仄△平平仄、平平仄仄○平平仄、仄仄平平△仄仄仄平平○平平平仄仄△。

节节高 黄钟，兼用。本书见 A13264。全曲 8 句 31 字。句式与韵脚安排为：4○4△4○4△3○3○3△6△。典型平仄格式为：平平仄仄○平平仄仄△平平仄仄○平平仄仄△仄仄平○平仄○平仄○平仄△仄仄平平仄仄△。

端正好 正宫，亦入仙吕，仅见于套曲。本书见 C13060。全曲 5 句 25 字，正宫不能增句，仙吕可在第 4 句后增双数 3 字句，偶句叶韵。句式与韵脚安排为：3○3△7△7△5△。典型平仄格式为：仄平平○平平仄△平仄仄、仄仄平平△平仄平仄平仄△仄仄平平仄△。

上马娇 仙吕，亦入商调，仅见于套曲。本书见 C10052。全曲 6 句 24 字。句式与韵脚安排为：3○3△5△7△1△5△。典型平仄格式为：平平仄○平平仄△仄仄仄平平△平平仄平平△平△仄仄仄平平△。

霜角 越调，兼用。本书见 A13265。全曲 11 句 43 字。句式与韵脚安排为：4△5△6○3○3△2△3△5△6○3○3△。典型平仄格式为：仄仄平平△平平仄仄平△平平仄平平○平仄平○仄平平△仄平平△平平△仄仄平△平平仄仄平△仄仄平仄仄○平仄仄○仄平平△。

红锦袍 又名《红衲袄》，黄钟，兼用。本书见 A13267。全曲 8 句 46 字。句式与韵脚安排为：6△6△6△5△5△6○6○6△。典型平仄格式为：仄平平、仄仄平△平平平、平仄仄△平仄△平平仄仄△仄仄仄平平△平平平仄○平仄平平○仄仄平、平仄仄△。

碧玉箫 双调，兼用。本书见 A13267。全曲 10 句 44 字。句式与韵脚安排为：4△5△4△5△6△6△3△5△1△5△。典型平仄格式为：仄仄平平△仄仄仄平平△仄仄平平△仄仄仄平平△平平仄、仄仄平△仄仄平△仄仄平平仄△平△仄仄平平仄△。末句有作 5 字者。

翠裙腰仙吕，仅见于套曲。本书见 C13064。全曲 5 句 29 字。句式与韵脚安排为：7△5△7△3△7△。典型平仄格式为：平平仄仄平平仄△仄仄仄平平△平平仄仄平平仄△仄平平△平平仄仄仄平平△。

楚天遥双调，仅见于带过曲与套曲。本书见 B13021。全曲 8 句 40 字。句式与韵脚安排为：5○5△5○5△5○5△5○5△。典型平仄格式为：平平仄仄平○仄仄平平仄△仄仄平平仄○仄仄平平仄△平平仄仄平○仄仄平平仄△仄仄平平仄○仄仄平平仄△。

川拨棹双调，仅见于套曲。本书见 C01018。全曲 6 句 28 字。句式与韵脚安排为：3△5△4△4△7△5△。典型平仄格式为：仄平平△平平仄仄△仄仄平平△仄仄平平△平仄仄、仄仄平平△平平仄仄平△。首句多加衬字成 6 字折腰句，第四句下可增 4 字句若干，声韵同前句。末句可改为 6 字折腰句，并可增句，声韵同前句。

十四寒

青玉案双调，兼用。本书见 A14269。全曲 6 句 33 字。句式与韵脚安排为：7△6○7△4○4○5△。典型平仄格式为：平平仄仄平平仄△平仄仄仄平平○仄仄平平平仄仄△平平仄仄○仄仄平平○平平仄仄△。

绿幺遍又名《柳梢月》《柳梢青》《梅梢月》，正宫，亦入中吕，兼用。幺篇同始调，须连用。套曲中之《六幺序》与此有别。本书见 A14270。全曲 9 句 38 字。句式与韵脚安排为：3○3△4○4△4○4△7△2△7△。典型平仄格式为：平平仄○平平仄△平平仄仄○仄仄平平△平仄仄○平平仄△仄仄平平仄△平平△平仄仄仄平平△。首二句或作 44、55。

哨遍般涉调，亦入中吕，仅见于套曲。本书见 C14065。全曲 15 句 83 字。句式与韵脚安排为：6△7△7○7△7○4○5△6○4○4△7○7△4○4○4△。典型平仄格式为：仄仄平平仄仄△平仄仄平平仄△仄仄仄平平仄仄平○仄平平、仄仄平平△平仄仄、平平仄仄○仄仄平平○仄仄平平仄△仄仄平平仄△仄仄平平○平仄仄○仄仄平平△

平平仄仄仄平平○仄仄平平仄仄平△仄仄平平○仄仄平平○平平仄仄△。

伊州遍小石调，仅见于套曲。本书见C15088。全曲12句66字。句式与韵脚安排为：4○4○7△5○4○6△7○4○7△7△7○4△。典型平仄格式为：仄仄平平○平平仄仄○平平仄仄平平△仄仄平平仄○平平仄仄○平平仄仄平△平平仄平平△仄仄平平○仄平平、平平仄仄△平平仄仄仄平仄、平平仄平○平平仄仄△。

夜行船双调，仅见于套曲。本书见C14069、C06041。全曲5句29字。句式与韵脚安排为：7△7△4○4○7△。典型平仄格式为：仄仄平平平仄仄△仄平平、仄仄平平△仄仄平平○平平仄平○仄平平、平平仄仄△。

拔不断又名续断弦，双调，兼用。本书见A14271。全曲6句31字。句式与韵脚安排为：3△3△7△7△7△4△。典型平仄格式为：仄平平△仄平平△平平仄仄仄平平△仄平平仄仄平平△平平仄△平平仄仄△。

牧羊关南吕，仅见于套曲。本书见C01016。全曲9句45字。句式与韵脚安排为：5○5△7△4○4△5○5△5○5△。典型平仄格式为：仄仄平平仄○平平仄平平△仄仄平仄、仄仄平平△仄仄平平○平平仄仄△平平仄仄○仄仄平平△仄仄平平○平平仄仄平△。

殿前欢又名《凤将雏》《凤引雏》《小妇孩儿》，双调，兼用。本书见A14275。全曲9句42字。句式与韵脚安排为：3△7△7○4△5△3△5△4○4△。典型平仄格式为：仄平平△平平仄仄仄平平△平平仄仄平平仄○仄仄平平△平平仄平△平平仄平△平平仄仄○仄仄平平△。

对玉环双调，兼用。可带《清江引》组成带过曲。本书见A14285。全曲10句46字。句式与韵脚安排为：4○5△4○5△5△5△4○5△4○5△。典型给平者让格式为：仄仄平平○平平仄仄平△仄仄平平○平平仄仄平△平平仄仄平△平平仄仄平△仄仄平△仄仄平平○平平仄仄平△。

并头莲 正宫，仅见于套曲。本书见 C05022。全曲 10 句 47 字。句式与韵脚安排为：2△4△4○4△5△<u>7</u>△7○5△4○5△。典型平仄格式为：平平△平平仄仄△平平仄仄○仄仄平平△仄仄平平仄△平平仄、仄仄平平△平平仄仄平平仄○平平仄仄平△平平仄仄○仄仄仄平平△。

菩萨蛮 正宫，亦入中吕，仅见于套曲。本书见 C14073。全曲 4 句 24 字。不须换韵。句式与韵脚安排为：7△7△5△5△。典型平仄格式为：平平仄仄平平仄△平平仄仄平平仄△仄仄平平△平平仄仄平△。

收江南 又名《喜江南》，双调，仅见于套曲。本书见 C01018。全曲 5 句 32 字。句式与韵脚安排为：7△7△7△4△7△。典型平仄格式为：平平仄仄仄平平△平平仄仄平平仄△平平仄仄仄平平△平平仄仄△平平仄仄仄平平△。

快活年 双调，兼用。《沽美酒》加本曲组成带过曲。本书见 A14286。全曲 6 句 32 字。句式与韵脚安排为：7△5△7△5△5△3△。典型平仄格式为：仄仄平平仄仄平△仄仄仄平平△仄仄平平仄仄平平△仄仄平平仄△仄仄平平仄△平仄仄△。

快活三 中吕，仅见于带过曲与套曲。本书见 B14023。全曲 4 句 22 字。句式与韵脚安排为：5△5△7△5△。典型平仄格式为：平平仄仄平△仄仄仄平平△平平仄仄仄平平△仄仄平平仄△。

汉东山 正宫，兼用。本书见 A14287。全曲 8 句 34 字。句式与韵脚安排为：5△5△5△3○7△3△3△3△。平平仄仄平△仄仄仄平平△平平仄仄平△仄仄○仄仄平平仄仄平△仄仄平△仄仄平△平平仄△。

脱布衫 正宫，亦入中吕，仅见于带过曲与套曲。本书见 B14027。全曲 4 句 28 字。句式与韵脚安排为：7△<u>7</u>△<u>7</u>△<u>7</u>△。典型平仄格式为：平平仄仄仄平平△仄平平、仄仄平平△仄平平、平平仄仄平平仄、平平仄仄△。

哭皇天 又名《玄鹤鸣》，南吕，仅见于套曲。本书见 C01016。其后常接《乌夜啼》。全曲 8 句 42 字，句式与韵脚安排为：5△5△5○5

△7△7△4○4△。典型平仄格式为：仄仄平平仄△平平仄仄平△平平平仄仄○仄仄仄平平△平仄仄、平平仄仄△仄仄平平仄仄平△平平仄仄○仄仄平平△。第五句前后可增4字句三四句，以不叶韵为宜。

醉中天 仙吕，亦入双调、越调，兼用。本书见A14289。全曲7句38字。句式与韵脚安排为：5△5△7△5△6△4△6△。典型平仄格式为：仄仄平平仄△仄仄仄平平△仄仄平平仄平仄△仄仄平平仄△仄仄平平仄仄△平平仄仄△平平仄仄平平△。

钱丝泫 双调，兼用。本书见A14292。全曲6句31字。句式与韵脚安排为：3△3△7△7△7△4△。典型平仄格式为：典型平仄格式为：仄平平△平平仄△平平仄仄平平△仄仄平平仄仄平△平仄仄平平仄△平平仄仄△△。

庆东原 又名《郓城春》，双调，兼用。本书见A14293。全曲8句35字。首二句须对，且可作5字句。句式与韵脚安排为：3○3△7△4△4△4△5△5△。典型平仄格式为：平平仄○仄仄平△平平仄仄平平△平平仄△仄仄平平△仄仄平平△仄仄平平△仄仄平平仄△。首二句须对，第四句、第五句、第六句三句作鼎足对，末二句可改为两个3字句。

人月圆 黄钟，兼用。本书见A14300。全曲5句24字，幺篇换头：首二句改为三个4字句，共24字。两共48字，须连用。句式与韵脚安排为：7○5△4○4△4△+4○4△4△4○4△。典型平仄格式为：平平仄仄平平仄○仄仄平平△平仄仄○平仄仄○仄仄平平△+平平仄仄○平仄仄○仄仄平平△平仄仄○平仄仄○仄仄平平△。

春归怨 双调，亦入商调，兼用。本书见A14302。全曲7句34字。句式与韵脚安排为：4○4△7△7△3△4△5△。典型平仄格式为：仄仄平平○平平仄仄△平仄仄平平仄△平仄仄平平仄△仄仄平△仄仄平平△仄仄仄平平△。附注：此牌作品甚少，字句出入较大。

十五痕

集贤宾商调，仅见于套曲。本书见C15075。全曲10句64字。句式与韵脚安排为：7△5△7○7△7○7△7△7△5○5△。典型平仄格式为；仄仄平平平仄仄△仄仄平平△平仄仄、平平仄仄○仄平平、仄仄平平△仄平平、仄仄平平○仄平平、仄仄平平△仄平平平平仄仄△仄平平、仄仄平平△平平仄仄平○仄仄仄平平△。

牡丹春正宫，亦入商调、双调，仅见于套曲。本书见C14073。全曲5句27字。句式与韵脚安排为：7△5△7△3△5△。典型平仄格式为：仄仄平平仄仄平△仄仄仄平平△平平仄仄平平△仄平平△仄仄仄平平△。

点绛唇仙吕，仅见于套曲。本书见C15078。全曲5句20字。句式与韵脚安排为：4△4△3△4△5△。典型平仄格式为：仄仄平平△平平仄仄△平平仄△仄仄平平△仄仄平平仄△。

斗鹌鹑越调，亦入中吕，仅见于套曲。本书见C06033。全曲8句37字。句式与韵脚安排为：4○4△4○4△7△6△4○4△。典型平仄格式为：仄仄平平○平平仄仄△平平仄仄○仄仄平平△仄仄平△平平仄、仄仄平△仄仄平平○平平仄仄△。第五句或破为两个4字句，第六句可作7字句或两个3字句（平平仄○仄仄平△）。

感皇恩南吕，仅见于带过曲与套曲。本书见B16029。全曲10句34字。句式与韵脚安排为：4△4△3○3△4○4△3○3○3△。典型平仄格式为：仄仄平平△仄仄平平△仄平平○仄平平○仄平平△△平平仄仄○仄仄平平△仄平平○平仄仄○仄平平△。

鲍老三台滚中吕，仅见于套曲。本书见C01003。诸谱不载，全曲11句45字。句式与韵脚安排为：3○7△3○7△3○3△3△3△5△4○4△。典型平仄格式为：仄仄平○平平仄仄仄平平△仄仄平平○平平仄仄仄平平△仄平平△仄平平△平平仄△平仄仄△仄平平△仄平平平仄○仄仄平平○平平仄仄△。

降黄龙衮（滚）黄钟，仅见于套曲。本书见C18111。全曲9句34字。句式与韵脚安排为：4○4△3○3○4△4○4△4○4△。典型平仄格式为：平平仄仄○平平仄仄△仄平平○平平仄○平平仄仄△平平仄仄○平平仄仄△仄仄平平○平平仄仄△。

文如锦黄钟，仅见于套曲。本书见 C15086。全曲 16 句 61 字。句式与韵脚安排为：3△7△4○4△3○3△3○3△4○4△4○4△3△4○4△。典型平仄格式为：仄平平△平平仄仄平平仄△平平仄仄○仄仄平平△平仄仄○仄平平△仄仄平○平仄平○平仄平○平平仄仄△平平仄仄○仄平平○仄平平△仄仄平△平仄平仄平平△仄仄平平△。

一机锦双调，仅见于套曲。本书见 C03020。全曲 8 句 38 字。句式与韵脚安排为：5○5△5○5△4○4△5○5△。典型平仄格式为：平平仄仄平○平平仄仄平△平平仄仄平○仄仄平平平△平平仄仄△平平仄仄○仄仄仄平平△。

驻马听近双调，仅见于套曲。本书见 C15087。全曲 9 句 45 字。句式与韵脚安排为：4○7△4○7△7△7△3○3○3△。典型平仄格式为：仄仄平平○仄仄平平仄仄平△仄仄平○仄仄仄平平△平平仄仄仄平平△平平仄仄平平仄△仄平平○平平仄○仄平平△。

怨东君越调，仅见于套曲。本书见 C18108。诸谱不载，经归纳为：全曲 8 句 43 字。句式与韵脚安排为：7△7△5△5△4△4△6○5△。典型平仄格式为：平平仄仄仄平平△平平仄仄仄平平△仄平平△仄仄平平△仄仄平平△平平平仄仄、平平仄○平平平仄仄△。

游四门仙吕，亦入商调，兼用。本书见 A15304。全曲 6 句 30 字。句式与韵脚安排为：7△5△7△5△1△5△。典型平仄格式为：平平仄仄平平仄△仄仄仄平平△平平仄仄平平仄△仄仄仄平平△平△仄仄仄平平△。附注：一字句可减去。

三棒鼓声频失调，兼用。或谓其乃《十棒鼓》之别名，则当为双调。然此处结尾较《十棒鼓》多出 5 句并有空格，似为另加之尾声。其详待考。本书见 A15304。诸谱不载。归纳为全曲 17 句 87 字。句式与韵脚安排为：4△4△4△4△7△4△7△4△7△4△7△4△7

△5△5△3△7△。平仄略。

恼煞人 小石调，仅见于套曲。本书见 C15088。全曲 5 句 30 字。句式与韵脚安排为：6○6△6○6△6○6△。典型平仄格式为：平平仄仄平平○平平仄仄平平△平平仄仄平平○仄平平、平平仄○仄仄平平仄仄△。

凭阑人 越调，兼用。本书见 A15306。全曲 4 句 24 字。句式与韵脚安排为：7△7△5△5△。典型平仄格式为：仄仄平平仄仄平△仄仄平平仄仄平△平平仄仄平△平平仄仄平△。

三番玉楼人 仙吕，小令独用。本书见 A15312。全曲 11 句 49 字。句式与韵脚安排为：5△5△7△5△3△3△3△5△4△4△5△。典型平仄格式为：平平仄仄平△仄仄平平仄△仄仄平平仄仄平△平平仄△仄平平△仄平平△平平仄△仄仄平平仄△平平仄△平仄仄△仄仄仄平平△。

二郎神 商调，仅见于套曲。本书见 C15089。诸谱不载，经归纳为：全曲 9 句 42 字。句式与韵脚安排为：2△7△7△4○4△7△4△3△4△。典型平仄格式为：平平△平平仄、平平仄仄△仄仄平平平仄仄△平平仄仄○平平仄仄△仄仄平平平仄△平平仄仄△。（合：平平仄△仄仄平平△。）

好精神 双调，仅见于套曲。本书见 C03020。全曲 9 句 43 字。句式与韵脚安排为：3△5△3○3△7△5○5△6△6△。典型平仄格式为：仄仄平△平平仄仄平△平平仄○平平仄△平平仄仄平平△仄仄平平○平平仄仄△仄平平、仄平平△仄仄平、平平仄△。

忆王孙 又名《画蛾眉》《楼外楼》，仙吕，兼用。本书见 A15313。全曲 5 句 31 字。句式与韵脚安排为：7△7△7△3△7△。典型平仄格式为：平平仄仄仄平平△仄仄平平仄仄平△仄仄平平仄仄平△仄平平△仄仄平平仄仄△。

大喜人心 双调，仅见于带过曲与套曲。本书见 B07014。全曲 4 句 26 字。句式与韵脚安排为：7△7△6△6△。典型平仄格式为：仄仄平平仄仄平△平平仄仄平平仄△仄平平、平平仄△仄平平、仄平平△。

好观音 大石调，亦入仙吕，仅见于套曲。本书见 C05027。全曲 5 句 29 字。句式与韵脚安排为：7△7△7△3○5△。典型平仄格式为：仄仄平平平仄仄△平平仄、仄仄平平△仄仄平平仄仄平△平平仄○仄仄平平仄△。幺篇同始调，用否均可。末二句可并为一个 8 字句。

赛观音 正宫，仅见于套曲。本书见 C05022。全曲 8 句 43 字。句式与韵脚安排为：3○3△7△7△7△7△2△7△。典型平仄格式为：平平仄○仄仄平△平平仄仄平平△平平仄仄平平△仄平平、仄仄平平△平平仄仄平平△平平△仄仄平平仄仄平△。

醉花阴 黄钟，仅见于套曲。本书见 C15091。有古、近二体。古体全曲 5 句 27 字。句式与韵脚安排为：7△6△5△4○5△。典型平仄格式为：仄仄平平平仄仄△仄仄平平仄△仄仄仄平平△仄仄平平○仄仄平平仄△。

近体 7 句，即末尾增加二句：5△7△，仄仄仄平平△仄仄平平平仄仄△。计 39 字。因必须与《喜迁莺》连用，故此二句即为《喜迁莺》古体之首二句。

鸾凤吟 又名《凤凰吟》，商调，仅见于套曲。本书见 C01004。全曲 9 句 43 字，句式与韵脚安排为：3△6△6△4△4△7△3○3△7△。典型平仄格式为：仄仄平△仄平平、仄仄平△仄平平、仄仄平△平平仄仄△平仄仄△平仄仄、平平仄△仄平平○平平仄△平平、仄仄平平△。《元曲大辞典》作 9 句 53 字：4△6△6△5△5△7△7○6△7△。原因待考。

一锭银 双调，兼用。本曲带《大德乐》组成带过曲。本书见 A15314。全曲 4 句 22 字。句式与韵脚安排为：7△4△7△4△。典型平仄格式为：仄仄平平仄仄平△仄仄平平△仄仄平平、平平仄△仄仄平平△。第三句或作 6 字句。

落梅引 双调，兼用。本书见 A15315。诸谱不载。全曲 5 句 31 字。句式与韵脚安排为：5○5△7△7△7△。典型平仄格式为：仄仄平平仄○平平仄仄平△仄平平、平平仄△仄平平平仄仄△平仄仄、平平仄仄△。

梅花引越调，仅见于套曲。本书见 C15093。全曲 6 句 29 字。句式与韵脚安排为：7△7△3△3△4○5△。典型平仄格式为：仄仄平平仄仄平△仄仄平平平仄仄△仄平平△仄平平△平平仄仄○平平仄仄平△。

清江引又名《江水儿》，兼用。本书见 A15316。全曲 5 句 29 字。句式与韵脚安排为：7○5△5○5△7△。典型平仄格式为：仄仄平平平仄仄○仄仄平平仄△仄仄平平○仄仄平平仄△仄仄平平平仄仄△。

太长引仙吕，兼用。本书见 A15329。全曲 4 句 24 字。句式与韵脚安排为：7△5△5△7△。幺篇换头：首句改作两个四字句，须连用，即 5 句 25 字：4△4△5△5△7△。两共 9 句 49 字。典型平仄格式为：平平仄仄仄平平△仄仄仄平平△仄仄仄平平△平平仄、平平仄仄△＋平平仄仄○平平仄仄○仄仄平平△仄仄仄平平△平平仄、平平仄仄△。

摊破清江引双调，仅见于带过曲。本书见 C04020。全曲 6 句 33 字。句式与韵脚安排为：5○5△6△5○5△7△。典型平仄格式为：仄仄仄平平○平平仄仄△仄仄平平仄仄△仄仄仄平平○仄仄仄平平△仄仄平平平仄仄△。

湘妃引双调，兼用。本书见 A15330。全曲 8 句 47 字。句式与韵脚安排为：7△7△7△5△7△5○5△4△。典型平仄格式为：平平仄仄平平△仄仄平平仄仄平△平平仄仄平平仄△平平仄仄平△仄仄平平△平平平仄仄○平平平仄仄△仄仄平平△。附注：第五句或作 6 字句。又按此曲与《水仙子》别名《湘妃怨》《凌波仙》者，句式及韵脚全同，只倒数第二句、第三句字数稍异，可作衬字看待。但诸谱均未注意此点，而作两曲牌看待。

天香引双调，即《折桂令》，此略。

庆元贞越调，仅见于带过曲与套曲。本书见 B08015。全曲 5 句 31 字。句式与韵脚安排为：7△7△7△5△5△。典型平仄格式为：平平仄仄仄平平△平平仄仄仄平平△平平仄仄仄平平△平平仄仄平△仄仄仄平平△。

十六唐

应天长 商角调，仅见于套曲。本书见 C06038。诸谱不载，经归纳为：全曲 8 句 31 字。句式与韵脚安排为：3○3△4○4△7△3○3△4△。典型平仄格式为：仄仄平○平仄仄△仄仄平平○平平仄仄△仄仄平平平仄仄△△平平仄平○平平仄△平平仄仄△。

满庭芳 又名《满庭霜》，中吕，亦入正宫、仙吕，兼用。本书见 A16332。全曲 10 句 48 字。句式与韵脚安排为：4△4○4△7△4△7△7△3△4△4△。典型平仄格式为：平平仄仄△平平仄仄○仄仄平平△平平仄仄平平仄△仄仄平平△平仄仄、平平、仄仄平平△仄仄平△平平仄仄△仄仄平平△。

憨郭郎 大石调，仅见于套曲。本书见 C05027。全曲 5 句 19 字。句式与韵脚安排为：5△5△3○3○3△。典型平仄格式为：平平平仄仄△仄仄仄平平△平平仄○平平仄○仄平平△。

贺新郎 南吕，仅见于套曲。本书见 C01016。全曲 11 句 63 字。句式与韵脚安排为：7△4○4△7△7△7△5○5△7△5○5△。典型平仄格式为：平平仄仄仄平平△平平仄仄平平○仄仄平仄△平平仄仄平平△仄平仄、平平仄仄△仄平平、仄仄平平△平平仄平仄△仄平平△平平仄仄平平△仄仄平平○仄仄仄平平△。

货郎 正宫，仅见于套曲。本书见 C13060。诸谱不载，经归纳为：全曲 13 句 80 字。句式与韵脚安排为：7△6△7△7△5△7△7△7△7△5△4○4△。典型平仄格式为：平仄仄、平平仄仄△仄仄平平仄△平仄仄仄平平△平平仄仄平平仄、平平仄仄△平平仄△平仄仄仄平平△平仄仄、平平仄仄△平平平仄△平平仄平△平平仄△平仄仄仄平平△平平仄仄△仄仄平平○平平仄仄△。

骂玉郎 又名《瑶华令》，南吕，仅见于带过去与套曲。本书见 B16029。全曲 6 句 29。句式与韵脚安排为：7△6△7△3○3○3△。典型平仄格式为：平平仄仄仄平平△平平仄、仄平平△平平仄仄平仄△平仄仄○仄平平○平平仄△。

络丝娘 越调，仅见于套曲。本书见 C04021。全曲 4 句 25 字。句式与韵脚安排为：7△7△7△4△。典型平仄格式为：平平仄、平平仄仄△平平仄、平平仄仄△仄仄平平仄仄平△平平仄仄△。

笑和尚 又名《笑歌赏》，正宫，亦入中吕，仅见于套曲。本书见C08050。全曲6句26字。第五句后有3字增句。句式与韵脚安排为：5△5△5△3△3△（3△3△）5△。典型平仄格式为：平平仄仄平△仄仄平平仄△仄仄平平仄△仄仄平△仄平平△（仄平平△仄平平△）平平仄仄平△。

愿成双 黄钟，仅见于套曲。本书见C15086。全曲5句27字。句式与韵脚安排为：3○3△7△7○7△。典型平仄格式为：平仄仄○仄仄平△仄平平、仄仄平平△平平仄仄仄平平○平仄仄、平平仄仄△。幺篇换头：首二句并为7字句：平平仄仄平平仄。

秋海棠 大石调，仅见于套曲。本书见C10053。诸谱不载，经归纳为：全曲9句50字。句式与韵脚安排为：5△5△7△7△7△7△3△5○4△。典型平仄格式为：仄仄仄平平△仄仄仄平平△平平仄、仄仄平平△平平仄仄平平仄△仄平平、仄仄平平△平平仄、平平仄仄△平平仄仄○仄仄平平△。

月上海棠 双调，仅见于套曲。本书见C18110。全曲6句34字。句式与韵脚安排为：7△7△5○6△3△6△。典型平仄格式为：平平仄仄平平仄△仄仄平平仄仄平△仄仄平平○仄仄平平仄△平平仄△仄仄平平仄仄△。幺篇同始调，但第二句平仄稍异。

圣药王 越调，仅见于套曲。本书见C04021。全曲7句31字。句式与韵脚安排为：3○3△7△3○3△7△5△。典型平仄格式为：仄仄平○仄仄平△平平仄仄仄平平△仄仄平○仄仄平△平平仄仄平△仄仄平平仄△。

桂枝香 仙吕，仅见于套曲。本书见C16096。诸谱不载，经归纳为：全曲11句57字。句式与韵脚安排为：4△4△7○7△5△5△7○3△3△5○7△。典型平仄格式为：平平仄仄△仄仄平平△平平仄仄、仄仄平平○平平仄仄、平平仄仄△平平仄△平平仄○平平仄△仄平平△仄仄平平仄○仄仄平平仄平△。

金菊香商调，仅见于套曲。本书见 C02019。全曲 5 句 30 字。句式与韵脚安排为：7△7△7△4△5△。典型平仄格式为：平平仄仄仄平平△仄仄平平仄仄平△平平仄仄平平仄△仄仄平平△仄仄仄平平△。

锦衣香双调，仅见于套曲。本书见 C14069。诸谱不载，经归纳为：全曲 15 句 66 字。句式与韵脚安排为：3○3△3○3△6○4△7△4△4△5△7○5△4△4○4△。典型平仄格式为：仄平平○平平仄△仄仄平○平平仄△平平仄仄平平○平平仄仄△平平仄仄平平○平平仄仄△仄仄平平△平平平仄仄△仄平平、平平仄平○仄平平仄△平平仄△平平仄△平平仄○平平仄仄△。

双鸳鸯又名《合欢曲》，正宫，亦入中吕。本书见 A16340。全曲 5 句 27 字。句式与韵脚安排为：3△3△7△7△7△。典型平仄格式为：仄平平△仄平平△仄仄平平仄仄平△仄平平仄平平仄△平平仄仄仄平平△。

山坡羊又名《坡里羊》《苏武持节》，商调，亦入黄钟、中吕，兼用。本书见 A16341。全曲 11 句 43 字。句式与韵脚安排为：4△4△7△3○3△7△7△1○3△1○3△。典型平仄格式为：仄仄平平△仄仄平平△平平仄仄平平仄△平平平○仄平平△平仄平平仄△仄仄平平仄仄平△平○仄仄平△平○仄仄平△。

十七庚

解三酲仙吕，兼用。本书见 A17352。诸谱不载。归纳为：全曲 9 句 52 字。句式与韵脚安排为：6△6△7△5△7△7△3△7△4△。典型平仄格式为：△仄仄平平仄仄△平平仄仄平平△平平仄仄平平仄△仄仄仄平平△平平仄仄平平△仄平仄仄平平△平仄仄、平平仄仄△仄仄平平△。

剔银灯中吕，仅见于套曲，本书见马致远《破幽梦孤雁汉宫秋》第四折。全曲 6 句 38 字。句式与韵脚安排为：7△7△7△7△6△4△。典型平仄格式为：平仄仄、平平仄仄△仄平平、仄仄平平△平平仄仄平平仄△仄平平、仄仄平平△平仄仄、仄仄平△平仄仄仄△。

金字经又名《西番经》《阅金经》，南吕，亦入双调。本书见 A17353。全曲 7 句 31 字。句式与韵脚安排为：5○5△7△1△5△3△5△。典型平仄格式为：仄仄平平仄○平平仄仄平△仄仄平平仄仄平△平△平平仄仄平△平平仄△平平仄仄平△。其中 1 字句有作 3 字者。

四边静中吕，亦入正宫，仅见于带过曲与套曲。本书见 B14025。全曲 6 句 28 字。句式与韵脚安排为：4△7△4△4△4△5△。典型平仄格式为：平平仄仄△仄仄平平仄仄平△平平仄仄△平平仄仄△平平仄仄△△仄仄平平仄△。

百字知秋令商调，兼用。本书见 A17359。全曲 7 句 100 字。句式与韵脚安排为：14△15○14△14○13△12△18△。实为《知秋令》：3△3○5△3○3△3△6△加衬字扩展而成，平仄格式略。可参阅《知秋令》。

百字折桂令双调，兼用。本书见 A17360。全曲 11 句 100 字。实为《折桂令》：7△4○4△4○4○4△7△7△4△4△4△加衬字的延长，可参阅《折桂令》。白贲所作为 101 字，句式与韵脚安排为：12△4○5△11△8△13△13△13△4△4△8△6△。

播海令双调，仅见于带过曲与套曲。本书见 B07014。全曲 8 句 39 字，句式与韵脚安排为：3△3△3△6△6△6△7△5△。典型平仄格式为：仄仄平△仄仄平△仄仄平△仄平平、平平仄△平平仄、仄仄平△平平仄平仄仄平△平平仄仄平△。

叨叨令正宫，兼用。本书见 A17361。全曲 7 句 41 字。句式与韵脚安排为：7△7△7△7△3○3○7△。典型平仄格式为：平平仄仄平平仄△平平仄仄平平仄△平平仄仄平平仄△平平仄仄平平仄△平仄仄○平仄仄○平平仄仄平平仄△。前四句须对，第五句、第六句两句须叠。

得胜令又名《阵阵赢》《凯歌回》，正宫，兼用。此曲前加《雁儿落》组成带过曲。本书见 A17363。全曲 8 句 34 字。句式与韵脚安排为：5△5△5○5△2△5△2△5△。典型平仄格式为：仄仄仄平平

△仄仄仄平平△仄仄平平仄○平平仄仄平△平平△仄仄平平仄△平平△平平仄仄平△。首四句可作两联，后四句可作两排。

古寨儿令黄钟，仅见于套曲。本书见郑光祖《倩女离魂》第四折。全曲 7 句 32 字。句式与韵脚安排为：6△7△7△3○3△3○3△。典型平仄格式为：平平仄仄平平△平仄仄、仄仄平平△平平仄仄仄平平△平平仄○仄平平△平平仄○平平仄△。

浆水令双调，仅见于套曲。本书见 C14069。诸谱不载，经归纳为：全曲 14 句 61 字。句式与韵脚安排为：7○7△7△4○4△3△3○7△3△3△4○3○3○3△。典型平仄格式为：仄平平、平平仄仄○仄平平、平平仄仄△平仄仄仄平平△平平仄仄○仄仄平平△平平仄△平仄仄○平平仄仄平平△平平△平平仄△平平仄△平平仄○平平仄○平仄仄△。

六幺令正宫，亦入商调，仅见于套曲。本书见 C17099。全曲 9 句 46 字。句式与韵脚安排为：4○5△4○7△6○5△4○4○7△。典型平仄格式为：平平仄仄○仄仄仄平平△平仄平平○平平仄仄平平△仄仄平平仄仄○仄仄仄平平△平平仄仄○平平仄仄○平平仄仄仄平平△。

那吒令仙吕，仅见于带过曲与套曲。本书见 B17035。全曲 9 句 31 字。句式与韵脚安排为：2○4△2○4△2○4△3○3△7△。典型平仄格式为：平平○平平仄仄△仄仄○平平仄仄△平平○平平仄仄△仄仄平○平平仄△平仄仄、仄仄平平△。前六句为三排，第一句、第三句、第五句可作 4 字句，末句可不折腰，亦作 4 字句。

太平令双调，仅见于带过曲与套曲。本书见 B12019。全曲 7 句 41 字。句式与韵脚安排为：7△7△7△7△4△2△7△。典型平仄格式为：仄仄平、平平仄仄△仄平平、仄仄平平△平平仄、平平仄仄△平平仄、平平仄仄△仄仄平平△平仄△平平仄仄、平平仄仄△。

甜水令双调，兼用。本书见 17365。全曲 4 句 23 字。诸谱不载，句式与韵脚安排为：7△5△7△4△。典型平仄格式为：平平仄仄平平仄△仄仄仄平平△仄仄平平仄仄平△仄仄平平△。第二句或作 4 字：仄仄平平。

调笑令 又名《含笑花》，越调，仅见于套曲。本书见 C04021。全曲 7 句 38 字。句式与韵脚安排为：2△3△7△7△6△7△6△。典型平仄格式为：仄仄△仄平平△仄仄平平仄仄平△平平仄仄平平仄△平平仄仄平平△平平仄仄平平△平平仄仄平平△。

新时令 双调，兼用。本书见 A17366。全曲 16 句 74 字。句式与韵脚安排为：3○5△3○5△4○5△4○5△5△7△5△5△4○5△4○5△。典型平仄格式为：仄仄平○平平仄仄平△平仄仄○仄仄仄平平△仄仄平平○平平仄仄平△仄仄平平○平平仄仄平△平平仄△平平仄仄平△平平仄仄平△平平仄仄平△平平仄仄平○平平仄仄平△仄仄△仄仄平平○平平仄仄平△。

新水令 双调，仅见于套曲。本书见 C14070。全曲 6 句 33 字。句式与韵脚安排为：7△7△5○5△4△5△。典型平仄格式为：平平仄仄仄平平△仄平平、平平仄仄△平平仄仄○仄仄平平△仄仄平△仄仄平平仄△。第三、第四句可作两个 3 字句，须对。第五句下可增 4 字句若干，平仄韵脚同第五句。

元和令 仙吕，亦入商调。仅见于套曲。本书见 C10052。全曲 6 句 34 字。句式与韵脚安排为：5○5△7○5△7○5△。典型平仄格式为：平平仄仄平○仄仄平平仄△平仄仄仄平平○平平仄仄△平平仄仄仄平平○平平仄仄平△。

寨儿令 又名《柳营曲》，越调，兼用。此曲后加《脱布衫》组成带过曲。本书见 A17367。全曲 12 句 56 字。句式与韵脚安排为：3△3△7△4△4△5△7△7△5○5△1△5△。典型平仄格式为：仄仄平△仄平平△仄仄平平仄仄平△仄仄△平平△仄仄平平仄△仄仄平平仄仄平、仄仄平平仄仄平○仄仄平平△平△仄仄仄平平△。第七句、第八句可作 6 字句，多对。

折桂令 又名《蟾宫曲》《蟾宫引》《步蟾宫》《广寒秋》《天香引》《秋风第一枝》等，双调，兼用，为曲牌中使用次数最多者（439 次）。本书见 A17382。作品中格式略有出入，主要差别在首句为 7 或 6 字，以及第十句后的 4 字增句数上的差别。有将第五句、第六句两个 4 字句有合为一个长句者。全曲 12 句 57 字。句式与韵脚安排为：7△404△404△404△7△7△4△4△4△4△。典型平仄格式为：仄平平、仄仄平平△仄仄平平○仄仄平平△仄仄平平○平平仄仄○仄仄平平△平平仄仄、平平仄仄△仄仄平平、仄仄平平△仄仄平平△仄仄平平△仄仄平平△仄仄平平△。

知秋令 商调，兼用。本书见 A17410。全曲 7 句 26 字。句式与韵脚安排为：3○3△5△3○3△3△6△。典型平仄格式为：平平仄○仄仄平△仄仄仄平平△平平仄○平平仄△仄平平△仄仄平平仄仄△。

转调淘金令 双调，兼用。本书见 A17411。全曲 10 句 50 字。句式与韵脚安排为：4○5△4○5△5○6△5△5△5△6△。典型平仄格式为：平平仄仄○仄仄平平仄△平平仄仄○仄仄平平仄△平平仄仄平平△仄仄平平△平平仄仄△平平仄仄△平平仄仄、平平仄△。

海天晴 双调，仅见于套曲。本书见 C03020。全曲 7 句 33 字。句式与韵脚安排为：5○5△5○5△4○4△（1）5△。一字句系呼语，似可省略。典型平仄格式为：平平仄仄平○仄仄平平仄△平平仄仄平○仄仄仄平平△平平仄仄○仄仄平平△（1）仄仄仄平平△。

恨薄情 越调，仅见于套曲。本书见 C18108。诸谱不载，经归纳为：全曲 10 句 46 字。句式与韵脚安排为：3○3△7△6△4△7△3○3△6○4△。典型平仄格式为：仄平平○平平仄△平平仄仄平平仄△平平仄仄平平△平平仄仄△平平仄仄平平仄、平平仄△平平仄○仄仄平△平平仄仄平平○平平仄仄△。

醉太平 又名《凌波曲》，按此与《水仙子》之别名重复，而两曲句式相差甚远。正宫，兼用。本书见 A17412。全曲 8 句 44 字。句式与韵脚安排为：4△4△7△4△7△7△7△4△。典型平仄格式为：平平仄仄△仄仄平平△平平仄仄平平仄△平平仄仄△平平仄仄平平△平平仄仄平平△平平仄仄平平△平平仄仄△。首二句对，第五句、第六句、第七三句鼎足对。

叫声 中吕，仅见于套曲。本书见马致远《破幽梦孤雁汉宫秋》第四折。全曲3句19字。句式与韵脚安排为：5○7△7△。典型平仄格式为：仄仄仄平平○平平仄仄仄平平△仄仄平平仄仄平△。

卖花声 又名《升平东》，中吕，亦入双调，兼用。本书见A17419。全曲6句36字。句式与韵脚安排为：7△7△7△4○4△7△。典型平仄格式为：平平仄仄平平仄△仄平平仄仄平△平平仄仄仄平平△平平仄仄○仄仄平平△仄平平、平平仄仄△。

驻马听 双调，兼用。本书见A17423。全曲8句46字。句式与韵脚安排为：4○7△4○7△7△7△3△7△。典型平仄格式为：仄仄平平○仄仄平平仄仄平△平平仄仄○平平仄仄平平仄△平平仄仄平平△平平仄△平平仄仄平平仄△。首四句作扇面对，第五句、第六句两句须对。

月照庭 正宫，仅见于套曲。本书见C14073。全曲9句32字。句式与韵脚安排为：4○6△3○3△3○3○4△3○3△。典型平仄格式为：仄仄平平○仄仄平平仄仄△平平仄○仄平平△仄平平○平仄仄△仄仄平平△平平仄○仄仄平平△。

踏莎行 商角调，仅见于套曲。本书见C06038。全曲8句31字。句式与韵脚安排为：4○4△4○4△4○4△3△4△。典型平仄格式为：仄仄平平○平平仄仄△平平仄仄○仄仄平平△仄仄平平○平平仄仄△仄△平平仄△平平仄仄△。

喜迁莺 黄钟，仅见于套曲。本书见C15091。须放在《醉花阴》之后、连用。有古近二体，古体10句47字。句式与韵脚安排为：5△7△4△7△2△4○7△3△4○4△。典型平仄格式为：仄仄仄平平△仄仄平平仄仄△平平仄仄△仄仄平、仄仄平平△平平仄△平平仄○仄仄平平仄仄△仄仄平△平平仄仄○仄仄平平△。

近体8句35字，即减去古体之首二句。

十八东

沉醉东风 双调，兼用。本书见A18424。全曲7句41字。句式与韵脚安排为：7△7△3○3△7△7△7△。典型平仄格式为：仄仄平平仄仄△平平仄仄平平△平平仄○平平仄△仄仄平、仄仄平平△仄仄平平仄仄平△平仄仄、平平仄仄△。首二句，第三句、第四句，均须对，第三句、第四句可作两个5字句。

刮地风黄钟，兼用。本书见A18437。全曲11句52字。句式与韵脚安排为：7△4△7△4△4○4△4○4△5△5△4△。典型平仄格式为：仄仄平平仄仄平△仄仄平平△平仄平仄仄平平△仄仄平平△平平仄仄○仄仄平平△仄仄平平○平仄平仄△平平仄仄△平平仄仄平△仄仄平平△。附注：此曲在剧曲中变化较大。第四句下可增4字句一二，末三句可省。

落梅风又名《寿阳曲》，双调，兼用。句式平仄见十一鱼《寿阳曲》。

醉春风中吕，亦入正宫，仅见于套曲。本书见C06033。全曲8句31字。句式与韵脚安排为：5○5△7△1△1△4○4○4△。典型平仄格式为：仄仄仄平平○平平平仄仄△平仄仄仄平平△平△仄△平平仄仄○平平仄仄○平平仄仄△。

湘妃游月宫双调，兼用，诸谱不载。本书见A18438。归纳分前后两段，前段8句54字，后段11句77字，两共19句131字。句式与韵脚安排为：7△7△7△5△7△7○7△7△+7△7○7△7○7○7△7△7△7○7△。平仄格式略。两段交接处须用叠句。

小桃红又名《武陵春》《采莲曲》《平湖乐》，越调，兼用。本书见A18439。全曲8句42字。句式与韵脚安排为：7△5△7△3△7△4○4○5△。典型平仄格式为：平平仄仄仄平平△仄仄平平仄△仄仄平平·仄仄△仄仄平△平仄平平仄平则△平平仄仄○平平仄仄○仄仄仄平平△。

混江龙仙吕，仅见于套曲。本书见C15078。全曲9句48字。句式与韵脚安排为：4○7△4○4△7○7△7○4○4△。典型平仄格式为：平平仄仄○平平仄仄仄平平△平平仄仄○仄仄平平△仄仄平平仄仄○平平仄仄平平△平仄平平○平平仄仄○仄仄平平△。第六句后可增3或4字句双数，偶句用韵，第七句前可增7字对句一句。

玉芙蓉正宫，仅见于套曲。本书见C05022。全曲10句59字。句式与韵脚安排为：5△6△7△7△7○6△5△4○7○5△。典型平仄格式为：仄仄仄平平△仄平平、仄仄平△平平仄、仄仄平平△仄平平、平平仄仄△仄仄平平平仄仄〇平仄仄、仄平平△仄仄平平仄△平平仄仄〇仄仄平平平仄仄〇仄仄仄平平△。

风入松双调，兼用。本书见 A18447。全曲 6 句 38 字。句式与韵脚安排为：7△5△7〇7△6〇6△。典型平仄格式为：平平仄仄仄平平△仄仄仄平平△平平仄仄平平仄〇仄平平、仄平平△仄仄平平仄仄〇平平仄仄平平△。

秋江送双调，亦入商调，兼用。本书见 A18450。全曲 13 句 60 字。句式与韵脚安排为：3〇3△5△3〇3△7△4△4△5〇5△7△4〇7△。典型平仄格式为：平平仄〇仄仄平△平平仄仄平△平平仄〇仄仄平△仄仄平平仄仄平△平平仄△平平仄仄平平仄〇平平仄平△仄仄平△仄仄平平仄仄平△平平仄仄〇平平仄仄仄平平△。

金络索挂梧桐商调，兼用。本书见 A18451。全曲 12 句 67 字。句式与韵脚安排为：5△5△7△7△7〇7△3〇7△3〇4△5△。典型平仄格式为：平平仄仄平△仄仄平平仄△平平仄平平仄△仄仄仄平平△仄仄平平仄仄平△仄仄平平仄平〇仄仄平平仄平△平平仄〇平平仄仄仄平平△仄平平〇仄仄平平△仄仄平平仄△。

侍香金童黄钟，仅见于套曲。本书见 C18111。全曲 6 句 31 字。句式与韵脚安排为：4〇5△7△7△4〇4△。典型平仄格式为：平平仄仄〇仄仄平平仄△仄仄平平仄仄△平仄仄平仄△仄仄平平〇平平仄仄△。幺篇同始调。